惊封

JING FENG

上 2

HU YU LA JIAO

100%

BAILIU

关注 +

你看,你也有朋友了,小白六。

不是我这种带有目的性的骗子,白六,是真真正正的,你的朋友。

——如果我真的是你的唯一信徒,
那就请拯救我吧,塔维尔。

——让我为你的新生洗礼,
我唯一的信徒。

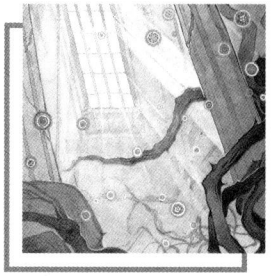

第四章 现实世界

71

白柳出游戏没多久,和牧四诚边走边聊。

"这个面板属性点是什么?"白柳指着他《爆裂末班车》奖励中的这个问,"是我理解的那种可以随意加在每个属性上,提升我的面板属性的东西吗?"

"是,也不是。"牧四诚简单给白柳解释,"这个游戏的玩家等级评定是根据四个属性来的:体力、敏捷、攻击和抵抗。你获得的属性点只能用来加这四个属性条。"

白柳若有所思:"我上一个游戏就没有奖励这个属性点。"

牧四诚翻了个白眼:"这属于系统的额外奖励,你上一个新人单人游戏副本已经得了一个'个人技能'的额外奖励了,你还想得一个'属性点'的额外奖励,想得倒是美。这玩意儿很难得到的,二级游戏里通关才给一百点,系统抠得很,而且这玩意儿也不能无上限地加点,到你潜力极限,你再怎么加,面板属性都不会上升了。"

"不过,"牧四诚微妙地一顿,"很多人加到潜力极限之前就被淘汰了,因为一个二级游戏就一百点属性点,不是大公会养的玩家或者自身技能不过硬的,很容易就被淘汰。也有一个快速获得面板属性点的方法,但很少有人会用。"

白柳看着牧四诚:"什么方法?"

"参加联赛。"牧四诚低声说,"黑桃就是这样成了S级别以上的玩家,联赛给获胜玩家奖励的属性点很多……"

还没等牧四诚说完,游戏大厅内突然炸开好几朵五彩缤纷的虚拟烟花,烟花纷纷落下,形成各种各样的字,吸引了来来往往的玩家的注意力。

重磅!重磅!一年一度的恐怖游戏电竞联赛它来了!走过路过千万不能错过!这是所有游戏玩家的年度盛事!

玩家们看到这个,又好似见怪不怪地移开了视线:

"啧，不知道哪个公会这么有钱，这么早就开始买系统烟花来打广告了。"

"应援季开始了嘛，从这周开始，各大公会都要开始疯狂打广告宣传自家选手了，国王公会上一次砸了一千万积分在广告上，差点没有回本……"

虚拟烟花落到了玩家身上，玩家的系统面板就自动弹出了一个像是开业大酬宾般的游戏活动界面：

系统活动——恐怖游戏电竞联赛即将开启！

玩家可以选择自己的参与身份——联赛选手或者是观众。

作为联赛选手你要在赛场中和其他选手激战，生死不论，而作为观众，你可以观看一场场酣畅淋漓的游戏竞赛，为自己喜欢的战队和选手激情呐喊，充电点赞！

你，是否已经选择好自己的位置，是做一个疯狂的参与者，还是一个冷静的旁观者？

……

玩家参加联赛报名要求：五名下副本次数超过五十二次的玩家组成一个战队参赛。

赛制：每两个队伍之间对决一场团队赛，一场双人赛，一场单人赛，最终三场比赛总分最高者晋级。

（注：在比赛中，有玩家被淘汰的队伍可以自行吸纳新玩家补充。）

……

下面还有一大堆的活动细则，比如比赛中玩家的系统商店禁用之类的。

白柳身上也落了烟花，他的系统界面也弹出了这个活动广告，他简单滑动系统界面看了一下，感觉和现实中的电竞比赛有点像。

其实白柳对这种电竞类型的游戏不是很感兴趣，毕竟白柳是做恐怖游戏而不是对抗游戏的。

不过一个恐怖游戏里居然还有电竞联赛，这倒是让白柳有点惊讶。但是牧四诚似乎早就知道这件事了，他啧了一声，把系统通知界面给关了，还抱怨了一句："烦死了，公会和系统又到处开始打广告了，联赛应援季果然要来了。"

"应援季？"白柳看向牧四诚，"这什么意思？这就是你说的面板属性点奖励很多的联赛？"

牧四诚不耐地努了努嘴："你往下滑就知道了，全是宣传广告，病毒式营销。"

白柳一路下翻系统页面到最后，发现正如牧四诚所说，下面全是各种玩家和公会的宣传页面，页面上有战队海报和单人玩家海报，海报旁边还有充电和点赞的按钮，充电和点赞的综合数据越高的，宣传页面的排名就越高。

数据排名第一的单人玩家图片是一个被刘海遮住了眼睛的男人的侧脸照片。

这人嘴唇苍白，下颌瘦削，冷白细瘦的手腕上挽了一根黑色的长鞭，鞭尾被握在手里，侧脸微微上扬，眼尾纤长，似乎在斜视，给人一种非常凌厉冷淡的气质。这玩家的图片虽然很糊，但就算以白柳这种对人类的美没有正常感知的眼光来看，这家伙也长得非常优越，是一种可以用美术标准来衡量的优越。

非常完美的骨骼建模，让白柳想到了塔维尔，但这人比塔维尔要冷峻得多，如果说塔维尔是月光那种泛着荧色的惑人长相，这位黑桃就像是一柄没有刀鞘的刀，好似多看两眼都会被锋刃刮伤，就算是在这种高糊的照片中，也透着一股凛然的杀气和高高在上的漠然。

白柳点开了这人的简介：

玩家：Spades（黑桃）。

目前应援综合数据：130万。在所有参赛玩家中位居第一，解锁免死金牌。

（注：玩家因人气过高，拥有系统庇护，获得免死金牌，在竞赛游戏中当该玩家处于濒死状态时会被系统强制退出游戏，放置于保护罩内。）

总积分排行榜：第一。

所属公会：杀手序列。

白柳继续向下滑动。紧接着在应援第二位的玩家的单人海报和黑桃的差别就很大了，黑桃的个人海报可能就是路人随手街拍，这第二位的个人海报完全就是那种娱乐圈顶级团队的精修图，连脸上的汗毛都看得一清二楚。

第二位是白柳早有耳闻的老熟人——海报中是一个雪肤美艳的女郎，半长黑鬈发，杏眼红唇，右眼下有一颗红桃的图标，穿艳红色的单边开衩旗袍和缎面黑色高跟鞋，跷着二郎腿，露出黑色丝袜，手上正在洗一副扑克牌，表情似笑非笑又十分慵懒，看着非常勾人，只是一眼就有种勾魂夺魄的艳香、扑面而来的欲气。

玩家：Heart Queen（红桃皇后）。

目前应援综合数据：97万，在所有参赛玩家中位居第二，解锁免死金牌。

总积分排行榜：第二。

所属公会：国王皇冠。

……

白柳一边看，牧四诚就一边给白柳解释："这个游戏里每年八月之后会有一次电竞联赛，玩家可以自行组队参加，当然，普通玩家去玩这个就是送菜。联赛是大公会的场子，他们底子很厚，为了给参加联赛的玩家拉票，这些公会会在游戏里放烟火，搞各种各样的花样做宣传，我们叫'应援季'。

"公会还会大肆搜刮游戏里的道具储存起来，给参赛玩家做准备，养属性。"

"这种大肆搜刮和宣传都很烦的，会搞得我这种不怎么关注联赛的玩家连想得到的道具都很难收到。"牧四诚忍不住吐槽，"而且我听说傀儡师本来是今年国王公会战队的预备役，所以国王公会才下了大力气培养他，他自己也在疯狂搜刮新傀儡，没想到死你手上了，他们应该需要换预备役队员了。"

"今年国王公会野心勃勃，还引入了一个新人，叫小女巫，个人技能是可以在游戏中恢复生命值，是个十分稀缺的玩家，一直在被各大公会抢。这位玩家也是新星榜第一，最后被国王公会抢到手了。

"本来我听说国王公会要为傀儡师的控制技能和这个小女巫的治疗技能定制一个很奇特的战术，还在练习，结果张傀就被你给端了，他们要换战术了。"

说到这里，牧四诚有点幸灾乐祸地哼笑了一声。

白柳看着宣传面板上五花八门的战队和玩家，思索了一会儿，询问："我之前就觉得很疑惑了，这游戏里为什么观众的打赏力度会如此疯狂？这个第一点赞充电加起来都有一百三十万了，还有电竞比赛这种竞技娱乐项目。

"观众也不过是普通玩家，在这种涉及生死存亡的游戏里这么娱乐化，这有点不太正常。"

牧四诚在自己的系统面板上滑动了两下，递给了白柳："因为观众给这些参赛玩家的充电，不光是充电，更是投资，玩家只能拿到百分之十，系统抽成百分之五，其余都是筹码。"

> 系统温馨提醒：在游戏前观众投注某个玩家的充电积分的85%将进入投资系统，若该玩家在竞赛中胜出，观众可赢得输家的充电积分。
>
> 规避和防范风险是投资的第一要务，也是取得长期成功的前提和保障，请各位玩家酌情充电，适度参与。

"一百三十万算什么？"牧四诚说，"你没看到去年的联赛，打决赛的时候双方充电积分拼到了一个亿，现在应援季才刚开始，这数据还有的涨。"

"平时观众给我们这些普通玩家充电都是毛毛雨，拿来练手养新人罢了。"

"一个亿的充电积分……"白柳的关注点迅速走歪，他换算了一下，就算赢的玩家只拿百分之十，那也是一千万积分……

一千万积分一千万积分一千万积分……白柳的目光缓缓变得深沉起来。

而牧四诚浑然不觉，还在科普："冠军的奖励是每个人一亿积分，单人赛和双人赛、团赛的第一名还有属性点奖励，但这个我不清楚，据说每年都不一样，但赢了的玩家得到的积分奖励加上中间充电抽成的收益，几乎是一个天文数字，一年一次吃饱，全家不饿，所以联赛公会会拼尽全力来准备应援。"

白柳放在系统面板上的手指悬空停滞了五秒，他的目光在听到"每个人一亿"的时候长久地凝滞了。过了一会儿，白柳冷静地深吸了一口气，迅速翻到了之前他一扫而过的报名界面。

要什么故事游戏体验！他要参赛！让他参赛！

白柳脑子里瞬间只剩下那个"一亿积分"，不夸张地说，现在的他从眼睛到脑子都被那一个亿刺激成了钱币的形状。他飞快翻到报名界面：

离报名截止时间：2（月）：01（天）：07（小时）：34（分）。
玩家离参赛条件还差：50次游戏副本次数，4名队友。

差太多了。

白柳稍微冷静了一点，理智思考着——他只剩六十一天的时间，还要过五十次游戏副本，平均现实时间的一天多就要过一个游戏副本。就算游戏副本内的时间流速更慢，但一天一个游戏，他的精神也不一定撑得住，说实话游戏对他的消耗也是很大的，不然白柳也不会每次出去都睡得那么死……

但他又瞄了一眼那游戏奖励的一亿积分。

牧四诚犹自喋喋不休："不过这竞赛今年和我们这些新人没什么关系了，要过五十二次副本才能参加，我一般是一周一次，现在也就过了二十六次。还剩两个月，怎么都不可能凑齐这个副本次数……"

正说着，牧四诚对上了白柳的眼神，他情不自禁地打了个寒战，后退了两步："白柳，你要对我干吗？！"

白柳微笑："朋友，熬夜打游戏吗？两个月打五十次副本那种？"

牧四诚："？"

牧四诚和白柳是一起登出游戏的，登出的地点选在了白柳的家。

因为牧四诚说想和白柳线下联系，但游戏当中是不允许交谈玩家真实世界的具体信息的，比如具体地址和具体电话号码之类的。就和游戏外不允许交谈游戏内的信息是一样的，什么电话微信号，一旦说出口就会被系统给屏蔽掉。所以两个人交流的最快方法，就是直接从同一个玩家的登出口登出。

玩家的登出口口令是一串十二位的数字，有点像是密码。在确定登出之后，玩家输入密码就可以被输送到这串密码所对应的登出口。

玩家登出口的初始密码对应的登出地方，就是他们最开始登入的地方，也是玩家默认登出的地方，第一次游戏中白柳没有输入密码，那么他就会默认从登入的地址登出。

比如白柳在自己的家登入游戏，游戏会生成一串十二位的密码给他，这串密码对应的登出口就是白柳的家，无论是谁输入密码都可以从"白柳的家"这个地方登出。

牧四诚还是个大学生，他是在寝室登入的，白柳要是从他寝室登出会被宿管阿姨当场逮住，于是两人选了从白柳的小出租屋登出。

刚从白柳的屋子里登出，牧四诚就苦口婆心地说："白柳，听我一句劝，别参赛，而且你参赛人数根本凑不够吧，只有我们两个人怎么参赛啊……"

话还没说完，牧四诚就打住了，他用一种很诡异的目光看着睡在白柳床上的那个满脸泪痕、样貌精致的小男生。

木柯不知道在游戏里经历了什么，哭得满脸是眼泪，手腕和脚腕上还有一些红痕，看起来像是被鞭子抽了一样。他抱着白柳的衬衫把整个头都埋了进去，像是很没有安全感的小动物一样在床边蜷缩成一小团，睡得正沉。

白柳倒是见怪不怪，他没有给床上的木柯过多眼神，目不斜视地从睡了木柯的床旁边走过，还随口回了牧四诚一句："是三个，床上这个也会参赛。"

牧四诚满脸问号："白柳你认真的吗？这人谁啊？"

不怪牧四诚眼瘸认不出木柯，他是真没想到，木柯，这个和白柳同一批的新人会以这样一种姿态出现在白柳的床上……

白柳转头看牧四诚一眼："木柯，上次我从游戏里带出来的新人玩家，我会带他一起刷本。"

木柯和白柳都是纯新人，而且游戏次数都是两次。白柳和木柯差的游戏次数都是一样的，他带着木柯刷本刚好可以同时刷够。

木柯上次也是从白柳的家这里登出的，他是知道白柳家的登出密码的，这次在游戏通关之后又选择从白柳的家里登出，也在白柳的预料之内。

白柳在进入游戏之前建议木柯选单人游戏，让木柯自己玩游戏。他不会多插手，如果木柯能活过这一次他才会开始认真培养木柯。

白柳不太喜欢和心智很软弱的人交流，这种人太会给自己找借口了，所以白柳决定先试试木柯，如果木柯可以成功靠自己通关一个游戏，他就试着培养木柯，免得导致张傀那种情况出现——国王公会花了很多的资源培养张傀，结果张傀太过依靠傀儡和自己吸取而来的智力，最终折在了白柳的手里，造成大量的成本沉没。

白柳不喜欢做成本沉没的事情，他喜欢做一些成本反馈很高的事情。

看来木柯应该是靠自己拼命通关了，但通关之后那种生死一线的剧烈不安感让他下意识地选择了从白柳的家登出。这是一种寻求安抚的做法，也是一种证明自己的行为——木柯想在通关之后第一时间向白柳表示，他做到了。

有点像好不容易考了一百分一边哭一边给家长展示卷面的小孩。

"家长"白柳拿了白衬衫和西装裤去卫生间换衣服，几分钟之后，人模狗样地从卫生间里出来了。

牧四诚现在像是见了鬼一样缩在角落里，离床上的木柯远远的。指了指床上的木柯，牧四诚用一种一言难尽的表情和语气问换好衣服出来的白柳："你把上次你救的那个新人玩家拐回家了？！"

"他自己要来的，也有我家这里的登出密码，我也没办法。"白柳丝毫没有察觉牧四诚已经想歪了，"我之前本来准备放养他，但是现在时间紧急，我想参赛，手上的牌又不多，他也还算听话，我觉得我可以带着他刷副本培养他。"

白柳在知道了参加那个联赛可以得到一亿积分之后，整个人就像是魔怔了一样一定要参赛，牧四诚怎么劝都不听。牧四诚只好问白柳，这竞赛要五个参加了五十二次游戏以上的人才能组队，白柳去哪儿找这些人和他组队？

就算是强行加上还差二十多次游戏次数的牧四诚自己，白柳这边也还差三个人。

但刚刚白柳那样子，明显是准备抓和自己一样就过了两次游戏的木柯去参赛！

这简直是在开玩笑！两个月不眠不休地刷五十次游戏达到报名线，就算白柳这个疯子的精神值能承受住，木柯一个普通玩家怎么可能承受得住？

牧四诚没忍住指着还在床上的木柯："白柳，你这个神经病说不定能强刷五十次，但木柯一个新人，他现在应该是刚刚通关出来吧，身上还有伤，你知道什么情况下玩家从游戏副本里出来身上会带伤吗？我和你出来可都是没有伤的。"

白柳给自己打着领带，眼神从木柯手腕和脚腕上的伤上扫过，最终落到牧四诚的脸上，问："什么情况下玩家出来会带伤？"

牧四诚随手找了一个椅子翻转坐下。他在游戏里耗费了不少精力，看起来也懒懒的，但除了人有点没精神之外，他的身上的确没有伤。

牧四诚把头搁在椅子上，抬眼看向正在打领带的白柳："游戏里的伤要带出来，只能是他认定自己受伤并且不可痊愈，那么游戏才会顺从玩家的意思让你带伤出来。一般来讲，只有在极端恐惧的情况下，比如精神值下降到10以下，人会失去对游戏的认知，觉得自己不是在游戏里，而是在现实里，那他就会觉得自己是真的受伤，这伤才会被带出来。"

说着，牧四诚看了眼床上那个肢体动作和外貌看起来都非常易碎的男生，也就是木柯，用一种很不赞同的眼神看向白柳。

"一个玩家从游戏里出来容易带伤，只能说明这个玩家的心理素质不行，面板潜力不高，而且要是我没记错的话，这个木柯还是个无个人技能玩家吧？"牧四诚挑眉反问，"你确定你要带他去参赛？这和送菜有什么区别？"

"但我可以说，某种程度上，上个副本《爆裂末班车》，我是因为有他的帮助，才从游戏里顺利通关的。"白柳抬眸看向牧四诚，不疾不徐地说。

白柳最后是靠着木柯的那个"人鱼的护身符"，才有和神级NPC对峙的底牌，也是靠着木柯手上的这个"人鱼的护身符"，才把牧四诚给忽悠进来。

按照牧四诚的说法，木柯会带伤出来，那他在自己的游戏副本里，必然是已经到了极端恐惧紧急的程度了。

但他在自己的单人游戏副本里依旧没有用"人鱼的护身符"这个道具，他把这个最珍贵的求生道具留给了白柳。

只是因为在进入游戏之前，白柳和他提过一句，"我说不定会用你的道具'人鱼的护身符'"，木柯就算是恐惧到精神值掉到了混沌现状的程度，都没有用这个道具，还带着一身伤努力从游戏里跑出来了。

这和牧四诚在《爆裂末班车》中是一样的做法。

"你和他在我心里都有同样的价值，牧四诚，"白柳看着牧四诚，眸光没有什么波澜，"因为你们都曾在绝境中遵守和我的交易，我很尊重这一点，所以我更不能违背和你们的约定，我说了如果他这次能自己出来，我就会好好培养他，让他活下去。"

"就和我不会放弃你一样，我也不会轻易放弃他。"白柳看向床上遍体鳞伤的木柯，垂眸，"因为你们都已经向我证明了你们对于我的价值。"

白柳说完之后转身继续低头给自己的领带打结，倒是牧四诚一怔。

在两人交谈间，躺在床上的木柯哭叫一声，浑身大汗手脚抽搐着从床上醒了过来,他坐起之后全身控制不住地剧烈颤抖,下意识抱紧怀里白柳的白色衬衣,双目空茫地喘息着,还在往下掉茫然的眼泪,好像还没从噩梦的恐惧里清醒过来。

白柳轻声喊他名字:"木柯,你活着,冷静点。"木柯失焦的双眼才慢慢恢复焦距。

他愣愣地看着面前的白柳,泛红的眼眶里泪水一点一点蓄积,手上攥紧的白衬衣也被他放开。白柳察觉到这人想往他身上扑,稍微后退了一点,安抚性地拍了拍木柯的肩膀:"没事了,你回到了现实。"

"白柳,呜呜呜,白柳!"木柯好像一根被过度的恐惧扯断的水管,号啕大哭着,只有看到白柳才能让他稍微冷静一点,他的手死死地攥住白柳的西装衣摆一角,失魂落魄地抬头看着白柳,眼泪大滴大滴地流淌出来。

木柯的嗓音因为叫喊嘶哑过度:"我以为我会死在那所学校里!他们要勒死我!"

白柳垂眸轻声说:"但是你没有,所以你做得很好,你也活下来了,一切都过去了,木柯。"

木柯哭个不停,哭得胸膛剧烈起伏着,哭到一半还打了个哭嗝。他抬起湿漉漉的眼睫看向白柳,很轻很小心翼翼地询问:"我按照你说的自己通关了,那我合格了对吧?你会让我在游戏里尽量活下来对吧?"

"我会尽力培养你,让你自己成长强大起来,可以独当一面存活下去。"白柳很爽快地回答,但他话锋一转,语调又变得残酷了许多,"但如果你只想着依靠我的手段,变得越来越没有价值,我也保证我会很迅速地放弃在你身上的所有投入,你明白了吗木柯?我不喜欢浪费精力做没有回报的事情。"

木柯疯狂地流泪点头,哽咽着,漂亮的眼睛里盈满了泪珠,像个好不容易得到认可的小孩:"我会的,我保证我会的,白柳!"

"我想从下一场游戏开始,安排你跟着我。"白柳站起来递给还在流眼泪的木柯一张卫生纸,斜眼看木柯,"如果你愿意跟着我,我们就要在六十天内刷五十个副本,我想带你参加联赛,但同时我需要你迅速地成长起来。"

木柯拿着白柳递给他的卫生纸,愕然地抬头。

白柳无波无澜地垂眸看他:"你能做到吗?如果你不能,我会为你安排其他培养你的路线,你不一定非要跟着我……"

白柳的话还没有说完,木柯咬了咬下唇,攥紧了白柳递给他的卫生纸,低着头,嗓音和瘦弱的肩膀都有些颤抖:"你需要我这样做是吗?那我,我就能做到。"

"你真的想好了吗木柯?"白柳语调平淡,"木柯,我习惯在和人商量事情的时候对方直视我,你把头抬起来。"

木柯缓缓地、有些发颤地抬起了头,白柳看清了木柯低头想要隐藏的表情。

这个得了心脏病的小少爷红着眼眶,跪坐在白柳的床上,双手攥成拳头撑在膝盖上,身体有些控制不住地颤抖,乖巧可怜地仰头看着白柳。木柯明显对于白柳所说的六十天刷五十个副本害怕得不行,无法控制的恐惧让他的眼泪流得满脸都是,却还在强忍着抽泣。

用寻常人的眼光来看,这个哭得凄惨的小男生好看又惹人怜惜,谁看了都会心软一下,白柳却依旧只是平静地询问:"木柯,你有别的选择,这游戏里有不少靠颜值上位获得观众充电积分的玩家,你也可以走这条路,跟着我会很辛苦,所以木柯,想好了再回答我。

"跟着我打联赛和在我的帮助下做个实力不错的颜值充电玩家,两条路你都可以活下来,你选哪条路?"

白柳抬起眼看着愣怔的木柯:"跟着我你会成长很快,从个人需求和你的能力发展的角度来看,我对你的建议是你可以先跟着我试试,先跟着我养养你自己的面板属性。能跟着我进联赛最好,不能跟着进去,你快速成长起来也可以从其他地方帮助我,联赛我找其他玩家也可以,你只是我的一个备用选项,简单来说就是拿你凑数的。"

"所以你的选择呢?"白柳对木柯伸出了手,安静地看着木柯,等木柯的回答。

木柯是知道打联赛这件事的,他出游戏的时候也看到烟花和系统通知了,但他很快就出来了,因为刚刚通关太害怕了。

任何新人在通关游戏之后都会想着快速逃离游戏,只有白柳这种脑回路有问题的还能慢条斯理地闲逛收集信息,而木柯的心理素质显然做不到让他拼死通关之后还保持一种相对平和的心态。

游戏通关之后那种濒死的、连一根浮木都没有的感觉让木柯好像回想起了《塞壬小镇》里那种溺水的窒息感,而他周围并没有向他伸出手的白柳。

没有白柳的环境让木柯太害怕了。白柳那一次把他从海底救出,给了木柯极强的心理暗示,在木柯心中白柳是能驾驭这个游戏的,白柳甚至能越过系统的屏障把他给救出来,这带给了木柯无与伦比的安全感。所以当木柯再次遭遇那种让他差点死亡的场景之后,出于对安全环境的下意识需求,精神崩溃的他在一种恍惚失神的状态下从白柳的屋子里登出了。

木柯是恐惧联赛的,他知道这一定是一个比他刚刚通关的单人游戏要危险千万倍的游戏场景,他这种新人进去一定是九死一生的。

木柯眨了眨自己发红的眼睛，心跳很快，垂下了沾染着泪水的长睫。他看着白柳对他伸出的手，呼吸渐渐变快——木柯心里知道白柳是个很凉薄的人，这人并不会每次都救他，第一次救他也是为了他身上的附加价值——那个"人鱼的护身符"，但是这个东西已经被白柳用掉了。

白柳并不是一个好人，但他是一个很守信的人。

木柯仰头直视白柳，眼神就像是小动物遇到威胁场景那种警惕又试探的感觉："如果我跟着你，你会保证尽量让我在游戏里存活吗？"

白柳很有耐心地低语："我保证。"

木柯对白柳所有的安全感都来源于此——只要这个人说出口的承诺，他从来没有食言过，无论是怎么样的绝境都没有。

而白柳答应过，不会轻易放弃他，会尽力让他存活，就算打联赛听起来好像很可怕也是一样的。

"那，我要跟着你打联赛。"木柯把手很轻地放进了白柳的手里，用还带着鼻音的哭腔，小小声地回答，带一点抱怨和委屈，"我不想一个人过游戏了。"

白柳轻握了一下木柯的手又放开，这代表他们达成了合作，他放柔了语气："好，我知道了。"

但很快白柳就收起了自己这副虚假的、用来哄骗别人合作的营业性温柔面容，迅速地进入了和木柯谈正事的模式。

"那木柯，什么时候可以准备好？毕竟下一次我们进去很有可能很久都不会出来了。"白柳询问木柯，"你看起来需要一场很好的休息，以及你大概要消失两个月，你应该也要和你周围的人说一声？"

"但我们的时间也不多。"白柳看向木柯，"我最多可以给你一天的时间来做准备工作，你可以吗？"

木柯的嘴唇有点抖，他有点不太适应立马就要进入的这种高强度模式，但在白柳平静的目光直视下，还是很快地应了下来："……好。"

"现在回家吧木柯。"白柳拿起了手机准备打给原上司，他一边打电话一边眼神看向木柯，"我现在通知上司来接你，你有我住址和电话，明天你做好准备了给我打电话，你可以直接过来，或者你需要我到时候去接你？哪种会合方式？"

"我，我来找你可以吗？"木柯小心地看着白柳问。

"可以。"白柳无所谓。

原上司没多久就过来了，这是他第二次到白柳这个小出租屋来接这个木柯小少爷了。一回生二回熟，虽然这次原上司的眼神仍然很诡异，不过还是态度恭敬地和白柳问了好，但在进房门看到房间里坐在床上、眼眶泛红一看就刚刚哭过的木柯之后，上司的面部还是忍不住扭曲了一下。

可怜兮兮的小少爷的手脚上还有伤痕，像是被什么东西捆过（游戏里留下的伤痕）。

但这不是最让上司目瞪口呆的，最让他震惊的是白柳的桌上还趴着睡了一个面容疲惫、样貌姣好的男大学生（牧四诚在等白柳和木柯交涉的时候睡着了，身上穿的是有他们大学LOGO的衣服），而且肩膀上还披了一件白柳的外套，这男大学生像是整夜没睡一样睡得很熟，眼下还有青黑。

白柳一转头就对上了原上司一脸信息量加载过多的表情，但鉴于白柳向来不揣摩上司的心思，他就当没看到一样引着木柯过去了。

木柯一步三回头地跟着上司走了，很心不在焉。上司想到刚刚看到的，对他来说极具冲击力的画面，忍了又忍也没有忍住自己八卦的好奇心。

在走出白柳的小出租屋之后，上司咳嗽了两声，假装随意地问："木柯啊，刚刚白柳房间里那个人看着是个大学生啊，和他是什么关系啊？"

"哦，那个人啊。"木柯说起牧四诚有点心情复杂，酸不溜丢的。

木柯是知道牧四诚的，新星积分榜排名第四的新星大神。牧四诚比他更强，明显更有用，而且牧四诚显然对白柳的意义不一样，和白柳关系也更好，从白柳对牧四诚的态度就可以看出来。

牧四诚睡着了之后，白柳居然还给牧四诚披外套，和木柯交谈的声音也放低了不少，似乎是怕吵到对方睡觉，木柯多看了两眼牧四诚，白柳还解释了一句说牧四诚在游戏里体力耗损很严重，让他好好休息。

……是自己在白柳那边没有的待遇。

木柯这位小少爷无论在什么人那里都是特殊待遇的，白柳对他不冷不热一开始还有点厌烦的态度木柯也察觉到了，但白柳对牧四诚这个大神玩家和对他完全是不一样的态度，这让木柯有点微妙的酸。

他哼了一声，有点愤愤不平："他？不过和我一样都只是白柳玩游戏的同伴罢了，总有一天，我会超越他在白柳身边的地位的！我会让白柳更喜欢和我一起玩游戏的！我从明天就开始天天和白柳玩游戏了！他怎么可能比得过我！"

"……"上司听得表情木然，内心震撼。

你们之间，竞争都这么激烈的吗？！连"玩游戏"都要竞争上岗？！

"……你也注意一下身体。"上司尴尬又表情极度复杂地咳了一下，委婉地劝告，"最近多休息。"

"不行。"木柯有点恍惚，幽幽地说道，"接下来两个月白柳给了我任务的，我要两个月和他玩五十次游戏，我们还要五个人一起玩游戏，我可能身体受不了，我和其他人也没有一起玩过，欸，白柳只给了我半天休息就要开始了……"

上司彻底木了……

上班都要放假,他居然都不给木柯放假!!!

上司沉痛地想到——白柳居然实行的是996制度。

73

等上司把木柯接走之后,牧四诚已经被闹钟吵醒了。

他懒洋洋地靠在白柳的椅背上,白柳给他披在肩膀上的外套被他搭在手上。本来牧四诚是强烈阻止白柳参加游戏的,但他很快就发现了白柳这家伙参赛的决心之坚定。考虑到白柳此人一向的作风,牧四诚觉得白柳这个参赛的心不是他轻易可以动摇的。

牧四诚冷眼旁观白柳把木柯忽悠上贼船,自己倒是不紧不慢地睡了,因为他在意识到无法轻易动摇白柳想法之后,能做的就是严肃地告诉白柳,自己不会和白柳一起胡闹,去参加这个危险性极高的联赛。

不过白柳给他披的这件外套让牧四诚开口的语气忍不住地柔和了不少:"怎么,你把那小美人忽悠上你的贼船了?"

"你叫木柯'小美人'?"白柳看了一眼牧四诚,"好奇木柯这种类型?"

牧四诚瞬间被噎住:"我是直男!开玩笑听不懂吗?!"

白柳随意地点点头:"我现在懂了,看你的样子,是有话想和我说?"

在牧四诚开口之前,白柳找了一条板凳坐在了牧四诚的对面。

白柳坐得很自在随便,却给牧四诚带来了一股压迫感,让牧四诚从没有骨头一样懒在白柳的靠背椅上,到忍不住坐直了身体。

白柳淡淡地直视牧四诚:"我猜你想和我说,你绝对不会和我们一起参加这个电竞联赛。"

"你能给我一个可以说服我的理由吗?"白柳后仰靠在了书桌上,屈指在书桌上敲了一下,"你为什么不愿意参加这个电竞联赛?"

"淘汰率高,风险大,人数不齐,副本次数不够……"白柳接连说了几个问题,抬眸看向牧四诚,"这些可以全部都交给我,你只要负责参加就可以了,你还有什么其他担心的问题吗?"

牧四诚简直要被白柳这副气定神闲的模样给气笑了。

要是一个副本之前的他,说不定就被白柳这一切尽在掌握之中的样子糊弄过去了,但现在牧四诚已经不是当初那个牧四诚了,一个副本之后,牧四诚已经稍微清楚白柳这货的性格了——赌性大得不行。

就算成功率很低的事情,但是只要收益够高,白柳这人也很敢尝试。

"这些就是我担心的主要问题。"牧四诚难得语气正经,"白柳,联赛真的不是开玩笑的，玩家淘汰率很高，你没必要为了这个游戏放弃自己的正常规划，虽然这游戏的确可以带来很多东西，但以你的实力完全可以慢慢挣积分，这样更稳妥，除了游戏，你总要为自己的生活做一些退路……"

"自己的生活？"白柳意味不明地轻声重复了这一句，不慌不忙地等着牧四诚把苦口婆心劝说他的话说完，才问了一句毫不相关的话，"你对木柯上一轮通关的那个单人游戏怎么看？"

牧四诚一怔，他没想到白柳突然提起这个。刚刚白柳的确和木柯聊了这个，牧四诚当时困得不行，不过也跟着听了一耳朵。

木柯上一轮通关的游戏叫作《离校之日》，是一款有点日式校园背景的单人游戏。

游戏内容倒不是最吸引牧四诚注意力的地方，更吸引牧四诚注意力的点是——

木柯说里面的学校有原型，是他在日本留学的一所私立高中，曾经因为有女生跳楼自杀而一直闹鬼，后面陆陆续续地死了不少学生。

木柯所在的那个宿舍的学生更是除了他之外，以各种离奇的方式全部都死了，这也是木柯会混淆游戏和现实，带伤出来的重要原因——游戏背景设置里的高中和他念的高中是一模一样的。

这和白柳他们经历的事情也很类似——《爆裂末班车》的原型是一列白柳曾经误打误撞坐上去的爆炸的末班车。

牧四诚沉默两秒："我觉得不可能那么凑巧，连续两个游戏在现实里都有原型。"

"没错，我也是这么觉得的。"

"所以我个人现在觉得有三种可能的说法，可以解释这个。"白柳从自己的书桌里抽出了一张纸。

白柳习惯有思路的时候记录下来，特别是现在，白柳确认他们的记忆是可以被随意篡改欺骗人的情况下。

因为写了具体信息文字会被禁言消失，所以白柳就只提炼了一些简单的关键词写下来，写下来之后用五指撑着纸面一转，给书桌对面的牧四诚看。白柳解释的语调很平稳：

"我倾向于这个游戏中的很多副本游戏都有原型事件，只是有些人知道原型有些人不知道原型。比如你和我都知道镜城爆炸案这个原型，因为我们都在镜城，但很明显张傀就不知道。又比如木柯说的这个闹鬼的日本高中，他知道，但是你和我都不知道。"

"但问题是，这些设计游戏的现实原型，游戏是如何选取的呢？"

白柳在纸面上写下"场景选取"四个字：

"第一种可能，游戏随机选取现实中的场景事件作为原型设计恐怖游戏，但从镜城爆炸案和那个闹鬼的日本高中来看，游戏的选取显然有一定倾向性，它会选取原本就带有恐怖性质的惨案来设计游戏，所以这种可能性不高，pass。"

白柳又在纸面上写下"灵感来源"四个字，继续说道：

"第二种可能，游戏会选取玩家经历过的惨案和到过的灵异的地点作为原型来设计游戏，我和你都知道游戏可以删改人的记忆，那有没有可能游戏也可以读取玩家的记忆，并从玩家的记忆里摄取灵感，以玩家的记忆作为参考来构架游戏？

"这让玩家在一定程度上很容易代入恐怖游戏，并且场景更真实，比如第二个副本最后那几分钟的列车场景设置和我记忆中的一模一样，这种会让人分不清现实和虚幻的真实度其实是很难做到的。"

牧四诚抱臂思索着，食指在另一只手的手臂上敲了敲："我觉得你说的这第二种可能性推论上已经比较合理了，我倾向于这一种，那你说的第三种可能性呢？"

"不，这个可能性有一个非常大的漏洞，那就是时间线的逻辑不对。"白柳抬眸直视牧四诚，"我们玩的那款《爆裂末班车》你记得是什么时候存在的吗？"

牧四诚一怔，回忆着："好像挺久了吧？我进去就在了。"

白柳平静地提醒牧四诚："但是镜城爆炸案是今年的事情，这说明《爆裂末班车》这款游戏早于'镜城爆炸案'，在爆炸案还没有发生的时候，这个以爆炸案为原型的游戏就已经存在了，牧四诚，你懂这意味着什么吗？"

牧四诚的脸色开始变了，他似乎意识到了什么，缓缓地看向了白柳，白柳不冷不热继续说了下去：

"这说明我们弄错了参考原型，并不是《爆裂末班车》参考'镜城爆炸案'，"白柳很平稳地继续说下去，"而是'镜城爆炸案'参考了《爆裂末班车》这个游戏。"

说完这句话，白柳在纸面上写下"测试阶段"这四个字。

看着白柳毫无波动的眼神，牧四诚好像被一盆冰水兜头浇了下来，他僵直地看向白柳在纸上写下的这四个字，寒气从背后一股一股地冒了出来。牧四诚的手都有点抖了，像是被冲击到极致般。他明白白柳的意思了，无法置信地反驳："这怎么可能？！"

用游戏内的说法来形容牧四诚现在的状态就是——精神值掉到安全线以下了。

白柳语气平静："每个游戏开发到最后的时候，都会出一个版本，叫作公测版，简单来讲就是面对局部公众测试，并不会开放给全体玩家。

"如果某个副本这部分局部玩家的反应我们满意，我们才会把这个游戏副本放在正式的游戏里，面向所有人公开这个游戏副本，也就是最终的正式版游戏。"

白柳抬起眼："我所猜测的第三种可能，那就是游戏和我们所处的世界，分别是一款游戏的公测版和正式版。

"在游戏内是测试我们这些被选中的局部玩家对某个副本的反应，如果系统满意这个游戏副本里我们的表现，对应的游戏就会被投放到我们所在世界里，对所有人公开，变成正式版。

"比如《爆裂末班车》被投放到现实里，就是'镜城爆炸案'，而《离校之日》投放到现实里，就是木柯之前念过的日本高中，总的来说，不过只是同一款恐怖游戏的两种不同表现形式罢了。"

"换言之，"白柳看向牧四诚的眼神里什么情绪都没有，"我们这个世界也并不安全，会被随时投放那些系统里恐怖游戏的正式版。"

"如果是这样，牧四诚你所追求的生活，本身就和在游戏里存活无异，所以我觉得你没有必要为了你所谓的真实生活拒绝一场竞赛。

"因为你所在的现实，也不过就是一场你看不到的游戏竞赛罢了。"

74

白柳说完自己的三个猜测之后把笔放下，笔在桌面上滚动了两下，滚到脸上毫无表情的牧四诚手边。

白柳态度依旧是平静的，似乎不觉得自己说了什么很不得了的事情。最后白柳看向满脸麻木的牧四诚真诚地补了一句："当然，这只是我个人的看法，也有可能不是这样的。"

狭小的出租屋陷入了长久的寂静中，只有风偶尔划过白柳的指尖，吹拂那张被他写过文字的纸面。

现在正是盛夏，阳光从白柳身后的窗户灿烂地洒进来，已经是正午了，能听到蝉肆意泼洒的嘈杂鸣叫，能听到窗外汽车喧闹的鸣笛声。

但这些好像赋予人间烟火气的视觉和听觉体验一瞬间在牧四诚的世界里变得黑白，和坐在书桌前逆着光安静专注看着他的白柳一样，在卷曲数据化多维的线条里不断后退，消失在他闭上眼的缝隙中。

在白柳放下笔的一瞬间，牧四诚感觉自己耳鸣了几秒，仿佛刹那之间连呼吸都是虚假的。

现实就是游戏？

他拼尽一切想要保留的一个脱离他卑劣欲望存在的应许之地，原来也只不过是一场游戏。

牧四诚颓然后仰在椅子上，一只手的手背搭在眼睛上，另一只手垂落了下来，保持这个姿势不言不语了很久。

白柳没有打扰他。

隔了不知道多久，牧四诚才声音艰涩地嗤笑开口："白柳，我在想你是不是为了哄我和你一起参加联赛，编造了这么一个恐怖的故事来忽悠我，这是假的吧？不是真的对吧？"

"这个世界上绝大部分真实的事情都是恐怖的，不然我们做游戏的素材从哪里来？"白柳起身把写了这些字的纸折好放进了一本书里，转头又看向牧四诚。

牧四诚幽幽地看着白柳。

白柳耸肩："不过看起来你不太愿意接受，所以感情上我觉得我似乎应该给你一个可以逃避和接受的缓冲空间。所以我说这件事情也有可能不是这样的，毕竟的确也有可能是第一种和第二种情况。"

牧四诚心想：但是你这和直接告诉我就是第三种情况有什么差别！

牧四诚瘫坐在了椅子上很久很久，才有点茫然地看向白柳，问："白柳，如果我们所在的现实也不过是一场游戏，那真正的现实在什么地方？存在真正的现实吗？什么东西对我们来说才是有真实意义的？你为什么不因为这种游戏般的现实感到恐惧？"

白柳并没有被牧四诚这种连珠炮的问题给问蒙，他思索片刻。

"我从十几岁的时候就开始问自己'现实到底是什么'和'什么东西对我最有意义'这种问题了。"白柳摊手，"但除了我的一位至交好友，大部分的同龄人都无法理解我，我后来就发现他们或许终生都不会思考这个问题，在这种虚妄的现实里也可以很好地存活着。"

"无论现实是游戏还是真实，相信我，对于绝大多数人来讲，其实对他们都没有任何影响。用唯心主义的观点来诠释：人对本体和世界的客观认知构成人的价值逻辑链条，那只要'我'是真实的，'我'所追求的事情是真实的，那么世界对于'我'来说就是真实的。"

白柳很平静地说："这个世界对于我来说，是一场游戏或是别的什么，都无所谓。

"只要人类货币存在一天，我对金钱的欲望就不会熄灭，这就是我的真实和意义。"

"如果你暂时找不到自己的意义，要不要试着用用我的？"白柳拿起了挂在门后的钥匙，回头看愣怔的牧四诚，"你试着追寻一下可见的货币，比如游戏竞赛冠军的一个亿积分试试？"

"到时候，你说不定可以用钱买到你想要的真实。"白柳推开门，"一个亿的积分，我觉得你可以买一个地球用来创造你想要的那种'真实世界'了。"

牧四诚表情扭曲地沉默了一会儿。

"白柳,看你的口才真的是干过宣传吧?"

他又一次被这神经病的奇怪的逻辑说服了!

"所以你的答案是?"白柳挑眉问,"参加联赛吗?"

牧四诚咬了咬牙:"我参加!"继而询问,"但你起码要凑齐五个玩家吧?不然我们怎么参加?"

"这个你就不用担心了,我会解决的,你等我通知就行。"白柳转头问牧四诚,"我要出门找我朋友吃火锅了,你一起吗?"

牧四诚:"……"

都什么时候了,为什么你还有心情吃火锅?!

可能是牧四诚过于狰狞的表情透露了他的质问,白柳从兜里掏出两张打折券晃了一下,简单解释了一下:"因为我有两张火锅店的打折券,今天不吃就要过期了。"

牧四诚:"……"

牧四诚无法和白柳这个心理素质强到离谱的人比,这个被白柳冲击了世界观的大学生明显还有点回不过神来,拒绝了白柳一起吃火锅的邀请之后,牧四诚和白柳交换了联系方式并告诉他学校地址,就要独自一人回宿舍思考人生了。

白柳怀揣着两张火锅打折券出门了,神情愉悦,一点都不像是刚刚从一场生死逃亡的游戏里出来,也不像是刚刚在牧四诚面前揭露了魔幻世界真相的人。

牧四诚匪夷所思地又无语地感叹了一句:"你看起来,居然心情还不错?"

"对。"白柳点头承认了,他弯眼笑笑,"现在算是我的下班时间了,我当然心情好。"

牧四诚无语至极,他又想起白柳那套游戏上班论了。

这家伙是真的觉得自己下班了!

这彪悍的心理素质——这家伙到底是从什么环境中养出来的怪物?!

白柳和神情恍惚的牧四诚告别之后就去找陆驿站了。

因为白柳一觉醒来发现陆驿站给他打了两个电话,但是由于他在游戏里都没有接。白柳给陆驿站发了条短信问他怎么了,陆驿站说当面聊。

说起当面聊,白柳想到接下来两个月他很有可能都要失联的情况。如果他就这么不声不响地不见了,陆驿站这个警察找不到他绝对会报案,白柳觉得自己有必要当面和陆驿站报备一下,于是就发短信把陆驿站约到了火锅店,准备和陆驿站当面聊聊。

白柳到火锅店的时候还比较早,店里没有什么人,他和老板确定优惠券还能用之后点了个锅底和一些菜,就老老实实等着了。

老板上菜之前把店里的电视给白柳打开了，电视里正在播报的是一个正午新闻节目，白柳一看，就看到电视屏幕上李狗眼睛打了码的照片。

电视中西装革履的男主持人一本正经地双手交叉放在桌前，用一种很正统的播音腔娓娓播报道：

"欢迎大家收看《午间新闻》栏目，近日，高三少女碎尸案的重大犯罪嫌疑人李某的关键作案证据终于找到……李某的罪行如果属实，最高可判死刑。但在昨日，审判下达之前，李某在狱中突然被一名同样犯有杀人罪的狱友王某用乱刀砍下……"

男主持低着头翻了一下桌面上的稿子，继续抬头播报：

"近日，我市一私人捐办的儿童福利院突然暴发集体食物中毒事件，造成该福利院大批儿童紧急入院。警方介入调查之后发现该福利院因为运营不善，濒临倒闭，采买的许多廉价食材都已腐烂变质，导致孩子们食用之后腹泻呕吐，严重者脱水休克……对此我们呼吁社会各界爱心人士向福利院捐赠善款……"

白柳正看得津津有味，陆驿站满脸疲惫风尘仆仆地来了。

白柳一看他这张憔悴脸就知道这人最近熬夜不少。

陆驿站坐下先猛灌了自己两口茶，看着白柳就开始喋喋不休地痛苦抱怨："你不知道我最近有多忙！我快要忙死了！一上午连喝口茶的时间都没有！"

"我上次和你吃饭也没过几天吧？"白柳眉尾上扬，"准备结婚这么恐怖的吗？"

陆驿站疲惫地挥挥手，抬头一看看到了电视上的新闻，脸色一变，找来服务员，嗓门压低："不光是结婚的事情。服务员，可以给我们换个包间吗？"

现在的人还不多，服务员很爽快地就给白柳和陆驿站换了个小包间。

陆驿站一进包间脸色就很凝重，他拿了一根烟出来抽。

白柳已经很久没见过陆驿站抽烟了，这人在交了女友之后就被管成了"二十四孝"男友，抽烟、打游戏、打牌这些不良习惯全部戒掉，出来喝瓶可乐都是偷偷摸摸的，因为他女友——不对，现在要说未婚妻了——管得太紧。

陆驿站的未婚妻对可乐伤身这一点深信不疑，严禁陆驿站喝任何碳酸饮料。

对此白柳表示，幸好陆驿站未婚妻没有禁止他喝啤酒，不然陆驿站喝酒吃烧烤这点唯一的人生乐趣都要被剥夺。

白柳很从容地笑问抽烟抽得一脸苦大仇深的陆驿站："我现在是不是应该很担忧地问，出什么事情了陆驿站，你怎么抽烟了？你当年不是发誓除非世界崩塌否则再也不会碰烟吗？怎么，你的世界在我离去短短几天之内崩塌了是吗？"

"咯咯咯！"陆驿站被白柳调戏得呛了一口烟，没忍住笑了一下，陆驿站是很标准很讨老年人喜欢的那种很方正大气的年轻人长相，笑起来有点憨帅，"白柳，你问问题就问，非要提我的中二黑历史！"

"说吧，"白柳给陆驿站倒了一杯茶推过去，"我现在下班了，可以浪费一点我宝贵的时间听一下让你世界崩塌的人生烦恼。"

"结婚的事情的确很多很烦。"陆驿站接过白柳递给他的茶杯沉默了几秒，"但我最烦的不是结婚，你看到刚刚电视上那个儿童福利院的新闻了吧？"

白柳点头："看到了，怎么了？"

"我一个同事在处理这件事，他说看起来不像是寻常的食物中毒，很多小孩儿现在都在紧急抢救，还没调查出具体结果。"陆驿站拧眉，"但菌菇类中毒，福利院你和我都待过的，镜城又不是什么菌菇产地，菌菇价格偏高，这里的福利院很少会采买菌菇这种相对价格较贵又容易出事的素菜，又是一个濒临倒闭的私人捐赠的福利院……"

"总而言之我觉得这事不对劲，但目前的解决方案还是倾向于把这个福利院保存下来。可在还没查清楚的情况下，留在福利院内的孩子安全是得不到很好保障的……"

"听起来好像挺复杂的。"白柳很冷静地反问，"但这又关你什么事？陆驿站，虽然你是警察，但这不是你的工作吧？"

陆驿站沉默了一会儿，说："我主动要求加入调查组了。"

白柳看了陆驿站一眼，没说话。

"你也知道我快结婚了，点姐（陆驿站的未婚妻）的身体不太好……医生说她很有可能不能怀孕，我们在之前就商量着要不要领养一个孩子……"陆驿站的手指扣紧了杯子，他苦笑了一下，"白柳，我知道你一定会觉得我太冲动了，我现在的经济状况也不算很好……"

陆驿站吸气："但我和点姐商量了之后，还是准备去这个福利院领养一个孩子，少一个孩子处在那种不安定的环境也好，毕竟我也是从福利院里出来的，算是回馈社会吧。"

"所以，你和我说一件你明知道我不太会赞同你做法的事情，目的是什么呢？"白柳语气很平静地询问，"你想我帮你做什么？"

陆驿站低着头拨弄了一下他指尖的香烟，没说话。

服务员端来了一口火辣辣的红锅，锅底在沉默的两个人之间咕噜噜地冒着泡。

然后陆驿站自言自语般地开口了："白柳，其实我很不想把你搅进这种事情里来，但你的脑子在这种事情上，实在是太好用了。

"如果一件事情涉及的利益很大，你几乎立马就能猜出对方的下一步做法，你是这方面的天才。"

白柳面无表情地喝了一口茶："我就当你夸我了，你也不是第一次多管闲事找上我了，有事直说。"

"你能不能帮我看看这次的事情？"陆驿站抬头看向白柳，"我同事那边的调查思路卡住了，之前关于这种事情找你给我的破局思路都很对，所以……"

陆驿站似有几分难以启齿地开了口："我知道我是在多管闲事，但我知道了，就没办法看着不管，都是些小孩儿……"

白柳抬手"啪"的一声拆开了一双一次性筷子，打断了陆驿站还没说完的话："我可以帮你看看，但我不白干，老规矩——这顿你请。"

陆驿站点头，对白柳要求报酬这点已经很熟悉了。

"而且我只有一天时间可以帮你多管闲事。"白柳说，"我明天要出一趟差，两个月不会回来。"

陆驿站惊了一下："两个月？这么久？你这工作到底是做什么的？如果是上次你说的那种表演性质的工作，不用两个月那么久吧？"

白柳顿了一下，考虑到游戏的屏蔽机制，他换了一种说法："这次我要带着一个猴和一个小少爷一些人组队，在台子上玩游戏表演给观众看，要表演两个月。"

"……"陆驿站的表情十分复杂，"你这工作真的合法吗？"

白柳说："合法。"

"又是猴子又是少爷，还玩游戏给观众看，还合法的，还要表演两个月……"陆驿站思考了一会儿，恍然大悟地拍了一下大腿，看着白柳斩钉截铁地下了判断，"你们是一个马戏表演团队对吧？两个月，你们是要开巡演了对吗？"

"……"白柳沉默几秒，"是的。"

白柳回家之后看了一下陆驿站给他的这个私立福利院的相关资料。

他们所在的这个世界大部分儿童福利院都是政府主持建办的公立儿童福利院，白柳和陆驿站都是从这种公立福利院里出来的。

陆驿站倒是被教育成了一个心地善良满心感恩社会的当代五好青年，从小就立志要当警察报效社会。

而白柳这个怪胎，如果不是陆驿站一直警惕紧绷地拉着白柳，白柳这个神经病能干出什么事情来还真不好说。

但这次出事的这个儿童福利院却不是公立的，而是十年前一大批慈善企业家联合起来捐赠成立的私立儿童福利院。

这里面很多企业家据说是得了绝症，按照"人之将死，其行也善"的传统做法，这些人捐献了一大笔钱出来修建了这所私人福利院，说是自己临死之前要做点好事积德，当时还赢得了很多赞誉，陆驿站也对这个行为一直夸奖。

说来也巧，在修建完了这所儿童福利院不久之后，这些企业家的病好些就像是善有善报般地好转了。

但人不将死，自然就不想花大笔钱来做善事求好报了，之后这些企业家对这个福利院渐渐也就没那么上心了，于是这所私人福利院在十年间慢慢地败落了。

看了陆驿站给的资料，白柳明白他为什么会觉得不对劲了。

这所经营不善的私立儿童福利院闹出过各种各样的事故，大部分都是各种菌菇类中毒，只是这次闹得最大。

陆驿站说这些食物中毒的意外堆在一起，打眼一看都不像是意外，但调查下来之后，的确没有发现任何犯案的蛛丝马迹，不是刻意投毒，就是单纯的食物意外中毒，和这次的事件是一样的。

就像是有什么更高一级的存在抹去了所有"食物意外中毒"之外的线索一样。

陆驿站甚至都怀疑是不是他们内部的人里出了问题，有什么犯案痕迹被人刻意抹除了。

白柳从一个游戏设计师的角度来看，这简直是一个用来设计恐怖游戏的天然好素材——一个濒临倒闭的儿童福利院、一起食物中毒的古怪事故和因为中毒惨死的小孩。

比起陆驿站怀疑内部有人抹除了犯案痕迹，白柳更怀疑抹除痕迹的不是人，如果他之前的猜测是正确的——

这个儿童福利院很有可能是一个被投放到现实世界的恐怖游戏副本。

第二天一大早，白柳就被陆驿站的夺命连环call给吵醒了，他一接起电话，对面陆驿站的语气是前所未有的严肃："白柳，你来一趟镜城的第一人民医院，送到医院来的小孩昨夜——"

"死了很多是吧？"白柳平静地说出了下文。

对面的陆驿站呼吸一窒，然后缓慢地吐息，开口道："你查到了什么吗？"

"还没有。"白柳很坦诚地说，"但我从你给我的资料上看，如果是有人蓄意投毒，对方反复了这么多次，目的应该就是杀人，而且这次情况这么严重，所以我觉得送入医院的这些儿童食用的蘑菇应该是致死量的。"

"……是的，很多都抢救无效去世了。"陆驿站的声音艰涩干哑，"但有个孩子还活着。"

"还有一个活着的小孩？"白柳明显察觉到不对劲。

如果这个儿童福利院是"系统"投放到现实世界的恐怖游戏副本，作为游戏背景的这批小孩会全军覆没才对，就和《爆裂末班车》里那列车里的乘客一样。

白柳轻声询问："我可以过去吗？"

陆驿站："可以，你过来吧。"

白柳穿好衣服过去的时候，医院门外都被各路新闻媒体的记者挤满了。

白柳是从手术室电梯被陆驿站接上去的，他从手术室经过的时候，能看到走廊上摆放的一具具被蒙上白布的小小遗体，因为太多了，有一些遗体还没来得及运走，七歪八扭地堆满了手术室外的走廊。

时不时会有护士上来把这些小孩的遗体推下去，偶尔撞到墙了，会从白布下面晃出一只青紫的、上面全是各种尸斑的小手。

这些尸斑和一些隆起的血肿在小孩的遗体表面，好似蘑菇的花纹般遍布小手的手背，似乎下一秒一株蘑菇就会从遗体的皮肤里破土而出。

一种恶心的菌菇发酵气味充斥着整个手术室，仿佛这些被小孩误食的蘑菇以这些刚死的新鲜遗体作为培养基发酵了一夜，腐烂又充满了真菌类的勃勃生机。

白柳不动声色地收回了自己打量的目光，侧头看向陆驿站，等过了手术室才轻声开口问道："你确定这些小孩是昨晚才死的？这些遗体的腐烂程度不太对劲。"

"是。"陆驿站揉了揉额心，"尸斑密集出现的时间太早了，并且尸僵的时间也不对。"

白柳斜眼看陆驿站："怎么个不对法？"

陆驿站听到白柳这句话时停住了，靠在墙面点了一支烟，大口大口地抽了好几口，整个楼梯拐角都是烟雾缭绕的，这说明陆驿站心情极度不好。

"尸斑在确定死亡后几分钟就全部从儿童的身体里冒了出来，出现和蔓延的速度都很快，这一般是死亡超过二十四小时才会出现的情况。"陆驿站用点烟的手的大拇指撑了撑自己的眉心，想要把紧皱的眉头给撑开，但是看来没什么效果，"尸僵……也是，死亡后尸体就迅速地硬化，今天凌晨就已经进入软化腐烂阶段了，这一般是死亡超过二十四小时才会出现的情况。"

"简直像是……"陆驿站顿了顿，说，"这群中毒的孩子在进入医院之前就已经死亡了。"

他们此时边说边走，已经到了儿童急症那一层楼的病房楼梯那里，能从紧急通道出口半张的门看到医院病房走廊里病床上那些被蒙头盖住的小孩遗体，还有正在把遗体装进裹尸袋的护士。

那些小孩露出的脸上是五彩斑斓的凸出斑点。

白柳知道有些菌菇中毒会出现这种类似过敏的皮癣现象，但这些小孩面上的斑点已经密集到就像是色盲测试的图片了，还会在皮肤表面凸起。白柳不是密恐，但看着还是有种轻微的不适。

感觉就像是人脸下面长满了还没萌出的蘑菇。

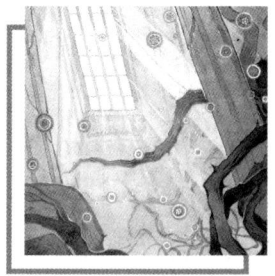

第五章

儿童福利院

~~75~~

　　白柳看向陆驿站："你先说说昨天的具体情况。"
　　陆驿站的眼睛闭了闭："昨天凌晨三点左右，送进来的三十七个儿童都不约而同地出现了严重的呕吐现象……
　　"这些儿童吐出来的东西是一朵一朵完整的蘑菇，但在前天紧急入院的时候这批孩子全部都已经被催吐和洗胃过了，前天一整天都在禁食、输液，没有任何一个孩子吃过东西，他们的胃内根本不可能有东西。"
　　陆驿站说到这里顿了顿，往走廊的垃圾桶上抖了抖烟灰："这事情吓坏了护士和医生，他们立马就打电话给了警察，然后准备对所有孩子紧急抽血检查……"
　　陆驿站缓缓吐出一口带烟的白气："但除了那个活着的孩子，护士把针扎进血管，都只能从这些不停呕吐的儿童身体里抽出一种浅绿色半透明的液体，根本抽不出来血，这些液体化验出来的结果成分是蘑菇汁液。"
　　白柳倒是没有被吓到，这些东西就像是那个可以藏巨大炸弹躲过安检的古董镜子一样，都属于载入现实的恐怖游戏，在恐怖游戏中，出现什么匪夷所思的事情都是有可能的，抽出蘑菇汁液还算白柳觉得比较正常的游戏走向，算是他意料之中的。
　　白柳思索了一会儿提问："那个活着的孩子呢？她的血液是正常的吧？她的抽血检查结果出来了吗？"
　　"出来了，有点轻度贫血，但是大致正常。"陆驿站说。
　　白柳沉思了一会儿又问："那你们有从这个醒过来的孩子口中问出什么破案的关键信息吗？"
　　"没有。"陆驿站苦笑着长叹一声，"这个小姑娘是个盲人，她辨别不出我们的声音，拒绝和我们进行任何交流，只会偶尔点头摇头回应我们一下，而且她看不见，她也很有可能什么都不知道，甚至不知道自己那天吃的东西是蘑菇。"
　　"这个小姑娘叫刘佳仪，还有个同父异母的哥哥叫刘怀，她要等她哥哥到了才肯开口。"陆驿站叹息着说道，"主要是这小姑娘不愿意开口，不然我就带着你进去和她聊聊了，你还挺擅长骗小孩的。"

白柳的表情微不可察地一顿，他缓缓地抬头看向陆驿站："你说她哥哥叫什么名字？"

陆驿站一愣："叫刘怀，是个名校大学生，之前一直打工养着这小姑娘，但在差不多半年以前，突然把这小姑娘寄养在了这次出事的福利院，差不多一周会过来看刘佳仪一次，不过他的确对他同父异母的妹妹没有抚养义务。怎么，你认识她哥哥？"

"算有过一面之缘。"白柳笑笑，"我和他一起联网打过游戏，他应该还记得我，或许他能让我和他妹妹聊聊。"

刘怀僵硬地坐在病房内，病床上是一个抱着膝盖蜷缩成一团的瘦弱小姑娘，这小姑娘就是刘佳仪。

但这不是刘怀僵硬的主要原因，让他僵硬的是坐在他对面对他和善可亲地微笑的白柳。

刘怀也不懂为什么出游戏了，他都能那么巧那么倒霉地遇见白柳这大魔王，这人还一上来就一副很自来熟的样子勾住他的肩膀，眉眼弯弯地和他套近乎，说要和他妹妹刘佳仪聊聊。

刘怀在心中哀叹了一声自己倒霉，但还是把白柳带进来了。

但刘佳仪不能接受人太多的环境，会忍不住尖叫，所以刘怀拒绝更多人进入病房。警察就守在门外边没有进来，先让刘怀给刘佳仪做工作，然后刘怀以自己朋友的名义，把白柳给带进来了。

所以目前病房内就刘怀、白柳、刘佳仪三个人。

白柳和刘怀分别坐在刘佳仪病床的左右两侧，刘佳仪抱着膝盖坐在病床的中央，把脸埋进了自己手和膝盖营造出来的空隙之间，对于她来说过于宽大的病号服空荡荡地挂在她瘦弱不堪的骨架上。

这小姑娘就像是陆驿站说的，瘦得人都有点畸形了，像一具没发育好的小骷髅架子，和白柳印象里那些快餐店里有些营养过剩的当代儿童差了好几个型号。

刘怀忍受不了这个沉重的氛围，他用被子挡住了白柳打量刘佳仪的视线。

刘怀就像是一头护崽的野兽一般警惕地盯着白柳："白柳，你找我有什么事吗？"

白柳聊天向来单刀直入："我不是来找你的，我是来找你妹妹的。"

"我妹妹？！"刘怀猛地用被子把刘佳仪一包裹，抱在怀里，很有敌意地看着白柳，"你找她干什么？"

"刘怀，你在游戏里见过的年龄最小的玩家有多大？"白柳忽然换了个话题。

虽然病房里有监控正在被警察看着，但由于系统禁言机制的存在，白柳说的话大概率会被和谐，他毫无顾忌地问出了这句话。

"你问这个干吗？"刘怀疑惑。

白柳抬眸直视刘怀怀里不停颤抖的刘佳仪："我在想你的妹妹，会不会变成游戏中年龄最小的玩家。"

刘佳仪作为唯一一个从这场福利院蘑菇中毒事件的灾祸里活下来的儿童，就和白柳九死一生从"镜城爆炸案"里活下来，木柯侥幸从那个日本学校里闹鬼的宿舍里活下来一样，有一定的相似之处。

目前白柳知道的玩家需要符合两个条件，第一个是"玩家的周围存在玩家"。

这个游戏的传播模式类似于病毒，是由"人传人"这样互相影响的模式传播的，比如木柯影响了白柳，李狗影响了向春华和刘福。

而刘佳仪周围有刘怀，她符合条件。

第二个白柳觉得玩家应该符合的条件就是至少经历过一次恐怖游戏正式版的副本，并且成功存活。

而这两个条件，刘佳仪很明显都符合。

白柳猜测这死里逃生的小姑娘很有可能成为被游戏选中的预备役玩家。

刘怀彻底僵住了，他缓慢地看向白柳，又用一种无法置信的目光看着自己怀里还在轻微发着抖的刘佳仪，最后自己也控制不住地颤抖了起来。他惊魂未定地看着白柳："……但她才八岁，怎么可能是玩家……而且我特地控制了自己每周只找她一次，这种我影响她的频率，不可能直接影响她进入游戏的……"

"为什么不可能？"白柳很平静地反问，"难道系统也和家长一样禁止未成年人玩游戏吗？"

家长刘怀被噎得语塞，他下意识地搂紧了自己怀里的刘佳仪，脸上呈现出一种很慌乱的表情："但她根本看不见！她进入游戏，那么恶劣的生存环境下她根本无法生存！系统没理由选她的！"

"那她是怎么从这次恶劣的毒蘑菇事件里活下来的？"白柳态度从容不迫。

现实世界的恐怖游戏副本里唯一存活下来的小孩，就算看不见，白柳也不会觉得刘佳仪是个很简单的小孩。

刘怀被白柳堵得无话可说，只能强撑着反驳白柳："佳佳可以从毒蘑菇事件里活下来只是因为运气好罢了！但她又不是杜三鹦，可以回回都去赌运气！"

这时却听到刘佳仪细声细气地开口了，她声音非常微弱："哥哥，不是的。"

她瘦弱的小手轻轻拉扯了一下刘怀的外套，从刘怀的外套下探出一个毛糙糙的小脑袋，双眼的眼珠是像是雾霾蒙住了般的灰白色，声音轻微又清晰："哥哥，我没有中毒不是因为我运气好，是因为我偷偷倒掉了老师给我盛的饭。"

刘怀一愣："你为什么要倒掉老师给你盛的饭？"

刘佳仪苍白发干的嘴唇抿了抿，很小声地说："哥哥你不要怪我倒饭，我那天觉得老师不太对劲，她一定要主动喂我，她之前都是把碗丢给我让我自己吃的，然后我就趁她给其他小朋友盛饭的时候，倒掉了假装吃了。"

白柳摊手微笑："看来你妹妹比你聪明很多。"

"她再聪明我也不会让她进入游戏的！"刘怀彻底暴躁了，双眼发红地瞪着白柳，"白柳，无论你想做什么，我妹妹都不行！"

被刘怀猛地抱紧的刘佳仪有些迷茫地圈住了刘怀的脖子："哥哥你们在说什么啊？我要进入什么？"

刘佳仪很明显就是被屏蔽了，还没有进入游戏的刘佳仪听不到白柳和刘怀之间关于游戏的具体谈话。

"刘怀，我只是想和你们合作而已。"白柳淡淡地说，"如果刘佳仪真的被游戏选中了，那你是无法阻止刘佳仪进入游戏的。"

"而我有办法可以帮你，帮刘佳仪。"白柳抬眸看向刘怀，轻声说。

刘怀冷笑一声："你说的帮就是控制我们是吧？白柳，你本质和张傀就是一路货色，我感激你帮过我，但我不会让我妹妹落入你手里！"

"我不知道她对现在的你有什么用处让你找上门来，但你给我滚！"刘怀像只护崽的凶悍野兽，死死盯着白柳吼道。他脊背拱起就像下一秒就要冲过去掐死白柳。

白柳静了两秒，然后站起身。他并没有做过多辩解，他的确是想救刘佳仪，但这只是出于白柳看出了陆驿站动了收养这个小女孩的心思。

而如果陆驿站想选择这个小女孩做自己的养女，白柳会试着保下她的命。

陆驿站很想帮刘佳仪，白柳看出来了，陆驿站此人一向喜欢多管闲事。

就像是当初在福利院陆驿站一定会偷偷分东西给他觉得没有吃饱的白柳，虽然白柳并没有觉得自己有被饿到过。

白柳从来不能理解陆驿站一定要帮助人的逻辑，但作为陆驿站这种逻辑曾经的受益人，白柳大部分时候都会选择纵容这家伙自以为是的种种选择，毕竟陆驿站会给他报酬，白柳不白做事，而陆驿站很懂他的逻辑。

这也是白柳会和陆驿站一直做朋友的原因。

白柳随手撕了一张纸写上了自己的电话号码，放在了刘佳仪的床头："我可以帮刘佳仪撑过她的第一场游戏，但前提是她的灵魂都必须贩卖给我，这样我才能让她撑过第一场游戏。"

只有拿到刘佳仪的灵魂，白柳才能帮刘佳仪操纵面板。

刘怀怒吼着抓起那张纸准备扔在白柳的脸上："我不允许！！！"

"我觉得你把她放在儿童福利院的时候,你就已经放弃了她的监护权,你并不是她法律意义上的监护人。"白柳无波无澜地垂眸看向刘怀,"所以我觉得你没有权利替刘佳仪自己决定。"

白柳随意的话彻底激怒了刘怀,刘怀的眼球泛出一种因为暴怒到极致而呈现出的赤红色,但他不怒反笑:"白柳,你知道我是因为什么欲望进入游戏的吗?"

"我是为了让她见到光。"刘怀深吸一口气,转头不再看白柳,"你走吧,我不会把她托付在你这种人的手里的,那样她的未来一定很黑暗。"

刘怀眼眶有点泛红地别过了头:"我已经尝够了被人控制的苦头,所以她的人生,绝对不可以被你控制。"

"我被张傀控制着背叛四哥……的时候,那一瞬间失去最好的朋友和最默契的队友的人,不止四哥,牧四诚一个。"刘怀侧低着头,看不清脸上的神情,他嗓音干哑,"被迫拿着刀刃成为伤害那方,你心里也不会好受的……所以我不想让她也沦落到我的地步。"

白柳静了一下:"控制一个几岁的小女孩,并不能给我带来任何价值,我最好的朋友想救你的妹妹,才是我这样做的唯一价值。"

刘怀愕然转头地看向白柳。

刘佳仪有点懵懂地转动着头,那双雾蒙蒙的眼睛在她尖尖瘦瘦的小脸上呈现出奇异的脆弱感,她被刘怀抱着,好似一只浅灰色的、被人束缚住触角的乖顺蝴蝶,她用头顶蹭了蹭刘怀的下巴,似乎在安抚情绪波动剧烈的刘怀。

白柳不再多说,在刘怀惊疑不定的目光中,平静地转身打开病房的门离去。

陆驿站站在楼梯的拐角等白柳,看白柳过来了,陆驿站眼睛一亮:"怎么样,你有思路了吗?"

但当陆驿站看清白柳表情的时候,他愣了一下。

白柳此人,心情一般或者愉悦的时候向来是张笑脸,不动声色得很,情绪起伏剧烈的时候脸上更不会有什么张扬神色,而当一种很沉很压抑的东西浮在他的眼睛和面上时,一般是他遇到了什么不太能想得通的事情,陷入了深层次思考。

简单来讲,这个时候白柳的心情就不是很好。

"怎么了?"陆驿站情不自禁地放轻了嗓音,"被人骂了?我听到病房里刘怀吼你了,你说什么得罪他了?但监控听着你没说什么啊,不过有些受害者家属的确情绪会很激烈,你也不用放在心上。"

"我有时候,还是无法理解人类的情感逻辑。"白柳的目光有些散,这是他还在思考的表现之一。

"真是奇怪。"白柳自言自语着,"我无法理解刘怀的某些逻辑,他本质应该是个很自私的人,但对他妹妹,法律都没有要求他尽抚养义务,刘怀却可以为了对方做到这种地步。"

白柳倒不是怀疑刘怀撒谎骗他,人下意识的反应是骗不了人的,刘怀明显怕他,却一直把刘佳仪抱在怀里,挡在刘佳仪面前。

但白柳很快就从这种状态里恢复了过来。

他扫了一眼陆驿站:"但我不是第一次遇到这种让我迷惑的自我奉献了,我们抓紧时间去福利院看看吧。"

白柳是和木柯一起进儿童福利院的。

木柯很早就来白柳家门前守着了,但奈何白柳被陆驿站喊走得更早。好在白柳中途回了一次家拿东西,才看到自己家门前蹲守了一直抱着双腿眼巴巴等着他的木柯小少爷。

这小少爷敲门没开,估计还以为白柳在睡觉,连电话都没敢给他打,就这么傻呆呆地守在白柳的门口等白柳起床。

而且木柯是被自己的那个白柳经常在电视上面见到的富豪父亲送过来的,木柯的爸爸和木柯一起等在白柳的门前,甚至这位木爸爸对白柳十分尊重,在知道白柳很有可能还在睡觉所以才不开门的情况下,选择了和自己儿子一起等在门口。

所以当白柳回家的时候就看到木柯和他爹等在自己家门口,连话都不敢大声说,放低声音在说悄悄话,生怕打扰了白柳睡觉。

也不知道木柯是怎么和家里人说的,这位大老板毫不怀疑地把白柳当作木柯的救命恩人了,他似乎以为白柳带着木柯离开两个月是要去治病。总之白柳也没问木柯这小少爷是怎么糊弄自己爹的,反正这位大老板深信白柳就是木柯的救世神医,对着白柳千恩万谢的,说谢谢白柳救了他的小儿子。

在得知白柳要去儿童福利院关心儿童之后,这位身家不知道多少的大老板当即感动地表示自己也要做好事给儿子即将开始的治病之旅积积德,要捐款给福利院,并且亲自开着一辆迈巴赫很高调地把他和木柯送了过去。

到了福利院之后,木柯也不跟在自己亲爹背后,而是乖乖地跟在白柳后面,眼睛一直偷偷地瞟白柳,还连带打哈欠,像一只想黏着主人但还没有得到许可的猫。

白柳能察觉到木柯强烈的不安,这种不安对进入游戏没有好处,他有义务安抚一下这位紧绷过度的小少爷,于是他默许了木柯黏着他。

白柳和陆驿站打了个招呼,说他和朋友,也就是木柯要一起去福利院看看里面的情况。

陆驿站则是跟自己同事进去调查了。

因为木柯他爹一拍脑门，财大气粗地说要捐款，所以白柳和木柯是被儿童福利院的院长很尊敬地带路进去的。

儿童福利院的院长是个相貌衰老过度的老奶奶，她鼻尖和脸颊两边有很多快要连成片的老人斑，眼球混浊不堪，身躯佝偻，身上有一股若有若无的、腐质菌菇类的气味，看着人的时候就像是在看一件货物，让白柳有种轻微的不适感。

木柯他爹跟着老院长去商议捐款的事情了，老院长让一个老师领着他们在福利院里逛。

这是一个很破败的儿童福利院，十年前的建筑风格，三栋不高的楼围成一个三角形，矮楼外墙和内墙的墙皮损坏剥落，露出里面爬满青苔的墙面，被三栋楼圈起来的中间地带是个小型幼儿园一样的地方，有褪去油漆生锈的彩色小铁马、秋千和跷跷板。

但是这些设备都很老旧了，在泥泞荒草里孤寂地晃荡着。随着风声，跷跷板动了一下，空着的右边座位下去又起来，秋千有规律地晃来荡去，幅度越来越大，发出吱呀的声响，好像有什么东西在上面坐着玩一样。

带路的老师脸色有些发白，她不敢往那边看，瑟缩地低着头快步带路，往三栋楼里最靠外的一栋楼里走。白柳跟在后面往那栋楼的外面瞟了一眼，发现楼外还挂着两个褪色的金漆奖牌，分别是"全国十佳儿童福利院""全国未成年人保护先进单位"。

白柳扫了一眼奖牌下面的颁奖日期，离今年已经快十年了，也就是这福利院建立没多久的时候。

前面的老师低声向他们介绍："我们福利院是老牌福利院了，占地一开始是有二十五亩，建筑面积近万平方米，有专业的残疾儿童教育教室、乐器教导教室、内部校医室等，拥有三百多张床位，可容纳三百个孩子，有两百多名护工……"

白柳环顾一周后，眉尾上扬反问："二十五亩，近万的建筑面积？二百多名护工？"

白柳从进来开始就没有看到所谓的护工，很可能这个福利院里根本没有几个护工了。

老师顿了顿，话开始断断续续："那是刚刚建起来的时候，后来就……让出去了一部分，再后来我们福利院因为资金问题缩小了一定规模，护工也辞退了大部分。

"本来我们福利院还剩下四十六个孩子，今年的六一儿童节还排练了节目要演给这所儿童福利院的幕后投资人看，但他们资助这个儿童福利院十年了，说花钱实在是太多了,所以……今年他们决定不再资助了,我们暂时也找不到新的资助人……"

白柳语调不疾不徐地询问:"你们这里本来还有四十六个孩子,医院那边有三十七个,还有九个孩子呢,我怎么一个也没见到?剩下九个孩子可以让他们出来见见我们吗?"

老师脸色又白了一下,她拧了拧自己的手指,没说话,似乎并不想让孩子出来。

有问题,白柳眼睛一眯。

木柯和白柳对视一眼,顿时心领神会,这小少爷装模作样咳了两声,颇有些趾高气扬地上前两步,抬着下巴说:"我们初步拟定捐赠一千万给你们的儿童福利院,我们想见见还在这个儿童福利院里的孩子,这要求不过分吧?"

一千万这个高昂的数字明显地打动了这个带路的老师,她的眼神和嘴唇都在奇异地颤动着,隔了很久很久她似乎下定了决心,转头看向了白柳和木柯:"你们真的要捐款?一千万?"

木柯似乎真觉得一千万是小钱,这坑爹孩子毫不犹豫地点了点头。

这老师深吸了一口气,非常低声快速地说:"没有九个孩子能来见你们,只有五个。"

"还有四个呢?"白柳蹙眉。

这个老师眼中出现了一种掩饰不住的惊恐,低下了头小声说道:"还有四个孩子昨晚失踪了,他们在夜里偷跑出来玩秋千和跷跷板,玩着玩着,他们就不见了,但是秋千和跷跷板却动了一整夜……"

风一瞬间猛烈地吹了过来,白柳背后那个儿童乐园的各种设备被风吹动,院子里的温度骤降,阴冷的风让跷跷板起伏越来越快,秋千也越晃荡越高。

猛地,秋千和跷跷板同时停住了,秋千在风中纹丝不动地停在原点,跷跷板更是诡异地悬停,像是一个天平般停住。

就好像一直在上面玩的东西突然跳了下来,手拉住玩具设备站在旁边盯着这群大人。

不一会儿,天平般悬停的跷跷板忽然以一种缓慢到不正常的速度倒向左边,上面有什么东西顺着歪向一旁的跷跷板咕噜咕噜滚落下来,白柳顺着下落的跷跷板看过去,发现是一个被拧断了头的洋娃娃。

滚下来的东西是这个洋娃娃的头。

跟着这个头继而滚下来的洋娃娃穿着白衬衫黑裤子,四肢和头都被拧断了。洋娃娃的脸上带着诡异的微笑,胸前还挂着一条好像是硬币的劣质项链。

这是一个和白柳现在的装扮,一模一样的洋娃娃。

76

与此同时，陆驿站和自己的同事也在福利院里调查儿童失踪这个案件。

"你说，这事儿应该归刑警大队，或者是什么特殊部门管吧？"陆驿站的同事脸色不太好看，"你看那个小孩失踪的监控片段，这哪是我们能处理的事情？！"

"四个小孩在昨天凌晨听到一阵笛声，然后就排队走了出去，在中央的儿童乐园玩耍，最邪门的是这些小孩根本不像是被催眠或者梦游，他们还会特地躲开监控，这说明这四个小孩全是神志清醒的，在那个小破儿童乐园玩跷跷板荡秋千，一个小时后，监控里这几个小孩突然就不见了！"

同事说着说着开始抱怨道："但小孩不见了，那些器材还在一直动，我看完监控之后昨天都没睡好……"

说完，陆驿站的同事没忍住搓了搓自己手臂，起了一身的鸡皮疙瘩："现在就剩下五个小孩，本来准备转移到其他福利院的，但现在医院又闹出了这事儿，所有人都必须留在这个福利院原地待命接受调查，太诡异了！"

陆驿站皱眉："先去找院长问问。"

"院长？我觉得她什么都不会说的。"陆驿站的同事撇嘴嘀咕，"这老太婆根本就没有上报儿童失踪！如果不是医院那边后续跟着闹出了菌菇中毒死了人，把这个案件升了一个级别，我们过来严格调查的时候发现小孩人数不对少了四个，根本没有人知道这里面还失踪了小孩！"

"那我们也要过去问问。"陆驿站语调沉稳，"她一定知道点什么。"

院长办公室，木柯的爸爸已经和院长商议完捐款的事项，去和其他人谈了，院长办公室里只有老院长一个人。

老院长坐在椅子里，耷拉着眼皮看着前来找她的陆驿站："你问我孩子失踪了为什么不报案？"

陆驿站点头，老院长忽然笑了一声，她颤颤巍巍地打开抽屉，抽出了一堆回执单递给陆驿站："年轻人，你是新来的吧？我每次失踪都报案了，但是你们哪一年把我的孩子给找回来了吗？所以这次我就干脆没报了，反正我们这个福利院也快倒闭了。"

陆驿站皱眉看着老院长递给他的报警回执单。

这回执单最早的都是十年前的了，全都是上报的儿童失踪，但调查参考意见都是"儿童自行离家出走"，就没有后续了。

"我们这个私立福利院每年都会给投资的好心人举办六一会演，让这些花钱的老板看看他们养着的孩子们的情况,但每年的六一汇报演出过后,我们这个福利院都会有儿童失踪,而且调查结果都是孩子自己想方设法跑出去的。"

老院长慢吞吞地说:"当时你们警方还怀疑我们这个福利院虐待儿童,所以儿童才会离家出走,但是调查发现我们这里没有虐待,就是这些孩子自己想跑,我们也并没有对这些小孩做什么出格的事情,你们已经把这个地方调查了个遍,不是也没有发现吗?"

老院长掀开眼皮:"就是很常见的、很普通的儿童离家出走然后失踪。

"儿童失踪很难找,这些小不点跑出去就和落入人海的一粒米一样,你们寻找这些有意躲避你们的孩子,无异于大海捞针,于是每年都不了了之。"

陆驿站的同事忍不住插嘴:"但这次看监控,在园区里孩子坐着秋千就没了!这不是跑出去的失踪案!"

"你说的事情太奇怪了,怎么会发生?倒是我们的监控用了很久了,又老又旧的,"老院长轻描淡写,"坏了出故障也有可能的。"

陆驿站的同事被噎得一阵心梗,刚想声色严厉地逼问这个老院长,就被陆驿站拦住了。

陆驿站很冷静地问:"院长,找不到孩子是我们的错,但您还是应该报案,而且您应该不止这一年没报案吧?我刚刚翻了一下您的回执单,有几年是没有的,您说每一年都有孩子失踪,所以事实的真相到底是怎么样的?"

老院长沉默了几分钟,转身从她后面的书柜很里面、落满灰的地方翻出了一个大档案袋。她吹掉了上面的灰尘,拉开了上面的线,从里面抽出了一个厚厚的书册一样的东西,然后打开。

第一页就是"200×年儿童福利院文艺会演合照"——这很明显是这个私立福利院的档案本。

照片上面几十个小孩子有些拘谨局促地站在一众西装革履的成功人士旁边,露出被教导了千万遍的、讨人喜欢的乖巧虚假笑容,额心一点口红点的印子,嘴唇被涂得红艳艳的,艳俗又古旧。

"每年都有孩子失踪,但我的确不是每年都报案了的。"老院长看着照片上的孩子,语调拉得悠长,"这家儿童福利院就算有人砸一两年的投资,也撑不了多久,要倒闭了,和你直说了这些陈年旧事也无妨。"

"这里的很多孩子其实不是那么好管教,说好听一点叫有个性,说难听一点就是性子野惯了,就喜欢往外面跑。

"其中有些并不是离家出走,而是负罪逃逸。"

老院长说着又翻了一页,这一页是类似儿童培育日记一样的东西,上面写着:"孤儿白六、小柯等五人在六一会演之后殴打了前来观看演出的投资人,抢劫了投资人身上的钱和手机，给予清洁全院以及一天禁食处罚，后续视改过情况决定是否追加处罚。"

"比如这群孩子就在会演之后打了投资人，然后当晚就跑了，我没有报案，睁一只眼闭一只眼地让他们跑了，因为如果不跑，这些孩子在福利院里下场不会很好的。"

老院长的手指在那个处罚上点了点，意味深长："至少处罚不可能仅仅是清洁全院和禁食一天。"

"院长，我可以看看那张合照吗？"陆驿站的关注点却在别的地方，他脸上表情前所未有地凝重。

院长把档案本递给陆驿站，陆驿站翻到前一页那张"200×年儿童福利院文艺会演合照"，眼睛迅速地在照片中的小孩里寻觅，最终落在了角落边缘的一个小孩上。

这小孩就算是被涂了口红，眉心上顶着个大红点，都不显得滑稽，而是有一种很浅淡的小女孩的秀美，但这秀美被他毫无波澜的眼神破坏，显出一种超脱年龄的早熟来，十分惹眼，其他小孩在他冷淡的眼神里就好像全是一群蠢货罢了。

没有谁会比陆驿站对这张脸的这个时期更熟悉了。

陆驿站的眼神一动不动地落在这张照片的这个小孩身上，他指着这个小孩抬头看向老院长："这个小孩是谁？他叫什么名字？"

"这个孩子吗？"老院长看了一会儿，似乎陷入了回忆，"他就是带头打了投资人跑掉的那个小孩，所以我对他印象很深刻，他进福利院来的时候只说自己叫白六。"

"不对。"陆驿站双手"啪"的一声拍在桌面上，死死地盯着老院长，"他叫白柳，他的确曾经叫白六，但他在十四岁那年改过名字，后面就再也没有叫过这个名字，他是和我一起在公立福利院里出来的，他不可能同时出现在这个私立福利院里！"

"可是……"老院长用一种有点困惑的眼神看向陆驿站，"你是不是认错人了？这个叫白六的孩子，逃出去不久之后就被投资人想办法找了回来，而且他没能离开这里，被找回来没多久就死了。"

"死了？他的死因……是什么？"陆驿站声调奇异地问道。

老院长叹息一声："很奇怪的死法，他误食了一枚奇怪的硬币，这硬币中间破开了一个孔，被他吞到气管里去了，几分钟人就没了。因为他在我们这所福利院，在离开之前和回来之后都遭受了一些很不好的事情，所以……我们都怀疑白六是自杀。"

陆驿站僵硬地挪动视线，看向黑白照片中那个脸上一点表情都没有的白六，他懒散地耷拉着眼皮,好似有点困倦地看向旁边,垂落的发丝是湿漉漉的,好像是被汗水浸湿了。陆驿站觉得自己胸口被这些诡异的事情无形又沉甸甸地压住,他死死地看着照片上那个身形有点单薄的男生,觉得自己有点喘不过气来。

那是十年前的白柳。

白柳上前捡起那个跷跷板旁边的洋娃娃,那是一个手工做的洋娃娃,很明显参考模板就是他。洋娃娃质地很老旧了,但娃娃的腿上还残留了一些绑过丝带的痕迹,感觉应该是一个手工礼品娃娃——一般这种礼品娃娃上都会有赠送或者制作的日期。

白柳把这洋娃娃翻过来,试图寻找一下日期,最终在被拧掉的头的内部找到了一行手写的日期。

这的确是一款十年前的娃娃。

而白柳工作也不过才两三年而已,他是工作之后才开始如这洋娃娃身上的衬衫西装裤装扮的,那枚挂在脖子前的硬币更是不久之前加入游戏之后才得到的,系统的具象化载体。

他现在的装扮被人十年前就拿来订制了一个洋娃娃,还被拧断了头颅和四肢丢在了这里。

白柳眯了眯眼睛。

77

正在白柳拿着这个洋娃娃沉思的时候,那个老师已经去把那剩下的五个小孩叫过来了。

这五个儿童福利院仅剩的小孩局促又有点表情麻木地站成了一排,连一个敢抬头看木柯的都没有,一个个眼睛像是长在了脚尖上。这五个孩子或多或少都有一些残疾,像是一群还没出巢穴的幼崽一般推推搡搡地黏在一起。

他们就像是接受别人审视的廉价货物,自知自己不值几个钱而显得卑微瑟缩又寡言。

白柳一靠近这些小孩就皱眉了,这些小孩身上的菌菇味道甚至比他在医院从那些遗体上闻到的还重。

木柯就直接受不了地用手在自己鼻子上挥了挥:"你们这里是顿顿吃蘑菇吗?怎么这么大蘑菇味道?"

老师有点尴尬地抱住了这五个小孩:"其实不怎么吃的。"

白柳的眼神从这个老师和这五个小孩身上扫过:"你们那天吃蘑菇吃得多吗?"

老师一愣："我们和这五个小朋友都吃了，还、还挺多的。"

"那中毒的小孩里有吃得少的吗？比如只喝了一口蘑菇汤的？"白柳询问。

老师回想了一下，然后肯定地回复了白柳："有，因为那个蘑菇的口味有些小朋友喜欢有些小朋友不喜欢，有的只吃了很少一点点，但依旧中毒了。"

白柳收回自己的眼神，吃得多的有不中毒的，吃得少的也有中毒的，看来中毒和剂量没有什么关系。

但为什么是蘑菇呢……为什么每次这个福利院出事都是因为蘑菇呢？

这个诡异的蘑菇毒死人的条件到底是什么？

陆驿站说儿童福利院这边活下来的小孩的各种体检结果也没有明显异常，和刘佳仪一样，只有一点轻度贫血。

这五个活下来的小孩和医院那边活下来的刘佳仪从明面上看起来的共同点只有一个——都有先天性遗传缺陷，刘佳仪是盲人，这五个小孩也有各种残疾。

白柳陷入了沉思。

老师继续带着白柳他们参观福利院内部，走到了一个全是各种照片、奖杯和儿童画作的房间。

老师侧身向白柳他们介绍说："这里就是我们福利院的展览室了。"

这是一个很久没有人来过的展览室，很多放在柜子上陈列的奖杯奖牌都落灰了。看得出来这是一个当年发展得相当不错的儿童福利院，墙面上还挂着很多儿童的绘画和一些奖状，每年的六一会演合照也挂在了墙面上，照片的色彩从失真变得清晰，最后一张里四十几个小孩笑容乖巧柔顺，现在却只有六个活了下来，其中五个小孩正表情麻木地跟在老师的后面。

这种被展览的大部分事物都来自死人的感觉，让这个展览室有种挥之不去的沉郁感。

白柳大致扫了一眼全貌之后，似乎发现了什么，他看向老师："我可以把照片和一些画拿下来吗？"

本来这些东西是不能轻易动的，但现在儿童福利院已经成这样了，也没有这么多讲究了，老师也就点点头同意了。

木柯好奇地看着白柳把挂在墙面上的一些儿童画取下来摆在地上观察，凑过去小声问："白柳，你有什么发现吗？"

"嗯。"白柳轻声应了一下，没有给木柯眼神，手上摆弄着那些儿童画。

木柯眼神跟着白柳的手在动，这些儿童画画得相当不错，感觉得出来是有一定绘画功底的孩子画的。

画的东西有人物，也有静物，有用彩铅和蜡笔画的，也有简单的黑白素描，画风差别很大，大部分的画作色彩非常浓烈，饱和到让人看了眼球不适的地步，画的东西看起来也毫无逻辑。

一个看起来瘦弱到不行、眼睛上蒙着白布坐在病床上的小女孩，一条美丽的被装在罐子里的银蓝色鳞片小鱼，一面放在烧焦熔化的玩具列车上的木制碎镜子。

看起来画的都是这所福利院有的东西。

木柯盯着看了一会儿发现了一件事情，他有点惊奇地开口："这些，都是一个人画的吗？落款都是 W。"

虽然白柳取下来的这些画画风天差地别，但是每幅画落款的 W 都是那种很奇特的两边打卷的花体写法，每一幅画都保持一致。

白柳终于舍得给木柯一个眼神，他声音又低又轻，像是在耳语："这是我的落款。"

木柯一惊："你的？！你的落款为什么会在这里？！"

白柳没有多解释，木柯虽然想知道，但看白柳不准备说的样子，也就讪讪地闭嘴了。

White 的首字母 W 是白柳绘画的一贯落款。

白柳一眼就看出了这些东西是他的画，虽然跟现在的他的绘画手法相比青涩又稚嫩，但的确是他画的东西。

眼睛上蒙布的小女孩明显就是刘佳仪，病号服和今早他在医院里看到的是一个款式的，装在罐子里的美丽的银蓝色鱼应该指的是第一个游戏《塞壬小镇》里的塞壬王，放在熔化玩具列车上的碎镜子是白柳第二个游戏《爆裂末班车》里的。

但这些画的落款都是十年前，而十年前的白柳根本不在这个私立福利院里，十年前的白柳也根本不可能知道这些信息。

那可能性只有一个：十年后的白柳以某种形式回到了十年前，然后画下了这些东西，留在了这个私立儿童福利院里。

这种匪夷所思的事情普通人遇到肯定会慌，但这些不过让白柳进一步确定了这个儿童福利院一定是某个现实世界的正式游戏副本。

对这些时间线错乱的唯一合理解释就是这个游戏副本的正式剧情进展时间，从这些他留下的绘画落款来看，恐怕不是现在，而是十年前。

白柳的指尖从这些绘画的落款上掠过，目光微沉。

很有可能他未来会进入这个游戏，并且在这个十年前的儿童福利院游戏副本里面留下了某种痕迹。随着这个游戏副本的正式版载入现实世界，白柳在游戏里曾经留下的痕迹也载入了现在的时间线的福利院。

这可不是什么好事。

玩家的痕迹永远地留在某一个游戏副本中，这一般是通关失败了才会出现的事情。就像之前张傀被异化成了焦尸怪物永远留在了《爆裂末班车》这个副本中一样，这些淘汰和失败留下的印迹会成为游戏的一部分，随着副本载入现实。

但这注定失败的结局并没有吓倒白柳，他很冷静地思考着。

目前白柳疑惑的地方还有两个，他的目光缓缓地落到了200×年的第一张儿童合照上角落里的一个男生脸上。

这男生面上一点情绪都没有，斜眼看人的时候很有种"你们这些愚蠢的凡人"的欠揍感，有种格格不入的孤僻感，是十四岁的他。白柳又看了眼那些笔锋锐利、用色夸张的画作。

这个画风和这个拍照的感觉，的确是他十四岁的时候喜欢用的样子、拍照的时候惯用的姿势。

白柳早就不用这种五彩斑斓的画风了，因为太张扬了，被上司卡了几次之后批评他精神污染，市场接受度不高，白柳很果断地就放弃了这种风格，后来再也没有画过。

这些画和拍的情态的确就是十四岁时候的他惯用的风格，而奇怪的是，这些画作上面透露的信息，的确又是二十四岁的白柳才知道的信息，现在的问题在于——如果是二十四岁的他在这个游戏中，那么白柳很确信自己就不会这样画画。

而如果这个游戏的设置让白柳记忆身体各方面都倒退到了十年前，那么他又不可能知道现在的他才知道的信息。

这是一个拥有二十四岁的记忆，却有十四岁的风格和个性的白柳。从逻辑上来说白柳觉得不太可能，因为记忆是决定人风格和性格的重要因素，他拥有后面十年的记忆，就绝对不会是十年前的样子。

十四岁和二十四岁的白柳在十年前的儿童福利院这个游戏副本里割裂地存在，这是白柳疑惑的第一个点。

第二个疑惑的点就是——白柳看着那幅人物素描，这是一幅黑白的人物素描，一个女孩子抱着一个洋娃娃坐在病床上，蜷缩着抱住自己的双膝，眼睛上蒙着白布，是一幅画得很精细的人物素描。

但白柳清晰地记得十四岁的自己很讨厌画素描，因为他那个时期喜欢颜色很浓重的东西，素描这种相对纪实风格强烈的东西那个时期的白柳很排斥，极少画，要画一般也是画静物来练习，基本不画人物。

十四岁的白柳为什么给刘佳仪画一幅自己很讨厌的人物素描？那个时候刘佳仪根本还没出生，不应该有任何痕迹。

难道说刘佳仪也会进入这个副本？

但刘佳仪就算进入了游戏，她也是个新人，正常来说她的第一个副本应该是个单人游戏，这个副本很明显是个多人副本，除非是刘佳仪迅速通关自己的第一个游戏然后紧跟着就进入了白柳所在的这个多人游戏里，她才会出现在画中。

但刘怀这个有一定经验的老玩家应该不会允许自己的妹妹那么冒进。

所以这小朋友为什么出现在这里？

白柳思索着扫过整张画，最终目光停在那个刘佳仪手里握住的洋娃娃上——

画上的那个洋娃娃白衬衫黑裤子，被小女孩拿在手上，脸回头朝着外面在微笑，打眼一看好像没有什么不对的地方，但白柳多盯了一会儿就发现不对劲了。

这洋娃娃的头回得太过了，不像是回头，像是被拧了一百八十度。

白柳看着这张画，拨弄了一下他挂在胸口的那枚硬币，眼神微凝。

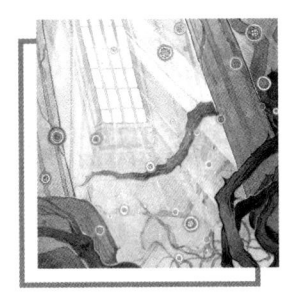

第六章　进入游戏

78

　　白柳没有在儿童福利院里待很久，他马上要和木柯进游戏，在简单扫完整个福利院内容之后，就准备走了。

　　但白柳走之前还要和陆驿站简单地交代一下。

　　于是白柳让木柯先回家等他了，这小少爷走的时候一步三回头恋恋不舍地看着白柳，还问白柳什么时候回来，白柳干脆让木柯拿了自己家的钥匙先回去等，搞得木柯的爸爸看白柳的眼神都有点不对了。

　　白柳一出来就看见了靠在福利院门口等他的陆驿站。

　　陆驿站看见白柳没忍住调侃了两句："那小少爷呢？开个千万豪车跟在你屁股后面转，还一直瞪我，你什么时候有这种魅力了？"

　　白柳面不改色地调戏回去："有魅力有什么用？我还不是为了你拒绝了他，让他先走了。"

　　陆驿站忍俊不禁，但很快就收敛笑意说起了正经事："你看了里面，怎么样？"

　　白柳不紧不慢地回道："这福利院除了中毒的儿童还有失踪的儿童，中毒的儿童我了解得差不多了，儿童失踪的事，我猜测这应该不是这个福利院发生的第一起吧？"

　　"你怎么知道？"陆驿站一惊。

　　"态度不对。"白柳平静分析，"那个老师给我的感觉不对，正常人会对这种发生过失踪案的地方避之不及，但她给我们介绍的时候，虽然害怕，但还是下意识地带我们走了失踪的地点，那个儿童乐园。"

　　"这不是第一次发生失踪案的态度，大概率是发生了好几次，才会出现这种害怕但是已经习惯了的态度。"

　　"是的。"陆驿站又有点烦躁地叼住了他收起来的那根香烟，"我们和院长了解过，据说十年里几乎每年都有儿童失踪。"

　　白柳反问："这样每年都发生的失踪案你们那边应该有记录，之前怎么没有听说过？"

"因为不是失踪,大部分是孩子自己逃跑,就算报过去,也被当作离家出走来处理。"陆驿站眼神晦暗,"在记录里可能就是一笔带过了,不注意就不显眼。"

私立福利院里失踪的孩子,花大功夫去找完全就是吃力不讨好,找不到也没有父母亲戚来骂你催你,这样陆陆续续来报的失踪案,就这样搁置积灰,寥寥几行记录随着这些消失不见的孩子一同湮灭于人海里。

"我之前在知道那批企业家在投资了这个儿童福利院,病都好起来之后,仔细地查了下这个福利院。"陆驿站吐出一缕烟,"但这个私立福利院没有公立福利院登记得那么严格,更多是私人自主管控,具体什么时间点这里面到底有多少孩子,我们得到的记录是不是真实的,并不好说。"

"比如这个儿童失踪,中间有几年这个院长不报,我们很有可能都不知道。"

陆驿站沉默了一会儿又说:"我倾向于怀疑那批企业家有问题,但人家现在名利双收,又已经过去那么多年了,我们这里没有证据,根本没有办法深入调查。"

白柳淡淡地接上:"假设就算这群企业家真的拿当年的某些小孩做了什么事情,在不知道这些小孩姓甚名谁,从哪里来到哪里去的情况下,他们很有可能用这样的失踪把戏让这群小孩从这个福利院里悄无声息地消失,你们没有调查方向。"

"是的。"陆驿站呛咳了一下,"但白柳,这是人命啊。"

陆驿站眼睛发红地看向白柳:"我不甘心,这些小孩的人命就这样被定性为意外,就算真的是意外,那也要排除其他所有不是意外的可能性,我才甘心,但现在——"

"你没有证据。"白柳很平静地看着陆驿站,"你排除不了,这也不是你的工作范畴,你能来跑现场就已经是很多管闲事的一件事了。"

陆驿站静了一会儿,很快这家伙又若无其事,或者说百折不挠地和白柳谈起了失踪案。

陆驿站这人身上有一种很奇特的韧性,一件事在明知道做不成的情况下白柳是不会去碰的,但陆驿站只要觉得这件事可以帮到别人,花多少白费的功夫都会试着去做做。

并且还会拉着白柳一起。

陆驿站和白柳说了他了解到的具体的失踪案情况,给白柳看了每一年的失踪孩子和他们的照片,照片用的就是每年福利院的六一合照,陆驿站拍了照,用手机给白柳展示失踪的孩子都有哪些。

第一张出来的时候陆驿站诡异地沉默了一会儿。

因为这张照片里失踪的孩子里有白六。

"你觉得他很像十四岁的我是吧？"白柳直接就点在白六的脸上问陆驿站，很平淡地评价，"我也觉得很像。"

"你们一点都不像。"陆驿站声音低沉，他目光专注地看着白柳，少见执拗地反驳了自己的好友，"因为他已经死了，而你还活着。"

"你遇到过这种情况吗牧四诚？"白柳一边往家走，一边给牧四诚打电话，"未来的，作为玩家的我，确定死亡在一个十年前的游戏副本里，而现在的，十年后的我还活着存在。"

"我听着像是祖母悖论？"牧四诚的声音从白柳手机听筒里传出，语气惊疑，"白柳你运气真的逆天了，不要说见了，我在游戏里听都没有听说过这种情况。"

祖母悖论是一个科幻小说家提出的时间悖论，意思是如果一个人回到过去杀死了自己的祖母，那么很明显未来的他也不再存在了，那么他是如何回到过去的呢？

白柳现在就是这样的情况，如果他在未来进入游戏，死在一个时间线是十年前的游戏副本里，那么现在的他是如何活着的呢？

"平行宇宙理论吗？"牧四诚试着提出解释，"祖母悖论最常见的解释就是这个了，假设白柳你所在的平行时空是A，你看到的很有可能是B时空的通关失败的白柳加载在我们这个A时空的游戏副本。"

"那你最好不要进入这个福利院的游戏。"牧四诚声音严肃正经了不少，他劝告白柳，"只要你选择不进入这个游戏，那你就不会死在这个游戏里，这样就可以形成一个和你死亡的时空平行的另一种时空了。"

"我觉得不是平行宇宙理论。"白柳很清醒，他冷静地提醒牧四诚，"我们这个现实世界是一个游戏的正式版，呈现出来的结果就已经是公测版本的游戏世界里所有存在的游戏算法的最终结果了，理论上不存在因各种事件走向不同而衍生出来的平行宇宙。"

"因为我们所在的现实已经是所有可能性的收束结果，不可能再平行了。"

"这倒也是。"牧四诚肯定了这一点，但很快他反应了过来，"不对，等等，如果呈现出来的结果是唯一的，这不就代表你一定会死在那个十年前的游戏副本里吗？！"

"但我现在还活着，证明我没有死在那个副本里。"白柳思路清晰，"不然'我活着'和'我死了'两个同时存在的命题，在不可能平行、唯一存在的现实时空里就形成悖论了。"

"那……"牧四诚迷惑了，"那是怎么回事？"

白柳没有管牧四诚的疑问，他已经走到家门口掏出钥匙准备开门了。

白柳的一边肩膀夹着手机，问："你准备什么时候进游戏？"

"干吗？"牧四诚说起这个就头秃，"昨天我答应了你参赛之后已经失眠一晚上了，你到底有什么办法啊？两个月刷二十六次副本我还可以努努力，但你起码把人给我凑齐啊！"

"我想和你说的就是这个，我想让你帮我带一对新人。"白柳语速飞快，"向春华和刘福，他们两个人是上一批新人里排名并列第一的玩家，都有个人技能，面板素质C+，你带着他们过一个一级副本练习一下自己的技能，教一下他们这个游戏的基础常识，不用太保护他们。"

白柳昨天吃了火锅回来之后和向春华和刘福交涉过了，他询问这两个中年人是否有意愿参加联赛，也诚实地告知了对方危险性。

但向春华和刘福几乎没有犹豫，这两口子流着泪互相握着手同意了，他们从头到尾只问了白柳两个问题：

第一个是："只要赢了，我们就可以见到果果了对吧？"

"理论上来说是的。"白柳说，"但你们正常地参与游戏攒积分应该也可以慢慢实现这个愿望，没有联赛这么冒险，但联赛获得积分的速度会更快，你们可以考虑清楚了明天再答复我。"

向春华却有些局促地和刘福对视了一眼，她双手紧紧攥着自己身上的围裙，她背后的电视里还在播报李狗很有可能死刑的新闻。

这新闻是重播，声音开得很大，满屋子都是"高三少女碎尸案犯罪嫌疑人将被判死刑"的男主持人毫无起伏的播报声音。

向春华眼神恳切地看向白柳：

"我们去参加这个什么比赛，是可以帮你对吧？"这是他们问的第二个问题。

白柳静了片刻："是的，但是这个比赛死亡率很高，你们或许可以多考虑一下……"

"我们去。"向春华笑起来，眼里还有泪，被她用手背擦去，"不用再想了，我们相信你，白柳，而且在哪儿攒积分不是攒啊？不就是打比赛吗？我当初还是我们学校女子排球队的，是吧刘福？"

刘福也很憨厚地笑："竞技比赛嘛，年轻的时候我们也玩过，像打篮球之类的，不输你们年轻人。"

白柳沉默一会儿："在两个月后最终报名之前，你们可以随时和我说，可以退出，在这两个月内我会试着找别人，你们只是备用选项，不用强求自己。"

虽然这么说，但其实白柳没有太多选择，因为只剩两个月了，有参赛意向和资格的老玩家能报名的基本都报名了，没有报名意向的也不会随便跟着白柳一个纯新人参赛，又不是嫌自己命长。

向春华和刘福清楚这个比赛的危险性，但他们想要报答白柳，这个看起来似乎有点凉薄的年轻人虽然说抽取了他们的灵魂，看起来像个坏人，但从头到尾做的事情都是在帮他们。

一个比赛而已，就算是真为这年轻人淘汰了也没什么，他们活得够长了。

比果果长很多了。

相比起刘福和向春华这两个有一定生死阅历的中年人的淡定表现，牧四诚就没有这么淡定了。

在听到白柳让他带新人之后，他彻底炸毛了。

牧四诚那边静了两秒，不可置信地拔高了音量："你让我帮你带新人？你不是吧？！你要带着这么一个全新的队伍参赛？！你疯了吧？！这就是你找出来的解决方案？！"

"我开始后悔昨天在心神紊乱之下被你忽悠上贼船了。"牧四诚真的崩溃，"而且我从来不带新人的！"

"那你要退出吗？"白柳声音很轻地询问，"我是允许你退出的，但你退出之后就要一个人在这个虚拟的世界里单独竞赛。"

"或者还是和我一起去打一个可以赢得真实未来的联赛？"白柳循循善诱地问道。

牧四诚那边就像是被什么东西勒住了脖子，声音戛然而止。

过了很久才传过来他的声音，嘶哑又无奈："这还用选吗？当然是和你一起。"

白柳把自己的备用钥匙插入锁孔，没有转动，而是平静地问电话那头的牧四诚："那你帮我带新人吗？"

牧四诚那边没有回答，只能听到有些不平稳的呼吸声，白柳也不急，等着，也不挂电话。

"你真的太会玩话术了！"牧四诚颇有几分憋屈地开口了，白柳听他语气都能想象出他在电话那头抓头发烦躁的样子。

最终牧四诚郁闷地叹气："我试试，先说好啊，我没带过，也不是公会那些带新人的老手，你把人给我，我不保证把人给你活着带出来。"

白柳微笑："在事情还没发生之前，我一向喜欢先假设你可以做到。"

"白柳，你真的很会哄骗人入伙。"牧四诚无语，"你这家伙之前真的干过宣传吧？"

白柳转动钥匙打开了门，面不改色地说："我什么时候干过哄骗人入伙的事情？"

正在房间里等着白柳的木柯惊喜地回过头来，白柳之前给了他自己房间的钥匙，让木柯在屋里等他回来。

"我们什么时候开始打游戏？"木柯深吸一口气握紧自己的拳头说道，"我已经做好入伙的准备了。"

电话那头的牧四诚迅速吐槽："这是木柯吧，你还说你没有干过哄骗人入伙的事情，那木柯是怎么上的你的贼……"

白柳干脆利落地挂了电话："游戏里见，牧四诚。"

系统：欢迎玩家白柳进入游戏，请注意保障自身安全。

白柳缓缓睁开了眼睛，他还是那副西装裤白衬衫的装扮。木柯是和他一起登入的游戏，但所有玩家的登入点都是随机的，白柳环视一周并没有在周围的玩家里发现木柯，正当他准备去找木柯的时候，甚至还没来得及点开自己的系统面板，他的系统面板就自动弹出了鲜艳红色的警告窗口。

系统警告：玩家白柳收到了一条追杀令。

系统提示：友情提示您更换面貌，避免被杀手发现尾随。

白柳挑眉：追杀令？随机更换面貌吧。

系统：进入随意脸部调节程序——身高改变（174→161），发色改变（黑短→棕卷长），唇色改变（肉色→樱桃红），瞳距加宽，眼距放大……

白柳身上的衣服也随着外貌的改变而缩小贴身，白柳张开手看了看自己一副清纯无害女高中生的样子，略有点……

这个系统随机生成的面貌的审美水平，白柳真是不敢苟同。

不过这副样子，他被认出来的概率的确大幅度降低了，但牧四诚依旧很快就找到了他。这货找人是靠鼻子，用他的话来说就是白柳一身的铜臭味，几百米开外就能闻到，不过也幸亏如此，白柳登入没多久牧四诚就能找过来。

牧四诚本来神色凝重，结果一看到白柳一头长波浪鬈发，矮了十多厘米还一副女高中生的样子，忍不住呆滞了一下："你……还有这种嗜好？"

白柳懒得和他贫，他向下扯了扯自己的裙子遮住牧四诚诡异视线扫视的地方，直接问："再看弄死你。我收到了一道追杀令，这是什么东西？"

"对，我就是要和你说这个。"牧四诚的神色瞬间恢复严肃，"有公会直接给你下了追杀令。"

追杀令和之前白柳看到的那种广告烟花一样，是面向全体玩家发的一个通告，需要积分才可以发送，有点像是白柳几年前玩的大型网游的那种放烟花，一放，全网游的大喇叭里就都会喊，所有玩家都能知道。

正当白柳询问这件事的时候，他头顶又炸开了一朵虚拟烟花，烟花的尾须缓缓落下，落到白柳的身上，他面板就自动弹出了一个通知：

系统广而告之：僵尸公会向玩家白柳发出追杀令。

追杀令内容：僵尸公会向广大玩家承诺，三天之内将会击败白柳，取走他身上的塞壬的鱼骨和鬼镜两大神级 NPC 道具为赛季做准备！欢迎各位玩家前来观摩！请大家在联赛中多多支持食腐僵尸公会哦！比心。

"僵尸公会？"白柳摸了摸下巴，"这是个小公会吗？我没听过。"

"不是小公会。"牧四诚有点无语，"白柳拜托你的注意力也稍微从积分上挪开一下，你都要参加联赛了，了解一下热门参赛战队和公会吧。"

白柳："我没有在联赛的公会应援宣传界面前十上看到这个僵尸公会，前十都进不了，难道这还不算小公会吗？"

白柳说话的语气和表情都平淡，他是真的在认真询问没有嘲笑的意思，牧四诚却感觉白柳对这个僵尸公会释放了一拨嘲讽，这让他忍不住笑了一下。

但很快牧四诚就收敛了笑意，正经了起来："僵尸公会不是小公会。"

说着，牧四诚点开系统面板，把联赛的应援宣传界面调了出来，手指在上面一路下滑，最终停在了一个界面上递给白柳。

"他们的公会虽然不是很有名气，"牧四诚点点界面上的两个玩家，展示给白柳看，"但是他们公会里有两个很有名的双人组合明星玩家，也是他们公会的创立人。"

"而且这两个玩家，都是面板属性差一步就 S 级别的 TOP 玩家。"牧四诚抬头直视白柳，"比张傀那种公会玩家高了不知道多少个层次的 TOP 玩家，职业水准，冷血无情。"

玩家：苗飞齿。

目前应援综合数据：41万，在所有参赛玩家中位于67，解锁免死金牌。

总积分排行榜：134。

所属公会：食腐僵尸。

玩家：苗高僵。

目前应援综合数据：23万，在所有参赛玩家中位于107，解锁免死金牌。

总积分排行榜：179。

所属公会：食腐僵尸。

这两人的单人海报旁边还有一个三角形的视频按钮，旁边写着："高人气应援视频——年度最佳双人配合CUT！食腐僵尸的高光时刻——抽筋扒皮无恶不作的血腥父子组合！"

视频可以免费看，白柳毫不犹豫地点了进去。

三分钟之后，白柳看完了，视频界面停在最后一个画面上，一个嘴巴上戴着枷锁的男的单手解开枷锁，兴奋地咬在一个人的背上，这人很明显是敌对玩家。

他旁边站了一个清朝僵尸模样的中年人，僵尸皮肤青紫、身材高大，前来打扰的怪物被他一巴掌挥开，好像没有对他造成任何攻击伤害。僵尸看着稳重又成熟，就是那张阴气森森的僵尸脸看着有些诡异。

"戴枷锁的那个疯子是苗飞齿，是输出，抗怪的僵尸那个是苗高僵，僵尸形态的防御力高到离谱，他们是一对很典型的输出和盾牌类型的双人组合，因为是父子，所以默契也不错。"牧四诚解释道，"并且这两人面板属性非常高，都超了8000，是S-级别玩家，平A杀你也就是零点几秒的事情。"

白柳倒退了几秒重新看了一遍苗飞齿咬人的那个视频，若有所思地撑着下巴反问："所以这个叫苗飞齿的人攻击方式是咬人吗？"

"不是，他的攻击方式是双刀，他之所以咬人是因为——"牧四诚顿了顿，语气复杂，"苗飞齿有异食癖。"

这样骇人听闻的事件也没有吸引白柳过多注意力，他摸了摸下巴若有所思，十分真诚地看向牧四诚："但我这么低调，他们为什么会盯上我？"

"……"这人在游戏里搅风搅雨，居然有脸说自己低调？牧四诚面无表情地吐槽："可能因为你看起来比较'好吃'。"

穿着短裙的白柳一脸恍然大悟："原来是因为这样吗？我就说。"

牧四诚："……"

不要给我真的信啊！

80

食腐僵尸公会对白柳连放三天的追杀令，这在玩家里激起了热烈的讨论，论坛上都已经翻天了：

《理性讨论，要是食腐僵尸拿到白柳身上的武器，今年有没有可能打入前二十？我有点心痒痒想在食腐僵尸上面下注。》

1楼：醒醒楼主，一个新人武器就让你头脑不清醒了，这可是联赛！全是大神好吗！拿的都是公会一年以来搜刮的顶级的武器道具了！白柳那个武器在里面真的不够看。

2楼：食腐僵尸很明显就是在搞营销啊，白柳那个鞭子目前看来也就判定比较强，打小兵怪连输出都打不出来，和TOP级别的武器怎么比？我觉得苗飞齿自己的双刀都比那个鞭子好用，至少输出强。

3楼：楼主听我的，食腐僵尸双人赛前二十可以，团赛前二十不可。

楼主：但白柳手里的两个神级NPC的武器都数据不明吧？说不定是个BUG级别的武器，食腐僵尸要是拿到了说不定可以出奇制胜啊！

5楼：完了完了，又来一个被应援季各大公会营销忽悠瘸了的楼主，你没看到国王公会都把碎镜片卖给食腐僵尸了吗？要真的那么好用，国王公会为什么不自己上凑齐鬼镜这个道具，要把碎镜片卖了？

国王公会内部是养了道具鉴定和修理大师玩家的，可以鉴定修补破碎道具的价值，很明显就是这个道具鉴定出来没什么价值，所以国王公会才会卖！

6楼：食腐僵尸很明显就是在蹭热度啊，白柳之前不是一下冲上了新星榜第二吗？好多人吹黑桃第二，不过我觉得这吹得还是有点过，毕竟他面板太低了，食腐公会出来两个A级别的公会玩家来围堵追杀他，他就很容易凉。

7楼：不过白柳现在不是和牧神绑了吗？有牧神在，食腐公会想要杀死白柳不容易吧，毕竟牧神移动速度也很BUG。

8楼：和牧神绑的话，看谁追杀吧，食腐僵尸如果出战队主力来追杀，那这两人还是得凉，苗高僵和苗飞齿都是属性S-级别的玩家，这两个人当中苗飞齿的攻击技能是S-级别的，苗高僵的抗攻击能力是S-级别的，并且苗飞齿的观众每次肾上腺素都激升，充电很疯，所以，我觉得白柳和牧四诚各方面都打不过，主要是白柳太拉胯了，牧四诚的速度技能还可以克一克苗飞齿，但加上苗高僵，他们很难取得进展。

9楼：白柳又不是主攻玩家，他是智力型玩家啊，他连傀儡师都赢了好吗，不要随便唱衰。

10楼：楼上是新人吗？发言略有点让人无语，首先傀儡师面板只有A，并且从来没有参加过联赛，和苗飞齿苗高僵这种打过联赛出来的天壤之别，并且这人的智力发挥很有限，之前他的粉跳得凶说他要在联赛里大展神威，国王公会又营销他和小女巫营销得很厉害，我还不敢发言，但是现在他死了我可以直说，这人和白柳那场游戏根本不像是一个智力值93的玩家能打出来的水平，打法太低端了。

以及白柳是智力型玩家，食腐僵尸又不光是输出型玩家，也有智力型玩家，苗高僵就是智力型玩家——"链接：联赛中十大智力反杀的精彩高能瞬间"，这个播放量过两百万的视频里就有他——苗高僵曾经在双人赛中靠计策反杀过国王公会的双人组合。

顺便一提，苗高僵和被你们吹得上天的白柳智力值是一样的，都是89点，苗高僵对战玩家经验还更丰富。

但无论怎么说，苗飞齿和苗高僵与白柳和牧四诚，都不是一个量级的，这两人也不太可能出来追杀白柳一个新人，我最近关注了他们的公会，苗飞齿和苗高僵都在大型副本当中训练，基本都是三级副本。

这次拿白柳下手估计就是一个宣传策略，营销手段罢了，没有什么值得关注的，大家可以散了，以及楼主喜欢我们食腐僵尸公会可以大胆下注，今年我看了几场苗飞齿和苗高僵的练习赛，我觉得状态真的挺好的。

……

36楼：我来打脸楼上了，食腐僵尸公会刚刚发了公告，他们追杀白柳的不是公会普通玩家，正是他们的王牌双人组，食腐僵尸组合——苗飞齿和苗高僵，苗飞齿放话说要赢了之后拿白柳来做直播，我等着追他小电视了。

37楼：认真的？！食腐僵尸亲自下场追杀？！他们不是在打训练本吗？怎么来打普通玩家的本了？！

论坛瞬间爆炸。

国王公会内部。

一个举着系统面板、神色严肃的人行色匆匆地穿过熙熙攘攘的人群来到了一间办公室，办公室上面挂着一个艳红的红桃，红桃就像一颗正在滴血的心脏一样往下流动红色液体，把下面一个红色骷髅的毒药符号染红。

这个符号让前来敲门的人不禁吞了口口水，但最终他还是敲了下去。

"Queen，王舜综合了红桃皇后每一期小电视的充电数据，分析报告结果出来了，您是现在看吗？"

"进来吧。"

这人战战兢兢地进去了。

一个手上拿着烟斗，穿着单边开衩刺绣黑红旗袍，内穿黑丝和长高跟的女人慵懒地靠在黑色的长椅上，她一只脚跷起搭在另一只脚上，头发在背后绾成了一个松散的发髻，用一根长木簪子固定，耳边是长长的黑色流苏耳环，流苏一直落到她裸露的白皙肩头上，搭的一件披肩，已经从背上滑落到手腕了。

她眼睛的中间略圆润，眼尾上翘，眸色蒙眬，艳红饱满的唇部轻轻含住了烟斗的末端吮吸一口，又缓缓吐出，白烟缭绕间整个人有种似有若无的色香欲气，但眼尾微微落着一点倦意，又让她显得冷漠又高高在上，不可亵渎。

办公室里不止她一个人，而是满满当当地挤满了人，房间里充斥着嘈杂的争论声：

"皇后这一个月的玩家充电支持率有明显下降趋势了⋯⋯"

"要想办法了，我觉得是团队作战掩盖了皇后的个人魅力，导致充电积分分散到团队的每个人身上⋯⋯"

"我和你们说过了，要造明星玩家明星玩家！你们看看第一那个黑桃！就是靠浓烈的个人风格吸引了大批观众⋯⋯"

"我反对，团队作战是联赛重头戏！还有两个月就开始打联赛了，不能本末倒置，皇后必须开始和队员练习配合了！现在就算是黑桃也在练团队了！"

"⋯⋯备用队员死了一个张傀，我们少了一种团队打法，新的练习方式还需要磨合⋯⋯"

"⋯⋯我们团队里需要磨合的还有一个重要新队员，就是新星积分榜第一位的禁忌女巫，她的个人技能可以输出和恢复生命值，在游戏中很少见也很珍贵，但她还没有和我们其他队员打过配合，因为她好像还差十三次才能报名，正在刷副本次数⋯⋯"

红桃皇后揉揉眉心坐了起来，懒懒地挥了挥手，她的声音有种烟嗓的低沉嘶哑的质感："好了，所有的运营经理暂停，先听汇报。"

一切的声音戛然而止，他们毕恭毕敬地弯腰后退："好的，Queen。"

进来汇报的人小心翼翼地看了一眼这个传闻中帮助红桃皇后运营的背后团队，吞了口唾沫，开始小声汇报：

"本月，红桃皇后的积分充电总数相比上一个月下降 19 个百分点，高峰期观众人数下降 21 个百分点⋯⋯综合小电视数据下降 13.67 个百分点⋯⋯

"和总积分排名第三位的玩家'逆十字教徒'在积分榜上的差距进一步缩小,按照目前的趋势,他很有可能在下半年超越我们……但我们依旧稳居高颜值玩家排行榜第一位……"

红桃皇后垂眸听了一会儿,抬手打断了对方的汇报:"直接说我的充电观众流失方向。"

"哦哦,好的。"汇报的人点击了一下自己的系统面板,翻页之后继续汇报,"观众流失方向,王舜做了综合小电视数据分析,一个是高位观众流失,也就是流失给了和红桃皇后您有直接竞争关系的高位玩家,主要流失给了'逆十字教徒',但占比其实不高,不到三分之一。"

"剩下三分之二的观众流失……"汇报的人苦笑了一下,"都是给了低位玩家,这一批的新人太能打了,个人特色鲜明,观赏率大幅度提升。"

"无论是新星积分榜排名第一的治疗和暴力输出兼备类的玩家小女巫,刚刚蹿上第二位的控制类玩家白柳,还是排名第三位的幸运值百分百鹦鹉,第四位的曾经从黑桃手里偷到东西全身而退的猴子盗贼……"

"在小电视上的竞争力都远超新人该有的平均水准。"汇报人叹息一声。

"女巫是我们的人,流失给她无所谓。"红桃懒懒地躺了回去,"白柳?这是不是系统给了个'黑桃第二'称呼的那个新人?"

汇报的人迟疑地顿了顿,抬头看了一眼红桃的神色,斟酌着说:"对,这个新人击败了张傀,个人技能好像也是控制系,但我们最近都在准备联赛,没有追究他击败张傀的事情,因为这件事我们发现张傀的确也不堪大用……

"经过鉴定部门鉴定,发现到手的碎镜片最后形成的道具很有可能用处不大后也出手了,按照实力来讲我觉得这个白柳远远不如当初的黑桃先生,但我觉得系统给他'黑桃第二'还有一个原因是……"

"武器对吧?"红桃淡淡地说,"这人的武器的确和黑桃的一样,都是骨鞭,黑桃的武器是纯黑的蜥蜴骨鞭,他的是白色的塞壬鱼骨鞭。"

"倒有点像是情侣鞭子。"

红桃这语调慵懒的话一落,整个会议室所有人都屏住了呼吸,大气都不敢出地偷瞄那个坐在椅子上的皇后。

众所周知,红桃皇后喜欢 King 黑桃。

喜欢到什么程度呢?就连国王公会一开始也是红桃皇后为了黑桃筹办的,所以取名为"国王皇冠"。

皇后想用这个庞大富裕的公会为黑桃这个 King 的胜利加冕,唯一的条件就是追随他,但被黑桃拒绝了。

而黑桃拒绝的方式也很直接,他差点在比赛中淘汰红桃。

虽然黑桃多次差点淘汰了皇后，但每次联赛玩家集合的时候，皇后仍会主动上前去打招呼，黑桃还是一脸漠然地问："你谁？"

……简直就像是从来没有记住过皇后这个拿整个公会"陪嫁"给他的、游戏里颜值区排名第一的顶级大美女。真是令游戏里的每个喜欢红桃皇后的男玩家闻者伤心的一段单恋。

但他们也不敢调侃黑桃什么，毕竟黑桃这种男人，看着也不像是会谈恋爱的。

然后更残忍的是，黑桃还会在今后的比赛里继续对皇后毫不犹豫地痛下杀手。

红桃皇后的眸光渐沉，好像终于起了点兴趣，托腮懒懒勾唇笑："那个鞭子的确有点意思，还附了一层神级NPC的属性，数据是不明。"

汇报人一怔："食腐僵尸下了追杀令要去抢这个鞭子，皇后你要是感兴趣的话，需要……"

"不用，我不感兴趣。"红桃的表情又变得有点疲倦和懒散，"一个新人而已，今年还舞不到我面前来，而且我连黑桃的鞭子都领教过了，别人的鞭子能比上他的？"

她漫不经心地靠在沙发椅上，脚尖跷起一晃一晃，眼神不知道落到了什么地方，好似在回忆一般有点散，她轻声细语："黑桃才是最好的。"

"无论是鞭子还是人。"

游戏登入口。

牧四诚和白柳站在一起，白柳正在四处张望。他在找木柯，他让木柯在登入口等他。牧四诚的外貌也是做了伪装的，而且明显比白柳高级，他用道具伪装成了一个胡子大汉，单独走的时候没有被什么人跟着。

但很快牧四诚发现有人跟着白柳，他迫不得已过来提醒了一句，但很快他就察觉到不对劲的地方。

牧四诚怀疑地看向白柳："你用的是什么等级的外貌调节？"

白柳眨眨眼："免费的。"

牧四诚："……"

牧四诚整个人裂开了，他疯狂吐槽："白柳你可以再抠一点！你可是在被追杀啊！"

"没必要花钱在这个上面。"白柳目不转睛地看着游戏墙面，"我进入游戏之后还有个人数不满的间歇期，但这个时候我的小电视已经提示我进入游戏了，他们一个眼线众多的公会，要在游戏墙一百个游戏里找到我很容易。"

这倒是，牧四诚眉毛开始打结。

"而且他们想抓我，我说不定也想抓他们呢？"白柳忽然笑眼弯弯地看向牧四诚，白柳这副女装的样子笑得这么清秀，把牧四诚笑得愣了一下。

但牧四诚很快回神："你抓他们？！你抓他们干什么？"

白柳眼睛微微眯起："他们想要我身上的鱼骨和碎镜片，我也想要他们身上的东西。"

牧四诚皱眉："你想要他们身上什么东西？"

白柳抬眸仰视牧四诚："碎镜片和他们的公会。"

"我发现其他参赛的玩家都有公会，但我们还没有。"白柳表情和语气都是很平静的，他一副"吃面，老板给我加个蛋"的语气，"我也想搞一个，大的公会我找不到好的办法，但是这个什么食草公会，倒是可以试试。"

牧四诚一脸木然："……"

他一时之间不知道自己该从什么地方开始吐槽。

"是食腐公会不是食草公会。"牧四诚扶额，看着一脸淡定的白柳头痛无比，"白柳，我喊你爹行吗？你不要用那种随便路边买东西的语气说你要整一个公会成吗？我还要和你说多少遍这个食草，呸，不是，食腐公会不是一个小公会。"

牧四诚长叹一口气："虽然我们参赛，背后有一个公会来运行，各方面都会好得多，但我们现在建立公会已经来不及了，我们没有那么多资源、积分和玩家，而且食腐公会真的不是你可以随便搞来的公会，他们的老大是一对在联赛当中可以反杀国王公会战队的父子，你也看了视频，不是我们轻易惹得起的人物。"

"我以为你已经做好散兵参赛的准备了。"牧四诚一个头两个大，"没想到你在抢公会上面动心思，放弃吧白柳，这根本不可能。"

"我没说要抢过来。"白柳冷淡地扫了牧四诚一眼，"我只是想控制他们的老大，调用他们公会的资源。"

牧四诚思考了一下，很快反驳了白柳："行不通的，苗飞齿和苗高僵已经参赛了，就算你控制了，他们也不可能退赛再加入我们的队伍。已经参赛有了确切队伍的玩家不可以更换队伍，这是规则。

"在这个前提下，除非他们弃赛，不然他们会想方设法把公会的资源用在自己身上，因为公会的支持在游戏联赛中有时候甚至可以救命，以你这种交易的控制模式，就算你控制了他们，我觉得你还是不能越过这一对要参加联赛的父子，调用他们的公会资源。"

白柳不再和牧四诚多费口舌，继续看着游戏墙，但牧四诚却挺不依不饶的。

"还有他们身上的碎镜片？"牧四诚皱眉，"这都什么和什么啊？"

白柳这下倒是不疾不徐地继续解释了："在这个游戏里，我可以把碎镜片放在其他人身上，也可以购买仿制的碎镜片假装是真的碎镜片，混淆道具的方法太多了，他们来追杀我一部分是为了噱头用来做宣传，还有一部分是为了碎镜片和我身上的道具。

"但为了确保我身上的道具是真的，他们拿到我身上的碎镜片也是需要验货的。"

白柳看向牧四诚："牧四诚，以你一个专业盗贼的思路，你觉得最好的、绝对不会出错的验货方式是什么？"

"……拼起来。"牧四诚思索片刻，"如果是我的话，我会在得到你身上的碎镜片之后拼起来，如果能拼起来形成道具就是真的，如果不能就是假的。"

"所以你因为这个猜测他们身上携带了碎镜片？"牧四诚斜眼看矮了他一个头的白柳，"他们也可以在得到你身上的碎镜片之后拿回去拼。"

"没错，他们当然也可以带我身上的碎镜片回去拼，不过我觉得可能性不大。"白柳一边说着，一边眼睛在游戏墙上继续搜寻着。

牧四诚问："为什么可能性不大？"

"因为当面淘汰我验货，直播效果最好。"白柳淡淡地说，"他们不是要拿我宣传应援吗？杀人越货一起干的宣传效果最好吧。"

牧四诚一静。

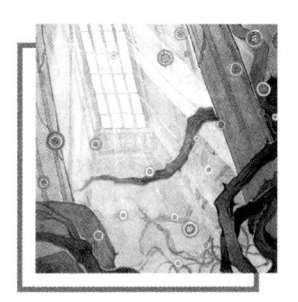

第七章 爱心福利院

81

从直播效果这个角度来看，的确是这样的，当面淘汰白柳之后拼起鬼镜那种奖励获得感的冲击更强，观众更买账。

如果是为了应援宣传，这的确是食腐僵尸会选择的方案。

之前也有公会喜欢淘汰很有潜力的新人在联赛开赛前壮势的，用文雅一点的说法叫"黑马祭旗，公会无敌"，年年都有这种事情发生，而且长期发生在没有公会势力但又很有噱头的新人身上，今年应援季牧四诚还以为被祭旗的会是自己，所以才在疯狂搜集"人鱼的护身符"这一类的逃生道具。

没想到中途杀出个比他还高调还嚣张的白柳，直接干掉了排名榜前列的张傀，噱头远超牧四诚，夺走了牧四诚被祭旗的资格。

牧四诚想到了自己看过的那个食腐僵尸的公会公告。

嘴上戴着枷锁的苗飞齿拍了一段小视频放在公会公告界面上，眉飞色舞地说要淘汰白柳做吃播。

"就是我不太喜欢上了年纪的人。"苗飞齿开玩笑般说道，"常规操作，祭旗嘛，就看你们充电力度了啊。"

苗飞齿舔舔嘴唇，嗤笑："他的肉丢了也不可惜，拿出来卖也不值几个钱。"

白柳奇怪地看向牧四诚，这人刚刚不知道想到了什么，表情突然变得好狰狞，就像是要吃人一样："你怎么了？"

"没怎么，我想到了一点让我不太愉快的事情。"牧四诚磨牙，但很快他就控制住了自己扭曲的面部表情，看向白柳，"这次我跟着你吧，我们两个在一起至少比你一个人好吧？"

之前牧四诚已经缠过白柳一会儿想和他一起进游戏了，但白柳无论如何都不松口，要求他去带新人。

牧四诚有点烦躁："你要是出事了我带这两个新人出来了也没用啊。"

"在事情发生之前，你可以先假设我不会出事。"白柳拍了拍牧四诚的肩膀，又露出了那种营业性假笑来安抚牧四诚。

牧四诚突然把头转了回去，他的目光越过白柳肩膀看向后面，皱眉和白柳耳语一句："他们来了。"

白柳跟随着牧四诚的眼光看过去，发现一高一矮两个玩家走了过来，领头那个玩家的步伐十分嚣张跋扈，登入口周围的普通玩家迅速和这两人拉开了距离，形成了一个真空圈。

玩家后退不是因为这两人是食肉僵尸组合，在大厅内任何玩家都是无法伤害对方的，而是因为一声系统提示：

系统对登入口的玩家温馨提示：红名玩家（苗飞齿）出没，该玩家昨日于一个五十人的多人副本中淘汰十二位玩家，请各位登入口的普通玩家注意与他保持距离，不要轻易和他进入同一个游戏，保障自己的人身安全。

苗飞齿听到了这个提示邪性地笑了一下，他似乎早就习以为常，那笑容里还带有一种掌控别人生命和让别人畏惧带来的傲慢和得意。

苗飞齿身高腿长，是个看着还有点奶油气的年轻人，长相相当不错，那种朦胧血腥感会让人联想起吸血鬼一类神秘优雅的生物，带来的巨大画面冲击力让很多好这一口的观众疯狂，充电积分居高不下，应援很能打，是一直稳坐小电视颜值区排名前二十的玩家。

白柳简单一扫，客观评价了一下苗飞齿的长相——骨相五官比例与木柯比差远了。白柳觉得苗飞齿坳造型过头了，有种故意卖弄自己的油腻感，很浮躁。

跟在苗飞齿后面的是个沉默寡言的中年人，身材健壮高大，面容黝黑，脖子上挂着一串佛珠，嘴边长了两颗獠牙，像是象牙一样弯出了嘴外，眼中精光外露，步履沉稳，看上去气质非常稳重，比起太过张扬的苗飞齿，这个中年人看上去更有那种不太好对付的感觉。

看来这人就是那个和苗飞齿一起打配合的爹，苗高僵。

苗飞齿大摇大摆地走到了登入口的游戏墙前，后面还跟了几个人到处在找人，很明显是食腐僵尸公会玩家在帮着找白柳。这群食腐僵尸公会的玩家对苗飞齿看上去也颇有畏惧——这是一种无法控制的、来自食物链底层生物对高层生物产生的生理性恐惧。

没有人会喜欢苗飞齿打量人的眼神的，就算是对自己的下属，他也是用看食物的眼神眯着眼睛打量。

用白柳的描述就是——一群食草动物瑟瑟发抖地跟在一个食肉动物后面。

这群食草动物绞尽脑汁地讨好着苗飞齿：

"苗哥，您是找白柳打着玩来放松吗？您真没必要出马，我们就可以搞定了。"

"还不是那些论坛的玩家乱发言，惹到我们苗哥了！不是有人说白柳和牧四诚打配合绝对是明年双人赛的看点之一吗？我觉得就算这个本白柳和牧四诚一起进，我们苗哥和苗爹绝对也轻轻松松虐他们！"

"欸，"苗飞齿被吹得眼睛都眯起来了，他假模假样地制止了一下背后几乎要把他吹上天的几个跟班，"你们话也说得太满了，但我还是希望他不要和牧四诚一起，毕竟两个成年人，吃不下。"

听到这话，藏在人群里的牧四诚低骂一声就想撸袖子上前，白柳眼疾手快地拉住了他的手腕，给牧四诚使了一个眼色，让他快走。

牧四诚忍不住小声说道："苗飞齿真是我见过联赛玩家里最小心眼的了，不就是有人在论坛夸我俩配合得好明年打他们不成问题吗？我估计就是因为这个，苗飞齿才拿你开刀的，他就是见不得比他玩得好的新人组合。"

不过虽然这些食草动物跟班说话很难听，但基本也是论坛上很多玩家的主要看法了。

除了白柳的粉和牧四诚的粉对他们还比较有信心之外，其余路人玩家的看法都相当不乐观，觉得牧四诚和白柳对上苗飞齿和苗高僵多半会凉。

《爆裂末班车》只有张傀一个人算是比较有水准的玩家，而苗飞齿和苗高僵是职业玩家，和张傀可以说不是一个量级的，很多阴阳怪气的玩家已经在给白柳和牧四诚开帖，说很遗憾这对新人没有办法参加今年的联赛，明年重来吧。

其实这也不奇怪，白柳之前得罪了不少人，应援季的公会玩家和粉丝都是很疯的，他杀了一个据说是国王公会预备役战队选手的张傀，又顶了一个系统点评的"黑桃第二"的名头，风头正盛的同时，可以说是把战斗力最强的第一和第二公会的粉丝都得罪完了。

食腐公会这拨拿杀白柳做宣传，对于这些玩家来说不说是大快人心，那也是值得点赞的。

白柳压低声音："快去带新人，别在这儿看热闹了。"

牧四诚怨恨地瞪了他一眼："所以你这是铁了心不让我跟对吧？"

"对。"白柳很爽快地承认了，"你好好带新人，带向春华他们刷一级游戏的多人副本。"

牧四诚还想挣扎："我可以带他们和你一起刷副本啊！这不也是带新人吗？！"

"这面墙上唯一的新游戏是个二级副本，因为有苗飞齿这个老玩家盯着，我不可能去旧游戏，只能去这个新游戏的副本。"白柳语气很冷静，"我不觉得你和我有带三个新人过二级副本的能力，这次我带木柯过这个本都很危险，但好歹他算是自己过两个本了，对我服从性也很高，还可以勉强尝试一下，你还想带向春华和刘福来凑热闹？你们是活腻了组团来给我殉葬吗？"

牧四诚暴躁又焦躁，感觉这人跟猴似的下一秒就要被白柳气得跳起来了："但有我在，至少可以克一下苗飞齿，我的个人技能可以克他！我找够了五根黑手指装备，至少和苗飞齿有一战之力，你一个人和两个S-级别玩家玩个什么啊！"

"那刘福和向春华，还有木柯呢？"白柳直视牧四诚，"如果你强行带新人来这个副本里帮我，这三个人的死活你顾得上吗？如果你不带向春华和刘福，让他们自己练习，那你怎么和他们练配合？"

牧四诚阴狠狠地抿着嘴，没说话，但很明显是默认了——他就是不怎么想顾这三个人的死活，也不怎么想和其他人配合。

"你对你联赛未来队员这个态度我可要有意见了，牧四诚，你未来不仅要和我一个人配合，还要和其他人随时达成配合，我不仅是在练习向春华和刘福，也是在练习你。"白柳轻描淡写地说道，既没有说教也没有严厉反驳，而是抬眸看着牧四诚，"我不会死的，上次我一个人对上鬼镜都没有死，这次也不会轻易死的，你对我应该有这个层次的基本信任。"

"我会出来的，我们还会一起参加联赛。"白柳语调平静，"我说到做到，我还没有骗过你吧牧四诚？"

牧四诚磨磨牙，最终嗓子有点发哑，不甘地应了一声好，他的确犟不过白柳。

白柳让牧四诚离开了。

白柳仗着自己个子矮，在人群中飞快地搜寻着，最终在登入口的一个角落里找到了木柯，木柯一看白柳愣了一下，但想到这个游戏可以更换外貌，再加上白柳出口的声音的确是本人没错——木柯无论认错什么都不会认错白柳的声音。

因为是这个声音救了他。

白柳简单地交代了一下现在的情况，问："我们进去之后还会面临追杀，确定和我一起？你还有最后一次反悔的机会，我刚刚看了一个长得不如你的人靠猎奇吃播混到了颜值区前排，你这个长相好好发展应该可以比他混得好。"

"和你一起。"木柯很肯定地看着白柳。

"行。我们在被追杀，就不能进入老游戏，因为老游戏对方肯定玩过了，我们没有优势。"白柳语速很快，"其实最安全的是单人游戏，但单人游戏收益收效都太低，并且游戏墙上的单人游戏都已经满了，我们只能选一些新的多人游戏副本，但我看了一圈，只发现了一个。"

"这个副本我们说不定见过。"白柳抬眸看向木柯，"它的名字叫《爱心福利院》。"

在进入游戏之前，牧四诚曾经问过白柳，那个平行时空如果不存在，那只有唯一且注定的结果形成的现实世界怎么才能解释通？就像是白柳对于福利院，只要他不选福利院的游戏，就不会死在福利院里，更不会在里面留下痕迹。

但现在，就好像有一只无形的手在操纵着这一切，追杀令、抢劫、高级联赛玩家的突袭等等事件连成了一条线，让白柳不得不沿着他看到的、唯一却注定的轨道走下去。

就像现在摆在他面前的唯一选择，只有那个和福利院有关的游戏。

陆驿站总喜欢说的一句话是"冥冥之中自有天意"，如果说这个游戏的天的意思就是让他参加这场游戏，那么他无论如何都无法逃脱，或者说他也没有想过要逃脱。

白柳抬眸看向木柯："我们分前后脚，分别进入游戏。"

游戏墙上，一个是死气沉沉的儿童福利院大门的游戏图标突然亮了一下。

　　游戏副本名称：《爱心福利院》。
　　等级：二级（玩家淘汰率大于50%小于80%的游戏为二级游戏）。
　　模式：多人模式（0/6）。
　　综合说明：这是一款解密双线操作的恐怖游戏，在这款游戏里，玩家拥有两个身份线，而您的每个身份线就相当于您身体的一部分，保护孩子就是保护您自己，放弃孩子也是保护您自己，最终您会如何选择呢？是选择成为孩子，还是一直做一个肮脏的大人……
　　游戏《爱心福利院》已集齐玩家两位，还需四位玩家即可开始。
　　系统提示：您收藏过小电视的玩家白柳登入游戏了哦！请前往围观！

这提示的声音让苗飞齿眼神一凛，意味不明地哼笑了一声："以为跑到游戏里我就找不到你？你能进的游戏可就那么多。"

苗高僵言简意赅地分析了一句："白柳会选的应该是新游戏，老游戏他没有优势。"他眼神在墙面上搜寻一圈之后，最终定格在了一个角落里鲜有人问津的游戏图标上。

这游戏图标是一个暗沉沉的儿童福利院大门，门口能若隐若现看到几个孩子在蹦跳玩耍，是一个苗高僵没见过的新游戏。

"爱心福利院？"苗飞齿看着图标上那些小孩，舔舔开始发痒的齿根部，眼神变得垂涎又血腥，"这名字倒是挺合我胃口。"

"苗哥，确定这墙面上除了这个爱心福利院游戏之外，其他游戏要么登满了，要么就是老游戏，只有这个只登入了两个人。"

"两个人？"苗飞齿嗤笑一声，"看来牧四诚和他一块，好了，这是个二级游戏，我不想带人，带你们我还要分心来照顾你们，就我和我爹两个人就行了，你们回去吧。"

说完，苗飞齿就拉着只简单说了几句话的苗高僵，登入了游戏。

> 游戏《爱心福利院》已集齐玩家四位，还需两位玩家即可开始。
> 系统提示：您收藏过小电视的玩家苗飞齿、苗高僵登入游戏了哦！请前往围观！

游戏登入口的玩家是眼睁睁地看着苗高僵和苗飞齿这对父子尾随白柳进游戏的。

他们看着那个《爱心福利院》的图标都有点后怕，这些普通玩家本来就没有几个人有胆子玩新游戏，再加上这里面还有一对即将大开杀戒的联赛选手，更是让他们敬而远之。

但也有从苗飞齿和苗高僵登入游戏之后，就一直盯着那个福利院图标没动的玩家。

刘怀死死地看着那个《爱心福利院》图标上的大门。

这个大门和刘佳仪所在的那个福利院的大门，是一模一样的！

刘怀也是从《爆裂末班车》里存活下来的人，他是知道镜城爆炸案的，虽然之前没有往那方面想，但被白柳在言语上诱导了一下，现在又遇到了一个好像是从现实里找原型设计的游戏，还是以他妹妹所在的福利院为原型设计的游戏……

刘佳仪对自己在福利院遭遇了什么，因为眼盲而一问三不知，但是她身上有一些很奇异的斑点瘀痕，就像是蘑菇的小点遍布在小女孩雪白瘦弱的躯体上。但问刘佳仪，她似乎也很茫然，不知道这些好像咬痕的伤到底是从哪里冒出来的。

现实世界里调查的结果就是食物中毒，但刘怀不太相信，可惜也没有其他线索。

虽然现实世界里没有线索，但不知道这个以现实为原型的游戏里有没有。

刘怀咬咬牙，给自己装备好了技能，又看了一眼从其他玩家那里借来的一部分积分，深吸一口气也进入了游戏。

> 游戏《爱心福利院》已集齐玩家五位，还需一位玩家即可开始。

在刘怀进入游戏的下一秒，一个穿着病号服的小女孩突然出现在登入口的一个小角落里。

她似乎是看不见，双目空洞地环顾了一周，好像还没反应过来自己到了什么地方。她摸了摸自己胳膊，有点疑惑地轻声唤了一声哥哥，然后就像被吸入了游戏一般，瞬间消失在了人来人往的游戏登入口。

游戏《爱心福利院》已集齐玩家，游戏正式开始。

在登入口系统提示这个六人游戏开始的声音落下的瞬间，多人游戏区内却只有五个小电视同时亮起。

接到系统提示飞速赶来的观众里有人疑惑地开口了："这不是个六人游戏吗？怎么我只看到了五个屏幕亮起，有高玩关小电视了？"

游戏中总积分榜排名前一百的玩家每月拥有一次关闭小电视直播的机会，这次的直播里总积分名次最高的就是苗飞齿了，但也只是134，是没有关直播权限的。但这种靠近一百的名次，如果愿意花大价钱向系统购买自己的直播间关闭权限，也是可行的。

但苗飞齿这种靠直播宣传的玩家，这次又是特意为了宣传搞了这么大噱头，是绝对不可能关直播的。

苗飞齿没有关直播，那是谁关了？

其他玩家都没有排名前一百啊，差得还有点远，不具备关直播的资格啊……

很快，在亮起来的一个玩家小电视里，观众找到了答案，有白柳的粉丝认出了小电视里的人是上一轮跟着白柳一起通过关的刘怀。

刘怀满脸苍白地看着突然出现在自己面前的刘佳仪，他几乎是浑身一软地跪了下来。

刘怀瘫软在地，看着茫然地坐在地上的刘佳仪，语气里全是遏制不住的恐惧："佳仪，你怎么会在这个游戏里？！"

刘佳仪似乎也很茫然，她有些害怕地抱住了自己的膝盖，身上还穿着病号服。她茫然地轻轻摇着头。

刘怀的反应吓到了她，她雾蒙蒙的眼睛里蒙上了一层眼泪，声音也开始带起了哭腔："我也不知道，我好像就是睡了一觉，睡前很想很想见到哥哥你，然后有个声音说要满足我的欲望，可以让我见到你。"

"我答应了，"刘佳仪的声音有些颤，"然后我就进来了。"

"哥哥，我做了错事是吗？我是不是答应了不该答应的事情？"

82

察觉到刘佳仪的不安,刘怀强行控制住了自己的语气,他抱住刘佳仪拍了拍,强自镇定:"没有,佳佳没有做错事情,只是一场游戏罢了。"

"对,只是一场游戏。"刘怀闭了闭眼睛,好似在催眠自己又像是在催眠刘佳仪,再睁眼的时候语气平和了不少,"哥哥带你玩游戏,佳佳。"

刘佳仪被刘怀抱在怀里,抓住刘怀的衣角小声地询问:"什么游戏啊哥哥?"

刘怀张了张嘴,抱紧刘佳仪无奈苦笑一声:"一个除了哥哥和你,全都是大坏人的游戏,佳佳一定要紧紧跟着哥哥,不要到处乱跑,好吗?"

"好。"刘佳仪乖乖地点头,"我不乱跑。"

多人游戏区前的观众也在小声议论着。他们也是第一次看到第一次进入游戏的玩家居然跳过了新人区单人游戏,直接被拖进多人游戏区里的情况。

不过这个游戏的运转核心是人的欲望,如果这个小姑娘的欲望是见到自己的哥哥,而且极其强烈,系统也的确有可能直接把这小姑娘拖进刘怀这个哥哥所在的游戏里。

这个小姑娘的小电视明显应该在新人区,但在多人游戏里,按理来说也应该在多人区登入,小电视从来没有多区登入的先例,可能考虑到这个,系统才把这个小姑娘的小电视给直接关闭了。

但开门红就是一个二级游戏,这小姑娘就算是有刘怀护着,多半也是凶多吉少。

毕竟刘怀在二级游戏里也是自身难保。在二级游戏里有余力的可能只有苗飞齿和苗高僵这对联赛选手,这对联赛选手已经对白柳的技能早有耳闻,并且多有提防,估计不是那么容易被白柳控制的。

所以很有可能这次游戏里没有任何其他实力强劲的玩家供白柳控制利用来挡刀,给白柳发挥的空间非常小。

有对白柳抱有一定善意的观众喟叹:"只能希望牧四诚这次和他配合打得好了,这样说不定还有一线生机。"

也有就是赶过来落井下石的观众冷笑:"牧四诚这个辅助逆天了,白柳这个主输出一样烂泥扶不上墙,食腐僵尸输出可是苗飞齿,S-面板的玩家,你拿小学生和研究生比呢?"

但很快,有观众惊疑未定地浏览了所有小电视,疑惑地反问:"不对啊,这游戏五个开着的小电视里,没有牧四诚的啊?"

"白柳是一个人进的游戏？！"

确认了这次的游戏玩家的确没有牧四诚之后，无论是赶过来担心白柳的粉丝还是看热闹的吃瓜路人，或者是白柳的黑，都呆滞了。

白柳登入的是一个有点背光的福利院二楼的房间，上了锁，白柳直接砸开然后一间一间地去搜地图了。但是很快白柳这种不按照游戏流程进行的做法就遭报应了，他绕着第二层从头走到尾，居然走了一个圆形——白柳又回到了自己最开始的屋子里。

毫无疑问，他鬼打墙了，或者是游戏强制他走完这段剧情才可以离开这层楼。白柳走进了他刚刚登入的屋子内。

阴暗冷郁的屋内放着一把小小的椅子，傍晚的光线在地上把椅子拉出长长的阴影，屋内的两边乱七八糟地堆叠着一些小椅子。这似乎是一个放假期间的教室，桌椅板凳都被收起来了，而放在屋子正中间的这把椅子就显得格外突兀。

正对着的教室讲台上放着一个老式的收音机，看起来像是十年前的款式。这个收音机内放了磁带，正在自己转动着，滋滋的，不太通畅，小女孩哼唱的童谣声从收音机里面传出来：

月曜日（周一）出生，
火曜日（周二）受洗，
水曜日（周三）结婚，
木曜日（周四）得病，
金曜日（周五）病重，
土曜日（周六）死去，
日曜日（周日）被埋在土里，

这就是白柳的一生。

白柳挑眉，他听第一遍就听出来了，这是著名暗黑童谣集《鹅妈妈童谣》里的一首童谣，叫《所罗门的七日》，讲的是一个人一生经历的悲惨故事，童谣的最后一句说的是"这就是所罗门·格兰迪的一生"，不过这里好像把名字变成了他的。

在他听不知道多少遍的时候，随着童谣的反复哼唱，那个椅子被昏沉的太阳光映出的影子上渐渐地多出了一个人影，从影子上看似乎是有一个人坐在椅子上，但白柳从侧面看去又只是一把空荡荡的小椅子，上面什么东西都没有。

突然那个影子从椅子上站起来，然后一路飞速地蹿到白柳这边，白柳没有躲，他觉得这应该和上个游戏一样，是段引入游戏内容的开场动画，他看着自己的影子被这个飞快靠近的影子融了进去。

白柳的影子在西沉的太阳光下不断地延长，延长，在光线下一直钻到门缝里延长到门外，然后突然中断在门外。

这个时候童谣声戛然而止，同时，门外响起了敲门声。

"你好，请问你是这所福利院的投资人吗？"一个男生很礼貌地敲门问道，还带着一丝青少年还没变音完毕的沙哑，"我是今天来报到的儿童。"

但白柳却敏锐地觉得门外人的礼貌里藏着冷淡和不耐。

白柳认识这个声音，或者不能说是认识，而是熟悉，熟悉得无以复加，在对方开口的一瞬间就能察觉到这人看似平和语调下的所有情绪。

毕竟在十年前，白柳日日和这个声音相伴。

白柳踩在自己拉长变形的影子上，缓缓地打开了那扇门。

"你好，我是新来的被资助的儿童。"门外是一个身量只到白柳胸口位置的少年，一双古井无波的黑眼睛看向他，带有一丝隐藏得不算很好的审视，这少年似乎在打量白柳，最终斟酌又礼貌地伸出了手，"你好投资人，我叫白六，是被通知来这所私人福利院入住的新儿童。"

"我想想啊，这个状态的我……"白柳摸着下巴上下扫视了这个过于淡定的少年一圈，"应该差不多十四岁。"

系统提示：玩家白柳成功与副身份线见面交谈，成功触发儿童身份线，玩家白柳进入双线操作模式。

系统提示：在《爱心福利院》中，玩家享有两个不同的身份线，一个是成年的你，一个是幼年的你。成年的你为主身份线，幼年的你为副身份线，你们是一个人不同的半身。副身份线为游戏生成的儿童NPC，记忆和设定被系统根据游戏背景做了一定矫正，是完全符合游戏背景存在的人物，和现实中幼年的玩家有相似的性格和类似的记忆，具体情况请玩家自行探索交流。

玩家白柳副身份线名称：白六。

年龄：14岁。

身份：被投资人资助进入爱心福利院的没有父母的儿童。

特点：享有玩家50%的生命值，是玩家纯洁无垢的半身，没有任何与未来有关的记忆和技能，会进入危机四伏的福利院，请玩家务必保护好他免于怪物的侵害！

主线任务：逃离福利院（未完成）。

玩家白柳主身份线名称：玩家白柳。
身份名称：白柳。
年龄：24岁。
身份：患有绝症的儿童福利院投资人。
特点：享有玩家50%的生命值，但因身患绝症，生命值会在病重之后随着时间的流逝而下跌，在患病之后投资了儿童白六。
主线任务：寻找续命方法并且存活下来（未完成）。

白柳看着自己弹出一堆面板的系统界面，微微挑了一下眉毛。

他本体的身份是投资人，而他面前这个儿童白六——白柳抬眸缓缓地看过去。

十四岁的白六似乎不怎么喜欢被人过于认真地注视，他微微侧身躲避了白柳的目光。

白柳识趣地收回了自己的目光，心想真是麻烦，他最讨厌这个年纪的自己了，臭屁又难搞。

白柳站在教室外面的走廊环视一圈，看了一圈布局之后确认了——这还真是他之前去过的那个福利院。

这个地方一样有三栋楼，但建筑崭新漂亮，完全不老旧，墙面上各种儿童画的漆面也没有掉落，三栋楼中央的儿童乐园还有滑梯这种相对大型的设备，远远还能看见单独的食堂，这些都是白柳看过的那个后来破败的儿童福利院没有的。

白柳看了一下教室墙面上挂的各种儿童奖状的日期，确定这里应该是十年前的福利院。看来和他之前猜的一样，这个副本的主线剧情时间果然是十年前，就是这个福利院刚刚落成的时候。

看白柳四处查看，好像在找什么的样子，白六轻声提醒："今天是周日，是例行的检查日，孩子和老师都不在这里。"

"周日是检查日？"白柳转身看向白六，"你们这个福利院是每周都检查吗？检查什么？"

白六摇摇头："不清楚，我才进来还没有被检查过，只是我的入院守则上写了这样一条。每周日所有儿童要离开福利院去做一个全身检查，检查不合格的儿童要留在那里治疗。"

"不过每周去的儿童很多就一直在那边治疗了，福利院里的位置就空了出来。"小白六抬头看向白柳，"但空的位置福利院不想浪费，所以每周他们会吸收新的孩子进入,我是这周过来的。"

周日是检查日,还有很多被检查了不合格就干脆留在那里治疗没有回来的孩子……

白柳眯了眯眼,想起了那首童谣里唱的"日曜日(周日)被埋在土里"。

看来留在那边的孩子,多半是"被埋在土里了"。

在白柳还在思考的时候,系统突然发出了提醒的声音:

系统配送道具:每位投资人和自己的儿童拥有一个一对一的、只允许单线通话的对讲机。

对讲机使用守则:只允许用该对讲机从儿童拨号向投资人单向交流,禁止玩家购买其他通信工具与儿童交流,禁止从投资人拨号给儿童。

对讲机拨号时间:21:00—24:00,6:00—9:00,儿童非此时段拨号会被占线,投资人无法接通,每位儿童每天可以在这两个时段拨号。

请玩家与儿童适度交流,给儿童独立成长的空间。

系统通报的话音刚落,白柳就看到自己的手里出现了一个硕大无比的大哥大,上面立着一根天线的那种。

而小白六的是一部儿童手机,只有他半个手掌大,用一根粉红色细带挂在他的脖子上,看起来像个玩具。

白柳笑了一下:"很适合你。"他摇晃了一下自己手中的大哥大,"每天晚上的九点到十二点和早上的六点到九点,如果你有任何事情都可以打电话来找我,我随时在。"

"我不会给你打电话的。"白六面无表情地说道,"浪费我的时间。"

白柳早就料到会出现这种情况,他额角抽搐了一下,叹息一声,毫不犹豫地给出了解决方案:"我给钱的,你给我打电话我按分钟计费。"

小白六一直都没有什么情绪的脸上出现了明显的动摇,他转头看向白柳,迟疑道:"给多少?"

"按分钟计费,一分钟一百块,怎么样?"白柳不疾不徐地说。

小白六迅速答应:"成交。"

白柳的话音刚落,外面大门的铃响了,福利院紧闭的铁门打开,许多儿童叽叽喳喳地跟在老师的后面冲入了福利院,老师手忙脚乱地安置这些回巢的小鸟般的小孩子。

而一大一小两个白柳就站在楼的走廊上俯瞰着楼下这些天真无忧、奔跑跳跃的儿童,眼中是如出一辙的淡漠。

小白六忽然侧头看向大白柳，出声道："你看起来并不喜欢小孩的样子，为什么会资助我进入这所条件很好的私人福利院？"

"我在你眼中是怎么样的投资人？"白柳出声询问，他饶有趣味地看着这个年幼的自己，"你为什么会觉得我不喜欢小孩？"

虽然他的确不喜欢。

"你看起来很像是瘦长鬼影，昂贵的西服、衬衫、领带，苍白的脸。传闻中瘦长鬼影是很讨厌小孩的，他会杀死儿童然后挖走儿童的器官吃掉。"

小白六很平静地描述着他眼中的白柳。

小白六的描述提醒了白柳，他低头看了一眼自己，发现自己不知道什么时候从那个女高中生的打扮上变了，穿上了一身很规整的西服，还戴着一顶黑色的高礼帽。

白柳在教室的盥洗室里找了一面镜子，发现镜中自己的面貌已经被调整了。

他现在的长相的确就是如小白六所说，脸瘦削苍白，两个巨大的眼袋耷拉在眼睛下面，手指纤长，瘦到像是只有一层皮包着骨头，一看就命不久矣，而且白柳发现自己长高了不少，手脚有些不协调地变长了很多。

看上去的确很像传闻中的恐怖生物"瘦长鬼影"。

"这里所有投资人都长得和你一模一样。"小白六淡淡地补充，"都是这副西装革履又短命的样子，看上去不像是喜欢死前做善事的类型。"

"小朋友，你这嘴可真够臭的。"白柳转身看向小白六，挑眉，"我怎么看上去就不像是死前做善事的人了？投资你不就是我做的一件善事吗？"

小白六不为所动地用余光扫了白柳一眼："你确定把我送到这个儿童不断失踪的福利院来，是一件善事？"

系统提示：检查日即将结束，孩子和老师已经回来，请各位投资人带着自己资助的儿童前往博爱楼一层的登记办公室登记入住。

"走吧，小朋友，我带你去一层登记。"白柳所在的位置是博爱楼，他刚准备往下走，就看到对面的大楼第二层有一个"瘦长鬼影"样子的人阴森森地在教室里盯着他看。

这人一只手牵着一个齐刘海的小正太，目不转睛地望着另一栋楼里的白柳，他手上牵着的小正太的模样白柳瞧着挺可爱的，就是低着头看着有点阴郁自闭的样子，和长大后的木柯有几分相似。

这个投资人是木柯。

而在木柯的上一层楼，一个手拿双刀的投资人正在盯着白柳手上的孩子，这人时不时拖着长长的双刀在楼层走廊上来回地巡逻，像《德州电锯杀人狂》里拖着电锯满地图游走的杀人狂。

白柳挡在了小白六的面前笑眯眯地看着对面的投资人，对面的"瘦长鬼影"看了一会儿，发现白柳一直挡着自己的孩子，这人双手交叉磨了两下刀好像是在威慑白柳一般，往楼下走了，也不知道是去登记了还是来找白柳了。

武器是双刀，要是白柳没猜错，这人应该就是那位大名鼎鼎的苗飞齿了。

这人很明显是找谁是白柳，毕竟所有登入的玩家本体身份都长得一样，外表都是这副瘦长鬼影的样子，苗飞齿要杀他，首先就要在一堆瘦长鬼影样子的投资人里找到谁是他。

那要怎么在一堆投资人里确定谁是白柳呢？

目前看来最简单的办法就是看对方携带的儿童。

白柳眯了眯眼，看向了自己身后的小白六。

苗高僵牵着十几岁的自己下楼的时候，看到自己所在的楼的出口等了一个投资人，这让苗高僵下意识就想抽出武器，但这人下一句话又让苗高僵迅速放松了警惕。只听对面那个投资人咬牙切齿地骂道："爹！我看到了十几岁的我！到底是怎么回事？"

"飞齿？"苗高僵迟疑地看了对方一眼，有点警惕和怀疑，"你真的是飞齿？"

在这种所有人本体身份都一样的游戏里，假扮另一个人太容易了，唯一能确定对方身份的办法就是看对方所带的儿童。

"我一开门就看到十几岁的我守在门口，吓了我一跳。"苗飞齿骂骂咧咧地抱怨，"还要跟着我，那小变态看我的眼神都不对，我就直接让他滚了。"

苗高僵不会那么轻易相信送上门来的人，但这人说的的确是在苗飞齿身上会发生的事情。

苗飞齿为人轻浮性格浮躁，极高的武力值让他在这种二级游戏里颇为随心所欲。

突然见到一个十几岁的自己，苗飞齿的第一反应肯定不是好言好语地对话触发任务，而是恶声恶气地赶走对方，双方没有达成投资人和投资儿童的友好会面，自然无法顺利触发这个诡异游戏根据他们设定的副身份线任务。

苗高僵对苗飞齿这样的性格也极为头疼，但考虑到这游戏里还有一个智力值相对较高的白柳，说不定白柳会根据这种大家长相都一样的设定，玩悍跳别人身份线这种把戏，苗高僵犹豫片刻，没有放松警惕。但他还是简单地给对方介绍了一下游戏规则，并且试探了一些只有他们才知道的信息。

在试探了几句之后苗高僵心下定了大半："好了，你的确就是飞齿。"苗高僵深叹了一口气,"这游戏里所有人长得都一样,我们对一个接头暗号。"

"就手指头吧。"苗飞齿一锤定音,他似乎并不觉得这个凶残的暗号有什么,而是有点残念,"那是我进入游戏之前的最后一眼。"

苗高僵并不喜欢这个暗号,但在队伍合作中,他在这种无伤大雅的小事上一般都是让着苗飞齿这个儿子的,不占主导地位。他对苗飞齿极其纵容,不然苗飞齿也不会对他是这种不耐烦的态度,正因为他睁一只眼闭一只眼,苗飞齿才会做出种种恶行。

所以苗高僵也就讪讪地闭上了嘴,隔了一会儿才问道:"你投资的儿童呢?你把他赶走的位置在什么地方?"

"那小崽子被我赶走之后本来还跟在我身后的,但这院子里小孩太多了,而且个个看着都细皮嫩肉的,"苗飞齿有些邪性地眯了眯眼,"我估计他是被吊走了。"

眼看苗高僵又要开口说什么,苗飞齿烦躁熟练地一摆手:"够了啊,这堆游戏数据我都不能碰了吗?又不是真人,我看你是要饿死你儿子,你当我爹连管我吃喝都做不到,还要来碍手碍脚就过了啊。"

看着这群活蹦乱跳根本看不出是数据的孩子,苗高僵张了张嘴,最终又闭上了。

这些小孩太过鲜活,他一瞬间甚至觉得这些不是什么游戏里的NPC,而是一个个的真人,和现实里面的那些孩子并无差别。

"先去找你的小孩,然后去一楼登记吧。"苗高僵说。

一楼的登记室需要玩家单个进入,白柳去的时候苗飞齿和苗高僵还没有过来,这也是很正常的事情,这两个人首先要找到对方,还要确认对方的身份,苗高僵应该还好,因为和儿童的自己待在一起,身份比较好确认。

苗飞齿估计困难,这人估计根本没有重视突然出现的那个小崽子。

白柳在楼上的时候就看到了苗飞齿的小崽子自己一个人在福利院里到处乱晃,跟在不同的儿童后面眼冒绿光,像只还没吃过生肉的狼。

白柳带着小白六进了登记室,发现他前面已经登记过两个人了,其中一个是木柯,还有一个是……

看着上面的名字,白柳眸光晦暗。

因血缘关系羁绊,玩家刘怀和玩家刘佳仪激活"兄妹身份线",登记身份为兄妹,互为对方亲眷和另一条身份线,激活特殊双线操作模式。

玩家刘怀(哥哥身份线):患有绝症的儿童福利院投资人。

身份特点:享有50%生命值,但因身患绝症,生命值会在病重之后随着时间的流逝而下跌，请玩家迅速找到续命方法！

玩家刘佳仪（妹妹身份线）：被投资人资助进入爱心福利院的儿童。

身份特点：享有50%的生命值，是纯洁无垢的妹妹，会进入危机四伏的福利院，请玩家务必保护好她！

注意：对于兄妹身份线中每个身份线的玩家，50%的生命值清零即死亡。

上一次白柳见到刘佳仪这小姑娘的时候，还说刘佳仪应该很快就要进入游戏了，没想到这次见面就是在游戏里。

但刘佳仪一个新人，怎么会直接进入一个多人游戏？新人不应该是从单人游戏开始吗？

刘佳仪这小孩是和刘怀之间有什么特殊的联系，所以系统把刘佳仪这个新人直接拉入了刘怀在的这个游戏里？白柳思索着——这两个人的模式明显和白柳他们的模式不一样了，不再是一个人带一个幼年形态的自己，而是哥哥带妹妹。

白柳看到刘怀在登记关系模式那一栏上写的是"血缘兄妹"，而木柯写的是"投资人"和"被资助的儿童"。

不过白柳注意到，虽然说是两个玩家的模式，但这两人头顶的生命值条还是百分之五十，看样子也是清零这百分之五十玩家就直接死亡。

白柳他们是割裂生命值，生命值总和其实还是100。

但刘怀和刘佳仪直接就是砍半了，这更不占优势。

而且对于游戏来说，白柳觉得也不够公平。

系统曾经为了保证游戏公平，做出了各种丧心病狂的削弱玩家的方案，经历了两次被系统狂削的白柳不觉得系统会给玩家呈现一个不公平的恐怖游戏。

这说明这个削减刘怀和刘佳仪一半生命值的方案对于整个游戏里所有参与的玩家来说，应该是相对公平，是游戏性相对平衡的。

但对于刘怀和刘佳仪这两个倒霉地触发了特殊模式的兄妹玩家来说，生命值直接被砍半了，刘佳仪还是个盲人儿童，又是新人，不公平又是显而易见的。

而且同样是血缘关系，苗高僵和苗飞齿这一对父子就没有触发什么父子身份线。因为白柳看到了小苗飞齿，这对父子肯定就没有触发这种特殊形式的血缘关系身份线。

这个估计和刘佳仪有关。

刘佳仪这个眼睛看不见的小孩第一次进入游戏就是多人游戏，不知道这小孩的愿望是什么，白柳觉得刘佳仪的愿望不像是希望自己重见光明这种。

之前白柳和这小孩接触的时候，他其实觉得刘佳仪复明的愿望是没有刘怀

075

强烈的。刘佳仪似乎是觉得自己看不见没什么，她更黏她哥哥，如果刘佳仪的欲望是绑定在她哥哥身上，直观体现出这种感情倾向，在这个一切都和玩家欲望挂钩的游戏里，或许就会导致这种情况。

但也存在其他的可能性，刘佳仪这个小孩从各方面来讲都太特殊了，白柳也不能直接下结论。

白柳暂且记下了这个他觉得违和的地方。

小白六登记完之后被院长领着进去了。

走之前小白六回头看了白柳一眼，这小朋友面无表情地举起拇指和食指，对准白柳搓了搓，眼神非常婉转地示意了一下白柳，看得白柳忍不住想笑——这是一个数钱的姿势。

因为白柳和他说打电话给钱，这小朋友一直记到现在呢。

这位小朋友事情还没干，记账倒是记得挺利索。

孩子被带进了福利院，而白柳这个投资人则是被院长领到了福利院附近的一栋楼里，这栋楼看着有点像医院，里面还有护士和护士办公室，但没有挂号处，也没有医生看病的办公室，只有一层又一层的住院病房。

院长告诉他们，投资人大多数身体都不好，所以都住在这里，偶尔会在福利院开放日的时候去看看孩子。

白柳看了一会儿，确定这个地方就是一栋不对外开放的私人医院。

或者说不是私人医院，这更像是白柳见过的那些退休的有钱人住的养老康复楼，只需要护士管理伺候就行了，医生都是随叫随到的模式，不需要留很多医生。

但这里住的可不是什么身体健康的退休富人，而是一群亟待治疗的绝症患者，这种随时要处理危急情况的医院里没有医生就显得很奇怪了。

没有医生谁来治疗他们？

这私人医院里全是长得跟瘦长鬼影一模一样的病人，有些瘦弱不堪地躺在床上，有些撑着椅子行动迟缓地在走廊上行走，他们的面部都被绷带缠得严严实实，连眼睛都没有露出来，也不知道是怎么看见路的。

只有这些病人微弱的呼吸带出的气流把脸上绷带吹得轻微地鼓起，才显示他们都是活的人，而不是什么都市传闻里的怪物。

越往里走，里面的病房躺着的病人越是手脚细长，白柳目测了一下，重症监护室里躺着的病人应该都有两米高了，脚无力地垂在病床的外面，肤色青紫带着一点斑点，让白柳想起了他之前看的那些死亡儿童的毒蘑菇般的皮肤。

这些僵硬迟缓的垂死投资人在走廊和病房里缓慢地移动着，他们转动着脸部，好像是在注视着穿过走廊的白柳，宛如蜘蛛腿般长而细的手脚耷拉在身体两边，白柳还被一个人抓了脚脖子。

抓了他脚脖子的病人却好似就是在逗他玩一样，很快就放了手，发出一种诡异又神经质的咯咯咯的笑声。

83

院长把他们带到了第九层楼，这层楼的病人比下面的楼层要少很多，而且看起来病得也没有那么重，白柳感觉这层楼病人的病重程度和他差不多，最直观的就是他们都差不多高。

从白柳刚刚的观察来看，这所医院里的病人病得越重身体就会越细长，也就是越像"瘦长鬼影"这玩意儿。

小白六对他的描述其实很正确，这孩子对恐怖事物的感知能力让白柳意识到他可能从十四岁就开始有意识地注意这方面的东西了。

这层楼一共有二十一个病房，院长给白柳安排了房间，然后说她还要回去接其他投资人。

白柳住在906，在走廊左边靠里面的一个房间，白柳观察了一下整个病房，觉得这私人医院也有些奇怪。

这医院装修得非常好，非常精致，但采光极其差，所有的病房都是避光的，室内昏暗到白天都需要开灯，并且这里的灯亮度也非常低，开了也看不见什么东西。医院内部到处都是高功率的加湿器，无时无刻不在往外喷射着雾气，搞得整个医院就像是回南天一样潮湿，四处弥漫着雾般的水蒸气。

避光加高湿度，正常的医院是绝对不会这样修建的，就好像生怕病人在这里住不死一样。

光线又差，还有厚重的雾气，这导致医院里的能见度很低。

如果不是院长带着白柳，玩家要找这里的各种通道都很困难，因为看不到。而且出于水蒸气的缘故，地上和墙面都非常湿滑，白柳现在身子又高还手长脚长，走在这种湿滑的地面上很容易摔跤，这让白柳有一种不好的预感——要是医院这个地方发生了追逐战，估计他会跑得够呛。

白柳扫视了整个病房一圈，发现三个加湿器，但灯只有一个，非常昏暗。

更奇怪的地方是病床，之前说了这是一个各方面都装修得很好的私人医院，看起来很有档次，卫生间的水龙头都是镏金的狮子形状，但病床——

白柳掀开了自己病床的白色床单，看着下面堆叠的稻草挑起了眉毛。

这居然是个稻草床。

白柳只在儿童时期在相对贫穷的福利院里睡过这种床，这种床睡起来很不舒服也很麻烦，但优点是比别的床都廉价。

稻草需要干燥才睡得舒服，一旦潮湿很容易生虫腐坏，会把人身上咬出各种红点点，而且在非常潮湿的环境下，这些稻草甚至会长蘑菇。

比如白柳这个病床的床角，掀开床单之后，他就看到了有一丛灰色的蘑菇密密麻麻拥簇生长着，一直生长到病床旁边挨着那个木质图书柜的地方。

在这种开着三个加湿器的房间内用稻草床，那这床就和一个真菌培养皿没有什么区别，这些稻草很快就会腐烂，然后上面会生虫生蛆生蘑菇……长满各种分解者，爬满睡在上面的人的躯体。

总之在白柳童年时期，梅雨季的时候，他宁愿睡地上也不会睡稻草床上。

系统提示：玩家白柳（投资人身份）主线任务——寻找续命良方，缓解自己的绝症症状。

续命良方……

要去什么地方寻找续命良方？如果这是一家有医生的私人医院，白柳现在一定已经去搜查医生办公室看处方单，然后寻找治疗药物了。

但是这里没有医生，只有一群在走廊里推着推车走来走去的护士，而且白柳进来的时候看了护士办公室一眼，里面没有吊瓶没有药片，甚至没有注射器和输液管，空空如也，只有几个齐腰高的不锈钢推车，看起来很像是白柳公司食堂的餐车，应该是用来给病人送餐的。

一个没有医生，没有药物，除了病人什么都没有的医院，要怎么去寻找一个绝症患者的续命良方？

等等，除了病人什么都没有……

白柳眼睛微微眯了眯，开始在病房的图书柜里搜寻。

这个病房门后靠床的地方有一个图书柜，白柳之前扫了一眼没有在意，那里都是一些很陈旧的书籍，因为这些书籍的数量太多了，白柳根本没有把这些书籍往线索的方向想，而且里面的书籍杂乱，什么小说地理图册都有，塞了满满当当一大书柜。

如果是白柳自己设计游戏，他是不会把游戏线索藏在这种过度繁杂的信息里的，因为在没有提示的情况下让玩家找一个两米多高摆满了书的书柜是一件很无聊的事情。

但有一种情况例外，那就是这一书柜里并不只有一条玩家需要发现的信息。

而是除了一小部分之外，都是玩家应该发现的信息。

系统提示：恭喜玩家触发支线任务——在医书中搜寻"续命良方"。

果然。

白柳把这个图书柜里的书做了一个简单的分门别类，一些白柳觉得明显和副本没有关系的就丢开，剩余一些医学类的杂志和书籍沉甸甸地堆在地上。白柳拎出来掂量估算了一下，这得有几十斤了。

全是医学类的书籍，中西内外妇儿都有，还有一些全英文的医学论文杂志，在这么多医书里找一个白柳完全不知道用来干什么用的"续命良方"，白柳觉得自己一个没有什么医学常识的人做不到。

但他眼睛一眯，看着这一堆从来没有人翻看过的医书，又察觉出了一点违和的感觉。

这个私人医院里没有医生，这些书不可能是医生看的，但很明显这些书是给有一定医学常识的人看的。

而能看这些书的只能是住在这个病房里的病人，或者说，投资人。

所以这所私人医院里并不是没有医生，而是住在这里的病人就是医生。

他们在一边看书一边自医——奇怪的病人们。

这些投资人很明显都身家不菲，但为什么不相信医生而是自医呢？是医生无法治疗吗？可如果医生无法治疗，那他们看这些书的意义也不大，毕竟都是医生看过的东西了。

白柳思索了一会儿——很明显这里所有的投资人都有某种绝症，那么除了白柳，一定已经有人开始治疗，也就是开始使用那个续命良方了，但他们这些新住进来的病人却不能无偿得到这个续命良方，而是要自己从这堆书中找出来。

但对一个学生时代就不是很守规矩也不怎么爱写作业的人来说，白柳对于这种非他感兴趣的东西的阅读理解效率是很低的，他学生时代很多科目的成绩也都一般，所以白柳在自己不想看书解不出答案的时候，很快就决定了要去抄别人的作业。他念书的时候一般都是抄陆驿站的，因为陆驿站这个好学生的作业正确率最高，但在这个游戏里——

白柳眯眼想了一会儿——现在的关键就是去抄谁的作业。

在现在这所医院里，谁能最快最正确地解出这堆书的答案？

木柯也被院长带进了这个私人医院，他也靠搜寻图书柜触发了那个在医书中寻找续命良方的任务，现在正坐在床边看着这堆医学书。

他毕业之后已经很久没有看过书了，还是这种大部头，这房间里光暗得就算是有人在他一米之外走来走去他都看不见，看书就更不用说了。本来木柯准备买一个台灯啥的用来照明，但是在购买之前系统提示他："病房内需要避光，禁止使用高亮度照明，你是否确定还要购买相关道具？"

意思就是道具可以卖给你，但是你不能在病房里用。

木柯本来准备试试这书能不能带出去看，至少外面比这个房间里的光线要好。但他刚一拿着书走出病房就被吓了一跳，一个面无表情的护士推着不锈钢的推车在走廊里巡逻，看见木柯拿着书准备出来，这个护士给予了警告，说："请不要拿着病房内的东西随意走动，并且入院第一天病人不能随意走动，请待在病房里。"

看来就是不能带出去了，木柯皱着眉缩了回来。

木柯不得不尝试了一下在这个昏暗的灯光下看书。

但是看了没一会儿，木柯就有种力不从心的感觉了。他看书的速度算很快的了，但在这种灯光下看书效率太低了，方向也很杂乱，要从上面得出一个很有效的治疗方案——或者用系统的话来说，续命良方——也是很困难的。

木柯也意识到光靠他自己一个人看书很难找到正确答案了，但是他一时之间还想不出其他方法。

毕竟游戏的提示指向性太强了，很明显就是叫玩家看书柜里的这堆书找答案，而这恰好是木柯的强项。

木柯有点焦躁地看着自己手上的书叹息，他已经很久没有这种看书的时候找不到答案的感觉了。木柯从小到大都是学霸，上了初中之后还跳过好几级，他的智力值进入游戏后也相当高，有85点。

他的阅读和记忆理解能力都非常出色，如果给他一个相对亮堂一点的环境，三天之内看完这堆书，整合知识线索得出答案不是什么困难的事情。他迫切地想要快点得出一个续命良方献给白柳，但昏暗的现实让他越发烦躁。

一个小时了才看完一本书，这根本不是他的真实水平！

木柯正想着怎么操作呢，他的系统面板忽然振动了一下，他看到自己的道具栏多出了一个道具。

木柯现在没有买道具，很明显刚刚买这个道具的人是白柳——白柳可以隔空操纵他的面板购买道具，这也是他们的交流方式之一。

现在他们都住进了病房里，用这种购买道具的方式沟通极其隐蔽，可以避开众人的耳目。

木柯点开了自己的系统面板，看仓库里自己的道具，观众可以看到系统商店，但是仓库的界面是看不到的，为了保护玩家财产安全，仓库会被打码，所以木柯和白柳的私下交流，甚至连小电视面前的观众都不会察觉到，可以说是隐蔽到了极致。

唯一可能暴露木柯和白柳交流的方式，就是在交流的过程中木柯被突然淘汰，或者是木柯还没有来得及抹除交流的痕迹就被淘汰，用来交流的道具暴露在淘汰木柯的玩家面前，被对方察觉到不对劲。比如白柳和木柯用一个记事本或者手机录音笔来写字交流，那么木柯被淘汰之后，这个曾用来交流的道具就会掉在淘汰他的玩家面前，暴露他和白柳交流过的痕迹。

当然也可以用密码加密这个沟通方法，防止对方轻易破译，但是怎么确定这个密码不会被其他人轻易获取，并且可以迅速被木柯理解呢？

白柳是不太喜欢自己暴露给对手这种事情发生的，所以他选的不是一个很常规的交流道具。

白柳买给木柯的是一个黑色键盘。

键盘是木柯和白柳都很熟悉的工具，并且相比笔记本和纸张以及录音笔等会留下明显交流痕迹的道具来说，使用键盘更无痕，交流完毕几乎不会留下任何痕迹。

并且键盘上的"密码"，是木柯和白柳这两个做游戏的都可以快速理解的密码。

就算是木柯被淘汰了掉出一个键盘，敌人也不会轻易地联想到交流工具上，更不会去想这个键盘里蕴藏了什么信息。

当然，白柳选择键盘的另外一个原因，就是这人逛系统打折促销商店的时候，看到了这个只要不到十积分的键盘，觉得可以用，随手就买下来了。

木柯看到这个键盘一愣。

键盘上的 Ctrl 和 C 键帽被抠掉了，这是一个很常用的快捷连用键，Ctrl+C 是 Copy 的意思，也就是抄的意思。

抄？抄什么？他们现在有什么好抄的？当务之急不应该是寻找那个续命良方吗？

等等！木柯很快理解了白柳的意思——白柳是想抄续命良方！

白柳是想抄这个东西吗？！但是这还能抄的？去哪里抄啊？这里这么多病房，白柳是知道了哪个病房有续命良方了吗？

木柯看着键盘，深思了一会儿，然后犹豫地抠掉了键盘上面的"？"和 Num Lock 键帽，放进了自己的仓库，忐忑地等待着白柳的回复，也有点担心对方理解不了自己的意思。

Num Lock 是一个键盘上的小键盘数字锁定键，但字面意思可以翻译为锁定数字，结合那个"？"键帽，木柯想表达的是——白柳，我们锁定什么数字？

这里的病房号都是数字，白柳只需要告诉他锁定什么数字，他就能知道白柳要去哪个病房了。

很快，木柯放进仓库的键盘消失了，没过一会儿又回来了，回来的时候键盘上面 Ctrl+C 键帽也回来了，但又少了三个键帽。

"1，7，0。"

木柯顿时迷惑，门牌号的话，0 这个数字不能放第一位，那么前面的数字只能是 1 或者是 7。

这三个数字只有四种排列方式：701，710，107，170。

七楼是手术室，没有病房。

而 107 就更扯了，这是一个"空格病房"，应该是被腾出来做了仓库之类的地方，所以占了这个标号，其实是没有这个病房的。

倒是有 106 和 108 病房。

木柯有点愁，他无法理解白柳的意思，他扫到那三个数字，把三个数字四种排列都在脑中想了一下，然后他缓缓坐直了身体。

这所私人医院的确没有带英文字母的病房门牌号，但是有不带数字的特殊监护室——ICU 病房。

一楼的 ICU 病房，这个病房是没有数字标记的，而且一楼除了这个地方都是病房，所以这个 ICU 病房很有可能就是占了 107 编号的那个空格病房！

白柳没有直接用 ICU 病房来描述是因为这个医院里不止一个 ICU 病房，不说明确病房号有可能造成信息误解，而木柯又直接问的是什么数字，白柳就干脆用更明确的数字来指代病房号了——这家伙根本没想过对面的人有可能跟不上他的思维跳跃速度，把 107 病房和一楼 ICU 病房等同起来。

但好在木柯是个记忆力和收集信息能力都相当不错的玩家，他顺利地领会了白柳想表达的意思。

白柳是想去这里抄这个重症病人的治疗方法！

木柯没忍住在心里大喊——ICU 里面住的是这个医院原有的投资人，身高两米多的一个病人，看着就跟鬼差不多好吗！很有可能就是他们这个副本里的怪物！

而且这里的护士说过，ICU 病房里的患者是全天都不会离开病房的，他们怎么进入抄里面的续命良方啊！

并且他们也不确定里面有没有所谓的续命良方！

白柳倒是挺肯定 ICU 里一定有系统所说的续命良方。

如果这里的病人都是医生，那么对于一群刚住进来的新手医生来讲，病房里更有可能出现治疗方案的，一定是病得更重更久、研究得更久的老医生。

综上，ICU 病房里，白柳觉得多半是有系统所谓的续命良方的。

但能不能拿到，又是另外一码事了。

ICU 里的患者看着不怎么像人，并且全天都不会离开病房，白柳没有进入的机会,也不知道进去之后会不会引起病人,或者说怪物的狂暴攻击,毕竟白柳又不是去做啥好事而是去翻东西的,风险相当高。

但相应的收益也很高,如果能成功,白柳会是所有玩家里第一个拿到续命良方的,这会带给白柳相当大的主动权,他可以用续命良方来和其他玩家交易很多东西。但闯 ICU 明面上的困难有两点:

第一点,怎么闯进去?

这医院走廊有巡回护士,病人稍微做一点违背医院规章制度的操作都会被抓住纠正,更不要说强行闯进 ICU 了,如果玩家想强闯进去就要钻护士巡逻的空子,但比较麻烦的一点是这些护士的侦察能力和移动速度都相当过人,至少白柳目测在这个湿滑的地面上,他跑不过这些穿着细高跟鞋的护士。

第二点,闯进去之后怎么翻东西?

这病房里的病人很不对劲,多半是怪物,要是闯进去当着对方的面找东西,估计够呛。

在白柳想出具体的办法之前,夜幕来临了。

晚上九点到了,护士通知病房宵禁,所有病人禁止外出。

走廊上只能听到护士推着推车咯吱咯吱来回走的声音,这些护士轮流在走廊上巡逻,看到病房的门缝里透着昏暗的光还会敲门叫你关灯休息,宛如白柳高中的宿管阿姨。

但这些护士远不如阿姨友善。白柳开门看了一眼,这些护士在夜晚的走廊上踩着高跟鞋,面容凝滞地在加湿器蒸腾出来的雾气里来回巡逻的样子,让白柳一瞬间联想起了恐怖电影里的护士怪物。

这些护士的视力还好到出奇,在这种能见度很低的场景里,白柳只是微微打开一条门缝偷窥了一下,就很快被这些护士发现了。护士的眼睛在夜色里散发出猫一样的荧光绿,远远地看到白柳,高跟鞋噔噔噔,推着推车飞快地向白柳这边靠近,白柳眼疾手快地拉上了门,还反锁了。

很快推车就刹车停在了白柳的门前,护士猛地敲了两下门,语气低沉:"906 号房的病人,你刚刚是开门了吗?你是没有读过医院的规章制度吗?!晚上九点之后严禁外出,上午九点之后才可以打开病房的门。"

护士一边严厉地质问白柳一边砰砰砰地敲门,门在深夜里被砸得哐哐响。

白柳当然不会给她开门。

护士在门外砸了一会儿,语调拖长,略显诡异地说了一句:"你非要在这个时间段打开你病房的门,如果让什么东西钻进了你的病房,医院对你的人身安全概不负责。"

说完，护士就推车离开了白柳的房门前。

"什么东西"，白柳听到护士说的这个，他拧了拧眉，看来晚上会有什么不太对劲的东西在外面流窜。

但这个时间段……

晚上九点之后，上午九点之前禁止打开病房的门，这就相当于禁止病人外出，但这个时间段有一部分刚好和儿童的打电话时间（早上六点到九点，晚上九点到十二点）是吻合的。

小孩出来打电话给投资人的时间正好是投资人无法外出的时间，而且之前那个护士说的"什么东西"钻进你病房——假设护士口中的"什么东西"就是一个怪物，那么这个怪物出来活动的时间正好是小孩出来打电话的时间。

看来小白六给他打电话，也要冒着很大的风险。

九点半，正当白柳以为今晚自己不会接到小白六的电话的时候，他的对讲机响了。

白柳接起，这个款式有点古老的对讲机里传来好似接触不良的声音，还有人在急速奔跑的喘息声，感觉是有人拿着这个对讲机在跑，而且跑得很快，上气不接下气的。

白柳没有出声，一直等到那边的喘息声基本平复，那边说："你等下，有东西在追我。"

小白六说完这句话，白柳这边的系统界面就弹了出来：

系统提示：恭喜玩家白柳的副身份线触发怪物书。
《爱心福利院怪物书》刷新——畸形小孩（1/3）。
怪物名称：畸形小孩。
特点：移动速度较快（350~600）。
弱点：？（待探索）。
攻击方式：喜欢与玩家副身份线玩耍，玩着玩着会让玩家的副身份线消失在福利院。

过了差不多五分钟，对面传来窸窸窣窣的衣料摩擦的声音，小白六好像是躲进了什么地方里，压低声音开口："好了，它暂时没有追上来，你可以说话了。"

小白六的声音虽然有些起伏，但可以听出没有明显的情绪波动，他并不害怕追他的东西。

白柳问："追你的是什么？"

"一个小孩。"小白六说，他出气还有些不匀，"蹲在地上，像猴子一样四肢着地来追我,很瘦,一直在流口水地笑,看着像是智力不行。"

小白六这样一形容,白柳就懂了。

这样一个小孩四肢趴在地上仰着头流口水,咯咯咯地笑着追小白六……亏得小白六对钱很执着,愿意为了钱给他打电话,不然正常小孩早就被吓哭了,谁还能保证一直跑都不挂电话。

"那他走了吗?"白柳问。

"没有。"小白六刚回答完,白柳就听到电话那头传来了小孩的笑声和那种四肢着地、裤子在地上摩擦的声音,但是这声音迅速,形成了一种蛇游动般呲呲呲的声效,一听就知道追小白六的小孩移动速度非常快。

小白六回了这一句"没有"之后,又没声了。

白柳只能听到他奔跑时候的急促呼吸声、脚步声,以及跟在他背后如影随形又若隐若现的小孩那种天真的笑声,还有呲呲呲的裤子布料跟泥土碎石之间的摩擦声,这声音很响,感觉布料和地面的接触面积应该很大,看来这个追小白六的小孩是拖着下半身追他的。

等了差不多有五分钟,小白六气喘吁吁地说话了:"可以了。"

"你躲开他了?"白柳询问。

"没有,他去追其他人了。"小白六语气里一点同情都没有,"有其他小孩出来打电话,一出来就被追了,现在边哭边跑,那小孩就没追我了。"

白柳明白了,在福利院外面游走追逐的诡异小孩应该只有一个,现在转移了仇恨值去追别人,小白六就相对安全了。

他问:"你那边什么情况?你被院长带进去之后发生了什么?"

"被带进去之后就正常流程,福利院的人给我们分配了房间,我和另外三个新来的男生住一个房间,有个盲人小女孩住另外一栋楼,在我们对面。我们都住在一楼的房间里。"小白六说事情的条理很清晰,他先简单地讲了一下整体的情况,然后开始说白柳会关心的点。

小白六气还没有喘匀:"我们的那个儿童电话本来是要被没收的,福利院的老师明令禁止携带这种通信工具,但后来说我们是新来的,要给我们一段适应期,说允许我们携带一个星期,但给我们规定了打电话的时间,和你说的一样,还有不能在房间内打电话,说会吵到其他人休息。"

"我遇到的所有福利院的老师和护工,都警告我晚上不要跟着笛声走,听到了笛声就不要外出,说吹笛子的人会拐走小孩。"小白六的语气很冷静,"结果晚上九点零三分,我就听到有人用竖笛在外面呜呜呜地吹些乱七八糟的童谣。"

"我倒是不想外出,吹笛子这人点卡得太准了,正好是九点过一点,但没办法,你说我给你打一次电话按照通话时间给我钱,所以我还是出来了。"

"不要跟着笛声走",白柳若有所思,在现实世界的福利院也有这样的情节,那四个孩子据说就是听到笛声之后主动出去然后失踪的。

白柳当时就想到了一个童话故事。

"不要跟着笛声走,说笛声会拐走小孩,你听到这个会想到什么?"白柳思考着询问。

那边小白六沉默了一会儿:"你提到这个,那你想到的应该和我想到的差不多,《哈默林的花衣吹笛人》,我记得是这个名字。"

"是这个名字。"白柳说,"是一首英国儿童诗。"

《哈默林的花衣吹笛人》这首诗讲的是曾经有一个老鼠肆虐的小镇,镇民被到处乱窜的老鼠折磨得痛不欲生,想了很多办法都不管用,这个时候一个穿着花布衣服的吹笛人来到了这个城镇,他说自己的笛声可以带走老鼠,但是要求镇民付给他报酬。

镇民答应了,吹笛人吹着笛子,老鼠都从镇子里的各个角落拥出来,跟在吹笛人的身后排成一排主动走了。吹笛人吹啊吹,走啊走,老鼠似乎很高兴一般,在他身后寸步不离地跟着。

吹笛人走到了一条小河里,河水没到了他的腰,老鼠也走到了这条小河里,它们都被齐腰高的河水淹死了,漂浮在河面上。

鼠患结束了,镇民们很高兴,但是他们却反悔了,不愿意给吹笛人报酬。

吹笛人于是又一次吹响了自己的笛子,笛声响起,这次从镇子里走出来的却是镇民的孩子们。

小孩们笑着闹着,跟之前的老鼠一样挨个排在吹笛人的身后,蹦蹦跳跳,欢欣鼓舞,无论镇民怎么哭喊劝阻都不回头。吹笛人带他们离开了小镇,再也不见踪影。

有人说吹笛人又带这些小孩去了当初齐腰深的小河,试图淹死这些小孩报复镇民;有人说吹笛人把小孩变成了老鼠,去下一个城镇让这些老鼠作乱,他就可以继续收取报酬。

"你有看到是谁在吹笛子吗?"白柳问。

小白六回忆了一下:"没有看到,笛声四面八方都有,我感觉不止一个人,不过吹笛子的人技艺不怎么样,吹错了好几个音,吹了近半个小时来来回回都是那几首童谣,给我的感觉就是初学者。"

"有孩子听到笛声之后出来吗?"白柳接着问。

"没有。"小白六这次回复得很快,"除了我们这几个新来的人睡的房间没有人守着,其他的房间都有老师或者是护工陪着,所以只有我们能出来打电话。"

电话那头还有孩子尖厉的哭声和追着他跑的那个孩子空灵又呆傻的笑声回

响着，这个时候小白六像是才想起般，提了一句："对了，被追的是小苗飞齿，另一个投资人的孩子。"

"小苗飞齿？"白柳饶有兴趣地问，"他怎么出来打电话了？哦对，这小孩有个不太好的癖好，你离他远点。"

电话对面一静，紧接着又响起了小白六冷静理智的声音："那我明白他为什么晚上出来打电话了，他看到那个在地上爬行的小孩，主动提出要出来的。我以为他是出来打电话的，你说这个之后我觉得他可能就是拿打电话做个幌子。"

但奈何遇到的是个硬茬。

"我和这个小孩儿的投资人有点仇，你少和他交际。"白柳说。

"那需要我帮你做什么吗？比如绊他一脚，让他摔倒在地被追上，然后被弄死之类的？"小白六说起做这种坏事情的时候，语气都是很平淡的，一点也不像是一个十几岁的小男孩，"不过我帮你做事，你要给我钱。"

"暂时不用，保护好你自己就行，你比他对我来说更重要。"白柳摸着下巴轻笑一声，"我不记得我在你这个年纪胆子有这么大，敢这么胡作非为。"

小白六很无所谓地回了一句："可能是你在我这个年纪，没有遇到一个敢给你开天价陪聊报酬，并且一看就不是什么好人的投资人？"

白柳听到这句话，微妙地顿了顿。他回忆了一下自己的十四岁。

不得不承认他在十四岁的时候如果没有陆驿站坚定不移地带他走依法做人的道路，并且遇到了一个给他钱让他为非作歹的投资人，那这种事情他还真的做得出来。

"小苗飞齿你不用管他，但是有两个小孩如果遇到了什么事情，你能帮就帮一下。"白柳若无其事地岔开了话题，"一个叫木柯，一个就是那个盲人女孩，当然，你帮他们我也是给报酬的。"

小白六用有点古怪的语调反问："这两个小孩你也要救？你和他们是什么关系？给我钱救他们？他们长得是挺好看的……"

"你在想什么呢？那个女孩是我一个朋友想收养的孩子。"白柳瞬间就明白了小白六的言外之意，他有点无语，小白六这崽子对成年后的他的道德水平估计得也太低了，"我也没有坏到你说的那种地步，我对小孩没兴趣。"

考虑到自己的特性，白柳很快补充了一句："但你帮他们的一切前提都以保障你自己的安全为主，你对我才是最重要的，记住这一点。"

那边的小白六静了几秒，没有正面回答他这个问题，而是毫无情绪地说："通话时间十七分三秒，给你抹零，就当十七分钟，一分钟一百块，总计一千七，你说的，记得给我结清。"

"另外，你是不是什么好人的人设，还有这种关心我的话，就别说了。"小白六面无表情，"听了怪恶心人的，投资人先生。"

说完，那边的小白六就"啪"的一声干脆利落地挂了电话。

白柳："……"

过了差不多一分钟，白柳的对讲机又响了，对面的声音依旧礼貌且毫无波澜："对了，投资人先生，今晚我摔倒了三次，医药费请你报销一下，我会让院长把账单寄给你的，祝晚安。"

"啪"的一声又挂了。

白柳拿开自己的对讲机，有点不可思议地自言自语："我十四岁的时候，这么讨人厌的吗？"

84

次日，周一早上六点半。

白柳不想睡那个蘑菇稻草床，自己用书垫着在地上将就过了一夜，第二天起来地面上的书页就粘住了，因为房间里的湿度太高了，贴地面上的书页都湿透了，粘在了地上，墙面上也有很多水珠，白柳看得直皱眉——三个加湿器不停工作制造出来的这种湿度简直比梅雨季节还离谱。

但病房里的三个加湿器是护士嘱咐过绝对不能关的，就和病房内不能用高强度照明一样，是这所医院的规章制度之一。

他安静地坐在书页上等小白六的电话——这小孩为了钱早上也肯定会给他打电话的，毕竟按分钟计费的。

等到早上六点四十五的时候，白柳的对讲机响了，这次小白六没有奔跑，而是呼吸声和脚步声都很轻，有种蹑手蹑脚偷跑出来的感觉。

"投资人先生，早上好。"小白六用一种近乎气音的声音小声说道，"昨天追我们的那个小孩不见了，我出来的时候看到了老师在走廊讨论今天要带我们去教堂做一个见证，象征我们这些受过苦难的孩子正式进入受到庇护的地方，我们重生了。"

这群小孩是昨天进入福利院的，今天正好是周一，小白六这个说法让白柳瞬间就想起了那首童谣唱的"星期一出生"。

那么按照那首童谣唱的——星期二受洗，按照流程明天就应该受洗。

"然后我们周二，也就是明天要受洗，洗去在外面受过的苦难。"小白六轻声说，"孩童受洗的时候家长要在场，但我们除了刘佳仪都没有家长，所以是投资人观礼，周二是家长开放日，你们是可以进来的，我听老师说，会给你们这些投资人寄邀请函，邀请你们来福利院观看我们受洗。"

白柳问："你们那边昨晚出了什么事情没有？"

"昨晚出去打电话的小孩，我所在的房间里除了我还有小苗飞齿，但我们两个都成功回房间了，小苗飞齿哭了一晚上，看着应该没事，他跑得还挺快的。虽然一直在哭，但是并没有被抓到。"小白六语调平淡，"但凌晨的时候发生了一件比较奇怪的事情，我听到有小孩的脚步声穿过了走廊，跟着笛声走了。"

"这些小孩哼着笛声吹的童谣，我起身看了一下，感觉他们应该是清醒的，不是在梦游，还有说有笑的，他们就像是那个童话故事里描述的小孩一样，排着队蹦蹦跳跳地循着笛声的方向去了，但到目前为止，天都快亮了，我也没有看到他们回来。"

这也和白柳知道的现实信息一致，一群小孩凌晨的时候跟着笛声走了，消失在了一个封闭的儿童福利院里，怎么都找不到了。

"你觉得那个笛声有催眠或是迷惑的效果吗？"白柳思索着询问，"你听了会想跟着走吗？"

小白六不假思索："不会，吹得奇差无比，听得我想上厕所。"

"……"考虑到自己好像一向对这种催眠暗示类的东西抵抗力很强，在看心理医生的时候也很少被引导，他多问了一句，"你们房间其他孩子有被这个笛声影响的吗？"

那边沉默了一会儿，好像是在回忆，然后小白六开口道："应该是没有的，除了小苗飞齿哭了一晚上，房间里其他的小孩都睡得很熟。"

没有催眠和迷惑效果的笛声，为什么这群孩子会主动跟着走？

白柳陷入思考，难不成这个副本里真的有一个吹笛人设定的怪物？但如果是这种设定的怪物，为什么每次都只引走几个小孩？毕竟故事里的吹笛人笛声可是无差别攻击，一下就把所有的孩子都带走了，但这个儿童福利院版本的吹笛人每次都是精准攻击，只带走几个小孩，还是孩子主动的，这是怎么做到的？

小白六那边的声音突然压低："老师要过来检查我们了，这次的通话时间是十二分三十七秒，四舍五入十三分，一共一千三百块，加上昨晚的一千七百块共三千块，承蒙惠顾，下次见，投资人先生。"

那边说完，非常冷酷地挂断了电话。

白柳这次确定了，小白六这小朋友一定是掐着秒表和他打电话的。

上午九点，病房和走廊内都传出了广播通知：

"各位病人早安，九点后各位可以开门活动，已经寻找到自己药物的病人，五分钟后护士们将会把药物送到你们病房进行用药，还未寻找到自己药物的病人，请到一楼的医院餐厅用餐，用餐后加快寻找自己药物的步伐，你们已经病危了……"

白柳开门,他看到这一层楼的其他病人也开门了。

一夜过后,这些出来的病人似乎都精神了不少,都像是吸足了加湿器给的水分般没有那么干枯了。

走廊上有护士推着那个餐车踩着高跟鞋跑得飞快地给一些病房里的病人送药,白柳试图跟过去看两眼,但护士手脚动作太快,白柳只瞄到了药装在一个密闭的不锈钢容器里,并且护士推着餐车送药路过白柳的时候,白柳能听到一种类似于水在晃荡的咕噜声。

这样看起来这个药应该是液体,白柳思索着记下。

木柯和白柳入住之前打过暗号,这两个人住的是同一层,都是第九层,木柯走出来了,他眼下的黑眼圈比之前的还重,像期末考试的时候熬夜备考临时抱佛脚的学生,打着哈欠,一看就熬夜看书了。

白柳一出来,木柯就死死盯着白柳,那眼神之渴切专注,让人头皮发麻,像只通宵熬夜之后还很精神的猫,满脸写着快来撸我。

这一看就是要摇尾巴讨赏了。

白柳顺从地问了一句木柯:"你有什么发现吗?"

"这游戏要我们在医书里找方子,我因为生病看过很多相关的文献,对这些还挺懂的,昨晚本来想和你分工一人看一半的,结果第一天病人不能出房门,我就直接先看了,昨晚看了二十一本。"

木柯说着,又拍拍嘴巴打了一个哈欠,困得眼泪都流出来了,他忍不住抱怨道:"这游戏设定也太狗屁了,房间里又暗又湿还不准用灯光,看得我眼睛都要瞎了,幸好有笔可以定位一下视线,不然我都要看出散光了。"

听到二十一本,白柳诡异地沉默了一会儿。

这游戏里的书都特别厚,厚到什么地步呢?厚到白柳根本就没有动过要去看的念头,木柯这家伙一晚上居然能看二十一本……

"你看完了能都记住吗?"白柳询问。

木柯很奇怪地看了白柳一眼:"看了就能记住啊,为什么记不住?"

白柳:"……"他就记不住。

白柳感受到了学霸对学渣的蔑视。

"你看了多少本?"木柯问白柳。

白柳这个学渣沉默了一会儿,老老实实地说:"0.01 本。"他就翻了两页就合上了。

熬夜加用脑过度让木柯的反应下降得很厉害,他稍微有点迟钝地思考了一下白柳的话,才木着脸重复了一下:"0.01 本?"

这约等于没看吧！

木柯很快反应过来，有点着急地靠近了白柳，左右看了看确定没有其他人之后，压低声音问白柳："你不是真的要去 ICU 偷那个什么续命良方吧？！白柳你不想看可以都让我看的，我看书很快，最多三天我就可以看完那一书柜的书了！"

"但就算你看完了，你知道自己要找的续命良方长什么样子吗？"白柳转过头质问木柯。

木柯一怔。

他的确不知道。

就算木柯一晚上看了二十一本，能记住里面每一个字，他也的确不知道要找的续命良方是什么东西。因为"续命良方"——这个系统要他们找的东西的定义太模糊了，没有一个明确的指向很难确定他们要找的到底是什么，是某一种具体的药物？一种治疗方案？或者是别的什么东西？

"没有确切的指示，我们很难知道我们要找的续命良方到底是什么东西。"白柳看木柯一眼，很有耐心地提示，"而且系统的任务提示是在医院内的图书柜找续命良方，并不一定特指我们病房内的图书柜。"

"但所有病房的图书柜都是一样的啊。"木柯有点不安地看着白柳，"我上来的时候特意在别的病人还没关门的时候，偷看了一下他们病房里的书柜，这里所有的病房都有书柜，我记忆力很好，我能清楚地记得我看过的病房书柜里面的书种类都是差不多的。如果系统是想让我们看书找续命良方，那闯进 ICU 我们能看到的还是那些书，意义不大的，白柳。"

"但别人的书和我们的书，有什么差别呢？"白柳看向木柯，"你昨晚看过的书和你没看过的书，有什么差别？"

木柯愣怔了一下，思考了一会儿才意识到白柳想说什么。

"是笔记！"木柯恍然大悟，"在病房的这种灯光下看书，书上一定会留下笔记，因为没有笔来定位视线，一眨眼根本找不到自己上一句读到什么地方了。"

"假如在这个没有医生的医院里，所有人都是在自医，"白柳不急不缓地解释，"假设他们和我们一样，都是进入医院，然后看书，在书中寻找治疗自己的办法，而这个医院内禁止携带任何大型光源，光线又非常差，那么这些人看书应该就是借助病房内本来的灯光，所以我们的抽屉里才会有那么多的笔。"

"因为在这种光线下，没有笔根本无法看书，而有笔的情况下，书上就会留下各种各样的笔迹，或者说痕迹，一些重要的信息他们一定会圈画起来，方便下次查找。"

白柳平静地扫了木柯一眼："按照那首歌谣的唱法，周四生病、周五病重、周六死亡,这个病应该是随着时间加重的,ICU 里的病人病得最重、来的时间最长,他们很明显在接受治疗了,所以他们书上的笔迹里是最有可能透露出系统所谓的续命良方的。"

木柯皱眉:"但就算是这样,ICU 我们也根本闯不进去。"

这么多护士守着看着,还有一个苗飞齿守在一旁,去 ICU 这种异常的举动绝对会引起苗飞齿的注意!而且 ICU 里那个东西……明显已经没有人形了,很大概率就是怪物。

白柳看向木柯:"本来我还担心那么多笔记我看不完记不住,你在我就放心了。"

"我可以帮你记!"木柯点头,但他有点顾虑,"但白柳,我们怎么进 ICU 啊?"

白柳摸了摸木柯的头,垂眸语气低沉:"你愿意为我做所有事,对吗,木柯?"

木柯迟疑地抬头看向了白柳,白柳的眼神深不见底,这样看似平和地凝视着人的时候,漆黑的眼珠子给人一种深井般不寒而栗的感觉,让木柯稍微有些心绪不宁,但木柯咬了咬下唇,还是开了口:"我愿意,白柳。"

"那你愿意杀了我吗?"白柳含着一种温柔的笑问木柯,他抽出一根雪白的骨鞭放在了木柯发颤的手心,语调轻柔诱哄,"用我的鱼骨鞭把我勒到大出血,你会吗,木柯?"

木柯呆住了。

十几分钟后,一道急救铃响彻整个私人医院。

此时苗飞齿和苗高僵正在一楼吃饭,他们并不着急寻找白柳淘汰他,首要的还是通关线索。他们骤然听到这个急救铃声音还以为触发了什么游戏剧情,苗飞齿警觉地站起拔出了武器,另一个角落里因为妹妹正在忧心忡忡吃饭的刘怀也条件反射般地抽出了自己的袖中剑,或者说暗影匕首。

一个浑身都是血的病人跌跌撞撞地从应急楼梯上走了下来,手上还拿着一根雪白的骨鞭,神色仓皇地就往外跑,这样很有辨识度的道具瞬间就引起了苗飞齿的注意。

他越过食堂里的几个桌子,移动速度飞快,手拿双刀拦在了这个玩家面前。苗飞齿双刀一放砸在地上,立马就把这个玩家吓了一跳。

这个一路哭号着跑得飞快的病人在湿漉漉的地面上没稳住,一屁股滑摔在了地上,眼泪哗哗地就流出来,把东西一丢就惨叫出声:"白柳你不要找我!是那个怪物杀死你的!我只是给你补了一刀想捡漏而已!"

这玩家身上脸上全都是血,呼吸也不畅,似乎被刚刚看到的一幕吓得不轻,现在手也是抖的瞳孔也是散的,跪在地上抱着头,像是惊恐不已般呜呜呜大声哭着。

"窝囊废。"苗飞齿对这种普通玩家没什么兴趣，他踹了这玩家一脚，把这玩家踹得飞出去背砸在饭桌的桌腿上，"站起来回我的话。"

这玩家被背后的桌腿撞得反弹了一下，痛得大叫了一声。

木柯眼眶里全是眼泪，伤害白柳之后带来的巨大愧疚感和亲手伤害保护神的不安感几乎让木柯失控，让他精神值都开始波动了。

白柳亲手握住他的手用那根满是鱼刺的锋利骨鞭环绕过自己雪白纤细的脖颈的时候，木柯一直疯狂摇头，几乎是在求着白柳不要这样折磨他。

他哭着求饶，说："白柳，你杀我吧，杀我也可以进入ICU对吧？那我来做这个受伤的人好不好？"

而白柳微笑着说不好，他说："我记性不好，记不住那么多笔记，所以受伤的只能是我，你才是那个需要保持清醒的人啊，木柯。

"你要和我一起打联赛，你就不能总是依赖我，木柯，你需要成长，而成长的第一步就是尝试脱离我自己做事。"

白柳握住木柯的手收缩自己脖颈上的骨鞭，鱼刺刺入他的皮肤，鲜血从孔洞里涌出浸染在稻草床上，染白了雪白的床单。

木柯像一只被迫脱离巢穴的雏鸟般，歇斯底里地崩溃尖叫，而白柳嘴角溢出鲜血，漫不经心地轻笑。大量的血泡涌入气管让白柳呛咳，而这个人居然还在抚摸木柯的头，好似一个教导者在临死之前向自己的学生交代遗志——木柯，无论在这场游戏，还是下一场游戏，我们都要赢，还要赢到最后。

而这一切，都要靠你了，木柯。

你要骗过苗飞齿和苗高僵，赢得他们的信任，不然我们就真的都死定了。

木柯咬牙控制住了自己被苗飞齿一脚踢得近乎骨裂般的疼痛，心脏因为剧烈的情绪起伏和运动而极致收缩，木柯几欲作呕，但还是恪尽职守抱着头瑟瑟发抖，假扮一个什么都不知道的捡漏普通玩家。

所有护士都神色匆匆地往上面走，还有几个护士在推急救床，一边走还一边交流着：

"是哪个患者发生了紧急状况？叫什么名字？"

"患者叫白柳！自己按了急救铃，护士过去确认是颈部出现了撕裂伤口，失血过多，需要紧急抢救！"

"怎么会出现撕裂伤口？！他昨晚开门了是不是？"

"……我们和那层的巡游护士确认了，好像昨晚他的确开门了，很有可能因为这放了东西进他的病房……"

"快送手术室输血缝合！我们医院有护士或者病人会缝合吗？"

"有！ICU病房的床位准备好，等出手术室直接进病房！"

苗飞齿和苗高僵对视一眼，两个人都从对方的眼神里看到了不可思议，苗高僵皱眉："白柳昨晚开了门被攻击了？这真的是白柳？"

"应该是，NPC不会认错玩家。"苗飞齿意味不明地嗤笑了一声，他看着一群护士火急火燎地往楼上跑，一边跑一边说病人情况紧急，不免有些幸灾乐祸，"嚯，看这情况，白柳是要白送我们一血啊。"

说完苗飞齿还假模假样地叹息一声："怎么办？我还准备拿他直播呢！他要是死了可就没有效果了。"说完，就用脚尖挑起了趴在地上发抖的木柯的下巴，居高临下地用双刀拍了拍狼狈的沾染着血迹的木柯的脸。

"起来，我们要问你几个问题，老实回答。"苗飞齿邪笑两声，"不然有你好受的。"

说完，苗飞齿不知道从什么地方掏出来一个天平道具。

这个道具木柯在白柳《爆裂末班车》的VIP视频里见过，叫"法官的天平"，是一个用来测谎的常见道具，牧四诚曾经在刘怀身上用过。

这在职业联赛玩家之间是一个很常见的道具，之前张傀也有，被牧四诚偷了而已。在确定对手中有人很喜欢玩各种计谋智斗反间计的时候，比如白柳这种智力类型，很多职业玩家都会随手携带一个。

苗飞齿这次就特意带上了这个道具，防火防盗防白柳。

木柯看到这个道具瞳孔忍不住一缩，但他很快放缓了自己的呼吸——冷静冷静，这个道具只能回答是和否，而且他记得是可以靠情绪操控回答的，牧四诚就被刘怀的回答糊弄过。

"别想着撒谎啊，我可不会像牧四诚那么蠢被糊弄，当然如果你就是牧四诚，那不好意思，我就冒犯了。"苗飞齿似笑非笑地蹲下来，用弯刀抵住了木柯，"你最好不要耍花招，这个天平在测试一些很复杂的问题的时候，的确是会出现一些错误，但是在简单的问题上，这个天平是绝对不会出现问题的，你撒谎我就把你弄死，一秒钟的工夫都花不到的。"

苗飞齿目光冷凝地用刀环住了木柯的脖子："第一个问题，你真的如你所说，伤了白柳吗？"

"是，是的。"木柯被刀比着，不得不抬起了头，他声线颤抖，"是我亲手用，用他手中的鱼骨割了他的脖子！"

木柯一边说还一边举起了那根染血的白色鱼骨给苗飞齿看。

天平摇晃一下，很干脆地偏向了"诚"。

"好，就算你伤了他，白柳这种喜欢玩阴招的也不是玩不出自刀、反间计的套路。接下来是第二个问题，你是不是白柳的同伙——"

木柯的心提到了嗓子眼，他紧张地看着苗飞齿，连气都要吐不出来了，他的手上已经握紧了塞壬的骨鞭。

然后苗飞齿冷冷地说出了接下来的三个字："牧四诚？"

85

其实也不怪苗飞齿只想到了牧四诚，因为白柳才过了两个游戏，也没有加任何公会，就算是个控制系玩家也没有可以控制的玩家。

在游戏大厅内，"控制系"这种强制技能是无效的，也就是说白柳只能在游戏里发展下线，而不是同伙。但这人一共也才过了两个游戏，第一个还是单人游戏，第二个多人游戏里白柳倒是控制了杜三鹦和牧四诚。

但杜三鹦一出来就很明确地说过脱离白柳控制了。这家伙幸运值爆表，总是能找到脱离困境的办法，白柳控制不了他多久是所有人意料之中的事情。

刘怀和方可这两个人是白柳通过张傀控制的，张傀被淘汰了，这两个人也脱离掌控了，所以只剩一个牧四诚还明确处于白柳的控制之下。

所以说起白柳的同伙苗飞齿第一个想到的就是牧四诚。

而苗飞齿很在意牧四诚还有一个原因：牧四诚这家伙潜力很大，并且技能判定很强。苗飞齿算不上忌惮牧四诚，但他有点烦牧四诚这种强判定、高移速的玩家，正面对决牧四诚在苗飞齿手上是讨不到好处的，但会很难缠。

牧四诚的那个盗贼的个人技能判定很强，如果他和白柳一起进来并拼死护住白柳的话，这个盗贼的移速和强判定吸引的仇恨会给苗飞齿这种高速攻类型的玩家带来不少的麻烦，就像当初牧四诚靠着自己的强判定从黑桃这个攻击水准全游第一的人手里偷到道具一样。

没有高速攻选手会喜欢牧四诚的，包括苗飞齿。

之前在福利院登记室登记的时候，苗飞齿特意检查了上面有没有牧四诚的名字，的确没有。

但苗飞齿对于这种玩家自己写下来的东西信任度有限，一定要自己亲眼确认了才行。

刘怀和刘佳仪的身份，苗飞齿刚刚直接在食堂和刘怀确认了，刘怀毕竟是国王公会的玩家，没有利益冲突的情况下苗飞齿不会刁难他，刘怀也不会故意违抗苗飞齿这种比张傀等级还高的玩家的一些小要求，比如确认他是谁。

在游戏里，确认一个玩家身份最直接、最快速的办法就是看玩家的系统面板。

刘怀直接给苗飞齿展示了自己的系统面板，上面有他的副身份线，他的妹妹刘佳仪。

但这个办法可信度有时候不一定很高，尤其是对于白柳这种拥有控制技能的玩家而言，所以苗飞齿他们会多方确认——他们还让刘怀使用了自己的个人技能并核对了一些国王公会内部的信息，最终确认了刘怀的身份。

《爱心福利院》一共六个玩家，苗飞齿和苗高僵占去两个名额，刘怀和他妹妹占去两个，白柳占去一个，就剩一个，而这一个——苗飞齿的眼睛眯了眯。

"你真的不是白柳的同伙——牧四诚？"

木柯听到这个神转折有些迷茫地摇了摇头："我不是，我只是个普通玩家。"

天平又一次偏向了"诚"。

苗飞齿说："把你的系统面板打开给我看看。"

木柯老老实实地把自己的属性面板什么的全都拿出来给苗飞齿看了，连仓库都让苗飞齿看了。

他没有个人技能，面板属性虽然不算低，有 C+ 了，但和苗飞齿比起来还是差得太远了，仓库里更是什么乱七八糟的都有，什么用过还剩十几分钟的烈焰火把、校园笔记、捆绑的绳子，还有一个缺了键帽的键盘和一个人鱼雕塑。

"看来真的是个普通玩家。"反复让木柯调试面板之后，在一旁围观的苗高僵下了定论。

苗飞齿啧了一声："不是说牧四诚被他控制了吗？怎么没有跟着来？"

"牧四诚一个盗贼，他有很多销赃的渠道，搞到了什么摆脱白柳控制的道具也不稀奇。"苗高僵倒是不惊奇，而且牧四诚不来，会让苗飞齿轻松不少。

木柯听着苗飞齿和苗高僵的对话，低着头握紧了拳头……牧四诚比他强得多，强到他面前这两个顶级玩家都会顾忌的地步，如果是牧四诚陪着白柳来这个本，白柳就不会这么冒险。

木柯心里清楚，他怎么都比不上牧四诚……因为他没有牧四诚那么强的个人技能，在发展上永远矮了牧四诚一头，但他就是不甘心。

不甘心白柳那么信任他，他还是成长不到牧四诚那种可以帮助白柳的地步。

从来没有人愿意在他身上寄托这么多希望，因为他是病人，就算什么都做不到都可以，所以对他抱有希望是一种负担。

也是一种浪费。

但白柳会说：你必须做到，我相信你，并且在我这里百分百假设你可以。

苗飞齿还想问问题，被苗高僵拦住了，他蹲下来将天平放在了木柯的面前，状似和蔼地看着木柯，似笑非笑："还剩最后一个问题，现在我来问你，你前两个问题都没有撒谎，希望你这一个问题也不要撒谎——你是不是被白柳控制的玩家？"

苗高僵不徐不疾一针见血地问出了最关键的问题——这个老油条在警惕木柯这个普通玩家进入游戏之后被白柳控制的可能性。

木柯强忍住转移自己的视线，仰头看向苗高僵。他撑在地上的手还在发抖，割开白柳皮肉的那种撕扯感在大脑里反复回想，他的呼吸声无比急促。

这个问题他不能撒谎，这个天平对于简单问题的识别是不会出错的，他的确在被白柳控制，如果撒谎被识别出来他和白柳都得完蛋。

木柯嗓音颤抖地深吸一口气：“……我是被他控制的玩家。"

天平在中线上摇晃了两下，缓缓倒向了"诚"。

苗飞齿眼睛一眯就高高举起自己的双刀要解决掉这个被白柳控制的玩家。

木柯的眼泪一瞬间就落下来了："但我已经摆脱了他的控制！我是趁他被怪物攻击，伤了他逃出来的，我是出来求救的，他好像是被我和那个怪物重伤失去意识之后，就不能控制其他玩家了。"

说完木柯还点开了自己系统面板里的个人面板，再次抬起盈满眼泪的眸子，把自己的面板展示给苗飞齿和苗高僵看："你们可以看我的面板，没有任何人对我的控制技能了，我已经脱离控制了。"

常规来讲，一个玩家处于另一个玩家的控制技能的时候，个人面板上会有一个状态显示，也就是"××玩家处于××玩家的控制中"这样一个状态，但木柯的个人面板上的确没有，干干净净的。

因为白柳并不是控制木柯，他是直接成为和系统一样的幕后指导，所以根本不会在木柯的个人面板上有任何显示。

检查了木柯个人面板之后，苗飞齿迟疑地收回了自己的武器，但苗高僵并没有轻易相信木柯。

苗高僵站在木柯旁边，他眼睛眯了眯，多疑地问了一句："但你一个普通玩家，怎么有胆子去反抗白柳，还抢他的东西？他毕竟是上一轮的新星第二。"

木柯咬了咬下唇，眼眶里很快蓄满了泪水，他抽了下鼻子："因为我不想被他控制，我非常讨厌白柳。"

木柯的反应让苗飞齿敏锐地意识到这里有一个节目效果的看点。

白柳这个第二个游戏就冲上了新星第二的玩家，身上的话题度是巨大的。他的粉丝充电力度甚至在应援季都不输一些小公会的明星玩家，比如苗飞齿本人。要真能充电应援，苗飞齿的数据不一定有白柳这种势头极猛的黑马好。

这让苗飞齿感到烦躁，白柳冲得太猛了，明年这小子要是真的进联赛，和牧四诚一起的话，在赛场上一定会大放光彩，还会给他造成不少麻烦。

苗飞齿选他下手的原因之一就是白柳实在是太招人嫉恨了，尤其对于他们这种联赛团战边缘选手。

白柳上一轮的充电积分连苗飞齿这种打过一年职业的都眼红。

这种眼红就像是现实中的职业选手眼红网红主播挣得多一样，尤其当你知道这个网红主播明年就要和你同台竞技，你的粉丝很有可能打不过对方，苗飞齿这种心眼小的就毫不犹豫地下水仗势欺人了。

像顶级的职业玩家，比如红桃和黑桃这种，是不屑于在这个时间点和新人较量的，他们更多精力都放在了练团赛上，只有苗飞齿这种团赛没希望，只有一个双人赛拿得出手的，才会走这种噱头路子。

木柯这种一看就和白柳有过什么交集过节儿的玩家，说出来的话就像是对明星玩家的爆料。黑料，可以一定程度上影响这人的充电支持率，苗飞齿就是想恶心小电视面前的观众，想黑白柳。

"你讨厌他，你为什么讨厌他？"苗飞齿被这句话激起了一点八卦兴趣。

木柯眼睛里的狠戾藏在泪眼蒙眬下，他哽咽着，崩溃地把压抑了一路的绝望心情哭了出来，眼泪肆意流淌，说的话却带着一点很幼稚的孩子气："他差点让我亲手淘汰了我最重要的人，所以我现在很讨厌他！"

他哭得又实在可怜，就算是顶着一张瘦长鬼影的脸也让人见了心生怜惜，让苗飞齿忍不住多问了两句。

"你和他是现实世界的仇怨？"苗飞齿挑眉问道。

天平的三个问题已经问完了，木柯松了一口气，他维持着自己面部表情，很逼真地抽泣了一声，应了一声："是。"

苗飞齿还想继续挖掘白柳的料，苗高僵用手碰了一下他，示意他先把注意力放到游戏上，苗飞齿兴致缺缺地站了起来："一个二级游戏，联赛里我们打二级地图还加高等级对手都不知道打了多少次了，你紧张什么？"

"你们是苗飞齿和苗高僵吧？"木柯偷偷看这两个人，他也扶着椅子站起来，把塞壬的骨鞭双手呈给苗飞齿，低着头态度很恭敬，"我知道你们要在这个游戏里杀死白柳，我愿意把我得到的所有东西都交给你们，只要你们愿意带着我一起淘汰他。"

"就算你不给，我们也能从你手里抢过来，你给只能说明你识趣而已。"苗飞齿漫不经心地接过木柯上贡的骨鞭，随手挥了一下，"啪"的一声在地上打出清脆的响声，地上一点刮痕都没有。

苗飞齿皱眉："这鞭子好难用啊，我看游戏里这东西的攻击判定比牧四诚都强，但怎么一点伤害都打不出来？"

这根染了白柳血的鞭子就跟没开刃的刀一样，苗飞齿感觉割在地上是钝的，有种生锈的萎靡感，连鱼刺都不锋利了，好像做错事一样尖端勾着。

苗飞齿甩了两下，丢了一个侦察道具确定是鱼骨鞭，就索然无味地收了起来，对着空气中不存在的观众叹息："你们看到了，你们很期待的这个道具很一般，就看鬼镜拼起来的表现怎么样了。"

苗高僵和苗飞齿两人自顾自地交谈，虽然拿了木柯上贡的鱼骨鞭，但根本没有把木柯当一回事。

"你们最多只能淘汰医院这里的白柳吧？"木柯深吸一口气，开口吸引苗飞齿的注意力，他抬头看向苗飞齿，"但白柳还有百分之五十的生命值在福利院的儿童白六身上。"

"那个儿童没事，白柳也就没事，但我们投资人不能随便进入福利院，你们知道怎么解决这个儿童白六吗？"

"而且除此之外，你们也不知道自己的儿童在福利院里的情况对吧？"木柯很肯定地说，"但这些儿童身上有你们百分之五十的生命值。"

苗飞齿和苗高僵都齐齐一静。

这倒是个很现实的问题，他们的实力的确很强，但他们儿童的实力却不够强。

这些儿童身上又承担了他们百分之五十的生命值，可他们却对这些承担了自己一半生命值的小崽子的情况一无所知。

苗高僵昨晚没有接到自己儿童的电话，而苗飞齿倒是接到了小苗飞齿的电话，但小苗飞齿那边鸡飞狗跳的，年幼的儿童服从性太低了，无论苗飞齿怎么辱骂利诱，对面的小苗飞齿还是很快哭号着挂了电话，他什么有效信息都没有得到。

不要说淘汰白柳了，现在苗飞齿和苗高僵连儿童通关的主线任务都没有搞清楚，更不用说让这些小崽子按照他们说的去做了。

"昨晚和今早，我的儿童都给我打电话了……"木柯斟酌着说道，"我小时候胆子比较大，他也很听我的话。"

其实不是他的儿童，木柯小时候胆子也很小，胆子大的是白柳的儿童。

目前从自己儿童那儿接到两个电话，通话时间长达三十分钟的玩家只有白柳，根据小白六昨晚描述的情况，其余的玩家中应该只有苗飞齿接到了电话，但这通电话应该也不太通畅。

因为小苗飞齿在打了电话之后没过多久就哭天喊地地跑回去了。

在其余人没有接到电话的情况下，木柯眼也不眨地撒谎："我有一个很关键的信息，可以用来解决小白六，我的儿童也可以帮我们了解福利院内部的情况，甚至是在我的指示下让小白六消失。"

苗高僵凝视木柯几秒，木柯连呼吸的频率都控制得很好，眼神毫不闪躲地和苗高僵对视。

"可以，我带你，我也不是没有带过公会低级玩家。"苗飞齿先一步松口了，他收回了自己的双刀，"你老实点跟在我们身后，不要惹事。"

苗飞齿舔舔自己的牙齿，露出一个很奇异的笑容："任何一个白柳，我们都不能放过，包括福利院里那个小的白柳，毕竟好的东西要留到最后。"

"现在，就先解决医院里这个老一点的吧。"苗飞齿笑得眯起了眼睛，"进来之前我的观众可是给我冲了几万的积分。"

木柯看到苗飞齿往 ICU 走去，很明显是要去找白柳了，他的心又一次提到了嗓子眼。

想到白柳之前和他商议的计划，木柯强行让自己的头脑冷静下来，跟在苗飞齿和苗高僵的后面走了过去。

医院电梯的灯亮起，从七楼的手术室直降一楼，电梯的门缓缓打开，两个护士推着一个急救床冲了出来，躺在急救床上的投资人双眼紧闭，面色出奇地苍白，双手合十一动不动地躺在病床上，身上盖着大片白布的样子看似已经死亡。

木柯一看，腿都软了一下，脸色全白，一下没装住，差点眼眶含泪喊出一声白柳来。

急救床上盖住白柳的大白布上全是血，旁边两个护士摁住白柳流血的那个地方，看样子应该是脖颈，白布垂落在病床的两边，白布上的血顺着边沿滴滴答答地向下滴落，从电梯口出来洒了一路。

护士神情紧张，一边推着车一边大喊着让一让：

"病人大出血情况紧急！ICU 病房准备！"

"血初步止住，但病人失血过多，这个病人找到自己的药了吗？有药物吊着可以好很多。"

"没有！是昨日才入院的新病人！"

木柯心慌到不行，眼神和步伐下意识地都想追着白柳的急救床走。这个时候，他看到了白柳藏在白布下细长如蜘蛛脚的手指好似在随着急救车的晃动若隐若现地在车底一晃而过，手指之间夹住了一个很奇怪的物品。

看到这个物品，木柯顿时屏住呼吸清醒了回来，站在原地不动了。

木柯迅速点开了自己的系统仓库确认了一眼。

果然，他的键盘被动过了。

上次少的 1、0、7 三个键帽已经回来了，这次少的是一个 Enter 键帽，也叫作回车键。

而这个 Enter 键帽，被刚刚病床上的白柳夹在食指和中指之间，在白布下一晃而过。

这个键在电脑语言里的意思是"执行命令"，字面意思理解就是"进入"，这是白柳在告诉木柯——继续执行我的计划，进入 107 房间。

苗高僵的警惕心要强一些，他看到木柯在看自己的系统面板就凑过去看了一眼，发现这人只是在清点自己的道具。

木柯的道具都破破烂烂的，除了一个"人鱼的护身符"还算是有用，但也只是一个毫无特殊点的普通技能的道具，还有一个烂得键帽都少了一个的键盘。

……之前这个键盘是只少了一个键帽吗？苗高僵有些疑惑，但很快别的事情吸引了他的注意力。

苗飞齿本来试图上前用双刀偷袭白柳，但被护士严防死守地制止了。紧跟着白柳就被送进了 ICU，和那个面上同样盖了白布，手脚细长得不可思议的病人并排躺在一起。

木柯也看到了 ICU 里的确也有每个病房都有的书柜，里面书的类别数量和他病房内的都差不多，但明显陈旧很多，的确是被反复翻看过的样子，有些都已经破损了，还能看到上面的字迹——和白柳所说的一样，病房里的病人应该是做了详细的笔记。

苗飞齿两次试探着要进 ICU，都被护士厉声呵斥了，苗飞齿有点烦闷地喷了一声，目光幽幽地看着 ICU 里还在装呼吸机的白柳："有 NPC 拦着，进不去。"

"等换班吧。"苗高僵比苗飞齿要沉稳很多，"我搜地图的时候摸进了护士的值班室，看到了她们的换班表，在晚上八点四十五到九点之间，是她们白班护士和夜班护士的换班点，这个时间段 ICU 这里应该守备很松懈。"

"等晚上吧。"苗飞齿兴致缺缺地收起了双刀，"我还以为中午就拿他下饭呢，没想到是吃夜宵。"

这两人说起闯 ICU，言谈之间就好似进入一个普通病房，根本没有把 ICU 里那个怪物似的病人当回事，但也很正常，因为苗飞齿和苗高僵这两人面板属性相当高。

苗高僵提醒了一句："晚上要打怪，你看看自己的个人面板，把精神值和体力值加满，毕竟我们现在生命值只有一半了，小心点。"

他说完也查看了一下自己的个人面板，就拿出高级精神漂白剂和体力恢复剂喝了起来。

"知道了。"苗飞齿漫不经心地应了一句，又回嘴了一句，"一个二级副本而已，不用这么大惊小怪，这里的怪顶天了也就 A+，就算是我们现在生命值只有一半，也随便过。"

但苗飞齿还是象征性地点开系统面板查看了一下自己的个人面板，这两人看面板的时候没有顾忌木柯这个普通玩家，毕竟大部分玩家的面板对于观众都是公开的，尤其是他们这种高面板属性的玩家，这算是他们炫耀和吸引观众的资本之一。

木柯很顺利地偷瞄到了这两人的个人面板。

玩家名称：苗飞齿。

体力值：844。

敏捷：1857。

攻击：3900。

抵抗力：1400。

玩家苗飞齿综合面板属性点超8000，评定为S-级玩家。

玩家名称：苗高僵。

体力值：1980。

敏捷：1300。

攻击：2000。

抵抗力：4300。

玩家苗高僵综合面板属性点超8000，评定为S-级玩家。

木柯心跳有些加快，若无其事地收回了自己偷瞄的目光。

这两个玩家居然都是S-级的，难怪他们根本没把ICU里的病人当一回事。就算是上一次把白柳他们搞得够呛的盗贼兄弟也不过才是A+级别的怪物，那已经是二级副本里顶级难搞的怪物了，这两个人直接成了S-级别，虽然不能说秒杀，但也和二级副本的怪物根本不是一个量级的。

难怪这两人进入游戏以来一直都不慌不忙的，因为这个副本里的怪物根本威胁不了他们两个S-级别玩家的生存，击败白柳之后再转回来做任务，也就是多花点时间罢了，对他们来说不会有什么生命危险。

但反过来就不一样了。

对白柳来说，这代表在这个二级副本里，不仅有可以对他造成生命威胁的副本怪物，还有两个比怪物还恐怖的S-级别的玩家在追杀他，而且比怪物还难搞的一点是，这两个协同来追杀他的玩家从面板属性上来看是极其互补的。

怪物至少还有弱点，但从面板和技能上来看，木柯认为苗飞齿和苗高僵这一对组合可以说是没有弱点的。

苗飞齿防御稍弱，但他输出极高，在个人技能的附魔下，平A一次都能打出将近3000的伤害，移动速度也很快，A级别的怪物基本两三次就能死在苗飞齿的双刀下。

而苗高僵输出稍弱，但是防御极强，苗高僵就算是站着不动，在防御技能全开的情况下让《爆裂末班车》的弟弟用那个全车厢爆裂的大招轰，也要轰个五到十次生命值才会见底。再加上苗高僵为了保护苗飞齿，精神值跌落之后还会继续爆发，故有"联赛第一爹"之称。

简单来讲，这两个人无论谁想淘汰白柳都是轻轻松松。这要是个非剧情向、所有玩家在一个地图上敞开对抗的那种副本，白柳多半会落地成盒——一进游戏就被淘汰。

当然《爱心福利院》显然不是一个这样的副本。

这里的NPC对于玩家的限制颇多，还有一个分割生命值的儿童版玩家存在，让苗飞齿这种为了适应联赛打了几个月对抗类副本的攻击型玩家有点缩手缩脚，很不适应这里的节奏，但他们毕竟也是从底层玩家过来的，很快就摸到了各种规则套路。

白天苗飞齿和苗高僵搜索了整个医院找续命良方，这两人毕竟是老玩家了，思维方式和白柳这种游戏策划有雷同之处，怎么可能按照系统提示老老实实看书找线索？再加上他们根本不怕病房里那些怪物似的病人，所以都是直接闯进去找的——苗飞齿和苗高僵也认为这些病人的病房内应该是有系统所说的续命良方的。

但不幸的是，在闯了差不多一层楼的病房之后，苗飞齿和苗高僵这两人被其他病人投诉扰乱正常休息，被强行禁锢在自己的病房内到晚饭之前不准出来。苗飞齿他们这种玩家虽然不怕怪物，但是对于这些NPC还是无法违抗的。

因为一旦违抗，NPC会产生态度倾向，态度会让这些NPC限制玩家的行动。

系统提示：护士NPC对玩家苗飞齿和玩家苗高僵屡教不改的捣乱行为非常生气，警告玩家若是再继续下去，明天禁止离开病房。

于是苗飞齿只能回了病房，但他也不是第一次惹怒NPC了，也没有几个老玩家没把NPC惹得炸毛过，所以苗家父子并不慌张，反而在被押回病房的路上还有闲情聊两句。

木柯跟在他们的身后，这两人搜查病房的时候没有特别顾忌木柯，但也没有特别照顾木柯，感觉苗飞齿就像是把木柯当成了跟在他们背后的猫猫狗狗，所以聊天的时候也没有避开木柯。

苗高僵若有所思："一层楼二十一个病房，我们抢在护士关押我们之前搜完了，这游戏内其他老病人病房内书柜里的书，的确比我们这些新病人病房内书柜里的书要老旧很多，而且病得越重的，书就越老旧，上面的笔记也就越多，我觉得找到那个什么续命良方的可能性就越高，但现在问题是这些护士NPC。"

"对。"苗飞齿点头，他有点烦躁地喷了一声，"但我们没办法把这些病房里的书带出来，也不能在这些病房里久待，会被护士发现。"

"一书柜的书，就算是有笔记提示我们续命良方是什么，在护士来抓我们之前我们也没办法看完这一堆书找出里面的关键线索……"苗高僵眉头紧锁，他陷入了和白柳之前一样的僵局。

"那么大一书柜的书，就算是有笔记，翻我都要翻一天多，更不要说在里面找线索了，但这里的护士NPC十几分钟就会赶过来……"苗高僵眯了一下眼，"我需要一个我可以待一天多，有这些旧书书柜，并且还不会因为打扰其他病人被护士赶出来的空病房。"

对有能力杀死怪物的苗家父子来说，答案很明显了。

苗飞齿和苗高僵对视一眼，苗高僵很快做出了决策，他一锤定音："杀死一个病人怪物腾空病房出来。这里是每天下午才有新病人入住，现在已经下午了，现在杀死到下一轮的病人住进来正好一天，时间够我们翻找完书柜里的书了。"

木柯跟在苗飞齿背后低着头，在听到苗高僵轻描淡写地说杀死一个病人腾空病房的时候，他呼吸下意识地停顿了几秒。

但很快木柯又恢复了平静。他漂亮的脸蛋隐藏在瘦长鬼影般的脸下，眼眸里有种晦暗不明的情绪在翻腾。

木柯的呼吸和手腕都在颤抖，他害怕，害怕于他要面对的对手的强大。

白柳和他无法正面对抗的怪物病人，在苗高僵口中就可以这样随意屠戮，这种压倒性的强大让木柯忍不住战栗。

这也让木柯忍不住怨恨自己，甚至怨恨白柳。

怨恨白柳就这样轻而易举地把自己的性命交到并不可靠和强大的自己手上，怨恨自己就像是蝼蚁会被人轻而易举碾碎，怨恨白柳过于信任和冒险，让他现在每一步都踩在钢丝上。

木柯甚至有几秒无比希望自己是牧四诚。

这种巨大的精神压力如果落在刚刚进入游戏的木柯身上，他现在一定会害怕得忍不住崩溃地号啕大哭了。

他原本只是个想要寻求保护的脆弱小少爷，但白柳不断地、残忍又冷酷地逼迫他承担更多超出他能力范围的事情。

在差点杀死白柳的时候，木柯整个人坐在血泊里都快疯了，双目空洞泪都流不出来，他甚至以为自己的精神值被白柳这个疯子搞得跌落了60所以看到了幻觉——躺在血泊里毫无生机的白柳和自己手上血迹斑斑的鱼骨。

而白柳没有死，木柯也没有疯，他如同白柳所希望的那样，在被逼到极致之后心里迅速地稳定了下来。

白柳不在了，木柯不想死就不能依赖白柳，甚至白柳的生命还要依附于他，所以这个娇生惯养的小少爷在面对自己要对决的两个庞然大物般的S-级别的玩家、在他们的巨大威慑下，也没有害怕得哭泣或者出现任何异常的心理崩溃征兆。

他只是掐着自己控制不住颤抖的手上的虎口，不断吸气吐气调整自己的呼吸频率，强制自己像白柳那样保持冷静和理智。

"木柯，"他在心中告诉自己，"你要救白柳，你失控了白柳和你都会死，所以你绝对绝对不能失控。"

就算对方是两个S-级别的玩家你也不能失控，你要像白柳这个混蛋说的一样，赢下来。

赢了这对S-级别水准的玩家。

"如果是病得越重的病人病房内，越有可能翻找到续命良方——"木柯调整呼吸插入了苗飞齿和苗高僵的对话。他刚刚开口的时候嗓音还有一点因为紧张过度导致的干涩，但说了一句话之后这种嘶哑就完全消失了，就像是他脸上的神色一样平静而有说服力。

木柯直视前面回过头来的苗飞齿："那按照这个推断，杀死ICU房间内的病人，才是最有可能发现续命良方的吧？"

苗飞齿斜眼看了木柯一眼，似笑非笑地嗤了一声，似乎并不想搭理这个普通玩家一些乱七八糟的发言。

职业玩家对普通玩家的一些发言一般都很傲气，他们会带这些普通玩家，但一般都不会搭话，苗飞齿这种眼睛长得比天高的就更不会了。

苗高僵对外表现得忠厚些，他看似好脾气地给木柯解释了一下，但眼中依旧有漫不经心："我们不会杀ICU病房内的病人的，因为白柳今天入住了ICU，那里的护士会比平常更多，在我们不知道杀死病人会导致这些护士NPC有什么样反应的情况下，杀死ICU病人这种容易被护士发现的高危操作，我们是不会轻易碰的。"

"不光是因为这个。"见苗高僵搭理了木柯，苗飞齿也懒懒地开了金口，"ICU这个病房的确最有可能爆出续命良方，但这个地方就算是住在里面的病人死了，我们这些普通病人也不可能在里面久待的，因为很快就会有新病人住进去，最多也就是护士晚上交接班的十五分钟这个时间段可以潜进去。"

"十五分钟，一个大书柜，就算是我带着照相机进去也不可能把所有的书页都照完。"苗飞齿斜眼扫了木柯一眼，"更何况这个副本禁止很多数码交流工具，照相机录音笔手机等等都是不能用的，我们能用的只有一个大哥大。"

苗飞齿说着举起他手上的大哥大，对着木柯挑眉，讽刺地说："难道你觉得这玩意儿能拍照？十五分钟，我们是无法记录一书柜的……"

"十五分钟，如果有笔记的情况下，我可以速记看完这个书柜的书。"木柯直视苗飞齿，打断了他的话，"我有照相机记忆。"

苗飞齿和苗高僵听到木柯说完这句话，都是齐齐地一顿，苗高僵甚至多看了木柯两眼，说："我记得你没有个人技能。"

"这个不是我的个人技能，我天生就会，我记东西很牢固。"木柯面不改色地撒谎，"如果你们打谁都是一样的碾压，不如去打ICU里的病人，这样找到续命良方的可能性才是最大的。"

木柯往前走一步，眼神恳切真诚，语气带着不易察觉的蛊惑："只要你们带上我，我可以帮你们在十五分钟内找出主线任务的线索。"

86

木柯的记忆力没有这么夸张，十五分钟内要让他看完一书柜的书还毫无差错地记下来，他就算是有照相机记忆，翻书都没有这么快的，而且木柯也记不了这么快。

那么多书要挨个找完里面的笔记和线索，哪怕是以这种在常人中已经非常出众的记忆力，木柯也和白柳说他至少需要一晚上。

但怎么能让木柯在ICU里安全地待上一晚上呢？

想到白柳和他说的计划，木柯看向苗飞齿的目光带上了几分诚挚的恳求："我一个人没有办法闯入ICU，但是我可以在短时间内记住里面的内容，你们可以闯进去，带上我不是正好吗？你们提供武力，我提供记忆力，没有比这更好的组合了。"

苗飞齿意味不明地看了木柯一会儿，忽然哼笑出声："你该不会是为了这个，才来投靠我们的吧？"

木柯低着头没有说话，玩弄自己的手指，畏畏缩缩地默认了。

"你说你能速记，我们就信？"苗飞齿给了苗高僵一个眼神，语气有点微妙地不悦，"一个普通玩家居然还敢打利用我们的心思……算了，爹，你检验一下他的速记能力，如果真的能记，晚上九点我们闯ICU的时候带着他。"

苗高僵看了一眼木柯，摆了一下头："你跟我过来吧。"

木柯深吸一口气，点头跟上。

晚上八点半，医院一楼。

苗飞齿和苗高僵的禁闭只关到下午六点，过了六点，这两人就被护士允许出来活动了。

木柯通过了苗高僵的记忆力测试，他甚至能记住看过的每一页书的页码和注脚，这在一定程度上震撼了苗高僵。苗高僵没有接触过木柯这种纯天然的天才，毕竟苗飞齿小时候是个学沫，连高中都考不上要砸钱让他进去的那种，苗高僵从来不知道这个世界上还有木柯这种小孩。

七点半的时候这两人下来吃晚饭，商讨了一下怎么进攻ICU，商讨的过程十分简单。

苗飞齿："我A。"

苗高僵："你走位？"

苗飞齿："老规矩，你开几段？"

苗高僵："和你一样，这样白柳加那个ICU怪物，快的话差不多三分钟结束吧。"

这两人多次游戏的合作默契让他们不需要说出具体的进攻过程，再加上这种二级副本的怪物他们都不知道刷了多少了，因此只需要淡淡的几句话确定一下彼此位置就行。

木柯在旁边耳朵伸老长也听不懂这两人具体在交流什么，他气得牙都要咬碎了，在心中怒骂这两人能不能说点让他听得懂的人话！

木柯想到白柳在重伤的时候，都还要维持理智用键帽给他下各种任务指示，他在怒气冲冲的同时甚至对苗家父子这种默契生出一股酸不溜丢的羡慕来……

要是他和白柳也有这种父子般的默契就好了……木柯略带惆怅地想道。

晚上八点四十五。

一楼的护士陆陆续续地离开病房和走廊去护士办公室了，她们要进行十五分钟的交班汇报，苗飞齿和苗高僵一切尽在不言中地对视一眼，拿上了自己的武器开始不动声色地往ICU靠近，ICU里还有一个护士在检查病人的呼吸机，在最后一次量了白柳和另外一个病人体温之后，也在其他护士的催促下离开了ICU。

她关好了ICU的大门。

八点四十七。

这个护士走进了护士办公室，转身关上了门。在护士办公室的门被关上的一瞬间，苗飞齿双刀甩手而出，语气一沉："我开锁，你们跟着进来。"

苗飞齿的双刀是一对很长很弯的尖刀，几乎弯成了一个上弦月的形状，所以又有一个很雅致的名字叫作上弦弯刀。但白柳这人小时候是在福利院过的，他和陆驿站有时候要干点农活什么的，有时候是体验活动，有时候真就是需要干，比如割猪草，所以白柳对这种武器并没有太多闲情雅致的联想。

他见到这种刀只会叫一个名字——割猪草的刀，简称猪草刀。

而白柳在商议计划的时候，也是和木柯这么说的，"那个什么苗飞齿的猪草刀"，他语气太过理所当然，让木柯以为这刀真就叫这名字了。

所以看到苗飞齿弓着身子把这把弯刀的刀尖小心翼翼地插进锁孔，试图在不惊扰护士的情况下撬开锁，木柯情不自禁地迷惑发问："你为什么要用猪草刀来开锁？不能在系统里找开锁道具吗？"

这个称呼一出来，苗飞齿和苗高僵的脸都扭曲了一下，苗飞齿一向以自己这两把弯刀的高攻击力自豪，现在听到木柯用"猪草刀"来形容他的刀，气得话都说不利索了，语无伦次道："谁和你说这是草猪刀！"

木柯是个真金娇玉贵的小少爷，他对农活一无所知，所以别人和他说有什么种类和功能的农具和刀他都会信。

眼看苗飞齿要冒火，苗高僵摁住了他。苗高僵也是干过农活的，被木柯这么一提醒，发现这刀的确有点像猪草刀，但这个时候肯定不能这么说，苗飞齿会气到爆炸——他儿子很明显只能接受"上弦双刀"这个名字。

苗高僵拍了拍气得发抖的苗飞齿的背，严厉地看向木柯，但脑子里也觉得这东西有点像是猪草刀，于是说出口的话就变成了："这不是什么猪草刀，这是上猪双刀。"

说完发现自己也口误的苗高僵："……"

苗飞齿气得手一哆嗦，插进锁孔里的弯刀就把门给捅开了，他压低声音怒道："这不是什么猪草刀！这是我的上猪……上弦双刀！这把刀的伤害很强，是我的技能衍生武器，评定是 A+，全开可以到 S- 级别，杀你也就是几秒钟的事情，用来撬锁比买什么开锁道具快多了！"

说着，苗飞齿恶狠狠地瞪了木柯一眼，咬牙切齿："猪草刀？你也敢说！这种伤害和判定值的武器放眼整个游戏都没有多少人能抗住，你们这群新人里也就牧四诚的技能可以挡我这个刀的一击。"

苗飞齿说着冷笑推开 ICU 的门，转身恶狠狠地对木柯比了一个手势："你的脑子最好和你说的一样有用，不然老子等下就杀了你！"

木柯识趣地噤声，不再惹苗飞齿。

ICU 病房的门在夜色和医院缭绕的雾气里缓缓打开了。

ICU 里的加湿器似乎比普通病房里的还要多，到处都是白雾的喷出口，把整个病房氤氲成一个能见度不超过一米的迷雾之地，病房里的两张病床在白雾里若隐若现，上面躺着的人都盖着白布，连呼吸起伏都很轻微，细长枯瘦的四肢从白布里探出，垂落在床边。

脸一模一样的两个人安静地躺在床上，下眼袋耷拉到颧骨上，拉长惨白的脸上还有一些尸斑一样的蘑菇小点，宛如太平间毫无生气的尸体。

这个ICU的隔音措施非常好，苗飞齿关上了ICU的房门，防止病房里的声音泄露，用脚踹了木柯一下，趾高气扬地命令："滚去书柜那边看书。"

木柯低着头应了一声，咬牙去了书柜那边在昏暗的灯光下开始疯狂翻书，心下有些发抖。

计划要开始了。

木柯的眼神很轻微地扫了一下那两个病人垂在白布外的手，其中一个手指之间好似夹着什么东西，木柯收回目光，这就是那个Enter键帽，他眼珠子一转，很快地下了判断——躺在外面的那个病人是白柳。

但他记得白柳被推进来的时候是躺在ICU里面的这个病床上的，他一个人待在ICU的时候干了什么吗？

苗高僵动作很轻地探头看了看这两个病人，皱眉："怪物没有被我们触发，那就不用打怪了。"

"不打怪，白柳还是要杀的。"苗飞齿眯着眼睛，眼神不怀好意地在两张病床上睃巡，但很快他就皱眉了，"这两个人，谁是白柳？怎么看起来完全一样！我记得白柳被推进来的时候还有差别，他比另一床的病人短一些。"

"并且白柳皮肤上之前没有这些斑点。"苗高僵观察了一会儿补充道。很快，这个经验丰富的老玩家下了定论："白柳应该是被异化了，估计是在ICU和这个重病怪物待了一天导致的，他失血之后生命值很低，精神抵抗力减弱，可能是被病人怪物给异化了。"

苗高僵沉默了一会儿，然后开口："那杀哪个病人？"

"都杀。"苗飞齿眸光一沉，双刀入手，掂量一下，邪笑了一下，"多杀一个也花不了多少工夫，宁肯错杀不能放过。"

系统提示：玩家苗飞齿使用个人技能武器"上弦双刀"。

评级：A+级别潜力S级别技能武器，平攻3100，对B级别以下玩家一击必杀。

苗飞齿双刀外放反手握在手上，倒映在墙上的影子像一只举着双臂准备攻击的螳螂。他看着病床上的病人冷笑两声，毫不犹豫地挥刀割向外床上的那个玩家。

锋利的刀尖划开白雾，拉出一条圆滑流畅的死亡弧度，瞬间就抵到了眼睛闭合的白柳的鼻尖。

木柯差点惨叫，简直想不顾一切往回冲、拦住苗飞齿。

白柳的面板只有 F，并且生命值已经很低了，被苗飞齿这种武器擦一下，人可能就没了！

而且白柳根本没有可以抗这一下的东西，苗飞齿这个武器可是 S 级别潜力的！

木柯眼眶发红，这一刻对自己的无能恨得不行——我为什么不是牧四诚！这个东西牧四诚就可以挡！而我只能看着！

躺在病床上的白柳终于缓缓睁开了眼睛，刀尖悬在他上方急速下降着，在黑夜里凝聚成一个闪光的点，与此同时，白柳脑中的系统提示声终于响起了。

系统提示：玩家白柳使用玩家牧四诚的灵魂纸币切入对方系统面板……切入完毕，玩家白柳现在可操纵玩家牧四诚的系统面板。

系统提示：玩家白柳使用玩家牧四诚的个人技能"盗贼的猴爪"。

系统提示：玩家白柳装备五根"盗贼的黑手指"道具对个人技能进行加强，正在装备……

"盗贼的黑手指"装备完毕，"盗贼的猴爪"技能加强完毕，从 A 级技能上升至 A+ 技能，潜力上升至 S-，对 S- 级别玩家偷盗成功率上升至 50%，对 A+ 及其以下攻击技能攻击格挡成功率为 100%。

白柳垂落床边的手变成烧焦的猴子手一样的形状，呈一种奇异的树枝质地，他飞快地挥动了几下自己的手适应这个奇怪的质感，抬眸看见自己正上方落下的刀尖刺开水雾飞速落到了距离他额心不到十厘米的地方。

白柳轻微侧身歪头，不疾不徐地用手指捏住了对方的刀尖。

"这个病人挡住了我的刀！"苗飞齿反应迅速，他眼睛飞快地一眯，下了判断，"他不是白柳！白柳根本没有 A+ 技能可以格挡住我的刀，这是另外一个病人！是那个怪物病人！"

苗飞齿猛地转头看向里床的病人："那张床上的才是白柳！"

白柳微微勾了一下嘴角，苗飞齿双手平铺向上斜扫，锋利的白刃划过白柳的面颊，很明显，苗飞齿虽然意识到了这不是白柳，但也不妨碍他收割这个病人的性命，白柳用猴爪爪尖极其快速地格挡了一下，刀锋和指甲发出令人牙酸的金属和指甲摩擦声，在晦暗不明的病房里甚至摩擦出了一点火光。

如果这个病房内的光线再好一点，没有这些遮挡视线的白雾，苗飞齿一定能认出这张病床上的病人离奇地长了一只牧四诚那个泼猴的黑色猴爪子。

但这个病房的光线实在是暗得苗飞齿连下刀都要眯眼看一会儿，再加上牧四诚的猴爪技能用黑手指装备了之后看上去和病人干瘦的手指并无太大区别，所以他并不知道白柳在拿着牧四诚的技能和他正面对决,反而是被白柳越来越深地误导了。

苗飞齿两击不成,脸色瞬间沉了下来:"不对劲,这怪物等级好高,能挡我两下,起码有A+了。"

说完,苗飞齿就动作极快地用双刀插在墙壁上翻转了两下,毫不犹豫地用双刀向另一个病床上的病人刺去,他做判断的方式和攻击的方式都很简单:外面这个不是,里面那个就是!外面这个弄不死,先把里面的弄死再说!

里面的怪物病人不一定能撑住苗飞齿的攻击,如果里面的病人没撑住直接给苗飞齿杀死了,白柳的计划就彻底被破坏了!

木柯心脏狂跳地瞄了一眼苗飞齿背后的大书柜。

正在往里面的床扑的苗飞齿背后的书柜毫无征兆地砸了下来。

木柯飞快地用脚一钩高高的书架,书架正面向下砸落下去,正对那个躺在病床上一直毫无动静的病人和正要攻击这个病人的苗飞齿。

木柯站在光线昏暗的角落里,撕心裂肺地大叫:"里面这个病人刚刚攻击我了!"

在这个病人将被图书柜砸到的一瞬间,白柳从地上滑行过去,极快地和这个病人换了个位置。

他眸光冷静到没有丝毫情感波动,精准无比地一脚踹开了这个病人,把这个病人踹去了外床,而这个长手长脚的、瘦长鬼影样子的病人终于苏醒了,它张开满是黏液的尖利牙齿的嘴,用长长的、上面长满凸起的舌头舔了一下嘴唇,发出一种很奇异的高频嘶吼,身上散发出一股腐烂的植物气息。

同时,所有人的系统面板都弹出了怪物书界面:

系统提示:恭喜玩家木柯、苗飞齿、苗高僵触发怪物书。
《爱心福利院怪物书》刷新——植物患者(2/3)。
怪物名称:植物患者。
特点:移动速度1500~2000,生长需要大量水分,喜欢潮湿的环境。
弱点:?(待探索)。
攻击方式:吮吸,一旦玩家被咬住皮肤,就会被吸食血液(A级别攻击技能),毒雾污染,会让身处一室的玩家生命值不断下降变成和自己一样的植物患者(A级别技能)。

"果然外面那个才是病人吗?"在这种极端昏暗情况下,苗飞齿也被搞得有点晕了,但他很快就意识到了情况不对,因为里面这个病人他也杀不了。

"怎么回事？！这两个病人为什么一个我都杀不了？！"苗飞齿脸色越发黑沉地咒骂着。

苗高僵正在和那个苏醒过来的病人对峙，闻言回复了苗飞齿一句："白柳很有可能是被这个病人异化到最大限度，精神值降低到狂暴以下，所以技能才会攀升挡住你，他和这个病房里的这个怪物病人没有什么差别了。"

"生命值大幅度降低加上和这个精神值污染类型的怪物同处一室这么久……"苗高僵语气严肃，"我怀疑他已经死了，或者说已经成怪物了，所以我们在面对两只A+级别的怪物，十五分钟打不完。"

"飞齿，只剩下几分钟了，如果两只都是这种高等级怪物，那我们只能杀一只，杀哪只？外床这只应该是白柳，我倾向于杀这只，但这两只已经混在一起了，而且移动交换速度太快，我现在也不确定哪一只是真的白柳，你攻击的时候能感受出来吗？"

苗飞齿脸色黑沉没有说话。

双刀和猴爪不断在昏暗不明的病房里碰擦出火光，丁零当啷的声音一直在响，苗飞齿为了不惊扰护士有意克制压低声音，但依旧在不停地发出短促的碰撞声响。

在又一次侧面躲开对面伸过来抓挠他脖子的黑手之后，苗飞齿盛怒之下没有留手，双刀横握全力平划出一道银光，眼看就要把白柳斩成两截，木柯蹲在地上拉拽病床往前一推，在双刀要扫到白柳胸口的时候挡住了苗飞齿的膝盖。

双刀悠悠地划断了白柳的头发，飘落在潮湿的地面上。白柳艰难地克制自己想要喘气的欲望。

"木柯你在干什么？！"苗飞齿气得没压住声音，转头对着蹲在地上的木柯怒目而视，浪费了体力做了一个高伤害攻击，他气得头发都要炸开了。

木柯仰着头手上捧着一本书，蹲在地上结结巴巴道："我，我在找书来看，书柜倒了，书散在床下了！"

苗飞齿一口怨气堵在心口出不来，一脚踹在木柯的心口上："滚远点看！"

木柯被踹得脸色一紫，心口窒息，他下意识闭上眼睛以为自己又要被踹得撞到什么东西上痛个半死，但他的后背被人若有似无地托了一下，然后他轻飘飘地滑进了床底，毫发无伤。木柯眨了眨眼睛，他有点想掉眼泪，托他的那只手是一只干枯的猴爪子。

是白柳的手。

木柯咬牙缩在床底下，在心中默数着倒计时——还有八分钟。

白柳还要和这两个S-级别的父子玩家周旋八分钟，而他只能眼睁睁地看着，什么都做不了。

"飞齿。"苗高僵的语气微沉，他上半身已经开启技能半僵尸化了，弯出口腔的牙齿变得就像是长在人嘴里的象牙一样离奇怪异巨大，阴沉的面色在夜色里显得狰狞恐怖。

苗高僵侧身躲过要咬过来的怪物，他的脸上是可怖的僵尸青紫色："时间已经过半了，我们只能杀死一个怪物，你是正面对攻的选手，你能看出谁是白柳吗？"

苗飞齿不甘心地说："你都看不出来我怎么可能看得出来！谁分得清哪只是哪只啊！都一个模子刻出来的！"

苗飞齿说着，又是双刀横划，这是他很强的一个攻击技能，这次没有木柯捣乱，苗飞齿的双刀顺利削掉了白柳两根手指头。白柳装备的盗贼的黑手指，就被他往前一个横断给切断了。

系统提示：玩家白柳的道具"盗贼的黑手指"掉落两根，"盗贼的猴爪"个人技能加强降低至60%。

"欸，我感觉不用选了。"苗飞齿语调一顿，带出了一点愉悦，"我这边的怪物抵不住了，我应该能在五分钟之内解决。"

"如果你那边能很快解决，等你解决完了过来帮我，我这边也快了。"苗高僵应和一句，神色稍缓。

木柯在床下面握紧了拳头，他嘴唇发白发颤，心口还在隐隐作痛，是刚刚被苗飞齿踹了一脚的后遗症。他在心中疯狂祈祷着——还有五分钟，快点快点快点！！

这五分钟快点过去吧！！

苗飞齿双刀宛如螳螂双臂，这种由个人技能衍生出来的武器会比游戏副本里掉落的道具武器要更加贴合玩家本人的习惯，苗飞齿的双刀在他手上宛如手臂伸长出来的部分，用一个成语来形容就是"如臂使指"，舞得行云流水又凌厉有力。

在早期的视野模糊、多人狭小空间导致的混乱之后，苗飞齿很快就找准了自己的攻击节奏，开始对着节节败退的白柳疯狂进攻。双刀横劈，斜砍，上挑，在病房内甚至只能听到轻微的刀划破空气的破空声，有一种很独特的韵律感。

快刀砍掉东西是没有声音的，只会有被砍掉的东西掉在地上的声音。

木柯看到一根又一根的黑色手指掉在自己躲着的病床前面，他咬紧了牙关，手指都快把掌心掐出血了。

还有三分钟。

系统提示：玩家白柳的道具"盗贼的黑手指"掉落一根，"盗贼的猴爪"个人技能加强降低至40%。

系统提示：玩家白柳的道具"盗贼的黑手指"掉落一根，"盗贼的猴爪"个人技能加强降低至20%。

系统提示：玩家白柳的道具"盗贼的黑手指"掉落一根，道具全部掉落，"盗贼的猴爪"个人技能失去加强，从A+技能掉落至A技能，对A+技能的格挡判定降低至50%。

苗飞齿双刀从下往上划，白柳斜身躲开，用猴爪去挡，苗飞齿轻蔑地笑一声，双刀在空中手腕一抖，抛刀平握变了方向，从上挑变成了可以打出暴击伤害的双刀横划，白柳已经被苗飞齿逼退到了墙角，无处可躲。

眼看寒光凛凛的双刀就要划开白柳的喉咙，苗飞齿在做这个动作的时候似乎已经预料到了自己的胜利，他抛刀的一瞬，还漫不经心地转头对着苗高僵那边邪笑着开口说了一句："我这边要好……"

他话还没说完，背后的病床突然动起来狠狠向苗飞齿腰部撞去，苗飞齿被从背后突袭的病床撞得整个人都晃了一下，双刀横划没有使出来，险之又险地擦过白柳的脸砍到了墙壁上，雪亮弯曲的刀身上倒映着白柳沾染了一点血迹的苍白的脸。

木柯喘着气站在病床后面，他双手握住病床的围栏，心有余悸地看着差点就被苗飞齿砍死的白柳。

还剩一分钟。

白柳突然微笑起来。

三番五次地被木柯打断攻击进程，苗飞齿终于火了，他看到了刚刚立刻躲到病床下面的木柯，破口大骂："你是不是有病！"

苗飞齿说着一脚踹开病床把木柯从床下面拽了出来，反手一耳光把木柯打飞，咬牙切齿地骂："每次老子要打怪成功你就出来捣乱，你……"苗飞齿目露凶光，手里的双刀都提起来了，有种气上头要把木柯给弄死的冲动。

木柯抬手擦了一下自己被苗飞齿打出血的嘴角，瑟缩地躲在墙角，好像是害怕苗飞齿一样不断向后退。他手上攥着一本书，声音很低地说："对不起对不起！！我刚刚是在床下找书，我找到了一本很关键的书！系统提示我找到续命良方了。"

苗飞齿怒气上头的动作和表情立时一顿："你这么快就找到了？"然后他很快眯了眯眼睛，"切"了一声，不耐烦地说，"你最好是找到了续命良方，不然我……"

苗高僵停下手上攻击的动作，僵尸化的拳头一拳打开了还在继续咬他的怪物病人，且战且退地往苗飞齿这边靠近，一边靠近一边头也不回地说："飞齿你先别打他了！看看他拿到的续命良方是什么！"

苗飞齿要继续辱骂的话刚到唇边又被他咽了下去，他垮着个脸放下双刀想要把木柯拉起来，但木柯好似被他打得吓坏了一般，双脚蹬地抱着自己的头往后退，不知不觉地就靠近了墙角的白柳，苗飞齿一看木柯都要贴到怪物身上了，无语地出刀想要救木柯回来。

但苗飞齿一出刀，这动作反而"吓坏"了木柯，让木柯惨叫一声就开始惊慌失措地往白柳那边爬。

苗飞齿彻底疯了，他从来没有带过这么蠢的普通玩家，还带主动往怪物那边送人头的！苗飞齿忍无可忍地怒喊："那边是怪物！滚过来！"

木柯一边假装害怕一边低着头悄无声息地抓住了白柳的手腕，他紧张地吞了一口唾沫，闭上眼睛默念——一定要保持清醒一定要保持清醒，无论精神值下降到什么地步，木柯，你一定要保持清醒！

一定要抓紧白柳的手不能松开！

白柳身体微微前倾，他垂眸看了一眼紧张到不行、连抓住他的手都在抖的木柯，低头在木柯旁边耳语确认一下："抓稳我了吗？"

木柯吞了口唾沫，很小幅度地点了下头。

系统提示：玩家白柳使用玩家牧四诚个人技能"盗贼潜行"，因玩家白柳体力槽等级过低，玩家白柳只能使用该技能一分钟，且无法开启全速模式，最终计算结果为速度+4900，是否确定使用该技能？

系统提示：玩家白柳确定使用，移动速度+4900，体力急速下降中……

苗飞齿眼睁睁地看着自己眼前的怪物突然伏身，以一种他看不清的速度拉着木柯在湿滑的地面上急速滑动，在ICU的两张病床之间好似鱼一样游动翻滚着。

两个差不多的怪物在地上像两条湿滑的泥鳅，苗飞齿几次都没有抓住对方，木柯吱吱呜呜号哭着向苗飞齿喊救命，但在白柳的急速贴地移动之间，又是这种昏暗的环境内，苗飞齿根本看不清白柳和木柯谁是谁。

苗飞齿被木柯哭得烦躁，一个头快两个大："给爷闭嘴！！"他下意识地甩出双刀要去砍人。

苗高僵一声厉喝打断了苗飞齿要甩出去的双刀："木柯也在里面！他手上有续命良方！不要随便砍！看清楚了再砍！"

"看清楚个屁！"苗飞齿气得脑门都要冒烟了，"他们长得完全一样！而且跑得这么快，就算这傻子一直在哭我也看不清谁是谁！"

苗高僵冷静提醒："木柯的异化程度要轻很多，他比怪物短，身上也没有斑点，你认真点看！可以分出来的！"

这句话的话音刚落，苗高僵旁边的床底就猛然蹿出了两个黑影。

苗高僵都快要控制住自己手上的怪物了，但顾忌到蹿出来的这两个人里有一个是木柯，苗高僵撤回自己打到一半的拳头，放开了自己要杀死的怪物，为了避免误伤，苗高僵还下意识地收手后退了两步。

而提着木柯蹿出来的白柳挡在了被苗高僵打得奄奄一息的真怪物病人前面，他染血的脸上眼神平静又冷酷，带着一种一切尽在掌握之中的、疯狂的赌徒的意味。

这眼神看得苗高僵怔了一秒，一种不祥的预感油然而生。

白柳提着木柯的后领子挡在了植物病人这个真怪物的前面，而植物病人似乎嗅到了血液的味道，它嗅闻了两秒，毫不犹豫张开自己满是黏液的尖利牙齿往白柳这边袭来。

它能感受到这两个人都是他可以吸血的玩家，而它真的非常缺血液了，植物病人张开纤长尖利的十指试图抓住它觉得更虚弱的白柳来吸血。

白柳头也不回，他毫不犹豫地把手上的木柯往怪物那边一撑，怪物大嘴张开，用干枯黏稠的十指快速握住了木柯颤抖的肩膀，似乎在找自己下口吮吸血液的地方。

木柯深吸一口气，他颤抖地偏过自己的头，还很贴心地撩开了自己的头发，露出让怪物更好下口的青白色脖颈。

怪物奇异又满意地咧嘴笑了一下，狠狠地咬在了木柯裸露出来的脖颈上，开始大口大口地吞咽着血液。

被吸血的木柯忍不住全身发颤，脸上仅有的血色迅速褪去，他嘶鸣抽泣一声，脖子后仰手上抱紧了大口吮吸自己鲜血的病人，口中却凄厉地叫出了声音：

"怪物咬住了我！！它在吸我的血！！我的精神值开始疯狂下降了！"

系统提示：玩家木柯因受到攻击，精神值下降至67，生命值下降至31（主身份线总生命值50），请玩家木柯迅速逃离植物患者攻击范围！不然生命值以及精神值还将持续下降！

木柯的四肢开始变得干瘦，他的眼球凹陷，瞳孔开始失去焦距，呼吸变得缓慢凝滞，身体像是植物生长般在短时间不正常地拉长。

苗高僵脸色非常难看，他也被白柳打断了抢怪，而且最重要的是……

"木柯也被异化了，这三个家伙长得一样了，我们更找不出谁是白柳，谁是怪物，谁是木柯了。"

白柳拖着木柯和植物病人这个真怪物在病房内四处逃窜，在白柳高速的带动下，这三个怪物以一种让人眼花缭乱的速度在飞快地逃窜轮换，一会儿这个在这边，一会儿这个在那边，再加上木柯也被异化了，这三个怪物都长得差不多高，身上也都有了斑点，让人根本分不清谁是谁。

苗飞齿他们纵使有高属性面板，一瞬间对上三个连体婴一样的高移速 A+ 怪物，又要顾及不能伤害到里面的木柯，也没有办法利索地攻击。这让苗飞齿十分棘手，他很快就无法容忍地火大了起来。

"这里的怪物是吃牧四诚长大的吗？跑这么快！"苗飞齿咒骂了两声，很快他的眸子里闪出一丝血光。他舔了舔自己的牙齿，打算快刀斩乱麻地处理眼前情况："分不出就不分，木柯干脆一起杀了，不要让他跟着我们，续命良方我们后面再想办法，先杀白柳。"

"只有一分钟了飞齿，"苗高僵皱眉，"三个一起我们来不及杀……"

苗飞齿舔了一下嘴角上砍杀白柳的时候溅上去的血液："不会来不及，我要开S，十几秒就够了。"

"S用在这种地方有点浪费你的体力……"见苗飞齿一动不动地在房间里直勾勾地看着他，他知道苗飞齿很明显是吃瘪吃到气上头了，不开S弄死这三个怪物出不了这口气……

苗高僵一顿，最终无奈地叹了一口气："……好吧，一个二级游戏而已，随你喜欢，你愿意开就开吧。"

系统提示：玩家苗飞齿使用个人S-技能"怨魂双刀"，根据玩家苗飞齿现在的体力槽等级可使用一分钟，一分钟后体力耗空，无法使用体力恢复剂恢复，恢复至正常体力值须一天，玩家苗飞齿确定使用？

系统提示：玩家苗飞齿确定使用，双刀被其所击杀的怨魂附体，攻击+8001，玩家苗飞齿体力急速下降中……

苗飞齿脸上没有什么情绪地用双刀点了一下地，地面瞬间被他随手这一点崩出了一丝裂纹，他的双刀刀面上缓慢地涌动起一种很诡异的白雾，带出一种很浓烈的血腥气，渐渐这些白雾拉扯出很长的、宛如人形面孔的模样，像是幽灵一样飘浮在半空中，而尾部还紫绕在双刀上，它们张开嘴唇，无声地嘶吼着。

怨魂不甘地包裹着拿自己祭刀的凶手，怨恨凶煞之气冲天，但怨煞之气除了把刀变得更加莹亮锋利之外，毫无用处。

或许还是有点用处的，它们可以帮杀死自己的凶手，杀死更多要来陪伴它们的怨魂。

苗飞齿双刀出手，怨魂怒吼。

白色的幽灵从刀面上狰狞冲天而起，宛如旋涡裹挟着病房里的水蒸气，对准对面那三个怪物模样的病人呼啸而去，锃亮的双刀紧随其后，几乎在一秒之间，苗飞齿就冲破白雾。他一把刀插入墙面固定住自己的身体，脚踩在墙面上，另一把刀就抵到了白柳的鼻尖横划而过。

这一刀力度极大，和之前苗飞齿那种耍耍闹闹的出刀方法完全不是一个等级，白柳能感受到这一刀带出来的刀风都在白雾里擦出了热气。

之前的刀只是快，没有这么强烈的攻击性。

苗飞齿这一刀似乎就要干脆利落地切开白柳的脖颈，让他人头落地。白柳的目光一沉。

白柳仗着高移速飞快躲开苗飞齿的这一刀，刀风在他的脸上割出一道痕迹。刀擦过他的脸不过一秒，苗飞齿目光冷厉地掏了一个回首，弯刀回拉，刀尖眼看要从白柳的后颈穿刺而出，白柳来不及回头闪躲，他直接手化成猴爪在自己的脖颈处握住了刀。

但这一刀很明显不如之前的好挡，白柳没有捏住这一刀的刀尖，弯刀穿过了他的手掌，刺入了他的后颈。

白柳嘴角溢出鲜血来。

　　系统提示：玩家白柳使用技能"盗贼的猴爪"判定下降50%，格挡50%的伤害。

　　系统提示：玩家白柳道具"塞壬的鱼骨"格挡49.7%的伤害值，道具轻微碎裂（破损程度10%），请玩家白柳及时修缮。

　　系统警告：玩家白柳生命值下降至7！精神值下降至27！

按理来说，苗飞齿这一刀就算是被格挡了百分之九十九，剩下百分之一的伤害值，杀白柳各项数值都要见底的小废物那也是绰绰有余，但那一刀刺入白柳的后颈之后，刀尖只没入了很浅的一毫米，就被挡住了。

白柳被鱼鳞包裹住的硬币不知道什么时候转到了他的背上，刚好挡住了苗飞齿回勾的刀尖。

白柳飞快斜眼看了一眼已经被吸血吸得快要失去意识的木柯，木柯呛咳了一下，看着后颈被穿过的白柳，瞳孔缩了一下。白柳在心中估摸了一下木柯的精神值和生命值之后，神色冷静地松开了木柯紧紧握住他的手。

木柯眼睛艰难地睁开了一点，他的手缓慢无力地垂落下去。

白柳被苗飞齿这一刀的冲力带得全身都往前扑了一下，苗飞齿面对面地用弯刀把他挑起，正要击杀他的一瞬间，白柳忽然放轻语气很可怜地说了一句："我是，喀喀，木柯。"

苗飞齿一怔，他收手放弃了自己继续往下穿刺的弯刀，骂了一句"晦气"，接着一脚踹开嘴边流血的白柳，毫不犹豫地收回双刀往剩下那两个怪物那边去了。

白柳被苗飞齿一脚踹到墙角，倚在墙边越发虚弱，目光平静地看着苗飞齿拿着双刀向着神志不清的木柯攻击了过去，他将手隐藏在暗处抽出一张灵魂纸币，飞快地摁在了自己的面板上。

系统提示：玩家白柳正在使用玩家木柯的灵魂纸币介入对方的系统面板，介入完毕，玩家白柳可以使用玩家木柯的系统面板。

木柯摇摇晃晃地躲了一下，但没有完全躲过，他身上被苗飞齿的双刀擦了一下，直接软倒在地。

系统警告：玩家木柯生命值下降至6！精神值下降至26！

苗飞齿似乎察觉到不对，他没有对木柯下死手，而是用刀砸在他背上。木柯被他砸得蜷缩成一团，苗飞齿踩在木柯的脖颈上眯着眼睛低头看木柯的脸："这个反应……回手之力都没有，跟之前我交手的怪物和白柳完全不一样，我怎么觉得你才是木柯呢？"

苗飞齿说着，用双刀拍了两下木柯的脸，眼神危险地在白柳和木柯之间游离："喂，你有意识吗？有意识就回答我你是谁！"

木柯突然张大嘴死死咬住了苗飞齿脚踝，他眼眶赤红，模仿刚刚被怪物吸血的样子，努力地、发了疯一样地想要吸取苗飞齿的鲜血，喉咙里发出吞咽的声音，牙齿死死陷入苗飞齿的皮肤里。

他在模仿一只怪物，木柯不想暴露假扮自己的白柳，那么他就按照白柳说的，要演好一只怪物。

白柳说，病房内的怪物是什么样子，木柯就要是什么样子，这样白柳才会安全地脱离危险。

木柯像一只发疯的狗一样咬在了苗飞齿的脚踝上，但他实在是虚弱得过了头，就像是一只歇斯底里的奶狗般，苗飞齿的S-等级防御根本不是他一只快死的"小奶狗"玩家可以啃破的。

苗飞齿"切"了一声,又暗骂了一句"晦气",说"你应该就是那只被我爹料理得差不多的怪物",说着举起双刀就要收割掉木柯的性命。

而木柯根本没躲开,他嘴里大口地涌出鲜血来,脑子里只有一个念头,就是按照白柳之前给他制订的计划——一定要咬住这人不要让这人离开!

白柳生命值已经很低了,不能让苗飞齿去找白柳,这样白柳一定会死的——这是木柯在看着倒在血泊里的白柳的时候,因为过于恐惧,就像是被催眠一样反复在自己心里植入的念头。

木柯双手死死地掐在苗飞齿的腿上,双目涣散、下颌收拢咬住对方,尽管咬不动也在咬,对苗飞齿骂骂咧咧地从自己头上砍下来的怨魂双刀一无所知。

白柳冷静地看了一眼时间——还剩十秒,差不多了。

系统提示:玩家白柳是否要使用道具"人鱼的护身符"增强玩家木柯的抵抗力属性?

白柳目光冷淡:"否,给植物病人使用'人鱼的护身符'。"

系统提示:正在计算……因植物患者吸取了玩家木柯35%的血液,附属了玩家木柯的属性,可以对其直接使用玩家木柯的道具,玩家白柳是否确认给怪物植物患者,而非濒危状态的玩家木柯使用该增加防御的道具?

苗飞齿附着了无数怨魂的双刀从瘫软在地、双目空洞的木柯头上落下。

白柳掀开眼皮淡淡地看了一眼,又不冷不热地垂眸:"确认,不给木柯使用。"

❀88❀

站在旁边的怪物身上突然多出来一个雪白厚重的雕塑。

这雕塑的重量极其过分,当初在《爆裂末班车》里的时候,就能把白柳给直接压得跪倒在地,现在挂在这个瘦弱过头又细高的植物病人身上只会导致一件事——这个病人被这忽然挂在自己肩头的沉重雕塑压得在地上滑了一下,好似站立不稳地摇晃了两下,向前倒去,正好倒在木柯的正上方。

一切都好像是慢动作,苗飞齿下落的双刀缓慢地劈在植物病人雪白的盔甲上,刀尖摇了两下,发出铁片晃荡的响声,雕塑应声碎裂成千万片石膏般的碎渣,砸在奄奄一息的木柯头上。

苗飞齿的刀在切割了这个普通等级的道具之后，几乎是没有任何停留地往下继续切割，一直到要划断怪物病人半个上身的肌肉的时候，才险之又险地在木柯的眼前停下，可以说怪物病人纤毫不差地替木柯挡了苗飞齿这攻击力极重的一刀。

白柳脸色苍白目光平静地微微喘息——成功了。

一个普通等级的道具雕塑抵抗力只有一百多，根本挡不住苗飞齿这一刀的几千攻击力，就算白柳给木柯戴上了雕塑道具也根本不耽误苗飞齿把他剁成两半，所以白柳玩了一个小套路，他利用了雕塑很重的特性，把这个雕塑戴在了身材细长又高挑的植物病人的身上，而这个病人是个 A+ 的怪物。

利用雕塑的重量让病人前倾倒在木柯的身上，让雕塑＋病人成为木柯的盾牌，堪堪地挡住了苗飞齿这石破天惊的一刀。

看到这个道具，被怪物压在身下的木柯的眼睛微微地亮了一下，他艰难地偏头看向了角落里的白柳，无声地用口型喊了一句白柳的名字，被植物病人怪物吸到枯干只剩一层皮的手指抓了一下这些碎落的粉末。

木柯是如此毫无理由地深信着，白柳这个人不会让自己轻易地死亡，就像是当初一样，所以直到最后一刻他也有没有退缩。

而白柳也的确做到了这一点。

倒计时八秒。

苗飞齿眼眶睁大，露出终于发现猎物的血腥微笑，双刀划过半空中所有飘浮的碎屑，往那个穿了雕塑盔甲、压在木柯身上的病人毫不犹豫地斩杀过去。

"白柳，你忍不住用道具了！你终于把你自己暴露了！"

木柯跟跟跄跄站起来，他要扮演怪物到最后一刻，于是他龇牙咧嘴地往苗飞齿的手腕上咬去，苗高僵赶过来试图一拳砸开木柯这个小怪物，白柳眼疾手快地踢开病床，一脚把病床提起挡在了苗高僵和木柯的面前，拦住了苗高僵对木柯的攻击，但同时也阻止了木柯对苗飞齿的飞扑攻击。

苗高僵很奇怪地看了白柳一眼，这种眼熟的操作……

白柳虚弱地对他笑笑，呛咳了两下看不出任何破绽："我想阻止他吸苗飞齿的血。"

倒计时六秒。

苗飞齿双刀连砍带劈一路划过墙壁，把植物病人逼到了墙角，挨了苗飞齿好几刀的植物病人嘶吼着要咬苗飞齿，苗飞齿已经把这怪物彻底当成白柳，再加上之前木柯怎么都咬不破他的防御的表演给了苗飞齿错误的评估，苗飞齿看这怪物要咬他只是轻蔑一笑并没有过多防备。

他也的确不用防备，这怪物咬了他，他也不会轻易出事，但一旦苗飞齿被咬就会有系统的攻击提示，提示这玩意儿是真的怪物，而不是他以为的什么玩家白柳。

白柳起身踩在了之前自己踢过去的病床上。

木柯假装怪物要扑白柳，将信将疑的苗高僵又一次试图用拳头砸死木柯这个假装的、笨手笨脚的小怪物。

白柳眸光冷静到了极致，他一脚勾起倒在病床上的书柜挡住"扑"过来的木柯，书柜被白柳踢得立起，恰到好处地又一次拦住了要往这边走的苗高僵。

这种看似在阻止木柯攻击别人，其实是在阻止苗高僵攻击木柯的行为白柳做得行云流水，但连续两次之下，苗高僵还是起了疑心。

这种熟悉的、杀怪被打断的感觉……的确木柯之前也会这么做，会不经意推病床挡住他们的进攻。

……但这种让他很不舒服的违和感到底来自什么地方？

苗高僵皱眉，但很快他的心思就从这上面转移了，白柳，或者说苗高僵眼中的木柯踩在病床上拦住了怪物之后，几步就跑到苗飞齿那边。此时，真的怪物病人正张着血盆大口准备咬苗飞齿，但苗飞齿毫不闪躲，只是双刀上下舞动，在怨灵哀号的背景声中一下又一下收割着对方的生命值。

白柳看着苗飞齿，眼神微动。

现在他和木柯生命值、精神值、外貌各方面都是差不多的表现，他们只有一个不一样的地方了。

白柳目光下移，摸了一下自己的脖子——那就是他脖子上的伤口。

他脖子上的伤口和木柯脖子上的伤口不一样，一个是鞭子勒开的割口，一个是怪物咬下的齿痕，这是他和木柯身份互换的最后一步——同样的伤口。

倒计时四秒。

　　系统提示：玩家白柳切换至玩家牧四诚的个人系统模板，使用玩家牧四诚的个人技能。

　　系统提示：玩家白柳的个人技能"盗贼潜行"因体力即将耗空，将无法使用，你还有最后十秒可以使用该技能，十，九……

　　系统提示：玩家白柳强制将"盗贼潜行"技能拉到全速，体力耗空严重，只能使用该技能一秒，速度+7000。

在苗飞齿又一次提刀回钩的时候，那个怪物声嘶力竭地大吼了一声，准备咬住苗飞齿的脖颈，而在这一瞬间，苗飞齿和怪物之间有一个很小的空隙，白柳目光平静，往苗飞齿那边走了一步。

而这一步之后，在极致的速度之下，白柳整个人就好似被什么东西拉过去一样，看起来就像是消失在了原地，而马上他又出现在了苗飞齿和怪物的那个空隙之间。白柳调整位置，让自己的脖颈上鞭子割伤的地方被怪物狠狠咬下。

在咬下的一瞬间，怪物和他的喉结都同时上下滑动了一下，怪物是因为吸血，而白柳是因为体力耗尽脱力松懈，目光都有些涣散了。

系统警告：玩家白柳体力清空，请迅速补充！

系统警告：玩家白柳正在被植物病人怪物吸血！生命值和精神值迅速下降中，请迅速回到安全地带！

"苗，飞齿……"白柳眼眸中盈出了一层水光，他抬眸看着近在咫尺的苗飞齿，声音宛如气音般虚弱低微，"我被白柳控制着拉过来了，你快杀死他。"

"都什么时候了他还拉你挡刀。"苗飞齿说着，目光狠戾地环绕住了"白柳"的头，双刀用力刺入，他们面对面，苗飞齿的呼吸里带出来的那种肉腥气对着白柳扑面而来。

苗飞齿对着白柳嗤笑一声："白柳一个蠢货垂死挣扎而已，有什么用？还不是要被我杀死。你不用怕，有我在，你不会死的。"

白柳脸色虚弱，目光盈盈地勾起了嘴角："谢谢你，苗大神。"

倒计时三秒。

苗飞齿双手握住弯刀，环抱住"白柳"，目光阴狠、下手干脆地双刀内合，刀尖相对穿破怪物的头颅，怪物咬住白柳的颈部，在白柳的耳边发出让人牙酸的骨头碎裂的声响。

在苗飞齿的双刀刺入怪物头颅的一瞬间，怪物的下颌骨瞬间用力加倍，白柳被怪物咬得轻微耸动了一下锁骨，脖子上滴落的鲜血落入他的锁骨窝里，他轻微地吐了一口气。

黏腻的液体滴滴答答地从白柳的身后滴落，染湿了他身上的病号服，带着一股浓烈的腥气。

怪物缓缓松开了咬住白柳的大嘴。它的头颅被两柄弯刀残忍地刺了个对穿，它左右摇晃了两下自己的头颅，牙齿上还沾着斑斑的血迹。

怪物后退摇晃了两下，苗飞齿面无表情地一个横刀终结了这个怪物的最后挣扎——怪物的头颅被苗飞齿一刀切开，死不瞑目地掉落在地，很快，没有头颅的身体也缓缓倒在了地上，再也没能起来。

白柳也因为体力抽空瘫倒在地，他低着头喘息，捂住还在缓慢渗出血液的伤口。白柳缓慢地调整着自己的呼吸，他原本有些涣散的目光在对上滚到他脚边的怪物头颅的时候，又渐渐地收拢，变成了他原本平静的目光。

系统提示：玩家白柳要否清空整个系统仓库以及所有积分，扔弃在地面上，确认操作？

白柳："是。"

倒计时两秒。

倒地死亡的怪物病人旁边出现了一大堆的七零八碎的道具和积分，这和玩家死亡之后爆出道具和积分的场景一模一样，而这些道具中有几个闪闪发亮的碎镜片，还有一些乱七八糟的小道具，在黑暗混乱、尘土飞扬的病房里发着光。

"这是碎镜片吗？"苗高僵蹲下捡起来看了一眼，又简单地扫了一眼其他的掉落道具，有些复杂地看着那个被打死的怪物的头颅，"白柳的道具和他这两次副本的总积分，都在这里了。"

"虽然因为这个游戏的设定分割了生命值，百分之五十的主身份线死了没有死亡面板弹出来，但这应该是白柳了。"

"什么应该？"苗飞齿蹲地，舔了下嘴唇，"这就是白柳，你说对吧木柯？哦，还有刚刚你不用替我挡那一下，这里的怪物最多只有A+，咬不死我，不过还是谢谢你了，给你一瓶体力恢复剂，你喝着吧。"

白柳垂下眼皮，很轻地"嗯"了一声，接过了苗飞齿递给他的体力恢复剂。

苗高僵收起道具和积分，他耳朵动了动，眉头一皱推开了ICU的门，门外的护士办公室已经打开了，一群护士正往ICU这边走过来。

已经晚上九点了，夜班护士要开始巡逻了。

苗高僵提醒还在拿双刀砍着"白柳"玩的苗飞齿："飞齿，别玩了，九点了，护士出来了，走人吧。"

"行。"苗飞齿收起双刀站起来，左右看了看，"还有那个怪物呢？一起杀了吧，说不定能算在最后的综合评定里多赚积分，也用不了几秒，都弱成那个样子了，也就是个扫尾的工夫。"

其实苗飞齿根本不需要多赚这点积分，但他就是杀起了手瘾，又还在最大技能时间内，不杀白不杀。

躲在床下的木柯屏住了呼吸，他紧张得都要咬拳头了，整个身体贴在病床底下都不敢呼吸，就怕被苗飞齿发现。

最后一步最后一步了！木柯在心里疯狂祈祷，希望没事！

白柳适时捂住脖子呛咳了一声，他嘴边和脖子全是血，看起来就像是随时要挂了。

"不行了，来不及了。"苗高僵看了一眼还坐在地上没有动弹的木柯（其实是白柳），他略微压低了一点声音，"我们还要带木柯跑，你的体力也要耗空了，不要多惹麻烦了,续命良方和杀死白柳这两个目的我们都达成了,先走人吧,这些怪物满医院都是,什么时候等你恢复了再大开杀戒不迟。"

苗飞齿的目光在病房内环绕一圈,目光又落在看起来的确要死不活的"木柯"身上,白柳捂住自己的脖子很轻微地呛咳了一声,血从嘴角溢出,染湿了他肉色的唇。

门外陆陆续续响起护士的高跟鞋有韵律感地踩在地板上的声音,听着很快就要到 ICU 病房这边来了,苗飞齿最后啧了一声,收回了双刀:"走吧,反正只是一个普通怪物了,也没多少积分。"

病床下的木柯听到这句话都要虚脱了,总算是走了。

还有余力的苗高僵一只手绕过木柯(其实是白柳)的腋下,把他扶着给扛了起来,跟扛麻袋一样。

白柳垂着头,呼吸很微弱,最后他被咬了一下狠的,生命值差点就见底了。苗飞齿最先溜出病房,紧接着苗高僵扛着白柳跟了出来,两个人的移动速度很快,在护士到 ICU 之前,两个人带着白柳摸进了安全通道。

苗高僵语气沉稳:"这些护士会从一楼开始巡逻,而且是坐电梯上去,不会走这个安全通道,我和苗飞齿在五楼,木柯你在九楼,还有一段时间她们才会查到我们的病房。"

"看来我们有一段时间可以算算总账了。"苗高僵声音一转,陡然低沉了下去。

说完,苗高僵眸光沉沉地把自己肩膀上的白柳往地上一扔,他蹲下来张开宽大粗糙的手卡在白柳细瘦的脖颈上,手腕上抬,轻而易举地卡住对方正在滑动的喉结:"木柯,或者说假扮成木柯的白柳?"

苗飞齿一怔:"爹你在说什么?他不是木柯吗?"

白柳垂下眼帘声音嘶哑:"……你在说什么?"

"白柳是个控制系技能的玩家,虽然我们在进入 ICU 之前的确确认了木柯脱离了白柳的控制,但在进入之后,那种混乱的情况下,我和飞齿是 S- 面板的玩家,白柳想轻易控制我们不可能。"苗高僵目光越来越暗沉,有种精光外露的感觉,他手上用力抬起白柳的喉部,卡住了白柳的喉骨往下按压,"但白柳要再控制木柯,应该是很简单的事情。"

"我怀疑在进入 ICU 不久之后,木柯就被你控制了,所以才会不断地干扰我们的进攻,最后说不定也被你推出来当了替罪羊,让我们给杀死了。"

苗高僵冷笑一声:"我之前假装信你是木柯,是想把你搞出病房再说,毕竟护士要过来了,和你在 ICU 里多逗留被护士抓住,对我和飞齿都没好处,但想在我面前玩反间计?"

说着,苗高僵用两指捏住白柳的下巴,虎口微微用力收拢。

白柳顿觉脖颈被死死扼住，呼吸困难，想要呛咳两声都被苗高僵的手死死抵住，手脚因为窒息微微蜷缩发抖，苍白的面颊上出现一种缺氧特有的红色。

苗高僵眼睛一眯：“最后那个被我们杀死的怪物使用了道具，能使用道具的一定是玩家，但那个怪物使用的道具叫作'人鱼的护身符'，是解锁《塞壬小镇怪物书》会有的奖励。”

"这个道具不对。"苗高僵语气一顿，"白柳的确有这个道具，但这个道具白柳在《爆裂末班车》的时候已经用过了，是对牧四诚的时候使用的，我看过你的小电视视频很多次，我记得非常清楚。"

苗高僵语气冷静，目光狠戾："当然不排除你自己又去交易市场购买了这样一个道具，但你一个新人根本没有购买这种道具的必要，而恰好木柯的仓库里，之前我们检查过，他是有'人鱼的护身符'这个道具的。那个被我们杀死的怪物很有可能是木柯，在求生的时候他下意识地用了这个道具，而爆出来的那些东西，是你故意丢在地上的。

"就是为了让我们以为那个怪物是白柳对吧？但可惜木柯用了的那个道具'人鱼的护身符'，是你整个计划里唯一的破绽，白柳是没有这个道具的。"

白柳被掐得呼吸不畅，下意识想掰开苗高僵的手，声音艰涩地解释："我真的是木柯，那个道具是白柳在病房控制我之后拿走的……"

苗高僵当然不信，还讥笑一声："小崽子，你还嫩了点儿，在联赛里摸爬滚打一年后再来和我们斗吧。"

　　系统提示：玩家白柳载入玩家木柯的系统面板，载入完全。

白柳在要被掐死的千钧一发的时刻，点开了系统面板，面板弹开在所有人面前，看到面板的苗高僵又是眼睛一眯，手下一松。白柳捂住脖子大口大口地后仰着呼吸，他脖子都被掐紫了，嘴唇白得透出一股子死物的冷意，过于急促的呼吸让白柳的嘴唇颤抖着。

他差点真的被狠辣的苗高僵给活活掐死了。

苗高僵将信将疑地看着这个系统面板，这的确是玩家木柯的系统面板，仓库道具里的确少了一个"人鱼的护身符"。

但可惜苗高僵不是一个特别信赖面板的玩家，他在联赛里摸爬滚打又心思深沉，对很多这种直观呈现出来的东西都会多好几个心眼——他始终记着白柳是个控制系玩家，而具体这个技能是怎么实施的，因为白柳是个只过了两场游戏的新人，还没有人清楚。

虽然可以共用技能面板这种略有些离谱的猜测苗高僵也想过，但这已经侵犯了系统的权益，属于最高等级的规则技能范畴。例如黑桃和红桃以及积分榜排名第三的"逆十字教徒"，这些玩家就都是有规则技能，属于自身技能和系统一个层级的权限水平。

　　白柳不太可能是这种等级的个人技能的拥有者，这种技能的拥有者就算是前期，也犯不着对苗高僵玩这种智斗把戏，直接上就行了——因为规则技能是非常强势的个人技能，完全可以实现越级杀人。

　　当然也有可能白柳的确有这种技能，只是限制非常多，但这种可能性太小了，至少苗高僵还没有在游戏里见过这么奇怪的个人技能。

　　白柳清了清嗓子，低垂着头轻声解释："我进 ICU 的时候，的确被白柳控制了一段时间，白柳后来的精神值太低了，就解除了对我的控制，但拿走了我一个道具，我也是因为这个确定了那个怪物就是白柳。"

　　"这样吗？"苗高僵目光晦暗不明，他毕竟是个见过大风大浪、打过联赛的老玩家，虽然因为对自己儿子纵容一般在很多事情上都听苗飞齿的，但相比苗飞齿这个喜欢血腥刺激的毛头小子，苗高僵要警惕老辣得多。

　　苗高僵就算是见到了白柳给他展示的木柯的系统面板，心里也没有全信任，反而是生出了一股杀意。

　　这样不能确定对方阵营和风险的玩家，苗高僵一般都会选择干脆淘汰，以绝后患，但在这之前……

　　之前他们选择带上这个木柯的重要理由就是那个续命良方，苗高僵突兀地放柔了语气："木柯，不是我不相信你，但你必须证明你自己，这个系统面板虽然可以表明你的身份，但还不够我们继续带着你，你之前在 ICU 里，说自己找到了续命良方，不如你给我们看看？"

　　续命良方是木柯说出来限制苗飞齿和苗高僵行动，打乱这对组合的攻击节奏的，木柯现在还正一个人在病房里找，最快都要明早才能看完找出来，白柳这里是根本没有什么续命良方的，但苗飞齿和苗高僵这两个老玩家虎视眈眈地守着他，态度已经很明显了——

　　拿得出来续命良方，至少今晚白柳作为木柯可以安全回病房。

　　拿不出来，这两个人很有可能就会为了杜绝隐患当场把他给宰了。

　　除非白柳可以证明自己对他们有其他价值。

　　气氛一时之间沉静了下来，只有白柳迟缓的呼吸声和站在白柳身后的苗飞齿缓慢摩擦双刀的声音。

　　苗飞齿还在迟疑："爹，你真的确定他是白柳？他救了我一次……"

　　苗高僵淡淡地看苗飞齿一眼："这事儿听我的。"

　　苗飞齿顿了顿，多次游戏的默契让他很快就选择无条件相信自己的爸爸，他提起双刀向白柳靠近——苗飞齿体力虽然耗空了，不能使用个人技能，但这人面板属性的攻击点，就算不使用个人技能光靠裸板击败白柳也是很轻松的事情。

弯曲锋利的双刀缓慢冰冷地贴上了白柳的后颈，一股凛然的寒意穿过白柳的皮肤，苗高僵双手摁在白柳的肩膀上。这好似一个安抚拜托的手势，但他只需要双手轻轻一合，就能轻而易举地勒死只有6点生命值的白柳。

"不好意思，得罪了啊。"苗飞齿笑嘻嘻的，"我爸爸怀疑你，你还是自证一下清白比较好。"

苗高僵蹲在白柳的前面，目不转睛地看着他，脸上带着很慈和的微笑，眼里一点笑意都没有："给我看看你找到的续命良方吧，木柯。"

前后夹击，牧四诚的逃逸技能也在冷却当中，白柳现在的体力根本无法使用任何技能，完全跑不掉。

苗高僵语气和缓："怎么，想不起来了吗木柯？要我帮你回想一下吗？你在床底的时候突然大吼说自己得到了续命良方，打断了我们的攻击节奏，那个时候你是不是已经被白柳所控制了呢？如果这句话是他操纵着你说出来骗我们的，我们花了这么大工夫带你进去，却一无所获，那我们可是要生气的啊。"

"我们生气的后果，你可是承担不起的。"苗高僵宛如一个长辈般循循劝告，但手却突然卡住了白柳的脖子，目露凶光，虎口越收越紧。

在苗高僵耐心即将丧失的最后一秒钟，白柳身上的电话突然响了，苗飞齿和苗高僵对视一眼——没想到这家伙的小孩居然真的会给他打电话。

白柳接起电话什么都还没来得及说，苗高僵就抢过了白柳的电话，他目光沉静地看着白柳，白柳一瞬间就明白了苗高僵想要干什么。

苗高僵这个人不愧是老玩家，心眼多得和蜂窝煤都有一拼了，或许是白柳那个使用方式不明的控制系技能让苗高僵这个身经百战的老玩家提高了警惕，白柳都已经亮出系统面板了，苗高僵都还在疑心他的身份，怀疑他是不是白柳。

这个游戏里判定玩家是谁的办法除了系统面板，还有一个很重要的方式——玩家对应的儿童。

这个电话是玩家和儿童一对一单线绑定操作，并且因为系统要求玩家随身携带电话便于接听儿童的来电，电话相当于是绑定在玩家身上的，所以玩家是无法丢弃的。

也就是说玩家的电话对应的只能是自己的儿童打过来的电话，这就说明，玩家这边接到的儿童电话能反映玩家的身份。

白柳之所以可以假扮木柯，是因为他和木柯的外貌长相乃至于声线都是一样的。但那边打电话的儿童小白六是没有办法改变自己的身份的，他就是小白六，他和儿童木柯有很多不一样的地方，比如声线。

而以苗高僵这种 S- 等级的玩家是可以轻而易举地分辨儿童木柯和儿童白柳的声线的。

哪怕他现在还不知道这两个小孩具体的声线是什么样的，但明天就是福利院的洗礼了，到时候苗高僵会见到儿童木柯和儿童白柳，如果那边的小白六这个时候开口说话的声音和明天苗高僵见到的儿童木柯的声音不一致，这边的白柳就绝对会暴露他不是木柯。

白柳平静地看着拿走了自己电话的苗高僵，苗高僵并没有开口，哪怕是楼下的护士已经开始往上搜寻了，这人也十分沉得住气。

苗高僵思索两秒，用食指点了一下白柳的肩膀，把电话凑到白柳的耳边，目光冷厉地扬了一下下巴。苗高僵意思很明显，他要让白柳开口说话，他要让小白六以为这边还是他的投资人，并且不能暴露这边是其他人拿着电话。

这样可以确保对面的儿童在完全不知情的情况下发声，也就是说，对面一定是原原本本那个玩家对应的儿童的声音。

"晚上好。"白柳语气平稳，在苗高僵的眼神指示下顺从地开口了。

对面是好几个儿童奔跑的急促呼吸声，脚步声非常密集，感觉像是一群小孩在狂奔，还有隐隐约约的哭声和一些诡异空灵的小孩笑声紧紧地跟在脚步声的后面，听不清到底有几个小孩在跑，在喘息。

"晚上……晚上好，投资人先生，"是一个小男孩柔柔弱弱的声音，他好像被人拽着跑，声音带一点哭腔，"我……我是木柯，我来给您打电话了。"

是真真正正的小木柯的声音。

白柳微不可察地勾起了嘴角。

干得不错，小白六。

听到这个儿童的声音之后，苗高僵和白柳直直地对视了一会儿，才缓缓地收回了自己卡在白柳脖子上的手。

对面的确在什么都不知道的情况下，说出了自己的身份，苗高僵没有任何怀疑白柳不是木柯的理由了。

苗高僵终于放下警惕地拍了拍白柳的肩膀："护士要上来了，先回病房吧，不好意思刚才对你那个态度，主要是因为白柳太狡猾了，我们要多做几次确认才行，你的儿童愿意给你打电话对我们的帮助很大，今晚先就这样，那个续命良方……"

"我知道续命良方是什么，"白柳打断了苗高僵，"但这个方子太复杂了，等明早我弄好直接给你们吧。"

明早木柯就应该看完 ICU 里的书了，刚好可以给白柳。

所有的一切都被白柳卡得恰到好处，而白柳，哦不，应该说是木柯有续命良方这个消息明显让苗高僵的态度和缓不少，他点头："那麻烦你了，我们后续会尽量带你通关的，护士要来了，今晚先到这里，大家回病房吧。"

白柳回了木柯之前的病房，关上并反锁房门之后，拿起还处于通话中的听筒，轻声询问："白六？"

"我在。"那边突然又变回了一个很冷淡的小男生的声音，旁边还有一个小孩哭哭啼啼地跟着跑的声音，应该是小木柯。

小白六很冷静地问："刚刚还有谁在听电话？"

"你怎么知道这边还有人在听电话？"白柳饶有趣味地反问，"只有我一个人的声音啊。"

白六很冷漠地说："我听到了三个人的呼吸声，而且你的声音离听筒太远了，不是昨晚你和我打电话的正常通话状态，电话很有可能不在你的手里，像是你被人胁迫着接了我的电话。"

89

小白六那边顿了顿，又开口继续解释："并且昨晚你并没有和我说'晚上好'这种客套的开场白，这一般是我拿钱的时候会对金主说的话，但你就是金主，不用对我说这种话，今晚一开场就说'晚上好'，有点奇怪。"

这倒是，白柳回想了一下，自己的确只会在有钱拿的时候对陌生人显得礼貌又客套。

"你怎么会想到让木柯拿你的电话和我说话的？"白柳笑着问，"以及你今晚怎么会和木柯在一起？还有今晚你的情况怎么样？"

玩家这边的电话是绑定的不可以交换，但儿童那边的电话可不是。

但在几乎所有儿童外出打电话都极度困难的情况下，让一个儿童带着另一个儿童外出，并且在电话接通的一瞬间把这个电话交给另一个儿童，让对方说话这种操作，还没有接到过儿童电话的苗高僵估计想都没有想过。

儿童的执行力和服从性比成年人低得多，尤其是比起这些已经在游戏里摸爬滚打过的成年人，更是低了不知道多少个档次，在让这群儿童打电话给他们都困难的前提下，像小白六这种为了钱大半夜不睡觉，还把木柯拖出来满院子跑的小神经病，不要说苗高僵了，就连白柳自己都有点惊讶于小白六罕见的执行力。

虽然知道小白六是为了钱，但当电话接通听到小木柯的声音的时候，这边的白柳还是没忍住惊讶地挑了一下眉头。

小白六平铺直叙地汇报:"因为明天要洗礼,老师要求通知投资人和家长,所以今晚很多小孩出来打电话,但目前除了我还没有成功的,还有一些被笛声吸引出来的小孩,所以畸形小孩没有追着我们跑,情况还好。"

"至于我今晚为什么会和木柯在一起,我觉得你在明知故问。"小白六的语气冷淡又嫌弃,"你昨晚不是让我帮你照看两个小孩吗?说你给我钱,其中一个小孩儿是盲人女孩儿,我现在知道她叫刘佳仪,还有一个就是这个木柯,女孩儿我暂时接触不到,但我和木柯睡在一个房间里,为了钱,今晚我给你打电话的时候,一定找的是同房间的木柯。"

"我本意是让你听到他的声音给你验验货,验证一下这小屁孩情况还不错,能跑能哭,但没想到你那边出了状况,我就直接不说话了,把电话给他,让他假装你的投资儿童。"

那边小白六的声音微妙地顿了一下,然后他很直接地质疑白柳:"其实我觉得你昨晚和我说你给钱让我照看人的时候,就是为了现在让木柯给你打电话吧?"

白柳声音里带一点很细微的笑意,他懒散地靠在墙面上:"可以这么说。"

他在对小白六说出给钱请他帮照看一下小木柯和刘佳仪的时候,就知道今晚的小白六一定会拖着其中一个人出来给他打电话了。

十四岁的自己对金钱的执拗前所未有地强烈,他不可能放弃这么一个可以拿到钱的机会,但白柳从小到大又是一个相对遵守交易规则的人,那么他不会轻易地欺骗自己的交易对象,最好的验证交易成功的方式就是让小木柯直接和白柳对话,说他自己还不错。

而小白六果然也这么做了。

"你可以直接让我今晚拖木柯出来给你打电话,不用和我兜这么大圈子。"小白六的声线有种少年人独有的青涩,但因为过于冷静又显得十分冷漠,"你给钱,我什么都可以为你做。"

"但那样你就提前知道我针对另外两个投资人做的敌对计划了。"白柳不紧不慢地说,"你一定会猜到我要干什么,会面临什么样的可怕威胁,知道这个电话对我来说意味着什么,你说不定会在打电话的时候出卖我的计划给我的敌人,从我的敌人那里换取更多的金钱,这是你会干出来的事情,不是吗?"

那边的小白六陷入了长久的沉默。

白柳轻笑一声:"我总不能让你猜到我要做什么,因为你也是个很危险的家伙。

"我甚至觉得在这个游戏里,你比任何其他的事物对于我来说都要危险。但幸好我了解你,而我在我了解你的基础上告诉你一个事实——白六,我给你的金钱一定会比这个世界上的任何一个人给的都要多,我甚至可以给你我所有的金钱。"

白柳缓慢地垂下眸子："不会有比我对你更大方的人了，白六。"

因为我就是你，你就是我，金钱在你和我之间跨越时间的维度奇异地流通着，但本质都归属于"我"这个身份，我所拥有的金钱被你和我同时拥有着，但白柳拥有的金钱却不会有一分一毫的减少。

"全部的金钱？"小白六语气依旧冷漠，但配合他说出来的话却透出一股莫名的讽刺，"那您可真是一个旷世难遇，一点都不自私自利的好心人啊，投资人先生。"

"我的确很自私自利，还很贪婪，所以我对别人绝对不是这样的。"白柳被讽刺了也不生气，脸上依旧不为所动，带着亲和的笑，"但无论如何，在这个世界里，你是我最特殊的人，因此我对你一定毫无保留。"

小白六没有回应白柳这句话，只是微妙地、漠然地保持了一种怀疑式的沉默。

白柳不疾不徐地接着说："但我能理解你在想什么。你一定在想，人类是一种本能就很自私的动物，我作为一个投资人，为什么要为了你一个陌生人，违背本能做到这个地步？这个世界上一定不会有这样的人存在，就算存在，那也一定是装出来为了得到更多的利益——毕竟天下没有白吃的午餐是不是？"

对面的小白六又陷入了诡异的沉默，很明显白柳很了解十四岁的他在想些什么。

"我在你这个年纪也是这么想的。"白柳靠在墙上，他仰着头眼眸微微闭合。

因为身体的虚弱和福利院这个对他来说带有一定特殊含义的副本，以及小白六这个游戏 NPC 的存在，白柳罕见地沉浸回忆起了过去。

他十四岁的时候是怎么样的呢？白柳以为自己不太会记得。

因为人的确是很健忘的生物，或许人的记忆真的只有七秒，其余的记忆都只是人根据自己的感觉构建出来用来欺骗、糊弄和安慰自己的东西。

但在听到小白六冷戾、毫无感情波动的声音的一瞬间，白柳就想起十四岁的自己是什么样的一个人了。

孤僻，冷漠，和周围的一切都格格不入，没有人可以理解这个成天在看恐怖故事和玩恐怖游戏的瘦弱小男生。

白柳十四岁的时候不如现在会遮掩神色和伪装自己，看人的时候目光自带三分排斥，浑身上下都是生人勿近的冷淡气场，因此并没有什么孩子愿意靠近他。

当然，白柳自己也有很大的问题。

福利院里其他孩子喜欢的玩具是好心人捐赠的火车或者积木，白柳喜欢的玩具是缺胳膊少腿、画风惊悚的玩偶；在其他孩子看连环画和故事书的时候，白柳在一旁看的是《瘦长鬼影杀人实录》这种不知道怎么会被捐赠到福利院里的书籍。

但在那个时候，在这些人类幼崽还没有进入社会接受各种成年人规则的荼毒和浸染的时候，福利院里每一个小孩也会为了好的玩具、好吃的食物、可能被领养的机会，甚至不那么潮湿的稻草床争得死去活来。

没有任何人教他们这样做，为了自己活得更好而与其他人争夺机会是一种类似于生物本能的东西，白柳很早就意识到了这一点，所以他明白，离这些人越远越好。

在福利院里只有两个人完全不会争这些东西，一个是白柳，一个是陆驿站。

白柳是因为不需要这些东西，他更喜欢钱，而福利院里一般不会给小孩这个东西；陆驿站是因为他觉得其他人更需要这些东西，所以这个傻子就主动让了出来。

更好的食物，更好的玩具，被领养的机会……陆驿站通通会傻乎乎地让出来，望着别人享用他出让的成果而绽放出来的幸福笑脸，这个时候对方只需要对陆驿站说一句简单浅薄的感谢，就能让这个人挠着后脑勺露出一个比对方还要灿烂的笑脸。

"我曾经也以为这个世界上真的不会有全部为了别人付出的人类，"白柳的声音很轻，很平静，"就算是为了别人付出，也是为了得到那种被世俗道德准则所洗脑熏陶出来的自我奉献和自我满足感，本质还是为了愉悦自己。"

"世界上是不存在纯粹的好人的。"

小白六的呼吸声在那头急促地响着，他拉着还在小声抽泣的小木柯在深夜的儿童福利院奔跑着，但白柳知道他在听。

这小家伙还没有挂电话，因为是按分钟计费的，真是一个很努力的陪聊工——虽然是个童工。

白柳的嗓音里带出了一点很懒很闲散的笑意，他好像回忆到了什么很好笑的事情："然后在我对这些想法坚定不移的时候，遇到了一个蠢货，他自告奋勇地想和我做朋友。"

"他不断地问我为什么一个人，自己饿肚子省吃俭用给我食物，在发现我看一些很血腥奇怪的书籍的时候也只是愣了一下，然后偷偷摸摸地去外面搞来给我看。"白柳口吻很平淡地说，"但我从头到尾对他都很冷淡，他是在得不到任何满足感的情况下付出，我以为他很快就会放弃。"

那边的小白六终于开口了，他问："他放弃了吗？"

"他中途远离过我一阵，我以为他放弃了，"白柳顿了一下，"然后有一天中午，我在院子后面看到了一只瘦长鬼影的玩偶。"

那是一只非常笨拙的瘦长鬼影，身上的玩偶套装是拿福利院不要的床单改造的，帽子破破烂烂，简直像是什么小学生失败的手工作业，这只瘦长鬼影挥着自己褴褛的衣衫在和白柳傻兮兮地 Say——Hi。

那段时间白柳经常看的书就是瘦长鬼影的故事，因为福利院也没有被捐献别的书籍。

但陆驿站可能误以为白柳很喜欢这种奇怪的传说生物。十几岁的陆驿站偷偷摸摸地熬夜藏在被子里做了这么一个玩偶，然后套在自己头上，站在白柳面前蹦蹦跳跳。他跳得哼哧哼哧满头大汗，劣质的布偶套装里的眼睛干干净净，但眼眶因为熬夜泛着红。

陆驿站把白柳当成那些喜欢动画人物的小孩了，他纯粹地希望白柳因为这个感到快乐。

但他并没有想要白柳感谢他的意思，当然白柳也并没有感激他的意思，因为这实在是……

"……他好蠢。"小白六面无表情地吐槽。

"对，我那个时候也是这么觉得的。"白柳低笑了一声，"我就像是看傻子一样看他，然后礼貌地解释我并不是瘦长鬼影的小粉丝，我只是喜欢看这些恐怖故事，看这些奇形怪状的恐怖生物吃掉犯傻犯错的人类，我喜欢这样的恐怖故事。"

小白六静了一会儿说："我也喜欢，但他应该……不喜欢吧。"

只能说正常的小孩都不会喜欢，那个时候的白柳是福利院里的怪胎。因为看的书和画的画都不太正常，十分血腥，属于被重点关注的类型，老师觉得他有反社会倾向之类的。很快，在老师的严密监控下，他们把白柳喜欢的那些东西都给丢掉了，包括书籍、游戏甚至白柳多看了两眼的布偶玩具，他们防备白柳就像是防备一个潜在的劳改犯。

其实某种程度上来说，这种防备也没错。

白柳就收敛了自己明目张胆的爱好，假装一个迷途知返的乖小孩。

陆驿站是不喜欢这种非常规的恐怖故事和游戏的。

但他不喜欢，并不能代表他不能让白柳喜欢，他知道白柳喜欢，只是装作不喜欢。

"他的确不喜欢，但这个家伙一向人缘很好，他不知道从什么地方搜刮了很多很多的恐怖游戏和恐怖故事书。"白柳眼睛还是闭着的，他回忆，"真的很多，然后瞒着老师送到我面前，让我玩，让我看。"

小白六这次沉默了好一会儿，问："他为什么要这样做？"

"我也是这样问他的。"白柳声音轻到几乎听不见，"他说，我们不是朋友吗？这是我可以帮你做的事情，所以我就做了。"

小白六发自内心地疑惑了："你什么时候和他做朋友了？我记得你没有同意

过这件事吧？"

"我也不知道。"白柳说，"但陆驿站就这么一厢情愿地认定了，我和他说我大概率是个怪胎，以后说不定会干坏事。他很严肃地和我说，如果我要做坏人，他就当警察来抓我。"

白柳轻笑一声："所以他让我放心，他不会让我做坏人的，因为警察的朋友不能是坏人。

"他和我一起玩了很多恐怖游戏，玩了很多很多年，后来他渐渐认清了我是个不怎么正常的人，但他还是坚持和我做朋友。"

"为什么？"小白六又问了一句，他这次有些迷茫了，"你们根本不能互相理解，和你做朋友，会给他带来什么好处吗？"

"什么好处都没有，我是个各方面都相当麻烦的人。"白柳很爽快地承认了这一点，"我不擅长做人，但我的那个朋友并不是为了什么好处和我做朋友的。"

小白六："那是为了什么？"

白柳："他只是想要让我拥有一个朋友。"

陆驿站的理由就是那么简单，他想和白柳做朋友，他想让白柳开心一点，想要白柳有一个朋友，不同情不怜悯，他只是这样想，所以他就去做了。

陆驿站是白柳认知中第一个出现的奇怪的人类，这个人的存在几乎颠覆了白柳的三观——这个人是一个高级的，没有任何私人目的的，道德水准极高，就是脑子不太好使的，纯粹的好人，在白柳的世界观里简直是个教科书级别自我奉献式的傻子。

是白柳这一生唯一的朋友。

"这个世界上还是存在这种纯粹的好人的，他们的存在是违背进化论和人类本能的，所以他们活得很辛苦。"白柳轻声说，"但他们就是存在，而你也很快就会遇到。"

是的，白六，你会遇到这个愿意陪你玩游戏，装瘦长鬼影逗你笑，陪伴你度过很多年的朋友的。白柳在心里轻声说。

"这种人很少见吧？"小白六的语调还是那么淡，"你能遇到一个已经是世界奇迹了，我不会遇到这种一厢情愿地付出的蠢货的。"

"你会的。"白柳微笑起来，"你还遇到了我不是吗？"

"我也知道你是个坏小孩，白六，我也知道你有可能会出卖我，但我最终还是告诉了你我的计划。"白柳语气柔和，带一点很奇异的引诱，"你对我真的很重要，比计划重要，甚至比我自己还要重要。"

"你是这个地方对我来说最重要的一个人。"白柳微笑着，"我保证我会是你奇怪并且可靠的朋友。"

这次白六沉默了很久很久，久到白柳以为他会挂电话了，然后小白六语气十分生硬地转换了话题："你也很喜欢恐怖游戏？你有玩过什么好玩的吗？"

白柳漫不经心地垂下眼眸，嘴角微不可察地勾起，慢慢悠悠地和白六聊起了天："有啊，我玩过很不错的两款游戏，一个叫《塞壬小镇》，一个叫《爆裂末班车》。"

十四岁的他还是很好骗的，会被陆驿站那种自我牺牲类型的大傻子给轻微打动。

而如果陆驿站遇到的是二十四岁的白柳，那可就要复杂得多了。

白柳没有太多的闲心给十四岁的自己做心理辅导，并且他觉得小白六也不需要，他说这样一长串的故事只是为了说服小白六全心配合他，因为很不幸的是，最好的蛊惑小白六的工具——他的积分，或者说是钱——白柳已经全部丢出来给苗飞齿他们了。

这也是很危险的一点，白柳现在手上控制的所有玩家的积分总和，也就是金钱总和是低于苗飞齿他们的，对小白六很有掌控力的道具的总数少于他的敌人。

而第二天小白六见到他们之后，这个很敏锐的小朋友很快就会察觉到这一点——白柳并没有苗飞齿他们有钱。

这就很尴尬了，在小白六知道他们敌对的情况下，根据白柳对自己的了解，小白六必然会倒向钱更多的一方，他很有可能会向苗家那对父子出卖自己的信息——白柳很了解十四岁的自己也不是个什么服从度很高的小孩，目前来看小白六只是服从于他的钱而已。

就算是这样会导致自己的杀身之祸小白六也不会在乎的，他十四岁的时候对金钱的欲望可比现在强烈多了。

所以白柳需要一个除了钱之外还可以牵制小白六的点，这个点要和钱一样旗鼓相当，从白柳已知的经验来看，牵制自己的一大利器，就是陆驿站。

陆驿站可以牵制金钱欲旺盛的白柳走在不违法犯罪的道路上这么多年，除了这个人不寻常的执拗和一心要和白柳做朋友这些因素，还有一个很重要的原因，那就是白柳对陆驿站是非常好奇的。

白柳是一个好奇心相对旺盛的人，对各种离奇的非人类的行为都充满了探索欲，在陆驿站身上他的这种好奇更是这么多年来从未消减过。

白柳好奇陆驿站这个和他自己同样怪胎的人到底能做好人到什么时候，好奇这个人的行为驱动力是什么，而这种好奇在足够强烈的时候，在一定程度上甚至可以抵消白柳对金钱的渴望。

陆驿站在这个副本里不存在，那么白柳就告诉小白六有这么一个人存在，并且自己来充当陆驿站的角色，白柳提取了陆驿站这个人身上对自己最有牵制力的元素，就是这种好奇。

小白六开始对他感到好奇，想要探究他的行为逻辑，那这就是一切故事的开始。

就如当初他对陆驿站一样。

90

"你说你和一个住在罐子里的银蓝色尾巴的人鱼交易，又和一辆燃烧的列车上快要爆炸的镜子里的鬼魂交易？"小白六语气不明地轻哼了一声，"听起来你的经历略有一些非同凡响。"

白柳不以为意："都只是游戏里的人物而已，不过今天你听我扯了这么久都没有挂电话，怎么，想和我打满三个小时？"

"如果可以的话，我的确想和你打满三个小时。"小白六淡淡地说，"毕竟是按照分钟计费，而今天难得所有人都在奔跑以吸引那个畸形小孩的注意力，目前只有我和木柯打电话成功通知了自己的投资人明天要发生什么。"

"不过那个叫刘佳仪的盲人小女孩动作也很快，她虽然看不见，但一直贴着墙走，刚刚我掩护了她一下，引走了她那边的畸形的小孩，她应该很快就能打完电话回去了。"

"其余两个小孩跑步速度还挺快的，我记得是叫苗飞齿和苗高僵，他们虽然打了电话，但一直在哭，没有给对面的人交代清楚明天要请投资人过来观礼。"

小白六一边奔跑一边飞快地和白柳交代情况，声音里带一些喘，但交代得依旧非常条理清晰："并且你可以放心，我比较有警惕心，在我不知道你和这两个小孩的投资人都有仇的时候，我和木柯跑就有意避开他们了，没有被他们发现我们是一起打电话的。而且可能也是因为他们乱跑吸引了怪物的注意力，今晚我们打电话才这么容易。"

"哦对了，忘了和你说，今晚的畸形小孩不止一只。"小白六语调平静地补充说，"有三只，不同的畸形，还不是昨晚那个小孩，一个是蹲在地上四肢着地爬着走，嘴唇发紫；一个是四肢畸形，都是内折生长的；还有一个头发和皮肤都白得不正常，刚刚我躲在滑梯上看了一下，没有看得很清楚，但这个小孩眼珠子应该是紫色的。"

白柳若有所思：都和现实世界里存活下来的那五个小孩的疾病很大程度上重合。

白柳迅速地发现了两个奇特的点：

第一，虽然福利院残障儿童的确偏多，但这些死亡和存活下来的都很相似，这已经是非常特殊的一个点了，而这个特殊点意味着什么？

第二，为什么另一个世界里的畸形儿童可以存活，而这个世界里的畸形儿童已经变成鬼魂了？

第一点白柳还需要更多信息来推理解释，但第二点白柳觉得自己已经得出答案了。

白柳似有所悟地用手指弄了一下他胸前那枚破损的硬币，陷入了沉思——

按照这个副本目前给的信息来看，正常的孩子，也就是没有畸形的孩子是被笛声吸引失踪的，失踪之后就没有再出现过了；而这些畸形的孩子目前死亡的方式不明，死亡之后的确是可以变成怪物出来流窜玩耍的。

但并不是不会死亡。

从目前白柳知道的规则来看《爱心福利院》这个游戏副本，这六个现实中有着先天缺陷的小孩，包括刘佳仪，应该是作为《爱心福利院》投射到现实副本的畸形小孩这样的 NPC 般存在的，而《爱心福利院》中这些畸形小孩 NPC 全部死亡了，那么对应回去，这六个在现实中还没有出事的小孩大概率也要死亡才符合这个副本的规律。

但这六个小孩目前在现实中被陆驿站严密看护，死亡的可能性非常低，反而唯一有可能死亡被异化成怪物的就是进入游戏的刘佳仪。

不过从系统一贯的策划来看——为了符合副本的游戏逻辑，这几个现实当中的小孩多半还是要死亡的。

那问题就在于如果他们要死亡，他们会怎么死亡呢？

"所以很有可能现实存活下来的那些畸形小孩最终也会死亡，但我进入游戏的时候，他们还活着，如果他们死亡的话，会是以什么方式死亡呢……"

白柳靠在墙上自言自语着。

游戏载入不能脱离常规，强行载入 NPC 死亡的数据，现实世界多半就会出 BUG，就会被陆驿站这个对案件观察密切的 NPC 察觉到不对。当然系统可以使用流氓手段删除所有关注这件事的 NPC 的记忆数据，但玩家的记忆是无法删除的，白柳会知道这个地方有 BUG，如果这样，现实世界的正式版本就会对很多玩家失去意义。

所以问题就在于，这六个小孩应该怎么死亡才是符合游戏逻辑和世界逻辑，不算是强行载入的 BUG 呢？

白柳突然想起了那天他去医院看到的那一堆尸体和陆驿站神色凝重对他说的，这群孩子进入医院的时候体征基本都是正常的，但一天之后突然就开始发作了……尸斑和尸僵都出现得太早了，感觉像是早就死亡延迟到后面出现……

对，就是这个点，延迟死亡。

白柳忽然想到了这个点——这是最合理的，符合现实常规并且不会引起NPC怀疑的死亡载入方式。

这六个小孩并不是没有中毒，更有可能的是他们对毒蘑菇的抗性比其他小孩更强，中毒的体征延迟到后面出现，所以截至白柳进入游戏之前，这几个小孩还没有出现任何中毒迹象，但并不代表他们不会出现中毒体征。

或者说他们正处在死亡的进程中，但医学检查在他们身上无效，所以除了在游戏中的白柳，还没有任何人发现这件事。

发现这六个死里逃生的畸形小孩还笼罩在死亡的阴影下这件事。

白柳眼睛一眯——如果现实世界副本是游戏副本的载入，那这些游戏内外的小孩的死亡方式会不会是一样的？

小白六并没有打扰白柳的沉默，他安静地等着白柳下一次的询问，也不挂断电话——毕竟按分钟算钱。

白柳沉默了一会儿之后突然问他："你们福利院最近有吃蘑菇吗？"

"没有。"小白六言简意赅，"我对蘑菇味道还算敏感，我吃过的食物里应该是没有放任何蘑菇。"

"那些追着你们跑的畸形小孩身上，有蘑菇味道吗？"白柳换了个思路又问道。

小白六回答得很快："不知道，我们离他们一直很远，没有近到可以闻到他们身上味道，你需要我靠近确认吗？当然不是免费的。"

"不，暂时不。"白柳迅速地否决了小白六这个过于大胆的提议，"这些小孩的移动速度不算慢，如果没有其他人转移注意力，并且你又靠得太近，很容易被抓到。"

而且根据怪物书上对这些畸形小孩的描述，玩家的儿童一旦被抓到就是彻底失踪，白柳现在这边的生命值只有6了，他之前对小白六所说的那些话也不算全是假话——比起他自己来讲，生命值还很充足的小白六的确要重要得多，白柳现在会用尽一切办法确保这位过于贪财的小朋友的安全。

"但你是需要我靠近的对吧？"小白六语气很冷静。

"对。"白柳很诚实，"我不仅需要你靠近，我还需要你找到这些畸形小孩的弱点。"

他需要解锁怪物书上这些怪物的弱点，靠弱点控制住这些每晚出来游荡的畸形小孩，这比放任它们每晚追逐自己儿童要安全得多，毕竟这些畸形小孩的失踪攻击比植物病人的吸血攻击还要未知恐怖，可以说是一击必杀。

现在还没有儿童失踪，很有可能只是因为这些畸形小孩目标太多太分散，一旦锁定了，那很容易就抓走了。

还让白柳觉得很危险的一点就是，昨晚是一个，今晚是三个，这些畸形小孩的数量似乎在增多。

"我的确需要你靠近这些小孩帮我找出它们的弱点，这对我很重要，当然我会付费给你。"白柳轻声说，"但不是今晚，小朋友，今晚太危险了，我不会牺牲你来做这种事情，等明晚我找到保护你的办法之后，我们再来做这个。"

对面诡异地沉静了，隔了大概一分钟，小白六好似什么都没有听到般地岔开了话题："苗飞齿和苗高僵进屋子了，那三个小孩来追我了，投资人先生，今晚通话总计三十一分钟，给您抹零三十分钟，一共三千块，您已经欠我六千块了。"

小白六语气礼貌又咄咄逼人："拖欠未成年陪聊工资是不好的习惯，希望明天见面的时候您可以给我结清这六千块，承蒙惠顾，祝晚好，投资人先生。"

按照昨天的路数，这个时候小白六就要干脆利落地挂电话了，但今天他说完之后还没挂。

白柳能听到他在空旷的地面上奔跑的呼吸声，背后还有追着他的小孩嘻嘻嘻的笑声，还有小木柯竭力压抑住的喘息声和哭声，跑动的脚步声渐渐从急促变得缓慢，他们踩在地上的声音质感也从沙沙的沙土的感觉，变成了水泥地坚硬的踩踏声，背后小孩诡异的笑声渐渐远去——他们应该要回房间了。

小木柯费力地跟着小白六跑，这个小家伙被小白六拉着跑了一晚上，因为心脏不好脸都紫了，却依旧乖巧地竭力跟着跑，没有哭闹着不跑，似乎也知道小白六拉着他跑是为了他好。

因为小木柯知道如果没有小白六拉着他跑，他今晚肯定撑不到给自己的投资人把电话打完。

如果没有办法通知投资人，他明天就不能参加洗礼了，这对进入福利院的儿童来说是很严重的事情，他们说不定会因此受到惩罚。

而今晚如果没有小白六的投资人说了一句要小白六帮忙照看他，小白六这种一看就很冷漠的小孩一定不会管他的死活。

小木柯偷偷看了一眼小白六手上的电话，他在想，这位好心的投资人先生，为什么要让小白六帮他呢？

并且小白六为什么现在都还不挂电话呢？已经要跑进他们睡觉的房间了，被老师看到是会骂人的。

"你是还有什么想说的吗？"白柳很识趣地开了一个头，"你是要回房间了吧？怎么还不挂电话？就这么想多挣我的钱？"

"……这几分钟不算你的钱。"小白六气还没有喘匀，声调有种说不出来的低，他好像在掩饰什么，话说得飞快，"今晚你说的两个恐怖游戏很不错，可以抵了。"

白柳惊讶地挑眉："今晚对我这么好？又是抹零又是抵消……"

"嘟嘟嘟——"

对面毫不犹豫地挂了电话。

白柳："……"

这明明就是为了夸他玩游戏玩得不错，他十四岁的时候是这种别扭的人设吗？

哇，好恶心。

白柳收起了电话，他的目光落在了那个潮湿过度的稻草床上，眼睛忽然一眯。

今晚他一直在那个病人身上闻到一股若有若无的植物腐烂的气味，他之前注意力全在对抗苗飞齿他们身上了，没有去甄别这味道到底是什么，只觉得是一种腐殖质的植物味道，很像是腐烂的稻草，但还有一种别的什么植物味道，藏在浓烈的稻草味道的下面。

白柳摸了一下自己被咬的脖颈，那里还残留着植物病人的口腔黏液，白柳用指腹刮了一点下来，放在了鼻腔下仔细嗅闻——他的血的味道，潮湿腐烂的稻草味道，稻草味道的下面还有股很浅淡的……

白柳神色平静地把手指放进了嘴里。

——黏液里还有一点很浅的蘑菇味道。

闻不太出来，但可以尝出来。

这里的孩子没有吃蘑菇，反倒是病人在吃蘑菇？

重症监护室的病人吃的唯一东西，就是护士送入病房的药物。

但药物很明显不是蘑菇，因为药物是液体，虽然不排除这个液体里含有蘑菇的成分，但比起这种可能性来，白柳觉得另一种设想的可能性更高。

白柳的目光定格在了他面前的稻草床上。

他上前围绕着这个稻草床转了一圈，越看越觉得有一种很奇异的即视感，这个东西看起来的确像是床，但这样昏暗的灯光、二十四小时不间断的水汽以及厚实过头又开始发霉的稻草——这些所有的条件加起来，让白柳觉得，这个地方比起床更像是一个标准的蘑菇培养房，而这个稻草床就是蘑菇培养基。

白柳掀开白色的床单，露出大片泛着枯黄的稻草，随意地拨弄两下就能看到根系附着在腐烂稻草上正在萌发的菇类，这些菇类白柳都见过，一些能吃一些不能吃，但总体来说都是常见的品种，吃了也不能延年益寿，有些还带毒，人吃了会瞬间暴毙——当年白柳所在的福利院也有孩子误食之后差点没有抢救回来。

白柳的手指翻找着从稻草里萌发的这些菌菇，确认了这些长在床上的菌菇都是一些常见的品种之后，他若有所思。

那些病人吃的应该不是白柳看到的这些蘑菇——那那些病人吃的蘑菇到底

是什么品种？

白柳的目光落在稻草床上，他之前在 ICU 的时候，因为那个植物病人一直躺在病床上，跟植物人一样一动不动，而白柳生命值也不高，所以白柳并没有去惊扰这个病人，也没有翻找植物病人的稻草床下面。

现在看来很有可能大家的培养基，也就是稻草床下长出来的蘑菇并不一样。

但问题的关键就在于：这些为什么会不一样？长出来的又是什么品种的蘑菇？

白柳觉得一切的答案都藏在系统所说的那个续命良方里。

"木柯，"白柳仿佛低叹般地自言自语，"现在就看你能不能在一夜之间找出，这些病人吃的续命良方到底是什么东西了。"

ICU 病房。

木柯奄奄一息地从一片混乱的病床下面爬了出来，扶着病床喘着粗气站了起来。

他站起来之后头还有点晕，没走几步又喘着气坐在了病床上。

木柯坐的是白柳之前待的病床，他整个人虚脱地倒了下去，把头埋在残留了白柳气味的被子里，就像是还没长成的雏鸟把头埋在母鸟的翅膀下，这是一种寻求安全感的行为。

死里逃生残留的恐惧让他的手和脚都抖得很厉害，虽然木柯刚刚躲在病床下面喝了几瓶精神漂白剂把精神值恢复满了，基本理智已经恢复，但是木柯的生命值透支得太厉害，这导致他的身体状态非常差。

他被吸走了太多的血液，陷入了一种寒冷和近似休克的状态，手脚就像是抽搐一样不停地颤抖着。

木柯咬着牙蜷缩在带着白柳味道的被子里抖着，左手摁右手，想要尽快恢复。他眼眶通红，之前那个怪物一直吸血的时候他真的以为自己要死了，到最后都眼冒金星了，手背上的血管都瘪了下去。

但他必须被吸到这个程度，这样他和白柳呈现出来的状态才是差不多的，白柳才能顺利假扮他进入苗飞齿的团队。

木柯闭上眼睛，他回忆白柳之前交代给他的计划，这样可以转移他的注意力，让他好受一点。

白柳的计划非常简单又大胆，是纸杯橘子游戏。

就是把一个橘子藏在三个纸杯当中的一个里，然后轮换纸杯让对方猜到底哪个纸杯才藏有橘子。投资人一模一样的外壳就是那三个纸杯，而纸杯下面的白柳，就是苗飞齿他们要猜的那个橘子。

但这个简单的计划有很多需要解决的复杂问题。

木柯的眼神落在白柳放在桌子上的三个大小不等纸杯上，他皱眉："你和病房里的那个病人的外表并不完全一样，他比你更细长。"

"对，没错，而且不光是这个，苗家父子是S-级别的玩家，他们完全可以不按照我们的游戏规则来。"白柳飞快轮换着手上的三个纸杯，语速不疾不徐，"他们有能力直接把这三个纸杯都捏瘪，再去检查哪个纸杯下面才是他们想要的橘子，也就是我。"

白柳一边说一边很平静地捏瘪了自己手中三个大小不一的纸杯，露出下面被捏得爆浆的橘子来，然后若无其事地把纸杯给扔进了垃圾桶里。

木柯缓慢地吞咽了一口口水："……那怎么办啊？"

"所以我们要让他们认为这三个纸杯，他们没有能力轻易捏瘪，他们才会按照这个游戏的规则来。"白柳用手指点了点一个纸杯，在上面写了一个A+，"我会伪装成一个有A+能力的怪物，同时假扮三个怪物。这里的护士换班只有十五分钟，就算他们是S-等级面板的玩家，同时面对三个A+级别的怪物，我觉得他们也会更倾向于击杀一个。"

"但你只有一个，你怎么同时假扮三……"木柯没说完的话戛然而止。

白柳以一种让人眼花缭乱的速度在他面前飞快地轮换着纸杯，一时之间只能看到残影，而那个写着A+的纸杯因为残影，使得三个纸杯好像都同时出现了这个A+的标记，白柳微笑着抬眼："靠移速。"

"至于你说的外表的问题，这里的病人是病得越重越纤长，而对于我们玩家来讲，病得重不重有两个指标来衡量。"白柳抬眸直视木柯，"这两个指标一个是生命值，一个是精神值，从客观逻辑上来讲，我们只需要把生命值和精神值下调到和这个怪物差不多就行了。"

"生命值的下调很简单，而精神值的下降，利用这个病人怪物就行了。"

木柯抿着嘴，他脸上很明显能看出对这个计划的反对，很快他又不赞同地开口了："苗飞齿和苗高僵是两个老玩家，这种简单的把戏很难骗到他们，而且就算不是老玩家的我，也可以靠记忆很轻易地认出哪个纸杯是正确的，但我们如果下调生命值和精神值到这种病重的程度，对方一旦识破……"

"你会死的，白柳，"木柯看着白柳的眼神甚至带上了一点乞求，"你真的会死的。"

"木柯，这个计划的重点不是我的死活，我只是我百分之五十的生命值。"白柳用一种冷静到近乎残酷的语气对木柯说，"这个计划的重点是让你能安全地在ICU里待一整个晚上找出续命良方。"

"你手里拥有续命良方的筹码之后，你主身份线的任务就完成了，而副身份线的任务，也就是儿童那边的任务，小白六是目前完成得最快的，你只要用钱就能吊着他帮你做事,他会配合你的,这样你可以抢跑去通关。如果我死了,你就带着我的另外百分之五十生命值通关,明白吗?"

木柯泫然欲泣,疯狂摇头:"我做不到!我真的做不到!"

"做不到我们就一起死吧,木柯。"白柳很浅淡地直视木柯,他在说这句话的时候,脸上甚至还带着很无所谓的笑意。

白柳并没有在威胁木柯,他只是在很平静地叙说一个事实,如果木柯做不到,他们很有可能会一起死在这个地方。

木柯被白柳笑得打了一个冷战,他低着头紧咬下唇,就像是在自我斗争般没有说话。隔了很久,才抬起蓄满眼泪的眼睛看着白柳:"我,我会尽力试试的……"

白柳放缓了语气,他拍拍木柯的肩膀:"我死了这的确是最差的一种情况,所以我们要防止它发生,简单的橘子纸杯游戏在老玩家面前的确很容易露馅,我发小那种人玩过十几次就已经可以百分百猜中了,因此我们准备的不是一个简单的橘子纸杯游戏。"

木柯泪眼蒙眬地看着白柳:"不是简单的橘子纸杯游戏?"

白柳:"对,双重纸杯的橘子游戏,就和这个游戏的双重身份线一样。"

"并且我们准备好第一轮橘子纸杯游戏的答案给他们。"白柳又拿了六个新的、一模一样的纸杯放在了桌面上。

他低着头随手从抽屉里拿了一支记号笔,在一个纸杯上写上"白柳",又在一个纸杯上写上"木柯",然后面色平静地把写了"白柳"的纸杯盖在了写了"木柯"的纸杯上。

白柳把一个纸杯写上"木柯",盖在了写了"怪物"的纸杯上。

最终白柳把一个写了"怪物"的纸杯,盖在了写了"白柳"的纸杯上。

木柯迷茫地看着白柳的操作。

"这是第一轮橘子游戏的答案。"白柳指着纸杯上的字,一一对应给木柯讲解,"这三个纸杯分别是白柳、木柯、怪物,对吧?然后他们一定不会那么轻易地相信,他们会怀疑我的身份,所以我们准备好了第二轮答案。"

白柳把之前写的纸杯提了起来,露出了下面的一层纸杯:"这是他们看到的第二层答案,然后——"白柳脸上没有什么情绪地开始飞快地轮换起了纸杯,然后停下来扬了扬下巴,微笑着问木柯,"现在猜猜代表我的橘子在什么地方?"

木柯对自己的记忆深信不疑,他把手放在了写了"木柯"的纸杯上:"是这个。"

"猜错了。"白柳勾起嘴角,他打开三个纸杯,"橘子在'怪物'的纸杯下。"

"怎么会?!"木柯很惊讶,"我明明看到你把橘子放在了第二层写了'木柯'的纸杯下面。"

"人果然是会被所得到的即时信息欺骗的动物,你没有记错,但是我作弊了。"白柳垂下眼帘,他笑得意味不明,缓缓打开"白柳"那个纸杯,在木柯惊愕的目光里,白柳小指和食指夹住纸杯的边缘轻轻一扯,把两个纸杯分成了三个。

白柳抬起眼皮,懒懒地笑了起来:"一个粗糙的手上小把戏罢了。你其实记住了也猜对了,但我出千了——我在属于'白柳'这个身份的纸杯上,放了三个纸杯,你看到的只是第二个纸杯,所以我作为'橘子'而言,其实是藏在第三个纸杯身份下面的。"

白柳拿起橘子:"换句话来说,在这场橘子纸杯游戏的最后,我还会利用其他信息给我自己的身份套一层壳,作为第三层纸杯来保护我自己,以及迷惑老玩家苗高僵和苗飞齿这对父子。"

"而他们绝对不会怀疑自己得到的这个信息。"白柳把纸杯下的橘子分成两半,递给木柯。

白柳似笑非笑:"因为这信息是另外一半的橘子打电话告诉他们的。木柯,吃橘子吗?"

木柯有点呆滞地摇了摇头,拒绝了白柳递过来的橘子。白柳这拨操作他已经看傻了,还有点理解不过来。木柯拒绝了之后白柳无所谓地耸耸肩,剥开橘子一口放进了嘴里。

咬下的一瞬间,白柳的脸轻微扭曲了一下,他木着脸缓缓地把橘子吐进了用黑色记号笔写着"白柳"的纸杯里:"……啧,这医院的橘子好酸。"

这个计划最成功的纸杯身份互换模式是——怪物病人以白柳的身份死去,木柯以怪物病人的身份安全待在ICU病房里度过一夜。

而白柳这个橘子,以木柯的身份待在最危险的苗家父子眼皮子底下。

为了达成这个目的,白柳给三个人,或者说给三个怪物都做了两层以上的身份纸杯。

白柳第一轮互换纸杯之后,他给了苗高僵一个简单的每个怪物对应的身份答案——被杀死的怪物是白柳,藏在病床下面的怪物是真的怪物,而他带走的怪物是木柯。

但苗高僵当然不会相信白柳给他的这个显而易见的答案。

于是白柳为苗高僵准备的第二轮纸杯橘子游戏开始。

而在第二轮纸杯橘子游戏中,白柳很敢赌地把第二轮的互换纸杯这个环节交给了苗高僵,而他和木柯只是用各种方式暗示苗家父子自己的身份异常,比如木柯很明显地帮助白柳,白柳帮助病人等等异常的行为,激起苗高僵的疑心,让他在心里不断地更改这三个怪物身上的身份纸杯标签。那么最终，苗高僵就像是无比信任自己记忆的木柯一样——犯同样的错误。

因为过于相信自己的经验和从已知信息中得出的结论，苗高僵怀疑白柳这个藏在"木柯"纸杯下的橘子，从而触发白柳准备好的第三层身份纸杯——一个白柳早就准备好的、来自小木柯的自证电话。

木柯喘着气抬头看了一眼时间——目前已经九点半了，所有的护士都开始巡逻了，但木柯并没有听到什么病人死亡的消息，也没有听到什么打斗的声音，所以很大概率白柳那最后一层纸杯的保护信息发挥作用了。

他躺在床上，双目因为刺激过度而失神，无意识地长出了一口气。

在整个计划里，木柯要负责的部分是把苗家父子引入 ICU，将生命值降低到外表和怪物病人一致，被精神异化并在精神异化之后还要保持足够清醒配合白柳的计划，以及最终也是最重要的部分，他可以在死亡怪物的重症病房中完美安全地待上一整个晚上，按照白柳的指示找出藏在书柜里的续命良方。

而这个计划剩下的所有危险部分，全都是白柳负责。

木柯闭了闭眼睛，他的心跳还没有彻底平复下来，他把手摁在自己的胸膛上，能感觉到脆弱的心脏无比剧烈地咚咚咚地跳动着——因为恐惧，因为后怕。

因为这个计划在实施过程中好几次差点翻车。

苗飞齿这个人根本就没有按照木柯一开始设想的套路来，苗飞齿仗着自己的面板属性和武力值高一直都想通杀所有怪物，而且差点还真的做到了，如果不是白柳硬是靠着技能和道具撑了十分钟，苗飞齿说不定真的能够在这个重症病房达成三杀的成就，而木柯现在绝对也被淘汰了。

在平复好心跳之后，木柯松了一口气，缩在床上缓了一会儿，勉强适应了现在的这种身体状态之后，咬牙摇摇晃晃地站了起来，开始整理地上一片狼藉的病房。

时间不多，他要抓紧做任务。

91

中央大厅，中央屏幕，白柳的小电视前。

王舜看着白柳的小电视所在的核心推广位不由得唏嘘——人和人真是不同，这家伙现在对上苗家父子这种联赛玩家居然也能爬这么快，开场游戏才第一天，就爬到了核心推广位。

支持白柳冲上来的点赞充电主要来自中期白柳和苗家父子对峙的那一场。苗飞齿和苗高僵那边的观众正在为淘汰白柳而欢呼庆祝呢，食腐公会在这个节点还买了一个推广广告。在各种因素的加持之下，再加上很多大牌玩家没有开直播，苗飞齿的观众差点疯狂充电点赞收藏把苗飞齿送上国王推广位。

但是很快，苗飞齿就从快要摸到国王推广位的边缘跌落下来了，因为白柳没死，不仅没死，还趁机混入了苗飞齿他们的队伍。

苗飞齿的粉丝和买推广广告的食腐公会都傻眼了——他们辛辛苦苦攒下来的数据全数给白柳作了嫁衣，观众疯狂外拥到白柳的小电视前，就算是对白柳怀有敌意和不爽的观众也在外拥，拦都拦不住，他们都想搞明白到底发生了什么，定在白柳的小电视这边就不走了。

急剧上涨的观众数量和各项攀升的数据迅速地将白柳送入了核心推广位，甚至不光是白柳，就连木柯的小电视也吃到了这一拨红利，顺利地从多人区升入了中央大厅核心推广位。

观众们有疑窦，有不解，也有合理讨论的，白柳能从苗飞齿的手下混过一次，上次还成功击败了国王公会的备用选手张傀，已经没有人觉得这个新人简单了，但主论调还是——牛是牛，太狂了，还是踢到铁板了。

"混进去也没用的，白柳的控制技越级控制一个张傀还行，他一个F面板的，控制苗高僵和苗飞齿这种S-级别的技能判定都打不够，多半不行，而且苗高僵警惕性很足，我之前听食腐公会的人说苗高僵看白柳的视频看了几百次，总结出了很多种白柳控制别人的结论，其中之一就是白柳的控制技是有限制的，应该是借助什么媒介并且要双方允许，所以只要他们不接白柳的东西应该就没事儿。不过白柳这一手偷天换日玩得很漂亮了，几层套子罩下来居然真糊弄住了苗高僵，啧，属蜂窝煤的吧这新人，心眼够多的，现实里整啥的啊？"

"毕竟苗高僵和苗飞齿这两个人在喜欢玩控制的国王公会战队待过，双人赛里还反杀成功了，我觉得不太可能被白柳控制住。"

"看这情况，白柳这次准备玩抢跑战术啊，用尽一切先搞到主任务的线索，然后完成通关。"

"但是玩抢跑战术带牧四诚不是更合适吗？！这两个人是闹崩了吗？都跟吃错药似的，各带各的新人，我八百年没见过牧神带新人了，好家伙，一带就带两口子……"

"你还别瞧不起人家两口子，牧四诚带的这两个新人素质都很高，一个抗怪一个杀怪，又是夫妻配合度又好，看着是双人赛的好苗子，我觉得好好培养后期成长起来不输苗高僵他们。"

"白柳现在带的这个新人素质也不错，就是差了个人技能，可以往潜伏情报那个方向培养，国王公会那边那个王什么来着不就是这个方向的吗？养起来了就是一个数据库，是真好用，欸，这几个新人看着真的都很不错！我怎么就找不到这么有潜力的新人呢，我今年就看上一个牧四诚，追了他三个副本都没说上一句话，跑得贼快，追得老子气都喘不上。我现在看着这堆新人，全都想薅羊毛薅到自家公会里！"

"你想得倒是美，我还想呢，人家愿意吗？"

"是真的玩得不错，但可惜了，我觉得还是不行，苗飞齿那把草猪，呸，上猪，欸，也不对，我真是被白柳给带跑了，那把什么玩意儿刀攻击很高，平A我记得是3147，之前差点就把我从比赛里给带走了，白柳带一个纯新人根本扛不住……欸，不过白柳这人要是进联赛，他那破烂面板再涨点，用得好真的可以大杀四方。"

"……有点想招揽这小子，他那个技能也很有意思，是可以复制自己控制过的玩家的技能吗？就是续航太短了，但不知道是白柳体力的原因还是他技能的限制，他用牧四诚的技能对上苗飞齿没几分钟就不行了……"

王舜有点惊异地看着这些簇拥到白柳的小电视前点评的观众玩家，普通观众也面带惊奇地看着这些玩家，不怎么敢大声说话，都很小声地在后排讨论。因为这些站在白柳小电视前的玩家很多都是去年联赛中的熟悉面孔，有些是十大公会里的高层玩家——有这些玩家在，普通玩家根本不敢随意发言，就和之前牧四诚在白柳的小电视前镇场子一样。

苗飞齿的挑衅推广不仅吸引了普通观众，更是吸引了和苗飞齿一个层级的联赛玩家，他们对苗飞齿要干什么心里还是有点数的。而这种关注在苗飞齿第一次在白柳手中吃瘪之后，就顺势倾倒到了白柳这边。换言之，白柳现在已经吸引了大批联赛玩家的注意力。

王舜仰头看向小电视里的白柳，长叹一口气——白柳这个表现出彩的独身玩家，在这个应援季白热化的时候，已经开始吸引各大公会战队的注意力了吗？

说实话，如果不是国王公会一开始就与白柳结仇了，王舜也是会看上白柳的，但可惜现在——他又是叹息一声。

不过王舜在听到牧四诚也开始带两个新人之后，心中有股很奇异的感觉——白柳这边也在带新人，牧四诚那边也在带新人，新人数量加上白柳和牧四诚，正好是参加联赛的五个人，这感觉怎么跟白柳要冲击联赛培养新人似的……但很快他又好笑地摇了摇头，把这个大胆的想法抛在脑后——距离联赛只有不到两个月了，这群才进入游戏的纯新人怎么可能参赛？

白柳是疯了才会带着几个纯新人参赛。

不过看样子这几个新人都会被各大公会招揽培养了，也不知道明年会在什么战队里见到这些新面孔。王舜有点忐忑地想着。

游戏内。

木柯把病床推回原位，推的时候抵住了墙角那个怪物病人的尸体。这个病人在白柳他们离去短短几分钟之内散发出了一股浓烈的真菌腐烂的气息，湿热又绵密，味道大到木柯都捂住了鼻子。

那个被苗飞齿砍死的植物病人垂着头靠在角落里，在昏暗灯光下投射出的阴影让人十分不安。它甚至比被苗飞齿砍死的时候的身量更长了一点，手脚更是纤长到不可思议，像是什么细长的金属杆。木柯估计了一下，这个植物病人要是站起来的话，在这个病房里都要歪着头才能正常行走。

这个植物病人的评级只有 A，遭受了 S- 面板的苗飞齿的全力好几击，怎么都不可能还活着了。

木柯很快就收回了在这个病人身上的眼神，毕竟看久了让人十分不舒服，这种长得像人又非人的怪物长久凝视会激发他的恐怖谷效应，他精神值才恢复没多久，不能做这种污染自己精神的事情。

病房里书到处都是，但好在没有损坏，只是因为房间很湿而粘在了地面上，这并不妨碍木柯阅读。他小心翼翼地把这些书一本一本地捡起来整理好，把倒在地上的书架扶起来，按照他之前看到的顺序依次把书本给放进去，然后在灯光下，用笔点着定位视线之后飞快地阅读了起来。

这里的书和白柳之前揣测的一样，有各式各样的笔记，很有可能因为这里是 ICU，住进来不止一个病人，上面的笔记是不同的字迹。木柯看书看得极快，他的眼珠飞快转动着，只挑书页旁边有笔记的地方看，目光在每页上只停一两秒，手上翻得飞快，简直和网上的量子力学看书法差不多。

不知道过了多久，木柯眼睛都看出了红血丝，他吐出一口长气坐在了床上，头昏脑涨地自言自语："第一遍浏览完了。"

看了这么多笔记，木柯基本可以确定这个续命良方方如其名——这是一个在笔记描述中能医百病的中药方子，但因为没有经过任何试验，所以算是偏方类型。

这些绝症病人饱受病魔的折磨，看过很多医生，尝试过各类的治疗方法。在尝试过所有治疗方法都不管用，被医院通知可以放弃治疗回家多吃点好的，换言之就是回家等死之后，病人们都绝望了。

但这些病人不愿意放弃，有些有钱有势的病人就自己建了这么一个不伦不类的私人医院，因为这些病人并不相信医生的诊断，甚至对束手无策的医生满怀怨恨，所以这个医院里只有护士没有医生，而是这些尝试自救的病人自己来充当医生。

而他们当中的确有很多人在长久的各种治疗中阅读了很多医学资料，拥有了一定的医学常识。可以说是久病成医，也可以说是疾病发展到了后期医生说救不了他们，这些病人就开始看书自救的结果。

总的来说，他们比起医生，更相信自己，或者说更相信和自己有同样疾病的人。

皇天不负有心人——木柯看到书页上的笔记中写道，终于，在他们日日夜夜绝望地祈祷之下，这里面有一个神秘的病人不知道从什么地方找出了一个中药偏方，这个偏方用在几个病人身上之后，证实对缓解他们的疾病症状是很有效的，这让这些走投无路的病人激动不已，因此这个偏方被他们称为"续命良方"。

不过这个药方出于各种原因秘不外传，不可直接相传、直接告知，流传出去会招致灾祸，所以不能直接告诉新入院的病人药方是什么。

但他们也不是绝对不传这个续命良方。

新旧病人之间传递药方的方式相当隐蔽。首先就是新病人的确是病入膏肓，马上就要死了，并且有钱资助儿童做了善事之后，才被旧病人允许住进这所医院。其次还要求新病人能经受住耐性考验才行——这些人在每一个病房里准备好一个大书柜，如果入住的病人可以看完书，就能找到藏在这堆书字里行间的续命良方。

木柯觉得这件事就像一个什么暗号式的传递——好像他们很害怕这个偏方流传出去给自己招来灾祸，所以要严格地筛选，确保知道这个药方的人一定和他们处在同一个阵营——这让木柯想起了那些有钱人的地下俱乐部也是这样严格的审查和森严的会员制度。

木柯靠着笔记描述和快速阅读拼凑起了一个大致的续命良方，找到了这个续命良方中绝大多数的药物，但还差最重要的一味药引，木柯翻找了书上的所有笔记，大多的记录都只是含糊其词地提到这个药引是一对一的，也就是每个病人的药引是不一样的，专一性很高，并且取得不易。

但这味药引具体是什么，却没有任何笔记提及，木柯神色凝重下来。

夜已经很深了，不知道什么时候天边就会开始泛白，这让木柯有些着急了——这个药引很明显就是这个续命良方当中最重要的东西，为什么会没有一页书上有相关的描述？而且这些病人看到药引这一页的相关描述，怎么可能一点笔记都不做？这么昏暗的灯光下，如果不做一点痕迹来定位这个地方，病人要查看第二次是很不方便的事情，木柯连折痕都一页一页地查找过了，也没有发现。

"不应该啊……"木柯喃喃自语着，"等等！"

如果完全没有一点折痕和笔记，还有一种可能性，就是那一页上的东西对病人来说太过重要，比起折痕和笔记，为了反复查看，病人更有可能的做法是——偷偷撕掉藏起来。

虽然这里是不允许破坏图书的，但这是对他们这些玩家，也就是新病人的规则，对这些怪物病人，也就是老病人未必有这个规则，因为这些作为传递续命良方道具的书籍已经没有用了。

但这里的病床和柜子木柯都已经搜过了，他把所有有可能出现纸张书页的地方都查找过了，就连厕所都没有放过。

所以如果这些书页被撕了下来，唯一有可能存在，并且木柯没有找过的地方就是……

木柯缓缓地转移视线，看向那具已经腐烂的怪物尸体的病服口袋，他的视线从植物病人委顿低垂的头颅，移到了这个病人在短短几个小时之内干瘪得像是枯萎的茄子一样的面皮。

木柯缓慢地吞了一口唾沫。

他深吸一口气，蹑手蹑脚地走向了这个倒在墙角的病人，病人枯瘪的皮肤下像是有什么细长的虫子蠕动，在病人青紫色的脸上鼓出一道纤长流动的线痕。这道线痕最终没入了病人的瞳孔，这个病人空洞许久的瞳孔渐渐收缩，它已经生长出尸斑的嘴唇微微张了一下，嘴里的唾液晶莹透亮，这具尸体的尖牙上滴落下黏液，滴落在它垂落在身侧的食指上。

病人的手指突然动了一下。

但这些动作都极其轻微，发生在昏暗的角落里。病房的能见度极低，靠近这里的木柯并没有察觉这具已经死去多时的尸体有不对劲的地方，因为这具尸体一直都没有任何异常，他只是觉得病房中那股腐烂植物的味道越来越浓，就像是有什么东西在疯狂生长着。

"好浓的蘑菇味道啊……"木柯抽动着鼻子，嫌弃地挥了挥手，这蘑菇味道让他莫名想起了在儿童福利院那几个残疾孩子身上闻到的蘑菇味道。

木柯蹲下来，他忍着不适和恐惧把手探入了病人的病服口袋，他的确摸到了一沓纸，但比摸到一沓纸更让木柯毛骨悚然的是——

他探入口袋里的手，能感受到一下一下的搏动，并且这搏动在木柯伸手进入口袋之后越来越快。

病人还有心跳。

这个植物病人，还没死。

木柯就像是被人摁着头进入了冰桶，从头顶一直冷到了背心，这个怪物被苗飞齿这种等级的玩家在全开的程度下双刀穿脑而过居然都还没死，到底是什么等级的怪物……不想深思这代表着什么，木柯在短短几秒钟之内飞快深呼吸，

151

强行让自己冷静下来。

这个病人明明已经没有呼吸了,木柯在白柳他们一走就立马确认过这一点的,一个生物有心跳却没有呼吸,那到底是什么东西在它的心口跳……

木柯来不及想太多了,他飞快地拿到了纸张之后就抽回了手。

信息,只要他拿到了足够的信息传递给白柳,就算他死在这个诡异病人怪物的手里,小木柯还有百分之五十的生命值,他相信白柳可以完成任务带着小木柯通关。

木柯给自己洗脑了两三遍之后,深吸一口气,低头抖开纸张一目十行地看了起来:

"血灵芝,须血缘纯正的童子童女之血液浇灌的一种灵芝,也为传闻中可生死人,肉白骨的灵药菌菇太岁的变异种类,其又称血太岁或邪太岁……

"投资人可自行挑选血缘纯正之孩童,取其鲜血浇灌菌床,日夜枕于稚子之血菌床上,菌床宜潮,避光,诚心求病愈,便可得一专属入药引血灵芝,菌丝入体,此灵芝不死则本体不死,延年长寿,孩童之血愈纯,入体灵芝愈强,孩童之血不纯,则菌体不纯……"

系统提示:恭喜玩家木柯完成主线任务——寻找"续命良方"。

系统提示:恭喜玩家木柯触发新主线任务——利用医院内的菌床培育专属于自己的血灵芝,用于续命。

木柯忍不住大喊:"这什么东西!"

在木柯阅读期间,病人干瘪面容下的红线蠕动的速度突然变快,这些鲜红的线痕宛如蠕动的菌丝从病人的心脏往四肢百骸蔓延,连手背上都出现了血线的痕迹。

很快,这些毛细血管般的、正在蠕动的鲜红色细线就蔓延到了植物病人的全身,把病人青紫的皮肤鼓起来。这个病人几乎在木柯眨眼之间就变成了一具全身都是蠕动"血管"的细长尸体。

这个病人全身上下只有眼睛是黑白的,其他地方的皮肤全红,全是这些密密麻麻的血管样还在不停蠕动的血线,好似肌肉外翻,而这些血线也存在于病床和病人之间的地面,甚至像是藤蔓般蔓延到了整个病房,最终这些蠕动的"血管"导向了那张病床。

这些红色的"血管"变得越来越粗壮,生机勃勃地蠕动着,像是在往病床上输送着血液,整个病房笼罩在一种很奇异的暗红色光影中,病床上稻草下好像有什么东西在萌动,窸窸窣窣地从腐烂的稻草中钻了出来,是一丛一丛亮红色的蘑菇,这些蘑菇在不停地长大,长大,最终变成了一个磨盘大小,有头有尾,像是没有发育好的胚胎形状的东西。

这堆真菌像是心脏一般,有规律地搏动着,在病床上散发着一种很离奇的淡红色荧光,一点让人厌恶的血腥气都没有,闻着反而还有一股很舒服的血的味道——一种食物的香气。

92

植物病人苍白的眼珠在眼眶中滴溜溜地晃动着,它摇摇摆摆地站了起来,双手晃晃悠悠地向病床上的血灵芝靠近。

木柯警惕地往远离病床和这个病人的方向走,他慢慢地后退,直到背部抵上了门。

走廊里是护士巡逻的嗒嗒嗒的清脆高跟鞋声音,木柯一旦出去肯定就要被这些夜巡护士给抓个现行,接着肯定会被强行关押起来——因为夜晚医院会有伤害病人的怪物游荡,所以晚上病人不能离开病房,这是这所医院的规矩。

而且这些护士明天白天说不定会讨论这个 ICU 病房晚上出现的骚动,如果被苗飞齿他们知道,那之前白柳煞费苦心做的局就全部没有用了。

木柯缓慢地把视线转移到对面的病人和病床上的血灵芝上,按理来说他也不是完全走到了绝路,这里的怪物是有弱点的,而且这弱点还相当明显——木柯拿到的资料里写了,血灵芝就是病人本体,灵芝不死则病人不死,灵芝死亡则病人死亡。

但血灵芝这玩意儿除了是对面病人弱点,还是个对这个植物病人的加成 BUFF!

《爱心福利院怪物书》刷新——植物患者(2/3)。

怪物名称:植物患者(血灵芝激活版)。

特点:移动速度 1500~2000,生长需要大量水分,喜欢潮湿的环境。

弱点:?(待探索)。

攻击方式:吮吸体液(因得到血灵芝加成,从 A 级别升至 S- 级别技能),毒雾污染(因得到血灵芝加成,从 A 级别升至 S- 级别技能)。

怪物(植物患者)得到"血灵芝"作为辅助加成,给予其血气补给,该怪物综合评定升级,从 A 级别升至 S- 级别,对于 B 级别以下玩家一击必杀。

面板只有 C+ 的木柯本来准备莽一下直接冲过去搞血灵芝,但看到了这个综合评价之后，他看了一下自己手上的书页，想到了自己还没有把信息传递给白柳，咬了咬牙又往后面退了一步。

对面的病人似乎还在恢复期，它站在病床上大口大口地吃着血灵芝，嘴角都是血，没有过来搞木柯。但木柯知道这只是一时的，等对面那个怪物吃够血灵芝恢复了，自己一定会有危险。

这个游戏里本来就有的物品玩家是无法装进背包的，比如书页和这些图书，如此多的信息量，木柯根本没有办法使用键盘来传递。

但如果他用其他更直白的方式传递，等他淘汰肯定会掉落出来，第二天如果苗飞齿他们过来 ICU 看到这个联络的用具，打开一看，白柳的身份就会被瞬间拆穿。

怎么办怎么办啊！木柯急得咬手指甲——要怎么才能把这些信息传递过去？！

木柯把目光落到那个书柜上，又落到了自己的手上被撕下来的书页，他渐渐冷静下来。

白柳现在在他的房间里，而自己记得自己书柜里每一本书的排布。

这足够了。

白柳的面板突然响了一下，他现在还是载入玩家木柯的面板，面板突然响动，他这边没有操纵，就是木柯那边在操纵。白柳本来正靠在门上假寐等着木柯消息呢，现在声音一传来，白柳立马睁开了毫无睡意的双眸，他点开系统背包，里面的键盘果然被动过了。

Y，F5。白柳目不转睛地看着键盘，很快键盘上又被取下了几个新的键帽——X，4，5。然后是 Z，6，7，8。最后一次是 Enter。

这代表一次信息输入完毕，可以开始执行任务操作。

白柳眯了眯眼，XYZ，这是一个三维轴，而且 F 这个形状很像是——白柳的目光瞬间移到了房间里的书架上，他略微有点不可思议地挑了一下眉头。

木柯这家伙，居然记忆强悍到这种地步吗？

白柳很快就弄懂了木柯想要表达的意思——但他仍旧觉得很惊讶，这家伙记忆力好到过分了。

——F 代表书柜的层数，X 代表书柜上的第几本书，Z 代表这本书的第几页。

木柯在看完 ICU 的书之后，居然还能记住自己病房里书柜中所有书的摆放位置、层次，以及里面关键信息的页码，没有记混，最后还能想到这种坐标轴的形式来给白柳传递信息。

换一个人就算在 ICU 里找到了关键信息，在只能用键盘的情况下也是无法传递出来的，能记住两个书柜里的所有书页的具体信息位置，并且靠着坐标轴对应过来，这根本不是常人能做到的事情。

难怪木柯父亲想尽办法要救他，这样天赋绝伦的天才，就算只能多活一年，创造的价值也是无可限量的。

白柳开始翻书，找到对应页码之后，他也没有折起来或者做笔记来标记这一页，这些方式都太累赘了，白柳毫不犹豫地把木柯指定的书页撕了下来，为了混淆信息他还多撕了几页毫无关系的。

虽然这个医院明令禁止毁坏图书，但反正现在夜深人静也抓不到他，而且这是木柯的房间，白柳撕得毫无心理负担。

撕完之后，白柳取下另一个 Enter 键帽，代表自己执行完毕，对面很快又发过来一串新的坐标轴，白柳迅速地找到定位之后，撕下来……他们的交流速度和执行都非常快，不到五分钟木柯那边就取下了一个"End"键帽，代表信息传递结束。

白柳一目十行地快速浏览这些书页上的信息，很快他就皱起了眉头："灵芝不死则本体不死……"

如果这句话是他理解的意思……白柳目光一凝——木柯那边要出问题，那个病人根本还没死。

白柳目光一扫面板，木柯一直平稳的面板属性中"精神值"突然开始以一种迅猛的速度下滑，旁边一行红色的小字若隐若现：

系统警告：玩家木柯正在遭受怪物（植物患者）的"毒雾污染"S-技能攻击，一分半钟之后精神值清零！请玩家木柯迅速离开怪物毒雾攻击范围！

木柯缩在白柳的病床底下，捂住自己的嘴巴竭力忍着自己被雾气熏得呛咳的冲动。

另一个病床上的怪物病人嗅闻着，像一只蜘蛛一样张开手脚握在病床两边的铁杆上，中间的身躯拱起，低着头露出尖利的牙齿，大口大口地咀嚼着病床上生长出来的血灵芝，磨盘那么大的血灵芝很快就在这个病人锯齿般的牙齿间被咬食殆尽。

病人的腹部也像是蜘蛛的腹部般鼓起，能看到一团团被它吃进去的菌丝在它的肚中蠕动，把它被包裹得像是血膜般的皮肤撑得半透明。

在大口咀嚼血灵芝的同时，这个病人的身上喷洒出一种肉眼可见的红色雾气。

这雾气很快弥漫到整个病房，把整个屋子变成了一种诡异的浅粉色，木柯缩在床下呼吸的时候被迫吸入了这种雾气，头脑很快就昏沉了起来，精神值以一种不正常的速度下跌着。

木柯本来想挣扎一下购买一瓶精神漂白剂，但他一想自己已经把信息传递出去了，他这只剩6点生命值的主身份线已经没有什么价值了，死不死都无所谓，死了还正好可以给白柳彻底坐实"木柯"的身份，就没必要再浪费积分来救他自己了。

他的目光涣散，呼吸微微急促，在白柳待过的床下没有安全感地蜷缩着——

对，就是这样，白柳也是如此冷静地处决着自己的主身份线，没有用处的主身份线可以放弃，白柳是这样说的，那我也可以做到的。木柯闭上眼睛不断地自我催眠着，尽管他握住书页的手隐隐有些发抖。

但是随着精神值的下降和那个吃完血灵芝的怪物病人仰头打出的好似满足的一个嗝，木柯还是在对面的怪物病人爬下病床开始嗅闻着寻找他的时候，因为恐惧而无法自控地捂住嘴巴颤抖了起来。

眼泪迅速地盈满木柯的眼眶，他费力地喘着粗气抠出键盘上的三个键帽，给白柳传递了最后一个信息：

Delete M E。

删除我，放弃我，清空我的仓库，不要让淘汰的我掉落出任何可以暴露你的物品——请你不要来救我。木柯是如此对另一头白柳说的。

白柳已经耗尽了牧四诚的技能，鱼骨也在苗高僵那边，已经没有任何可以用来救他的东西了，白柳来只能送死，并不划算，木柯竭力冷静地思考着——我的作用已经没有了，信息也传递出去了，死就死了，没什么的。

但白柳要活着，他还有很多要做的事情。

木柯从有记忆开始最畏惧的一件事情就是死亡，但无论怎么畏惧，这东西都还是无法逃避，因为他的疾病与生俱来，从有记忆开始，木柯就时时刻刻都笼罩在死亡的阴影下，毫无姿态地狼狈挣扎着。

他从未想过自己还有面临死亡如此从容的这一刻——或许是因为知道死亡不会真的到来，或许是对另一个人盲目的信任和安全感让他愿意为此稍微逃避对死亡的恐惧。

木柯生来拥有的能力和家世已经是很多普通人一辈子都不可能拥有的东西，他一睁眼见到的就是世界上最上层的奢侈事物。

如果人生来就要分三六九等，那么无论是以能力还是资产来划分，木柯无疑都是最上面的那一种人，按理来说，他理所当然可以俯瞰这个世界上的大部分人。

他原本应该像他表现的那样，是一个傲慢，讨人厌，高高在上，又让人无可奈何的大少爷。

那也只是原本，死神太公平了，他把木柯从金字塔的顶端一瞬间击落，从此以后这位金尊玉贵的大少爷就和这些他原本可以踩在脚底的平民一样，战战兢兢地在俗世里为了求生做尽各种事情。

他可以为了求生央求着他的父亲重金求来很多医生，跪地作揖求观众给他打赏，把自己的灵魂出卖给白柳……但他做了这么多事情，还是无法避免迎来死亡的这一刻。

虽然只是百分之五十生命值，但死亡的质感却是百分之百，木柯的呼吸变得短促，他的心脏开始发痛，这让他越发地蜷缩起自己的身体。

精神值飞速地下滑着，很快跌破了40大关，木柯的眼前出现了很多幻觉，他的双目渐渐失去了焦距，捂住嘴唇的双手开始缓慢滑落，胸膛剧烈地起伏着，眼泪没有知觉地从他的眼角滑落。

良好的记忆力可以让木柯回忆起很远的事情，但在这一刻，因为精神值下滑，只会让木柯看到更多过去他潜意识里恐惧不已的细节。

他看到自己的父亲在门外摇头，露出一种犹豫的神色，很快就开始找其他的女人连夜不归，因为他需要更健全的继承人，而他的母亲默许了这一点，尽管所有人都宠爱他，但就像是宠爱一个不长命的宠物，不会给他过多的期望，也不会给他过多的权利。

他看到的每一个医生都对他摇头，这让他无法安睡把头蒙在被子里祈祷明天慢点到来，因为他不知道是不是还有明天，明天还能不能醒来。

木柯不被允许做任何剧烈运动，偶尔还需要蹲下来喘气回血，保证自己的心跳正常，还会有一些不懂事的同学模仿嘲笑他这种丑陋的姿态，尽管木柯很快就会让自己的父亲给这些同学一点颜色看看，但相应地，他没有了任何朋友。

他的父亲看到了这一点。于是，为了让班上的同学理解他的脆弱，和他做朋友，他爸爸砸钱给老师，让老师在班级里放了一部叫作《泡泡男孩》的纪录片。

这部纪录片讲的是一个有重症联合免疫缺陷的小男孩，因为缺失了正常的免疫系统，不得不永远地住在一个泡泡里，老师放完之后说，木柯同学也得了这样天生的疾病，所以大家不要歧视他，要好好保护他。

而有个同学用一种怜悯又无法理解，但不带恶意的语气对他说："那样活着好可怜，如果是我我宁愿去死。"

泡泡男孩也只活到了十二岁，而那个时候十二岁的小木柯仰着下巴，很倔强地说："我就是想活着，关你什么事。"

高高在上的木柯小少爷蝼蚁般脆弱又孤独地长大了。

他像一只仰起头保持骄傲的蚂蚁般可笑，明明随便一个人都比他坚强，却因为他住在一个金钱打造的水晶盒子里，一直苟延残喘地活到了现在。

而每一天，木柯都在想：明天我是不是就要被埋葬在这个水晶盒子里了。他开始疯狂尝试一些很奇怪的东西，比如空降公司做游戏。

木柯在尝试的时候遇到了白柳，其实他之前是假装不认识白柳的，他在游戏里看到白柳的一瞬间，就想起了这是那个被他丢掉电脑的职员，木柯拥有如此超凡的记忆力，就像是为了弥补他短暂的人生般让他记住了每一个细节。

但是木柯太害怕白柳不救他了，他拼命装傻，拼命示弱。而白柳只是用一种什么都看穿的眼神看着他，却并不拆穿木柯拙劣的把戏，伸手对他轻声说："就当作这是我们第一次见面吧，我叫白柳，是你灵魂的拥有者。

"我会救你，让你活下去，但你要自己努力，而我认为你有靠着自己的努力活下去的能力。"

木柯一下从那个他活了二十多年的泡泡里被白柳拉出来了，有人愿意把自己的生命嘱托给他这个脆弱的人，平静地告诉他："在事情发生之前，我假设你能做到，而如果你做不到，那我们就一起死吧，木柯。

"你不需要依靠任何人，甚至我也可以依靠你，你会让我们都活着的，我相信你，木柯。"

木柯双目空洞地被病人用纤长的手脚从床下拽了出来，因为精神值过低，木柯沉浸在那些凌乱碎片的记忆环境中，像一具死尸一样，对那个低下头来要咬他脖子的病人露出的尖利双排牙齿没有任何反应。

病人口中的黏液滴在他的锁骨上，温热的触感让木柯身体颤了一下，他眼尾滑落一滴泪，手中握着被抠下来的三个键——Delete，M，E——嘴唇轻轻张合：

"白柳……"

原来死亡到来是这样的感受，好像也不是那么不可接受。

木柯恍惚地想：好像我恐惧的不是死亡本身，而是不被认可毫无价值地死去，而当我知道我的死亡将带来比死亡本身更大的价值的时候——

"如果我的死亡能带来比死亡本身更大的价值，那么死亡也不是不可接受的。"白柳握住木柯颤抖的双手，他微笑着引领着木柯握住骨鞭子勒上了自己的脖子，"如果我的死亡能让你顺利地进入ICU找到续命良方这个主线任务，让你和我的另外百分之五十活下去，那我愿意为了你和我死去，木柯。"

"……我也愿意，白柳。"木柯双目涣散地对着那个对他张开大口的病人说道，他颤抖地闭上了自己的眼睛，深吸一口气咬牙握紧了双手。

怪物病人张开下颌，即将咬上木柯瘦弱肩膀的最后一刻，ICU的门突然从外面被人猛地一脚踹开，白柳目光冷厉地踩在正面倒下的门上，他的身后闪现出一道黑影，黑影在墙面上几个纵跳就跳上了那个要张嘴嘶吼的病人的后背，高高举起匕首，对准那个病人狠狠刺下。

系统提示：玩家刘怀使用个人技能"闪现一击"，A+技能暴击造成怪物（植物患者）一分半钟的僵硬。

病人张着血盆大口，眼珠子滴溜溜地转动，张开要攻击的尖利细长的十指悬在半空中，突然不动了，刘怀喘着粗气从僵硬不动的病人的后背跳了下来，擦了下额上的汗水，甩手冷声道："快走！护士要过来了！"

护士密集的高跟鞋声音很快朝着ICU涌了过来，白柳干脆利落地提起躺在地上还没回过神来的木柯，扶起他对准他的嘴巴就灌了一瓶精神漂白剂进去，拖着木柯就开始往外跑。

木柯蒙蒙地吸了，他被白柳半强制地灌了半瓶，才勉强搞懂现在是什么情况——他怔怔地、无法置信地看着拖着他前行的白柳冷淡没有表情的侧脸。

白柳又来救他了。

93

白柳的移动速度也不算快，很快背后的护士就要追上来了。

也不知道为什么这群护士穿了细高跟鞋还能在滑溜溜的地面上比白柳他们三个大老爷们跑得都快，但没办法，人家就是跑得快，刘怀被逼得一个咬牙开了技能，一手一个拖着白柳和木柯这两个低级玩家在夜色中的走廊里飞速潜行。

系统提示：玩家刘怀使用个人技能"刺客隐蔽"，该技能覆盖玩家本人、玩家白柳、玩家木柯。

技能说明：刺客隐蔽为A级别个人技能，可在逃跑和偷袭的时候降低被其他人或者非人类发现的概率，使玩家像变色龙一样呈现和周围环境一样的保护色。因玩家刘怀携带玩家木柯和玩家白柳，该技能使用时间降低为一分钟。

几乎在一瞬间，刘怀就像是一阵飘忽的雾气一样消失在了阴暗的长廊中，白柳和木柯也是，他们身上就像是突然出现了一道屏障，让这些护士从他们身边匆匆跑过而找不到他们在什么地方。

他们身上就像是披了一层透明外衣，别人无法发现，但凑近了还是能看到一些隐隐约约的轮廓。

刘怀贴着墙壁缓慢移动，带着背后的白柳和木柯，开始往安全出口的方向走，和往电梯方向匆匆行走的护士擦肩而过，这些护士窃窃私语着：

"有病人在夜游。"

"一楼没有房间有病人出来，是哪一层的？"

"不知道，坐电梯上去看吧，已经晚上了，通知其他护士到电梯口集合，安全出口那边别去，九点过后那里不是我们能去的地方……"

这些护士是不会从安全出口走的，发现了有病人夜游，这群护士要挨个检查楼层看是哪一楼的病人夜游，她们一般坐电梯，虽然不明白为什么，但的确护士从来不走这个安全楼梯，这个安全楼梯宛如虚设，好像是专门设计给病人偷跑出来用的。

但走到出口的时候刘怀面色一沉，他明白为什么护士不走安全楼梯了。

因为安全楼梯这里，有别的东西在走。

安全楼梯的出口外面有一个小孩举着一部很大的手机打电话。

这小孩的颈部插着没有拔下来的注射器，注射器里还有干涸的血液，很明显这小孩被抽了很多次血，整个人被抽得皮包骨头似的，脸色青白得吓人，像一具行走的骷髅架子。它一边嘟嘟囔囔地打着电话，一边摇晃着硕大无比的脑袋转过身来，露出正面。

小孩眼珠子上翻，眼睛大半都是眼白，面上是一种很痴傻的表情，嘴角还在流口水，甩动手脚发出一种很奇特很欢快的咯咯咯的笑声。

这小孩瓮声瓮气地对着电话里说道："投资人先生，你要来见我是吗？"

"你要带我走是吗？"它语气突然奇怪，眼中缓缓流下两道血泪，摆手摇晃着头颅，"原来不是带我走，是要带我的血液走啊……一管，两管，三……我没有血了投资人先生，我没有了，好痛啊！请不要再抽取我的血液了！"

这小孩突然尖厉地哭号起来，它面目狰狞地伏趴在地上，疯狂地跳到那个并没有任何通话声音的电话上，踩踏着，它身上的注射器都在摇晃着。然后这个小孩歪着头"叭"的一声取下了自己颈边的注射器握在手里，痴呆的脸上露出一个弧度大到诡异的、一直咧到耳后的傻笑："我也是需要血液的，投资人先生。"

《爱心福利院怪物书》刷新——畸形小孩（1/3）。

怪物名称：畸形小孩（抽血后狂暴版本）。

特点：移动速度1500~2000，对任何有血的投资人无差别狂暴攻击。

弱点：？（待探索）。

攻击方式：注射抽血（A+级别技能，会将注射器插入投资人的脖颈中不断抽血直到对方失血过多死亡），电话定位（A+级别追踪技能，深夜还在外游荡的投资人先生们，小朋友会拨打电话来找顽皮的你们哦，只要你们电话铃声响起，你们不接，它们可以循着电话铃声找到你们，你们接起，它们能迅速地找到你们）。

无论你们接或者是不接，都会被发现哦，当然接起来小朋友找到你们会更快，会一下子就跳到你们的背上和你们打电话哦！

"糟了，我的刺客隐蔽技能只有A！"刘怀脸色一变，"这小怪物的电话铃声可以破坏我的隐蔽！"

这个电话是被强制绑定在他们身上的，系统不允许玩家丢开电话，因为要方便小孩随时呼叫投资人，之前刘怀一直以为这个小孩就是福利院里面那批之一，没想到私人医院这里，居然也有小孩给他们打电话。

一瞬间，白柳、木柯和刘怀三个人的电话都响了起来，刘怀迅速地挂断了，但很快又响了起来，他的脸色变得很难看，拿着电话开始缓慢地往后退。

一个畸形小孩是不可能同时给他们三个人打电话的，他们三个人的电话同时响起，只代表一件事——

白柳冷静地开了口："这里不止一个畸形小孩。"

黑夜中拨打出电话的嘟嘟声越来越多，从漆黑的楼梯里缓慢地走出了越来越多被吸得皮包骨头一样的畸形小孩。

它们有些四肢萎缩，有些跛脚，有些蹲在地上捂住心口，手上都举着一个巨大的电话，睁大着滚圆的乒乓球大小的眼睛歪着脑袋贴在听筒上，眼睛全黑，透着一股血污般的红到泛黑的颜色。

它们用一种古怪尖厉、小孩哭叫般的音调高喊，张大的喉咙里甚至能看到悬吊晃动的殷红色悬雍垂："投资人！我要血！"

它们很快四肢着地，循着电话声嘶叫着，手脚刨地飞快地朝白柳他们这边靠近。

白柳眯起了眼睛，又一次挂断了自己的电话，很快又有新的拨打了过来。

原来那群小孩只允许晚上九点到十二点以及早上六点到九点打电话给投资人，其他时间段拨打给投资人过来会占线是这个意思——其他时间段会有这些鬼怪畸形小孩为了追踪投资人打电话过来，这么多畸形小孩不间断地打电话过来占据他们的电话通路，正常小孩打过来自然会占线。

"白柳，我带着你们两个移动速度会下降……只带一个还有可能从这堆小孩里冲出去……"刘怀对上白柳毫无波动的目光，他咬牙，"我知道你不会丢掉你队友，那我们怎么办？你来救你队友，你总要想办法！"

木柯艰难地动了一下，他想从白柳的肩膀上扯出自己的手，但是白柳拉得太紧了，他扯不开。

木柯快要哭出来了，他声音凝涩嘶哑："白柳，你放弃我吧，还有小木柯，我死了你带他通关我也不会……"

"闭嘴。"白柳冷淡到极致地扫了木柯一眼，"你送死的行为破坏了我的计划，你浪费自己的生命值，还浪费了我很多积分来救你，你最好自己给我挣回来还给我，我还没有和你算这笔账。"

木柯一怔，他意识到白柳真的生气了，因为他送死的行为浪费了生命值。

而白柳非常讨厌这种浪费的行为，木柯有点惶恐地抿嘴不再开口了。

白柳脸上的神色有点可怕，这人脸上露出真的很不爽的表情的时候，气势是比较恐怖瘆人的，虽然白柳脸上没有太多表情，但就是透出一股让人自动闭嘴的气场，一时之间刘怀都讪讪地闭上了嘴，没敢继续开腔。

白柳很快就恢复了平淡的表情，开始冷静地下命令。

"这群畸形小孩定位我们是通过电话，虽然是 A+ 的技能，但也不是完全没有对付的方法。"白柳看向刘怀，突兀地开口，"虽然很久了，但你还记得和牧四诚偷盗合作该怎么做吗？"

刘怀一怔，不明白白柳为什么提起这件事，他一边拖着白柳他们跑，一边有点喘息地回答："记得，他偷东西引怪，然后我转移仇恨值，把跟在他身后的怪引过来，然后在怪物要追上我的时候，他又来攻击。"

"通过我和他反复转换仇恨值，把怪在我和他之间调引来确保我们的安全。"刘怀很快否决了这个办法，"但现在这个电话会一直响啊！这群畸形小孩根本不是根据简单的仇恨值判定来追人的！它们是根据电话的声音来追踪的！我们三个人身上的电话都在响，这个方案根本无法奏效！"

刘怀话音未落，就看到白柳目光一凝，伸手就往那个冲过来的小孩身上一抓。

系统提示：玩家白柳使用玩家牧四诚的个人技能"盗贼的猴爪"偷盗了畸形小孩的电话，畸形小孩十分生气，决定给他一针！

小孩顿时尖厉惨叫一声，就要往白柳这边扑过来，这些动作只在短短几秒之间发生，同时在刘怀反应过来之前，白柳干脆利落地往刘怀身后一躲，下令："刘怀，引走这个小孩。"

刘怀和牧四诚合作多次的默契让他对这种偷盗后需要自己转移仇恨值保护对方的情景无比熟悉，在大脑反应过来之前，刘怀下意识就伸手用匕首刺了一下小孩。

系统提示：玩家刘怀使用个人技能武器"暗影匕首"刺了畸形小孩一

刀，畸形小孩十分生气，决定给他打电话！

小孩又是仰头厉叫一声，顿时往刘怀这边扑了过来，同时刘怀电话的响声越发密集。

这个小孩的动静和电话的响声让越来越多的小孩举着注射器往他那边拥过去，刘怀心中不禁暗骂一声："白柳这个坑货在干什么？！坑我吗？！"

随着越来越多小孩循着电话声朝他这边过来，刘怀脸上冷汗一瞬就下来了。

但下一秒，刘怀身上的电话在响了一声之后，白柳突然说："刘怀，把电话接起来。"

刘怀简直要疯了："接起电话会被打电话的那个畸形小孩迅速定位的！会被对面的小孩通过电话定位这个技能直接找到！我就死了！"

"不会。"白柳举着一个巨大的黑色电话，抬眼看向刘怀，"因为打电话给你的是我。"

"投资人的电话不能互相打的！"刘怀一个头两个大，"这里的电话都是单向设计，只能小孩打给投资人，你这个电话我接不了的！你根本打不过来——"

"我让你接起来。"白柳语气极其淡漠地重复了一遍，眼中透露出一种带着一点浅淡杀意的冷，语调却还是和缓的，"这个电话你能接，不要再让我重复第三遍了。"

刘怀被白柳那个毫无情绪的眼神看得呼吸一窒，立马摁下了接听键，果然他的电话铃声戛然而止，对面是白柳平缓的呼吸声。

那些循着电话声在黑夜里寻找刘怀的小孩举着注射器目露迷茫，只有一个手上没有电话的小孩要哭不哭地追着刘怀跑，刘怀愕然地看着白柳手中的电话——这电话不是白柳自己的，而是畸形小孩的，所以才能打电话给他。

白柳什么时候偷到的这个电话？！不对，他为什么能偷怪物的东西？！他不是控制技能吗？！

在刘怀还在惊愕思索的同时，白柳毫不犹豫地又一次靠近一个小孩，他猴爪凌厉地闪过，神色冷静，一点都不像一个抢小孩东西的缺德大人。

被抢的畸形小孩木呆呆地没反应过来，看着自己空空的双手，很快眼泪就盈满了眼眶开始抽泣。

"呜呜呜，投资人抢走了我的电话，还给我！"

系统提示：玩家白柳使用玩家牧四诚的个人技能"盗贼的猴爪"偷盗了畸形小孩的电话，玩家白柳体力即将耗尽！请迅速休息补充体力！

白柳腿一软差点单膝跪下,靠在墙面上喘息,之前在ICU他就强制使用了牧四诚的"盗贼潜行"技能,导致他后续至少一天都无法接受体力补充剂来恢复体力,只能靠自然休息恢复。

但他在木柯的病房里其实也就休息了几个小时,恢复的体力只够他勉强使用两次"盗贼的猴爪"技能。

使用A+技能,对于白柳这个F级别的玩家来说,还是消耗太大了。

"刘怀!"眼看那个被白柳偷走电话的畸形小孩就要靠近白柳,高高举起注射器对他恶狠狠地扎下,白柳语气有点虚弱地唤了一声刘怀。

刘怀如梦初醒,匕首扎了过去,那个小孩被人从后背扎了个对穿,凄厉地叫了一声,眼中流出血泪,转身阴郁无比地举着注射器摇摇晃晃地朝着刘怀扑过来了。

　　系统提示:玩家刘怀使用个人技能"暗影一刺"给了畸形小孩一刀,畸形小孩又委屈又生气,它决定先给这个弄伤自己的坏家伙一针!

白柳靠在墙面上,木柯和他的电话都在响着,白柳飞快地拨打着木柯的电话,在几次占线之后,木柯的电话终于通了,白柳转头看向木柯:"接起来。"

木柯迅速地接起了电话,他的电话不再响了,正在向木柯靠近的小孩顿时成了没头苍蝇,但很快随着白柳的电话响起,这些小孩又向着白柳的方向靠过来,木柯紧张地看着白柳:"白柳,你的电话还在响!"

"对。"白柳冷静地呼出一口气,"但我没有体力去偷第三个电话了。"

木柯慌了,他意识到现在的白柳状态非常差,这是冒了很大风险来救的他,木柯向被畸形小孩围堵的白柳靠近,想替白柳挡在这些小孩面前。

他都快急哭了:"那你怎么办?!你刚刚应该打给自己的啊!打给我干什么啊!"

白柳冷冷地后退了几步:"离我远一点,木柯,如果你继续做这种送死浪费生命值的行为,我不介意直接弄死你。"

木柯脸上的表情一滞,有点手足无措地顿在了原地,他清晰地意识到白柳还在生他的气,这比死亡还要让他不知道该作何反应。

白柳看了木柯一眼,喘息着对木柯下命令:"……你迅速跑回501,这是刘怀的病房,我和刘怀帮你引开这些小孩和护士,你跑快一点,注意避开小孩。"

说完,见木柯咬着下唇不动,可怜巴巴地望着白柳不走,很明显不想把白柳一个人丢在这里自己跑,一副"你一个人怎么办"的委屈表情,看起来和那个被白柳抢了电话的畸形小孩差不到哪里去。

白柳终于有点头痛地扶着额头叹了一声气，他把自己手上的这个抢来的电话抛给了木柯："你跑回去之后，用这部手机打电话给我，消掉我的电话铃声，这样我就不会有事了。"

木柯听了之后，有点慌里慌张地点了头，他精神值已经恢复了，体力也还凑合，在得到指令之后咬牙往还有小孩出没的安全通道的楼梯上跑了，白柳有点疲惫地看着木柯疯了一样拼命跑动的背影。

白柳呼吸有点不顺畅，他这个得了绝症的身体被他连着折腾了两天，实在是快消耗到极限了。

木柯这家伙，实在是有点孩子气了，真把他当主心骨了，强化他的地位的同时又过度弱化了自己的存在和作用，这不是好事，他这个身份只有6点生命值，而木柯很明显只信任他这个身份，所以这家伙才会产生随他去死或者替他去死的想法。

但木柯不能死，在这个需要大量处理信息的游戏副本里，白柳认为木柯的作用明显是大于他的，而木柯的表现也证明了这一点。

就算没有他，木柯也可以在投靠苗家父子之后，靠着自己优秀的记忆整理出这个续命良方，从而掌握一定的主动权。

只要木柯在小白六的配合下保障小白六存活，那么白柳至少可以通关。但反过来，白柳作为一个被苗家父子锁定要击杀的对象，记忆力也一般，各方面综合评定下来，白柳带着小木柯安全通关的可能性是远远小于木柯带着小白六安全通关的可能性的。

特别是在刘怀的配合下，木柯带着小白六通关的可能性，翻了一倍不止。

白柳抬眼看向那边的刘怀，放在腰间的电话还在响，小孩窸窸窣窣地用诡异的爬动姿势举着注射器向他靠近，但是他真的没什么跑动的力气了。

这种有求于人的时候，白柳什么好话都能往外说，他对着刘怀懒懒地张开了双臂："大刺客，现在你带着我一个人跑，应该可以跑过这群小孩了吧？"

"可以。"刘怀简单应道。

下一秒，一把匕首横空飞过来扎入了白柳头顶的墙面，刘怀几个行云流水的跳动，就踩在了白柳背后的墙面上。

他弓着身子，像一只蜻蜓般两只脚稳健又轻盈地点在了之前扔过来的匕首上，身躯微微下蹲，从白柳背后保护他。

刘怀一只手横在胸前圈一个圆划开靠近白柳的畸形小孩，另一只手提起白柳的后领，在白柳要被小孩扎入颈部血管的最后一刻，把这个虚弱到说话都要喘息的家伙拎出了畸形小孩的包围圈。

刘怀手腕发力，双臂用力一甩，直接把白柳甩出了包围圈。

包围圈里的人从白柳变成了刘怀，但刘怀身上的电话因为在和白柳通话中，是不响也无法打进来的，没有了电话响声定位，很多畸形小孩都目露迷茫。

而很快白柳这边的电话铃就响了起来。

这群小孩黑红色的眼睛阴森森地看向才站起来的白柳，用各种扭曲的姿势向白柳这边靠近，而那边的刘怀拔出匕首一甩，扎在墙面上飞速踩踏，几个轻跳无比的横跳就靠近了白柳。

白柳几乎只能看到这个身形隐蔽的刺客在墙面上一点若隐若现的影子，刘怀就像是闪现一般出现在了白柳的身后，抓住白柳宽大的病号服后领，在墙面上飞速跑动着，扯得白柳在湿滑的地面滑动了起来。

如果说被牧四诚带着走是一种风驰电掣的急速列车体验，被刘怀带着走就像是坐在了一只低空飞行的燕子身上，是一种又轻又静的移动，时不时尾巴还要点一下水面，停一下。

这两种截然不同的移动方式的交替正是之前牧四诚和刘怀合作很有效的原因之一，可以有效地把这些怪物调来调去。

后面的畸形小孩紧追不舍，一旦要追到了，刘怀就把电话一直在响的白柳扔出去吸引这些小孩，这种位置转换，就跟他之前和牧四诚合作的仇恨值转移是一样的，这让刘怀有点恍惚地想起了他和牧四诚合作的那段时间。

但很快刘怀回神，对白柳说："我的电话声音停了，木柯跑得挺快的。他应该是回去打电话给我了，我们走安全通道上去吧，那边没有护士。"

白柳和刘怀就是在拖延时间等木柯安全进入房间之后给他打电话，去掉他的这个畸形小孩的电话追踪功能。这个私人医院只有两种上楼的方式：安全通道和电梯。电梯那边是护士守着的，并且太被动了，被抓到了很有可能就无法参加第二天的受洗，白柳他们只能从楼梯这边上去。

在只能使用两次技能抢夺两个电话让两个人的电话不响的前提条件下，白柳选择了他认为性价比最佳的方案——让移动速度最快的刘怀和他需要确保存活的木柯先安全。

这样的话，白柳就会把自己置于风险最大的场景，也就是只有他一个人的电话是响的。

但白柳觉得无所谓，目前来看，他的确是最没有价值的一个人物。

就算刘怀失手让只有6点生命值的他死了，白柳也不会觉得有什么可惜的，但刘怀把他保护得非常严密，让白柳最终一点生命值都没掉，只是在被刘怀甩出去的时候摔了几跤，之后便安全地回到了501病房。

501，刘怀的病房。

木柯满脸都是冷汗，捂着心口蹲在地上——心脏病人不能跑太快，更何况是上楼梯。他刚刚为了尽快回到病房跑得有点不要命了，导致他现在特别难受，完全喘不上气来，只能蜷缩成一团蹲在地上大口大口地用力呼吸。

刘怀也坐在床边，两只手拿着匕首仰着头喘气，身上的病号服也湿透了。

拖着一个玩家高速移动实在不是刘怀这种刺客习惯做的事情，他的体力值是没有牧四诚这种身体强度相对更好的盗贼高的，所以拖着白柳打追逐战对刘怀来说体力耗费也很大。

汗水一滴一滴地从刘怀的下颌滑落，被他喘着气抬手擦去，他仰头给自己灌了一瓶体力恢复剂。

总的来说，这三个人里看起来状态最好的反而是白柳，但也只是看起来。

白柳的体力也耗空了，生命值只有6，这让白柳的身体状态下滑到了最低点。

白柳坐在他一直不愿意碰的稻草床的边沿，两只手无力地搭在膝盖上，手指轻轻蜷缩颤抖着。他低着头缓慢地调整着自己的呼吸频率，胸膛大幅度地起伏，脸色白得有点吓人。

木柯缓过来之后见白柳这个样子，有点担忧地想要蹲着挪过去看，结果刚刚动了一步，双肘撑在膝盖上的白柳就抬起了头。

他看向木柯的目光里没有任何情感。

白柳就那么宁静又漠然地看着试图靠近他的木柯，那种好似在看不听话的工具一样的有点冷厌的眼神看得木柯心头一颤。

木柯下意识地停住了靠近白柳的步伐。

"木柯，"白柳恹恹地掀开眼皮，"谁给的你越过我让你自己淘汰的权利？"

"你的灵魂属于我，我拥有处置你每一点生命值的权利，我什么时候让你淘汰你才可以淘汰，在我下命令之前——"白柳无波无澜地看着有些发抖的木柯，脸上一丝情绪也无，"你没有决定自己淘汰的权利，我希望下次你不要给我下'Delete ME'这种命令了，我们之间是单向的关系，也就是只有我对你下达命令，你的一切命令我有权不接受不执行，明白了吗？"

木柯好似做错了事情的小孩。他有点迷茫地看着白柳，在意识到白柳是真的在和他认真说这件事之后，又有点慌张无措地立马点头："我明白了。"

"作为你自作主张的惩罚，"白柳淡淡地说，"你这次游戏通关的所有积分奖励全部归属我，你有任何意见吗？"

木柯耷拉着头，抠了抠自己的手指："……没有。"

隔了一会儿，木柯突然开始低着头抽泣，他已经很努力地在忍耐了，但死里逃生的各种复杂感情混杂在一起，刚一安全就被白柳这样劈头盖脸地骂了一顿，还给了惩罚。他在地面蹲抱着膝盖蜷缩成一小团，眼泪大滴大滴地流出来，他用袖子粗鲁地随便擦拭了两下，竭力想要控制住自己不争气的眼泪。

对自己无能为力的愤怒，对牵连了白柳来救他的无力，努力想要牺牲自己保护白柳最终得到的却是白柳对他的冷漠和不认同，还有又一次被白柳从死神手里救出来的劫后余生，各种情绪混合成了一堆怎么也理不清的委屈，让他控制不住地想哭。

"哭什么呢？"白柳的语气又带上了一点叹息，"抬起头来，木柯，你对我的决策有什么不满的吗？"

木柯哭得眼睛鼻子都红了，他抬起头来，眼泪从睫毛上滴答滴答地掉在地上。他哭得打嗝，连话都说不太利索："没有……嗝……不满。"

"那你哭什么呢？"白柳轻声问。

眼看木柯抽泣着望着他倔强地不开口，白柳干脆利落地开口："命令你告诉我你为什么哭。"

"我就是不明白，"木柯哭得伤心极了，"为什么你要来救我啊，我一点价值都没有了，还会连累你，要是你死了怎么办啊，我一个人肯定没办法通关，反正我都是要死的，我要是……呜呜呜，我要是牧四诚就好了，他在这里一定能帮你更多。"

"今晚除了最后这一小部分，其余的事情，无论是假装普通玩家混入苗飞齿队伍里，躲过那个测谎天平，还是最后看完所有书并有效地给我传递出来续命良方的信息，"白柳看着木柯，他的语气缓和了下来，平静地阐述着，"你都完成得非常好，而这些事是牧四诚无法为我做到的，甚至我自己都做不到的事情，只有你才可以。"

"你在你自己眼里或许没有价值了，"白柳摸了摸怔怔的木柯的头顶，他放松下来，安抚性地浅笑，"但在我眼里，你活着对我来说有非常重要、无法替代的价值，所以我来救你了。"

木柯的眼里倒映着笑得很温柔的白柳，如果是牧四诚，他一定立马会说"木柯快跑！这就是白柳那种安抚式的很虚假的营业式微笑！用来骗人的"！

木柯也能感受到这一点，但他知道白柳说的是真的，他的眼睛很快蒙眬了，他用力擦着眼泪，忍了又忍，还是忍不住大哭出声。

"我害怕，我以为自己真的要死了，我没有办法了。"木柯一边号啕大哭一边用衣袖擦眼泪，活像个在外面受了欺负向自己家长告状的小孩，"我真的很努力了，我用尽一切办法活下来了！但是那个怪物太厉害了！他突然就……就活了……"

白柳打断他："你没有用尽一切办法活下去。"

木柯哭着看向白柳，他哭得上头，都有胆子反驳白柳了："我真的有！"

"你还没有向我求助过。"白柳平静地说,"以后记得试试用这个办法,不过总的来说,今晚干得不错,木柯。"

他像一个奖励小孩的幼儿园老师那样拍了拍木柯的头。

木柯愣怔着被拍头,眼泪彻底决堤。

"呜呜呜呜!"木柯哭得停不下来,"呜呜,好……好的!我下次,一定……一定记得!"

94

看着哭个不停的木柯,白柳试图让木柯停下来别哭,几次之后,还是不行,最后就算是搬出了"我命令你别哭"这样的话,木柯也只是捂嘴不哭,但眼睛里还在吧嗒吧嗒掉眼泪,特别可怜地抽噎说他停不下来,可能还需要几分钟。

木柯自认不算是特别爱哭的人,但不知道为什么一见到白柳,他就像是受了委屈见到家长的小孩子,只要这家长还允许他告状,木柯就觉得自己有流不完的眼泪。

虽然他觉得有点丢脸,但他就是忍不住。

木柯低下头一边羞愧,一边觉得有点……微妙的开心。

白柳也就没管努力小声哭的木柯了,他转向一旁表情有些一言难尽的刘怀。

刘怀脸上写满了"你平时就是这么忽悠你队友的是吗"。

白柳就当没看见,他语气平平,十分正经地另起了一个话题:"我们谈谈接下来的计划?"

刘怀顿时收敛了神色。他眼神有些复杂地看向白柳,在看了白柳忽悠木柯的全过程后,刘怀有些控制不住懊恼地叹气:"我还是无法相信我就那么轻易地被你说服了,和你一队我可是要和苗飞齿他们作对,就算这个游戏通关了,我也有很多后续麻烦。"

"但你不和我一队,你和你妹妹连通关这个游戏都很困难。"白柳抬眼,"而且你妹妹刘佳仪多半会被苗飞齿直接血祭。"

说服刘怀对于白柳来说是很简单的一件事,而找到刘怀并且拉拢他,也是非常简单的事。

木柯房间内的怪物复活,白柳在牧四诚速度技能已经用完的情况下,要把木柯从 ICU 里救出来,就要在护士环绕的情况下再闯一次 ICU。

白柳自己一个人显然是办不到这件事的,他也不可能再让苗飞齿去闯一次,虽然也不是不能骗他们去闯一次,但苗飞齿的技能也耗尽了体力,这种耗空体力的状态和白柳一样,是无法靠体力恢复剂恢复的,所以也不会轻举妄动,白柳最多只能骗苗高僵一个抗怪低移动速度的玩家过去。

但苗高僵对于需要逃逸的白柳来说，作用并不大。

白柳需要一个高移速、擅长隐蔽和逃逸，并且自己知道他弱点、好控制的玩家，没有比刘怀更合适的人选了。

刘怀和苗飞齿他们一样都在五楼，找到这人的病房也很简单，五楼只有三个新病人入住——苗飞齿、苗高僵、刘怀。

新病人的病房标志是不同的，除开苗飞齿和苗高僵的那个新病房就是刘怀的，在白柳手握刘佳仪和续命良方两个重量级筹码的情况下，说服刘怀甚至花不了他一分钟的时间。

刘怀仰着头倒在了病床上，双目有些涣散地望着雾气蒸腾的天花板："你说佳仪会是我们这群投资人狩猎的目标，我们需要那堆孩子的血浇灌床才能活下来？"

"我纠正你话里两个不太准确的地方。第一，确切来说，并不是我们需要她的血浇灌床才能活下来，而是你需要吃掉这个床吸收了她的血长出来的血灵芝之后才能活下来，她就是你这个绝症病人的续命良方。"白柳拍了拍刘怀躺着的这张床。

刘怀抬手盖住了自己的眼睛，就像是在逃避什么般紧紧抿住了唇。

然后白柳抬眸看向刘怀，比了一个二的手势，很平静地说："第二，我和你说过了，刘佳仪不仅仅是投资人的狩猎目标，她的眼盲让她在孩童队伍里也处于弱势。"

白柳语气不急不缓："你要知道，刘怀，孩童那边还有一个未成年苗飞齿，我的小朋友说苗飞齿很喜欢跟在刘佳仪后面吞口水，刘佳仪这种看不见的小女孩在各方面都处于绝对劣势，是小苗飞齿非常好的一个下手对象。

"可以说你的妹妹刘佳仪在某种层面上，是一个双重狩猎对象。"

刘怀放下自己盖住眼睛的手，缓缓地攥紧了拳头，转过头直直地看向白柳。

白柳平淡地继续说了下去："而我，我保证我的小朋友会保护你的妹妹，今晚你的妹妹成功给你打电话就是我的小朋友保驾护航的结果之一，我说了我会保护刘佳仪，因为她也是我朋友想要收养的孩子。"

刘怀深吸一口气，盘腿坐了起来，看着白柳："我现在相信这一点了，那你说，接下来我们要怎么办？"

"这个游戏的逻辑思维已经基本清晰了。"白柳后仰身体，随手打开刘怀床头柜的抽屉，从里面拿出了一支笔，然后不知道从什么地方扯了一张大致空白的书籍扉页，低着头在上面写写画画开始分析。

白柳习惯分析的时候简单书写一下，他的笔在纸张上点了一下，开始写关键词：二级游戏 50~80。

一边写，白柳一边说话：“《爱心福利院》是一个死亡率至少百分之五十的二级游戏，这个游戏分割了我们的生命值，把我们分成成年人和小孩两个不同的身份线，分别占有百分之五十的生命值。"

白柳在纸面写了两个 50，然后在两个 50 中间打了一个互相对抗的箭头："但我们这两个身份线从一开始就不是什么合作关系，因为这个游戏很明显只能存活百分之五十的玩家，那么更合理的设置是，我们和这群与我们共享一个生命值进度条的小孩应该是一个对抗的关系。"

所以白柳之前才会对小白六保持一种警惕心，因为某种程度上来讲——

"我们和这群小朋友是敌人。"白柳淡淡地抬眸看了一眼脸色有些阴沉的刘怀，继续叙述，"而这个续命良方最终验证了我的想法。"

"我们这群投资人要存活就要抽取对应的小朋友的血液，从那首《鹅妈妈童谣》的时间进程来看——周一出生，周二洗礼，周三结婚，周四得病，周五病重，周六病死，周日入土。我们至少要在周四之前抽取这群小孩的血液，才能顺利存活，不然病重之后，一天过了我们就会死亡。"

白柳在纸上写了一个 DDL（deadline）：三天后。

"同样的道理，这群小孩要在周四之前逃离爱心福利院才能避免被我们抽血顺利存活，所以他们的主线任务是逃离福利院。"

白柳手指敲了一下自己的笔，状似思索："其实我感觉小白六，也就是我的小朋友已经察觉到了我们之间的对抗关系，但之前我把我自己的把柄交给他的这个行为，让他意识到了我想干什么，也让他可以随意处置抹杀我的性命，这种程度的交付让他最终还是选择了和我达成合作关系。"

刘怀怔怔地看着只有 6 点生命值的白柳，在对上白柳古井无波的眼神的一瞬间，颤了一下。他猛地明白白柳要做什么了。

"我再次确认一点，你可以为了你的妹妹付出生命对吧？"白柳抬起眼皮看向神色晦暗不明的刘怀，语气很平静，平静到不像是在谈论自己的生死，"我和木柯生命值都快见底了，相信你也看出来我们这边的方针了。"

白柳无比平静地说："我们保小不保大。"

小白六之所以最后愿意信任他，就是因为白柳愿意为了小白六牺牲自己，让小白六活着，为此白柳心甘情愿地奉上了可以让小白六轻易扼杀自己的把柄。

而小白六也明白了这一点，并且为白柳这种毫无理由的全部奉献和牺牲好奇，这正是白柳想要的。没有谁比他更懂要如何赢得十四岁的自己的信任了，那就是成为陆驿站这种可以对他无理由奉献、牺牲自己的人。

十四岁的白柳信任陆驿站这类型的人，因为在伤害自己和伤害白柳之间，他知道陆驿站一定会选择伤害自己。

那么现在游戏里十四岁的小白六就会信任现在的投资人白柳，白柳变成了自己的"陆驿站"——那个会对他无私奉献，甚至是付出生命的投资人。

刘怀的脸色阴晴不定。

而白柳就像是没看到刘怀的脸色一样收回了自己游移的目光，继续看向了自己手中的纸张。

白柳完全没有被刘怀挣扎的情感影响到，而是无动于衷地继续分析了下去："并且以我的看法，如果只是取一个孩子的血就能浇灌出来一株可以救我们的血灵芝应该是不太可能的，因为这是一个淘汰率最低百分之五十的游戏，如果只是取得自己小孩的血就能顺利存活，我觉得不是一个二级游戏的正常淘汰率。"

一边说，白柳一边在纸张上写：6 → 3。

"所以从这个角度来看，这个游戏还有更多的设置，如果单纯地从二级游戏淘汰率百分之五十到百分之八十这个区间来看，这是一个六人的淘汰游戏，玩家的淘汰人数应该在 3 到 4.8 之间。"

白柳几笔便在纸上简单地勾勒出了一个小女孩的图像："但我们这个副本还有一个特殊的点——孩子那方还有一个玩家，也就是刘佳仪。"

听到刘佳仪的名字出现，刘怀的目光定在了白柳的脸上。

白柳若无其事地继续说了下去："在一共只有五个可以取血的小孩的情况下，假定淘汰率最低为百分之五十，只需要淘汰三个玩家，假定刘佳仪被抽血淘汰补足其中一个淘汰名额，假设存活的玩家全是我们这些投资人——"

白柳目光专注地在纸面上写：投资人最大通关效率。

"那么在以上对投资人最有利的条件全数满足的情况下，最多也就能存活三个投资人，按照这个比例和淘汰率百分之五十的前提，一个投资人通关一张床最少大概需要 1.6 个孩子的血。"

白柳在纸上写了一个"1.6"，把 1 和小数点之后的 6 分别用一个小圆圈圈了起来。

他目光宁静："那么谁是这个 1，谁是这个 0.6，游戏已经暗示得很明显了。"

"我们投资的儿童即我们的核心取血儿童，就是那个 1，用我们投资的小孩的血浇灌我们的床，再加上其他一个小孩差不多 0.6 的血，就可以结出能最大缓解绝症的血灵芝。"白柳面色冷静地打了一个叉，涂抹掉了那个 1.6，"但这个方案被我排除掉了，因为通关性价比太低了。"

"一个投资人在各方面最高性价比的可能性下，很大概率需要 1.6 个小孩的血才能通关，那么牺牲一个投资人不取血，换言之就可以让 1.6 个小孩保持安全。"

"我们这群吸血的成年人，远不如他们活下来的价值大，通关性价比高。"白柳在纸上的刘佳仪上面随手画了一个保护罩，抬眸看向刘怀，继续往下说道，"所以我最终决定在游戏里优先保全小朋友那一方的生命值，这个续命良方对于我和木柯来说无效，我们不会走这边的主线任务。"

白柳说到这里，看着脸色苍白的刘怀意味不明地停顿了一下："但你和我的情况又有不同，我们虽然选择了牺牲自己保护幼年的自己，但如果计划奏效，我们本身是不会淘汰的，我们可以通关。"

"但你，刘怀，你和我们情况不一样。"白柳眸光晦暗地看着一言不发的刘怀，"你和刘佳仪是两个独立又敌对的个体，如果你选择了优先保全刘佳仪，很大概率你会因为得不到血而淘汰。"

"所以你怎么选？"

明明是如此残酷的一个选择，白柳问出来的语气却带着好奇的探究。他抬眸望着刘怀，眼神认真专注又带着一种像是在观察和他不同种类的生物般的思考。

——刘怀能为了他的妹妹做到什么地步？这人口中说的对他妹妹的爱，真的就像陆驿站那个奇怪的家伙一样，可以为了这种摸不到的情感放弃自身全部利益吗？

特别是刘怀还是一个求生欲很强的人——白柳漫不经心地想到，他的笔在他随手画的刘佳仪的保护罩上一点一点的，很快保护罩上就布满了奇怪的黑点，仿佛这个保护罩被蒙上了一层阴影。

刘怀像一株发不出声的植物般坐在床边，他拿着匕首的双手垂在身侧，显得静默又麻木，但呼吸声十分急促。

白柳迅速地收回了自己的目光，他在刘怀的脸上看到了让五官都扭曲狰狞的挣扎和恐惧，那是一种对未知逼近无法控制的惧意。

这恐惧和犹豫真切无比，刘怀对于死亡的害怕和退缩让之前他口口声声说的对刘佳仪可以牺牲自己一切的爱变得像是自我感动的外在标榜，白柳很快觉得索然无味起来，他不再观察刘怀，而是漠然地想到——这和他之前见过的，那些自以为是的"爱"好像也没有什么不同。

白柳以为能在刘怀身上见到陆驿站那种让他无法理解的东西，到头来还是一样的，好像甘蔗渣一般在人的口舌间咀嚼了千万遍，边咀嚼边说"我爱你""愿意为了你付出一切"，但是吐出来的却是一点味道都没有的东西，仅有的甜都是为了自己，最终给别人的不过是沾着自我感动的唾沫碎渣，一捏就碎，是毫无价值的垃圾。

人终究还是自私的。

白柳散漫地开了口："如果你想以投资人的身份通关，我也可以让小白六帮你抽取刘佳仪的血。"

"白柳，如果我死了，你的朋友真的会收养佳佳吗？"刘怀看着白柳，他脸上还带着那种害怕和恐惧的神色，还有些隐隐的忐忑。

刘怀像是一个要被迫剥离自己幼崽的养育者，脸上有一种神经质的不安："佳佳看不见，又黏我，我害怕我走之后她一个人不好过，我感觉你的朋友人很好，好好照顾她，如果她的眼睛你愿意帮忙想想办法……"

这个还没毕业的大学生开始絮絮叨叨一只人类幼崽的养育注意事项，这其实是有点违和的，这让他更像一个成熟的、刘福和向春华那个年纪的家长。

刘怀脸上害怕的神色未曾消减过，但说的桩桩件件都是刘佳仪的事情，似乎比起他的死亡本身，他更害怕的是他的死亡让刘佳仪过得不好：

"她晚上不太喜欢一个人睡，有个小熊，是我缝给她的，有点旧了，但她就喜欢那个，你们如果带她离开福利院，记得带走；她平时话不多，但很乖，就是一直听不到声音的时候会怕，给她放电视就好；她喜欢小仓鼠，但下手有点没轻重，你们不要给她买，死了会哭得很惨……"

白柳沉静了很久，看着刘怀，打断他的话："你真的想好了，要为你妹妹牺牲自己？"

刘怀静了一秒："这不需要想啊。

"我进入这个游戏，就是为了让她有更光明的未来，但这一切首先，她要活着。"

刘怀的思路很清晰，他看着白柳，露出那种很苦涩的笑："白柳，要是我是你和牧四诚这么厉害的玩家就好了，但我不是，我没有办法带给她更光明的未来了。但我也有我能做到的事情，我会拼命让她活下去的，这也是我唯一能给她做的事情了。"

"其实死亡不是一件很难接受的事情。"刘怀好似终于松了一口气般，垮下了肩膀，有点恍然地摇摇头，好似在自我安慰般碎碎念，"在进入这个游戏的时候我就知道迟早有这一天，只是佳佳还没有一个好的托付，她还没有看见过我长什么样子，始终是不甘心的……"

但不甘心也没用，这个游戏里他要活刘佳仪就要死，这个残忍的游戏并没有给他更多不甘心的机会。

"如果，如果淘汰任何一个人我可以活下去，我都会不顾一切去试试……"刘怀静了下去，他垂下了肩膀，长久地没有说话。

眼泪从刘怀的眼中滑落，砸在他手中被紧握的匕首上——他曾经为了活下去用匕首击杀过自己最好的朋友。

但终究，他遇到了他无法背叛的人。

白柳也没有打扰他，刘怀坐在本要被浇灌鲜血的床边，像是一具即将躺入棺材的死尸般脸色苍白，他握住匕首的手在轻微颤抖，白柳觉得很可笑——刘怀这个时候才为他的死亡恐惧。

　　在知道自己会死的时候，刘怀第一反应是刘佳仪，然后才是自己，这种潜意识的情绪反应让白柳觉得不可思议。

　　刘怀低着头惨然一笑，攥紧了拳头，深吸了一口气又抬起了头。

　　"白柳，我记得你的个人技能是交易，如果我死了，我可以、可以拿给你一个很有用的东西。"刘怀看着白柳，整个人都露出一种很累的颓，脸上带着一种很虚拟又像是解脱的空洞眼神，眼中只有恐惧和眼泪，他抓住白柳的手，语气哽咽，"但前提是你帮我……"

　　"让刘佳仪重新看见是吧？"白柳说，他看着刘怀疲惫倦怠又绝望的脸，平静地移回了自己的眼神，"等你要死了再说吧，我不做空头交易。"

95

　　是夜，儿童福利院。

　　躺在床上的小白六无声地睁开了双眼，他听到了一阵足以吵醒他的断断续续的笛声，但他的房间里其他人都还在睡，奔跑一晚上让这些小孩都消耗了足够的精力，除了一直保持一定警惕的小白六，其余孩子都睡得很熟。

　　小白六动作很轻地从床上下来，穿上鞋子，他看了一眼挂在墙壁上的钟——凌晨两点。

　　深夜的集体睡房里只能听到这些小孩很轻微的鼾声，孩子们躲在小床上用被子盖着柔软的身躯，小木柯甚至用被子蒙着头，好像这样就能保护住自己。

　　但只要有人想，就可以轻而易举地弄碎这些小孩。小白六看着他们房间的门被缓缓打开，随着笛声的韵脚，木门发出扭动的吱呀声，露出外面漆黑阴森空荡荡的走廊。

　　门外一个人也没有，这个门是自己打开的。

　　笛声开始变得连续，悠扬欢快地飘了进来，睡在床上的小孩们开始拧眉不安地扭动，好似进入了什么神奇的梦中开始呓语和舞动手脚。

　　见状，小白六很冷静地直接摇醒了小木柯。

　　——难怪他不受这个笛声影响，这笛声只对睡梦中的小孩起作用，但小白六才来这个福利院第二天，他在不熟悉的地方睡眠很浅，笛声一响起小白六就醒了，所以不会被这个笛声催眠。

　　小木柯被小白六推得渐渐苏醒，他揉着眼睛，额头上布满冷汗，迷迷瞪瞪地深吸一口气，有点恍惚地看了站在床头的小白六一眼，似乎还没有反应过来自己已经醒了。

小木柯半眯着眼睛，迷迷糊糊地伸脚下床穿鞋子要往走廊里走，一边走一边呆呆地说："我们要离开这个福利院，这个福利院会抽我们的血……"

"你清醒一点，你只是在笛声的催眠下做梦了……"小白六拉住小木柯的手腕，把要往外走的小木柯扯过来面对自己，然后他眯起了眼睛。

小木柯还在发抖，虽然脸上睡出了红印子看着有点睡眼惺忪，但眼神是很清明的，还因为害怕泛着一层泪光。

"那不是梦……"小木柯哆哆嗦嗦地说，那个梦明显让他吓得不轻，"我看到有很多护士把我们绑在床上，她们用很多根注射器从我们的手背上、脚背上扎进去，然后红色的血顺着输液管涌出来，滴到一个不锈钢的罐子里，后来我们取不出血液了……"

小木柯怕得肩膀都缩起来，他用力抱住自己的肩膀："她、她们还会用那种很粗的黑色针头扎我们，用橡胶管捆住我们的脖子挤压我们，方便她们抽取血液。

"……我们被捆得脸发紫发乌窒息了，拼命挣扎也逃不下病床……"

小木柯流着眼泪惶恐地抬头看向面色冷静不为所动的小白六，有点着急地上前一步抓住小白六的手想拉他一起走："我发誓那真的不是梦！我看到了明天我们洗礼之后会发生的事情！那群投资人都是坏家伙！他们资助我们都是为了我们身上的血，他们不是免费资助我们的，我们跑吧！我们离开这里！"

"他们当然不是免费资助我们的。"小白六语气冷淡，"这个世界上没有免费的事情，尤其对你和我这种没有过多价值的幼年人类来说，唯一有价值的自然只有我们的身体，他们投资我们图的是我们身体里的东西，他们这样做，有什么好惊讶的，不是理所当然的事情吗？"

小木柯怔怔地看着很平静的小白六，有点呆愣害怕地后退了一步："你早就知道那群投资人是坏人？"

"他们不是什么坏人，他们只是拥有购买我们身体的能力的消费者。"小白六眼中毫无波澜地看着明显受到了惊吓的小木柯，"而我们这种没有自身购买能力的人类属于可以随意买卖的商品，只能被购买。"

小白六脸上一点表情都没有，他就像是在阐述一个客观真理般平静地说："我们只有商品类别的价值，所以被购买是很正常的事情。"

"但是这里的人要吸我们的血啊！"小木柯很是焦急地低喊了一句。

小白六淡淡地看着他："所以呢？你以为外面的人就一定是什么好人，就绝对不会吸你的血吗？他们也许会吃你的肉对你干别的更可怕的事情，你有什么反抗的能力吗？你逃出去有什么意义吗？在你有能力之前，就算逃出去，你这个商品也只不过是从爱心福利院这个小货架，逃入了一个更大的货架罢了。"

听到小白六这样说，小木柯彻底呆住了，他张了张嘴想反驳，却不知道从什么地方开始反驳。

"你已经……"小白六一顿，"抱歉，你几岁了？"

小木柯被小白六说得又要哭了，他拧着自己的手指，泫然欲泣地回了小白六的话："我、我十一岁了。"

"哦，你已经十一岁了，想法不要这么天真了，木柯。"小白六淡漠地继续说了下去，"这个福利院每周日都会消失一批孩子，这群孩子很明显就是被挑选消失的，而且我们这一批的小孩长相都很不错，我一开始还以为是会被带去……"

小白六看着样貌过于精致的木柯，眼神微妙地顿了一下。

小木柯睁着大大的眼睛看着小白六，单纯又迷茫地反问："被带去做什么？"

小白六若无其事地微微偏头，移开眼神岔开了话题："……没什么。"

他一开始的确以为这个福利院是做儿童交易的地方，所以在他的投资人说让他保护木柯和刘佳仪的时候，小白六第一反应就是这个。但很快小白六就意识到投资人的目的不是这么单纯。

这群濒死的投资人对他们另有所图。

但已经一天过去了，这群投资人对他们都没有采取明显行动，还只是用电话来维持一个单向联系。小白六就猜想，这群投资人或许自己都没有搞清楚购买他们这堆商品的目的。

换句话说，这群投资人也在探索他们这堆商品的功能。

用他们来慈善宣传？死前的心理慰藉？又或者是一种求生不能走投无路的想法——觉得做了好事能延长寿命？

但这些目的都太隐晦间接了，小白六觉得有更核心的东西决定了投资人对他们的紧密观察和投资，而把医院建在福利院对面的这种做法让小白六想到了一个点——他们能治病。

这种能治病包括心理上的自我安慰，比如这个爱心福利院里第二天他们要受洗的教堂，这个教堂的装修很好，明显有一定象征意义，投资人或许可以通过做善事寻求上帝庇护这种方式来寻求一种虚拟的治疗。

不过比起这种来，还有一种更为直接的治病方式——直接用这群小孩来治病。

小白六很平静地看向小木柯："在我进来的第一天，我就知道自己应该是一味药引，只是不知道我入药的是哪一部分，现在看来是血。"

小木柯无法置信地摇头："你既然知道他们要抽你的血，你为什么不跑？你昨晚还在和你投资人打电话，闲聊了半个小时，你疯了吗？他根本不是好人，他就是个吸人血的怪物！"

小白六看向小木柯的目光冷了点："第一，爱心福利院是全封闭式的，除了开放日我们根本跑不出去；第二，要不是昨晚我的投资人付费让我救你，我不会多看你一眼，他就算是个怪物，也是救了你的怪物，你最好搞清楚这点。"

小木柯语塞，但很快反驳了小白六："他救我也是为了我的血！"

"不可能。"小白六眸光晦暗不明，但反驳得很干脆，"虽然我也不是很理解他的目的，但他的确放弃了自己的生命，要优先保全我和你，还有刘佳仪的性命，如果他想要抽你的血，他完全可以花钱雇我帮他干，今晚你就会被我抽干。"

小木柯瞬间脸色煞白地后退了好几步，惊惧不已地双手交叉放在胸前做出了一个守卫的姿势："你、你怎么……这样！"

小白六懒懒散散地扫了小木柯一眼，突然故作恶劣地上前一步张开双手恐吓小木柯："我怎么样？按照你的标准，我比起我那位救你的投资人还要坏得多，十一岁的木柯小朋友。"

木柯小朋友被吓得后退了好几步，还差点跌倒，眼泪都飙出来了："啊啊啊！你不要过来啊！"

恶趣味地吓了一次小木柯之后，小白六迅速地收回了自己的双手，恢复了面无表情的样子："就算这里所有投资人都是吸血的，我的那位投资人也是站在我们这边的，因为他要杀你太简单了，他会帮我们的，所以你最好给我听他指挥，不要轻举妄动。"

小木柯狂点头，他被小白六的一惊一乍吓得心脏都有点不舒服，说话都结巴了："好、好的，我知道了！"

小白六在确定小木柯听话之后，转身往走廊走去，他站在不知被什么东西打开的睡房门后探头去看走廊。看着看着，小白六突然皱起了眉。

笛声飘扬的走廊里，好几个房间的门都是打开的，悬吊的敞口灯上沾满的蜘蛛网随着夜风和笛声在轻轻摇晃，不知道从什么地方传来小孩跑动的脚步声和轻笑声，在夜幕里空无一人的长廊里缥缈地回荡，有种瘆人的诡异感。

但这些都不是小白六皱眉的原因。

"有东西进来了。"

小木柯躲在小白六的后面，他不敢一个人待着，醒来之后又睡不着，也硬着头皮模仿小白六探头去看走廊，听小白六这么说，目露迷茫："我没有看到有东西进来啊……"

"你抬头，"小白六平静地开口，"在天花板上。"

听到小白六的话之后，小木柯卡了一下，他宛如一台脖子生锈的机器，僵硬地缓缓抬头。

福利院的长廊是一米多宽的深高拱门类型，又高又狭窄，上面还画了很多五彩斑斓的动物油彩画。在夜色里，这些若隐若现的动物都显得鬼气森森，好似眼中露出了真的食肉动物的光，这些是小木柯晚上惧怕的东西，但现在有比这些动物让他更恐惧的东西——

这些油彩画上像蝙蝠一样悬吊了很多小孩，这些小孩身上缠满血迹干涸的输液袋和输液管，而输液管的针头扎入墙壁内，它们就靠这些不断迁移的输液管针头扎入墙壁来前行。

这些小孩就像是小木柯梦里所见那样，已经被彻底吸干了，它们脸上的皮肤都发皱发干，像晒干的橘子皮一样贴在它们的头骨上，手脚都细瘦无比，像是营养不良发育畸形的大头娃娃，眼珠子在它们干瘪的脸上显得黑白分明又大得吓人，因为眼皮已经萎缩了，能看到突出它们脸部的完整的半只眼睛。

各种颜色的半透明输液袋就像是花衣服包裹在它们身上，而它们正在吹笛子。

但它们正在吹的笛子并不是常规的笛子，而是一支非常长和大的针管，针管壁还有干了的血痂，上面被钻了孔用来做成竖笛，在它们干薄的嘴皮下发出音调奇怪的笛声。

"《哈默林的花衣吹笛人》。"小白六似有所悟，"原来昨天我没有看到吹笛子的人，但又感觉笛声四面八方无处不在，是因为这群吹笛子的家伙在天花板上。"

小木柯看得腿软，狂扯小白六的衣服角："我、我们回去睡觉吧。"

小白六根本不管小木柯，他仰头看了一会儿这群吹笛子的小孩，见它们分别进入不同的房门之后，就轻手轻脚地跟了出去，小木柯看着都要晕过去了，但让他一个人待在房门大敞开的睡房内，他又怕，最终小木柯欲哭无泪地跟在小白六后面走，边走还边发抖，像个不敬业的跟屁虫。

这群吹笛子的小孩进入了不同的睡房之后，转动着大得好像下一秒就要从眼眶里掉出来的眼球，站在天花板上，把头咔一声拧成了几乎和地面平行的角度，歪着头观察着下面正在沉睡的小孩。

小白六侧身藏在半开的门旁边，没有进去，微微倾身从门缝里观察这群吹笛子的小孩要干什么。

天花板上有一个小孩环绕着睡房走了一圈，它在每一个睡着的孩子的正上方歪着头认真打量，最终停在了一个睡得正熟的小孩身上，好似最终锁定了目标一样，它身上缓缓垂落触手般的输液管，轻轻掀开这个孩子的被子。

小木柯看得呼吸不畅，死死地捂住了嘴害怕自己叫出声。

很快这个孩子就苏醒了，他明显和木柯一样是从那个笛声带来的恐怖梦境里苏醒，脸上还带着泪痕和惊慌，一下子看到这么一个恐怖的小孩差点惨叫出声,但他的嘴被输液管堵住了。

天花板上那个小孩似乎用输液管向这个醒来的小孩比画了什么,很快这个小孩就破涕为笑,飞快地跳下床穿上鞋,跟着这个天花板上的小孩走了,小白六迅速退回自己的房间内关上门,只留了一小条门缝看走廊上的场景。

每个进入不同睡房的吹笛子的小孩都带着一个喜笑颜开的小孩出来了,天花板上的小孩用针筒吹奏出调子古怪的笛声,地上的小孩排队哼着歌,挨个跟着出去了,与昨天小白六看到的场景一样。

但突然这个队伍停住了,天花板上所有的小孩突然都歪着头透过那道门缝,用它们死气沉沉的眼珠子盯着门缝后偷窥它们的小白六,躲在小白六身后的小木柯疯狂地拽小白六的衣角,用一种惊恐到快要哭出来的眼神望着小白六。

小木柯捂住嘴控制自己不要哭出来,他抖着手,缓慢地指了指他们的头顶。

小白六一静,他缓缓抬头,看到他的头顶上有一个小孩正歪着头,发皱发黑的脸上一双乒乓球那么大的眼珠子,正目不转睛地看着他。

这个小孩应该是刚刚小白六出去的时候从天花板进来的,它正下方的输液管还缠着一个小孩的头颅,这小孩和小白六他们是一个睡房的,本来也在睡觉,现在被包裹在输液管下的脸上带着奇怪的笑意,正看着小白六和木柯。

小白六缓慢地打开了门让它们出去,那个小孩蹦蹦跳跳地走了,天花板上那个小孩俯身观察了小白六和捂住嘴发抖流眼泪的木柯一会儿,用输液管抚摸他们,似乎是在确认什么,最终窸窸窣窣地收回了自己的输液管,面无表情地踩在天花板上离开了。

走廊里又响起了笛声,和着被带走的小孩们哼唱的声音渐渐远去,在走廊里空灵地回响,消失在走廊的尽头。

小白六在检查完天花板上的确没有任何怪物之后,迅速地把睡房的门反锁了。

小木柯彻底虚脱地软倒在地,捂住自己的心口艰难地吸气吐气,调整心跳频率,刚刚他是真的差点被吓死了。但等小木柯缓过劲来转头一看,小白六好像什么都没有发生一样,已经躺在床上把被子盖好准备睡觉了。

一点也不像是刚才差点被怪物给带走的样子。

小木柯又是无语又是崩溃,走到小白六的床头压低声音指责他:"刚刚我们差点就被抓走了!你下次冲出去之前能不能先想想!"

小白六盖好被子眼睛闭着,小木柯过来骂他,他也没有睁开眼睛,而是不咸不淡地解释道:"不会抓走我们的,我之前观察过,这个笛声带走的小孩非常有指向性。"

他在昨天观察的时候就注意到了这一点,这个笛声对所有小孩是无差别催眠的,但最后带走的孩子却只有那么几个,之前小白六还疑惑是怎么做到的,

180

他昨天的门没有被打开，他是在睡房内通过窗户观察的走廊，视线有局限性，所以没有看到这群天花板上的小孩。

并且昨天并没有吹笛子的小孩进入小白六所在的睡房，所以他对怎么锁定带走小孩的方式不清楚。

但小白六觉得自己有必要弄清楚，毕竟他那位投资人一定会对这些信息很感兴趣，所以小白六才会冒险出去。

"但，就算是有指向性，你怎么知道我们不是被带走的那种小孩？"其实小木柯也察觉到了这一点，这群吹笛子的小孩很明显是在找符合某种特征的小孩带走，但问题就在于他们并不知道对方挑选小孩的标准是什么。

小木柯拧眉质问："我们今晚的门也打开了，这说明我们今晚房间里也有符合带走条件的小孩，你怎么知道我们不是？"

"因为今天星期二。"小白六终于舍得抬起眼皮看小木柯一眼，"今天是我们的受洗日，所以我们不会被带走。"

96

小木柯有点反应不过来："……为什么受洗日我们就不会被带走？"

小白六："按照我对受洗礼的常规理解，我们在受洗之前应该是没有被抽血的资格的，因为我们在受洗之前是罪恶的，只有主的鲜血才能洗涤我们的罪恶。"

小白六说着说着懒懒地打个哈欠，他连续两天熬夜，实在是有些困了："而且你还没发现吗？这群吹笛子的小孩在救人。"

小木柯一怔："救人？"

"是的，救人。"小白六又合上了双目，双手合十放在胸前，安详地躺着，像是下一秒就要睡着了，"它们身上带着输液管和输液袋，应该是从私人医院过来的，所以我猜测它们知道那边的那些绝症投资人下一步要给什么小孩抽血，所以才带走那些被选中即将要抽血的孩子。"

"比如我们房间内的这个被带走的小孩，我看到今天白天的时候院长领他去登记了，说有投资人要领养他。"小白六很平和地说，"被领养之后会发生什么事情，我相信你梦里都看得很清楚了，木柯。"

小木柯想到梦里的那些抽血酷刑，没忍住打了个寒战。

小白六毫无波动地继续说了下去："而也正是因为这个，如果我没有猜错，被带走的小孩先是在笛声的催眠下看到了他们未来可能会发生的事情，然后见到了这群样貌诡异和他们梦里被抽血之后一模一样的小孩。

"那群吹笛子的小孩应该是对他们表达了它们是这个抽血的受害者，'我们会带你们到一个安全的地方,永远都不用回来',所以这群小孩才主动清醒地跟着这群样貌诡异的吹笛子的小孩走,还走得那么欢天喜地。"

小白六顿了顿:"而我们的投资人已经放弃了抽我们的血,所以就算是在受洗之后我们也是安全的。

"因为我们不需要拯救,所以它们不会带走我们。"

小木柯躺在床上,侧过身子看着似乎已经睡熟了的小白六,没忍住小声问了一句:"……小白六,你怎么这么确信你的投资人不会背地里偷偷登记,要带走你然后抽血?"

小白六呼吸声均匀,没有回答小木柯,好似已经睡沉了,小木柯哀愁地叹了一口气,嘀咕了句"小白六你这么轻信你的投资人,到底是谁比较天真",然后想着想着,忧虑地睡着了。

在小木柯即将睡着的最后一刻,半梦半醒间似乎听到了小白六很平静地回答:"如果他骗我,我就解决他。"

黑夜中的儿童睡房,还有两双眼睛僵硬地睁着。

小苗飞齿和小苗高僵浑身发颤地躲在被子里,他们听完了小木柯和小白六的对话,也看到了那个闯进来的、恐怖无比的吹笛子小孩,似乎是因为他们两个都是清醒的,那个吹笛子的小孩还在他们正上方盘旋了许久。

现在这两个还没有在游戏里历经各种恐怖事件、成为后来让人闻风丧胆的S-级别玩家的儿童吓得浑身冷汗,动都不敢动,归根究底童年的这两个人也只是普通人罢了。

小苗高僵衣服全是冷汗,只能维持勉强的镇定,被吓得够呛。

而小苗飞齿一想到他未来要被抽血成那个干巴巴的只剩皮和骨头的样子,吓得都快崩溃了,脚忍不住都抽搐了几下。

他用被子捂住了头,发出了他极力压制但依旧能听到的、受到惊吓的呜咽声。

听到睡房里传来略重的两道呼吸声和一点轻微的哭声,看似已经睡熟许久的小白六安宁的脸上忽然勾起一个奇异的微笑。

周二早上六点十五分,白柳的电话准时响起。

"早安,投资人先生。"小白六很有礼貌地问好,"昨晚我发现了……"

"吹笛子的小孩?"白柳滑开自己的系统面板,饶有趣味地反问。

《爱心福利院怪物书》刷新——畸形小孩(1/3)。

怪物名称:畸形小孩(抽血后狂暴版本)。

特点：喜欢深夜出没带走小孩。
　　弱点：？（待探索）。
　　攻击方式：注射抽血（A+），电话定位（A+）。
　　触发新攻击方式：吹笛小顽童，A级别技能，可用笛声引诱带走玩家的副身份线。
　　恭喜玩家白柳集齐畸形小孩的攻击方式。

　　小白六那边一静，他没有问为什么白柳知道他们这边发生了什么，而是毫无波动地继续汇报："是的，出现时间大概是在凌晨两点，是以睡梦催眠的模式，能看到投资人在未来给自己抽血……"
　　白柳安静地听完小白六的汇报，若有所思："看来畸形小孩和你们是一方的，也对，你们都属于受害者，那每天晚上追你们的畸形小孩估计和这些吹笛子的小孩一样，就算是让你们失踪，但主要目的是带你们走，把你们藏起来，保护你们，其实是为了不让我们找到你们。"
　　但被藏在什么地方——一群鬼小孩能把一群真小孩藏得让活人完全找不到，那藏在阴间还是阳间就不好说了，白柳觉得被这群畸形小孩带走的小孩可能是另一种层面上的死亡，只不过是安乐死。
　　按照《哈默林的花衣吹笛人》那个带走小孩的桥段来看，小孩应该也是被淹死的，只不过是快乐地在笛声中死去。
　　小白六的观点和白柳的一致，他冷冷淡淡地说："我不觉得是保护，应该也是死亡，如果每晚都带走孩子，如此大数量的小孩我不觉得你们这些很有钱的投资人会找不到，我也不觉得一群死亡的小孩可以安置好另一群小孩。"
　　"是的，不过的确也有可以利用的地方。"白柳眼睛眯起来，"这群吹笛子的小孩应该知道怎么从你们那个全封闭式的福利院跑出来。"
　　小白六又是一静："你需要我逃离这个爱心福利院？"
　　"对。"白柳说，"但现在的问题是，如果你跟着这群吹笛子的小孩跑出福利院，怎么从这群小孩手里保护好你自己，而且你不光要跑，你还要带着其他人一起跑。"
　　白柳的手指在床边轻轻敲了两下，他眼神中藏着很多晦涩不明的情绪："这个其他人里面，包括苗飞齿和苗高僵，你要带他们跑出去，然后——"
　　"然后取血给你对吧？"小白六声音无波无澜地补充，"这个没问题，我可以让他们跟着我走，但是得加钱。"
　　"一个人十万。"
　　白柳微不可察地一顿，懒懒勾起嘴角："成交。"

"但这个交易有两个核心要注意的点,如果你违背其中一项,这个交易就作废——"白柳语调闲散地补充,"第一,核心任务是逃出去,但是首要保障的是你的个人安全;其次是木柯和刘佳仪的安全,如果无法保障不要轻易行动。"

"第二点,淘汰苗飞齿和苗高僵不是你必须做的任务。"白柳垂眸轻声说,"如果可以,我希望你把他们留给我来。小白六,毕竟你才十四岁,我二十四岁了,或许比你更适合做这种事,当然,二十万我会照样付给你的。"

这次小白六静了很久。"十四岁和二十四岁来做这件事,有什么不同吗?"小白六问,他的声音有一点真情实感的疑惑。

"实质并没有什么不同。"白柳顿了一下,"但我就是不想让你做,等你成年了之后能为自己行为承担责任再决定吧。"

"现在坏人让给我这个成年人来当吧,小朋友。"

等小白六那边挂了电话之后,白柳仰头看向他病房外面暗无天日的窗户呼出一口气,心想他真的是被陆驿站念叨出条件反射了。

不过他来的确更好,毕竟小白六那边的任务已经够麻烦的了,小白六的核心任务是逃跑,这种容易在逃跑过程中出事的任务丢给他做比较合适。

上午九点。

病房里的广播通知所有病人都可以出来活动了,以及新病人可以去观看自己儿童的受洗礼。

> 系统提示:触发支线任务,得到儿童电话通知的玩家受到邀约,可前去爱心福利院观看自己的投资儿童受洗礼。

白柳现在在木柯的病房内,今天是受洗日,但白柳已经死亡了,要去参加受洗礼的五个投资人必然会少一个,白柳和木柯必然有一个要放弃掉这个支线任务,很明显就是木柯放弃。

木柯精神状态很差,他连续两晚没睡都在记东西,而且又被吸血又是追逐战,还哭了一个晚上,所以现在这位小少爷眼睛肿得像条金鱼,呆滞地仰躺在床上不动弹。

这位小少爷其实也不是很喜欢这个湿黏的稻草床,但他现在实在没有精力来计较这些了。

很显然,这位用脑用眼过度的小少爷很需要休息,而白柳决定以投资人木柯的身份参加受洗礼。

但木柯需要休息是一回事,能不能休息就是另外一回事了。

他根本就睡不着，就算是已经累得连话都不想说了，但只要眼睛一闭上，脑子里全是各种乱七八糟的画面和信息。因为各种过激情绪而一直保持活跃的大脑皮层让他头痛欲裂，就算是白柳把床让给他睡了，自己睡在地上，他也根本睡不着。

见白柳从地上站起来，准备出去了，木柯也挣扎着还想从床上爬起来，他有点担忧地看着白柳："要不还是我去吧，我毕竟是真的木柯，他们要是还有什么测谎的道具或者把戏，我上的话也能应付。"

"不用。"白柳整理好了自己的病号服，他昨晚睡的地上，用书垫了一下，睡得不算很好，脸色很疲倦。

白柳转头过来看床上的木柯："我有事情要交代你去做，也是只有你能做的事情。"

木柯一怔："什么事情？"

"我需要你帮我查一些人的病案资料。"白柳说。

这个副本的福利院的时间线是十年前，正好是现实中那些企业家投资那所儿童福利院开始筹办第一批儿童入学的时间。

这两个福利院是同一个副本的两种表现形式，参照《爆裂末班车》和"镜城爆炸案"来看，虽然游戏副本和现实事件表现的形式不同，但核心事件一般都是相同的——很有可能这些重病企业家也对这些孩子做了同样的事情，抽取血液来养血灵芝治病。

但陆驿站查得人都要魔怔了也没有找到这些企业家对孩子下手的任何线索，毕竟已经十年了，很多能查到他们身上的线索已经彻底断了，那些被抽血的小孩多半也已经死了，要找到一些蛛丝马迹相当困难。

还有一个就是白柳认为就算有线索，估计也早就被人扫尾扫干净了，不然这群人不会放弃资助福利院，让这个地方脱离自己的掌控。

最后白柳就算从这个游戏出去了，告诉了陆驿站福利院这个案子是怎么一回事，陆驿站也信了白柳这些怪力乱神的说法，但是没有具体的证据和线索，他们拿一群名声很好的企业家也没有任何办法。

但白柳答应了要帮陆驿站查这件事，并且他也拿了陆驿站的报酬——他喜欢做交易有始有终。

游戏外做不到的事情，游戏内未必做不到，游戏外没有的线索，游戏内未必没有。

白柳看向木柯："木柯，等下我写几个名字给你，白天护士对病人的看管很松懈，你看看能不能混入她们存储病人资料的档案室，找出这些人的病案资料，然后帮我全部记住，尤其是他们使用的药引的小孩名字，以及每次取血的时间，最好能全部记住，然后等我回来告诉我。"

病案资料相当繁杂，还是好几个病案资料，要混入档案室不被护士发现，并且在短时间内记住这些信息，是很困难的事情。

但对于木柯来说这就是一件很简单的事情了，他不假思索地点了头："可以，你把病人名字告诉我吧。"

白柳说了几个名字，问木柯："记住这些人的名字了吗？"

木柯点头，点完头之后他眉头微微蹙起，疑惑发问："这些都是现实里的企业家，他们应该是普通人吧？他们的名字怎么会出现在这个游戏里的档案室内？"

白柳垂下眼皮："他们可能不是什么普通人，在这个游戏里应该是怪物一样的存在，以及，如果可以的话，木柯，你要尽可能地记住档案室里所有登记过的投资人病人的名字。"

木柯一怔："……要记全部吗？为什么？"

"一个开了十年最近才渐渐失去投资的大型儿童福利院……"白柳微妙地停顿了一下。

"大型私立儿童福利院的投资耗费是巨大的，如果背后没有一个相对较大的利益链条来支撑，我觉得不太可能维持这么长时间，多集团的无偿投资，除非是形成了商品产业链。"白柳冷静地分析阐述，"很明显一个儿童福利院能提供的商品就是儿童，以及儿童的副产品，常规来讲我更容易猜测是情色链条，但这里应该是血液。"

白柳的态度有种不近人情的冷漠，他毫无感情地陈述："一个开了十年、一次可以入住几百个儿童的福利院里流通的儿童能提供的血液数量——我觉得能救的人不止我说的那几个，所以我觉得在这所福利院开设的时候，排队等着的绝症病人也不止明面上那几个企业家。"

白柳用一种让木柯毛骨悚然的平静眼神看着他："如果我的猜测没错的话，那个档案室里的资料，除了曾经登入过这个游戏的玩家——

"应该都是在现实里吸过小孩血来治病的投资人。"

　　系统警告：玩家白柳谈论内容涉及现实与游戏的核心，玩家白柳的小电视对这段谈话已做屏蔽消音处理。

木柯彻底蒙了，他有点回不过神来，手忙脚乱又脊背发凉地从床上下来："等等，白柳你的意思是——不，等等，如果所有病人的病案资料都要记，我短时间可能记不住那么多！我，我脑子不太好使了现在，而且你刚刚说的话到底是什么意思……"

"具体的我后面再和你解释。"白柳打断了木柯的询问，淡淡地扫了惊慌失措的木柯一眼，"如果你记不住全部的，就重点记我和你说的那几个，这种层级的犯罪，他们之间应该是有比较紧密的联系链条的，只要抓住几个，很容易拔出萝卜带出泥。"

白柳推开了门，转头对有些呆愣的、坐在床边的木柯点了一下头，神色平和："休息一下，我需要你时刻保持高精准度的记忆力，需要你记忆的信息还很多。"

"我不用休息，我睡不着，我现在就去帮你记病案资料……短时间记不住，我多记一会儿就可以……"说着说着，木柯缓慢地眨动了两下眼睛。他甩动了两下头，但他的头颅就像是突然变沉一样砰的一声砸到稻草床上。他呼吸有点急促地看着握着门把手居高临下看着他的白柳。

白柳脸上什么表情都没有地看着倒在床上的木柯："你需要休息了，木柯。"

系统提示：玩家白柳对玩家木柯使用高强度可吸入安眠药。

木柯眼前一黑，他感到病房都在天旋地转。他艰难地挣扎着抬起眼皮，只看到白柳转身关上了门，消失在了他即将垂下来的眼帘之间。他伸出手想去抓白柳离开的背影，但只是手指动了两下。他不甘心地闭上了眼睛。

"我不要休息……我要做事……"

木柯在意识彻底消失沉入睡眠之前，听到白柳最后说的话是："安眠药有效时间大概到中午十一点半，那个时候护士在吃饭，档案室是无人的，你那个时候醒来比较合适。

"好好睡吧，木柯。"

木柯在稻草床上蜷缩成一小团，他眼睛闭上，发出均匀的呼吸声，睡得很熟。

白柳看了一眼之后，转身把门反锁关上——木柯的精神太差了，从昨晚开始就一直处于一种受惊过度的状态，整个人就像是一只炸毛发抖的猫，无法好好入睡休息会很影响他的记忆力。

游戏里适合木柯休息的安全时间段也不多，木柯处于那种警惕过度的状态白柳是可以理解的。

只有今天，苗飞齿不在，白天护士巡逻的密度很高，怪物出来的概率很低，没有比现在更适合木柯全力休息恢复的时间了。

但白柳不在这一点会极大地剥夺木柯的安全感，木柯果然在白柳一站起来之后立马就从床上坐起来了，眼睛里全是红血丝也要跟着他，看样子完全睡不着。白柳干脆用药弄晕了木柯。

九点半，所有要去观受洗礼的投资人在医院门口集合。

97

游戏中央大厅，核心推广位区域。

苗飞齿和苗高僵的小电视位置因为之前和白柳对决略逊一筹，所以这两人的小电视数据出现下滑，导致推广位都略有下降，从靠近国王推广位的位置滑到了核心推广位，而白柳的小电视排位略有上升，但还没有好到冲到噩梦新星推广位上。

现在的情况就是两方人马在核心推广位上相遇了，白柳还略占上风，他的推广位刚好位于苗家父子的正上方。

同处一个推广位的玩家观众流通是很大的，因为观众可以看见对方的情况，当有玩家表现出色的时候，他的小电视的观众就会欢呼紧张兴奋。虽然不同玩家的小电视观众之间互相听不见声音，但那种氛围很容易就吸引周围的观众，从而导致一方吸收另一方的观众，一个越飞越高，一个越跌越低。目前来说白柳和苗家父子就处于这种僵持的状态。

而这种僵持的状态很容易造成观众流失。

但好在白柳这边的观众流失不严重，站在白柳小电视面前那些难得一见的大佬都没有走，王舜看这个情况不由得吐一口气——主要是白柳的玩法太要命了，那种胆战心惊一不小心就要翻车的玩法很勾人的好奇心。

有个卡巴拉公会（排名第四的公会）的玩家高层对白柳哭笑不得地点评："真是吊人胃口，这家伙的玩法还是真适合死亡喜剧专区，难怪据说第一次就掉到那个地方去了。"

卡巴拉公会高层头发上都会戴着一个树枝形状的绿色挂饰，非常好认，王舜一眼就认出来了，头发上的树枝挂饰颜色越深代表的等级越高，而点评白柳的这位观众长发上的挂饰已经接近深绿色了，看起来是一位等级不低的公会高层。

"确实，我很少见到这种不要命的玩家。"有一位穿着齐整的白色制服，制服的胸口右侧上用金线绣了一把带着翅膀的七弦琴标志的观众颔首。

这位观众有一张英俊典雅的混血面孔，梳到脑后的灿金色头发，说话的时候神色有些漠然，王舜认出了这件制服是黄金黎明公会（排名第三的公会）的联赛队员制服。

但这位王舜之前在赛场上没见过，而且他对这个公会的人员实在是有些脸盲，很多外国人，不过这位应该是一位今年刚入队的备选队员，和淘汰之前的张傀同处一个地位。

"不过白柳应该也很难处理这种情况,他现在算是走在钢丝上,只要走错一步苗高僵就会杀了他。"一位神色懒洋洋的观众点评道,这位观众穿着十分狼狈,衣衫褴褛宛如街上的乞讨者,在整个游戏里有这种装扮恶趣味的只有一个公会——天堂教会(排名第七的公会)。

这是一个非常奇怪的公会,这位公会的创始人是一个非常有钱的乞丐,已经被淘汰了,但在他的精神影响下整个公会都是这种喜欢穿破烂衣服的奇怪画风。这个公会的玩家名字出现最频繁的地方是游戏内的举报墙,每天都有玩家举报这个公会的玩家有暴露癖,衣着不整。

而这位刚刚发言的天堂教会玩家衣着就在被举报的边缘,不过他并不在意,而是举起手指点点小电视当中的白柳,饶有趣味地说:"所以说新人有光环是真的啊。这个游戏的小电视设计为了避免新人没有积分使用,导致淘汰率奇高这种情况,让新人可以及时得到观众打赏的积分,购买道具。"

"而游戏一年以上的老玩家得到的小电视打赏积分会被转存到系统钱包中,只有在游戏结束之后,根据获得积分多少,按阶梯被扣除百分之五到百分之二十不等的税之后,才能到直播玩家的手中。"

"而正在直播游戏的新人,完全可以根据自己被打赏的积分多少来判断自己操作是否正确,而老玩家是没有这个福利的,他们只能按照自己的经验判断一直走下去。"这个观众继续说着,挑眉,"但在这种僵持的情况下,这种新人光环是无效的,因为他得不到太多打赏。"

"而一旦发现自己操作失误导致打赏积分大幅度下跌,很多新人就会心态失衡最终走向死局。"这位观众目不转睛地看着小电视里的白柳,"你会怎么做呢,白柳?"

"你这个贫穷的、身无分文的家伙,会怎么走向下一步?"他若有所思,"苗高僵和苗飞齿在医院门口等着你交代续命良方,他们正在说,如果你不交代就淘汰你。苗高僵并不是一个会随意容忍不稳定因素在自己身边的玩家,你会老实交代你好不容易得到的任务线索吗?"

小电视中的白柳目光垂落,他匆匆走过医院的长廊,往投资人会合的地方走去。

除了白柳他们这些玩家,还有一些其他的投资人要去观礼,只不过所有投资人都长得一样,如果不主动打招呼,站在医院门口还真认不出谁是谁。

但是苗飞齿和苗高僵还是很好认的,毕竟苗飞齿很喜欢把玩他手上那两把猪草刀,而一般站在苗飞齿旁边的就是苗高僵。

假装木柯的白柳走过去恭敬地打了招呼,而苗高僵一见他,就单刀直入地提起了续命良方的事情。

这个东西白柳瞒不住苗高僵,也不可能骗他们,因为只有这两个人得到正确的续命良方,系统才会说出他们解锁主线任务,不然系统没有反应。白柳和苗高僵对视了一眼——这人还用一种很审视的目光看着他,白柳需要在苗高僵这个人面前证明自己的价值。

白柳干脆地把自己撕下来的书页递给了苗高僵,但里面还掺杂了一些其他的书页作为混淆信息。

苗高僵和苗飞齿一目十行地扫完了之后,这两人的面部顿了一下,应该是弹出了系统面板解锁了主线任务,苗高僵对白柳的脸色缓和了一瞬:"的确是续命良方。"

但就算有混淆信息,苗高僵也很快厘清了整个续命良方,他的脸色沉了不少:"但是要求我们取小孩的血,这样做的话,要削掉我们一半生命值。"

"老二级游戏玩法了,就是强制吃掉玩家总生命值的一半。"苗飞齿用小拇指掏了掏耳朵,很不以为意,"我也看我那个小崽子不顺眼,又麻烦又没有作用,弄死就弄死吧。"

"还有那个小白六。"苗飞齿摩拳擦掌,舔了一下嘴皮,露出一副很明显的垂涎样子,"这个游戏设计取小孩血这点挺符合我心意的,小白六正好。"

"但最好不要今天动手。"苗高僵警告苗飞齿,"你的体力至少还有一天才能恢复到可以用体力恢复剂恢复的状态,如果今天白天动手,你会被卡技能卡得很严重。"

"啧。"苗飞齿斜眼扫了苗高僵一眼,"我知道,但是就算这里的怪是 A+,你也不用这么紧张吧,我们三级游戏都玩过多少次了。"

苗高僵温言劝了一句:"小心为上。"

苗高僵警惕性太强了,没有百分之九十的把握不会轻易行事,之前他拿到的白柳的那些东西里是包括积分的,这家伙因为警惕里面藏着白柳的交易寄托物品,没有直接收入系统包裹,而是用布包了起来——用的就是上一场游戏杜三鹦用过的那个布料类别的道具"伪装的布料"。

这个布料系统给的道具解释是"虚伪的真实",也就是实际存在但又不可触摸的布料,这布料包住的东西并不能算是玩家直接拥有的,所以白柳的交易技能是不成立的,因为另一方玩家并没有得到交易物品。就好像是买家那个已购买但是未收货的状态。

而且苗高僵会有意规避白柳用祈使句和他说话,他非常小心,任何白柳用疑问语气和他说话的结束句,都会被苗高僵不动声色地点回去,白柳试着和苗飞齿套了几次话,也被苗高僵挡了。

白柳到现在有点明白苗高僵人气投票里面那个"心细如尘,城府深沉"的意思了。

苗高僵的确是非常难对付的一个对手，观察力和细节都做得太密实了，就算是白柳现在占了先手，仍找不到苗高僵有什么空子可以钻。

在几次套话不成之后，白柳在苗高僵越发狐疑的目光下不得不装老实地闭上了嘴。

只能再想想其他办法了。

等到差不多十点，昨天领他们这些投资人过来的那个福利院院长就来了，同样也是这个院长领他们去福利院观看受洗礼。

从昨天他们过来的路径过去，又从白柳登入的那栋楼后面向后走，能看到一个建造很完善的教堂，这是现实里的那个因为资金窘迫而缩减了几次之后没有建成的建筑。

这是个很典型的教堂，尖顶纯白的大理石外表，底部雕刻了很多白柳不太了解的符文。他多扫了两眼，这是一种非常奇怪的符文祷告语，不属于白柳熟知的任何一种会出现在教堂墙壁上的文字，是一种扭曲又狰狞的象形文字。

最高的建筑上能看到很多壁龛里的小天使。这些天使真人小孩大小，样貌栩栩如生，面部宛如是从真人的脸上拓印下来的，眼珠子大得出奇，好像下一秒就要从它们脸上滚下来一样。这些天使的脸上都有奇异的深色纹路，就像是皮肤发皱隆起之后深色的血管，又像是因为风吹日晒导致面上的油漆剥落而出现的裂纹。

但这所教堂其他地方都很新，雕塑不至于老化成这个样子。

白柳不动神色地收回自己打量的目光，跟着其他投资人进入了这所教堂。

教堂内部又高又宽，人在地上走着，脚步都能回荡出声响，光线从教堂两边高高的窗户直射进来，落在他们这些满是死亡气息的绝症病人苍白的脸上，他们的座位正对着的是一个圣坛，圣坛上有一个一米多高的十字架，一个很常见的教堂元素，但白柳眯着眼睛看了一会儿发现了不对。

他们做恐怖游戏时会经常使用一些相关元素，白柳看了没有一千也有八百，但这个很明显不对劲。

这显然是一个逆十字，并且这个逆十字架上捆的是一个青少年的雕像。

逆十字架上的青少年看着比小白六大一些。他闭着双眼，双手双脚都被荆棘捆着。他脸上没有任何表情，有种近乎纯正的漠然，似乎对于自己在受难毫无知觉。

木质的十字架上荆棘从他脚踝和颈部缠绕穿过，绕过脸部，白柳几乎能看到他的长睫在他被荆棘缠绕出伤痕的脸上落下的阴影，但这只是一尊纯白的雕像而已，没有这么细致的雕刻。

但就算没有这么细致，这依旧是个很美的雕塑。

四肢线条流畅优美，脸部的比例更是惊人地优越，他躺在逆十字生长出来的荆棘丛里，脸微微侧倾依偎在自己被捆绑住的手臂上，光线从侧面的窗户落在他宁静的睡颜上，在有些昏暗的教堂内氤氲出一种圣洁的光辉。

像睡着了的天人。

院长站在雕塑前面挡住了白柳观察的目光，她看着所有已经入座的病人："今天，我们来这里，迎接新生，但受洗只是一个开始，教堂内禁止杀戮孩童。请各位投资人少安毋躁，要等到你们确认那是你想要的孩子，也确定那个孩子的确可以给你们带来新生之后，你们才可以带走他们。"

"不是所有的孩子都能带给你们新生。"院长用一种很深沉的目光看着座位上的人们，振臂高呼，"要血缘纯正的孩童才能带给你们崭新的生命！"

下面的投资人忍不住兴奋地附和："崭新的生命！"

白柳坐在苗飞齿苗高僵的后排。听到这句话，苗飞齿侧身过去和苗高僵抱怨了一下："这游戏怎么还给小孩设立了安全屋？教堂内禁止杀戮孩童，要是等下抓起来的时候这群小孩全往教堂跑，多不方便。"

"正常，毕竟是二级游戏，总不能让你那么轻易就通关。"苗高僵思维清晰地分析，"但我觉得这游戏的关键还是一定要抓住自己的那个孩童，那个血缘纯正应该是这个意思，和我们流一样的血，应该只有符合条件的小孩做主要药引才能浇灌出我们要的那个血灵芝。"

但苗高僵微微一顿，很快就补了一句："但按照二级游戏一贯的特性，我觉得一个孩子的血应该不太能够救一个玩家，这样卡不住玩家的死亡率，保险起见我们多抓几个，一个玩家对应两个孩子，应该是差不多的。"

苗飞齿和苗高僵闲聊着怎么处置这些小孩，这两人自从知道了续命良方之后，毫不犹豫就把孩童划分成了自己的敌对方，现在已经在聊怎么把幼年时期的自己抽血了。

白柳在后面默不作声地听着。

他倒是不惊奇今天投资人不能对小孩下手，按照那段歌谣和他对受洗的一贯理解，受洗之前的孩子是罪恶的，不纯净的，大概率是无法被抽血使用的。

如果今天就可以直接攻击小孩，苗飞齿和苗高僵这两个高危险值的玩家来参加受洗礼，小孩又完全没有任何抵抗力，那么今天早上白柳就会想方设法让小白六带着其他人跑了。

很快院长在带领所有投资人念了几段祷告词之后，领着一群穿着纯白到脚踝的宽大衣袍、赤着脚的小孩进场了。

全场的投资人都轻微骚动了一下，他们一模一样的面孔上露出同样的表情，狂热又贪婪地打量着这些被院长牵到他们面前的、散发着源源不断生命气息的小孩。

这就是他们的新生。

就连懒懒散散靠在椅子上的苗飞齿也坐直了身体,他伸长头打量这些小孩的眼神就像是一个榨汁机在看即将进入自己内腔的水果,带着一种要搅碎他们的残忍兴奋和贪婪。他鼻头耸动了两下,露出一副陶醉的表情。

"这群小崽子闻起来可真好。"苗飞齿宛如一头要进食的动物一样,不停地舔着自己的嘴皮,死死地盯着走在孩子队伍里的小白六,"那个小白六,看起来皮子可真柔嫩。"

小白六穿着拖到脚踝的宽大白袍,没有穿鞋,低着头看着自己手中捧着的燃烧的扁蜡烛。摇曳的火光照在他平静的脸上,他光着脚走在孩童队伍的最后面,在院长的指引下站在了台子上。

孩子们在院长的指挥下在台子上站成了一个横排。小白六缓缓抬眸,台下是很多张一模一样、瘦削苍白带着诡异笑容审视他们的投资人面孔,在孩子手中烛火的摇晃下,这些人的面孔好像在高温的空气里变形扭曲,变成呐喊的形状,大张着口要向他们扑来。

站在小白六旁边的小木柯只偷偷抬头看了一眼,就吓得低下了头,而小白六依旧无波无澜地扫视着下面所有人,最终他的目光缓缓地定格在了白柳的身上,不再挪开——很明显他之前在这堆投资人里找白柳。

白柳略显诧异地挑眉——这小朋友,这下面所有的投资人都长得一个鬼样子,他是怎么把自己认出来的?

有人抬进来了一个浴缸,或者说一个长得很像浴缸的东西——院长解释说这是用来洗礼孩子们的——里面被放满了晃荡的清水,周围还有一圈就像是洗不掉的、残留下来的血痕。

这个浴缸被放在这些孩子的面前。

院长站在所有的小孩面前,举手做了一个手势,让所有的孩子仰头看向她。

她露出一个非常慈祥的微笑:"好了,孩子们,我们唱一遍圣歌,然后开始挨个给你们洗礼,记得最后在圣歌中加入自己的名字。"

孩子们手上捧着的蜡烛火焰在他们天真的眼睛里跳跃出明亮的光,他们用童真又清脆的嗓音唱道:

> 我们月曜日(周一)出生,
> 我们火曜日(周二)受洗,
> 我们水曜日(周三)结婚,

我们木曜日（周四）得病，
我们金曜日（周五）病重，
我们土曜日（周六）死去，
我们日曜日（周日）被埋在土里，
这就是我们的一生——这就是白六（每个孩子的名字）的一生。

"非常棒。"在一首古怪的开场歌之后，院长打开了她手上那个登记的花名册，低头开始念，"接下来我会让每位投资人为自己的投资儿童洗礼，很简单，只需要将你的孩子浸入这个清水池。但清水只能洗涤这些小孩从外界带来的细菌，哦不好意思，不是细菌，我口误，是罪恶。清水对洗涤他们身上的罪恶还远远不够——"

院长抬起头，她的眼神扫过所有的小孩，脸上的笑变得阴森刻薄："在用清水洗涤完之后，你们可以取孩子的一部分血用来洗涤他们的罪恶，然后带走一部分血，去医院里鉴定他们身上是否还有其他的罪恶，如果没有，你们就可以在周三来带走，或者说，领养这些孩子了。"

白柳眼神微动。

难怪这里会有一个"受洗礼"这么不伦不类的仪式。

原来是这些投资人害怕这些小孩身体里有什么别的病毒，所以还要提前用这种仪式从精神层面洗去这些福利院孩子身上的疾病和污秽，并带走一部分血液回去检查，从生理层面确认这些小孩的血没有问题，比如没有细菌和传染病。

这些投资人还挺讲究，他们从精神层面和生理层面上嫌这群从外界来的小孩脏，所以设定了这个冠冕堂皇的"受洗礼"来筛查福利院里的儿童的血液质量。

这相当于是一个预匹配的实验，等到周三就可以正式开始带走孩子了。

98

歌谣里的周三是"结婚"，而结婚也代表另一种层面上的"一对一"匹配。

面色狂热的投资人挨个上去将颤抖的孩子浸泡入水，然后捞起来。捞起来之后旁边就会有人上前用输血袋给这群小孩抽血，投资人拿着一个装满了血的输血袋，脸上带着满足的笑，下来了。

很快就轮到了白柳前面的苗飞齿和苗高僵。

小苗飞齿一直在哭闹，是被不耐烦的苗飞齿摁进水里然后摁着抽血的，脸都白了。小苗高僵也浑身发抖，但是要顺从很多，似乎意识到了反抗是无用的，他看着投资人的眼中带着一股绝望的悲哀，颤抖地伸出手被抽血。

下来之后苗飞齿随手掂量了一下手里的血袋："差不多一百毫升，啧，可惜要拿回医院做检查。"

苗高僵则是环视了一圈之后，下了结论："这群小孩和下面坐着的投资人是一一对应的关系，我们要是对其他人的小孩动手，这些病重的投资人就会没有小孩，很快就会因无血导致病重变成 ICU 里的那种怪物，我们很有可能会被对应的投资人怪物锁定仇恨攻击。"

苗飞齿皱眉："那最好还是不要对这些投资人 NPC 的小孩下手，锁定仇恨跟着追的怪物最麻烦了，后期很容易偷袭和补刀我们。"

"而且我们本来就准备对玩家的小孩下手啊。"苗飞齿把血袋左右手抛着玩，眼睛盯着血袋里流动的血，"我要小白六，你要那个小瞎子吧，怎么样？还是把我们木柯的小孩留出来。"

说着苗飞齿很随意地转头看了一眼坐在他们背后不声不响的白柳，笑嘻嘻地说："作为木柯你告诉我们续命良方的回报，我们不动你的小孩，但如果要一个孩子以上的血才能通关，那你就自己想办法吧，小白六和那个小瞎子是我们的。"

"不过你还有别的办法。"苗高僵很虚伪地宽慰白柳，拍了拍白柳的肩膀，"你可以试着让儿童木柯一个人跑出福利院，只要他在逃跑的路上没有被任何一个怪物抓到，顺利跑出去存活下来完成主线任务，他成功了，你也可以通关。"

虽然苗高僵这样安慰白柳，但很明显苗高僵和苗飞齿觉得这样的方案毫无可行性。

这两个人一开始就完全没有把通关的希望放在小孩那边，因为成功的可能性太小了，这是一个二级游戏，让一群什么都不懂什么也不会的小孩从一堆 A+ 级别的怪物手里成功逃出来几乎不可能，就连具有一定技能的 A 级别玩家逃出来都困难，更不用说小孩了。

这是一个成功的可能性几乎为 0 的方案。

白柳低着头，假装瑟缩般抖了抖肩膀："好的，我会试试的。"

苗飞齿见白柳这样，不屑地嗤笑了两声，转过头继续玩他的血袋了。

在苗飞齿和苗高僵转头过去的一刹那，白柳的脸上恢复了平静——让小孩作为游戏的主体的确是一个非常冒险的策略，但这是白柳目前能计算出的性价比最高、风险最低的通关策略。

虽然风险已经相当高了。

"木柯的投资人，请上来为你的孩童洗礼。"院长朗声念道。

白柳抬眸。他看向那个穿着白衣脸上没有一点表情的小白六，他们隔着蜡烛的火焰，非常短暂地对视了一眼。小白六先别过了脸，他不习惯被人直视，白柳忽然勾唇微笑起来，那笑里有一种回忆般的懒散笃定。

——而十四岁的他，最擅长的事情之一，就是逃出福利院。

白柳款款上前，他现在的身份是小木柯的投资人，他要为小木柯洗礼。

白柳在院长的呼唤和指导下站定在了小木柯前面。

小木柯紧张地吞了一口口水看向他，把蜡烛递给了院长，对着白柳张开了自己的手臂，身体有些控制不住地颤抖。

小木柯的确很怕，他怕到甚至分不清面前这个是不是他的投资人，毕竟都长得一样。

白柳按照院长的指示，手穿过小木柯的膝盖，把小木柯整个抱起来。

小木柯抱住白柳的脖子，他的恐惧从眼神和肢体语言里都可以表露出来，悬空的脚抖得非常厉害，脸煞白。白柳脸上什么情绪都没有，他并没有安抚小木柯，而是很平静地前倾身体将怀里的小木柯浸入清水中。

小木柯缓缓地没入清水中，害怕地紧闭双眼攥紧了拳头，气泡从他口鼻里浮起来，他能感受到自己温热的眼泪融进了冰冷的水里，好像身体的温度都这样流逝进了水里，变得冰冷起来。

"我会不会死啊……"小木柯有点恍惚地想，"我的心脏好像……要跳不动了。"

几十秒之后，白柳又把他抱出来，浑身湿透的小木柯大口大口喘着气。他嘴唇都青紫了，下意识地死死抱住了白柳的脖子，呛咳着吐了几口水出来，旁边等候着要给木柯抽血的人上前来，拔出针管的塑胶保护套露出尖利的针尖。

小木柯惊恐无比地疯狂摇头后退，他几乎要扯着白柳的衣服爬到白柳的头上，白柳握住了他不断挣扎的脚踝。

白柳看向眼中泛出眼泪的小木柯："你安静一点。"然后他抬头对那个抽血的人说："不用给他抽了。"

抽血的人和正在挣扎的小木柯都一怔。

院长问："投资人，你确定不取这个小孩的血？你带走他之后他有任何疾病影响你，我们都不再对你负责。"

"无论他的血怎么样，"白柳抬头看向院长，态度很平淡，"都不用取血检查筛选了，我确定他就是我要带走的小孩，我自己承担他有疾病的后果。"

湿漉漉的小木柯蜷缩在白柳的怀里，他怔怔地看着白柳，发尾还在滴水。

白柳低头看了怀里的小木柯一眼，放下了还没回过神来的这位小朋友，在小木柯耳边轻声说"跟着小白六离开这里，我不会要你的血"，然后若无其事地拍了拍小木柯的肩膀，起身下去坐回了原来的位置。

小木柯呆呆地从院长的手中领回了自己的蜡烛，站回了队伍里小白六的旁边。

很快，小木柯反应过来，他微微靠近小白六压低声音快速耳语，语气还有点激动:"小白六,他是你的投资人对吧!他真的和你说的一样没有要我的血!"

"我说过了。"小白六神情淡定地回复,"他是个不要命来救我们的奇怪投资人。"

但很快,小木柯惊恐地看向小白六:"但是他是你的投资人,为什么给我洗礼?他给我洗礼了那你怎么办?!"

"下一位受洗者,小白六,请小白六的投资人上前为他洗礼。"院长看向小白六。

小白六顺从地低头走出队伍。

院长叫了两三遍,下面没有人应,忽然有人轻蔑地笑了一声,慢悠悠地站起来回道:"院长,小白六的投资人不幸去世了,不如我来帮他洗礼吧?"

站起来的人是苗飞齿。

"不行,这位投资人先生,您已经为一个孩子洗礼过了。"院长摆摆头拒绝了苗飞齿,苗飞齿看了小白六一眼,舔舔嘴巴略有些遗憾地坐下。

院长走到小白六的前面,用一种好像在看卖不出的商品的晦暗目光打量着小白六,口中的话语却很怜悯慈悲:"多么可怜的投资人,多么可怜的孩子,你被遗弃了,哦,当然,你来到这个福利院本身就代表你已经被你的父母遗弃了。但是现在连能发挥你人生仅有价值的、愿意带你走的投资人也在你受洗前夕抛弃了你。"

小白六低着头听着,他漆黑的眼珠子看着自己手上捧着的蜡烛,火光映在他毫无表情的脸上,明明灭灭。

"你是个被遗弃的孩子。"院长装模作样地长叹,"你身上的罪恶无可比拟,所以他都选择了让所有人遗弃你。你知道你自己错在哪里吗,小白六?"

"我想我不知道,院长。"小白六很平静地回答。

院长用一种冷漠又森然的目光看着小白六,她义正词严地谴责他:"孩子,你错在没有人愿意帮你洗去你身上生来就有的罪恶,你需要独自完成受洗礼,你需要受到惩罚,你需要在这个池子里待很长时间才能洗清自己的罪恶。"

小白六被院长扯着推进了满是清水的池子里,在小白六还没有站稳的时候,院长已经拿走了小白六手里的蜡烛,摁着小白六的肩膀让他坐在了池中,面无表情高高在上地垂眸俯瞰小白六。

她一只手举着蜡烛,另一只手摁在小白六的头顶上,毫不犹豫地抓住了他的头发,把他往水里摁去:"你需要被洗干净,我的孩子。"

小白六被摁入了水中,他正面朝上被人完全浸没在了水面下,呛咳和窒息的下意识反应让他想抓住这个浴缸一般的用来洗礼的池子两边。

抓住他头发不放往水底摁的院长温柔地笑了两下，举起燃烧的蜡烛，垂下眼帘看水波下面的小白六："在这个蜡烛燃烧完之前，小白六，你不被允许离开受洗池。"

蜡烛的光妖冶地跳跃了两下，滴下的滚烫的蜡滴在小白六抓在池子两边的手上，类似于火焰灼烧般的刺痛让小白六本能地松开了他握住的原本就湿滑的池壁。

清澈的水波在小白六的视线里晃荡着，正上方的院长温柔的笑脸晃动在水面上，落在他眼中变得狰狞又可怖。

白色的蜡滴砸在水面上瞬间凝固，变成一块块宛如被剥下来的小孩指甲盖的蜡状漂浮物，他的头发还被院长往下拉。小白六被迫扬起了颈部，因为缺氧胸腔起伏得很快。他像一只引颈受戮的、没有抵抗力的小动物，只是他的眼神特别平静，平静得像是他没有被摁进受洗池水面以下。

他好像早就预料到了自己会经受这一切。

在氧气要耗尽的时候，他会抓住机会，用尽全力地撑起来，挣出满是蜡滴的水面吸一口气，然后刚冒头的他又被院长迅速地摁下去。就这样一次又一次艰难地呼吸着，好像下一秒就要死在受洗池里。

小木柯看着都开始捂嘴眼眶泛红。苗飞齿看着受苦受难的小白六，露出了仿佛是得到满足的表情，他伸长脖子试图更近地去看被淹没在水下的小白六痛苦的面容。

苗高僵倒是不太喜欢这种场景，这会让他想到苗飞齿之前的所作所为，他微微侧过头拧着眉没有看，脸色有些发沉。

而白柳安静地在下面看着，他的眼神似乎有点恍然，又过分平和。

似乎面前这个在淹死边缘的人不是十四岁的他，也不是他在这个游戏里唯一的通关筹码。

久远的记忆就像是竭力地从水下冒头的小白六一样，从他蜡封的海马体中浮出。

白柳很讨厌水，因为他曾经也像小白六一样因为犯错被这样惩罚过，好像也是十四岁吧，白柳记不太清了，人类都会本能地遗忘让他们不适的记忆，他做了一些错事，他拿了一个成年人的钱，答应了帮他做一些事情，就像小白六现在这样。

然后很快这个事情就被福利院的其他小孩告发了，那个福利院的院长惊恐地看着他，就像是他做了什么十恶不赦的事情一样，当然白柳，那个时候他还叫白六，因为自己上不得台面的各种血腥爱好被院长和老师们畏惧地议论着。

她们看着白柳的眼神，就是那种"我就知道，你终于做出了这种事情"的厌恶又害怕的眼神。

说实话，白柳享受这样的眼神，但很快他就受到了惩罚。

白柳眯着眼睛，有些迷茫地回想着——好像是把他的头摁进什么东西里，他不太记得了，总之就是满是水的一个容器里，一边打骂他一边尖叫着叫他下次别再这样做了。他弓着身子呛着水，同意了。

但是那些惊慌失措的老师就像是好不容易抓到了机会惩治他一般，她们并没有简单地放过他这个她们口中的小恶魔，又轮番淹了他一会儿，才像是教育了一个迷途知返的杀人犯般意犹未尽地离开了。

也被淹了一个下午的陆驿站喘息着和奄奄一息的白柳——或者说是白六，他那个时候还没有改名字——并排地躺在地上。

因为陆驿站这个举世罕见的大傻子，在老师接到其他小孩的告发之后，逼问到底是谁干了这种坏事的时候，站出来替白柳背了锅，主动承认是他干的，请老师罚他——这货甚至都不知道白柳干了什么，特别爽利地就帮白柳背锅了。

但可惜的是，陆驿站这蠢货一片自我奉献式的好意并没有得到一个完美的结局——告状的那个小孩咬死就是白柳做的坏事不放。

最终的结果就是白柳和陆驿站这个帮忙遮掩但其实什么都没干的"共犯"，都被老师狠狠惩罚了。

就算都被罚，可陆驿站是个出了名的乖小孩，老师们都很喜欢，他本来不会被惩罚得这么厉害，但他不肯走，老师要罚白柳多久，他一定要留下来陪着白柳多久。这位老实憨厚的乖孩子眼睛发红地蹲在白柳旁边，像一头拉不动的倔强小牛，谁来让他走都不走，也不反抗，也不骂人，也不阻止老师折磨任何人，就是不走，就直勾勾地盯着被淹得直呛咳的白柳。

白柳被摁进水里，陆驿站就把自己的头埋进水里，去看水下挣扎的白柳，着急地说"马上就好了，你再坚持一下白六，马上就完了"。

"我在的，白六，"陆驿站在水下就像是在嘶吼一样说，"我相信你什么坏事都没有做！"

白柳在水下，看着陆驿站那张在水里焦急发慌地对他说话的脸，气泡咕噜咕噜地从陆驿站嘴巴里冒出来，有点想笑，他也的确笑了——他其实根本听不到这傻子和他说了什么，也搞不懂这个傻子对他毫无根据的相信从何而来。

如果白柳那个时候还有力气说话，他一定会告诉陆驿站，"蠢货，我真的干了很坏很坏的事"，但可惜他没有力气了，他被淹得快死了。

陆驿站这倒霉家伙最后和白柳承受了差不多的苦头，一边呛水一边从地上爬起来，跟跟跄跄地上前，想把也浑身湿透躺在地上喘气的白柳扶起来。

然后就像是脑子发抽一样，陆驿站突然蹲下来直勾勾地看着白柳，问他：

"你要不要换一个名字？告诉她们你洗心革面改好了，再也不会用白六这个名字和人接头做坏事了。"

"她们以后或许就不会这样惩罚你了"——陆驿站非常异想天开，提出了一个在白柳眼中非常愚蠢、完全没有任何建设性的建议。

这不是他第一次做这种让白柳觉得脑子进水了的事情，事实上陆驿站这家伙常常有这种毫无根据的想法，比如一定要和他做朋友也是。

躺在地上的白柳眼珠子转动了一下。他被陆驿站扶起了一只手臂，转过头望着这个满怀期待地看着他的陆大傻子。湿漉漉的头发滑下来，遮住了他的眼睛，他很突兀地捂住自己的肚皮笑了起来，也不知道在笑什么，也不知道为什么想笑，总之他就是很奇怪地、很大声地在被自己身上的水染湿的地面上笑着。

一边笑一边蜷缩呛咳吐着喉咙里的水，吐完之后，白柳又变得十分平静。看向被他笑得有些发愣的陆驿站，他淡淡地说："好啊，你说要改，那我改一个名字吧。"

圣坛上小白六的受洗，或者说受刑终于结束了，院长终于松手让小白六从池子里出来了。

教堂是无法屠戮孩童的，所以白柳并不担心院长直接淹死小白六，她只是在惩罚小白六这个没有投资人愿意要的孩子，因为受洗也是这群小孩的任务之一，做不到会受到惩罚是很自然的事情。

小白六猛地从池子里冒出来，趴在池边呛咳了好几口水。他抬手擦了擦自己嘴边的清水摇摇晃晃地从池子里走出来，很快就从一种要被淹死的窒息状态恢复了过来，这个差点被人当众淹死的小孩什么反应都没有，就像是习以为常的那样，很淡然地从院长的手中接过已经燃烧完毕的蜡烛台，很有礼貌地对着掐着自己的脖子让自己受洗完的院长鞠了一个躬之后，站回了队伍。

长久的缺氧让小白六的脸颊上漫开红晕，眼睛也因为生理性泪水湿漉漉的，他的头发湿答答地贴在脸的两旁往下滴水，原本宽大的白袍现在因为湿透全贴在他的身上了，让他看起来又瘦又小。

小白六低着头捂住口鼻克制地咳了两声，眼眶泛红。

看着……有点可怜。

背后的逆十字架上原本沉睡得很安宁的雕像不知道什么时候皱起了眉，原本散开的手指微微并拢，好似被小白六的呛咳声打扰到一般，而他身上的荆棘也缠绕得更紧密了。

99

小白六受洗之后过了几个小孩，轮到刘怀上前给刘佳仪洗礼。

刘怀替刘佳仪洗礼的动作很轻，也没有舍得让刘佳仪在水里待很久，很快就捞出来了。刘佳仪也很乖，她还主动伸出手卷起衣服让那个人帮她抽血，被刘怀有些哭笑不得地制止了。他最后在刘佳仪的额头落下了一个很珍惜的吻，拒绝了取刘佳仪的血，在刘佳仪有些迷茫的表情中默默地回到了下面投资人的座椅上。

刘怀坐得离白柳他们比较远，坐在后面，他没有听到苗飞齿和苗高僵聊的要对刘佳仪下手的话，但他大概能猜到这两个老玩家的做法。刘怀神色紧绷，远远地看了白柳一眼。

"今天的受洗礼就到这里，请各位投资人到福利院的食堂用餐，休息一会儿。"院长宛如商场开场营业般地招呼微笑着，"下午我们受洗过的孩子将为你们献上纯净的歌声，用一场合唱表演来庆祝我们的相遇。表演地点在教堂前面，表演时间在下午三点到七点，请各位投资人准时到场，聆听欢唱。"

白柳低头看了一眼时间，现在是十一点四十分。

躺在稻草床上的木柯猛地睁开了眼睛，迅速地爬起来看了一眼时间——十一点四十了，他从白柳离开之后睡到了现在！

木柯有点懊恼地咬咬牙，他是真的觉得自己在浪费时间——一个档案室的内容，他半天不一定能记完，也不知道苗飞齿什么时候回来，他越早混进档案室记东西是越好的。

但白柳让他睡觉的效果很明显——木柯的精神状态肉眼可见地好了很多。

一早上安稳无忧的睡眠让他彻底放松下来了。木柯下到一楼，果然大部分的病人和护士现在都在一楼的食堂用餐，没有出来用餐的病人就是早上被护士送过药的病人。现在正房门紧闭，木柯路过的时候，贴近都能听到这些病人的房间里传来隐隐约约的大口咀嚼声，这让木柯想起了那天晚上大口吃血灵芝的那个怪物病人发出的声音。

木柯默默地离门远了一点，他记得整个一楼的布局——病案档案室在护士值班室的后面。想混进去就只能在护士值班室没有人的时候，比如现在，或者早晚交班的时间点。

木柯左右打量了两眼，确定没人之后，深吸一口气蹿入了病案档案室，结果一进入他就倒抽了一口冷气。

"好……"木柯愣怔着看着满是灰尘的档案夹,有点欲哭无泪,"好多!怎么这么多!比昨天的书还多!"

他久违地又有了考试前夕争分夺秒复习功课拼命记东西的感觉。

木柯拍了拍自己的脸,冷静下来抽出了一本档案,打开,开始记忆:"姓名,王国强,于200×年捐赠一百七十万给爱心福利院,与其'结婚'的孩童是……"

下午三点。

站在教堂前面的孩子推推搡搡地站成一堆,而投资人坐在小孩们摆放在草地上的座椅上,院长还给投资人发放了节目单——这所福利院里的所有孩子都要分批给他们表演,都是合唱节目,有些还不止唱一首。唱完还要合影,所以才会持续四个小时。

这种费尽心思讨好投资人的操作白柳并不陌生——他所在的福利院在遇到领导来的时候,也会领着一群小孩装模作样地出来表演,所有老师都绞尽脑汁地让这些小孩表现得很喜欢来访领导,恨不得对着这些领导从头唱到尾,因为老师说唱的就是比说的好听。

这种做法本质上没有错,是为了给福利院谋取更多利益的手段。但一般来说这个利益白柳享受不到,所以白柳通常都觉得自己就像是马戏团里被牵出来耍杂技的猴,还是拿不到钱的那种。

不过白柳没想到他自己还会有福利院里的孩子给他唱歌讨好的一天,实在是种新奇的体验。

白柳翻了翻放在自己腿上的节目单——《快乐日歌曲》,由新受洗的小朋友为大家奉上。

小白六站在角落,他换了一身衣服,脸上被化了很艳俗的妆,脸红通通的,额头上还点了一个红点,他的发尾因为受洗还在滴水,站在后排目光有些懒散地随意哼唱着歌,显然是在偷懒:

"快乐日,快乐日,有人救我,使我欢乐。

赎罪宝血洗我罪恶,生命活水解我干渴。

快乐日,快乐日,有人救我,使我欢乐。"

这歌曲讨好的意思太明显了——这是这群投资人的快乐日,而不是这群小孩子的。

歌听了没一会儿,白柳就兴致缺缺了,坐在前面的苗飞齿和苗高僵两个人干脆就抱胸打起了瞌睡,但苗飞齿手上还握着刀,苗高僵也没有完全睡着,这两个老玩家都还保持着一种基本的警惕,可见这无疑是一场冗长乏味的表演。

除了坐在后排的刘怀看得目不转睛。他眼神一分一秒都没有从刘佳仪身上移开过，颇有一种看一眼就少一眼的悲哀之感。

四个小时内苗飞齿已经抱怨了好几次怎么时间这么长，能不能直接动手。

但对刘怀来说，这四个小时又太短太短了，他仰视着那个额头上点着小红点、在轻轻摇晃着身体唱歌的刘佳仪，忽然低头擦了一下眼睛，但很快他又抬起了头。刘怀不想浪费任何一秒可以看刘佳仪的时间。

不过或许刘佳仪永远都不会知道刘怀这样看过她了，她现在还看不见。

等小白六他们唱完下去之后，按照节目单他们下一场还有十五分钟才开始，白柳起身绕过座椅准备向教堂里走去。看似在假寐的苗高僵瞬间就睁开了眼睛，他斜眼看向白柳："你要去干什么？这才唱了个开头。"

"去找我的小孩，看看能不能教他逃出去。"白柳说。

苗飞齿意味不明地嗤笑了一声："欸，你就让他去吧，人家唯一的通关机会。"

苗高僵迟疑了几下，最终还是让白柳走了，这里就在教堂前面，白柳就算想要提前偷袭他们看上的小孩也是不行的，这个教堂禁止屠戮小孩，这也是他们现在都还没有动手的原因。

当然苗飞齿还没恢复的体力是他们现在还没动手的另一个原因。

白柳对苗飞齿他们点点头，往小孩退场的教堂里走了，苗高僵看着白柳的背影，眼神又沉又阴郁："我始终觉得这个木柯不对劲。"

"你有点烦人了爹。"苗飞齿懒骨头一样贴在座椅上，侧过头看向苗高僵，"面板你也查看过了，电话你也查看过了，这个木柯绝对就是个普通玩家，面板都没有超过B，游戏次数也才两次，就是个纯新人，应该是倒霉进来就被白柳给控制了，我们杀死白柳他正好就解除控制了，你说说，他到底有什么地方不对劲？"

"他道具栏里有一个破键盘。"苗高僵眉骨很低，这让他皱眉的时候眼睛和眉毛聚得很拢，看起来有种阴狠的戾气，"我记得我两次查看他的系统仓库的时候，那个破键盘上掉落的键帽都不一样。"

苗飞齿听到苗高僵这样说，也撑着椅子坐直了，苗高僵心思很细，他总是能注意到一些常人注意不到的细节，也擅长怀疑和利用细节，而苗飞齿和苗高僵合作这么久，知道苗高僵这种怀疑一般不是无的放矢。

苗飞齿被苗高僵一提醒，挑眉反问道："爹你的意思是，有人通过键盘在和木柯交流？你还记得木柯的键盘上掉落的是什么键帽吗？"

苗高僵眉头越锁越深："问题就在这里，我对键盘的排布并不熟悉，我只能意识到键盘上空着的位置变了，但具体是什么位置，对应的是什么键帽，我也只是扫了一眼，也不是记得很清楚。"

"通常来说，系统背包只能自己一个人查看，木柯一直都和我们在一起，不太可能把键盘递给某个人然后拿回来，并且这样的交流方式风险太大了。"苗高僵语气沉沉，"我觉得更有可能是有人和他共用了系统背包。如果有人的技能是可以和木柯共用系统背包，那这套交流方式就是行得通并且极其隐蔽的。"

苗飞齿沉静了一会儿，在场上他们不清楚个人技能的玩家只有一个。

"你的意思是，白柳没有死？他的个人技能不只是控制，还有这个共用系统仓库背包？"苗飞齿表情也瘆人了起来，眼睛眯成了一条细缝，"木柯是他打入我们这边的棋？还在不断用键盘和白柳交流着？"

"但这只是我的猜测。"苗高僵顿了顿又看向脸上已经出现凶相和杀气的苗飞齿，"木柯一个C级面板的玩家，你什么时候杀都来得及，最好不要冲动行事。因为你现在在应援季，贸然杀死一个投诚了你的普通玩家对你声誉没有好处，会影响你的支持率。还有很重要的一点——"

"共用系统背包这个技能已经是规则技能的范畴了，这需要侵犯系统权益才能做到。"苗高僵双手撑在膝盖上，深思，"目前游戏内也只有几个人的个人技能是规则技能，我觉得白柳的个人技能是规则技能的可能性不大，因为如果他真的有规则技能这种BUG级别的个人技能，完全就可以像红桃皇后那样直接靠技能钳制我们，不需要这么被动。"

"但也不能完全排除这个可能性，毕竟白柳是一个新人，使用不好自己的个人技能也是有可能的，再看看吧。"

苗高僵看着白柳进入教堂，眼神阴鸷："等你恢复了，他露出马脚了，再杀他也不迟。"

此时的白柳走到后台，小木柯和小白六正面对面地坐着，在用纸巾蘸水擦拭脸上化妆的痕迹，见白柳进来了，小木柯还警惕又恐惧地后退了两步，他没认出这就是之前给他洗礼的白柳。

倒是小白六面不改色地扫了他一眼，站起来轻声说："这里不适合说话，我们换个地方。"

小木柯瞬间意识到这就是那个给他洗礼的小白六的投资人，他略有些尴尬地点头问好，然后小白六拉着白柳的手把他带走了。

小白六把白柳带到教堂后面杂草丛生的小树林里。白柳靠在墙面上，低头看着站在他面前还在执着地擦自己脸上腮红的小白六。这小朋友擦得又狠又认真，他似乎不太喜欢化妆品的味道，皱眉把自己的五官都擦得变形了。

白柳很自然地拿过了小白六手中湿透的卫生纸，蹲下来给他很仔细地擦拭起来。

"你这样擦是擦不掉的。"白柳用一点卫生纸，反复点摁在小白六的眉心，"你那样擦口红会被擦得整个额头都是。"

小白六面无表情地被白柳摁住肩膀擦额头："你很懂怎么用口红嘛，自己经常用？"

白柳假装没听出这小朋友言语中暗含的讥讽："我之前也被这样化过妆，和你差不多的场合，你是因为我没有给你洗礼导致你被院长惩罚而生气吗？"

"不算生气，只是觉得自己被耍了而已。"小白六看着白柳，嘴唇抿了一下，抬眸看向白柳，"但因为这个，你得给我——"

"好的，我知道，加钱是吧？好的，随便你开。"白柳前倾身体，凑近去擦被小白六胡乱擦到眼尾的口红印迹。

白柳凑得很近，呼吸平稳地喷洒在小白六的皮肤上，眼尾垂下来有种专注地呵护一个人的错觉："别动，你这里还有一点。院长说你是被父母和上天还有我这个投资人抛弃的孩子，你真的没有生气？"

小白六屏住了几秒的呼吸。

很快他侧过眼神不去看白柳，语气很平静："我没有生气，毕竟院长某种程度上也没有说错。"

"也对。"白柳擦完站了起来，他现在这个投资人的身体非常细长，站起来的视角几乎可以用"俯瞰"来形容他看小白六的角度，"上天的确没有眷顾过你，因为你是个从来没有相信过他的坏孩子。"

小白六仰头看着他，眼中赤裸裸地写着"那又怎样"。

对，他就是天生的坏孩子，就是不相信，所以那又怎样？

"我也一样。"白柳轻笑。

他好似随意地、开玩笑一般揉了揉小白六的脑袋："你要不要改一个名字，万一改了名字，逆十字架上那位就眷顾你了呢？我当初改了名字之后，的确运气变好了一点，当然还是很差。"

"逆十字架上那位是看名字来眷顾人类的吗？"小白六面无表情地吐槽，"那也太愚蠢了吧……"

白柳从他的脖子上解下来一个挂坠，那是一枚被他用绷带包起来的、被碎裂的鱼鳞包裹住的硬币，白柳倾身把这枚硬币挂在了小白六的脖子上："这是我所有的财产，技能，我在这里所拥有的一切，可以说这是我把灵魂贩卖才得到的，我能拥有的最昂贵珍稀的东西。

"现在我把它给你，从此以后你就是我，你拥有我的技能，金钱。很抱歉刚刚让你一个人受洗。"

系统警告：玩家白柳是否将系统移交给自己的副身份线？移交之后玩家无法再使用任何面板中的技能积分，与游戏中的NPC人物无异，游戏生

存率将大幅度降低。

白柳："确定。"

白柳闭上眼睛弯下身子抱住了有点发怔的小白六，他纤细高瘦到有点诡异的身体弯成一个佝偻的弧度，就像是年迈的人在拥抱自己的亲人。他微笑着："但我觉得，从现在开始，你也算是得到眷顾了。"

眷顾小白六这个坏孩子的是这个不知道从什么地方冒出来的奇怪的投资人，而不是什么被缠在逆十字架上无法动弹的那位。

如果真的被眷顾，那也是因他自己。

小白六被抱在白柳的怀里，他张了张口，想说什么，但最终什么都没有说出口，只是安静地接受了这个拥抱。

虽然他觉得这种肉麻的肢体接触有点恶心。

但他的投资人先生是给了钱的，所以小白六决定忍耐这位有点恶心的投资人先生。

"给你的这枚硬币非常重要，你一定要好好保管。"白柳松开了小白六，"如果你被杀死了，这枚硬币会掉落出来被别人捡到，那可是一件很恐怖的事情。"

白柳笑着用细长的手指点了点小白六胸口的硬币："因为我见不得人的秘密和灵魂可都藏在里面。"

"你刚刚那样问我，是想要我改名字吗？"小白六握住自己胸前的硬币，突兀开口道，"先说好，我不接受大幅度的改动，但作为你慷慨给予我金钱的报酬，我愿意满足投资人先生你的个人恶趣味。"

"陆驿站，我可以改名字，但我不喜欢大幅度改动，你有什么推荐的吗？"

白柳顿了顿，轻声说："白柳怎么样？"

"白柳？"小白六疑惑地反问，"哪个白，哪个六？听起来和没改一样。"

十年前的陆驿站眉眼弯弯地看着白柳，说："叫白柳怎么样？"

白柳有点无语地说听起来完全没变，改动有什么意义吗？

陆驿站说有意义啊，这是个好名字，这两个字都很好。白柳问他好在哪里。

陆驿站摸摸白柳的头，笑得晴朗又天真，说："因为是白天的白，柳暗花明的柳，从此以后，你就会进入柳暗花明的白天了。白柳，你以后一定会更好的。"

十年前的白柳静了一会儿："你可真是无聊，陆驿站，玩这种文字游戏。"

白柳摸摸小白六的头，笑起来，就像是陆驿站曾经笑的那样，眼中带着茂盛生长的天真和不知道从什么地方来的自信。教堂背后是孩子们清朗的合唱声，空气中是夏季野草丛中飘过来的清爽味道，小白六眼中那奇异的瘦长鬼影的脸上，显出一种很真诚的、好像是祈祷一般的微笑弧度。

他轻声说："你的名字是白天的白，柳暗花明的柳。"

小白六静了一会儿，别过头："无聊的文字游戏。"

"那你改吗？"白柳问。

小白六："改，你给钱了。"

"你以后就叫白柳了。"白柳顿了一下又说，"我的欺骗手段很有可能暴露了，很有可能今晚就会死在我的对手手里，你是我唯一的希望，所以我把所有的东西都托付给你，你一定要活下去，白柳。"

白柳很清楚，他面对的是两个打过联赛的老玩家，苗飞齿稍微冲动一些，但苗高僵的警惕心是很足的，所以白柳才会做"三层纸杯"。

但纸杯毕竟只是纸杯，纸是包不住火的。

在未来会产生大面积玩家冲突的前提下，木柯不可能一直躲着，但木柯一旦出现，那么白柳之前准备的那个他和木柯置换的方案很有可能就会露出破绽，暴露出他和木柯是合作关系，并且还存在背地里的联系。

而从苗高僵今天对他的态度来看，多半是已经发现了什么不对劲的地方，比如木柯背包里那个键盘。

白柳在制订计划的时候，就预料到了这一步，因为木柯的面板暴露无可避免，那么这个系统背包里的交流道具也一定会暴露在苗飞齿和苗高僵的视线里，所以他才选择了用键盘这种相对不直观，也不容易引起注意的方式来交流。

用键帽交流，白柳就已经是钻了苗高僵这个中年男人对数码工具认知不够的空子了，但苗高僵也不可能全无察觉。

苗高僵两次查看木柯的面板，这两次键帽的缺失都不一样，因为都处于单方在等待对方回消息的间隙——这是两个人用共用系统背包里的道具交流无法避免的一个漏洞。

苗高僵多半已经意识到这个键帽在不停改变，但是由于对这一块知识的匮乏，苗高僵就算是拿到了键盘，也不能很清晰地了解到他和木柯到底交流了什么信息——这也是白柳选择键盘作为交流道具的原因之一。

那么很明显，他对于即将进行抢夺战的苗飞齿和苗高僵而言是一个不安定因素，这种不安定因素在一个很吃生命值的二级游戏里是很致命的，为了确保成功通关，更为保险的做法当然就是直接做掉他，所以白柳推测自己的死期应该很近了。

在这之前，白柳觉得有必要将自己身上最有价值的东西移交给小白六。

也就是这个中间被掏空的、破损硬币状的游戏管理器。

白柳教了小白六具体的游戏管理器和他的个人技能的用法,这小朋友一开始有点迷惑,但很快就上手了,对自己所处的现实是个大型多人游戏的事实接受得相当快,完全不需要白柳做出阐述,很快就开始自主地在系统商店里畅游了。

在白柳走之前,小白六看着白柳问:"你之前告诉我那两个游戏的具体过程,就是为了现在能让我很快适应这个所谓的游戏管理器吧?"

"根本不是什么朋友之间的游戏分享。"小白六脸上一点情绪都没有,"你这个满口谎话的骗子,你对我说的每一句话,做的每一件事情都是有目的性的,这让我更不理解你为什么要放弃取我的血,为了我去死了。"

"这根本不是你能干出来的事情,当然我也绝对不会做这种愚蠢的事情。"

"说吧。"小白六攥紧了自己胸前的硬币,直勾勾地看着白柳,"你还需要我帮你做什么,你给的钱足够我帮你做很多事情了。"

"我只想要你活下去。"白柳转头笑眯眯地看着小白六,"真的没了。"

他从教堂后面走出来的时候,正好看到刘怀也在和刘佳仪絮絮叨叨地说些什么。

刘怀倒是想像白柳一样直接把所有东西都给刘佳仪,但刘佳仪看不见,她拿着这么多东西反而不太好,刘怀虽然不信任白柳,但对白柳的交易人品还是比较相信的,无奈之下只能对白柳说:"如果我死了,我会在死前把所有东西都给你,你转交给我妹妹。"

然后提前给了白柳四百积分作为报酬。

白柳答应了。

很快,这个合唱演出就到了最后要合影的时候,好不容易卸妆完毕的小白六因为要合影,又被老师逮着用口红在额头中间戳了一个大圆点,他略有几分生无可恋地站在了后排,漫不经心地看向前面站着的几个投资人。

白柳和几个新投资人站在了前面。

院长对他们架起了照相机:"200×年爱心儿童福利院文艺会演合照。"

咔嚓一声,漫不经心的小白六就留在了色彩斑驳的照片里。

白柳一直很好奇小白六是怎么把他从一群投资人里找出来的,但他没问,如果他问了,小白六或许就会指着照片上的白柳告诉他——

只有你看着我们的眼神,没有剥夺和贪婪的意味。

你很平静地看着我们,就像是看着曾经的自己。

"合唱表演结束,请各位孩童交给投资人感谢对方投资自己的礼物。"院长举手示意,"这是我昨天交代给你们的任务,都做了吧?"

小孩子稀稀拉拉的应和声响起："我们都做了，院长。"

这些孩童开始排队送自制礼物给投资人。

小白六站在队伍里走过来，他默不作声地从白柳身边走过，什么都没有递出来——他的投资人死了，他不用也送不出去礼物了。

但白柳在教堂后面时就向小白六要了小白六给他准备的礼物。小白六一开始并不是十分乐意给他，但白柳死不要脸并且说自己给钱了，最终小白六屈服在了金钱的魅力之下，伸手递给白柳自己准备的礼物。

礼物是两幅小白六自己画的画——一幅是一条被放在玻璃罐子里的小鱼，一幅是在烧焦熔化列车上燃烧爆裂的碎镜子，正好是昨晚白柳和小白六聊天时候说的两个游戏里的场景，画下面的落款是 W。

白柳低头看着这两幅画，他明白他在现实世界看到的那几幅画以及画中的场景违和感从何而来了。

白柳看向站在他面前的小白六。因为小白六并没有真实地经历过那些游戏，所以他只能依靠他目前知道的东西试图去想象白柳告诉他的场景，而这个小小的福利院是小白六目前仅仅可以看到的世界。

所以他用了这个福利院内的事物去描画白柳所说的那些宏大场面。这让白柳在第一眼看到这些画的时候就觉得有点怪异，因为画面上的东西太"窄"、太戾气了，不是他惯用的风格。

这个怪异来自小白六和他的认知差异。

白柳的目光落在了眼尾还有一点口红没擦干净的小白六身上，小白六很快别过了眼——他不喜欢被人直视。

哦，对，白柳想起来了，他在这个年纪还讨厌被人直视，但现在的白柳做什么都习惯直视对方，这是他在工作中养成的习惯。

小白六和他差别太大了，他早已经不是目光被困在这个狭隘福利院内，喜欢张扬锐利线条、极高饱和度色彩的那个小孩了。

但他的确曾经是这样的小孩。

晚上七点半，合唱结束。

院长把所有投资人送回医院，苗高僵意味深长地和白柳道别之后，白柳若无其事地回了一句晚安，然后回到了木柯的房间。

木柯的房间是空的。

这家伙还在下面的档案室，白柳低头看了一眼时间。

他为木柯规划的时间是从中午十二点开始一直记到晚上九点，一共九个小时。按照木柯最快的记忆速度，差不多可以趁护士换班结束之前记住三百份到五百份的病案资料——这是白柳根据他现实世界所知的那个福利院儿童数量预估出的档案室里可能有的投资人病案数目。

还有差不多一个半小时。

这个点木柯应该会用键盘联系他，但是——白柳摸了摸自己光溜溜的脖子，他已经把游戏管理器给小白六了，他是无法和木柯取得联系的，他不可能现在下去了解木柯的情况，也无法告知木柯任何可以帮助到他的信息。

病案档案室。

木柯捂住嘴在灰尘满天的档案室里翻找记忆，在这个暗无天日的地方他自己都不知道待了多久，这个地方没有钟表，木柯只能靠偶尔看一下外面巡逻护士的行动来判断现在是什么时间。

看到有护士往食堂的方向走了，木柯有点紧张，这说明已经到晚饭时间了。

这个点，苗飞齿他们应该已经回来了，木柯迅速打开了自己的系统背包，刚想拨弄键盘询问一下白柳，就看到键盘动了。

"Enter"，这是进入的意思，应该是已经回来了。

木柯拔下一个"Backspace"和一个"？"键帽，这是一个后退键和一个问号，他的意思是"我是现在回来吗"，然后放回了键帽。

白柳的回复很快过来了："End""？"。

木柯无奈回复："N""O"。

这里的病案数目比他想象的还要多，木柯简单看了一遍名字，如此多且毫无规律的名字他记起来也有点困难，更不用说还要记每个名字对应的小孩，病重的时间点和具体信息。

这个时候木柯就不得不庆幸白柳有先见之明了，这种细节烦琐的信息他睡了一觉之后起来记的确有效率清晰得多，但一个下午他还是记不完——这里的病案资料写得太长了！

这里还记录了每个病人之前在其他医院的详细诊断过程，每个人的病历都复杂得不行，因为都是经过很多医生治疗才宣告的无药可医，病案资料复杂得就相当于一本小书。

白柳的信息又发过来了："9"。

木柯懂了，这是让他卡点九点护士换班完回去。

但是这就有个很严肃的问题，苗飞齿和苗高僵已经回来了，他们说不定会在路上碰到木柯。

木柯："V""P""？"。

木柯用的这是PVP，但是因为键盘上只有一个P，他只能用一个，但他觉得白柳一个搞游戏的，应该也能看懂。

PVP也就是游戏中Player vs Player的缩写，意味着玩家对抗玩家的游戏。木柯这是在问他，路上碰到了苗飞齿他们这些敌对玩家需要对抗怎么办。

这次对面沉默了更长时间，似乎在理解这个的意思，木柯有点迷惑地等在键盘旁边，然后等到了一个很冷僻的回复。

白柳："L""F""G"。

木柯看到这三个字母没忍住吸了一口冷气，他没看懂。

隔了一会儿木柯才从自己的记忆里翻找出这个词的意思——LFG是多人联网游戏中Looking for Group的游戏术语的缩写，意思是寻求玩家组队。但这个说法其实用得很少，是多年前的大型联网游戏才会用的游戏术语缩写，现在更多的是用语音邀请组队，或者直接弹组队邀请。

也亏得木柯记忆力不错，又去研究过游戏这个方面的东西，才能勉强回忆起来这个缩写的意思。他琢磨了一下——白柳这意思就是让他遇到了苗飞齿不要慌张和敌对，冷静地向他寻求组队。

翻译过来就是让木柯假装自己就是木柯，虽然说起来怪怪的，但大概就是这么个意思。

不过白柳昨晚也和木柯说过，苗高僵在今天很有可能对他们的身份起疑，木柯这个身份并不是绝对安全的，但要攻击他们，至少要等到今晚的九点过后苗飞齿体力恢复，能够使用高等技能。

在没有主攻玩家配合的情况下，苗高僵暂时不会对他们下手。

因为他们昨晚在九点这个时间点强闯ICU的时候消耗掉了苗飞齿一个大招，导致苗飞齿今天的体力都无法靠药剂恢复，处于一种被迫坐冷板凳的自动恢复状态。

而木柯潜入档案室，刚好就可以在护士换班的时候出来，如果遇到了苗飞齿也正好处于他体力冷却状态的最后几分钟，所以木柯在九点之前是安全的。

一切都卡得严丝合缝，一分不差。

木柯吐出一口长气，所有的事情在白柳的安排下都是刚刚好，他找不出到底是什么时候白柳开始做的计划，木柯现在甚至觉得昨晚苗飞齿的暴走使用S技能耗空体力都在白柳这人的计划之中。

尽管昨晚他们差点就因为苗飞齿暴走而被淘汰了。

但今天，无论是儿童那边，还是他这边，都因为昨晚苗飞齿的暴走今天无法使用个人技能，维持了一种短暂的和平。

这保护了儿童和木柯的安全。

木柯就感觉像是，在他完全没有意识到的时候，每一个点都被白柳算计好然后利益最大化。

但说实话，他在被白柳牵着完成计划的时候，任何"这是计划内"的感觉都没有，因为都太冒险了！

就像是一个走投无路的赌徒押上全部筹码的最后一次赌博，昨晚要是苗飞齿暴走成功，他和白柳都会瞬间淘汰，那可是S-级别的攻击技能啊！一下就能把白柳和他百分之五十的生命值给清零！

但白柳赌赢了，他们拥有了今天的平安夜。

八点五十，键盘又动了一下，木柯打开一看："G""O"。

这是让他走，木柯深吸一口气，扫视完整个档案室闭眼回想了一下他记下的东西，然后转身从档案室的门缝里偷偷看了一眼外面——护士值班室的灯是亮的，但是走廊上没有人，漆黑空荡，病人都被护士关回去了。他缓慢地吐出一口气，推开门小心翼翼地往外走。

在加湿器的不停运作下，漆黑的长廊笼罩在一种浓度很高的雾气中，有种潮湿黏腻的诡异感，夜里唯一明亮的只有护士值班室半掩的门里透出来的暗黄色的光线。

在如此寂静的地方，木柯只能听到自己细长的脚踩在地面上的脚步声，还有从两边的病房内传出来的轻微不明声响。

那是一种很纤细的，就像是在三十二倍加速下，植物在镜头里飞速生长发出的声音。

还有几个病房的门缝里一闪一闪地发出红色的荧光，就是昨晚木柯在血灵芝上看到的，那种奇特的蘑菇在生长的时候会散发的荧光。他的鼻前也飘浮起了一股很浓的血腥气。

木柯加快了自己的脚步。他没有走安全通道，因为昨晚那边有很多畸形小孩，在现在这个护士还没有出来的节点走电梯是更安全的选择。

木柯进入了电梯，摁下数字键，电梯门在他面前正在缓慢地、有点卡顿地闭合，那些病房门内闪动的红色荧光越来越盛，木柯听到了好似蘑菇炸开释放孢子的声音。

走廊尽头的一个病房门缓缓地打开了——那是昨晚木柯闯过的ICU病房——里面走或者说是爬出了一个人影，爬也并不准确，这个人影太长了，它弓着身体歪着头推开门出来，脑袋抬起，似乎在嗅闻着空气中出现的血液的味道。

系统警告：生命值只有6的新人玩家木柯，有两只怪物发现了您，请迅速撤离此场景！

木柯的呼吸急促了起来——两只，这里的病人只有一只，还有一只在什么地方？！

整个走廊除了这个走出来的病人，木柯并没有发现其他的东西出来闲逛，但这个病人已经在向他逼近了。

走廊中，木柯几乎每一次眨眼都能看到那个四肢长得就像是蜘蛛的病人，踩在那些从病房门缝里射出的红光上，纤细的肢体一步一步地扭转着，头歪斜着盯着他，靠近他。

但木柯所在的这电梯门还是卡卡顿顿的，一直合不拢，木柯摁得脑门冒汗了都合不上。

明明白天看那群护士使得挺好的，这私人医院装潢都这么豪华，不至于用这么一个门都关不上的破电梯吧！

等等……这个电梯质量很好，里面一直摁都合不拢的话，只有一个可能性，就是外面有人在摁开门按钮。

木柯浑身僵直地探出头去看，在电梯的一旁站着一个浑身扎满注射器的小孩，它两只脚扭曲在一起，看上去是一种身体畸形。它正跪在地上仰着头不停地摁着电梯的按钮，因为刚好被挡住了，人又小，所以木柯没看见。

这个不停摁电梯的怪物小孩有一只手是断掉的。这个小孩对上了木柯被吓到空洞的目光之后，露出一个诡异又天真的微笑，咯咯地笑起来。

"不要上，要下去，你要下去，上面有人在等着抓你！"

木柯吓得差点腿软，但那边的病人已经要赶过来了，木柯飞快推开这个小孩，缩回电梯里疯狂摁关门按钮，在那个病人四肢并用地爬到电梯门前的最后一刻，电梯门合上了。

卡顿了一下之后，电梯终于缓慢地向上升了。木柯浑身虚脱地瘫软在了电梯里，他看了一眼电梯上的时间——八点五十九。

还有一分钟苗飞齿的体力槽就蓄满了，只要他在这一分钟内不遇到苗飞齿应该就没事了。

电梯突然停在了五楼，门缓缓打开了，木柯僵硬地抬头看向门外的人。

苗飞齿笑眯眯地蹲下来，对坐在地上的木柯挥动了一下手指："晚上好啊，木柯，这么晚你是从哪里回来，是刚刚去见了白柳吗？"

电梯上的时钟跳了一下——9：00：00。

苗飞齿似乎注意到了木柯在时钟上的视线，笑得越发邪气："哎呀，我的体力，好像恢复了呢。"

说着，他抽出双刀抵在木柯下巴上，手腕上挑迫使木柯把头抬起来，苗飞齿俯下身体看吓得一直在吞口水的木柯，语气轻快无比："你不是说我这把刀是猪草刀吗？如果你不对我们说老实话——

"我就用这把刀解决了你。"

刀背上雪白的反光看得木柯一抖，他想往电梯里后退，但苗高僵不知道什么时候站在了他的背后，居高临下面无表情地看着他。

他没有退路了。

100

木柯被苗飞齿和苗高僵从五楼的电梯上拖了下去，一路被拖着进了苗飞齿的房间，门啪的一声被苗飞齿勾脚踢上。

门外的护士开始踩着高跟鞋巡逻，在深夜里回荡出嗒嗒嗒的很清晰的声响。

苗飞齿和苗高僵两个人一左一右站在瑟瑟发抖的木柯旁边，守着门不让木柯出去。

苗飞齿蹲下来看着地上的木柯，他伸出长长的舌头舔了一下自己发干的嘴皮："好了，现在是审问时间，告诉我们白柳在什么地方！"

木柯咬着牙齿，肩膀抖得很厉害。他低着头没有说话。

苗飞齿有点不耐烦地卡着木柯的下巴，用力捏木柯的下颌骨迫使他抬头："我再问一遍，你不要以为你只有6点生命值我就折磨不了你，我有的是办法让你痛不欲生，或者你直接把你的系统面板打开，让我们看看那个键盘上你们又交流了什么。"

木柯的下颌骨被捏得咯咯地响，他觉得自己的颞下颌关节都要脱位了，又酸又痛。他眼泪忍不住流了出来，口齿十分不清晰地说道："我不清楚你在说什么——"

苗高僵也蹲下来，带着一种很伪善的温和表情，好似无奈地劝告木柯，实际上很像是酒桌上劝年轻人多喝一口酒的油腻中年人："木柯，如果你是一个普通的、投靠我们的玩家，我们是不太想动你的，只要你老实交代。我们也在应援季，淘汰你会影响我们的支持率，但如果你一直这样宁死不屈，连面板都不打开让我们看一眼，那我们是真的没办法了。"

木柯呼吸很急促，但他依旧没有开口。

"算了，他应该被白柳给控制了，逼问不出什么。"苗高僵站起来用食指点了点苗飞齿的肩膀，口吻很平淡，"淘汰了吧，淘汰了他背包里的键盘会掉落出来，看不懂也没事，至少让白柳少一个可以用的人物。"

怎么办怎么办？木柯心跳快到了极致——LFG，白柳这意思应该是让他向苗高僵他们寻求合作，但是寻求合作就必然要展示白柳和他交流的键盘，虽然对方不一定能看懂键盘上的信息。

但是不服从被对方淘汰了，键盘也会掉落。

"我给你们看。"木柯扬起了头。

他竭力控制着自己颤抖的手，点开了自己的系统面板，挑出了那个键盘，在心里祈祷这个时候白柳不要给他传递任何新信息，但键盘一出来木柯就闭了闭眼睛。

键盘上新少了三个键帽。

苗飞齿饶有趣味地凑近："这个我能看懂什么意思，缺失的应该是9，0，6，这应该是个病房的房间号。"

"这应该是白柳病房的房间号。"苗高僵脸上的笑从虚伪变得真切，"木柯，这是你的主人在让你去会合吗？"

苗飞齿压住木柯的脖子，下命令："回复他，说你马上就到。"

"现在有护士在外面。"木柯抖着手，他已经完全乱了，但语气还竭力保持着一种镇定，"你们怎么上去？"

"解决小孩NPC走安全通道。"苗飞齿用双刀拍拍他的脸，笑嘻嘻的，"忘了吗？我体力恢复了，我移动速度是比护士快的。"

木柯被他们逼着用键盘回复了白柳自己马上上去。

苗飞齿看向苗高僵："要现在淘汰木柯吗？"

苗高僵深思一会儿，否决了苗飞齿这个提议，说白柳这种反应极迅速智力值较高的玩家，如果在这个过程中还在用键盘联系木柯，但是木柯这边没有反应，估计会起疑，所以暂时先留着木柯，等看到白柳再一起淘汰不迟。木柯听得绝望得不行。

苗高僵他们在护士乘坐电梯去巡逻另外一层的时候，将木柯迅速地拖出病房门，走安全通道上九楼。

但是安全通道这里是有畸形小孩的。

木柯心惊胆战地看着苗飞齿像是切瓜砍菜一样随便就料理了昨晚追得他们满医院跑的畸形小孩，小孩子尖厉的号哭声充斥着安全通道。

苗飞齿只是厌烦地喷了一声，双刀从小孩的颈部亮着光闪过，小孩的头颅咕噜咕噜地滚到了木柯的脚边，双眼不甘又怨恨地睁着，但张大的嘴巴却再也发不出哭声。

这是一种碾压级别的实力，木柯想起了昨晚被苗飞齿双刀支配的恐惧，因此也越发提心吊胆起来，甚至开始怀疑自己对那个LFG的解读是否正确。

……白柳真的是让自己顺从苗飞齿他们吗？再这样下去就要直接冲上九楼了！

木柯开始疯狂祈祷白柳不在906。

与此同时,福利院。

小白六压低身体跑了出来打电话,一边走一边警惕地左右看:"我按照你的要求把键帽拔掉了9、0、6,这是你的病房号吗?你现在在906?"

"是的。"白柳回复,"之前有人用键盘联系过你,你怎么回复的?"

"让他组队,在这种情况下他淘不淘汰键盘都会掉落暴露他的间谍身份,不如让他先投降苟着。"小白六皱眉,"但你和我说,那两个人很有可能晚上会来攻击你,我以为你让我拔掉9、0、6是让他们跑空,你怎么在906?这样不是他们一上来就会被你……"遇到个正着。

"我这边你不用管,我在做局钓他们上来,你只要确保你那边就可以了。"白柳很平静地说道,"你之前做得很好,让对面联系的人寻求敌方组队的决策是很正确的。你那边呢?你准备好逃离福利院了吗?"

小白六看到儿童乐园里跑来跑去的畸形小孩,迅速地找地方侧身躲藏了一下,避免被发现。

经过两天的追逐战他已经很会找点隐蔽自己了,白柳是出来踩点的,白柳白天让他今天晚上就带着小孩逃逸,因为明天就是周三配对的日子了。

"九点到十二点儿童乐园有畸形小孩四处游走,并且老师也没有彻底睡着,如果是平时我不建议这个时候逃跑,很容易被畸形小孩和老师抓到。"小白六对着电话阐述他看到的情况,语气很冷静,"但今天是洗礼开放日,福利院的门还没关。"

"十二点过后,福利院大门就会关闭,凌晨还会有吹笛子的小孩进来带走其余小孩,所以我们必须十二点之前跑。"

"但如果选择十二点之前跑,怎么躲开老师和畸形小孩就是一个难题,对吗?"白柳沉思了一会儿问道。

"对。"小白六很冷淡地说,"但逃跑这种事情,我觉得很有可能越到后期越难跑,今晚的畸形小孩有五只,畸形小孩的数量每晚递增两只,现在已经和我们今晚要出逃的小孩数目一模一样。"

"如果只有三只或以下,我会考虑让苗飞齿和苗高僵去引诱对方,然后我带着木柯和刘佳仪跑,但今晚有五只,平均下来我们每个人都会分到一只追我们的畸形小孩,让苗飞齿和苗高僵去引诱最多只能引开三只,起不了太大作用。"

白柳有了点兴趣:"你这么快就让苗飞齿和苗高僵愿意跟你走了?"

小白六淡淡地回:"说服他们很简单。"

"你怎么说服的?"白柳问。

"我和他们做了一笔交易。"小白六不快不慢地说,"我说我可以带他们出去,但他们需要和我做一笔交易。"

白柳挑眉:"你使用我的个人技能购买了他们的灵魂?你上手很快啊。"

"不。"小白六反驳,"不是我花钱买他们的灵魂,是他们花钱让我照看他们的灵魂,他们给我十二块五毛,把人,或者说灵魂托付给我,然后我带他们逃出去。"

"但不知道为什么,我得到的苗飞齿和苗高僵的灵魂纸币和你说的不太一样。"小白六语带疑惑和仿佛被人骗了钱般的不愉快。

但明明这小朋友连拿带抢一分钱都没出,就挣了两个灵魂和十二块五。

小白六皱眉:"和苗飞齿他们交易之后,硬币的系统提示我交易不全,只拥有该人物部分的灵魂债务权,我无法使用对方的技能和系统面板,只能简单查看他们的系统面板。"

"那你得到的灵魂纸币可以做什么?"白柳询问。

"什么都不能做。"小白六有点不爽地说,"系统注明说要集全灵魂,同时和全部的灵魂交易成功,或者另外部分的灵魂死亡归到交易对象的位置上,我手上这张灵魂纸币才有交易效力。不过也不算是全无用处,我用这个可以限制苗飞齿和苗高僵的行动,这会让我今晚的出逃好操作一些。"

白柳若有所思,他之前把硬币交给小白六也有这个原因,他想试试看能不能让小白六来交易得到苗飞齿和苗高僵的灵魂,从儿童那边迂回控制对方。

但最终得到的果然只是一个这样的半成品。这只有一半债务权的灵魂纸币相当于被撕成两半的其中半张纸币,看似你好像得到了什么东西,但你拿着这残缺的纸币,什么东西都无法从交易对象那里买到。

要得到对方完整的灵魂,只有让苗飞齿苗高僵的本体也把灵魂卖给他,就是系统所说的集全灵魂,但这个可能性为0。

苗高僵又不是傻子,为什么要做这样的事?并且之前张傀的事情让这家伙警惕性很高,虽然没有猜到白柳技能的具体使用方式,但苗高僵估计已经猜到了白柳的技能没有明面上看起来那么简单。

今天一整个白天,苗高僵没有从白柳手中接过任何东西,也没有掉进任何白柳的语言陷阱,他几乎不回答白柳的祈使句和疑问句,都是采用主动句式来和白柳搭话——这是白柳控制技能的一大弊端,在对方绝对防守的情况下,白柳很难拿到控制和交易的主动权。

当然还有第二种可能性,就是杀死苗飞齿和苗高僵的本体,让灵魂归位副身份线。

这种可能性甚至比0还小。

但并不是完全没有。

"小白六,你用这个技能的时候不要忘记我警告过你的话。"白柳提醒道,"这个交易技能限制的是双方,你答应了带着苗飞齿和苗高僵他们逃出去,你就要做到,不然你也会——"

"变成半张灵魂纸币被关在旧钱包里对吧?"小白六很平静地说。

白柳一静,他从头到尾没有和他说过任何关于自己身份的信息,他们登记的名字也只是一个投资人的身份,没有人知道他们的名字,系统似乎有意不让这些小孩知道他们的真实身份,对于这些系统根据他们生成的儿童NPC而言,他们更像是一个虚无缥缈的象征。

估计也很难有小孩会想到这些面目诡异阴森的投资人是未来的自己。

但对小白六能猜到他是谁这一点,白柳并不惊奇。

小白六声音里一点波澜也没有:"你在拿给我这枚硬币的时候就应该猜到,我会根据你硬币里的信息猜到这点,我是个好奇心很强的人,看到信息就会思考,我现在终于明白你为什么愿意为我去死了。

"我和其他小孩一样,是你的副身份线,是你的半个灵魂,对吧,未来的白柳,或者说一直匿名的好心投资人先生?"

101

"我很好奇生活对你做了什么,把你变成了这样一副——"小白六冷冰冰地说,"让我稍微有点讨厌的样子。"

"你从一开始就在骗我,你知道我喜欢钱,知道我会为什么类型的人好奇触动,明白我的动机和心理构建,又用这个不断地诱使我为你毫无芥蒂地做事,并且我是你的副身份线这一点也是你故意让我现在知道的吧?为了确保我在成功逃离福利院之后还和你保持联系。

"你需要确保我不会背叛你,确保我继续为你付出超出你给我的金钱额度,你很明白金钱无法支撑我和你之间那么久的联系。"

小白六的呼吸声透过信号不太好的电话传来,听着就像是突然卡顿的水流一样,有些粗重和急促:"你现在不说话,是在等我冷静下来对吧?"

白柳没有说话,他一只手举着电话,一只手抱胸扶肘,神色淡淡地靠在墙上。他的确在等小白六冷静下来。

小白六是一个很理智的小孩,白柳听到电话对面的呼吸快速地起伏了两下,像是在深呼吸平复情绪,最后恢复了正常的频率,语气平和下来:"不得不说,你真的很了解自己,我的确永远都不会背叛自己。"

自己是一个诡异投资人的半个灵魂，这么离谱的事情，十四岁的小白六也仅仅花了十几秒的时间来接受，很快地清醒地切入了正题：

"今晚我逃离的两个问题是老师和畸形小孩。全部受洗过后的孩子的睡房，老师会来巡视，我们也不允许在外面待到很晚。刘佳仪不知道为什么，她对这个福利院很熟悉，就好像曾经在这里住过一样。"

小白六用带一点微妙的语调说道："她摸清了老师巡视的规则，告诉我老师一般会在九点十五巡视完我们这个睡房，九点半巡视完她的睡房，那么九点半之后我们五个人就可以离开睡房往外跑，刘佳仪还根据她对这个福利院的熟悉度给我们画了一个大致的出逃路线图。"

小白六评价："她制订计划后行动力非常强，虽然一开始我和她交涉要出逃的时候她有些慌张，但很快她确定我是她哥哥派来的之后，就开始向我输出有效信息了，不像是一个眼睛看不见的八岁女孩表现出来的水平，比苗飞齿和苗高僵两个人加起来都有用。"

"如果不是她看不见又有畸形小孩在游走，我觉得她今晚完全可以靠自己摸出福利院。"小白六最后总结。

白柳没出声。刘佳仪了解这个福利院是很正常的事情，她的确在这里待过，而且从现实世界的毒蘑菇事件来看，刘佳仪的心理素质和智力都很出色，白柳完全不担心刘佳仪在出逃过程中会拖白六后腿。

小白六继续往下说："但是这些游走的畸形小孩的确是一个大问题，不过我在查看了你给我的硬币里的道具之后，我发现有一个道具可以在这里起作用。"

白柳和小白六异口同声："乘客的祝福。"

这个 BUFF 类型的道具是白柳把硬币给小白六的主要原因。

"乘客的祝福"是白柳在第二个副本中集齐怪物书所获得的奖励道具，系统给的道具解释是，"乘客们感激你解救了痛苦中的他们，于是赐予你祝福，只要你坐在交通工具的座椅上，他们的灵魂便会守护着你，不让任何怪物伤害你"。

但交通工具不可为玩家自己强行携带，必须为原场景固有的。而且一个游戏里也只能使用一次。

这个道具在之前白柳假装死亡的过程中并没有掉落给苗飞齿他们，是留在了硬币，也就是游戏管理器内。因为这是一个 BUFF 类别的道具，这种道具的使用并不依附于实体，而是依附于玩家，是一种无法掉落的道具，所以苗高僵也并没有起疑。

"我们儿童乐园里有那种玩具车，我认为也算是福利院这个场景内的一个交通工具了，但这个玩具车会在下午六点上锁，钥匙在老师身上。"小白六特别镇定，就像是他要做的不是什么冒险的事情，而是玩玩具，"刘佳仪说她可以把携带钥匙的老师单独骗过来，然后让我们打晕老师偷走钥匙，开走这个玩具车。"

"但这个玩具车，我记得只能坐四个人。"白柳若有所思地摸了摸下巴，"你们还有一个人坐在哪里？"

小白六诡异地静了两秒："我们还准备偷一个大型的学步车，福利院内有，专供残障儿童使用，可以挂在玩具车上一起跑。"

白柳微妙地沉默了一会儿。

学步车是那种四脚装有轮子的小型玩具，速度全靠两只脚在下面跑，并且要叉开腿坐在车里的"开裆裤"中，小白六一行人最小的都有八岁了，坐这种车别的不说，光看起来就特别丢人——宛如穿着一条花布棉裤衩放肆奔跑。

"你们准备让谁坐这个学步车？"白柳问。

"刘佳仪她看不见坐后面太危险了，所以——"小白六顿了顿，语气里有种隐藏得不是很好的恶趣味，"只有我们当中最矮的比较合适，我不是最矮的。"

"木柯才是。"

在和小白六交谈间，白柳的病房门外传来护士的高跟鞋踩在地面上远去的声音，但在护士离开后不久，很快门外又传来新的脚步声，听着不止一个人——白柳眸光微沉，这种沉稳快速移动的脚步声，应该是苗飞齿他们。

苗飞齿很明显是卡着护士巡逻离开的点来到了白柳的门前，这就是玩家移动速度比 NPC 快的好处，可以抓住这种 NPC 移动的空隙，不用像白柳昨晚那样被追得要死不活。

"嗒嗒嗒。"白柳的门被敲响了，木柯颤抖的声音响了起来："我、我是木柯，我来了。"

白柳眼神移到门上，他对着电话低语了一声："我挂了。"

"等等，"小白六顿了一下，问，"那我下次什么时候打给你？"

白柳漫不经心地说："九点半之后吧，你随时可以打给我，依旧按照分钟计费。

"如果我还可以活着接你的电话的话。"

小白六静了一秒："从金钱角度上来看，我希望你活着，但鉴于你告诉了我你的计划和你的身份，你活着我会很麻烦，而且你最有价值的东西已经在我身上了，从这一点看，我还是比较希望你死了。"

说完之后，小白六干脆地挂断了电话。

白柳无所谓地、习以为常地笑笑，把电话背到自己身后。他拿着电话的手是一只猴爪子，白柳垂下眼帘看向自己手上这只猴爪子——他在离开福利院的时候，在系统界面中操作，把牧四诚的灵魂纸币面板固定在了自己身上，这让白柳在把游戏管理器给小白六之后仍然可以使用牧四诚的技能。

但也只能使用牧四诚的技能了。

他无法再切换回其他人的灵魂纸币，小白六那边也无法操纵白柳这个主身份线的面板，只是因为白柳的游戏管理器硬币同时绑定了他主、副两个身份线，让小白六可以大致看到他的生存状况、个人属性面板，能够接收到白柳这边的系统提示，知道白柳这个主身份线是死是活。

从刚刚听到脚步声开始，白柳一直保持着猴爪技能半激活的状态。昨晚他的体力也被耗尽了，所以白柳之前是没有办法使用牧四诚任何技能的，只能抛出木柯这个诱饵，迂回地把苗飞齿他们引到病房这边来，拖延时间不正面对决。

不过——白柳看了一眼挂在病房墙壁上的钟，九点恢复体力的玩家，可不止苗飞齿一个。

有配合队友的玩家，也不止苗飞齿一个。

白柳缓缓抬眸，看向屏住呼吸静静站在门后的刘怀。

刘怀这个刺客两只手紧握匕首，就像一个真正的杀人的刺客那样带着孤注一掷的冷厉和决绝，安静地站在门后的阴影里。在得到白柳的眼神示意之后，刘怀轻点一下头，深吸一口气，轻轻一跳跃，悄无声息地用双腿悬吊在天花板的灯上。

看着下面的白柳，刘怀现在心情前所未有地复杂。目光落在白柳已经装备好的猴爪上，刘怀想不到，那么久之后他居然还会以这种方式和牧四诚的这个技能合作。

这可能是盗贼和刺客最后一次合作了。

刘怀闭了闭眼睛，摸了摸他放在胸前那个和他长得很相似，但是制作很粗糙的娃娃，那是刘佳仪今天送给他的礼物，也是送给投资人的礼物。

一个自己摸索着制作的，她想象的刘怀样子的手工娃娃。

刘佳仪就是很喜欢各种娃娃，虽然看不见，但她很喜欢用手去触摸然后制作娃娃，好像是弥补她看不见这个世界的一种方式，虽然刘佳仪制作出的娃娃都很丑。

也是因为刘佳仪喜欢娃娃，刘怀才会笨手笨脚地也给刘佳仪做小熊娃娃，当然做出来的也很丑，这对兄妹在这点上还蛮相似的，但好在刘佳仪看不见这小熊娃娃到底有多丑陋，她还挺喜欢的。

或许这也是刘怀最后一次看到刘佳仪做的丑哥哥娃娃了。

刘怀深吸一口气，宛如没有重量般身形一晃一带，就用手轻轻拉开了病房的门。

门在寂静的黑夜里缓缓打开，发出吱呀的声音，门外站着的人完全显现在白柳的眼前。突然两柄双刀闪着弧光从白柳的正对面横滑过来，伴随着木柯的一声惊叫："白柳！"

102

还在外面游荡的小白六看了一眼被挂掉的手机，神色微凝。胸前的硬币一直在振动，小白六点开胸前的系统面板，看到很多提示：

系统提示：玩家白柳主身份线体力恢复，可使用体力恢复剂恢复体力，是否恢复？

系统提示：玩家白柳主身份线体力恢复至满格。

系统提示：玩家白柳主身份线是否使用个人技能"盗贼的猴爪"？

小白六深吸一口气关上了系统面板，看着黑夜中逐渐向他睡房靠近的老师——小白六在外面逛了一圈和白柳打完电话踩完出逃的点之后，就蹑手蹑脚地回去了，假装什么都没有发生一样躺在了床上，呼吸均匀就像是熟睡一般。

在躺在床上确定老师巡视完他们这间睡房过后，装睡的小白六手脚轻快地从床上跳了下来，同时，小苗飞齿、小苗高僵和小木柯也从自己的床上跳了下来。

他们看向了走到睡房门边的小白六，彼此心照不宣地对视了一眼，然后轻手轻脚地跟在小白六的身后出了睡房，走入了不见光的走廊中。小木柯看着被黑暗吞噬的一间间睡房和走廊，情不自禁地咽了口唾沫，给自己打了打气，紧张地跟在小白六的后面走入了茫茫夜色中。

白六所在楼房正对的楼的一层，就是刘佳仪所在的睡房，两栋楼的中间是个儿童游乐场一样的小广场，上面已经有畸形儿童在游荡了。白六他们不可能直接从这个游荡着畸形儿童的小广场上横穿过去，只能另找路。

从那边的女厕所的窗户翻出去，然后从楼的背面可以绕到刘佳仪所在楼的一楼，而且这样可以有效避免被畸形儿童看到追上——这条路还是刘佳仪告诉他们的。

白六闯女厕所的动作很利索，左右看了一下，就直接进去了，利落地从女厕所最后一个隔间旁边的通风窗口翻出来落到草丛里，他们楼的背后都生长了很茂盛的灌木丛，白六摸着墙，顺着墙的边沿往另一栋楼那边走。

他们走的时候还能听到从楼里传过来的、若隐若现的小孩清脆又缥缈的笑声。

这笑声越来越近，最后竟如影随形地跟在白六一行人的身后，就好像是有什么东西从楼里翻了出来，也在摸着墙跟着他们走，在和他们一起玩这个好玩的游戏。

走在最后的小木柯时不时就要因为那个靠近的小孩的笑声回头，他的脸已经被吓得煞白——他总觉得有什么东西在跟着他们。

"别回头。"在小木柯又一次听到有人踩在草地上的脚步声忍不住回头时，小白六突然冷静地开口了，"的确有东西跟着我们，但它可能觉得我们在玩游戏，快走，别被它追上了。"

草丛里那些畸形小孩的面容终于在惨白的月光下显现出来，它们仰起残缺或者不残缺的面容，露出那种天真过头反而显得阴森的巨大笑脸，举起一双在泥地里爬动之后被深红色的泥土沾染得发红的双手，嘴里断断续续地说：

"玩！陪我玩！留下来玩！"

小木柯看得心脏都快吓爆了，一群人一个劲地狂跑，终于在被背后的畸形小孩撑上之前，成功从另一栋楼女厕所的窗户翻了进去。

小苗高僵心有余悸，满脸苍白地跌坐在地，他是最后一个翻进来的，鞋子都被那几个追赶他们的畸形小孩扯掉了一只，好在小白六反应迅速回头给他抢回来了。这些畸形小孩大多行动不便，不太能做出从一个小口翻窗子进来的高难度动作，此时，这些无法翻窗进来的畸形小孩都簇拥在女厕所那个小小的通风口旁。

几张近似人类但又十分离奇的惨白面孔，在月光下拥挤堆叠在那个通风窗口，几双大大的眼睛死气沉沉地一动不动地盯着白柳他们，还在不断地试图攀爬伸手进来，嘴里念念有词：

"我要玩！你们要陪我玩！出来！"

小白六把抢回来的鞋子递给了小苗高僵，余光淡淡地扫了一眼这些畸形小孩："它们暂时进不来了，穿上，等下好跑路。"

小苗高僵神色复杂地接过了，他道了一声谢，小白六可有可无地应了，转身出了女厕所——他们终于到了刘佳仪睡房所在的这栋楼。

小白六他们从走廊去刘佳仪睡房的时候，正听到刘佳仪细声细气地缠着一个NPC老师撒娇："老师，我好像不太舒服。"

她语调十分虚弱，口吻逼真，还带着一点轻微的呛咳声，作为一个明天就要被领走的商品，在头天晚上生病对于这个福利院的老师可不算是什么好事。

在NPC老师反复询问了症状之后，刘佳仪又磨磨蹭蹭地演了一会儿，等小白六在外面学着猫轻叫了两声之后，刘佳仪才对NPC老师说"好吧，我们去看医生"。NPC老师牵着她的手从床上下来了，走到门口的时候，刘佳仪突然又是一声"哎哟"倒在地上，NPC老师吓得下意识回头，正好就把背面暴露给了早就在门口等候的小白六一行人。

小白六领着一群小孩一拥而上，求生的意志让小苗飞齿和小苗高僵这两个已经具有成年人雏形的儿童下手勒 NPC 的时候分外卖力，很快 NPC 就一翻眼白晕倒在地。

"虚弱"的刘佳仪瞬间松开了老师的手，从地上爬了起来，她迷蒙的眼睛有点焦急地"看向"小白六他们："我看不见，你们快找她身上的钥匙！等会儿会有其他老师过来巡逻的！今晚逃跑的时间很紧！"

小白六他们很快就从这个 NPC 老师的腰间找到了一串钥匙，刘佳仪看不见，跑路很麻烦，小白六让小苗高僵这个身形相对健壮的男生背着刘佳仪。他们跨过这个躺着正面朝下的 NPC 老师，飞快地往外跑了。

除了小木柯，没有任何一个小孩回头看老师。

小木柯这个相对正常一点的小孩格格不入地跟在他们身后，回头睁着惊恐的眼睛看着那个躺在地上的 NPC。但很快他就收回了自己的目光，忐忑不安地跟着跑了。

毕竟今晚，他们没有同情其他人的时间了。

小苗飞齿、小苗高僵这两个跑得快先冲了出去，进入广场把那些畸形小孩引开了一会儿，小白六趁这个机会打开了锁在儿童乐园边的儿童车，小苗高僵背着刘佳仪过来了，这两人气喘吁吁地上车了，而小木柯——

小木柯两腿叉在学步车上眼睛飙泪地嘶吼，两腿屈起来奔跑："白六你开车开快点！别打电话了！我后面的小孩要追上来了！"

小白六坐在驾驶座上，这个玩具车本来速度就不快，加上上面硬塞了四个小孩，除了刘佳仪算是轻一点的，其他的都是十几岁的少年人了，也不轻，开得就更慢了，几乎是在苟延残喘地挪动着。

他们背后的畸形小孩很喜欢这个追逐的游戏，嘻嘻笑着，拖着地上的双脚，或者是四肢着地地爬动着，眼看就要追上小白六他们了。但是在这些喜形于色的畸形小孩伸手要去触碰玩具车上的小白六的一瞬间，玩具车上猛地冒出一股带着火焰的黑烟。

黑烟滚滚而上，翻腾出无数嘶吼张牙舞爪的焦尸，虚幻与现实交错间，它们大吼着口中喷出熊熊烈火驱赶跑过来的畸形小孩。

　　系统提示：玩家白柳的副身份线使用道具"乘客的祝福"，乘坐在交通工具上，这些乘客的灵魂会帮助你们驱赶其他怪物。

畸形小孩被吓到了，它们目露惊恐，叽叽喳喳地一哄而散，但依旧隔着一段距离，警惕，好奇，又不甘地追随着小白六他们。

叫得撕心裂肺眼泪汪汪的小木柯看到这个场景惊奇地打了个哭嗝，小白六一只手举着儿童手机，一只手握着玩具车的方向盘，目光沉静淡然地对着听筒说："喂，白柳，你那边还好吗？"

那边悄无声息——没有人接他的电话。

小白六还在不停地拨打电话，他已经半个小时没有听到白柳的声音了——从九点那次简短的通话过后。

小白六目光沉静。他迅速地点开了系统面板，发现白柳的生命值已经在刚刚他坐上车出逃的几分钟时间从6下滑到了3，并且还在以一种触目惊心的速度持续下滑着，各项数值也眼花缭乱地横跳着。

尤其是体力值，几乎只有全满和全空两种状态，个人技能更像是不要命一样疯狂地使用着。

系统硬币不停地振动着，弹出各种红色的警告框和提示。

从福利院这边是可以看到对面那栋私人医院的，小白六抬头看向那栋黑沉沉仿佛要吃人的建筑，漆黑的眼珠子倒映着另一个他所在的建筑，嘴唇紧紧抿着。

突然，小白六背后的福利院亮起了灯光，里面传来老师惊慌失措的尖叫声："有孩子打晕老师跑了！"

全福利院的灯就像都是声控灯般被这一声尖叫喊得透亮。老师们脸色沉郁恐怖地站在窗户边，影子被灯光拉得很长，就像是瘦长鬼影那般隔着窗户阴森森地注视着这些不听话的逃跑的孩子。

在这一刻，这些老师好像褪去了白天和善可亲的外衣，变成了和医院投资人一样的怪物。

"把他们抓回来！"院长的怒吼声透过广播喇叭在整个福利院内阴沉地响起，她就像是一个歇斯底里的、控制欲爆棚的家长那样咆哮着，"把这些想要跑出去的孩子抓回来狠狠地惩罚！把领头的孩子淹在受洗池里！"

103

那些老师和护工从一个一个亮起来的房间里跑出来，在夜幕里变成一个个看不清人脸的阴影，扭动着向小白六他们这里奔跑过来。

这是一个有两百多名护工的私立福利院，一个成年人的脚步速度足以追上一辆超载还负荷了一辆学步车的儿童小汽车，她们怒气冲冲又面目狰狞地从教室里走出来，在夜色中看，神情比那些傻笑的畸形儿童更可怕。

这些追逐着小白六的畸形儿童似乎也害怕这些老师，它们看到老师就像是遇到了天敌，叫唤着，远远地就散开了。

小白六佩戴的硬币振动了一下。

《爱心福利院怪物书》刷新——畸形小孩（1/3）。
怪物名称：畸形小孩（非抽血顽皮版）。
特点：喜欢深夜出没和其他人玩耍，并且带走和它玩耍的小孩。
弱点：福利院的老师（1/3）。
攻击方式：注射抽血（A+），电话定位（A+），吹笛小顽童（A）。

畸形儿童跑走了，而那些老师越跑越近。

这些老师很明显不是怪物，那么就不能被"乘客的祝福"这个BUFF道具拦在外面，而福利院的大门已经离他们很近了，小白六抬头看向那扇在夜色里半掩的大铁门。

门外有着晃动的月光，能听到草被风吹过的声音，就像是有人在门外的草丛里走动着诱惑他们往外跑，跑出去。

小白六当机立断地下令："下车跑！"

顿时，几个孩子慌乱地就从车上跳了下来，小木柯还差点没办法从学步车上下来，在小白六的帮忙下才慌慌张张地跨出来，但这种集体分散跑的方式就会出现一个弊端——跑得快的会不管跑得慢的。

小苗高僵一下车就把刘佳仪给丢下了，小苗飞齿和小苗高僵这两个最年长体力最好的跑得最快，很快就把后面的人抛下了。

刘佳仪和小木柯就跑得很慢，这两个人一个看不见一个是先心，年龄又小，被小白六拽着跑，但小白六的体力也不算很好，很快这三个小孩的步调就慢了下来。

小白六咬着牙气喘吁吁，他迅速冷静下来，拿出灵魂纸币命令小苗飞齿和小苗高僵："过来背他们两个。"

小苗飞齿和小苗高僵不想背，但迫于灵魂纸币那种任务般的压制力，他们不得不回头背。

这两人很快背上了刘佳仪和小木柯，现在两个人背着两个小孩，白六一个人跑，五个人的速度基本算是持平了，但这个速度并不快，后面奔跑的老师越追越快，小白六都能听到这些人咬牙切齿的咒骂声，还有人在大叫着关门。

小白六不顾一切地奔跑着，肺部就像是生吞了一根正在燃烧的火炬那样疼痛，这迫使他大口大口地喘着气。

汗水染湿了小白六病号服一样的睡衣，从他死死盯着渐渐闭合的大门的眼睫毛上滑落，月光照在他汗湿苍白的侧脸上，朦胧出一层星辉般散落的光泽，风从他的耳朵旁擦过，好像有人在低语。

——离开这里，离开这里。

你这个不被眷顾的坏孩子，你要快点离开这里，这里没有人喜欢你。

小白六深呼吸，他跑得越来越快。

小苗高僵突然叫了一声，小白六锐利的目光瞬间扫过去，他以为这人又要闹什么幺蛾子了，结果看到刘佳仪在小苗高僵的背上捂住嘴巴大口大口地吐血，黑色的血液从这个脆弱的女孩子雪白的指缝间渗出来，她瞬间就衰弱了下去，脸色苍白得像是一张白纸。

刘佳仪像是害怕打扰到奔跑的其他人，她蜷成一只小虾米那样竭力小声地呛咳着，死死捂住自己的嘴巴，但血液还是从她的手指间溢出，同时流下的还有她一直在忍耐的眼泪。

"好痛啊……"刘佳仪忍不住开始呕吐，她没有焦距的眼睛流着眼泪，大口大口地吐着黑色的血液。

刘佳仪一边吐血，一边神色恍惚地轻声念着，呼唤着并不在这里的、属于她的保护神："——我好痛啊，哥哥，哥哥。"

温热的血液瞬间就润湿了小苗高僵的背部，小苗高僵惶恐地看向他们的主心骨："白六，她在吐血！"

小白六很快反应过来刘佳仪今晚和老师说的不舒服不是在说谎，也不是在演——这小女孩是真的不舒服，只是为了配合他们才一直忍着不说。

他想起白柳白天和他聊过的关于刘佳仪这个小盲女的事情。

"你们小孩当中有个玩家叫刘佳仪，她有点奇怪，初始生命值不是100，而是50，我怀疑她可能是中了某种延迟发作的蘑菇类毒物导致的，但是也只是我猜测的可能性之一，你注意一下这小女孩，她很特殊，会很危险。"

很快，刘佳仪吐到没有力气，开始缓慢地从小苗高僵背上滑落，小苗高僵根本兜不住她，但是小白六一定要小苗高僵背着刘佳仪。很快小苗高僵就崩溃了，因为他不断地固定背上的刘佳仪让他的速度减缓。

眼看就要被追上了，小苗高僵呼哧呼哧喘着气，双目赤红地大吼道："白六！放弃她吧！她没有用了！跑出去她也活不了的！她吐了好多血！让她留在福利院内说不定还有医生给她看病！"

背着木柯的小苗飞齿也跑不动了，满头都是汗，龇牙咧嘴地吼："白六！你哪里来的这种好心！放弃他们吧！不放弃这两个累赘，我们就要被追上了！"

如果是以前的小白六他一定毫不犹豫地就放弃这两个拖油瓶。所有的事情都要以自身的利益为先，这是他的准则。

当然这个准则现在也没有变过，但现在有两个"他"。

而这两个拖累他的人很明显是和另一个"他"的利益挂钩的。

小白六的目光落在惴惴不安地看着他、小声呼唤他名字的小木柯脸上，然后缓慢移动到痛得已经快失去意识的刘佳仪脸上。

他用一种毫无情绪的眼神在这两个人的面孔上睃巡着——他在衡量这两个人的价值，要怎么取舍他和另一个自己的利益。

丢掉小木柯和刘佳仪，小白六可以顺利跑出去，他的利益可以得到保护。

而不救，很有可能他们就跑不出去，但另一个他的利益会得到保护。

刘佳仪终于失去所有力气，从小苗高僵的背上滑落。她的小脸上沾满血污，求生欲让她下意识地抓住了小苗高僵的脚，小苗高僵被绊了一跤，正好摔到了小苗飞齿身上，这两个人摔了一跤之后，小苗飞齿顺势就把身上的木柯给甩了出去，骂骂咧咧拉着小白六就想走。

"没有用处的人你带着干什么！"

"快走吧白六！他们跟我们根本不是一类人！"

一切在小白六的眼中都变得像是慢镜头一样缓慢，他急促的呼吸声，脚踩在沙地上的沙沙奔跑声，背后越发靠近的老师的大声叱骂——她们手上挥舞着不知道什么东西靠近了他们。

被扔在地上的小木柯惶恐地伸手向他求助的脸，刘佳仪满是血、仰着头看向他无意识叫哥哥的脸，小苗飞齿和小苗高僵阴沉冷漠、咒骂这两个拖油瓶的扭曲的脸……在小白六的眼中，就像是他曾经看过的卡顿的露天老电影的镜头般，在他的眼前不断地以一条好孩子和坏孩子的界线反复播放着。

如果他停下，那么小白六应该就是个好孩子；如果他逃跑，小白六应该就是坏孩子。

按照世俗的定义来讲，似乎就是这样界定孩子的好坏——小白六有些恍然地想。

但他本来就是一个坏孩子啊。

不过另一个"他"好像不是这样觉得的，哦，还给他起了一个奇怪的新名字——白天的白，柳暗花明的柳。

"等你成年了之后能为自己行为承担责任再决定吧。"

"现在的话，还是把'坏人'该做的事情让给我吧，我会为你承担其他后果的。"

我……答应了会帮他救刘佳仪和木柯，并且他给过我报酬了——小白六的右手握住自己胸前的那个硬币状的游戏管理器，这就是白柳给他的报酬。

"我的身份是流浪者，作为一个流浪者，你需要做的就是遵守和任何人的交易，包括和我的。"

小白六的意识从很远的地方飘落回来，这些似乎很长的思考在他脑中只有几毫秒就完成了，小白六刚被小苗飞齿扯着走，他就顿住了。

　　小苗飞齿惊诧地回头看小白六。

　　"停下。"小白六无比冷静地说，"回去把木柯和刘佳仪背起来。"

　　小苗飞齿以一种惊愕到不可思议的目光看向小白六："你疯了吧白六，我……"

　　"我说回去把他们背起来。"小白六的语气毫无波澜，"我是在下命令，不是在和你商量，懂吗？"

　　小白六抬眼："回去，把他们背起来。"

　　小苗飞齿和小苗高僵彻底疯了，他们回去背起号啕大哭的小木柯和已经痛得不行的刘佳仪，背着对方像是被狗撵一样疯跑，大声辱骂着小白六：

　　"你真的是有病白六！我以为你和我们一样是一个脑子清醒的人！结果是个圣父！要是跑不出去我看你怎么办！"

　　"跑不出去——"小白六忽然笑了一下，他像一个真正的小孩那样，毫无顾忌地在风中和夜色里飞跑。他就像是要蹦起来那样跑着，喘着粗气，很顽劣任性地笑起来："反正有人说帮我收拾残局，那是他的事了。"

104

　　又是折返又是背小木柯和刘佳仪，三个孩子的脚力明显比不过成年人，但好在小白六他们九点半一过就开始跑，还是有一定的时间优势，后面的老师短时间内追不上他们。

　　眼看就要靠近大门，小苗飞齿和小苗高僵的脸上都露出了那种欣喜若狂的表情，但是很快这表情就像是滴在冷水里的蜡一样凝固在他们的脸上。

　　小苗飞齿僵立在了原地，停在了打开的门口，没有往外走了，甚至还后退了两步。

　　门外影影绰绰地徘徊着的，是无数戴着帽子、脸上缠满了绷带的瘦长鬼影般的投资人。

　　它们的嘴嚼烂了用来束缚它们的绷带，赤裸地露在外面，露着尖利的牙齿，嘴角就像是笑着一直咧到了耳根，仰着鼻子在空气中不断嗅闻着将要靠近它们的新鲜儿童猎物，嘴里滴出黏稠的口水。

　　它们浑身都是黑的，在夜里根本看不太清楚，一直跑到跟前小苗飞齿才看清，门外面影子般飘动的白色斑点不是什么月光。

　　而是这群东西缠满绷带的脸。

　　它们被福利院半张半合的大门拦在了外面，伸出细长的手穿过栅栏般的门想要来够门里的小孩，嘴里尖利的牙齿咔嚓咔嚓上下咬合，就像是在模仿咀嚼东西一样，不断地往下滴落口水。

看着门外的怪物，所有的小孩都不动了，背着小木柯和刘佳仪的小苗飞齿和小苗高僵脱力地跪坐在地，满脸绝望。

小白六也坐在了地上，他调整着呼吸，很平静地扫了一眼门外："……失败了啊，果然没有这么简单就能逃出去的。"

这些怪物应该就是那些没有得到合适儿童血液而病重惨死的投资人，深夜的时候在儿童福利院外面徘徊。逃出去的孩子很有可能被这群投资人给拆分了。

后面的老师追了上来，她们唾骂着这些胆敢逃跑的孩子，小白六被一个老师一个耳光给扇倒在地上。

他被摁着狠狠地用扫把捶打了几下，但他脸上一点表情都没有，似乎也早就料到了这些行为，紧跟而来的院长锁上了大门，转身阴森地、居高临下地审视这些调皮的孩子。

她面色阴沉得快要滴出水来，转身看向这群孩子，语气森森："现在交代给我逃跑是谁的主意，交代的孩子可以不必受那么严厉的惩罚，不交代的话……"

还没等院长的威胁说出口，跑得七荤八素的小苗飞齿和小苗高僵就含恨地看向了小白六，毫不犹豫地指认了他："是他！"

院长的目光移到了被打得趴在地上，正缓慢爬起来的小白六身上，她顿了顿，语气不明："看来今天白天那样的洗礼还没有洗去你的罪恶，白六。"

"你需要被洗涤得更干净一点。"院长和蔼地微笑起来，但是她的眼睛里一点笑意都没有，"就在今晚，在你周三被送去医院和其他投资人进行配对之前，我会彻底洗干净你身上的罪恶。"

"其他小孩关在一起禁食一天，白六我单独带去教堂关禁闭。"

小白六刚刚站起来，就被院长单独拎着后领子粗鲁蛮横地拖曳着朝教堂的方向走了。

他跑了一晚上，现在已经没有什么力气了，毫无反抗之力地由院长拽走，跌跌撞撞呼吸凌乱地被甩进了教堂里。

好在院长也只是故技重施地惩罚他，就是把他摁进受洗池里让他反复窒息而已，折磨小孩子的把戏这个院长好像就这么多。

但是这次白六带着小孩出逃这件事似乎彻底触怒了这个院长，她不厌其烦地把他的头摁入受洗池的水中，絮絮叨叨地念着一些小白六其实听不太真切的咒骂的话。

"真恶心。

"你能活到现在全靠投资人好心的施舍,你怎么敢做出这种事?!"

小白六无力地半睁着眼睛,睫毛上挂满水珠,他一次又一次地挣扎着从水池中爬上来又被摁下去,鼻腔里涌入的水让他想呛咳,但常常是还没来得及呛咳,就又被愤怒至极的院长给摁了下去。

"你知道你跑出去会给我们惹多少麻烦吗?!"她歇斯底里地咆哮着,拽着小白六的头发在水中摇晃着,"你这种小怪物,你的父母丢掉你真是给我们添麻烦……"

小白六的眼皮渐渐耷拉了下来,他开始对这样的水中打地鼠游戏失去了兴趣。也失去了力气。

在又一次浮上来吸气被摁入水中的时候,他换气没有换够,呛了一口水。

院长面无表情地隔着水面把小白六的头摁在水底,气泡从小白六的口鼻里溢出,他的表情没有溺死的人的扭曲恐惧,是很平静的,尽管他现在觉得自己真的要被淹死了,但是他已经有点习惯这样痛苦的溺死感了。

白六眼睛完全闭上了,他彻底地松开了抓在受洗池两边的手,滑落水里,整个人就像是昏迷一样漂浮在受洗池清澈晃动的水中,胸前的那枚硬币从他的衣服里掉出来,在水波里泛着闪闪发亮的光。

"好啊!"院长恶狠狠地拽住那枚硬币一扯,尖叫着,"你居然还敢偷投资人的东西!你这个罪恶的、魔鬼生的孩子!"

在她还要继续折磨小白六的时候,在小白六也真的以为自己就要这样被淹死的时候,教堂外面猛地传来了一阵惊天动地的爆炸声,小白六的面前蹦出了一个鲜红色的系统警告:

系统警告:警告!警告!玩家白柳主身份线生命值急剧下降中!请迅速远离危险场景!

……玩家白柳主身份线生命值降低为2……降低为1……警告!玩家白柳主身份线即将死亡!!!

教堂也被爆炸震动得摇晃了几下,院长终于停止了折磨小白六,转身骂骂咧咧地朝着教堂外面走去:"出什么事了,这么大的动静?"

小白六艰难地从受洗池里爬起来,脸上什么情绪都没有地坐在受洗池内,一边虚弱地呼吸着,一边仰头望着那个受洗池旁边奇异又年轻的雕像,眼睛里却倒映着系统不停弹出的红色警告界面。

没过多久院长又回来了,她脸色阴郁:"私人医院那边爆炸出事了,明天的匹配礼要取消,是不是你拿着从投资人那里偷来的东西搞的鬼?!"

她一边说着，一边又暴躁地扼住小白六的喉部把他给摁回了水里。

小白六没有挣扎，他的确没有挣扎的力气了。

他躺在水底，半睁着眼睛，脸色惨白嘴唇发紫，黑色的、因为窒息和缺氧而有点涣散的瞳孔轻微地收缩了一下。他眼睛里红色透明的现代数据化面板后面是那个被荆棘绑在逆十字架上的奇怪雕像睡着的脸。

这个诡异的场景让被摁在水底的小白六的思维有点发散。

被缠在逆十字架上无法动弹的那位，是睡着了吗？那个"他"不是说改过名字、改成白柳，就会被眷顾吗？

他今晚，大概勉强可以算是个好孩子了吧，为什么不保佑他？

雕像的眼皮突然动了一下，他睁开纯白的、没有瞳仁的眼睛看向水池中正在被迫受洗的小白六，身上泛出一种温润洁白的光，荆棘在他的身体上奇异地滑动，似乎想把他捆得更紧，但那种圣洁的光辉依旧让小白六恍惚了一下，好像他在一瞬间被什么东西庇护了一般。

　　系统警告：玩家白柳的生命值持续下降……玩家白柳的生命值停止下降，剩余生命值为 0.5，玩家白柳主身份线存活。

　　系统警告：NPC 院长试图在教堂中扼杀孩童，触发神级禁忌。

　　他将降下惩罚。

院长就像是被一种无形的空气波给弹开，狠狠撞在了教堂的柱子上，发出一声惨叫。

但惩罚还没有停止，逆十字架上的荆棘茂盛生长，从地面生长出无数枝条包裹住院长。她被带刺的荆棘包裹住全身，只剩一双眼睛透过荆棘交织成的丛林惊恐地看着从受洗池中爬出来的小白六和小白六背后那个睁开眼睛的雕像。她恐惧得浑身颤抖起来，跪在地上祈祷求饶。

"不，神，我没有要淹死他的意思，我只是在教导一个罪恶的孩子，不，请不要这样惩——啊啊啊！！！"

下一秒，荆棘缠紧。

院长的鲜血溅落在教堂的大理石地面，她仰着头发出刺耳无比的尖叫声，荆棘从她的肌肤、大张的口腔钻进去，就像是绞肉机一般在她的身体内部剧烈翻滚着，很快她就浑身抽搐着歪着头被绑在了荆棘上。

血污就像水滴一样从她的身上滴答滴答地滴落地面，汇在一起。

她瞬间变成一具尸体，荆棘条缓慢地把尸体放在了地上。这具尸体的存在也不过几秒钟，很快又变成了数据光点消失在了教堂内。

系统提示：院长 NPC 被攻击死亡，数据回收中……

105

那些沾着血的荆棘条迅速地从地面上收拢，有几条还从小白六湿漉漉的脚背上滑过，但是力度很轻，就像是一个人对他安慰性的抚摩。

最终这些荆棘回到了十字架上，但是上面的雕像也被荆棘缠绕得更紧了，他之前还能露出一整张脸，现在只能露出半张脸了。

荆棘下的雕像睁开了眼睛，安静地看着小白六，然后像是困倦般缓缓眨了眨眼睛。

小白六看着自己脚背上那几条荆棘轻轻滑过。

荆棘还挠了挠小白六的脚踝，就像是一种很亲昵的撒娇，小白六有点痒。

小白六跷了跷自己的大脚趾，眼神有些诡异地把自己的脚背抬到了这个雕像被荆棘掩盖的脸上，表情微妙地看着这个像是又要陷入沉睡的雕像。

……这家伙应该就是白柳说的那个和他接触了两次的，什么神级 NPC 吧？

但是这个 NPC 看看只有十六七岁啊……

他四肢都被越发茂盛的荆棘绑在十字架上，走下来就像是强扯着从十字架上下来一样，动作特别迟缓，小白六有些警惕地后退了几步——虽然在白柳的叙述中这个神级 NPC 对他似乎敌意不重，是个还算守信并且很厉害的 NPC。

但系统的提示还是让小白六保持了危机感。

系统警告：玩家白柳副身份线触发神级 NPC！
《爱心福利院怪物书》刷新——荆棘之王。
怪物名称：荆棘之王（神级 NPC）。
特点：会惩罚在他面前扼杀孩童的人。
弱点：暂无（不要求玩家探索该怪物弱点）。
攻击方式：鱼尾击打，咬脸（2/？）（注：因为无法确定攻击方式上限，集齐一个就判定玩家集齐）。

神情青涩的年少的脸藏在漆黑染血的荆棘里，他似乎感受不到十字架上的荆棘拉扯他的疼痛，而是执着地、好奇地靠近了小白六，歪着头用一种很纯粹好奇的目光打量着他："白柳，你变成了……一只人类幼崽。"

他伸出手，似乎是因为好奇想要去触碰白六的脸，被小白六警觉地躲过了。

他好像恍惚地想起："对，你的生命值只有 0.5 了，禁不起我的触碰了。"

"但是……就算你的生命值只有 0.5 了……"他的手指动了动，直勾勾地看着小白六，那双眼睛里写满了"想捏"两个字，"白柳你的幼崽时期，脸比你成年时期膨胀好多，我可以……"

小白六知道自己脸有点肉嘟嘟的婴儿肥，他身上其实没什么肉，但就是脸上有肉。

但是从这家伙的嘴里说出来，小白六感觉自己的脸都变得奇怪了起来。

——这位神级 NPC 的用词好诡异。

小白六面无表情地迅速回绝："……不可以捏。"

他仿佛极其失落地垂下了眼皮："现在捏你的脸都不行了吗？"

小白六："……"感觉自己好像欺负了对方。

这家伙看系统警告明明是个攻击力爆表的怪物，怎么是这种设定？

白柳你到底对这个神级 NPC 怪物做了什么？

小白六脸上又忍不住露出那种很微妙的表情。

小白六的生命值还有 50，但他抿着嘴还在打量着这个神级 NPC，没告诉 NPC 自己的真实生命值——他还在衡量这个突然出现的神级 NPC 的危险性。

但白柳告诉过他，要尽量集齐所有怪物书……

小白六犹豫挣扎了很久。他微微侧过脸，把自己还有一点婴儿肥的脸颊对准了被困在荆棘里的塔维尔，有点僵硬地说："喂，你想捏也可以，这也算是一种攻击方式对吧？你用不要太伤害到我的方式捏就可以了，我需要你攻击我。"

塔维尔抬起眼睛，眼睛有点微微地发亮，他审视般地看了小白六的侧脸很久，似乎在测评要从什么地方下手，那种特别专注的凝视眼神几乎都把小白六给看僵直了。

最终他缓缓伸出自己被荆棘包裹的食指，很轻很轻地，在小白六有点嘟起的脸颊上戳了一下。

荆棘在小白六的脸上轻到不可思议地擦刮了一下，留下的是塔维尔指腹冰凉的触感——那是一种真的很轻，轻到让人不敢相信是藏在荆棘之后的手指可以点出来的感觉，小白六完全没有任何刺痛感。

系统警告：玩家白柳副身份线受到神级 NPC 荆棘缠绕攻击，生命值下降……因太微小正在计算……计算完毕，生命值下降 0.3。

解锁新攻击方式：鱼尾击打，咬脸，戳脸（3/？）（注：因为无法确定攻击方式上限，集齐一个就判定玩家集齐）。

恭喜玩家白柳集齐《荆棘之王》此页怪物书。

"是温热的。"塔维尔轻声说,"白柳,你小时候,也这么温热吗?比我之前碰过的你的脸都还要温热。"

小白六眼睫轻颤,忍不住抬手摸了一下自己被戳的那个地方。

"我并不热。"他刚刚才从受洗池里出来,垂眸看向塔维尔冷得过分的白皙手指,"是你太冷了。"

"我一直是这样的体温。"塔维尔抬眸看向小白六,"但你是第一个靠近我,让我知道我是冷的人。"

他脸上露出那种仿佛疲倦的,但又带着满足的很轻微的笑意。塔维尔的眼帘又缓缓垂落了下去,他喃喃自语着:"醒来违背系统困住我的规则杀NPC,我会被强制进入沉睡……

"但我感受到你的呼唤了,所以我醒来见你了。"

塔维尔蜷缩手掌握住了那根沾染了小白六体温的手指。他终于完全地闭上了眼睛,声音也渐渐消失了:"白柳,每次醒来见到你都很开心,下次见。

"我很喜欢你的体温,希望下一次见到你,你能给我多一点。"

让我一个没有温度的怪物在冰冷的沉睡里,能感受到你赠予我的那一点体温,一点暖意。

荆棘越缠越拢,最终完全掩盖了塔维尔的面容,他被那些狰狞的荆棘条捆绑回了十字架上,荆条就像是惩戒塔维尔般捆得越来越紧,塔维尔又陷入了沉睡。

年少的他珍惜地握着自己的食指,歪着头睡在了沾满血的荆棘丛中,没有呼吸,但睡得很沉,看起来似乎因为攻击了人有些说不出的疲惫。

白柳都在和他玩这种强迫他这样攻击自己的游戏吗?想到白柳之前谈起塔维尔那种随便玩玩,只是个游戏,只是个NPC的滥情口吻,小白六看着那个只是戳了一下脸就心满意足地被绑回十字架上的神级NPC……

这NPC看脸也就十六七岁,和白柳年龄差又大,被白柳骗得团团转还给他办事,每次就出来攻击一下让白柳领怪物书道具,被白柳占了便宜……现在看来,人家还在期盼下次见面。

作为同样意识到自己是个NPC的小白六心情极其微妙,看着塔维尔的眼神有种奇异的怜悯。

——这活生生的未成年人被老谋深算的人渣诱拐的感觉……

"哇。"小白六面无表情地吐槽,"我真是好恶心啊。"

106

小白六从受洗池里爬出来的时候因为脑袋昏沉,在受洗池边沿上撞了一下膝盖,他一瘸一拐地往外走着,费力地推开教堂的大门。

外面奔走尖叫惶恐不已的老师在交错逃跑,这些刚刚还在追小白六的老师一个个脸上都是惊愕不已的害怕神色,惊惧地看着那栋还处在爆炸余危里的建筑,燃烧物的火星就像是夜幕里的萤火虫,从私人医院里闪闪发光又发热地飘过来。

"私人医院九楼突然爆炸了!那一楼的所有投资人都重伤了!"

"……医院那边通知这一批孩子明天无法进行匹配了,投资人需要恢复,要让我们多等一天,等到周四……"

"没办法了,这批孩子要周四才能送往医院了……"

小白六扶着教堂的门,远远地看,在夜幕中燃烧起来的那栋建筑,就像是落在煤堆里的一块还在发光的炭火那么明亮。

火星盘绕上升,宛如绽放的烟火般耀眼,温暖,炫目,好像站在这个冷冰冰的福利院教堂内的、刚从受洗池里被捞出来的、冰凉的他,被那肆意的亮度和温度烘烤,变得没有那么想要颤抖了。

那是另一个自己,用生命给他制造的多一天的机会。

小白六掏出被水淹没了的电话抖了抖,稍微迟疑了一下,也不知道这玩意儿还能不能打。

院长本来要给他收走这个电话和那个硬币管理器的,但还没来得及收,她自己就被收走了。

小白六拨打了白柳的电话,一遍,两遍,三遍,对面都没有接,但小白六依旧没有放弃,他执着地拨打着,终于在不知道多少遍的时候打通了。

"喂,"小白六没什么语气地问,"还活着吗?"

对面的声音带着笑意,被烟雾熏得呛咳了两下,懒懒地回复他:"我以为我要被炸死了,但居然还活着,怎么,你们果然没有跑出去吗?这么早就给我打电话?"

"没有。"小白六一点失败情绪都没有地平静回复,"大门外有死掉的投资人怪物守门,我就放弃了。"

白柳也不觉得惊奇:"毕竟是个二级游戏嘛,那么容易就跑出去卡不住死亡率。"

他说完咳嗽了两声,又慢悠悠道:"不过看到有怪物就放弃不是你的风格,我还以为你会拿着游戏管理器里的道具试试突围之类的呢，毕竟是个难得的跑出去的机会，怎么，出现了其他的意外情况让你放弃了吗？"

小白六的嘴唇张了张，顿了顿，回答白柳："嗯，我考虑过用'乘客的祝福'突围。

"我的计划是可以让苗飞齿他们冲出去，试试能不能在福利院外面的新地图里找一个移动速度更快的交通工具，也就是车。

"今天来了这么多有钱的投资人，私人医院又这么近，明天他们又要过来接走我们，很有可能有投资人停了车在外面没有开走，有了交通工具就可以用'乘客的祝福'屏退外面的投资人怪物，这样虽然冒险，但也能试着跑出去。"

白柳似笑非笑地"哦"了一声："然后还可以在探路的过程当中不留痕迹地牺牲掉小苗飞齿和小苗高僵，这样你既帮我淘汰了这两个人，又完成了和小苗飞齿他们的交易——你的确帮小苗飞齿他们跑出了福利院大门，没有违背带着他们跑出福利院的交易，最后还能成功地带着我要你救的小朋友跑出来。"

"一箭三雕，的确是个不错的思路，值得一试。"白柳客观地，带着赞赏意味点评。

听到点评的小白六嘴角翘了翘，但很快又抿直了。

"所以呢，你为什么放弃了这个不错的方案？"白柳轻声询问，"出了什么事？"

小白六这次安静了很久才开口："刘佳仪出事了，她在跑出去的过程当中吐血，我们跑出去她得不到及时救治，我感觉她很快就会死。"

"但福利院里有医生，所以你为了她留了下来？"白柳的声音有些惊诧，"哇哦……这居然是你会做的选择，我以为你会立马扔下她跑出来，因为很明显这样选择你收获的利益更高。"

小白六攥紧了拳头，嘴唇紧抿，对白柳好像有点嘲讽的话难得没有出口反驳："……我留下来，是错误的选择吗？"

"这倒没有。"白柳的声线又柔和了下来，"从普世价值观来看，你做的这个选择应该算是正确的选择。"

小白六声音很低，有种说不出的郁闷："但是你和我都没有得到任何利益，普世价值观的正确好奇怪。"

"因为普世价值观的正确意味着为他人奉献——得到东西的是别人，不是你和我。"白柳轻笑着说，"刘佳仪得到了生命，她的哥哥得到了一个活着的妹妹，现在他正在感谢我，也在感谢你。"

"你干得真的很棒，小白六。"

小白六嘴唇微张，他的脸上难得出现了近似迷茫的愣怔表情，不过很快又恢复成毫无表情："哦，那你转告她的哥哥，我不做免费的事情，你记得收费，至少要高于你和我的利益才行,但总的来说这对于我来讲是一个错误的决策。

"——我没有顺利跑出福利院。"

"这个没什么,我预估到了你们今晚有可能跑不出去,提早为你的出逃失败准备了容错方案。"白柳不疾不徐地说,"医院这边明天无法接收你们,你们还有一天可以逃跑的机会。"

小白六抬头看向那个还在熊熊燃烧的私人医院:"你是用爆炸和差点死了才换来的这个机会吧?"

"对。"白柳微笑着,"但我也不是会做免费付出的人。"

他散漫地说:"接下来就轮到你来为我付出了,小白六。"

小白六又静了一会儿,这次他静得久一些,好似在回想什么东西。

最终他睫毛颤了颤,避开了白柳的话,反问:"我很好奇你是怎么做到的,苗飞齿和苗高僵的主身份线看起来很不简单,系统商店也在我这边,是禁止购买大型爆炸道具的。"

"你是怎么对抗这两个比你高不止一个级别的玩家,还成功地用不知道从什么地方弄来的炸弹把医院给炸了的?"小白六没什么情绪地问。

白柳躺在被炸得漆黑一片的地面上,他的脸上和身体都有被扎伤和烧伤的痕迹,衣服也被炸得破破烂烂,一只手臂已经没了,断口血肉模糊,看起来狼狈极了。

但是他的脸上却带着那种好似计划得逞一般满足的笑。他艰难地用手拿着这个没有被炸烂的电话——系统给发的这个电话道具还蛮神奇的,这种情况下都没事,也都没有掉落。

炸也没有炸碎,泡也没有泡烂。

"这个啊,这是一个很复杂的计划了。"白柳慢悠悠地说,这话的意思就是不想再细说了。

"我俩聊天按分钟计时收费。"小白六很平静地说,"你可以慢慢说。"

白柳:"……"

107

三十二分钟前,906 病房内。

两道正面的弧光冲着白柳直直劈来,刘怀从上而下双手握住匕首咬牙挡了这一下,直接被苗飞齿的两把双刀砸进了墙里。白柳开了盗贼潜行,全速从直接攻进来的苗飞齿旁边俯身滑过。

苗飞齿斜眼愕然地看着白柳从他脚下以一种伏趴的姿势,就像是燕子点水般贴地而过，直直地冲着他背后的木柯冲去。

苗飞齿抽刀就想砍从他脚边溜过去的白柳，但是他的刀被刘怀的匕首死死钩住。刘怀用尽了全身的力气，面目狰狞地用匕首卡住了苗飞齿的双刀，匕首在双刀上滑动，狠狠割了苗飞齿一下。

但同时他的手也被苗飞齿的双刀狠狠割了一下。

  系统提示：玩家苗飞齿受到玩家刘怀暗影匕首的全开攻击，精神值下降43，进入幻觉危险值！

  系统提示：玩家刘怀受到玩家苗飞齿的上弦双刀攻击，生命值下降13。

刘怀仰头忍住了惨叫，他的胳膊被弯刀钩下了一块皮肉掉在地上，但他取得的效果也是很明显的——苗飞齿有些恍惚地后退了两步。苗飞齿之前之所以不喜欢牧四诚就是因为自己抵抗力属性不高。

这种抵抗力不高无论是对牧四诚这种技能高判定的玩家，还是对刘怀这种攻击精神值的玩家来说，都是一样的。

盗贼和刺客本来就是一对针对低抵抗力玩家的高判定组合。

只是随着时间的流逝，所有人都忘记了站在暗处的、变成傀儡的刺客刘怀，只能看到那个闪闪发亮的嚣张盗贼。

"飞齿！白柳联合了刘怀！我们被埋伏了！快喝精神漂白剂！"苗高僵对着苗飞齿吼道。

看到白柳向他手上的木柯冲过来，苗高僵瞬间清醒，他扭动自己手上的木柯的脖子试图弄死这个玩家。但白柳在地面上就像是一阵疾风，赤着脚用一种肉眼看不到的速度，只在地面上简单地踩踏几下，留下了几个间断的残影，就来到了苗高僵的面前。

白柳右手高高抬起，苗高僵下意识伸手格挡白柳的攻击，但白柳只是虚晃一招，他平静的眼神瞬间定格在苗高僵手里被掐昏过去的木柯身上，左手的猴爪一伸一抓，以一种诡异的扭曲角度从苗高僵的怀里扯住了木柯的后领子，甩手把他用力扔在了湿滑的走廊上。

  系统提示：玩家白柳使用个人技能"盗贼的猴爪"，成功从玩家苗高僵手中窃取了玩家木柯。

被掐昏的木柯被白柳就这样摔出去，在走廊上滑了一段距离撞在了走廊尽头电梯门上，硬是活活地把自己给撞醒了。他呛咳着爬起来，愕然地看着和苗高僵战成一团的白柳，脑袋昏沉还有点搞不清楚状况。

苗高僵想要冲过来击杀木柯，白柳从侧边的墙壁上宛如一阵风一样飘过去，拦在了苗高僵的面前。他双眼冷静地直视着惊愕的苗高僵，举着手攻击了过去，同时嘴里对木柯下命令。

白柳冷声："坐电梯下去叫在其他层巡逻的护士过来！"

虽然还没有搞清楚这是什么情况，但被白柳摔到了电梯门口的木柯迅速地理解了白柳的命令，他手忙脚乱地摁开了电梯爬进去，死死摁着一楼，苗高僵被白柳拦住，最终木柯看着闭合的电梯门，虚脱地靠在了光滑的电梯墙壁上。

但很快木柯意识到了白柳在干什么，他猛地坐了起来，满脸惊愕——

白柳疯了吗！居然和刘怀合伙想要对攻苗家父子！

苗高僵看着面前不断地从各个角度向他攻击过来的白柳，也和木柯的想法完全一致。

让刘怀一个A级玩家靠着偷袭拖住苗飞齿这个高攻击玩家之后，白柳自己一个残血的玩家来攻击一个皮厚的坦克类型玩家？！

这是什么乱七八糟的作战计划？！白柳疯了吗？！

苗高僵惊疑未定的混乱思绪在看到白柳伸到他面前的那只黑色的猴爪之后凝固了。

这是牧四诚的技能——盗贼的猴爪。

"这是牧四诚的技能，为什么你可以用？！"苗高僵猛地看向白柳，他无法置信地看着向他攻击过来的白柳，他明白自己遇到了什么情况，"你的个人技能，居然真的是规则技能？！不光可以共用背包，甚至可以跨越维度和时间共用技能？！"

白柳没有回答苗高僵的话，他毫不留情地持续快速地攻击着苗高僵，苗高僵一边咬牙应付着白柳的进攻，一边侧头看着被刘怀拖住的苗飞齿。

……这种眼熟的战队运作，苗高僵终于意识到了白柳的作战计划。

这是一个非常简单的作战计划，白柳根本不是想和他们对战，他用的是非常老的套路了。

一个简单无比的盗贼和刺客的套路。

白柳是想从他们身上偷东西，他在利用刺客刘怀埋伏苗飞齿之后取得了先手，让刺客拖住高攻击度的玩家，相当于把风，然后白柳作为盗贼，趁机从另一个玩家，也就是苗高僵这里窃取赃物。这是早期牧四诚和刘怀在游戏里经常用的一个套路，对公会组队玩家下手。

刘怀这个刺客埋伏偷袭之后引开组队玩家当中攻击力相对较高的，然后牧四诚偷盗其他玩家身上的道具。

苗高僵又一次躲过白柳擦过他脸颊的猴爪，他咬牙伸出手握成拳头恶狠狠地向白柳揍过去，但被白柳很敏捷地躲过了。

他们不想遇到牧四诚这家伙的原因就是这个！

这个盗贼的技能油滑无比，非常难缠。

白柳的技能伤害不了苗飞齿和苗高僵这两个S-级别的玩家，但他们也没有办法那么轻易地抓住白柳这个高移动速度的家伙，这就达成了一种僵持。但白柳锲而不舍不要命的偷盗行为很快就让苗高僵警惕起来，他意识到白柳想从他身上偷一样很重要的东西。

为了这样东西，白柳这家伙甚至押上了他们所有人的命来进行这一场偷袭。

苗高僵想到这里，又忍不住在心里骂了两句——这哪是正常玩家会走的游戏路径！这家伙居然把所有的筹码都押在了那群游戏生成的小孩NPC身上！用命来拖住他们给那群小孩NPC制造机会逃跑！

……但是什么道具能拖住他们两个S-级别的玩家呢？

这种道具一定是解决性命的一击必杀类的道具，不然白柳打"盗贼和刺客"的速攻战略这张牌就没有任何意义，因为如果这个道具不能立马攻击他们到让他们丧失反击能力，等苗飞齿恢复了之后，以他的高攻击和高移速就能瞬间击杀这三个苟延残喘的玩家。

但是这样的道具，根本就不存在。

苗高僵并没有自负，这是很客观的看法——白柳身上根本就没有可以突破他抵抗力面板的武器道具。

所以白柳到底要从他身上偷什么东西？！

但无论白柳想从他身上偷什么东西都是偷不到的。

苗高僵大脑飞速运转着，想到这里他现在已经完全不慌了。他侧头看向被刘怀拖住的苗飞齿，反而彻底镇定了下来——白柳这个针对苗高僵和苗飞齿的计划有一个很大的漏洞，那就是在刘怀引开苗飞齿之后，白柳对上苗高僵并不能那么容易地偷到东西。

白柳一个F面板的玩家能发挥出来的"盗贼的猴爪"技能水平太有限了，虽然苗高僵攻击不到他，但是白柳也无法简单地突破苗高僵的防御偷到东西。

尤其是在苗高僵开了个人技能之后，他的防御更是会高到一个令人匪夷所思的地步。

系统提示：玩家苗高僵是否全开个人技能"腐肉僵尸"？全开之后该个人技能会升级到S-级别，但玩家的体力会因为透支而受到影响，24小

时无法使用体力恢复剂恢复。

苗高僵："确定。"

系统提示：玩家苗高僵确定使用，身体转化成僵尸，防御+8037，体力急速下降中……

苗高僵的身形开始变得诡异地高大，他的皮肤变得青紫厚实，嘴边那两颗牙齿越来越长，眼珠子透露出一种诡异的青色。

白柳猴爪伸过去碰到苗高僵的皮肤的时候，甚至能听到自己的指甲在苗高僵的皮肤上击打出的金属碰撞声，好像抓在了一个铁板上那般坚硬。

系统提示：玩家白柳的"盗贼的猴爪"攻击判定过低，无效。

苗高僵手掌变大，指甲变黑变长。他向白柳抢过来，白柳一击不成，侧身轻灵地踩在了墙壁上，利用速度避开了苗高僵的一次攻击。苗高僵的指甲抓在墙壁上，抓碎了白柳身后的墙，但苗高僵突然的形态变化并没有让白柳的攻势产生丝毫动摇。

他目光冷淡，似乎毫不介意自己无效的攻击，前脚掌在墙壁上轻点了一下，急速翻身又伸出猴爪，再次突击苗高僵。

苗高僵已经彻底冷静了下来，他定在了原地，不再追着白柳周旋，而是像一个耐心的老猎人那样等着猎物耗尽体力。

从各项数据上来说，只要他开了技能，白柳根本就不可能从他的身上偷到任何东西，只要他这边不轻举妄动拖住白柳，等到苗飞齿那边弄死刘怀之后，他们两个再配合击杀白柳也不过就是几分钟的事情。

白柳自己似乎也知道这张速攻牌不成功便成仁，如果不能迅速成功，那么他们必死无疑，所以让木柯去楼下叫护士，这是白柳上的一道保险栓。

如果他们这边短时间无法结束战局，那么陷入颓势是必然的事情，所以白柳试图让护士这种对玩家有一定约束能力的NPC来制止苗高僵和苗飞齿他们的反击。

但——

"我觉得在护士赶来救你们之前，"苗高僵轻蔑冷笑道，"我们这边的战局已经结束了，护士赶来只能收尸而已。"

蹲在图书柜上的白柳抬起眼皮，居高临下地看着下面的苗高僵，很淡定地说:"我赞同你的观点。"

苗高僵很快就意识到白柳那个意思是收他们的尸体,他脸色微愠低骂了一句:"死鸭子嘴硬!"

108

的确之前白柳偷袭这一下占了先手,让苗高僵慌了一瞬间,但他冷静下来之后,很快意识到他们根本不可能输。

苗高僵耐着性子就像是耍猴一样慢悠悠地吊着不断攻击他的白柳,时不时用余光扫一眼他后面的苗飞齿和刘怀的战况。

刘怀的确是个很适合偷袭的刺客,但奈何白柳不是一个称职的盗贼。

白柳这边没有偷到东西让他们及时撤退,刘怀这种不擅长正面对决的玩家很快就在苗飞齿紧密攻击下败下阵来。

苗飞齿嘴角撕咬开一袋咬住,吮吸着精神漂白剂,被攻击和精神值下降这两件事都让他十分狂躁,他手中的双刀舞出了一片细密的刀光。

刘怀要应付苗飞齿这个暴走的高级玩家显然十分吃力,而苗飞齿也没有太多心思和他玩来玩去,干脆利落地双刀横划,切掉了刘怀使用技能的双手,就转身要去苗高僵那边会合。

系统提示:玩家苗飞齿使用上弦双刀攻击刘怀,攻击成功,玩家刘怀生命值下降17,玩家刘怀剩余20点生命值!

卸掉对方的攻击器官在游戏中是常用的有效攻击手段,换言之砍手相当于粗暴版本的缴械,可以有效地避免玩家和自己技能武器再产生粘连,这也是当初刘怀会砍掉牧四诚双手的原因。

也是之前的白柳和现在的苗飞齿会砍掉刘怀双手的原因。

刘怀的肩膀喷出大量的血液,他手中的匕首和双臂一起落地,手握住匕首正面朝上掉在地面上,砸出"当啷"的清脆碰响。刘怀跪在地上脸色白得像一张浸水的纸,他大口大口地喘着粗气,很明显已经丧失了所有的攻击力。

他已经尽力了,他只能拖苗飞齿这么长的时间。

系统警告:玩家刘怀的精神值产生剧烈震荡,下降至57,即将产生幻觉,请玩家迅速恢复精神值!

一般来说苗飞齿会直接淘汰刘怀，但现在时间紧急，淘汰刘怀这个面板为A的玩家至少还要一会儿，并且有让他更想淘汰的人。

苗飞齿咬牙切齿地挥刀转身："白柳！"

他一个蹲地起跳刀划过墙壁，双刀以一种几乎能毁灭一切的破坏力狠狠向正在向苗高僵偷袭的白柳攻击过去。墙壁被他的双刀划断，墙纸和石膏层被刀风破坏爆裂，整个房间都是飞舞的碎屑，白柳在碎屑尘土中，在空中翻转侧身用爪子挡了一下苗飞齿跳起来面目狰狞地对他砍下的双刀。

苗飞齿的刀被白柳用牧四诚的猴爪技能格挡了一瞬，卸去了大部分攻击力，但没有完全挡住，还是被因为愤怒彻底爆发的苗飞齿牙关紧咬挥舞着斩了下去，白柳的一只手被苗飞齿齐臂斩断，鲜血喷涌而出。

　　系统警告：玩家白柳的生命值从6下降至3！！！正在持续下降！请迅速远离危险场景！

只需要一刀，苗飞齿再来一刀，白柳就被淘汰了。

躺在血泊里的刘怀呛咳了一下，精神值的下降让他眼前的一切都开始变得奇异飘浮，好像是放慢了千万倍的慢镜头，刘怀一点声音都听不到了，只能看到在半空中手臂喷血缓慢下落的白柳，白柳无波无澜的眼神似乎和他对了一下。

这个眼神瞬间把刘怀从那个慢镜头世界里猛地拉了出来，刘怀摇晃了一下自己的脑袋，艰难地蠕动着爬了起来。

还没完，一切都还没完。

在白柳的计划里，这一切才刚刚开始。

为了佳仪，白柳绝对不能死！！！

刘怀努力地把视线聚焦在地面上寻找，最终他看到了那对他被苗飞齿砍下来，握住匕首的双手。

匕首正面朝上被他还没有松开的手松垮握住，刀尖闪着一点血光，刘怀的目光凝聚在那点血光上。

白柳正在和苗高僵、苗飞齿两人缠斗，没有人注意到这个流了一地血的小角落。刘怀的眼神终于凝实，他跪在地上踉踉跄跄地膝行两步，爬到了被砍下来的手前面。刘怀看着那把正面朝上的匕首，深吸一口气闭上眼对着刀尖倒了下去。

　　系统警告：玩家刘怀被暗影匕首攻击，精神值下降至……正在计算自身技能武器攻击自身玩家导致的精神值下降……计算完毕，玩家刘怀精神值下降至 7！

　　系统警告：玩家刘怀开启狂暴面板！！！
　　玩家刘怀个人面板（狂暴状态）。
　　精神值：57 → 7。
　　体力值：39 → 319。
　　敏捷：1140 → 1510。
　　攻击：731 → 2200。
　　抵抗力：1003 → 2100。
　　综合防御力攻击力上升，面板属性点总和超 5000，被评定为 A++ 级玩家，玩家刘怀等级上升，从 A 级上升至 A++ 级别。

　　系统提示：玩家刘怀是否全开使用技能"一击必杀"？全开之后该个人技能会升级到 A++ 级别，但玩家的体力会因为透支而受到影响，24 小时无法使用体力恢复剂恢复。

　　刘怀爬起来，他心口插入了一把匕首，浑身是血，双臂落地，只能口中衔住一把匕首，目光透着一种漠然的冷，又带着一种因为绝望哀伤而雾霾沉沉的孤注一掷，这让他看起来就像是一个真正的、被培养来不顾一切刺杀别人的死士刺客。

　　而白柳是这个刺客的使用者，很有可能也是最后一个使用者。

　　刘怀无神的眼中不知不觉间流下了眼泪。

　　"确定。"

　　系统提示：玩家刘怀确定使用，匕首攻击 +6037，综合面板攻击数据 +2200，总攻击数据为 8237，玩家刘怀体力急速下降中……

　　苗飞齿高举的双刀就要狠狠落下，他的背后就像是被阴风靠近一样，好像突然出现了什么让他感到危险的东西在急速靠近他，苗飞齿多次作战的警觉性让他迅速回头。

　　嘴中紧咬着匕首没有双臂的刘怀眼含阴狠决绝，向来不及闪躲的苗飞齿刺去。

　　"飞齿小心！"苗高僵把苗飞齿扯过来，但刘怀反应速度极快，他压低身体咬住匕首，在苗高僵试图去保护苗飞齿的一瞬间转换了攻击对象。刘怀咬着匕首，以一种扭曲又狰狞不已的表情，无声嘶吼着，恶狠狠地，流着眼泪把匕首扎入了愕然的苗高僵的腰腹中。

"你怎么能……"苗高僵无法置信地看着扎入自己腹部的匕首,"突破我的防御……"

系统提示:玩家刘怀使用个人技能"闪现一击",技能暴击突破玩家苗高僵的防御,造成玩家苗高僵30秒的僵硬,精神值下降至51,即将出现幻觉。因精神值震荡,玩家苗高僵的防御值在下降中……

同时,在苗高僵陷入僵直并且精神恍惚的这一瞬间,白柳清晰地感知到苗高僵原本坚硬无比的皮肤柔软了一些,他迅速地用他仅有的完好的那只猴爪抓住这几秒的空隙,冷静地向苗高僵抓去。

而被苗高僵扯过来的苗飞齿看到白柳的动作,眼眶发红目眦欲裂地嘶吼了一声:"你们休想动我爹!"

苗飞齿双刀高举,一把划向正准备攻击苗高僵的白柳,一把横着划向刘怀。

刘怀咬住匕首从苗高僵腰腹里拔出,他体力耗费得差不多了,已经没有力气再使出刚才那种暴击了,只能勉强躲开苗飞齿的攻击,但根本不可能再攻击一次,苗飞齿让他停止攻击了。

但白柳根本就没有管苗飞齿要往自己身上砍下来的刀,他目光专注到近乎不在意自己的生死,猴爪子还在往苗高僵那边伸,他把自己的后背完全托付给了没有双臂的刘怀。

这也是他们一开始就说好的。

"……白柳,我觉得我做不到在刺了一次苗高僵之后,再挡住苗飞齿对你的攻击,这个方案风险太大了,你把后方完全交给我,你会死的!"

"但你和牧四诚合作那么多次,他把后方完全交给你,你不也没有让他死吗?"

"……但是我让他失去了双臂。"

"你的确用你手中的匕首背叛了牧四诚,但你那个时候多半已经没有手可以背叛我了。刘怀,我做事情的风格是一向喜欢在事情发生之前先假设对方能做到,你的确能,对吗?"

精神值的下降让刘怀的目光有些涣散和恍惚,他顺着白柳那只伸出去的猴爪往回看,最后视线定格在白柳的脸上。

那种无比熟悉的、合作攻击的感觉,让牧四诚的脸和白柳的脸在刘怀精神值略有下降的脑海里反复交叠着,面前这个和他一起熟练偷盗,没有丝毫怀疑地把后方交付给他的人好像是白柳,又好像是他久远的、再也没有联系过的朋友。

四哥。

刘怀无声地自语着。

背叛就像那把扎在刘怀心口的匕首。

刘怀撞开了苗飞齿，脸上全是无意识的时候流下的眼泪，他挡在了白柳面前，但他已经分不清他背后的人是白柳还是牧四诚，他只是做了一个盗贼和刺客组合里的刺客应该做的事情——

站在后方，用尽一切为那个放肆偷盗的卷尾猴盗贼，清扫一切障碍。

收刀不及的苗飞齿愕然地把双刀砍进了义无反顾嘶吼着挡在白柳身前的刘怀的身体里，几乎是与此同时，白柳侧过头，他的猴爪终于钩到了苗高僵的身体。

系统警告：玩家刘怀受到玩家苗飞齿的上弦双刀攻击，生命值下降17……16……13，剩余4点！请尽快离开危险的场景！！生命值正在持续下降！

系统提示：玩家白柳使用个人技能"盗贼的猴爪"成功从玩家苗高僵的仓库中窃取了塞壬的鱼骨、鬼镜（已拼凑完全）等物品。

白柳从僵直不动的苗高僵的身体里扯出一根泛着白色荧光的鞭子，还处于僵硬期的苗高僵眼睁睁地看着白柳抽出了鞭子之后，毫不犹豫对着还在往下砍的苗飞齿的刀，反手就是干净利落的一鞭。

塞壬的鱼骨在白柳这个F面板的玩家手里发挥不出多大的攻击力，但是这道具有个特别BUG的地方——攻击判定奇强无比。

攻击判定强的意思就是无论这个道具的攻击是否真的造成伤害，它都是判定成立的，白柳的鞭子"啪"的一声抽在了苗飞齿嵌入了刘怀身体的双刀上，直接打飞了这把高攻击力的双刀，被双刀砍到濒死的刘怀双腿一软，双目涣散地跪在了被自己的血染红的地面上。

系统警告：玩家刘怀仅有2点生命值！请尽快离开危险的场景！

苗高僵三十秒的僵硬期很快就要过去，他却陷入了一种莫名的不安中，看着已经完全没有任何反应的刘怀和也快要耗尽生命值的白柳，只要苗飞齿缓过味来就能很快解决白柳和刘怀这两个人。

这两个人虽然得手偷到了东西，但依旧是不可能翻身的，那堆东西里没有可以让他们彻底反败为胜的道具。

但是这种让他呼吸不畅的危机感到底是从什么地方来的？

苗高僵迅速在脑中回想了一遍白柳拿走的道具——都是之前白柳装死的时候自己爆出来的道具。

这家伙搞这么大周章就是为了拿回自己玩鬼把戏的时候丢给他们的道具？！

不！等等！

苗高僵的目光僵直了，他想起了一个很奇特的道具，这里面有个道具不是白柳的，或者说不全是白柳的——

那面鬼镜。

那面鬼镜在昨晚他们拿到了碎镜片之后，就被他们拼好了，但是这面鬼镜没有任何其他的用处，系统给的说明也是没有具体的功用，属性不明，需要自行探索，而且每个副本只能使用一次。

但这面镜子被他们拼好了之后什么反应都没有，只是一面看起来很普通的可以放东西进去的镜子。

就这个苗飞齿还吐槽了好久，一个镜子样子的储存器？是系统背包不够好用吗？鬼才会用这面镜子存东西，谁知道会不会存着存着东西就不见了。

但是那面可以储存东西的鬼镜，原本就是储藏着东西的——《爆裂末班车》里的炸弹，就储藏在里面。

苗高僵没有在意过这个炸弹，因为在他全开技能的情况下，这个炸弹不会那么容易炸死他，而在他的保护下，苗飞齿自然也不会那么容易死亡，他之前的推断是正确的——背包里的确没有可以对他们一击必杀的道具。

但苗高僵没有想过这个副本里竟然有人可以让他僵持不动足足三十秒。

他僵持在原地不动，在开了技能的情况下也不会被炸死，但苗飞齿这个对伤害抵抗能力很低的玩家，在近距离的爆炸下是绝对会被炸死的！

苗高僵之前根本没有想过白柳会用炸弹，因为这玩意儿用了苗飞齿和他不一定会被炸死，但是白柳和刘怀，这两个生命值很低的玩家是绝对会死的。

这两个疯子搞的不是什么盗贼和刺客的偷袭类合作，而是一次彻头彻尾不要命的自杀式袭击！

白柳玩的这是二换二的把戏！

从头到尾，白柳根本不是要偷袭，而是要杀了他们！

"飞齿！别过去攻击了！离他远一点！"苗高僵突破一切桎梏，双目赤红声嘶力竭地大吼，"躲到我身后来！"

白柳一只脚踩在图书柜上，另一只脚踩在他偷出来的，拼凑完成之后足足有一个书柜那么高的巨大鬼镜的镜框上，他蹲在书柜和镜子的上头，还在的那只手，或者说那只伤痕累累的猴爪随意地搭在他屈起的膝盖上，鲜血往下滴落，砸在镜面上。

他这只手握住一根发着白色温和荧光的鱼骨，额头因为在斗争的过程中被擦伤，血流了下来染湿他的眼睛和长睫，但他依旧睁着眼睛，用那张流满鲜血、带着很平和的笑意的脸看着下面还没有回过神来的苗飞齿和惶恐大吼的苗高僵。他的手已经探入了镜面,似乎在用力地扯什么东西出来。

"晚了哦,苗爸爸,"白柳微笑着说,"看着自己儿子死感觉很不错吧?但是我要告诉你——我不干这种让父子分离的坏事,所以你和你儿子不会分离,你们会一起死,哦,准确来说不是一起,你的抵抗力比你儿子强,所以你会看着你儿子先死,然后你再去陪他。"

苗飞齿此刻已经躲到了苗高僵的身后,他还没有反应过来到底发生了什么,但苗高僵刚刚的怒吼不像是小事,所以他还是听话地过去了。

苗高僵此刻仰着头看着赤脚踩在镜子上方的白柳,竭力保持着镇定:"这个炸弹的爆炸威力杀不死我。"

准确来说,这种炸弹要五次大型爆炸才有可能杀死苗高僵。

白柳抬起被染成鲜红的眼皮,无波无澜地垂眸看着这对父子,就像是因为无聊而随意处置别人性命的审判者。

"你或许以为这个炸弹杀不死身为玩家抵抗力很高的你,但是你忘了吗?你现在不仅是一个玩家,还是一个怪物。

"——一个吸儿童血的绝症怪物,你是有弱点的。"

苗高僵的呼吸停顿了两秒,瞳孔缩成了一个小点。

是的没错,玩家有怪物身份的时候,是会受到怪物本身自带弱点影响的,这影响不重,但的确会有,而这平时不轻不重的影响将是压倒他们的最后一根稻草。

在这个潮湿不见光的培育蘑菇的地点,病人的弱点其实从一开始就很明显,只不过系统不贩卖给他们任何相关道具。

"你们见不得光。"白柳伸手探入那面镜子,镜子表面散开波纹状的纹路,他从镜子里面扯出来一个巨大的黑色的炸弹,扔在地上,笑得云淡风轻,"也见不得火,或者说,干燥。"

炸弹在地上爆出巨大的热度和光芒。

站在镜子上的白柳的脸和躺在地上的刘怀空洞的双眼,渐渐地被炸弹爆发出来的红光淹没。

苗高僵目眦欲裂:"给我停下来!!!"

整栋楼伴随着砰的一声巨响摇晃了一下,爆发出巨大的烟尘火光。

《爱心福利院怪物书》刷新——植物患者(2/3)。

怪物名称:植物患者。

特点:移动速度1500~2000,生长需要大量水分,喜欢潮湿的环境。

弱点：血灵芝，干燥，光（3/3）。
攻击方式：吮吸血液，毒雾污染。
恭喜玩家白柳主身份线集齐《植物患者》此页怪物书。

系统提示：玩家白柳使用一次鬼镜道具，该道具在《爱心福利院》副本进入CD（使用一次之后的冷却时间）重置状态，在该副本中无法再次使用……

"所以呢？你怎么活下来的？"小白六罕见地提起了点兴趣，他一边看那个怪物书的界面一边开口询问，"我听你之前说的话，刘怀，那个刘佳仪的哥哥也活了下来，你们怎么在爆炸里活下来的？"

白柳懒懒地说："在爆炸的最后一刻，我用鞭子拖着刘怀躲进了镜子里，鬼镜这个道具是我确认可以抵抗爆炸的，所以很侥幸地活了下来，其实我也以为会死，因为我和他生命值都太低了，被爆炸擦一点边就会死，但最后运气好，只是被炸昏迷了，刚刚才醒。"

"那苗高僵他们死了吗？"小白六问。

"很不幸的是，他们也没有死。"白柳计划失败了也没有任何沮丧的情绪，而是很客观平淡地评价，"是我计算失误，苗高僵最后不知道用了什么办法自我攻击让精神值下降到20以下，面板狂暴抗住了这次爆炸。"

"但他们的生命值也有了一定损耗，爆炸之后护士很快上来把他们俩拖下去了，现在正在手术室抢救，我感觉明天这两个人要对你们动手会比较困难了，护士不会允许，福利院那边也不开放。

"很多投资人本人都因为这次爆炸受伤了，床上的血灵芝也是，现在也在抢救，因此医院取消了明天的匹配，总的来说我的目的还是达到了。"

小白六静了很久没说话，他只能听到那边白柳渐渐虚弱下去的呼吸声。

他还挺想问白柳的情况怎么样，但是问出来他又觉得好恶心，所以就这样沉默地僵持着。

"喂？你再不说话我要举报你消极陪聊骗钱了。"白柳闲散地开口了。

"你怎么样？"小白六还是问出了口，他面无表情地快速说，"稍微有点恶心，但是我觉得我还是有必要了解一下你的情况，毕竟你为了给我制造机会都要死了。"

断了一只手，躺在地上动弹不得的，很困难地用另一只被炸得破破烂烂的手接电话的白柳仰头看着被他自己炸出了一个大洞的天花板。

外面的夜空没有星星，他躺着的地面和天空都是这种被火炭肆意灼烧之后的颜色，这让他一瞬间感觉自己好像已经死了，已经变成了飘浮的灵魂，在没有星星的天空中给另一个十四岁的自己打电话。

"还好吧。"白柳笑着收回目光，有些疲倦地说，"所有人都还活着，今晚我们都干得不错。"

109

挂了电话之后，白柳侧头看向旁边艰难地喝精神漂白剂的刘怀——这哥们儿两只手都被砍断了，现在正艰难地缩成一小团叼着瓶子在喝，呛得到处都是。

之前白柳想喂刘怀，但是他自己也只有一只手，小白六电话一过来刘怀就让他先接电话，现在白柳接完电话了，伸手把瓶子拿起来喂刘怀，刘怀看了白柳一眼。

白柳脸上什么表情都没有地把瓶子往前递了一下。

刘怀还是伸头去喝了。

刘怀觉得自己现在一定很狼狈，满脸灰黑，像条流浪狗一样从别人的手上喝水。他知道有很多观众正在看着他这一幕丑相，随着精神值的恢复，他感到前所未有地难堪，情绪的激荡让他大滴大滴地流下眼泪。

"你哭什么？"白柳举着瓶子淡淡地问，"不是活下来了吗？"

"……我也不知道我在哭什么。"刘怀的精神值还没有完全恢复，他这个好面子、在这个年纪很容易觉得自己丢脸的男大学生偏头遮脸，不让白柳看他。

刘怀缩着脖子，低着头嗓音沙哑："……我好像一条无家可归的流浪狗。"

"是有点像。"白柳不带任何情绪地点评了一句。他抬眸看着刘怀，另一只被切断手臂的伤口还在渗血："我们两个现在都很像流浪狗，但至少我们是活着的流浪狗，所有人都活着，你妹妹也是。"

刘怀死死咬住白柳手上那瓶精神漂白剂的瓶口，忍了又忍，还是忍不住呜咽着痛哭出声。

没有手臂的刘怀哭着弓起了身子。他弯下腰，头抵在白柳的手上一直深深地触到地面上，就像是在给白柳磕头，含混不清地哽咽着道谢："……谢谢你救我，谢谢另一个你救我妹妹。"

离爆炸还有几秒的时候，刘怀以为自己会死，因为没有双手、用尽体力的刺客对于白柳这个利益至上的人来说没有一点作用。

但是白柳冒死从火光里冲过来，用鞭子把他拖进了镜子。

"其实我也没有想到另一个会救你妹妹，他的理由我不太清楚。"白柳垂下眼帘，平举手臂，把抵在他手腕上弯腰的刘怀给扶直，不冷不热地直视刘怀泪流满面的脸,"但我救你是有理由的,因为你也救了我,这是我们之前就商议好的交易合作内容,如果你成功拖住了苗飞齿,那么我就会尽力救你。"

"一定要说的话,我是个守信的流浪……"白柳看着刘怀不停流泪的眼睛,很平静地说,"流浪狗吧。"

五十二分钟前,913病房。

刘怀焦躁不安地踱步,时不时转头过去看坐在床边的白柳。他深吸一口气:"你真的要埋伏击杀苗飞齿和苗高僵?!这两人是S-级别的玩家,如果我们不能一次成功,那我们都会死!"

"所以我们必须一次性成功。"白柳不疾不徐地说,"他们应该对木柯这个身份起疑了,这个点,我觉得他们应该去病房里找过我了,但我现在不在病房里,那么他们就会搜寻其他的地方来抓我这个'木柯'。"

"他们应该都猜不到木柯会在档案室里,所以他们在医院里是找不到木柯的,但是木柯在九点之前肯定要回病房,因为医院其他地方的护士会出来清场,我猜他们应该会对木柯守株待兔。"

"守在哪里?"刘怀紧张地问,"木柯的病房里吗?那他们岂不是不会过来了?"

"守在木柯的病房里面太蠢了,因为一旦木柯不回自己的病房,而是回了白柳的病房或者其他的空病房,那么这两个人就会困在木柯的病房里,因为护士会巡逻。当然他们可以在护士巡逻的间隙出来在其他病房找木柯,但是这样麻烦就翻倍了,并不是一个很明智的方案。"

白柳看着刘怀:"如果我是苗高僵,我觉得更有效可行的方式是守电梯。"

"木柯不可能走安全通道,因为他的个人面板完全不足以抵抗那边的怪物,他更有可能的方式就是走电梯。苗高僵他们只需要在八点四十五到九点这个间隙等在电梯的门口,看电梯动摁下按钮就行了。因为这个点所有的护士都在交班,会坐电梯的只会是偷偷跑回自己病房的病人——木柯。"

"抓到木柯之后,苗高僵一定想弄清楚木柯和我的计划,但木柯不会轻易开口,他自然就会想到在那个我和木柯用来交流的键盘上下功夫。"白柳语气平缓地继续说,"我会通过这个键盘透露一些他可以理解的信息过去,比如906,在这种情况下,苗高僵不会怀疑自己得到的信息。"

"并且因为明天就要领养小孩,为了避免我们在明天关键的时刻造成影响,苗高僵一定会今晚来杀我。"

"而在这种他们主动来杀我的情况下,主动权在他们那边,他们不会对906房间内的人有过多心理防备。"白柳抬眸看向刘怀,"这为你偷袭成功创造了有利条件,刘怀,这次的计划的主要人物是你。虽然表面上看起来和之前你跟牧四诚玩的'盗贼和刺客'是一个套路，但这次是你这个刺客担任主要角色。"

"……我知道。"刘怀也坐在了床边，低下了头，双手握成拳抵着额头，"但白柳，我从来没有担任过主攻手，一直都是四……牧神做这个事，你把计划的所有筹码押在我身上，风险太大了。"

"这个计划有三步。"白柳轻声说，"第一步，苗飞齿苗高僵前来突袭，打开门你偷袭拖住苗飞齿，我从苗高僵的手上解救出木柯，让他下去找护士。那么在木柯下去找护士的情况下，苗飞齿必然就会缩短进攻你的时间，转而来进攻我。"

刘怀没有抬起头，他的声音越发嘶哑：“这种情况下，如果苗飞齿想要缩短和我对决的时间，并且不想被我这种时不时就能扰乱他进攻的刺客打扰，他最好的办法就是把我缴械。"

"直白来说，也就是砍断你的双手。"白柳毫无情绪起伏地说道。

刘怀的头埋得很低了：“……是的，这是最快的制裁一个……很善用双手的玩家的办法。"

"但这也有好处，在砍断你双手之后，他绝对不会怀疑你还有攻击能力，会放松对你的注意，这就进入了计划的第二步——我会拖住苗高僵和苗飞齿给你面板爆发的时间。"白柳把同时拖住两个S-级别玩家说得极其轻描淡写，似乎根本没有考虑过自己做不到这件事，"在你面板爆发之后，你可以使用你的那个技能'闪现一击'，使苗高僵陷入僵硬状态。"

"那这样就进入了计划的第三步，你挡住苗飞齿的攻击，只需要一两秒我就会拖出炸弹……"

刘怀脸上全是惶恐，猛地抬头打断了白柳的话："白柳……我觉得我做不到在刺了一次苗高僵之后，再挡住苗飞齿对你的攻击，这个方案风险太大了，你把后方完全交给我，你会死的！"

"但你和牧四诚合作那么多次，他把后方完全交给你，你不也没有让他死吗？"白柳的眼神平静得就像是激不起波澜的湖面。

刘怀哑然无声许久，闭了闭眼睛："……但是我让他失去了双臂。"

"你的确用你手中的匕首背叛了牧四诚，但你那个时候多半已经没有手可以背叛我了。"白柳好似在询问意见般看向刘怀，"刘怀，我做事情的风格是一向喜欢在事情发生之前先假设对方能做到，你的确能，对吗？"

刘怀轻声说："我不知道。"

白柳毫无波动地收回了目光："那就先试试吧，做不到再说。"

"如果……淘汰了怎么办？"刘怀声音有些发颤地问。

"你挡住了苗飞齿，我就不会轻易被淘汰，我不被淘汰，我就不会让你被淘汰，如果你没有挡住苗飞齿，淘汰了，"白柳很平淡地说，"那我多半会跟着你一起被淘汰。"

刘怀愣怔地看着白柳，白柳斜眼看他："怎么，我给你陪葬还不满意？"

居然真的没有被淘汰。

刘怀从镜子里被白柳拖出来的时候，他恍惚之间甚至以为自己已经到了地狱，直到看到自己依旧断裂的双臂才恍然地反应过来自己还活着。白柳迅速地就给他灌了精神漂白剂，他呛咳着喝了，很快小白六的电话就来了。

在白柳挂断电话之后，刘怀被他喂得精神值恢复了，才跟跟跄跄站起来。苗飞齿和苗高僵被护士抬下去之后，他和白柳才敢从镜子里出来，这样就导致了护士以为上面没有人，现在还没有护士来救治他们。

白柳倒是不怎么着急地躺在还在发烫的地面上："等下木柯会上来找我们的。"

白柳这个投资人的壳子皮十分厚，在这种刚刚爆炸过后的地面躺着都不觉得有什么特别烫的，他的稻草床也被炸了个稀巴烂。刘怀盘腿坐在地面上，靠着也被炸得漆黑的残墙，仰头看没有光亮的天空，不知道看了多久，突然低下头看向白柳，犹豫踌躇片刻。

"我现在把灵魂卖给你，你要吗？"

"要。"白柳毫不犹豫地答应了，"但是现在我的游戏管理器在小白六那边，等他还给我我再拿你的灵魂，你开多少钱？"

刘怀怔了怔，他似乎被白柳这副放在眼前的便宜一定要占的模样逗得笑了一下，很温柔地弯起了眉眼："我以为你不会要，毕竟我多半会死在这个游戏里，死掉后我的灵魂对你来说应该是没有什么价值的东西吧。"

"但如果你真的要买的话——"刘怀轻声说，"四哥卖给你，你给了多少啊？"

白柳略有些警惕地看向刘怀："你不要想开牧四诚那个价钱，那个太高了，那个价我就不买了。"

"……我不要那么多。"刘怀真的被白柳弄得有点哭笑不得，他刚刚也是鬼使神差地随口一问，没想到灵魂交易这种听起来很邪恶的事情在白柳这里居然变成了讨价还价的普通交易，他沉重的心情也散去不少。

刘怀垂下脏兮兮的眼皮，声音很轻："卖给你，一积分吧，一积分就行。"

110

"我只是想给我的灵魂，找个可以托付的人，我听公会里有个人告诉我，在游戏里被淘汰的玩家，灵魂会被系统回收。"

254

他静了静:"我不想那样。"

系统提示:玩家刘怀提及关于灵魂交易内容,涉及违规,小电视播放中会自动屏蔽消音处理,请玩家刘怀减少提及的次数,否则系统会考虑封锁玩家刘怀的小电视。

刘怀静了静。

"除了灵魂,我还有东西可以给你,白柳。"刘怀抬起泪水干涸的眼睛,"这个东西比我灵魂有用,毕竟我要死了,我的灵魂对你来说就是一张纸币而已,你没有办法从我身上得到什么价值,但只要你和我签了这个,在我死后,你可以随便使用我的个人技能,就像这个个人技能是你拥有的一样。"

刘怀面前浮现出一张很奇异的泛黄羊皮纸质地的纸张。

纸张像没有燃烧完,飘飘摇摇地下落,白柳伸手去够,羊皮纸便落在了白柳的手里。

白柳抬眸看过去:

《关于玩家死亡前个人技能转让的甲方乙方二十四项相关通知及各项说明》

甲方玩家死前自愿将自己的欲望衍生物个人技能转让给乙方玩家,若乙方玩家同意继承甲方玩家的个人技能,那么乙方玩家同时也要继承甲方玩家的欲望,成为甲方玩家欲望的承载体,替他实现他的欲望……

……若乙方玩家已经拥有欲望较为强势的衍生个人技能,因玩家欲望饱和,签订协议获得甲方玩家个人技能的乙方玩家无法承载过多欲望,获得的第二技能会出现一定缩减,若继续获得第三技能,使用效果会持续缩减。乙方玩家使用转让获得的个人技能时如若效用不佳,非系统缘故,望两方转让玩家了解……

……签订协议前,甲方玩家有义务告知乙方玩家自己的欲望由来,希望乙方玩家在听取之后深思,决定是否要签订协议……

该协议签署单位为双方灵魂,一旦签署,在灵魂湮灭之前双方不可反悔,该协议涉及欲望和灵魂,需要双方发自内心地自愿签署,无法强迫签订。

协议一式一份,签署后即可录入双方系统,协议原稿件由公证公立机构系统代为保管。

甲方:_____

乙方:_____

在简单浏览过之后，白柳看向刘怀："我现在签不了，系统不在我这边，签完了我也无法录入，并且从各种层面上来讲，你的这个协议对我限制都太大了，我需要继承你的欲望，获得的你的技能作为我的第二技能也并不能够完全发挥作用。"

说着，白柳看向了刘怀被斩断的双臂，刘怀的一对匕首被他找回放在他的脚边，纯黑反光的刀面上浮凸雕刻着"blood"。

白柳顿了顿："你的技能很有意思，的确是你最有价值的东西了，但是在我身上发挥不出最大的功效。"

"而且你的主要目的是想让我继承你的欲望吧——保护刘佳仪。"白柳不冷不热地说。

刘怀惶恐地抬头看向白柳，他已经拿出他压箱底的筹码了，但白柳并没有表现出热切地想要得到的欲望，这让他有些慌张。

"你不要我的这个技能吗？"刘怀声音发颤地问。

"也不会不要，你的技能很有用，但不是在我身上，这份协议有比我更适合的人选。他比我更适合你的欲望，也更能发挥你技能的效用。"白柳抬眼直视着刘怀，"看你愿不愿意改变转让人了。"

刘怀有些迷茫地问："是谁？"

白柳说："木柯。"

木柯满脸黝黑咬牙切齿地从被炸成一片废墟的低楼层往上爬，一边爬一边被还滚烫的水泥断面烫得嘶哈嘶哈。

木柯因为疾病，体能不算很好，爬楼很花他时间，但好在护士都去抢救被炸得半死不活的病人去了，他有足够的时间往上爬。

他费了吃奶的力气，终于爬上了白柳他们所在的九楼，一上去木柯就疯狂地飞奔向906病房，跑得自己都摔了几跤，泪花都给摔出来了。当看到断了一只手的白柳面色正常地在和刘怀交谈着什么的时候，木柯没忍住哇的一声跪地就哭出来了。

他担惊受怕一晚上，下去喊护士的时候看到九楼爆炸差点魂都飞了！连滚带爬不要命地往上冲！

幸好白柳没事！

木柯一边擦眼泪一边往白柳身边蹭："你吓死我了！"

"先别哭，谈正事。"白柳用那只好手捏住木柯的肩膀把他往刘怀旁边一转。

眼泪汪汪的木柯有点蒙地看着一脸严肃正在审视他的刘怀，刘怀的目光盯得木柯有点发毛。止住了眼泪，他往后缩了一点，声音也小了不少："……什么正事啊？"

白柳拍拍木柯的肩膀："简单介绍一下你自己，几岁了？家里条件怎么样？未来对婚姻家庭是怎么安排的？准备要几个孩子？有没有什么不良嗜好？什么学历？交过几个女朋友男朋友？"

什么东西？！我是要和这个叫刘怀的相亲吗？！

木柯越发摸不着头脑，但白柳目光平静地扫了一眼木柯，示意他开始。

木柯虽然还一头雾水，但还是很顺从又拘谨地开始自我介绍了："哦，哦，我家里条件还不错。反正几百个亿应该有吧，我也不算很清楚，你需要了解我回去帮你问问。我今年快二十一了，不抽烟不喝酒没有任何不良嗜好，未来的婚姻……这个我还没有想过，没有交过男朋友女朋友。学历是本科，但是想念硕士我随时可以考。"

说完，木柯用一种求救的目光看向白柳，使眼色问他——这到底是什么情况？！

白柳扬了扬下巴："你也介绍一下自己吧，刘怀。"

刘怀沉沉地深吸了一口气。他用一种略微挑剔的目光从上到下打量着木柯："我内心满意的人选其实不是你，我更想要白柳来，但他不接没办法，你看起来也还可以。"

木柯惊愕地看向面不改色的白柳，眼神里透露出巨大的信息量——你已经和他相亲相过一轮了？！你不要让我来？！

白柳把羊皮纸递给木柯，示意他看，木柯低下头看了起来，等再抬起头，看向刘怀就是满眼复杂了。

……这人是要把个人技能转让给他吗？虽然很早之前白柳制订计划的时候他就知道刘怀的死不可逆转，但没想到……

"我有一个妹妹……"刘怀絮絮叨叨地和木柯唠了一会儿刘佳仪的一些事情。

白柳耐心地等他说完，然后才开口，用一种近乎洞察一切的目光凝视着刘怀："你欲望的核心是什么？刘怀，你要让木柯来承担你的人生欲望和保护你的妹妹，你就要对他坦陈一切，不然我不会让他轻易签这个协议。这个协议是镌刻在他灵魂内的，而他灵魂完全归属于我，我需要对我手中的灵魂负责。"

"我需要知道一切。"

刘怀张了张口，又闭上了。

系统提示：玩家刘怀是否花六百积分购买消音服务？

"确定。"

系统提示：购买成功，接下来十分钟内你说的话会被消音，小电视观众无法听到,请开始无所顾忌地畅言吧!"

刘怀侧过了头,眼眶发红地干涩开口了:"……我和佳仪是同父异母的兄妹。

"……我们的家,在很远很偏僻的乡下,你们可能想不到这种乡下有多偏,下车之后要穿长筒胶鞋走一个半小时,下大雨之后甚至会封路,路上全是泥巴,里面的人出不去,外面的人进不来。"

刘怀闭上了眼睛,他想起了那个泥泞的黑漆漆的小乡村。

"我小时候有个姐姐,但后来她在一个下雨天淹死在堰塘里了,我爸就站在那个堰塘旁边等我姐姐抓鱼给他。他没有下去救在泥巴里挣扎的我的姐姐,我那个时候也不明白为什么……我爸虽然送我去读书,但别的事情他什么都不管,之前是我姐姐养我,后来他偶尔会养我。我爸说我妈很早就跑了,我也不知道她跑什么地方去了,我从来没有见过她。"

刘怀流下眼泪,他的目光游离而空洞。

"我很想离开那个地方,我很努力地念书,但我并不聪明,所以念得不好。

"后来有一天我们村考出了一个名牌大学生,是我姑姑的女儿,村里给发了两万块钱奖金,那对于我们来说可以说是一笔天文数字。

"从那天开始我爸就变了,他之前从来不关心我的学习成绩,从那之后他会每天问我的成绩,只要我考得不好他就开始打我,面红耳赤地骂我说都是我爷爷的种,怎么我就考不过我姑姑的女儿。

"但是他打得越厉害,我就越害怕,我考试一拿笔手就开始抖,我的成绩越来越差。他终于有一天觉得我可能真的就是个窝囊废,他放弃了打我,我松了一口气,他说要找我堂姐,也就是那个考上名牌大学的堂姐来给我辅导几个月,我当时很开心。"

刘怀静了特别特别长时间,久到白柳以为他的故事就这样结束了,但他突然像是完全接受不了一样弯着腰,咬着牙关深吸一口气,最终凄凉地惨笑了一声:

"你们知道为什么佳仪生下来就看不见吗?"

白柳明白了,他也静了几秒,目光看向夜空,语气很淡:"很多先天缺陷的畸形儿是近亲生育导致的,刘佳仪也是,对吗?"

木柯猛地意识到了白柳的话的意思,他惊疑未定的目光停在刘怀身上,背上起了一层鸡皮疙瘩:"……不是吧?没有人管吗?"

刘怀就像是一根被残酷重担压垮的骨头,他的头深深地垂了下去。

刘怀声音嘶哑干裂,好似嗓子里含了一块木炭。他好似嘲讽地又哭又笑:

"不会有人管的,没有人愿意管,所有知道的人都当作丑闻遮遮掩掩,不被允许说出去。"

刘怀的眼睛闭了闭："……而我的堂姐在几个月之后没能回去继续上她的大学，在早产生下佳仪之后不久，她就像是我的姐姐那样，自己去抓鱼淹死在了堰塘里。而我的爸爸也站在堰塘边，看着堂姐在泥泞里挣扎，没有去救她。

"我开始发了疯一样学习，我考上了名牌大学，拿着那两万块带着佳仪从那个小乡村里跑了出去，但很快我爸爸找上门来，他要求我给他钱赡养他，他折磨佳仪折磨我，我千万次在暗处窥视着这个男人，恨不得一刀杀了他，但我又不敢，我舍不得好不容易考上的大学，舍不得佳仪。"

刘怀哽咽着，他的眼泪砸在地上，压抑沉闷地嘶吼号哭着，就像是一头被刺伤却依旧不敢明目张胆反抗的懦弱野兽，跪在地上，头颅点在地上，眼泪肆意流淌。

他的头旁边是那把镌刻了"blood"的匕首，仿佛从血液里自带的罪恶进入了他的欲望和灵魂，让他变成一条在泥泞里不断挣扎却无法逃离的痛苦的鱼。

"你就像是一个想要杀人却不敢下手的刺客，"白柳垂下眼帘，很平静地评价，"最后生成的个人技能都是砍掉人的精神值，不带伤害技能。"

"是的。"刘怀的额头撑在地上，他睁着没有神采的眼睛，"……我是一个懦夫刺客。"

　　系统提示：玩家刘怀的技能身份"懦弱的暗杀者"背景故事线以及携带欲望已激活，是否开启转让个人技能？

"开启。"

刘怀缓慢地直起身子，看向木柯，泪眼蒙眬："你能替我勇敢地活下去，拿起我的匕首好好地在这个游戏里保护刘佳仪吗？这是我唯一的欲望，你有承担的觉悟吗？"

木柯侧头，有些无措地看了一眼白柳，他没有做好承担这么沉重的任务的准备，他在下意识地寻求白柳的建议。

白柳神色很淡然地看着木柯："木柯，如果你是想问我的建议，那我现在的态度已经很明显了，我建议你接受，拥有一个技能对你来说只有好处没有坏处，但接不接受是你自己的事情。"

"能力和欲望都是挂钩的。"白柳说，"当你选择拿起刘怀给你的匕首，你就要成为和他一样的刺客。"

"……我可以拿起你的匕首试试吗？"木柯有些小心地问。

刘怀点头同意了。

木柯看着躺在地面上那两把镌刻了"blood"的黑色匕首，它们的表面流动着像是不祥的禁忌黑色血液一般的光泽，木柯伸出手去握住匕首的柄，入手的瞬间他忍不住颤了一下。

这对匕首的柄在他的掌心微微地搏动着，温热得就像是人的脉络和血管在他的手上生长，木柯虚弱的心脏因为匕首里强烈的欲望开始忍不住急速跳动起来，勃勃生机和仇恨从匕首沿着木柯的手掌一路回溯至心脏。

一瞬间，木柯感觉自己好像能感受到刘怀的一生里所有激荡的怨恨和极端感情。

他怔怔地和没有双臂、狼狈不已的刘怀对视着，刘怀的脸上沾满块状的泥土，奄奄一息，就像是一条在干涸的堰塘里没有被捞起来的鱼。

泥泞里挣扎的鱼的一生，原本是住在水晶盒子里的名贵猫不会理解的东西，但这一瞬间木柯和刘怀前所未有地强烈共鸣着，他们虚弱的心脏以一个频率扑通扑通地跳动，似乎要从嗓子眼里跳出来——

他们都只不过想活下去而已。

可惜不被世界允许。

"我同意。"木柯攥紧手中的匕首，嗓音沙哑地说，"我要继承你的技能，做刺客。"

刘怀头颅和眼皮都疲惫地垂下去，嗓音轻得像烟："……谢谢你。"

系统提示：玩家木柯与玩家刘怀正式签署《关于玩家死亡前个人技能转让的甲方乙方二十四项相关通知及各项说明》协议。

该协议于甲方玩家刘怀死亡后正式生效。

第三方见证者：白柳。

111

白柳和刘怀终于被姗姗来迟的护士给抬了下去。

这注定是一个混乱的夜晚，木柯跟在后面慌乱地跑，医院里那些小孩怪物似乎也被这场动静很大的爆炸吓到，纷纷消失不见了。

白柳和刘怀没有受到什么爆炸伤，在经过短暂又不专业的治疗过后，只是作为单纯失血过多的患者很快又被抬出手术室，送回了原来的病房。

其实本来护士们也想把他们两个送进重症病房的，但现在重症病房已经被其他的病人住满了，白柳和刘怀这种伤势相对较轻的，只能待在自己的普通病房。

比如受到了重伤的苗飞齿和苗高僵，现在就待在二楼的重症病房，目前还都处在昏迷当中，眼看短时间是不会醒了，白柳当然也生出过现在就下去刺杀这两位的想法，但可惜的是重症病房里全是护士，他们根本混不进去。

并且他们现在也没有攻击力了。

刘怀双臂没了，白柳的体力和生命值也几乎耗尽了，碰一下就能死，只有木柯还好点，但也只有6点生命值了。

木柯就算是拿着匕首下去砍，苗高僵躺在那里不动让他平砍一个小时，都不带砍得破防御的。

而且要是把这两人搞醒，先死的可能是他们，所以目前按兵不动是最好的选择，因为他们的目的已经基本达到了。

白柳和木柯的病房都被炸烂了，他们回不了自己的病房，病房被白柳这次爆炸搞得极其稀缺，他们又不可能和其他怪物投资人住一间，在协调之后这三人如愿以偿地被护士安排在了同一间病房——501，刘怀的病房。

刘怀躺在床上，木柯和白柳把书撕成一张张纸垫在地上，准备凑合着过一晚上。

白柳布置完自己的"床"之后并没有躺下来，而是拿着抽屉里的笔，把撕下来的纸张铺在膝盖上，似乎在随意地写写画画着什么。

木柯好奇地探头过去看："白柳你在写什么？"

白柳说："我在整理目前的线索，游戏内和游戏外的。"

"哦！说起线索，白柳！"木柯好似突然想起了什么，开始向白柳认真汇报起来，"我在下面翻病历档案的时候发现了一件事，虽然续命良方里说挑选血缘纯正的小孩的意思应该是有血缘关系的孩子最好，但我在下面看病案资料的时候，发现大部分的投资人病人挑选的取血儿童——"

"和他们毫无血缘关系。但最终也取得了比较良好的治疗效果，对吧？"白柳目不斜视地在纸面上写着一些东西，"像我们一样靠系统设定直接和自己的儿童有血缘关系的毕竟是少数。"

"按照常理和现实里的情况推断，大部分的投资人是不可能拿和自己有血缘关系的儿童来搞这种偏方的，而且他们找福利院里的小孩也不是为了找和自己有血缘关系的儿童。"

白柳随手画了一个福利院样子的小房子，又画了两三个瘦长鬼影样子的投资人，在福利院和投资人之间写了一句"大概率不存在血缘联系"。

白柳的笔在纸上若有所思地点点："所以血缘关系只是续命良方里'血缘纯正'的一重意思，很有可能是只针对我们这种系统给我们捏了和我们有血缘关系的儿童NPC的玩家而言的，而对于这里的其他投资人和现实里的那些企业家，这个'血缘纯正'明显还有别的定义。"

"也就是符合续命良方的定义的儿童不只是有血缘关系的儿童，还有别的儿童符合续命良方里'血缘纯正'的标准，我在下面翻病历资料的时候也是这么想的。"木柯点头赞同白柳的说法，很快他又有点迷惑，"但我其实不太明白投资人挑选这些抽血小孩的'血缘纯正'的具体标准是什么。"

"如果'血缘纯正'是要求孩子的血型和投资人标准一致的话，我记忆里他们挑选的小孩血型无论是以 ABO 还是以 Rh 来分型，投资人和抽血儿童都有不一致的。"木柯按照自己的记忆，条理非常清晰地阐述分析着。

"并且我根据所有被挑选小孩的查血指标做了粗略分析，但无论从生化指标还是血红蛋白的含量，甚至我连这些小孩的背景信息和地域都记下来了，也看不出投资人挑选儿童的标准，我其实搞不太清这个'血缘纯正'的定义。"

木柯的眉头越发困惑地紧锁："并且我在大量地阅读记忆那些病案资料后，发现一个很奇怪的点，那就是大量被挑选的用来抽血的儿童都不太健康……"

"都有各种不同的缺陷，或者说先天性疾病对吧？"白柳的眸光定在自己纸面的某个点上，"你是不是觉得很奇怪，为什么投资人不挑选健全的儿童，而是偏爱这些更加虚弱、看起来有各种先天性疾病的儿童？"

"对。"木柯飞快点头，他有点惊奇地看向白柳，"你怎么知道的？这还是我在看了很多病例资料之后发现的一个规律。"

"其实之前我想过这个点，我还以为是我这种脑子不正常的人才会想出来的方向，太匪夷所思了，但刚刚刘佳仪的身世验证了我的想法。"白柳眸光沉沉地在福利院上画了一个小女孩，用铅笔把她的眼睛涂黑了，语气莫名，"这个'血缘纯正'和血型、生化指标、血红蛋白含量这些生理上的指标都没有任何关系。"

刘怀听到刘佳仪的名字，艰难地翻身坐了起来，看向白柳。

而白柳垂眸看向那个纸面上的小女孩："这个'血缘纯正'指的是这些小孩在伦理上保持了血缘的纯正。

"他们都是近亲繁衍出来的儿童，所以才充满了先天的缺陷。"

系统提示：恭喜玩家白柳主身份线解锁隐藏支线信息——血缘纯正的真正含义。

系统提示：在所有的儿童当中，有一位特殊的儿童，ta 一个人的血就足够救助一位投资人玩家，不需要更多的血液浇灌，也不需要血缘关系的对应，ta 是《爱心福利院》游戏当中的万能解药儿童哦！猜猜 ta 是谁呢。

白柳这句话一说出来，病房里安静了好几分钟。

木柯脊背发凉地轻声问道："……不会吧？这些投资人是在故意寻找存在先

天残缺的儿童?"

白柳在纸上随意地画了一个方框和一个圆圈,中间用一道代表血缘的直线连接起来,然后在上面又写了一个 Aa 和一个 Aa——木柯一眼就看出来,这是一个生物遗传图谱。

"常规来讲,我们每个看似正常的人都有携带一定不正常隐形基因的概率,而近亲繁衍会加大这些隐形基因集中的概率,也就是导致先天性畸形儿的产生。我的医学常识一般,但为了做游戏看过一些相关书籍,据说近亲繁衍也会增大染色体畸变的概率。"

木柯心情复杂地想,白柳平时为了做游戏都在看些什么东西啊……

"这些投资人要的'血缘纯正'的儿童和畸形儿童并不是直接对等的,近亲繁衍的确会加大畸形儿产出的概率,但不代表畸形儿都是近亲繁衍的,这两者之间的条件既不必要也不充分。"木柯陷入了思索,撑着下巴反问,"而且这些小孩到福利院的时候,很多都是无名无姓的,并不知道具体家庭背景,只知道来的地点,这些投资人是怎么确定这些小孩就是血缘纯正呢?"

"这里面还存在一个筛选机制。"白柳缓缓抬眸,"他们在选择特定疾病的畸形儿童来收养,比如白化病、先心,包括刘佳仪的这种情况,再从剩下的小孩里再次筛选出血缘纯正的小孩。"

木柯有些迷茫:"但是在小孩的父母之类的相关信息什么都不知道的情况下,怎么从这些小孩里筛选出血缘纯正的小孩?近亲这种标准根本没有筛选的办法啊……"

"有办法的。"白柳淡淡地说,"你不是已经看过一遍这种筛选过程了吗?"

木柯一怔:"我已经看过……"

他猛地意识到了什么,偏头看向了白柳手上的纸张,白柳刚刚画了一个血灵芝状的大蘑菇。

木柯有些无法置信地恍然开口:"福利院毒蘑菇中毒事件……"

"血灵芝是吸儿童血生长的真菌菇类,它需要'血缘纯正'的小孩的血才能正常生长,血灵芝就是一个很好的筛选标准。"白柳在蘑菇上漫不经心地涂涂画画,"儿童食用它之后被它寄生不会出现明显中毒迹象而是轻微贫血,就说明血灵芝在吸这些小孩的血,那这个小孩就是符合'血缘纯正'的标准的。"

"现实里的福利院时不时就会出现儿童菌菇类中毒的事情,我觉得很有可能就是在筛选符合标准的儿童。之前可能因为控制了食用量,这些小孩并没有大规模地中毒死亡,而吃了之后没有出现中毒的小孩,也就是符合'血缘纯正'标准的小孩,我猜测很有可能在六一儿童节前后,在和投资人简单核对确认过后,这批小孩就离家出走逃离福利院失踪了。"

白柳懒懒地说："但是到底是这些小孩自己跑的，还是被投资人挑选好了之后，被福利院偷偷运送到这些投资人的家里当成血包，这可就说不定了。"

木柯起了一身的鸡皮疙瘩，他搓了搓自己的双臂，迟疑地开口问道："……但是这样的话刘佳仪这次的中毒案件就说不通啊……"

"对！"刘怀面色黑沉地加入了讨论，他的脸上还有恐惧，"佳仪出事的时候，这个福利院已经没有投资人来筛选他们了啊！为什么还会出现这么大规模的中毒事件！"

白柳抬起眼，淡淡地看向床上的刘怀："现实中的福利院濒临倒闭，没有人愿意接手这些被抛弃的儿童商品，但这些商品的实际价值却是很高的，等同于生命的价值，如果你是这堆商品的保管人，你会怎么做？"

坐在床上的刘怀惊愕未定地看着白柳，似乎畏惧这个人如此冷漠地把儿童比作商品。

白柳无动于衷继续说了下去："如果我是这个福利院的院长，为了进一步从这些商品上获取更多利益，我会自主地开始筛选程序，挑选这堆商品里最有用的，并且销毁那些无用的浪费资源的商品，并且以这些被筛选出来的优质商品作为筹码，开始进一步接触新的投资人。"

说着白柳看向了木柯，木柯猛地想起自己的爸爸似乎准备投资这个福利院，他疯狂摆手："虽然我爸不是什么大好人，但是如果福利院的院长向他提出这种……这种建议，他不会接受这么丧心病狂的提议的！他是个有道德底线的人！"

"真的吗？"白柳骤然放低了语气，前倾身体靠近了木柯，木柯下意识地被白柳眼神看得后退了几步。

白柳漆黑的眼珠子在朦胧昏暗的病房里显得鬼魅，充满了一种很奇异的专注。他那样看着你，似乎要用眼神从你的大脑深处勾出你最见不得人的想法。

"如果我告诉你父亲——这五个孩子已经马上就要被身体里的血灵芝吸血吸干了，你不要他们也会死，你去报警我现在就立马杀死他们，你这样做真的是在浪费这些孩子的命……

"你年纪这么大了，有个癌症三高什么难免的，不为自己准备点什么后路吗？你的孩子也是先心吧，这个血灵芝可以治百病，包括对你的孩子……

"这些孩子你死前让他们过够好日子就行，反正也都是畸形的孩子，长大之后也没有办法进入社会，活着就很辛苦，只能一直活在这个狭隘的福利院里……

"有些孩子其实有很严重的抑郁症和自杀倾向，我们用了各种办法都没有疏解，因为是先天的，你也知道近亲生的，活不了多长时间，他们都是自愿的，对，怎么会强迫这些孩子呢？我们都是好好和孩子说的，说未来一段时间给他们蛋糕、糖和玩具，然后他们都高兴得不得了……

"你让他痛苦地过二十几年,越长大越痛苦,还不如让他简单快乐给他充足的物资活几年,而且有些就算不这样做,也活不了多久了……"

"我们是福利院,是做好事的地方……"白柳垂下眼帘,用一种就像是在引人堕落的声音对已经吓得瑟缩到墙角的木柯轻声说,"我们比你更爱这些孩子,怎么会害他们呢?而且你这样做是在救他们,让他们这辈子过得好点,然后送他们下辈子投个好胎。"

白柳缓缓抬起眼皮,用一种早有预料的眼神很平静地看着木柯:"现在呢,你的爸爸会怎么选?"

木柯被白柳那个眼神看得心脏一阵一阵地发麻,他张了张嘴,最终一个字也说不出来。

"不要奢望用人的道德去约束他们获取利益。"白柳淡淡地收回了自己的目光,坐回了自己原来的位置,"因为这只会导致获取利益的方式最终以道德的样式呈现。"

刘怀瘫坐在床上,愣怔了好久,他感受到了很久违的抓心的恐惧,缓慢地开口:"……白柳,如果佳仪现在被这个蘑菇选中吸血的话,那是不是不尽快通关找出解决这个血灵芝的办法,佳仪会被……"

白柳静了静,没有回答刘怀的话,而是退回了他原来坐着的地方,双眸沉沉地看着他手中纸面上那个被他画出来的小女孩。

黑白线条勾勒出的小女孩蜷缩着双腿,白柳在她身上写了一个血量——50(?)。

这代表了刘佳仪的血量未知并且处于持续消耗中。

爱心福利院,周三凌晨,三点四十五分。

手工教室。

除开小白六之外的另外四个小孩被关进了福利院后方的一个手工教室里,老师将这四个孩子关禁闭反锁在这里。

这个手工教室在福利院很里面的位置,三面墙都没有窗户,唯一一面有窗户的墙正对的也是走廊,对面就是厕所——护工和老师时不时地过来上厕所,这导致这个手工教室非常适合用来做一个小型监狱,锁住一些想要跑出福利院的不乖的儿童。

这也是他们之前给投资人做礼物的地方,里面有一些画布、涂胶、布头等可以用来做手工的东西,但现在这些东西散落在地面上,不是因为儿童们昨天做了礼物,而是因为暴怒且焦躁的小苗飞齿。

他疯狂地把所有东西都扫到地上,在教室内走来走去,小苗高僵一言不发地看着他作,小苗飞齿突然转身对着小苗高僵怒吼:"你倒是想想办法!明天我就要被抓去抽血了！那我们就都完了！"

小苗高僵刚想开口，教室的门突然开了，老师牵着刘佳仪和小木柯这两个脸色苍白的孩子从医务室回来了。

刘佳仪和小木柯刚刚都因为出了问题被送去检查，刘佳仪吐血，小木柯心口痛，检查完了之后为了避免他们逃跑，老师还是把他们送到了这个小型监狱一般的手工教室。

老师对着小木柯和刘佳仪说："你们两个没有什么大问题，老老实实在这里待着，等明天投资人来了，带你们去私人医院看病，我不希望再看到有人逃出来了。"

说完她转身离开，关上了门。

小木柯奄奄一息地捂住自己的心口蹲在了地上休息，刘佳仪蹙眉靠在了墙上深呼吸，她的唇一点血色都没有，这两个小孩看起来都不像是老师说的没有什么大问题的样子。

小苗飞齿一见这两个拖油瓶就火大，手高高举起，向前冲过去嘴里喊道："不是你们我们也不会没跑出去！"

眼看巴掌就要落到自己和刘佳仪的身上，小木柯下意识地站起来挡在了刘佳仪的前面，伸手接住了小苗飞齿落下来的手，嘴里辩解道："没有我们你们也跑不出去啊！外面都是怪物！"

刘佳仪一脸虚弱地靠在墙面上，缓缓滑落地面，她浅色的唇在自己捂住的指缝间因为用力呼吸而轻轻开合，看着比小木柯的情况还要差一些。

小苗飞齿看着这样虚弱的刘佳仪，一把抓住挡在他前面的小木柯，扯开小木柯一步一步地靠近了墙角的刘佳仪。

~~112~~

被小苗飞齿推开的小木柯又想挡在刘佳仪面前，他在这个年龄受到的家教就是要保护女孩子，并且看到小苗飞齿很明显不对劲，他警惕地，壮着胆子张开双臂又护到了刘佳仪的面前："苗飞齿，我和你说过了！你没有跑出去和我们一点关系都没有！你要是敢对佳仪做什么，你信不信我告诉白六！"

一起逃跑又被抛下的经历让小木柯迅速地和刘佳仪单方面地缩短了心理距离，他现在就把刘佳仪当成一个和自己一样弱，但又需要自己保护的小妹妹。

在知道自己没有反抗小苗飞齿能力的情况下，小木柯虽然不清楚这两个人和白六达成了什么协议，但很明显白六可以控制住苗飞齿，所以木柯这位小朋友无师自通地搬出了告状大法。

小木柯瞪圆了眼睛，语气却冷静又有说服力："你不敢违抗白六对吧？要是第二天白六看到你这么对我们，你以为你会有什么好下场吗？"

小苗飞齿往这边走的脚步一顿，很快表情就狰狞了起来，一把挥开小木柯："我现在也没有什么好下场！给我滚开！"

小木柯看着双目猩红的苗飞齿，没忍住打了个哆嗦，而刘佳仪突然大声呼喊起来："老师！老师！"

走廊里偶然过来上厕所的老师听到了刘佳仪的呼喊，有些不耐烦地推门进来："你们又怎么了？"

眼看小木柯要指着小苗飞齿告状，小苗飞齿眼珠子一转，抢先开了口。他大剌剌地站了起来，对着老师嘻嘻一笑："老师，我跟木柯和苗高僵起了一点冲突，我们打了一架。"

小木柯听到这句话一怔，但很快脸色就沉了下来，猛地站了起来大声说道："我和苗高僵没有跟苗飞齿起任何冲突！是他想要欺负……"

"就是起冲突了！"小苗飞齿猛地拔高了声音打断了木柯的话，他眯着眼睛嘴角邪性地勾起，慢悠悠地转头看向老师："老师啊，要是把我和他们俩继续关在一起，我们说不定还会继续打架，打坏了谁也不好对吧？我下手又没轻没重的，木柯我记得是有心脏病吧？我踹两脚要是给踹出事了怎么办？"

这就是明目张胆的威胁了，小木柯气得脸都涨红了，还想继续反驳，但老师听了这话以后眉头一皱："事真多，那把你们分开关吧。"

小苗飞齿终于满意地笑了起来："老师，苗高僵在刚刚打架的时候也欺负刘佳仪，不过我是不欺负女孩的。"

小木柯气得眼球都要凸出，人急得蹦了两下："屁！！"这是他这个年纪能说出来的最脏的话了。

"几个小屁孩还闹内讧。"老师简单地扫了一下全场，下了定论，"那就把你和刘佳仪关一起，都给我老实点，不要再闹出岔子了。"

小木柯终于找到机会插嘴了："老师，是他欺负……"

小苗飞齿皮笑肉不笑地看了小木柯一眼："你想好了再说啊木柯，我不和苗高僵一间房，要么和你关一起，要么和刘佳仪关一起，你想好和我关一起的下场了吗？"

他的眼神看得小木柯鸡皮疙瘩一身，连退两步，但小木柯看了一眼刚刚喊了老师现在都还在喘气的刘佳仪，咬了咬牙，就要说我和你一间。

刘佳仪这个时候忽然缓缓站了起来。她的手摸索了两下，放在了老师对她伸出的手掌上，低着头看不清表情："老师，我们过去吧。"

小木柯急得跳脚了："佳仪！你别过去！"

刘佳仪听着声音，转头"看"向木柯笑了一下，眉眼弯弯，语气轻缓似乎有些愉快："不用担心我，我有办法的。"

小木柯怔了一秒之后，下意识地后退了半步。

刚才刘佳仪那个笑，让他很奇怪地背后一凉——他觉得刘佳仪好像早就料到了苗飞齿会这样做，故意让他们关在一间房里。

而她纵容了苗飞齿的做法。

小木柯想起了这女孩提议离开福利院的时候解决老师，这样可以拖延被发现的时间，但最终被白六否决了，说不能轻易处死福利院里的N什么C，木柯听得不是很懂，但刘佳仪很自然地说，如果出事可以推苗飞齿他们去顶吧。

刘佳仪身上有种近乎天真的残忍感，她聪慧，机敏，行动力绝佳，除了看不见，她简直是个和白六一个等级的谋划家。

夜逃福利院的这个计划就是她和白六一起做出的。

所有老师的查房规律和钥匙的位置，以及出逃的大致方位都是刘佳仪这个盲女在短短一天之内就摸清楚的，骗老师出来只花了她短短一分钟的时间，甚至这个小姑娘还想在出逃的路上解决老师，防止后面老师醒来之后追上来。但小白六沉默一会儿说："虽然我也是这么想的，但是不行，这样对我们来讲太费时间了。"

小木柯看着小苗飞齿和刘佳仪被老师带着远去的背影，心情还是忍不住忐忑了起来。

刘佳仪再怎么聪明，毕竟是一个小姑娘，她现在这么虚，和苗飞齿体力上的差距也不是可以靠智力抗衡的。

啊啊啊啊怎么办啊！木柯有点崩溃——要是白六在就好了！

老师把苗飞齿和刘佳仪关进了另一间手工教室。

刘佳仪默默地蹲在手工教室右边后方的一个角落，她昨天就在这个角落里做娃娃，所以这个角落的箱子里还装着一些碎布头。她正蹲着一片一片地整理这些碎布头，整理整理着她的手突然被针扎了一下，渗出一滴鲜血来。

"啊！流血了。"刘佳仪轻呼了一声，她把手指放在自己的嘴里，垂下眼皮遮盖住雾蒙蒙的眼睛，似有些可惜般含混不清地说，"……有点浪费，这是可以救哥哥的血。"

小苗飞齿从进来之后就不断地在吞口水。他一步一步地从背后靠近了刘佳仪，脸上的表情狰狞而狂热，就像是一个饿到了极致第一次看到大餐的饿汉。

看到刘佳仪把自己扎了一下，白嫩的指尖渗出了一滴殷红的鲜血，这样极具色彩冲击力的"摆盘"更是让小苗飞齿的心跳和呼吸都加快了不少。他走到了刘佳仪的后面。

"你在看什么啊佳仪妹妹？"小苗飞齿准备给刘佳仪一个友好的开头，他探头去看刘佳仪的布箱子。

昨天刘佳仪就一个人缩在角落里带着微笑鼓捣她这个箱子一整天，但最后只拿出了一个丑兮兮的娃娃，针脚粗大简陋，简直不像是正常的针缝出来的娃娃，感觉四肢一扯就能掉……

不过说起来昨天他看到了刘佳仪向老师要针，但老师说不能给她一个盲人这么危险的东西，所以是没有给她的，那她缝娃娃的针是从什么地方拿来的……

小苗飞齿终于看到了那个布箱子的内部，他的瞳孔忍不住一缩。刘佳仪笑意烂漫地回过头来，歪着头："没有针的话，只好用针头缝'哥哥娃娃'了呀。"

箱子里扎在布料上的是还染着血的各种样式的针头，其中有一根扎在一个半成品娃娃的头上，几乎扎到贯穿的程度。

而那个娃娃和现在的小苗飞齿穿的衣服一模一样。

"好看吗，我做的娃娃？"刘佳仪缓缓地站起来，苍白的脸上是天真无邪的笑，她把娃娃背在身后，手上拿出了一个注射器，一步一步靠近了小苗飞齿，"按照二级游戏百分之五十的死亡率，至少需要1.6个小孩的血才能救一个玩家，我一个人的血应该救不了哥哥呢，麻烦苗飞齿哥哥爱心献血一下啦。"

小苗飞齿后退半步屁股砸落在地上，一边蹬着双腿疯狂后退一边歇斯底里地大吼着："老师！！老师救命啊！！！"

系统提示：玩家刘佳仪使用道具"寂静无声"，无人可以听到你所在空间的任何声音，请玩家尽情造作！

道具时效：一个小时。

系统提示：玩家刘佳仪使用道具"魔术空间"，这是你的专属空间，只有你允许进入的人才能进入，只有你允许离开的人才能离开，你就是主宰这片空间的魔术师！

道具时效：一个半小时。

系统提示：玩家刘佳仪使用肌肉松弛魔药，玩家苗飞齿副身份线失去全身力气，肌肉松弛中……

刘佳仪漫不经心地在自己的系统面板上使用着道具，系统不断弹出一些新的标签和指令：

系统提示：玩家刘佳仪，因您的个人技能在《爱心福利院》内较为特

殊，进入游戏之后为了游戏平衡性，对您做以下限制——

一、将您和您的核心欲望人物玩家刘怀的生命值绑定。

二、您处于毒蘑菇中毒BUFF中，生命值会一直下降，请注意及时恢复自己的生命值。

（注：该BUFF不为系统强加，为玩家从现实中自带的中毒BUFF效果，系统将BUFF效果轻微扩大做限制使用。）

三、您的个人技能"解药"的CD时间从一小时延长至六小时。

四、您的血液是游戏所有玩家儿童中最适合血灵芝养育的血液，无须血缘关系的保证，您的血液也可以培育出能够治愈任何投资人绝症的血灵芝，您的血是这个游戏里的"万能血"，可以充当任何投资人血灵芝的核心血液使用。

（注：在其他投资人玩家解密出该游戏背景线索之后，系统会为该玩家做一些适当的信息导向，让他们知道您的血液才是最佳的养育血液。当然是在保护您隐私的前提下，我们不会完全透露您的身份。）

五、……

在收回面板的最后一刻，能看到刘佳仪的个人属性面板上有一个银光闪闪的皇冠LOGO：

国王公会高级成员：新星榜排名第一的玩家。
技能身份名称：被诅咒的禁忌女巫。

刘佳仪收回面板之后，垂落眼帘，看向在地上不停挣扎的小苗飞齿。

小苗飞齿就像是一摊烂泥那样瘫软在地上，后仰着脖子竭力地呼哧呼哧发出声响，眼泪从眼角流下来。

"没有人可以听到你的求救声哦，飞齿哥哥。"刘佳仪蹲了下来，歪着头眨巴眨巴眼睛，"看着"吓得涕泗横流的小苗飞齿，"我之前听过你的小电视视频，"刘佳仪甜甜地笑了起来，她的嘴角甚至有两个小酒窝，"我之前只有一只小仓鼠，是我哥哥送给我的，我本来是想用它做'实验'的。"

"可惜它太脆弱了，不行的，我哭得可伤心了。"刘佳仪爱怜地抚摸小苗飞齿的头，语调却很轻快，"你想当我的小仓鼠吗？"

小苗飞齿满脸都是泪，看着刘佳仪手上尖利的闪着光的巨大针筒，他费力地，恐惧地摇着头。

"小仓鼠没有拒绝的权利呢。"刘佳仪笑眯眯地说，"我开始了哦。"

113

周三，凌晨四点十七分。

刘怀之前因为白柳的推测焦虑得不行，再加上他本来就失血过多，不肯休息一直担心自己妹妹，生命值和精神值都有下滑的征兆，所以就被白柳趁其不备直接用安眠药迷晕了。

现在刘怀在稻草床上睡得很熟，而白柳和木柯都没睡，他们还在整理和分析今天获得的信息——主要是木柯从病案档案室内获得的信息和白柳从小白六那边获得的信息。

木柯有点心情复杂地看了一眼在稻草床上安睡的刘怀——他想起了昨天早上的自己，他发现白柳这家伙用的方式真的非常无赖，一旦和你说不通，他就直接下药，这做法简直，简直……

总而言之不像个好人的做法。

木柯缓慢地把视线移到靠在墙面还在分析综合信息的白柳身上。

白柳靠在墙边，屈起一只腿放着纸张，另一只腿随意地舒展，脸上带着不明显的疲惫，眼下带着明显的青黑，但目光依旧清明镇定。他低着头继续用笔抵在纸面上写画，语调平缓地说："现在我们大致弄懂了这个福利院的运作机制和副本内大部分的信息，之前我所疑虑的点基本都搞清楚了，但还剩两点，而这两点最好不要当着刘怀的面讨论。"

木柯一怔。

白柳抬起头扫了一眼病床上还在睡的刘怀："第一点，为什么刘怀和刘佳仪会被绑定在一起，生命值还被削弱到了50？

"我之前猜测过是因为她中毒导致的，但这种说法有两个不太说得通的点。第一点，为什么刘怀的生命值也被削弱了一半？这个虽然可以根据游戏的绑定逻辑硬推，但综合了你给我的信息，以及我昨晚从小白六和刘怀那边得到的信息，现在的我彻底推翻了这种可能性，因为我发现了第二个疑点。"

"第二点——"白柳眼睛冷静无比地看向纸面上那个小女孩，用笔在他画的那个瘦弱的女孩上打了一个大大的问号，他无波无澜地看着刘怀，"如果刘佳仪是因为近亲后代，在现实中被筛选中了血灵芝的毒，或者换种说法，刘佳仪被寄生了这种会吸血的蘑菇，那么在这种情况下，她在逃跑的过程中吐血就是一件很奇怪的事情了，这完全不合常理，血灵芝不会浪费她的血让她吐出来。"

"还有一个让我觉得很奇怪的点，就是她吐血的点太巧合了，早不吐晚不吐，刚好就是要逃跑摸到大门的时候吐。"白柳眼神微眯，"小白六当时的迟疑和考虑是对的，因为如果是我，我也会怀疑她是不是不想逃出去，故意拖延。"

木柯听得渐渐头皮发麻，他看向白柳声音压低："白柳，你的意思是……"

"现在在综合了足够多的信息之后就很明显了，她在对我，或者说是对小白六演戏和撒谎。"白柳眸色发沉地下结论。

木柯的脊背猛地蹿上来一股凉气："但刘佳仪为什么要这么做啊？她留在福利院内对她自己毫无好处啊！"

白柳的目光挪到了睡在床上的刘怀的脸上："她应该是想救她哥哥，想留在福利院内等她哥哥过来抽她的血。"

"但是这样她自己会死吧！"木柯有点想不通，"她才多大啊，她不怕死吗？"

白柳顿了顿："她可不一定会死。"

木柯越发摸不着头脑："为什么？被抽血的话，生命值耗尽了就是会死啊，她只有50点生命值就更容易死了。"

白柳缓缓抬眸："如果她有恢复自己生命值的个人技能呢？"

木柯呆了几秒之后，用一种惊愕不已的目光和白柳对视："不是吧？你的意思是她是……"

刘怀半梦半醒间被推醒了，他一醒来就看到白柳平静过头的眼神，但这眼神却看得刘怀不由自主地有点发冷。

"佳仪——"刘怀晃晃脑袋，想起了他睡前正在和白柳争论的问题，脸上的表情瞬间退去睡醒后的惺忪，变得焦急，"白柳！你答应过我要救佳仪的！我已经为你付出了一切了！你答应过我的！"

白柳不冷不热地回道："或许你的妹妹并不需要我们任何一个人拯救。"

白柳告诉了他自己的猜测。

刘怀一怔，看着白柳，因为失血过多，他头脑反应有些迟钝。他有些迷茫地看着白柳毫无表情的脸："……你说佳仪在演戏和撒谎，是什么意思？"

白柳抬起眼："你还不明白吗？我很早就和你说过，你的妹妹没有你想得那么单纯，她很聪明，聪明得超乎你和我的意料。

"系统的确是为了游戏平衡性削弱你们这一组生命值的，主要是为了削弱你妹妹，不削弱她，这游戏对我们其他玩家都不公平，因为她的个人技能过于强悍，在这种生命值多就会取得优势的游戏里，不削弱她和你的生命值，这游戏就没有任何游戏性了，她在这个游戏里就像是作弊器一样的存在。

"刘佳仪一直在你面前扮演一个好妹妹，连小白六都被她给糊弄过去了，但最终还是露出了破绽，因为你。"

白柳直视着刘怀："她猜到了这个游戏的机制，她想救你，所以她不想跑，她装吐血是为了留在福利院里等着你明天去接她抽血，她应该并不想让你察觉她的身份，所以从头到尾都很小心，但最终还是因为你露出了破绽。"

刘怀晃了晃自己的脑袋，无法置信地低语着"不可能"。他的身体因为没有双臂有些不平衡，从床上下来的时候身体摇晃着差点从床上翻下去，还是木柯手忙脚乱地站起来把他扶住。

木柯有些不忍心看刘怀的表情——白柳目前告诉刘怀的，远不是对于刘怀最残忍的部分。

刘怀摇摇晃晃地从床上走下来，走到白柳的面前，看着他，脚步虚浮踉跄，目光涣散，含着泪，似乎完全理解不了白柳刚刚说的话：

"怎么会……身份，她只是一个小孩子，她能有什么身份？我要好好保护她……"

白柳仰着头看刘怀："刘怀，从头到尾我们都搞错了一个逻辑关系，并不是你影响刘佳仪进入游戏的。"

刘怀一动不动地站在白柳的面前，低着头直勾勾地盯着白柳，他在等白柳告诉他那个无比残酷的事实。

白柳一字一顿，无比清晰地说道："而是刘佳仪的欲望影响你进入游戏的，她应该是先你一步进入的玩家，是一个在生命值方面会逼迫系统主动出手削弱，再绑定你这个哥哥来限制她的，个人技能极其特殊的玩家。"

刘怀沉默了很久，好像才反应过来一般一顿一顿地低下头来，用一种呆滞恍惚的眼神看着白柳。

白柳的眼神古井无波，语调不急不缓："刘佳仪就是小女巫，那个要和张傀组队在联赛里合作，国王公会推出的新明星玩家，个人技能是可以主动恢复生命值的新星榜排名第一的新人。"

游戏大厅，国王公会内部，红桃皇后办公室。

红桃懒懒散散地跷着脚上要掉不掉的高跟鞋，一晃一晃，很无聊地打了个很大的哈欠，托着腮，眼珠子转动，看着对面的人对她做冗长又乏味的汇报。

汇报人朗声读着报告："接下来是国王公会本季度各位队员的小电视数据分析……

"本季度我们战队队员中，小电视综合数据上升最快的是新人队员小女巫，她进入游戏七周后就稳稳锁定噩梦新星榜第一位，人气和支持率都居高不下，在进入公会之后的几次大型团战中输出和支援都可圈可点，是核心级别的团战后援……"

说着说着，汇报人在自己的系统面板上点了一下，弹出了一块巨大的正在播放视频的面板，面板浮在红桃皇后面前，就像是播放PPT一样，汇报人在面板上面滑动着给红桃皇后展示，最终停在一个视频上。

视频上面的标题是《禁忌女巫的高能剪辑合集——今晚我有一瓶毒药，我有一瓶解药，但今夜不是平安夜，你猜我要杀谁？》。

红桃皇后看到这个标题勉强提起了一点兴趣。她稍微坐直了一点身体，抬手点了点视频界面，示意汇报人播放视频，问："你们已经弄好了小女巫的应援剪辑视频了？放给我看看。"

视频在红桃皇后的示意下开始播放。

原本漆黑一片的画面中，开始缓慢地出现白色烟雾，在烟雾缭绕间出现了一个披着黑色及地蕾丝裙纱，只有成年人半身那么高的玩家，她看了一眼镜头，又毫不在意地别过了头。她浑身上下都罩着纱，让人看不清里面的人是谁，为她增添了一点神秘气息。

她赤着脚走在清晨带着迷雾的丛林中，白皙的皮肤透过蕾丝绣花的镂空纹路显露出来，脚步隐隐约约有种神秘的轻灵优雅，而这优雅的感觉下一秒就被破坏了。

丛林间出现大批怪物，它们就像是沿着藤蔓生长出来的，在满是腐烂物的地面上蠕动着，很快就从地面上耸动出来，也有玩家用尽力气地在被怪物充斥着的丛林间跑着，喊着，但很快就被这些蠕动的藤蔓怪物给追上吞噬了。

她从黑色裙纱下拿出了两个玻璃瓶，里面盛着液体。她在丛林间飞速地跑动着，裙纱上腾起黑色的烟雾，她动作干脆利落地倾洒着药瓶里的液体。

怪物很快腐烂，而那些乞求着她怜悯拯救的玩家和怪物一同腐烂在了林间，女巫只是非常精准地解救了自己队伍的玩家，而其他玩家她看都没有多看一眼——尽管她的魔药瓶子里还有很多解药。

不同游戏的画面在剪辑之间飞速嵌合交错，隐藏在黑色不祥面纱下的女巫用毒药带来死亡的序曲，用解药垂怜即将腐烂的玩家。

她的脚步轻快灵动又敏捷，在不同的怪物和玩家之间穿梭自如，她黑色的面纱上浸透了那些死去怪物和不幸逝去玩家的鲜血，越发厚重黏稠，让人看不清下面盖住的到底是人是鬼。

面纱上的血滴落在她白皙的脚背上，又被她毫不在意地抖去，一同抖去的还有死死抓住她脚踝求救的玩家的手，这只手在她细瘦的脚踝上留下了一个狰狞的血手印，在她跳跃着远去的时候，无声无息地被落下来的黑色的纱巾盖住。

"……小女巫游戏思路精准，游戏水准极高，攻击简单高效并且极其狠辣，心理素质不输很多已经在联赛中打过好几次的玩家，实在是无法想象这是一个，是一个……"

下面汇报的人看着系统面板上的内容，神色复杂地顿了一下。

红桃皇后意味不明地笑了一下，不紧不慢地接上了话："无法想象这是一个只有八岁,并且眼睛还看不见的女孩子,是吗?"

汇报人喟叹一声:"是的,皇后,小女巫当初进入游戏的时候只有七岁,却已经可以以第一名的成绩从一批新人当中杀出来,并且她实在是非常聪明,很快就适应了自己的技能。

"小女巫的技能非常特殊和罕见,当时很多公会都想控制她,威胁她让她加入,但小女巫并没有被这些公会使用的各种手段所控制和吓倒,而是在意识到自己的独特性之后,很快地就开启了充电竞价——说哪一个公会给她的充电积分最多,她就加入哪一个公会。"

"是的,她的确是个相当聪明的女孩子。"红桃皇后饶有意趣地回忆着,"当时前十的公会都参与了充电竞价,非常疯狂的一次竞价。"

"而她也靠着充电竞价在短短七个游戏之内,冲上了新星第一的位置。并且她在这期间还不停地在各个公会之间转圜,和不同的公会合作下副本,这让所有的公会都进一步认识到了她的价值,反而不舍得对她下重手,只能选择充电来招揽她,因此对她的充电和追逐越发疯狂——我记得当时她一场游戏的充电最高可以到三十万?"

"是的。"汇报人心有余悸又肉痛地拍了拍胸口,"对于新人来说,这是一个天文数字了,我们公会加起来在小女巫的小电视里起码充了七十万积分,才赢了这场竞价。"

红桃皇后随意翻了两下汇报人系统面板上的资料,上面出现刘怀的脸。

看着资料上刘怀一无所知的脸,红桃皇后笑了两下,她歪着头,长发从肩头上滑落,笑意越发浓厚:"而且就算是充了这么多积分,如果不是我们这边的公会玩家王舜成功地查到了她的弱点,也就是她的哥哥刘怀,而她的哥哥又恰巧在那期间进入了游戏被我们知道,小女巫这聪明的小家伙可能最终还是不会定下来加入我们国王公会。"

"但皇后,我很奇怪的也是这一点。"汇报人在系统面板上翻找,有些困惑地提出问题,"在小女巫加入我们国王公会之后,为什么不直接把她的哥哥接入国王公会,而是要通过张傀控制他这样曲折的方式让刘怀加入我们公会?而且在刘怀加入之后,小女巫也没有让他知道自己是国王公会的王牌新人选手,并且张傀那样折磨刘怀她也没有说过任何制止的话。"

汇报人疑虑地拧眉,看着上面小女巫和刘怀的资料,心情复杂:"……给我的感觉就是明明小女巫的弱点是自己的哥哥,但她对待刘怀的方式却有一些不信任,甚至可以说是残忍……

"而且现在已经临近赛季了,为什么小女巫依旧不愿意接受我们提供的道具眼球完全恢复视力,而是一直要使用一些间歇性的道具在游戏中恢复视力,保持一种半眼盲的状态？而皇后您也选择纵容小女巫的这种做法，这是我所不能理解的，赛场上一个能看见的小女巫可以帮我们更多。"

汇报人看着红桃皇后，他满腹的疑问。

红桃的脚一翘一翘，高跟鞋很快就从她的脚上脱落了，她没有管，而是似笑非笑地扫了一眼办公桌对面的汇报人："你没有认真看过王舜查出来的关于小女巫的资料吧？你去看看她进入游戏的核心欲望。"

汇报人一怔，动作迅速地点开了王舜综合分析出来的小女巫的个人资料。

王舜在小女巫进入游戏的核心欲望上写的是：希望得到自己哥哥的爱，希望永远和哥哥在一起，希望哥哥永远爱自己。

如此童真烂漫的欲望，的确很像是一个天真的八岁小女孩可以许下的愿望。

但汇报人心里无比清楚，那个踩在所有求救的人的手掌上舞蹈，辗转在各大公会之间游刃有余的小女巫，不是这样的孩子，她残酷且冷漠，拥有成年人的智慧和未成年人天生的少年心性。

这样的核心欲望甚至像是她随手甩出来打发他们，用来骗人的。

汇报人眉头越拧越紧，看着那条核心欲望："皇后，我还是不明白……"

"你果然不懂女人。"红桃皇后那只赤裸的脚点在地上，身体前倾，顺滑的发丝从她的锁骨滑落到胸前，汇报人有些面红耳赤地别过了自己的目光。

红桃皇后却丝毫不在意地继续微笑着前倾身体："你不想想为什么小女巫的欲望是得到她哥哥的爱呢？那当然是在她觉得自己还没有得到的情况下啊。"

汇报人一怔。

红桃皇后把自己的头慵懒地搭在手背上，笑得妩媚："聪明的女人就是这样的，小女巫的生长环境让她完全不信任男人，她对男人都是一种纯天然的厌恶感，尤其是对她恶劣生长环境有一定诱因的刘怀。但她却又无法让自己不在乎刘怀——这点倒是和我很相似，我也不信任男人，但这和我想要得到他们的爱并不矛盾，大部分时候我也的确得到了。"

"当然我们都知道刘怀的核心欲望是拯救他的妹妹，不过为了招揽这个多疑的，还带着一点青涩的聪明小女孩儿，我选择了向她隐瞒我们调查到的刘怀的信息。"红桃皇后肩膀朝一边耸动，露出雪白的肩头，就像是没有骨头一样靠在椅背上，嘴角的笑意不减，"我教会了她更可靠的，得到自己想要的爱的方式。"

汇报人愣怔片刻："……当初的确是您亲自招揽的小女巫，我们都不清楚具体的中间过程，我记得当时您是从公会仓库里拿了一个保密级别的超凡神级道具给小女巫，小女巫就同意了加入。但这个道具具体是什么，一直对我们是保密的。"

"都要开始打联赛了，告诉你那个道具是什么也无妨，我从仓库里拿给她的那个道具叫'普绪克的眼泪'，是一种意识层面的道具，装在一个很漂亮的玻璃瓶里。"红桃皇后懒散地笑着轻语，"也是很适合小女巫的一个道具，那个道具是喝下之后，就可以和自己想要在一起的人，永远在一起，但那个药物会指引她做出一些很有趣的行动——我也喝过。"

红桃皇后脸上的笑就像一个给出建议的邻家大姐姐，带着蛊惑人的温柔呢喃："小女巫对男人有很强的敌意和警惕，但她对女性却有一种天然的信赖和好感，尤其是我这样的和她有着类似经历、对她怀有很大期待的成年女性。最终在我的劝告下，她喝下了那瓶魔药。"

红桃皇后漫不经心地垂下了长睫，垂落的长睫在她浅色的眼瞳里落下浅淡的阴影："然后她就开始一步一步在药物的操控下控制住那个让她提心吊胆的哥哥，杜绝掉这个男人处于一切危险之中、把心思分给别人的可能性，最终把他变成了张傀的傀儡。"

汇报人忍不住打了个哆嗦。

红桃皇后轻笑了一声："但很快小女巫就后悔了，她并不想得到一个傀儡般毫无灵魂的哥哥，她会一边满怀疑虑地想自己通过道具得到的爱意到底是真还是假，一边又因为自己在这个过程中伤害了刘怀，而充满了愧疚。

"她因此越发害怕离开刘怀，又不满足不敢彻底相信，茫然地不知道该怎么走，惊恐于不能永远在一起的可能性。最终在我的建议下，她为了确保在一起的这个可能性，只能不断地，不断地向我索取更多的普绪克的眼泪——毕竟系统给出的道具效果是不会骗人的。"

汇报人看着红桃皇后依旧温柔的笑脸，忍不住从脊背开始蹿出一股凉气——明明是那么聪明的小女巫，事情发展到这一步，已经完全被红桃皇后这个女人玩弄于股掌之间了。

难怪很多被红桃皇后伤了心的男人会说红桃皇后是一个让任何人都无法抗拒的女人，就算是被利用到那个地步，那些男人也没有说过红桃皇后一句坏话，纷纷哭着求复合。

小女巫也是被红桃皇后套住越陷越深了。

"最终的结果就是她开始不断地通过折磨对方和自己，来验证对方爱自己的可能性。"红桃皇后垂下眼眸看向面板上刘怀的那张脸，伸出手指好像是怜惜般地在刘怀的侧脸上轻点了一下，轻声说，"真是可怜的妹妹和可怜的哥哥，哥哥明明已经做出为妹妹放弃生命的觉悟，妹妹还在怀疑着你。"

"而妹妹最终也不得不加入联赛去赢取巨额积分，保证哥哥的安全和对自己的爱。"

"通常我们女人把刘怀经历的这个过程称之为——"红桃皇后抬眸看向汇报

人，眨了眨眼睛，晃晃自己的手指，笑得带着一点少女的俏皮气息，"考验真心。当然，这个世界上绝大部分男人都无法通过我和小女巫的真心考验。"

想到在被张傀控制之后被迫失去了自己最好朋友的刘怀，想到刘怀在张傀手下受到的那些所谓的考验折磨，汇报人迅速地从红桃皇后的美色当中清醒了过来。他看着红桃皇后那张艳如桃李的脸，情不自禁就又打了个哆嗦："……但是这和小女巫不愿意彻底恢复自己的视力，有什么关系呢？"

红桃皇后笑："你会愿意去爱一个这样考验过你的女人吗？"

汇报人疯狂摇头。

红桃皇后抬眼，轻声说："但如果她瞎了呢？如果你不知道她考验过你，以为她是一个无依无靠，可怜的，没有你就活不下去的八岁小女孩儿呢？你会在因为她而受了这么多折磨之后，还是忍不住怜惜着她，去爱她，和她永远在一起吗？"

汇报人呆了很久很久，他回答不出这个问题。隔了很久，他有些百感交集地开口了："刘怀，有点可怜啊……被骗着爱着这么一个妹妹。"

"我觉得他不可怜，可怜的是小女巫。"红桃皇后眸光轻闪，"因为如果有一天刘怀知道他被骗了，不爱她、不保护她这个妹妹了，她会疯的。"

"那这个为小女巫刷够副本之后报名联赛的应援视频……"汇报人试探地询问，"皇后你觉得是通过了吗？"

红桃皇后随意地点了点头，然后在汇报人松了一口气的时候提醒了一句："注意保护好她的真实信息，不要泄露让其他战队和刘怀本人知道了，不然你和我都会有的受的。"

汇报人已经被吓了一轮了，听到这个苦笑一声："这是一定的。"

"哦对了，小女巫现在应该是在刷副本，她去哪个本了？"红桃皇后像是突然想起般问道，"等她出本，通知她可以开始进行团队训练了。之前她进游戏，如果是生命值比较重要的二级游戏，她和她绑定的队友生命值会被削弱得很厉害，后期我们给她配了一个控制系玩家张傀，希望通过多人控制这样的方式减轻系统对她的生命值削弱，但还没有起明显成效张傀就死了，我们需要她适应新团队和新方案了。"

汇报人开始头疼："但皇后，我们不知道现在小女巫在哪个本里，我们查了所有正在开放的小电视，都没有查到小女巫的电视。"

红桃皇后的眼睛忽然一眯，反应极快："你让王舜去查一下有没有哪个副本有人关了小电视？她是排名前一百的玩家，是可以关小电视的。"

她说完一顿，又迅速坐直了身体，眼神冷静地下了命令："算了不用，直接去查刘怀的小电视，看他的副本里有没有什么伪装的奇怪玩家。

"刘佳仪是个很有计划的人,她不会做超出她计划的事情,除非这件事和刘怀有关。"

她办公室的门突然被敲响了,在她点头之后满脸都是汗的王舜进来了,他看着红桃皇后:"皇后!刘怀知道了刘佳仪就是小女巫!"

"谁告诉他的!"红桃皇后从椅子上站了起来,语气沉了下去。

王舜一路跑过来的,喘了两口气又急忙说道:"白柳!他是靠游戏机制推理出来的!小女巫成功骗过了其他人,但没能骗过白柳。现在所有的玩家都开始往白柳的小电视拥了!目前他的小电视观众人数已经超过二十万了!他冲上新星榜第一了,小女巫的粉丝在他推理出刘佳仪是小女巫之后全部疯了一样地跑去他的小电视了!怎么办?"

红桃皇后眼眸微眯:"白柳?又是那个新人?"

114

游戏中央大厅,噩梦新星推广位。

白柳的小电视前人头攒动,普通玩家纷纷不可思议地仰头看着噩梦新星第一的小电视屏幕:

"白柳也冲得太快了!他吃了什么冲这么快?!"

"吃了小女巫吧,孩子已经傻了,刚刚他说谁是小女巫来着?"

"刘佳仪。"

"什么佳仪?"

"刘什么仪?"

"刘佳什么?"

"……你们不要再自欺欺人了,刘佳仪,刘怀的妹妹,白柳刚刚推出来的,我觉得八九不离十了。"

"我不听我不听!禁忌女巫那么冷酷那么优雅那么成熟,黑色面纱下一定是个二十八岁的美貌少女!"

"醒醒,禁忌女巫那么矮,怎么可能二十八岁?"

"……国王公会出的人物公式书不是说禁忌女巫是个没有发育好的人吗!我一直以为禁忌女巫是个侏儒!原来没有发育好是这个意思!"

"飞来横瓜,论坛帖子已经爆炸了,无数小女巫的男友粉在哀号自己老婆怎么突然就变女儿了,他们还没有做好当爸爸的准备……"

"红桃皇后好像在处理这件事了,不过比较麻烦的是游戏内吧,我感觉刘怀情况不太好,啧,今年联赛应援季可以啊,在热门新人里爆了一个这么大的瓜……"

"我看不太好的是白柳吧，小女巫对非队员下手一直都狠，我感觉白柳要凉。"

"新旧噩梦新星第一的碰撞，到底谁会成为谁的噩梦——论坛已经开帖在讨论了……"

刘怀扑通一声跪在了白柳面前，张大嘴巴长久地失语着，似乎想说什么，但最终什么都没有说出来。

他眼睛里只有一片蒙眬的泪意，黑漆漆又暗沉沉地泛着水光，好像一块不能完全透出光的天空。

刘怀垂着头跪在白柳面前，仿佛一具被抽空了灵魂的傀儡，上肢被顽皮的小孩不经意间扯掉，只剩下一具直不起腰来的躯干，在被扯掉了傀儡线之后，委顿地蜷缩在原地。

眼泪已经流不出来了，刘怀空洞地睁着眼睛，他的脸上是交错纵横的泪痕，所有的一切似乎都离他很远。

潮气氤氲的病房和那个暗无天日的小乡村在他面前渐渐重合，刘佳仪脏兮兮又乖巧的笑脸是他唯一能见到的，不同于其他东西的景色。

她在山野间赤着脚奔跑，在堰塘旁嗅闻野花野草，然后在刘怀紧张的呵斥声中转过头来对他笑。

刘佳仪弯起看不见的眼睛，仰着小脸大声地叫他哥哥，张开双臂向他飞奔而来，像一只小鸟，一只蝴蝶，一个不知道自己在发光的太阳。

一个多么莽撞又天真的小女孩，她满是伤痕地落入刘怀的怀里，身上全是被殴打过后的痕迹，刘怀哽咽着抚摩刘佳仪的头发，说："马上，马上哥哥就能考出去了！你再为了哥哥坚持一下！"

而刘佳仪温顺地靠在他的胸口上，声音很轻很轻地说，佳仪会为了哥哥坚持下去的。

刘怀背着刘佳仪在一个大雨滂沱的夜里从山里走了出来，从那一天起，刘怀就发誓要让她看不到世界上的任何黑暗，要带给她最光明的未来，要对得起她为自己付出过的东西。

他们都拥有自己最痛恨的男人的血脉，又靠这恶心的血脉彼此联系相依为命，磕磕绊绊又胆战心惊地依偎着长大了。

刘怀对刘佳仪说，哥哥和妹妹一同经历过最可怕的事情，所以无论如何都不会放开对方的手。

刘佳仪是他最重要的人，刘怀愿意为了给她一个光明的未来而在这个恐怖的游戏里苟且偷生，愿意为了她做张傀的一条走狗，拿起匕首背叛自己最好的朋友，愿意为了她去死。

可她还是骗了他。

就像是他当初骗了刘佳仪一样，刘佳仪也骗了他。

刘怀恍惚地想起那张脏兮兮的，藏在床下的刘佳仪的脸……这难道是报应吗？

因为他对佳仪做过的事情，因为他的懦弱不作为，所以这难道也是佳仪对他的报复和他得到的报应吗？

"……你知道，为什么我会跟了张傀，背叛四哥吗？"刘怀的头就像是要抵到地上，他很轻很轻地说，"……因为那个时候张傀拿了佳仪在现实生活里的消息来威胁我加入国王公会，做他的傀儡围剿四哥……"

刘怀的眼中一点神采都没有："他许诺会给我不错的待遇，保障我的安全，我的确是他所有傀儡当中待遇最好的……但我一直很奇怪，我从来没有在游戏里和任何人说过佳仪的事情，为什么张傀会知道佳仪的存在，为什么他知道佳仪是我的妹妹，为什么他知道那么多我和佳仪的事情的细节，就像是我主动告诉了他一样。"

白柳安静地听着没有说话。

刘怀笑了一下，眼泪滚滚落下："原来，佳仪和他是一对组合啊，这些应该是佳仪和他说的吧，为什么佳仪要和他说这些呢？白柳，你说佳仪这么聪明，她是不是，是不是……"

他终于还是哽咽了起来，有些恍惚地喃喃自语："她是不是故意的，她从头到尾都知道发生了什么……她在惩罚我……惩罚我做过的事情，我不是一个好哥哥……"

"如果你问我的话，"白柳很平静地回答，"我想她或许是觉得这样对你最好，加入国王公会做张傀手下的一个傀儡，对你来说在这个游戏里最安全。至于张傀在她的暗示下操控你背叛牧四诚的事情，以你的能力跟着牧四诚的确不安全。"

"所以如果她的目的是在游戏里保障你的存活，那么我觉得她对你做的事情是完全合理的——让高级玩家带你的同时帮你锻炼能力，替你选择最好的公会和她能控制住的队友，给你提供庇护，在你进入一些比较危险的游戏的时候及时跟随进来救你，总的来说她做的一切都是有计划地在保护你。"

刘怀在进入游戏之后，害怕自己死掉，不得不送刘佳仪去福利院，那天那个小小的女孩子蜷缩在刘怀的怀里，抱着他的脖颈，好似担忧一般对他说："哥哥，佳仪对你来说是负担和麻烦吗？你要送我走吗？"

他笑着摇头，说："不是，佳仪对我来说是未来，抱歉暂时要送你到这里，但总有一天，如果哥哥活着，我一定会带你离开。"

给你最明亮的未来。

刘怀低着头很长时间都没有说话，然后呆滞地抬起头："……原来从那个时候起，我要活着，对她来说是这么麻烦的一件事吗？"

"麻不麻烦另说，但她肯定不需要你救了，甚至她为了救你，很有可能会对其他小孩下手，因为她作为一个有过一定经验的老玩家，肯定明白这个二级游戏的机制了。"白柳目光平静地移到了刘怀身上，"那就是光她自己的血是不够的，她至少还需要一个孩子的血才能救你。"

"那么现在问题就来了，她会找哪个小孩抽血？"白柳顿了顿，"以及刘怀，因为我在上一场游戏里控制过你，以她对你的保护欲，我觉得很有可能她会觉得我对你有危害。为了杜绝我这个对你来说比牧四诚还要危险的因素，她大概率会对我的儿童下手，也就是小白六。"

"我怀疑她会抽我的儿童的血，但庆幸的是，现在我的儿童在教堂。"白柳平静地说，"而不幸的是，以我的行动力，小白六很快就会摸到他们关禁闭的地方，带他们今天出逃。虽然我现在推理得知了这些信息——"

白柳摇晃了一下他手上的大哥大，罕见地皱起了眉："但因为这个电话是单向的，我不能打电话通知小白六这些信息，一定要等凌晨六点过后他打过来，才能告诉他我知道的事情。"

白柳静了两秒："但我很怀疑他是否能活着打过来。"

"所以现在是我们这群残兵败将即将面临要苏醒的联赛玩家苗飞齿和苗高僵……"木柯看着白柳和刘怀露出一个比哭还难看的笑来，"那边我们的儿童还要在一无所知的情况下对付你的妹妹，新星第一的小女巫。"

"大概是这样。"白柳不冷不热地说，"很可能我们要死了，木柯。"

清晨五点三十七分，福利院后方手工教室。

私人医院爆炸带来的混乱将近凌晨三点才结束，小白六在确认教堂附近没有任何巡视的老师之后，从背后沿着小树林一路飞跑，环绕了福利院一圈寻找木柯他们关禁闭的地方——一般这些老师关禁闭都是两个地方，一个是食堂仓库，还有就是这两间只有一面有窗户朝向走廊厕所的监狱一样的手工教室。

小白六去食堂仓库看过一眼，那边没有小孩，那么很有可能小木柯他们就被关在手工教室那边。小白六十分警惕地从福利院女厕所里的窗口翻进了楼里，然后安静地等在女厕所的门后。

在等到有NPC老师进来上厕所发出了腰间钥匙碰撞的声音的时候，白六毫不犹豫地从门后出来偷袭NPC。

他用从教堂拿过来的烛台砸晕了NPC，从NPC的腰间取下了钥匙，躲在女厕所门口警惕又冷静地调整自己粗重急促的呼吸。在确定走廊没有NPC老师和护工过来之后，白六手脚动作非常轻地跑向了走廊对面的两间手工教室。

白六贴在门前，左右望着走廊提防有人走过来，动作很快地开了外面那间手工教室的门。

门一打开，小木柯就惊愕不已，看到闪身就钻进教室来的小白六，简直高兴得快要蹦起来了："白六！你怎么来了！"

"来带你们跑路。"小白六言简意赅地交代了一下目前的情况，"我踩好外面的点了，昨晚我发现那群身上缠满输液袋的吹笛子小孩是从教堂雕像背后的一个地道来的，它们也是通过教堂的这个地道把孩子带出去的，昨晚被我看到了，我跟着它们在地道里走了一段时间，发现这个地道有股浓重的消毒药水味道。"

"趁天还没亮老师都还在睡，我们可以从这个地道跑出去，我根据这个地道里的浓重的消毒药水味猜测，地道通往的方向应该就是这群被抽过血的小孩来的地方，也就是私人医院附近。医院那边所有投资人离开病房的活动时间都在九点之后，我们要在九点之前跑过去，避免正面撞上这些投资人被抓到。"

"医院附近肯定有车，上车我们就安全了。"小白六简单地交代了一下自己的计划，"这是之前我的投资人和我商议的备用计划。他说如果昨天晚上开放日我们无法跑出去，福利院的大门已经锁了，那就可以启动这个备用计划——我们可以跟着这群吹笛子的小孩跑路试试，看他们是怎么跑出福利院的。"

"昨晚我已经踩好了逃跑的通道，综合分析下来，现在我觉得这个计划可以实行，你们收拾准备一下，我们动作要快一点。"

昨晚一切惊心动魄的遭遇就被小白六三言两语轻描淡写地带过，他目光扫过整个教室，最终定在一言不发的小苗高僵和小木柯的脸上："还有两个人呢？苗飞齿和刘佳仪呢？"

小白六反应很快，他目光冷凝地看向木柯："发生了什么？这两个人为什么会被老师关到另一间教室？"

小木柯吞了口口水，上前向白柳解释了发生的事情，小白六眸光沉了沉。

白柳说过苗飞齿的习惯，在不知道自己今天会不会得救的情况下，小苗飞齿想拉着刘佳仪垫背，小白六不觉得奇怪。

但是刘佳仪也不是一个简单的小孩，居然毫无反抗地就跟着苗飞齿过去了……考虑到白柳之前和他交代过的一些信息，刘佳仪有很明显的疑点，但小白六没有多余的时间来处理这些疑点了。

他的投资人，未来的他，还在等着他带着其他人逃出去——白柳需要他救下刘佳仪，无论刘佳仪身上有多少疑点。

毕竟白柳给过钱了。

"我过去看看，你们待在这里。"小白六转身就要离开这间教室，但在打开门的时候，他心中的疑虑让他略微地停顿了一秒，他转头看了一眼眼巴巴地看着他的小木柯，"如果我没来得及回来，十分钟之后你们就从女厕所的窗口跳出去，从丛林那边自己绕路跑到教堂那边。"

"离开这里的出口在缠满荆棘的逆十字雕像的正下方，受洗池的下面，等我处理好这边的事情会带着刘佳仪他们来追你的。"小白六看向小苗高僵，略带威胁地眯了眯眼睛，"木柯有心脏病，苗高僵你最好带着他一起跑照顾好他，不然的话……你知道你把什么东西抵押在了我这边。"

"好的！"小苗高僵听到小白六又给了一个出逃计划，脸上隐隐有些激动，赶忙应下了。

听到小白六的交代，小木柯的心跳不安地加快着："只是去另一个教室，会出什么事情吗？苗飞齿不能把你怎么样的！你可以回来和我们一起跑啊！"

"我也不知道会出什么事情，只是我运气一向很差，好事都轮不到我头上。"小白六撑在门边转头过来看小木柯，熹微的晨光从他背后落下，在地上拉出长长的不祥的影子。

小白六的目光很淡，淡到几乎看不出任何的情绪，他苍白的染着血迹的脸一点一点被金色的阳光镀出金色的表层，甚至能看到他脸上的那些像是还没成熟的水果般的细小绒毛，嘴角似乎带有一点说不出的很莫名的笑意。

小白六弯起眼睛轻笑了一声："不过昨晚的我好像运气还不错，可能是因为我改了名字吧，好像突然就被很奇怪的东西保佑了，有好事发生在我头上了。"

他推开了门，背对着小木柯随意地挥了挥手，离开了这间他给白柳画了两幅礼物画的手工教室。

~~115~~

看着小白六消失在晨光里的背影，小木柯忽然心脏停了几秒，他想到刘佳仪那个奇怪的微笑，突然想拉住小白六的手让他不要去那一间教室，但小白六太快了，很快就贴上了另一间教室的门，冷静地拧开锁侧身钻了进去。

小木柯很快地喘息了两下，猛地想起——他已经很久没有从那间教室里听到过任何声音了。

"白六！回来！"木柯下意识就想冲出去把白六喊回来，他焦急地拍打着这间教室的门，"那间教室不对劲！你快出来！我们不管刘佳仪了好不好！白六，就我们两个人跑吧！"

但无论小木柯怎么崩溃地大喊大叫，跺脚吼着，空荡荡的走廊里只有他自己喘不上气来的声音，这声音再也无法传递到那个被放置了"寂静无声"道具的教室里。

很快小木柯就因为自己情绪激烈的砸门行为耗尽了力气，他捂着心口蹲在了白六进去的教室面前，大口大口地喘着气，嘴唇上泛起了一层青紫，而走廊那边出现了听到这边动静的老师走过来的脚步声响。

小苗高僵跟着出来，神色有些复杂地看了一眼死死抓住另一个教室门把手的小木柯，一根一根掰开了小木柯的手指。

他把精疲力竭的小木柯给拖回了教室里，小声对小木柯说："你别喊了，把老师引过来，白六也要遭殃的，你先按照白六说的等够十分钟再说吧，他比我们厉害多了，你要相信他啊！"

小木柯胸腔剧烈起伏着，他看了一眼小苗高僵，张了张嘴想要说什么，但最终因为呼吸太急促了，什么都没有说就别过了头。他看着教室里的石英钟，默默咬着嘴唇数着十分钟。

另一间手工教室。

白六一进去就闻到一股很浓重的血腥气，他看着蜷缩在角落里抱住自己的肩膀不停颤抖抽泣的刘佳仪，刘佳仪身上有很多血，还有一些像是被人狠狠咬出来的伤口和痕迹。

那些牙齿印的确是小苗飞齿这个年龄的小孩会咬出来的。

小白六眉头皱起，心中怀疑的天平又缓慢地倒向了苗飞齿作恶的猜测。

但白六没有轻易地靠过去，而是警惕地保持了一定的距离，轻声问："刘佳仪，苗飞齿呢？他是不是攻击了你？"

刘佳仪缩在角落里自己的布箱子里小声地哭泣点头："对。"

她抖着手指向了另外一个被阴影密布的角落。

白六转过头去看向那个角落，那个角落里的确有一个高大的人影——小苗飞齿是他们几个小孩当中身高仅次于小白六的——现在这个人影站在角落里，藏在一堆乱七八糟的废弃手工品的后面，手上好像还拿着什么东西准备偷袭。

小苗飞齿似乎是看到白六进来了，准备隐藏自己。

"苗飞齿？"小白六握住烛台，他检查了一下小苗飞齿的灵魂纸币，一步一步地试探着走了过去。

有灵魂纸币在手里，小白六不担心小苗飞齿攻击自己，他拨开那些还带着蜘蛛网和灰尘的东西，终于看到了藏在里面眼神惊恐的小苗飞齿。就算是见过了很多恐怖的事物，眼前看到的一切也让白六的呼吸停顿了几秒。

小苗飞齿就像是提线木偶那样被一堆输液管捆绑住了四肢，身上的每一根血管里都插了针头，鲜血在源源不断地往输液袋里流淌着。

他已经被这些吸血袋吸得嘴唇干燥，皮肤都有些纸一般的枯干质感，手脚不停地颤抖着，连舌头上都扎满了针头，这让他只能疼痛不已地轻微呼吸着，任何声音都发不出来。

小苗飞齿被吊着手脚，眼神涣散，在看到小白六的一瞬间流出眼泪，"啊啊"用气音轻叫两声，眼里甚至流露出几分求死的绝望。他手里握住的是一个整个头被无数针头贯穿的布娃娃，布娃娃穿的衣服和自己现在的一模一样。

抱着腿哭泣的刘佳仪哭声渐渐变成了诡异的笑声，她背着手缓慢地站了起来，转身笑靥如花地歪头"看着"挡在了苗飞齿身前的白六，很是可爱俏皮地吐了吐舌头："骗你呢，苗飞齿这种人才伤害不到我呢。"

"这些伤口都是我逼他咬我的，我可能给他造成了不太好的第一印象，一边咬一边哭得很大声地求我放过他呢。"刘佳仪随意用手指着身上那些被咬出来的伤口，笑嘻嘻地说，"但不这样做骗不到你进来，聪明的，冷酷的，一点正常乖小孩子样子都没有的白六小哥哥。"

小白六斜眼看了一眼他背后还在呜咽的小苗飞齿，平举起烛台，做出要攻击的手势："在这一点上，我觉得你没有资格说我，你故意留下苗飞齿，是怕我察觉什么不对不进这间教室吗？"

如果可以从他手里小苗飞齿的灵魂纸币上看到小苗飞齿被击杀，小白六是绝对不会过来的。

"你的技能，是可以看到自己控制的人的生存状态的吧？"刘佳仪一步一步地踮着脚，散漫地往小白六这边走。

小白六举着烛台警惕地和她保持距离。

但刘佳仪并不怎么在意，脸上依旧带着很甜美的笑意："灵魂控制技能？你的投资人，或者说未来的你在我面前聊过这个技能呢。真是非常完美的技能，可以交换灵魂，只是需要对方同意吧？是个有一点限制的规则技能，但已经相当不错了呢，对白柳这种新人来说。"

"宛如成为另外一个可以对自己控制的人生杀予夺的系统。"刘佳仪脸上的笑意微微浅淡了一些，她雾蒙蒙的眼珠子动了一下，透出一股居高临下、厌烦至极的嫌恶，"收购灵魂这种充满野心的控制欲，真是肮脏的成年男人特有的欲望衍生出来的恶心个人技能呢。"

　　系统提示：玩家刘佳仪言论中关于"灵魂交易"等相关内容，系统已做屏蔽处理。

刘佳仪一步一步地靠近小白六，脚步越来越快，小白六飞快地后退着。

刘佳仪蹦蹦跳跳地绕过杂乱无章的手工制品，带着一脸就像是画上去的乖巧笑容，像一个上了发条的洋娃娃般跃过各种各样的箱子，语调轻快：

"白六，原来你这个年龄，就已经开始沉迷于这种掌控别人的快感了吗？这点倒是和生我的那个男人很像，难怪会在上一次游戏里对我哥哥做出那样的事情，原来都是有根源的。"

小白六小心翼翼地后退着，一边退一边利用各种物品来掩盖自己。他大脑飞速转动着："你是想救你的哥哥刘怀是吧？但你现在已经拿了苗飞齿的血了，加上你自己，大概率已经可以救你的哥哥刘怀了，没必要对我下手了吧？刘怀和未来的我现在还是合作关系。"

"合作？"刘佳仪轻灵的笑声无处不在、无孔不入，从教室的四面八方朝白六靠近，"用各种各样的条件限制，然后言语诱导逼迫我的哥哥在我和他之间做出选择的那种合作吗？真是恶心透顶的合作。"

小白六在教室中央四处打量着，观察着刘佳仪有可能过来的每一个地方，语调还是沉静的："但你也没有阻止是吗？

"你明明可以打电话给你哥哥，告诉他你不需要他救，这样他就不会被另一个我给胁迫合作，可你还是眼睁睁看着刘怀在你和他之间做出这种让他痛苦不已的选择，或者说你也在等他在你和他的命之间做出选择的这个答案。"

"如果说这是一个恶心透顶的合作，"小白六眼神平静，"那你也是这个合作的参与者和促进者，刘佳仪。"

"明明你比我们还想看到刘怀为了你放弃自己的命达成这个合作，想看到你的哥哥为了救你、保护你备受折磨求死不得，如果不是拖到刘怀确定会为了你死的最后一刻，你甚至不会暴露你自己吧，刘佳仪？说到恶心透顶，我们还远远比不上你。"

刘佳仪的笑声突兀地停了。

走廊里亮着的昏暗的灯突然闪了一下，等再亮起的时候小白六就看到刘佳仪抱着一个头和四肢都被扯得要掉不掉的娃娃，脸上一点表情都没有，仰头眼睛一眨不眨地，呼吸很轻，凑得很近地看着他。

刘佳仪手里的娃娃穿着白衬衫，西装裤，脖子上戴着一条奇怪的中间破了一个洞的硬币项链，头被扭了几乎一百八十度，脸上带着诡异呆滞的微笑和刘佳仪一起仰头看着小白六。

就算从来没有见过未来的白柳，但通过白柳口中对自己的描述，小白六也认出了刘佳仪怀里这个粗制滥造的娃娃就是未来的自己。

小白六目光停在刘佳仪怀里的娃娃上，呼吸微微顿了一下，喉结因为心跳急促，和着呼吸上下滑动着——原来死亡的恐惧离得很近是这种感觉，小白六甚至在一瞬间走神地想，好像也没有他想得那么可怕。

刘佳仪声音很低很低，她低头抚摸怀里的娃娃，恍若自言自语地说道：

"你知道中世纪的女巫为什么要做巫毒娃娃吗？当她们开始诅咒一个人和开始爱一个人的时候，她们就会开始做这个人的娃娃，希望娃娃里可以装着对方的灵魂，讨厌的人以讨厌的方式死去，喜欢的人以喜欢的方式留在身边。"

小白六已经退到了墙壁前，他神色还是镇定的："你的这种做法和白柳有什么区别吗？"

刘佳仪长久地沉默着，然后她突然歪着头，眨着眼睛很愉悦地笑了一声："本质上来说是没有的，所以我也是很恶心的存在，不被我的哥哥好好对待也是活该。"

"但刘怀为你付出了一切，你完全得到了你想要的。"小白六呼吸声很轻，他的脚尖贴上了墙壁，眼神看向已经贴上他面孔的刘佳仪，"你得到了你想要得到的，还有什么不满足的呢？"

刘佳仪终于抬起了头来，她神色浅淡又漠然，那个雾气氤氲的灰色眼珠镶嵌在她稚嫩又毫无情绪的脸上，有种古怪的，诡异的，让人悲伤的违和感。

她像个很乖巧的，什么都不懂的小孩那样弯起嘴角和眼角，说出口的话却带着沉沉的雾气般的缥缈和浮动：

"因为我从来不敢真的相信我的哥哥，因为不肯相信，所以我没有得到过。"

刘佳仪眼中倒映出的小白六，是一种雾蒙蒙的质感，就像是灵魂脱壳映在她的眼睛里那样：

"我的哥哥是一个很懦弱的人，他不会，也不敢为我付出一切的。

"背叛是他的一个恶劣习惯，他是一个懦弱的惯犯。"

小白六看着刘佳仪，想起了白柳和他讲过的刘怀的事情，刘怀这个人的确似乎一直习惯于背叛别人，从牧四诚到张傀……如果说背叛和懦弱是一种恶劣习惯，那么被这个习惯所害最深的，一定是朝夕相处过的人。

小白六忽然明白了什么，他看向刘佳仪："刘怀背叛过你什么？"

刘佳仪脸上的笑容终于消失了，她直勾勾地看着小白六。

"他背叛过我……什么？"她轻声低语着，笑着，"你不如问，他什么时候停止过对我的背叛。"

所有人都会对她用那种欲言又止的恶心语气说话：

"近亲生子啊，智力不行吧？"

"果然是瞎子啊，你们怎么没打掉？"

"……我妈说你这种孩子根本就上不了户口，连学都上不了，你哥还说给你治好眼睛送你去读书让你考大学呢，哈哈，搞笑！"

那个男人喝醉了之后会逼只有几岁的她下堰塘抓鱼，恶狠狠地说抓不到多少斤鱼就不准上来。

堰塘里好冷，只有几岁的她踩下去似乎能被水没到咽喉处，全是泥和水，里面的鱼就像是死人的肢体那么滑，在她的周围游来游去，却很难抓到。

她就像她母亲一样陷落在这个永远不被允许爬起来的堰塘里，刘佳仪永远抓不够让那个男人满意的鱼，她明白，他就是想解决掉她这个没有用处，只会浪费粮食的小崽子。

在刘怀上学不在的时间里，刘佳仪就躲在鸡棚或者猪圈里，和动物待在一起，或者藏在壁橱里、床底下，防止那个男人不知道遇到什么恼怒事情的时候会满屋子找她。

大部分时候她藏得好不被发现，就还好，但她必须时刻保持警惕，不然就会被那个男人抓着头发摔到地上，用蘸满水的竹条鞭打，或者是扯到堰塘里抓鱼。

刘佳仪有记忆的时候，就躲在屋子里所有见不到光的地方，静静地抱着自己的膝盖，等着时间流逝，等刘怀放学回家。她感受到乡村里夜幕来临时的冷意，从皮肤一直浸染到她心底。

有时候她会控制不住地大哭或者凄厉地惨叫，像那些人嘴里的智障或者疯子，或者神经病一样，打着那些和她关在一起的动物，好像这样就能发泄她心中那些无法排遣的怨恨和痛苦。

她永远不敢让刘怀看到她这一面，在刘怀的面前，刘佳仪永远是温顺的，乖巧的，天真烂漫什么都不知道，无论什么情况都会对着放学回来的刘怀仰着头甜笑着叫哥哥的妹妹。

哪怕是她刚刚才从挣扎了一个下午、满是淤泥的堰塘里奄奄一息地爬起来，哪怕她十分钟前还疯叫着差点掐死了一只鹅。

不乖的坏孩子是得不到爱的，刘佳仪从小就明白。她一直知道刘怀给予她的所有情感都是她用自己伪装的外表换来的，所以无论什么时候，她都像是藏在床下或者黑漆漆的壁橱里一样保持着警惕，不想自己的真面目被刘怀用像那个男人一样的粗鲁手法扯出来，然后狠狠鞭打，失望质问："你怎么是这种狗崽子？"

或许也不会，哪怕她露出真面目站在刘怀面前，刘怀也会瑟缩地别过脑袋不敢看她。

因为她的哥哥是一个害怕面对真面目的，懦弱的人。

记忆和意识一起沉入漆黑不见底的泥泞深处，刘佳仪站在小白六的面前，她面对着小白六带着质问的漆黑眼珠子，恍惚觉得自己好像回到了那个乡村的小破屋里。

她刚刚学会躲在床下和壁橱里逃避那个男人醉酒后的殴打，只会在刘怀回来之后，或者那个男人入睡打鼾之后偷偷跑出来。

有一天，那个男人不知道遇到了什么事情，火气特别大，翻箱倒柜找了半天都没有找到她，一直等到刘怀放学回来了那个男人还在不依不饶地找。

碗碟碎裂的声音在地上噼啪作响，刘佳仪用双手捂住自己的嘴巴，屏住呼吸聆听那个男人对她的辱骂。

"……这崽子越来越会躲了！刘怀！刘怀！给老子滚过来！"

然后是一声清脆的巴掌声，男孩害怕的哭声压抑地响起，那个男人骂骂咧咧地咕咚咕咚灌了两口酒，那大口喝酒的声音似乎也从刘佳仪的耳朵灌了下去，她的呼吸急促起来，嘴里开始泛起一股让她眩晕的苦味。

然后像是流程般，喝了酒之后的粗壮中年人手脚摔打在刘怀的背上，那种殴打声发泄似的响起，很快就在刘怀颤抖的哭声里停了下来。

那个男人醉醺醺地骂道："你是刘家唯一的根，老子也不想打你，但老子喝醉了之后手痒，她又不在，她可会躲了，只在你在的时候出来，老子装你的声音骗她出来……呸，她都不出来。"

"去！"那个男人口齿不清地踢了刘怀一脚，"你把她骗出来，老子就不打你了。"

刘佳仪等了很久很久，等到她以为天都亮了，然后听到了刘怀带着哭腔的声音颤抖地响起：

"佳仪，哥哥回来了，你……出来一下好不好？"

"你出来一下行吗？外面，外面爸爸已经不在了！你出来吧！没有人会打你的！

"你出来吧！外面真的……只有哥哥在！哥哥想见你！"

刘佳仪静了很久很久，那些声音在她灵敏的、带着泥垢的耳朵里晕成一片让她听不懂的鸣响，然后她从藏了一整天的刘怀的床下，发着抖钻了出来。

男人带着酒气的巴掌落到她身上，他用小拇指粗细的鞭条抽在蜷缩在地上的刘佳仪身上，鞭子每落下一次，站在旁边的刘怀都会闭着眼睛颤抖一下。

但刘怀不敢上前，只是懦弱地靠在墙角，沉默地等待着这一场酷刑的结束。

酷刑结束之后，刘怀抱着奄奄一息的刘佳仪大哭说："哥哥一定会带你出去的，哥哥一定会考上好大学出去！

"你再帮哥哥承受几次，哥哥一定会带你出去的！很快了！很快了！"

而刘佳仪只是茫然地睁着看不见的眼睛，听着耳边这道渐渐变得和那个男人相似的声音，手指蜷了蜷，又缓缓落了下去。

"好，佳仪会帮哥哥承受的。"她虚弱又温顺地说道，她知道刘怀需要她用这副乖巧妹妹的外壳安抚他愧疚的内心。

刘怀，她的哥哥永远是如此懦弱，不敢反抗那个男人，背叛着她，哄骗着她，站在她为了他爬出来然后被殴打的昏暗堂屋里，闭着眼睛不敢看这一切。

她的哥哥是一个彻头彻尾的懦弱的暗杀者，连武器都没有伤害别人的能力。

但她一辈子得到过的最好的东西也就这么一个懦弱的哥哥。

背叛和怀疑，本就是天生一对兄妹。

116

她静静地看着小白六："你也有过这种时候吧，当一个满口谎话的懦弱骗子突然开始对你好的时候，你会反复地，反复地去想他有什么目的……

"他们给你的这种无缘无故的好就像是蝎子漂亮的毒尾巴，蜜蜂带着蜜的针，你吞下口的时候时时刻刻都在想这毒这刺什么时候会刺破你的心脏和胸膛？他到底是为了什么对你好的？他会不会背叛你？

"你对白柳这个满口谎话的骗子不也是这样吗，小白六？在他昨晚真的愿意为了你死之前，在你知道他是另一个自己之前，你真的相信过他给你的好吗？

"你在这个过程中，不也一直在试探吗？"

小白六抿了抿嘴，他没有回答刘佳仪的这个问题。

刘佳仪嗤笑一声："你和我一样，都是生来就不相信任何人的类型，我也是不断地在重复着这个试探的过程，但我没有你那么幸运，另一个人是自己。"

她顿了顿，呼吸声渐渐变得微弱，语气迷茫："我永远不可能知道我的哥哥在想什么，因为我不是他。他是一个拥有着那个男人的血的男人，他拥有着和生我的那个男人一样的声音，我永远停止不了怀疑他，每一次我听到他的声音，我都控制不住那种恨意，但在他微笑着喊我佳仪的时候，对我好的时候，我又会控制不住地想着——他要是能多活一会儿，和我多待一会儿就好了。"

"……就算他做过背叛我，出卖我给那个男人的事情，但他要是可以一直那样笑着做我的哥哥就好了。"刘佳仪的声音渐渐低了下去，好像在回忆着什么。

"这个世界就只有这个人，只有这个带我逃离一切的人是不一样的。"刘佳仪恍惚地低语着，"……但就算我努力过千百次想要去相信他，无论他怎么对我许诺，我也真的控制不住自己去怀疑他，就像他控制不住背叛是一样的。"

"……就算他前一天痛哭发誓不再哄我出来，说这是最后一次了，但第二天只要那个生我的男人一开始打他，他就开始到处找我，哭着求我出来，等我终于出来了，我的哥哥就会颤抖着牵着我的手，把我送到那个男人手下打……无论多少次，都是这样。"

刘佳仪露出那种违和感很强，像是被她自己训练了千百次的柔顺小女孩特有的微笑："我们都不能确认另一个对我们很重要的人会不会背叛自己，所以控制对方才是最好的选择，看你现在在做的事情，你和我的选择也是一样不是吗，小白六？"

"不，我和你不一样。"小白六很平淡地反驳了刘佳仪，"我选择了被他控制。"

刘佳仪一怔。

"白柳，也就是另一个我，在我们出逃之前，对你的生命值只有百分之五十这个奇怪的地方，给了我两个猜测，让我自己选择。"小白六已经被刘佳仪贴得很近了，他不得不低着头看着已经快踩到他脚背上的刘佳仪。

小白六垂下眼眸，语气很平静："第一个猜测是因为你在外面中了一种蘑菇类毒物的毒，所以你的生命值被削弱。他对这个猜测有比较多的证据和信息验证，但这个猜测有一个很不合理的点就是，无法解释刘怀的生命值也被削弱。"

刘佳仪脸上的表情凝固了，她好像意识到了什么，握住娃娃的手慢慢缩紧，但语调还是大致平和的，她看向小白六问："所以呢？第二种猜测呢？"

"第二种猜测就是——"小白六淡淡地说，"他猜测你可能是一个已经进入过游戏的玩家，个人技能可能与淘汰率和生命值有关，迫使系统不得不出手削弱你的存在。他给过我一个他猜测的玩家名字。"

小白六低头直视刘佳仪，轻声低语："我记得是叫——小女巫，是吗？"

刘佳仪的呼吸停滞了几秒。

"那你那个时候为什么会停下来救我？！"刘佳仪脸上乖孩子的表情面具终于崩裂了一角，她脸上的表情几乎带出一种凶戾和狰狞来，还有一丝不意察觉的慌乱，"你明知道我是小女巫，那你为什么要停下来！你今晚为什么会走进这间教室来！你不怕我杀死你吗？！"

"因为另一个我告诉我，要尽量保住你的命。"小白六很平静地直视刘佳仪，"这是一个赌博般的选择，如果你的确不是小女巫，而当时中毒导致了你吐血，我不救你的话，那你一定会死，而另一个我花钱买了你的命，所以你至少不能死在我手上，这是我作为一个流浪者的交易的职业道德。"

刘佳仪的手都有点抖了，她眼泪涌出，有些无措惊愕地看着到现在都还维持着镇定的小白六："你明知道……你明知道……你今晚进来是来送死的吗？！你猜到了不是吗？！你为什么还要进来？！"

小白六轻声说："如果我今晚死在你的手上，这只能说明一开始我判断失误而已，那在我选择救你的时候，就已经注定了我死亡的结局了，所以今晚无论我来不来都是注定的。"

"但如果你不是小女巫，那我今晚进来就可以救你的命。"小白六很冷静地

292

说,"从利益交换的交易角度来说,不管你是不是小女巫,只为了你不是的那个可能性,我今晚都必须进来。"

刘佳仪突然弓起身子捂住嘴呛咳了起来,绿色,散发着蘑菇味道的汁液从她的指缝间渗出来。

她咳嗽得非常厉害,整个脸肉眼可见地褪去血色,眼里因为剧烈呛咳迅速地泛起生理性的泪水,但她就像是一只色厉内荏的小动物一般,坚持恶狠狠地瞪着小白六,手上举着那个四肢和头都被扯掉的娃娃威胁着小白六。

小白六就当没看见一样,上前用一只手扶起还在大口大口地呕蘑菇汁液的刘佳仪,不冷不热地评判了一句:"看来白柳这两个猜测都是对的,虽然你吐血是装的,但你的确因为福利院的事情中毒了,也的确是小女巫,那个时候吐血是你用什么道具伪装的吧?"

"我真的会杀了你的小白六。"刘佳仪凶狠地挥开了小白六伸过来扶她的手,但她的眼睛里却因为呛咳大滴大滴地涌出泪水来,她原本苍白的脸颊上布满泪痕,"喀喀,我刚才一直和你说话就是为了拖延时间等技能CD而已,现在我的CD结束了,你彻底跑不掉了小白六!"

    系统提示:刘佳仪个人技能"毒药与解药"CD结束,可以重新使用。
    系统提示:女巫,今晚你有一瓶毒药和一瓶解药,你要用毒药还是解药?

小白六安静地看着刘佳仪。

刘佳仪的眼中腾起雾气,她别过头不看小白六,紧紧抿着嘴唇咬牙道:"……我不会相信你要救我的话的!你们都是骗子!这个世界上根本不会有无缘无故突然对我好的人!就连我哥对我的好,也是我自己挨打换来的!"

她一直都明白,刘怀对她的好,很多是出于愧疚,而愧疚在背叛前,是最不值一提的情感。

刘佳仪闭上了眼睛,眼角有泪滑过:"今晚我要使用毒药。"

刘佳仪的身上猛地腾起一阵黑色的瘴气。她身上出现一件黑色的蕾丝镂空披纱,把她从头到脚地笼罩了起来,手中握住了一个巨大的、曲颈、细长的玻璃瓶子,玻璃瓶圆滚的瓶身里盛放了一些正在咕噜咕噜冒泡的黑色液体,所有的黑色气体都是从瓶子里这些破掉的泡泡中升腾而上的。

这些黑色的、浓重的、缭绕的气体很快就像是章鱼的触角一般把捧着瓶子的,身形瘦小的刘佳仪包裹了起来。

她灰蒙蒙的眸子透过半透明的镂空蕾丝,好像带着眼泪般望向了小白六,她的嘴角滴落仿佛被诅咒般的黑色禁忌血液:"你救了我,是你做过最错误的选择和判断，小白六。"

"我从来不是什么知恩图报的乖孩子，我是个不择手段的人。"她恶狠狠地说，"我绝对不会感激你救我的！"

系统提示：玩家刘佳仪使用个人技"女巫的攻击武装"。
系统提示：玩家刘佳仪进入个人技能身份形态变化——《怪物书：被诅咒的禁忌女巫》状态。

"我也不是。"小白六抬眼看向刘佳仪，就像是早已接受了现在的结局，很坦然地开口说，"你和我的技能还挺相似，我是流浪者你是女巫，我们看起来都像是被抛弃的人。"

刘佳仪咬了下下唇，厉声反驳小白六："我不相信有神的存在！"

小白六表示理解般地淡淡点头："我也不信，这个福利院的人说不信神的小孩会被惩罚下地狱，所以刘佳仪，你杀了我之后，我们地狱再见吧。"

"但刘佳仪，"小白六静了静，"木柯是完全不知道你的事情的，你可以不用杀他。"

刘佳仪攥紧拳头看了小白六很久很久，久到小白六以为这个聪明的盲女不会放过已经察觉到不对的小木柯。

刘佳仪终于嗓音干涩地开了口："……好，等下打开教室门，我给你们十分钟的出逃时间。"

小白六闭上了眼睛，张开双臂深吸了一口这黑色的雾气，然后缓缓吐出，他的头已经开始晕眩。小白六缓缓睁开眼睛看着捧着毒药朝着他走过来的刘佳仪。

"我还是不懂你……为什么要救我？"刘佳仪缓缓蹲下，她的头靠在中了毒雾之后蹙眉脱力坐在地面上的小白六的肩头，就像一个不安又敏感的小妹妹那样垂下颤抖的睫毛，用带着一点嘶哑的嗓音，轻声询问着小白六。

如果不是刘佳仪手上拿着那瓶还在不断冒着黑气的毒药，看到这个场面的人会以为即将受毒害的是她。

小白六的嘴角缓缓滑落黑色的血液，又被他竭力吞咽下去，他很平淡地开口："其实我也不知道为什么要救你。"

"可能是——做坏孩子太久了，突然有人想让我做一次好孩子了吧。"小白六难得有点苦恼地叹气，"果然普世价值观这种事情我还是无法理解啊，明明做了好人什么都得不到，自己还要付出代价。"

刘佳仪额头抵在小白六的肩膀上，闭上了眼睛，眼眶有些泛红，牙关隐隐紧咬，竭力忍住眼泪："明明就是个彻头彻尾的坏家伙，就不要做这种事情了，为了救我做到这个地步，我还是不会感谢你的，我绝对不会感谢你的，我比你还坏……"

小白六后仰着看着天花板。

他的意识渐渐有些迷离了，但他能感受到他胸前刘佳仪抵着的地方散开了温热。

小白六疑惑地，因为虚弱语速缓慢地问她："刘佳仪，你不是骗到我了吗？你不是赢了吗……你不是如愿杀死我了吗？你应该很开心啊，你哭什么？"

刘佳仪沉默了很久，然后讥笑了一声，出口的声音却带着哭腔："因为你把我给蠢哭了……蠢白六！"

系统提示：玩家刘佳仪对玩家白柳的副身份线使用了一瓶毒药。

系统警告：玩家白柳的副身份线处于中毒BUFF中！生命值迅速下降中！警告！

117

十分钟一到，小木柯就像是一只被奶奶不知道遗落在什么地方的针扎了屁股的猫一样跳了起来，打开门探头探脑地往外面一看，确定老师没有走过来之后，开始狂敲另一间手工教室的门。

"白六！"小木柯眼中隐隐有焦急的泪意，"白六！我听了你的话等了十分钟，十分钟到了啊！你出来啊！我不要一个人跑！"

小苗高僵则是拦腰从中间抱起了还在不停捶打门的小木柯："等下老师就要来了！我们先走，等下白六会跟上来的！你还跑得比他慢！"

"不要！"小木柯声嘶力竭地哭吼着，"我不要丢下他一个人跑！要跑一起跑！他也从来没有丢下过我！"

小苗高僵一怔，被小木柯抓到了机会从他的肩头溜了下去。

小木柯忍住哭腔用手肘胡乱地擦了一下自己流得满脸都是的眼泪，一边看着走廊注意有没有老师过来，一边继续哽咽着疯狂敲门："白六！你打开啊！算我求你好不好！你打开吧！"

门很突兀地开了，小白六完好无损，只是脸色有些苍白地站在门口。

他面无表情地看了一眼哭天喊地的小木柯："我不是叫你自己走吗？"

小木柯抽泣着摇头，眼泪汪汪，像只没人要的小猫就要扑到小白六的身上，语带受惊过度的指责："你吓死我了呜呜呜！你怎么不开门？！"

"刘佳仪不走了。"小白六避开扑过来的木柯，脸色惨白地摇晃了一下，最后保持住了镇定的神色。虽然定住了没有倒下去，但嘴角隐隐有血丝渗出，他垂眸看着死死抓住自己的手哭得伤心极了的小木柯，露出一个有点迷惘和无措的表情。

他从没接受过这样奇怪又热烈的眼泪，这让有点疲惫的他稍微不知道该怎么处理。

最终小白六拍了拍木柯的肩膀，推开了还在抹眼泪的小木柯，淡淡地收回了自己的手："她想留在这里，让我画一幅画给她送给她的哥哥，我就给她画了，可能画得太专心没有听到你们喊我吧，现在我画完了，老师要过来了，我们快点走吧。"

小白六强忍着五脏六腑的腐蚀感，面色很淡然地跟在木柯的后面走了，走之前他回头看了一眼坐在窗台上的刘佳仪。

刘佳仪仰着头闭着眼睛沐浴着初升的日光，她凌乱枯黄的发丝在阳光下就像是一根根金色丝线笼罩在她的脸颊和头上，像是一层圣洁的光环，她安详地靠在窗户上，睫毛也被漆上了一层流金的灿烂颜色。

在金色的充满希望的晨光下，刘佳仪缓缓地睁开了眼睛，和回头看她的小白六对视了一眼。

刘佳仪逆着光，眼睛透着一种蒙眬纯白的感觉。这个瘦小孱弱的小女孩就像一个天使那样纯洁，而她的手边有一幅白六刚才给她画的简笔画，画里的刘佳仪坐在病床上，和她现在敞开的造型截然相反——她抱住自己的头，就像是害怕着一切的雏鸟般蜷缩在自己膝盖下，穿着过于宽大的病号服，手里死死拿着头被她拧了一百八十度的，白柳样式的破布娃娃。

"未来的你为什么要救我？"
"我不知道。"
"那现在的你为什么要救我？"
"我也不知道。"
"那……我在你们眼里是什么样子？"
"嗯……大概是这样的，你能看到吗？"
"嗯，我的可视化道具到时间了，现在看不见了。"
"那就等等吧，等你能再看见的时候看吧，总有那么一天的，刘佳仪。"

一个中毒的人和一个下毒的人无比平和地交谈着，沉静就像是流在他们骨血里一样。

他们都是天生的冷漠孩子，对坏事没有罪大恶极的认知度——他们在坏事中诞生，在坏事中受尽折磨，对坏事麻木且习以为常。

但因为有人愿意对他们做好事，无条件地，受尽折磨也愿意给他们未曾见过的阳光、温度和雨露，所以他们这些花蕾最终会向着光明的地方生长而去。

小白六转身离开，他跟在小木柯的后面，眼皮渐渐地闭合上，无论怎么忍耐嘴角也忍不住开始源源不断地流出鲜血。鲜血渐渐打湿了他的前襟，他皱眉捂住自己的嘴。但很快就被小木柯发现了异常，小木柯崩溃地惨叫起来："白六！你怎么吐血了！"

系统警告：玩家白柳的副身份线处于中毒BUFF中，生命值持续下跌中！目前27……

小白六终于捂住嘴跪在了地上，他两边的眉头紧拧，牙关死死咬住。

"苗高僵，过来背我，在十分钟内跑去教堂，去右边座位的一个死角下面藏起来，教堂内不能杀儿童，不然刘佳仪追上我们我们都要死。"小白六冷静又虚弱地下达了命令，"快跑！"

小白六在下达了这个命令之后，意识就陷入了昏迷。小苗高僵手忙脚乱地背着小白六，开始往教堂的那边跑去。

小白六靠在苗高僵的背上，眼皮渐渐耷拉了下去，四肢彻底失力。

他的呼吸渐渐微弱，鼻子和嘴角不断有鲜血渗出，顺着下颌滴落到自己手背和丛林的草叶上，这些从呼吸道流淌出来的血液时不时还把他呛一下。呛到了的小白六眼看就要从小苗高僵的背上滑落下去，还是竭力跟着跑的小木柯推着他，才勉强维持住了他在小苗高僵背上的姿势。

小木柯在跟着小苗高僵跑，因为剧烈运动和情绪慌张，他的心脏从来没有这么痛过，小木柯眼睛死死盯着小苗高僵背上看起来要死去的这个家伙，眼眶里全是眼泪："怎么会这样啊……"

小苗高僵满头大汗地跑到了教堂，把小白六放在地上。

小白六费力地挪动了一下自己的位置，他靠在墙上，目光已经彻底涣散了，眼皮半合着，眼里一点光都没有，手就像是烂泥做的一样随意搭在地上，很艰难地用肺部的气体带动自己的声带，掀开沉重的眼皮看向小木柯，发出一个短促音："木柯……"

小木柯慌忙地靠过去，靠在了小白六的嘴巴旁边——小白六的声音实在是太小了，他听不到。

"我在，"小木柯强忍着哽咽，他大口大口地喘气，"我在，白六。"

"教堂里你们是，相对安全的，不会有人伤害你……接下来……呼……我要交代给你三件事，我觉得我撑不到凌晨六点给他打电话了。"小白六的声音断断续续，他被毒药折磨得发声都困难了不少，声线干涩不已，"第一件，我带了输液管出来，抽……抽干我的血储存起来，游戏还没有结束，你把我的血带给我的投资人，一定要……"

小白六几乎是一个字一个字地咬牙往外蹦："一定要救下他，知道吗？"

小木柯流着泪疯狂点头："好，我知道了！"

他终于知道为什么刚刚小白六在路上一直捂嘴不让自己的血流下来了，这是给他投资人的血。

"第二件……呼呼，"小白六的脸色越发惨白，他张开嘴巴，胸膛剧烈起伏着，似乎是被什么东西折磨得很痛，但他的表情还是很平静——一种近乎死寂的平静，"……我的胸前有一枚硬币，这是他给我的，很宝贵的东西……苗高僵的灵魂纸币也在里面，这个东西很重要，绝对不能因为我的死亡掉落出来，这样你就危险了，木柯。"

"所以等下……"小白六咽了一口嘴边的血沫，呼吸的停滞时间越来越长，他点了点自己的喉结，声音越发低沉和虚弱，"我会把它塞进自己的身体里，除了我的投资人，你不要告诉任何人这枚硬币在什么地方，知道吗木柯？"

小木柯跪在小白六面前，又是疯狂点头，他眼泪狂流，头都要点掉了。

小白六见小木柯这样，忍不住轻笑了一下，笑着笑着就呛咳了起来："喀喀，还有最后一件，那就是告诉我的投资人——"

"他是个骗子。"侧头看着教堂外面的日出，小白六笑起来，眼里倒映着外面的阳光，眼眸中似有水光波动，"他说我改了名字运气会变好，但是，我叫了白柳之后，运气好像还是很差，有时间，你劝他，喀喀，再改一个吧。"

小白六呛咳着，在小木柯的遮挡下艰难地吞咽下了那枚硬币，用力地卡着自己的喉咙把硬币往下滑动。小木柯看得难受不已崩溃狂哭，但小白六面色还是冷静的，只是嘴角一直在溢出鲜血。

他的呼吸彻底地消失了，小白六，或者说小白柳缓缓地合上了眼睛，带着笑意死在了凌晨六点的第一缕晨光中。他的手中还握着那部儿童手机，但可惜没有来得及打电话出去狠狠辱骂那个可恨的、来自未来的、仗着自己了解一切就尽情操控他的投资人。

这个绝世的大骗子，从遇到他开始就没有过一句真话的坏家伙，这个欠了他不知道多少账的混球——其实你给我的硬币里，你自己的面板里一开始根本一个积分都没有。

但我还是愿意为了你，免费做所有你想做的事情。

因为你是另一个我啊，你骗了我一切，但我可以确定的就是你的选择一定是为了我们共同的利益。

所以我无条件地相信你，无条件地选择对你有利的选择——我短暂虚拟生命中唯一的朋友，另一个白柳。

白六的眼睛彻底地闭合上，他的手失去力气，滑落在地。

> 系统警告：玩家白柳副身份线生命值迅速下降中——生命值清零。
> 系统提示：玩家白柳副身份线死亡。
> 系统提示：玩家白柳的游戏管理器将归还主身份线。
> 系统提示：玩家苗飞齿副身份线、玩家白柳副身份线确认死亡，两者交易失效，退还交易金钱，同时玩家苗飞齿副身份线的灵魂纸币作废，玩家白柳的副身份线因未成功完成交易内容，作为惩罚变为灵魂纸币关在旧钱包中。
> 系统提示：玩家苗高僵副身份线交易暂存，移交至玩家白柳主身份线处理。

118

小木柯抱住小白六的头号啕大哭起来，但他只短促地哭了一会儿，就擦干了眼泪，站起来几乎带着一种凶悍和杀气恶狠狠地瞪着想要一个人偷偷离开的小苗高僵："你要去哪里？！白六死了我还活着，他把可以控制你的道具交给我了，你最好给我老实一点！"

小苗高僵准备偷跑的背影一僵，缓慢地转过头来，小木柯满脸泪痕面无表情地看着他，那眼神看得小苗高僵几乎发毛。

小木柯咬牙："如果你敢违背我，我就杀了你，我可没有小白六那么好心会给你留活路，你现在给我滚过来，把小白六背起来。"

小木柯说到这里看了一眼安静躺在地上的小白六一点血色都没有的脸，忍不住眼眶有些泛红，但是他强忍住了泪意，继续哽咽地说了下去："把他背起来，我不说丢你绝对不能把他丢下，你把他丢下我就杀了你。"

小木柯深吸一口气，抬眼看向雕像下那个受洗池——那下面是小白六告诉他的可以逃跑的通道。

小木柯眼中含着泪光但无比坚定地说："我们抽干他的血，拿着血去救他的投资人。"

"动作快一点。"小木柯忍不住想哭，但他最终还是没有再掉眼泪，只是声音干涩却很冷静地说，"把白六的身体放进受洗池里，我找什么东西加热一下池子里的水，不要让他身体里的血……冷掉，那样就不好抽了。"

周三，501病房，早上六点十五分。

白柳盯了一会儿自己没有响的电话，最终把电话收了回来，面色很平静地宣布了一个事实："这个点还没有给我来电话，我的儿童应该死了。"

木柯的脸色一阵惨白地看向面不改色的白柳，这人只有 0.5 的生命值了："那你怎么办？！"

"有办法的，我预料到了这种情况，虽然这的确是很糟糕的情况，不过我也有备用计划，不过就是危险一点。"白柳很平静地把目光挪到坐在病床边缘还没有回神的刘怀身上："破局的关键在刘怀你的身上。"

刘怀失神地抬起自己没有焦距的眼睛："我身上？"

刘怀遭遇了一晚上的各种动乱，在生命值急剧下降、精神值被压到10以下导致后遗症，以及白柳给出的巨大信息量的刺激之后，他现在的精神状态极不稳定。

他的耳边似有若无地飘着刘佳仪呼唤他的甜美的笑声，眼前的景物晃晃悠悠地旋转着。他似乎看到了空气变成淤泥，里面摆动着很多上不了岸的鱼和一个脏兮兮的、藏在这些泥里的女孩，女孩站在白柳的后面扶着白柳的肩膀，笑容灿烂地看着他。

刘怀明白自己在经历精神值急剧下跌的后遗症，这让他理解白柳的话有点困难。

"破局的关键……为什么会在我身上？"刘怀茫然地低下头看了一眼满身血污没有双手的自己，露出一个很奇怪的茫然的表情，"我应该快要死了吧？"

白柳声音很淡地说："对，你看起来的确是要死了，但刘佳仪绝对不会轻易让你死的，所以你的确是我们通关的关键。"

刘怀听到刘佳仪的名字，脸上的神情又是一滞。

白柳就像是没看到刘怀的表情变化一样，无动于衷地继续说了下去："从这点来看，这游戏对刘佳仪来说也不安全，毕竟有苗飞齿和苗高僵这两个联赛玩家在，她为了救你就要抽自己的血给你。

"虽然她可以恢复自己的生命值，但她那个治疗技能被系统削弱了，在她抽血给你到她 CD 结束、治疗自己的这个间隙，她还是危险的，甚至比我们都还要危险，我们要趁这个间隙挟持她，逼她给我们恢复血量。"

"但她的戒心不会比我更轻，"白柳的目光缓缓地落在了刘怀愕然的脸上，"当然除了对你刘怀。我要你在刘佳仪抽血治疗你的时候，趁她最虚弱的时候控制住她，我不会杀她也不会伤害她，我们会带她一起通关，只是简单地、小小地利用她一下而已。"

白柳的眼神垂落下去，看向了他手上那部一整个早上都没有响过的电话："毕竟她也利用了另一个我难得一见的，算是善良的东西吧——她应该是杀死了我的儿童。"

刘怀这次沉默了很久很久，最终低着头深吸了一口气："……只要你们不伤害她，这里我可以配合你们。"

刘怀的话音刚落，木柯的电话就响了起来，他惊异地接起，对面是小木柯带着哭腔的喘息声，他们在跑："请问白六的投资人在附近吗！可以让他接一下电话吗！"

白柳和木柯对视一眼，很快地接过了木柯的电话。

小木柯还在抽泣着，喘着粗气："白六他，白六他——"

"死了是吗？"白柳很冷静地补充道。

但他这一句话就像是触动了小木柯的泪腺开关，小木柯一下崩溃不止地大哭了起来："是的！刘佳仪不知道用什么办法杀死了他！"

这患有心脏病的小男孩哭着，喘不上来气一般断断续续地交代了事情的经过。

在提到他让小苗高僵背着小白六的尸体跑的时候，白柳的语气陡然冷了下去："那你自己呢？小木柯我记得你是有心脏病，你根本没有办法做任何剧烈运动，你让小苗高僵背着白六的尸体，你自己跟着跑没多久你就要出事，福利院到私人医院这边的通道不会太短，你这样跑还没到就会出问题。"

事实也的确是这样，小木柯现在的呼吸声已经非常急促了，他先是跟着小白六从手工教室跑到教堂，然后忙活了一阵给小白六抽血，现在又是从通道里往医院这边跑。

现在的小木柯跑在原本空气就很稀缺的雕像下面的地道中，怀里抱着从白六身体里抽出来的，还带着一点温热的血液，脸和嘴唇都有点发乌发紫了，但还在咬着牙逞强举着手机，跌跌撞撞地往前跑。

"把白六的尸体扔下，让小苗高僵背着你跑。"白柳冷静地对小木柯下了命令，"白六的尸体已经没有任何用了，带着只会连累你，丢掉。"

小木柯倒抽了一口凉气，声音显得惊愕又无法置信，他的胸腔剧烈地起伏着："白六用命来救你，你让我随便地把他尸体丢在这种不见天日的地道里？！留给那些吃小孩，抽干血液的怪物？！"

"是的。"白柳很轻地回答，"因为他已经没有价值了。"

小木柯深吸了两口气，他竭力隐忍着泪，但最终还是歇斯底里地吼了出来："我不要随便把他丢下！"

这个小孩哭着用带着稚气的声音尖叫，跳脚对白柳喊道："你从头到尾都在利用白六！你骗了他！你让他以为你是一个好人！但你根本不是什么好人！他为了你死了啊！"

他的声音哽咽着："但他明明知道你在利用他，还是心甘情愿地为了你死了啊！每一滴血都为了你流干了啊！我亲手抽出来的！"

小木柯尖厉地大叫着，眼泪鼻涕一起流："你不配，不可以，也不能这样对他！哪怕他死了也不可以！"

他咆哮着吼完这一通之后，似乎在强制自己深呼吸，呼吸声渐渐平静下去。

电话那边沉默了好一会儿，白柳才听到小木柯隐忍至极的哭声，他似乎在捂住脸胡乱地擦着自己脸上的眼泪，哭得伤心又狼狈。

但他终于还是开了口，抽泣着，咬着牙几乎是从自己的嗓子里扯出这几个字，声音极为不甘心，像是不想让别人听到一样压得很低："白六就算是死了也是有价值的，他身体里装着一枚可以控制苗高僵的硬币，这硬币是他要给你的，不能告诉任何人藏在什么地方，我不能丢下他。"

小木柯似乎在说服白柳，又像是在说服自己。

白柳声音依旧无动于衷："你把他放在地道里，我会去取的，我知道他藏在什么地方，我相信他的本意也不是让你带着他的尸体跑，而是让你亲口告诉我他藏在什么地方让我过去取，你这样做只会无意义地消耗你的体力。"

白柳说话不疾不徐，就算小木柯之前那样骂他，他也依旧没有任何情绪波动般地在客观分析，这分析让小木柯稍微冷静了一点。

小白六的确让他把尸体随便扔在地道里藏起来，到时候告诉他的投资人通过地道的时候去取，这是各方权衡之下最安全的方案——这个地道目前只有他和小苗高僵知道，但小苗高僵已经和他走了，小白六的尸体不会被轻易发现。

但——小木柯咬着下唇，他不想丢下小白六。

"控制小苗高僵不用那枚硬币也能做到，毕竟他现在在出逃当中，绝对和你是同一阵营了，我知道你不愿意丢下白六，但他已经变成你的累赘了。"

"我也愿意为白六心甘情愿地去死，但他死不光是为了救我，还为了救你小木柯，为了救我们所有人。"白柳的声音平静，"你带着他的尸体走只会浪费他为你做的一切，浪费他牺牲自己最后的价值为你铺垫的路，如果你在这个过程中因为跑动心脏病发作，那么白六为救我们做的所有，都白费了。"

"你想浪费他的心血吗？"白柳和缓地问。

那边只剩急促的呼吸声，静了大概半分钟，小木柯终于牙齿咬得咯咯作响，带着哭腔开口了："苗高僵，把白六……放到一边，背我起来。"

"你根本不配白六来救你。"小木柯似乎被背了起来，他喘着，恶狠狠地对着电话说道，"我讨厌你！"

白柳没有说话，只是静静地听着小木柯在那边撕心裂肺地号哭，等他平复情绪。

隔了一会儿，小木柯又咬牙切齿，像是很郁闷地，无奈地开口了："你在医院老实等着啊垃圾投资人，我带着他的血来救你了。"

说完就很凶地"啪"的一声挂断了电话，似乎一个字都不想再和白柳这个垃圾说了。

白柳："……"

~~119~~

白柳被小木柯挂了电话之后出神了一两秒。

似乎这些小孩子都不怎么喜欢他啊……他好像从小到大都不怎么招小孩喜欢。

门外突然响起了护士们仓促的高跟鞋鞋跟点在地面上的清脆脚步声，这些护士是往电梯走的，很明显是出了什么事情需要她们集合了。

白柳眸光微沉："有病人醒了。"

"不会这么巧吧……"木柯脸色凝重，偏头看向白柳，"不会是苗飞齿他们醒了吧？"

早上七点三十分，二楼，重症监护病房。

苗高僵身上都是红黑交错的烧伤，他呛咳着被护士搀扶起来，转头看向另一张床上还在昏迷当中的苗飞齿，暗暗咬了咬牙——就算是他替苗飞齿挡了大部分的攻击，他这个脆皮儿子的生命值损耗肯定还是比他高的。

并且他的生命值损耗也不低。

苗高僵艰难地挪动着身体靠在了枕头上，眸光阴沉地看着自己的生命值面板：

系统提示：玩家苗高僵生命值23。

白柳这一下直接带走了他一半以上的生命值，就算是在联赛比赛里，苗高僵仗着自己的高防属性，也极少一次受过这么大的伤害。

他咬着体力恢复剂和精神漂白剂头痛欲裂地大口喝着，脸上的表情晦暗不明——他生命值都只剩23点，苗飞齿的生命值只会比他更低。

这让苗高僵的神色终于冷了起来。

白柳这个疯子，这人完全就是不要命地在赚他们血量，能赚一滴血就是一滴。

很明显白柳已经放弃了投资人通关这条路径，把所有的筹码都押在了小孩身上，现在正面对决弄死白柳这些人，除了继续消耗他的血量可以说是毫无意义，当务之急是搞到足够的血通关和弄死白柳他们的小孩。

在厘清思路之后，苗高僵用积分买了几个防护绑带把自己身上还在渗血的伤口包好，又起来给苗飞齿包好，然后动作很轻地摇醒了苗飞齿。苗飞齿龇牙咧嘴地醒了过来，一阵头晕目眩地扶住栅栏，被护士和苗高僵扶起来。

苗飞齿在意识不清的时候被他爹塞了一管精神漂白剂和一管体力恢复剂，醒来之后大量的液体摄入让苗飞齿扶着病床边干呕了几下，这才擦着嘴巴意识清醒了过来。

"飞齿，你生命值多少？"苗高僵见苗飞齿清醒了，就立马皱眉问道。

苗飞齿点开了自己的属性面板，脸色黑沉："只剩11点了。"

"……太低了。"苗高僵的眉毛都快拧到一块了，"我本来还想如果你生命值够高，我们就弄死白柳再过游戏，但你要是在对战中再掉两点生命值就下10了，这已经是'死亡预知'生命值了。"

"死亡预知"是联赛内观众的说法，又叫作"死亡阈值"，一般在联赛对抗中，其中一个玩家的生命值掉下了某个数值，系统就会给该玩家发送一个"死亡阈值"通知，告诉你现在生命线很危险了，基本就属于那种在团战或者围攻中可以被一下带走的生命值。

掉下了这个生命值的玩家一定会被集火，很快就会从场上被带走，所以掉到了这个阈值也算是被观众预知了死亡，所以系统发的这个"死亡阈值"通知又被称为"死亡预知"。

苗飞齿的"死亡阈值"一般是9，苗高僵的一般是1，因为他防御更高，没那么容易被一下带走。

苗飞齿碰了碰自己脸上血淋淋的伤口，倒抽了一口冷气，又痛又气："白柳就一个非联赛F面板玩家，老子死亡阈值一般都是针对联赛内高玩的，他怎么配和我提……"

"他还没有进过联赛，面板也才F级别，就能在一次攻击里把你的生命线压到阈值附近，同时把我的生命值压下一半，"苗高僵很冷静地打断了苗飞齿喋喋不休的辱骂，"你不觉得他更可怕吗？"

苗飞齿龇牙的表情一愣。

苗高僵深吸一口气："我们找错用来宣传的祭旗对象了，你点开系统面板看看吧，我们要放弃用白柳祭旗快点通关了，不然我俩都会折在这游戏里。"

苗飞齿拧眉点开系统面板，他在他系统面板上看到了一条鲜红的系统通知：

系统温馨提醒：明日周四，周四为得病日，还未得到血灵芝治愈绝症的投资人玩家在零点一过，会被附加一个病重BUFF，病重BUFF会让玩家血条缓慢下降，请玩家加快通关速度。

苗高僵神色凝重："这是个要吃我们生命值的强制削弱的 DEBUFF（削弱效果）。按照歌谣，周五我们就要病危，这意味着这个 DEBUFF 很有可能在周五的时候就会把我们的生命值吃个差不多，这个时候生命值对于我们来说很宝贵，但是对于白柳这群已经放弃投资人通关路线的家伙来说，生命值是无所谓的，是可以随意浪费的。"

苗高僵身体前倾，半蹲下来盯着还在发怔的苗飞齿："因为他们根本不指望走投资人这条路通关你懂吗，飞齿？他们全部，包括刘怀都选择了牺牲自己，保护孩子。

"而我们选择了自己，我们杀了他们对我们毫无意义，因为他们的希望和欲望在另一个自己的身上。"

他的眼神渐渐变得黑沉阴暗："而通过这些小孩活下来，才是我们为了通关首先要做的事情，懂吗飞齿？别再和白柳过不去了，先做正事。"

苗飞齿不甘心地咬了咬牙，最终点了点头。

苗高僵松了一口气，苗飞齿是很冲动易怒的性格，但好在在这种关乎他们父子二人存活的事情上还是很听他的话的，或者说这也是他忍不住一直溺爱苗飞齿，甚至帮助苗飞齿为非作歹的原因——苗飞齿的确是个很听爸爸话的乖小孩。

就是不怎么听妈妈的话。

"这次我们也要活下去，知道吗，飞齿？"苗高僵抚摩着靠在自己腰腹部的苗飞齿的脸轻声说。精神值下降到 20 以下又强制恢复让苗高僵的状态隐隐有些不正常，这是精神值下降引发的后遗症。

苗高僵就像是在自我调节般，吸气吐气都很深，看似平静的外表下暗藏着恐惧、暴虐与癫狂，吐字有种扭曲的神经质："没有什么是我们不能战胜的。"

苗飞齿缠满绷带，脸色苍白地抬头看向苗高僵，虚弱让他看起来柔顺不少。

一瞬间苗高僵的眼前闪现出电视的雪花点，坐在病床上的苗飞齿的脸，开始以黑白的方式变为另一个死气沉沉、死不瞑目的女人的脸。

苗高僵心口一悸，猛地推开了靠在他身上的苗飞齿，苗飞齿被推得一痛，不解又不耐烦地看向苗高僵："爹，你干什么呢？！"

苗高僵勉强挤出一个笑："没，没什么，我精神状态不太好。"

苗高僵转身又仰头一饮而尽喝下了一瓶精神漂白剂，他的精神值因为后遗症极其不稳定，忽上忽下地跳跃着。

现在苗高僵无比清楚自己遇到了精神值下降到 20 以下的后遗症，但是他不想承认，也不敢承认——他开始有点分不清现实和虚幻的界限了，潜意识的恐惧正在侵蚀他的大脑，这是疯掉的前奏。

要尽快离开这个游戏才行，苗高僵咬牙，额头上冷汗渗出，他抬手擦了擦，强制自己冷静下来。

苗高僵转身看向护士:"我们今天什么时候去福利院进行领养?"

护士有些为难地说道:"因为私人医院这边爆炸伤到了很多投资人,今天和福利院的配对本来是取消的。"

苗高僵脸色一沉:"但我们明天就要'生病'了,可以单独给我们做一个配对吗?"

"……可以倒是可以,但为了避免儿童出逃,福利院不会开门,如果你们一定要过去,只能走医院这边的一条直达福利院教堂的地道。"护士解释道,她眼神有些闪躲。

"之前在教堂里被洗礼过的孩子会通过这条地道被直接送到医院这边来,但最近病重的投资人越来越多了,才有了'配对'这个挑选环节,不过你们已经匹配好了自己的儿童,倒是可以通过这条地道直接过去领取。"

苗高僵松了一口气:"这条地道入口在什么地方?"

护士诡异地沉默了两秒:"安全通道正下方。"

"白柳,你是怎么确定地道的出口是在安全通道正下方的?"木柯有些迷惑和害怕地问道,他吞咽了一口口水,看了一眼挂在病房里的挂钟的时间,小心翼翼地说,"现在是早上八点多,那些安全通道里的畸形小孩怪物要九点多才会彻底消失,它们应该还在安全出口附近徘徊,我们就这样过去吗?"

木柯的视线从刘怀断掉的双臂和白柳还在染血的袖口上不忍地滑过,虽然他很不想承认,但他还是诚实地开了口:"我没有任何战斗力,你们的状态也很不好,如果就这样过去,和那些小孩怪物正面起冲突很容易死亡,而且如果你的猜测出了错误,地道出口不在安全通道下面,我们完全就是过去送人头。"

说到这里,木柯的眼神和语气都严肃了起来,并拢双腿坐着,双手用力握住衣角,身体前倾逼视白柳:"小白六已经死了,你现在不能随便赌了白柳,我们不能做任何冒险的决策,因为如果决策有差错,你一定是我们当中第一个死的人,你的生命值只有0.5了。"

"我无法百分百确认。"白柳的神情依旧很平静,"但我大概有百分之九十的把握就是那个地方。"

白柳扫了一眼木柯:"我推断出这个结论大概有两个理由。第一,如果存在这种私人医院和福利院之间的地道,那么地道功能多半是运输小孩,而小木柯也是这样告诉我们的——来回于这个地道的是被抽了血的小孩怪物,而医院小孩怪物最多的地方就是安全通道。"

他淡淡地伸出了第二根手指:"第二,木柯,你还记得我们现实里去过的那个福利院吗?"

木柯一怔,点了点头。

白柳继续说了下去:"那个老师不是告诉我们福利院后来缩小了很多吗,回去之后我做了一下这个福利院原来的建筑地图和现在的建筑地图的三维立体对比,这个福利院之前也是有教堂的,后来福利院缩减,教堂这个地方就被从福利院里划了出来,改成了医院,你猜猜这个改建医院的一楼的安全出口建在什么地方?"

木柯屏住呼吸看向白柳,白柳无比平和地说出了答案:"建在福利院原来教堂的雕像位置,和游戏内的这个地道的出入口是完全一致的。"

"我们不能九点之后去吗?"木柯皱眉,"九点之后对你会安全得多。"

"对我来说是这样。"白柳站了起来,拿起长长的骨鞭抖动手腕甩了一下,简单做了一下战斗前的热身。

白柳脸色苍白,眼神毫无波动地斜眼看向还跪坐在地上的木柯:"但对另一个你来说,可就不是这样了,苗高僵和苗飞齿应该已经醒了,他们应该不会来追击我们,因为我们这群不准备通关的投资人只会浪费他们的血量,杀死我们一点价值都没有,如果我是苗高僵,我一定会立马去福利院抽儿童的血。

"而小木柯刚刚打电话告诉过我们,福利院的大门没有开,那么说明苗高僵他们不太可能走正门进去。而这家医院的护士一定是知道这个运输儿童的地道的,如果护士告诉了苗高僵他们这个地道,那么苗高僵他们很可能走地道去福利院。"

白柳眼神继续往下垂落,落在了木柯握紧的手上:"也就是说,如果我们不快点过去,小木柯就会被埋伏,那你也就和我一样危险了,你应该是知道这一点的吧?"

木柯抿了抿嘴,低下头很轻地反驳了一声:"那也没关系的吧,我觉得还是应该首要确保你的生命值,你只有 0.5 了,我还有 6 点生命值。"

"直视我的眼睛说话木柯,"白柳神情淡到几乎没有,"你的手在抖,既然害怕那就不要多说废话,起来我们走吧,先去了再说,我们现在的确是处于劣势——"

白柳低下头用鞭子的柄杵了一下木柯的额头,木柯怔怔地看着白柳,而白柳眼神很平静地对他说:"但木柯,这不代表我们一定会输。尤其是输了会让我付出很大代价的时候,我一定会不择手段地赢下这场游戏。"

120

在木柯反应过来之前,白柳一只手抓起木柯的后领并使他站稳,然后转身半背上失去双臂的刘怀,握紧手里的鱼骨鞭,目光澄静地浅浅地吐出一口气,又浅浅地吸入一口气："开门吧木柯，游戏还没有结束……"

脸色白得像纸的刘怀突然打断了白柳的话，他摇晃不定的目光在白柳的脸上停留了一两秒："等等，你保证，你活着，你就一定会救下佳仪？"

白柳："我保证。"

刘怀闭上了眼睛，他面前浮现出一个护腕。

系统提示：道具"犬儒护腕"，放荡不羁的穷犬被伤害之后，可以靠着自己的乐观将伤害延后14小时，但在14小时之后如果玩家还未通关，所经受的伤害会一起加在玩家身上。

"这个道具本来是我留给佳仪，她逃跑的时候用的，现在看来……"刘怀苦笑一声，"她是用不上了。"

有治愈技能的小女巫，的确不需要这种延后伤害的低等道具来保护自己。

刘怀转头看向白柳，脸上的笑容越发苦涩和释怀："我也没有手能用，给你吧白柳。"

白柳也没有多话，直接接过了护腕，然后看了一眼在门口的木柯。

木柯回头看了一眼白柳，在确定白柳没有丝毫动摇之后，他也深吸了一口气，用还有些颤抖的手推开了门。

此时，周三早上八点四十分。

一楼安全通道。

护士有些畏缩恐惧地站在离安全通道有一段距离的地方。她没有靠过去，而是吞了一口口水，伸手指了指那个黑漆漆的通道口："就在那边，一楼往下拐角的地方有一个地道的入口，从那里下去可以直接到福利院的教堂，我就不过去了。"

说完，这个护士见苗高僵和苗飞齿一点迟疑都没有地靠了过去，没忍住喊住了他们："九点之前禁止离开病房！我只是带你们出来看看，你们不能随便——"

苗高僵面无表情地转过身来，几步快走就走到了她的面前，人高马大的苗高僵勒住她的脖子一转，护士的脖颈连接处发出了一声清脆的骨节交错声。

她惊愕未定地睁大了眼睛，瞳孔扩散，缓缓无力地倒了下去。

"爹？！"不光是护士死前惊到了，就连苗飞齿也惊到了，"你杀NPC干什么？！容易引起反噬的！"

苗高僵的胸膛剧烈起伏着，他的双目有些赤红，但脸上还是一点表情都没有。明明是很轻松地杀了一个人，但下颌却在往下滴落汗水，肩膀的肱二头肌也像是还没有停息下来般起伏着，这让苗高僵看起来充满了暴躁又压抑的攻击性。他背对着苗飞齿深呼吸，神色有点瘆人。

但很快苗高僵平复了下来，顿了顿，清了清嗓子："我们不能耽误一分钟了，有这个护士NPC在，我们就要等到九点，那边的小崽子一定都在密谋逃跑，我们要快点过去。"

苗飞齿勉强被这个理由说服了，他抽出双刀一步一步地往安全通道移动，在即将踏入通道的一瞬间，苗高僵突然轻声询问苗飞齿："你不觉得这个护士长得很像你母亲吗？"

苗飞齿一顿，用余光扫了一眼那个躺在地上的小护士青涩的脸——这是和他记忆中的那个生他的女人完全不一样的脸。苗飞齿收回目光，有点古怪地看向了苗高僵："你怎么了爹？完全不一样好吗。"

"是吗？"苗高僵喃喃自语着，又回头看了一眼倒在地上那个护士NPC的脸，"那可能是我看错了吧。"

护士那副年轻的躯体上诡异地长着一张衰老的，眼袋很重的，病重的，对着他奇异微笑的，他无比熟悉的脸——是无数夜晚睡在苗高僵身侧，他一睁眼就能看到的他的老婆，苗飞齿的妈妈的脸。

这张脸出现在了这个护士的脸上，在苗高僵的眼里，这个护士刚刚每一次说话都会夸张地大张着嘴巴，大到牵动着下颌关节发出扭曲的移位声，那么大张的嘴巴对着苗高僵笑，可以让苗高僵轻而易举地看到她正在说话的嘴巴里面没有舌头。

苗高僵收回了自己的视线，又抬手擦了一下从鬓角流到颊边的汗，定了定神看向出口："飞齿，你主攻，我殿后。"

八点四十五分。

因为昨晚的爆炸案，护士没有精力去每层楼巡逻管理病人，白柳他们钻到了空子坐电梯匆匆赶到一楼来，却发现安全通道已经被清扫了一遍，只剩一片狼藉。

这代表了一个好消息和一个坏消息。

木柯松了一口气："不用和这些怪物正面对上了。"

白柳的目光停在这些被切得稀碎的小孩和飞得到处都是的注射器上，眸光微动："苗高僵他们进地道了。"

他往上耸了一下因为精神不振从他身上往下滑动的刘怀，很快就往里走了，木柯紧跟其后。一楼往下的拐角处有一个满是医疗废品的黄色垃圾桶，里面装满了各种各样的输血袋子和注射器，旁边还有一个很简易的儿童尺寸的固定绷带床，应该是为了防止抽血的时候儿童乱动。

看起来早期被送过来的孩子就是在这里被抽血完毕，然后尸体和抽血用具一起被丢在医疗废品垃圾箱里。

那些吸食孩子血液的投资人，甚至都不愿意看到这些残忍过程，只允许护士们在一个肮脏狭小的角落里快速地处理好这些生药材，给慈悲的投资人使用。

垃圾桶已经被人粗暴地一脚踹开，下面就是一个四四方方的，像是地窖一样的入口。这个入口不大，白柳目测只有 40cm × 40cm 左右，基本就是仅供一个儿童通过的出口大小，但好在白柳他们现在都又细又长，还可以通过这个入口。

入口旁边还有一些凌乱的脚印，应该是苗飞齿他们留下的，白柳让木柯帮忙扶一下刘怀，然后上前握住门把的环扣，往上提拉拉开了地窖门。

一时之间，飞扬的灰尘、土屑、浓烈的血腥气和真菌腐烂发酵的闷热潮湿气息扑面而来，门板上不知道凝固了多久、多少个人的血痂扑簌簌落下，露出下面发霉厚实的木板本体。

差点溺死人的尘埃里能看到游动其中的细小颗粒，在黑暗的洞口飘浮徘徊。

白柳屏住了呼吸，他抬头看了紧张的木柯一眼，毫不犹豫地跳了下去，没有给木柯任何阻止的机会。

"我先下去，等我说没问题你们再下来。"

木柯慌张地上前往下看。

没有多久下面就传来了白柳带着一些回响的声音："没问题，木柯，你先把刘怀放下来，然后自己再下来。"

木柯小心翼翼地挪动着没有双臂的刘怀，先把刘怀运送下去，然后自己双臂撑着狭窄的洞口边缘往下。

闭上眼睛深吸一口气，木柯也松开了手，在他感觉自己斜着滑过一段湿漉黏腻的通道之后，他终于落了地，但是踩在地上的感觉十分奇怪，软绵绵一个一个的隆起，还有浓烈的血腥气和菌菇味道，感觉就像是踩在了蘑菇田上。

木柯缓缓地睁开了眼睛，眼前的景象让他倒吸了一口凉气。

整个地道的四壁，全部密密麻麻地长满了各种各样的蘑菇，五彩斑斓，大小不一，荧光闪烁，长满了膨起的、湿润的斑点，似乎一捏就能爆出腐蚀人手臂的汁液。

这些菌菇之中还有一根一根的血红丝线混杂在里面，像是畸形生长出来的一点血灵芝菌丝混杂在里面，整条地道里充斥着浓烈的分泌物和发酵物的气息，闻着就像是合着沙土放在劣质酒里泡了二十年的蘑菇发出来的味道，闻得人头晕目眩又十分想吐。

刘怀和木柯都出现了轻微的呕吐反应，只有白柳稍微好一点。

木柯要吐不吐地捂住自己的嘴："这里怎么会长了这么多的蘑菇？"

"潮湿阴暗加上这条地道是尸体丢弃的地方，腐殖质本来就很适合蘑菇生长。"白柳深一脚浅一脚地往前走动着，这些柔软湿润的蘑菇一脚踩下去可以没过他的脚踝，他四周打量着这个地道，"而且如果我没有猜错的话，那些被投资人培育出来不要的劣质血灵芝，也被丢在这里。"

木柯一怔："不要的血灵芝？！这东西不是很珍稀吗？！"

"那些'血缘纯正'的孩子的血培育出来的血灵芝才是珍稀的。"白柳的目光从墙壁上一个轻微搏动着的，表面黑红交错只有心脏大小的血灵芝上掠过，"我们现在所在的时间线是十年前，这群投资人还没有完善他们的儿童筛选机制，或者是处在筛选的前中期，这个过程中必然会产生失败品，这些失败品可能是药效不好，或者是有毒，不能为这些投资人所用，所以被扔到了这里。"

白柳看向地道的另一端："如果我没有猜错，这条地道应该就是歌谣唱的'日曜日被埋在土里'的地方了。"

地道就像一条往里生长的甬道，带着一种奇异的生命力，随着白柳他们的呼吸，轻微地舒展又收拢，但仔细看就知道是那些正在缓慢搏动的血灵芝，还有一些畸形小孩睁着眼睛躺在地上不动，它们的电话散落手边。

白柳上前捡了一部电话，系统提示他该电话因为主人彻底死亡，失去能源无法使用。

这些失败品大部分都被苗飞齿的双刀切成不完整的块状散落在蘑菇丛里了。

地面上有些蘑菇被人割开或者是践踏过了，白柳低头顺着践踏过的痕迹往里看："走，他们往里去了，我们要快点了。"

地道另一头，背着小木柯的小苗高僵呼哧呼哧地走着，小孩子的体力还是不如成年人，连续背着两个人又走又跑，虽然小白六和小木柯都不重，但小苗高僵的速度还是慢了下来。他满头热汗喘着粗气地走在软绵湿滑的地面上，这种不好走的路让他体力的耗费加倍了。

背上抱着小白六血袋的小木柯着急地看了一眼时间——白六告诉他一定要在九点之前到那边，不然等到九点一到，那些投资人就都可以出来了，他们一过去就会被抓住，全都得完蛋！

但他们不知道的是，已经有两个九点之前出发的投资人——苗飞齿和苗高僵正在顺着地道过来。

小木柯看着时间一点一点地过去，开始着急了："苗高僵，你快点吧！等到过了九点那边有投资人出来抓我们，我们就跑不掉了！"

"我觉得不用等到九点后了。"小苗高僵擦了一下自己脸上的滴落的汗,脸上带着恐惧,难看地转过头看向趴在他肩膀上的小木柯,"我听到了有人踩在蘑菇上靠近过来的声音,他们走得很快。"

小木柯一呆之后,脸色也黑沉了下去:"有多快?我们跑回教堂来得及吗?"

教堂是一个安全区,虽然不知道能苟活多久,但是——小木柯不甘心地咬牙抱紧了怀里小白六的血袋。

没能把小白六的血袋成功送过去,希望他那个垃圾投资人能多撑一会儿,不要随便死了。

地道里传来汁液迸溅声,极有力度的脚步越来越迅速,就像是游走在蘑菇丛里的蛇一样快速地接近了他们。

小苗高僵惊恐地吞了一口唾沫,他往后退了两步,缓慢地摇了摇头:"……我觉得来不及了,他们走得很快,会在我们跑到教堂之前抓到我们的。"

"不能让他们抓到我们。"小木柯压低了声音,在这种危急存亡的关头,失去了小白六这个带头人的他反倒显得冷静无比,"苗高僵,把白六给我们的那些多余的输液袋拿出来,我们贴在身上装吹笛子的怪物小孩,这个地道里的灯光不明亮,到处都有小孩尸体,如果不近距离地看看不出我们和那些怪物的区别。"

小木柯飞快地从小苗高僵的身上跳了下来,开始往自己和小苗高僵的脖子上挂输液袋子。

小苗高僵也手忙脚乱地在挂,脸色青白不定:"这个能伪装骗过那些投资人吗?!我们和那些畸形小孩长得很不一样!"

"装不好也要装。"小木柯呼吸很快,面无表情,黑漆漆的眼珠子中有种慑人的决绝,"我想了一下,觉得我们跑回教堂也是等死,回去这个点那些老师都已经起了,如果我们在教堂附近遇到老师,我们就会被关押起来等周四配对,如果今天我们不能从这里跑出去,那我们就永远都跑不出去了。"

"我们只能赌一次了。"

小苗高僵咬牙和小木柯对视了一秒,最终点了点头。

脚步声越来越近,饱满的蘑菇在成年人的脚底发出成熟果实被人挤出汁液的"叽"的声音,在通道中奇异地回响。

腐烂和血的味道越发浓重,小木柯深吸一口气,压低声音:"千万不要发出任何声音,躺在蘑菇丛下面装尸体懂吗?"

小木柯匆匆地把白六的血袋找了个地方藏好,胡乱地摘了一些蘑菇掩盖了一下身体,然后自己深吸一口气,面朝下躺在了蘑菇丛里。

苗飞齿和苗高僵终于走到了这段地道,苗飞齿一边甩刀上的血一边皱眉四处看:"什么声音?刚刚前面好像有什么人说话的声音?感觉不像是之前我们遇到的那些小孩的声音,反倒像是两个活人在对话?"

敏捷度更高的苗飞齿对各方面的警觉都更高,但他四处看了一圈,发现并没有什么奇怪的动静,很快苗高僵就催促他了:"别找了,快走吧,这个地方很明显是那些畸形小孩的巢穴。"

越往里走苗高僵越能肯定这一点,这个通道狭隘阴暗,到处都是蘑菇,一边的入口是教堂,一边的入口是丢弃小孩尸体和医疗用具的安全通道,护士告诉他们说这个通道在投资人的数目增多、以"配对"的形式挑选孩子之后,就废弃了。

但在苗高僵他们进入这个废弃的通道的时候,除了入口处有畸形小孩在,往里面走也是能看到这些畸形小孩的活动痕迹的,证明这个废弃的通道里平时也有这些小孩在生存。

而联想到那些白天不见踪迹的畸形小孩,苗高僵的脸色越发阴沉:"这群畸形小孩的外出活动时间应该在晚上九点到上午九点,其余时间他们都待在这个通道里。飞齿,别浪费时间了,快九点了,我们快出去,不然那群怪物小孩就要回巢了,我们会被这些回巢的小怪物堵在这个通道里面。"

苗飞齿听苗高僵这么一催,低头一看时间,八点五十一分,快九点了,的确没有时间浪费在这里了。他收回四处打探的目光,举着双刀充满疑虑地继续往前走了。

他疑虑的原因主要有两点。第一个是苗高僵爆炸醒来之后,一直就很急躁,但他平时是一个很沉稳的人,这让苗飞齿内心有种焦躁的不安。

第二就是——苗飞齿的眼神在地面上的蘑菇丛里、面朝下埋进去的两具儿童"尸体"上一扫而过,他一路走过来也在这个通道里见了不少儿童尸体,按理来说这两具尸体出现在这个地方,苗飞齿不会觉得有什么惊讶的。

毕竟投资人不允许这所医院里有太平间和焚尸炉这样不吉利的存在。

医院没有任何可以处理儿童尸体的地方,那些护士是把这个安全通道当作儿童尸体废弃垃圾通道来用的,而这个通道里存在的真菌正好就可以依靠分解这些尸体生存,从而又繁殖出更多的可以分解尸体的蘑菇,是一个绝佳的生态尸体废品处理通道。

但这两具尸体给他一种就像是不应该出现在这个地方的违和感。苗飞齿这种敏捷度相对很高,但是智力一般的玩家通常都会很相信自己在游戏里养出来的直觉,而这个时候他就会让自己智力相对更高的父亲来看一下这个情况。

但现在苗高僵的状态似乎不佳,而且如果这个地道正如苗高僵所说是这些畸形小孩白天栖息的巢穴,那么的确时间就很紧迫了,苗飞齿最终收回了自己的目光，往前走了几步。

听到他们继续往前，小木柯在心里缓慢地松了一口气，在这口气还没有松到底的时候，往前走的苗飞齿突然定住了。

苗飞齿往后转了一下自己的头，脖颈的地方发出关节松动又归位的拧动声，他用一种狂热的，让人惊悚的，不可思议的兴奋眼神回头看向那两具"尸体"。

"尸体"背部的肩膀上有一小片水渍晕染开，苗飞齿看着这点水渍缓慢地舔了一下自己的嘴巴。

苗高僵看他这个眼神就知道苗飞齿瘾犯了，刚要头痛地打断苗飞齿想要做的事情，就听到苗飞齿用一种轻到不可思议，因惊喜而微微战栗的声音对他说："爹，这两个小孩的衣服是湿的，他们在出汗，我闻到了新鲜的汗的味道。

"他们是活人，是逃出来的活人小孩。"

这个点还会想方设法地逃出来的活人小孩——苗高僵一怔，但他目光一凛，迅速地就反应了过来："这是白柳那群玩家的小孩！"

糟了！

小木柯心里一阵冰凉，几个念头飞快地在他大脑中权衡闪过之后，猛地抱住怀里的血袋二话不说从地上蹦起来，疯了一样地往医院那边的出口跑，小苗高僵也从蘑菇地里爬起来，脸色煞白地跟在小木柯后面跑。

苗飞齿低声狞笑两声，唰的一声抽出双刀："昨晚差点炸死老子，今天不抽干你们这些小崽子的血吃光你们这些小崽子的肉，我就算通关出去了也没面子。"

他说完之后眯着眼睛看了一会儿，突然吹了声口哨："可以啊，得来全不费工夫，今天还带送血过来的，爹，你的小孩也在里面。"

苗高僵看到自己的小孩总算是松了一口气，脸色沉静下来："看到了，飞齿你注意下刀的时候避开大动脉，不要浪费血。"

"OK。"苗飞齿弯刀过肘，随意地擦拭了一下刀上的蘑菇黏液和血，舔了一下自己一点血色都没有的嘴皮，眼中闪着赤红又血腥的光："抓到你们，游戏就离结束不远了。"

小木柯飞快地奔跑着，他的心脏从来没有这么痛过，他能清晰地感觉到超过他心脏负荷量的血量就像一颗炸弹一样灌入了他的心脏，然后在他的心脏中"扑通"一声跳跃爆炸开，那些殷红的血又穿过心室心房，用一种让他感到剧痛的，手脚发麻的方式冲入他四肢的每一根血管里。

他用尽全力大口吸气呼气，但是感觉空气被一层无形的，风一样的过滤膜给隔开，肺部吸收不了空气中的氧气一般烧灼着。

小木柯从来没有跑这么快过，在他有限的生命里，他更多的时候是蹲着仰头看着别人，因为那样的姿势回血更容易。他从来没有用这么一个让他感觉自己下一秒就要炸裂开的姿势迈开自己的双腿，用这样一个变成风中小虫子般的速度奔跑着，他也从来不知道自己居然可以跑这么快。

小木柯抱住从小白六身体里抽出来的血袋，感觉自己下一秒就要把血呕到这个血袋上了。

他的眼里盈满生理性的泪水，飞跑着，窒息着，就像一只名贵却拥有先天性缺陷的猫一样，终于在天敌的刺激下从温室当中觉醒奔跑的本能。小木柯知道自己膝盖在发软，他的大脑因为缺氧一片空白，但他还是在机械地迈动双腿跑着。

"不可以停下，要活下去木柯。"小白六躺在他的臂弯里虚弱地说道，好像在祈祷，好像在乞求，又好像在平静地告诉他一定要做到的事情——木柯，你一定要救下我的投资人，一定要活下去，木柯。

一定要，一定要——小木柯的眼前开始变得蒙眬，不是他哭了，而是他因为急速运动眼前已经开始有点发昏了。

小木柯开始流鼻血，鼻血滴在他紧紧抱住胸前血袋的双手手背上，但是他对这些已经没有了任何感知，小木柯只是双目空洞地在跑着，完全没有意识到他身后的苗飞齿已经追上了他。

苗飞齿握住双刀，有点无语地看着还在疯跑的小木柯："你这小崽子还跑得挺快，差点就没逮住。"

他举起了闪着寒光的双刀，摇晃的黯淡影子倒映在地道的墙面上就像举着镰刀的死神。苗飞齿对准已经没有意识但还在奔跑的小木柯的肩膀狠狠划下。

小木柯的眼前一黑，他感觉自己被一道从另一个出口滑过来的风用力又轻灵地拖进了怀里。小木柯被人扶住后脑勺埋在病号服的胸膛里，耳鸣了好久才感受到温度从他的额头传过来。

有人救了他，而他现在抵在了这个救他的人心口的地方，对方的心跳和自己的完全不一样，和缓平静，一下又一下地跳动着，就像是没有人会去的偏僻悬崖的岩石上规律滴落的水滴，没有人可以打乱他心跳的频率。

——哪怕是这个人现在手里握住了一柄足以杀死他的弯刀，也不足打乱他呼吸和心脏搏动的规律。

系统提示：玩家白柳使用牧四诚的个人技能"盗贼潜行"，移动速度+3700，体力飞速下滑中……

系统提示：玩家白柳使用牧四诚个人技能"盗贼的猴爪"格挡住了玩家苗飞齿的攻击。

"又是你白柳！"苗飞齿瞬间炸了，咬牙把刀往下压，"刘怀手也没了，你自己送上门来，我看今天还有谁来帮你！"

苗飞齿厉声喝着，双刀狂舞，刀锋的银光在地道闪成了一片，白柳把小木柯往后一丢，推了一下他的肩膀示意他继续往前跑，同时侧身躲开苗飞齿用力劈向自己另一只肩膀的刀——苗飞齿这是故技重施，在不清楚白柳的生命值还能撑多久的情况下，他想速战速决缴白柳的械。

白柳利用高移速侧身躲过苗飞齿这蓄力的一刀，又回身用猴爪极快地和苗飞齿对了几下。白柳且战且退，尽力躲避不要让苗飞齿的刀擦到他，但苗飞齿怎么会轻易放过白柳？他手上的攻势越发凌厉，眼看白柳就要撑不住了。

小木柯往后跑了两步，他的心脏还在咚咚咚地跳着，并不平静，他在跑的时候突然转头看了一眼那个救了他并且还在战斗的投资人。

这是一个会救小孩的投资人——他不会杀你的，因为他是个奇怪的好人，他会救你的。

小木柯突然哭着笑起来，他磕磕绊绊地挥动四肢奔跑着，眼泪就像是外涌的情绪流满了他小小的脸——他的确救了我，小白六，你的投资人真的太奇怪了，明明不是一个好人。

——他害死了你，却救了我，我搞不懂他到底想做什么，就像是我也搞不懂你想做什么。

明明你和他都不是好人，但最后都为了救我拼尽了全力，我们周日才认识，而周三的时候，你和你的投资人看起来就都要为了我死去了。

我不想这样。

小木柯奔跑的脚步停下了，他想转身回头，结果被一个藏在蘑菇丛中的人一扯，差点吓得叫出声，但很快被对方眼疾手快地捂住了嘴。

对方压低声音，有点奇异地上下扫视他两眼："……你往回跑干什么？！送人头吗？别去给他添乱！"

小木柯满脸都是黏糊糊的泪，他抱住怀里的血袋哽咽着看着那个人："但我不想看他为了我死，我答应了白六一定要救他的。"

木柯呼吸很轻地沉默了一会儿，然后说："我也不想看他死，但他也答应了我，不会死，所以我们相信他，等着就好。"

木柯和刘怀藏在地道一个拐角的地方，这两个人都没有显著的战力了，于是白柳要求他们躲起来，自己出去单独应敌。木柯一开始激烈反对，说白柳 0.5 的战斗能力难道能比他好到哪里去吗？这可能是木柯第一次带着讽刺意味反驳白柳，但很快他就在白柳的目光下面红耳赤地停止了自己的讽刺，不过没有道歉。

很快白柳提出了一个可以短暂控制住苗高僵和苗飞齿父子二人的计划,而这个计划勉强说服了木柯。

"这个地道是畸形小孩怪物白天的栖息地。"白柳说,"九点一到,它们就会从外面回来,这些小怪物如果遇到我们这些外来的闯入者肯定会发起攻击,但它们找人是靠电话定位,而我们——"

木柯顿悟:"我们有两部可以避免被定位的电话!是从畸形儿童那边抢过来的!只要我们的电话保持接通,它们就找不到我们,就会去攻击苗飞齿他们!"

白柳点头:"虽然这种攻击不一定能拖很久,但可以让我们带着小木柯逃出去,医院那边是肯定不能去了,九点过后那边的投资人和护士都开始活动了,不安全,只能从教堂那边走,那边是儿童安全区。"

木柯深吸一口气看向白柳,身体前倾,正对白柳的目光和语气甚至有点咄咄逼人:"好的,白柳,你的这个计划看起来好像毫无问题,但我有一个问题想问你,我们只有两部从畸形儿童那边抢过来的电话,我们这边有三个人,也就是说有一个人的电话是没有办法占线的,这个人同样会像苗飞齿和苗高僵一样被攻击,你准备让谁当这个会被攻击的人?"

白柳的眼神很轻地触碰了一下木柯的眼神,随即垂下了眼睑:"等有了小木柯,我们就有第三部可以打过来占线的电话了,或者我们可以捡一部这些死掉的畸形儿童的电话,又或者我可以去偷一部,总是有办法的。"

"你不要想糊弄我。"木柯的胸腔微微起伏着,很冷静地反驳白柳的话,"儿童的手机在九点之后无法拨出电话,死掉的畸形儿童电话无法使用,而你要去偷一部电话这个方法——"

木柯的眼神落在断臂上,他的呼吸和语气都开始变得急切:"你只有一只手臂可以用,如果偷盗你就没有办法抵挡攻击,而我们这边已经没有任何人可以配合你的偷盗了,刘怀神志不清,我没有攻击力,你说的这些方案根本就不能用,所以最终我们只有两部可以用的儿童电话。"

"这意味着三个人当中必然有一个人的电话会响。"木柯直勾勾地盯着白柳,"白柳,这个人是谁?"

白柳抬眸看着木柯,他的眼眸很平静,就像是清澈的,一眼就可望到底的湖泊。

"你不是已经猜到了吗木柯?这个人是我。"

木柯缓缓吐出一口混浊的气体,双手拧在了一起,竭力保持平和地说出这句话:"我不同意,白柳,我不同意,你的生命值只有0.5,我和刘怀不具备攻击力,我们根本没有办法,也没有能力在混乱中保护电话响动的你。"

"没有人可以保护你,你真的会死的。"木柯一字一顿,看着白柳毫无动容的表情，他声音艰涩地请求，"……别这样好吗白柳？"

白柳顿了一下，忽然轻笑一声："谁说没有人保护我的？"

木柯一怔："还有谁可以保护你？"

白柳摊手，耸肩很无所谓地笑了一下："我自己就可以保护我自己。"

最终白柳还是以一个非常非常冒险的方案说服了木柯。

木柯闭了闭眼结束回忆，低头看向手腕上昨晚从爆炸废墟里捡到的一块表，秒针缓慢地转动，最终对准了12。

九点了。

木柯的呼吸放缓之后又迅速地急切起来。他拿出手机打通了刘怀的电话，确保刘怀的电话处于占线的状态，不会被回巢的畸形儿童打电话过来找到。

但仅剩的一部儿童电话木柯拿在手心里，却没有动。木柯抬头看向还在和苗飞齿周旋的白柳，攥紧了手里的电话，手指在上面迟疑到底要不要摁下那个电话号码，最终他靠在墙上深呼吸，手指有些发抖地摁下了自己的电话号码。

木柯的电话还没来得及响起就被他接起了，现在两部电话都没用了，木柯靠在墙上咬牙闭上了眼，不敢看后面的情形。

——如果事情不像白柳预想的那个样子，那白柳就必死无疑了。

两边的通道尽头都传来窸窸窣窣，就像是耗子在地面窜动的声音，这声音像从四面八方传来，就像是有一群耗子从地底嗅到食物的味道在往外钻一般。木柯的鼻翼间流动着一种更加浓重的血腥和腐烂气息，这气息离木柯越来越近，但奇异的是他并没有看到任何东西靠过来，那个窜动的声音就已经越过他往前走了。

他怀里的小木柯扯了扯他的袖子，面色诡异地指了指上面。

木柯仰头看向了地道上方——他不由得屏住了呼吸，很多奇形怪状的畸形小孩。这些畸形小孩身上都贴满各种输液袋子，就像是夜间的蝙蝠一样挂在地道的顶壁上摇摇晃晃地前行，眼珠子折射出晃人的绿光，就像是某种吸血蝙蝠的变种。

地道里光线极其昏暗，再加上这些小孩都是埋在蘑菇丛里窜动走的，身上又贴满了和蘑菇一样五颜六色的袋子，木柯一时之间没有意识到这群小孩是从上面"走"过来的。

"飞齿，已经九点了，我听到声音往这边过来了，那群畸形小孩回来了！"苗高僵压低了声音，"别管白柳了！杀他没用的！抓孩子！注意不要惊动那群小孩怪物了，听声音数量很多，会耗费我们血量……"

苗高僵话音未落，白柳毫不犹豫地从身体里抽出一根雪白的泛着荧光的长鞭子，对着正上方凌厉甩下！

他的鱼骨鞭攻击力不强，伤害不到这些小孩怪物，但它的判定很强，会瞬间吸引这些小孩怪物的仇恨值和注意力。果然，本来塞塞窣窣往前蹿动的畸形小孩全部停下了脚步，绿莹莹的眼睛睁开，直勾勾地看向了下面几个投资人。

　　系统提示：玩家白柳激怒了回地道睡觉的畸形小孩，它们决定狠狠地惩治这个坏家伙！

"白柳你疯了吗！这些畸形怪物也会攻击你的！"苗飞齿抬头看到顶上那么多小孩怪物，脸色也变了，"怎么会有这么多小孩怪物！这家医院到底杀了多少畸形小孩！"

小孩们仰头发出尖厉的叫声，它们顺着墙壁蠕动，就像是被惊扰的蝙蝠那样张开尖利的爪子，抓住墙面密密麻麻地往下爬动，往苗飞齿和白柳这边靠近了过来。

但在这样昏暗的地道里，光是靠眼睛肯定是无法准确定位自己要攻击的对象和自己的同伴的，更何况它们的眼球和视力已经发生了一定退化，就像是蝙蝠靠着声波定位一样，这群在地道里生存许久的畸形吸血怪物小孩，它们也是靠声音定位的。

苗飞齿、苗高僵和白柳的电话同时响了起来，这群小孩就像是嗅到腥味的蝙蝠般，瞬间就举起了手中的注射器往电话响起的那边拥去。它们咯咯地，天真地笑着，脸上带着过分纯稚的表情，手里像是要把人头扎穿那么大的注射器不停地挥舞攻击着，并且看起来力度还不小。

白柳把电话夹在肩膀和下巴之间，毫不犹豫地摁下接通按钮，接起第一个电话，电话对面是一声尖厉的细笑："这位投资人先生，我找到你了！"

从一堆堆叠的畸形小孩里猛地窜出一个小孩，它笑得阴森纯真又狰狞，举着一个巨大的针管往白柳这边扑过来，被白柳一鞭子抽开了，但从此之后这小孩就黏上了白柳，伏趴身体在白柳身边游走，就像是觊觎着糖果的孩子般，随时准备冲上来把针管扎入白柳的脖子里狠狠抽一管鲜血饱餐一顿。

同时，白柳的电话又响了，他面不改色地再次接起，还是同样尖厉的畸形小孩狞笑声："找到你了！血！我要血投资人先生！"

一个小孩从墙壁里满身黏液地窜出来，眼看要咬到白柳的肩膀了，被白柳险之又险地用猴爪抓住之后，一鞭子给甩开。白柳脸色苍白地咬住嘴边的袋装体力恢复剂吸空，在和这两个小孩怪物周旋的间隙里，又迅速接起了第三个电话。

"血!"

"给我血!"

"杀死你!"

畸形小孩狰狞地笑着狂吼着,咆哮着,仰着头尖啸着向白柳靠近,围绕在白柳身边的小孩怪物越来越多,他的脸白得一点血色都没有,虽然没有受伤,但明显周旋得越来越吃力,纯靠鱼骨鞭的强判定才能格挡住。但随着他接起的电话越来越多,撑不住只是迟早的事情。

就连苗飞齿都十分惊异于白柳这种自取灭亡的做法:"白柳疯了吗?为什么不停地接电话?他只要接起来就会被打电话的那个畸形小孩彻底锁定,跑不掉的!"

看到白柳都快被自己接电话引来的小孩怪物淹没了,苗高僵心中也觉得很怪异。

虽然这种接起电话的方式可以有效降低被群攻的伤害,但弊端也很明显,就是会被小孩缠上,所以苗高僵他们是绝对不会用这个办法的——多次游戏经验告诉他们,如果被怪物一直缠着是件很麻烦的事情。

苗高僵自己防御高倒是能扛住,但苗飞齿的血量已经被这些成堆扎叠过来的小孩靠着群攻吃了一个点了!而且他实在是不想把时间浪费在和白柳周旋上。

"我抓到了我的儿童,那个跑掉的小孩是小木柯——"苗高僵死死抓住小苗高僵的手,咬牙吼道,"飞齿,我们先突围,别管那个小孩和白柳了!"

苗飞齿不甘心地回头看了一眼,但看到负隅顽抗的白柳又没忍住冷笑了一声:"算了,反正你也会死在这个地道里,区别只是不是我杀的而已。"他提起双刀砍开围攻他的小孩子,追着苗高僵的脚步去了。

他背后的白柳被渐渐拥过去的小孩盖住了,正当苗飞齿以为他们就会这样走出地道的时候,那边的白柳忽然笑了起来。

他接起电话,脸上终于露出那种意料之中松了一口气的轻松笑意:"总算是等到你打来了。"

电话那边的声音有些嘶哑,但依旧平静:"是我。"

从教堂那边的尽头突然有什么东西在飞速移动着,这个东西踩在堆成小山一样的畸形小孩的身体上,如履平地一般地踩踏了过去。

就像是一阵从教堂那边的入口吹来的,神用于拯救世界的风,稳稳地一脚扫开那些堆得都快压住白柳的小孩,脚掌又轻又稳地前点落地,疾跑的风吹拂起他染血的衣服,又落下。

有人,这样说似乎不太对,应该说有一个小怪物从天而降。

他就像是飘落的柳树叶般落在了白柳的包围圈内,宛如未成形的保护神一样不为所动地挡在了他的前面。

白柳的电话声停止了，所有的畸形小孩失去了寻觅的猎物，开始茫然地往后退，看起来就像是被这个突然出现的人给震慑了般。

躲在暗处的小木柯一动不动地看着那个突然出现的家伙，连呼吸和眨眼都快忘记了，只能全神贯注地看着那个挡在白柳身前的小孩。他的表情是如此认真又用力，好像下一秒就要哭出来。

白柳好像是和这个人十分熟悉又十分默契，随手就把自己的鱼骨鞭子扔给了他，伸出猴爪和他背靠背站着。

这个身量只有白柳肩膀那么高的小孩偏过苍白的、染着血污的、沾了湿漉漉头发的侧脸，手背和脚背上全是大大小小青鸟的针孔，这是抽血的时候留下的痕迹。他嘴唇干裂发乌，身前的衣服上全是黑色的被吐出来的血液，发尾染着受洗池的水，湿漉漉地垂在他瘦削单薄的肩膀上。

小白六举着电话，白柳也举着电话，他能听到小白六平淡的声音同时穿过电话和空气，就像是什么优美的多重奏一般落在他的耳朵里。

他听到小白六对他说："早上好，投资人先生，我好像没有来迟。"

小白六抖动了一下自己手上的骨鞭，他没有呼吸，没有心跳，就连说话的声音都有种奇异的宁静和嘶哑："死后还让我接活儿这种事情，我可是要翻倍加钱的，投资人先生，一分钟两百块。"

白柳懒散地笑起来："好，随便你加，我所有的钱都是你的。"

系统提示：玩家白柳的副身份线因被抽血死亡，抛尸地道导致尸体产生异化，最终异化完成——

玩家白柳的副身份线成为怪物书中的畸形小孩。

424

小白六目光凝住，他的一只手向后往白柳的口袋里放了什么东西，与此同时他另一只手抽出鞭子，然后迅速毫不留情地一鞭甩开。

鞭子上的风荡出涟漪，就像是汹涌的海浪般推开了畸形小孩的包围圈。

在畸形小孩尖厉的哭喊咆哮声中，站在小孩堆上的小白六面无表情地垂下眼帘："好吵。"

他垂落身侧的手腕抖动，又是一鞭甩出，小孩被瞬间打散四逃，哭喊越发凄厉。

系统提示：检测到异常行为，正在分析核心数据……分析完毕——玩家白柳副身份线已精神值清零异化完毕，应成为怪物攻击游戏玩家，检测到出现保护玩家的异常行为……正在检测数据汇总上报……

　　系统提示：玩家白柳副身份线（已死亡怪物化）出现违背《怪物书》准则行为……启动怪物强制精神值校准程序——该怪物的身份线精神值为0，已彻底怪物化，无须校准。

　　系统警告：出现无法解释的怪物行为，该怪物精神值归零，但仍然保持理智可以做出一些合理行为，攻击防守数据未知，因精神值归零，该怪物极有可能出现战斗力狂化攀升！

　　系统警告：请玩家们谨慎游戏，远离该异常怪物，尽快通关！之后系统会强行重置游戏，消除异常数据！

　　小白六的行动速度极快，和开了牧四诚技能的白柳几乎不相上下，他们在甬道里飞速前进跳跃着，在几个呼吸之间就到了正在逃跑的苗飞齿和苗高僵背后，小白六赤脚踩在墙壁上几个纵跳，旋身甩手，干脆利落地出鞭。

　　在听到声音回过头来的苗飞齿的眼珠子的倒影中，能看到一个诡异的、面色苍白的怪物小孩拿着白柳那根除了判定一无是处的鞭子，对准他凌空劈下。

　　如果是平时苗飞齿也就不甚在意地接了，因为他是用过白柳这根鱼骨鞭子的，这鞭子很奇怪，只有判定没有伤害，接了他最多踉跄一下。

　　但在白六的鞭子要落到他身上的一瞬间，不知道是苗飞齿已经接近"死亡预知"的生命值让他提高了警惕心，还是多次游戏给苗飞齿留下的，无数次让他死里逃生的第六感警告——

　　苗飞齿无比清晰地感知到，如果他接了白六这一鞭子，他有可能会死。

　　苗飞齿闪身躲开这一鞭子，鱼骨的骨节就像是车轮擦着苗飞齿的脸滚着落下，两端的骨刺在苗飞齿的脸上轻微地擦出了一道血痕。

　　鱼骨以一种不可阻挡的气势砸在地上，瓦砾顺着鞭子砸下的轨迹四处飞溅，地道昏天黑地摇晃了两秒，在畸形小孩们越发尖厉的哭吼声中，小白六脸上没有任何情绪地把在地上砸出一条长长坑痕的鱼骨鞭拖了回来。

　　苗飞齿后知后觉地抬手摸了一下自己脸上的伤，神色有些发怔地摸到了血从伤口里流出来，那是死神擦肩而过在他脸上留下的吻痕。

　　这根鱼骨鞭到了小白六手里，就变成了完全不一样的东西，像是被开过刃的绝世妖刀在最适合拥有它的人手中，小白六一手执鞭抬起眼看向苗飞齿的时候，苗飞齿控制不住地想起了另外一个用鞭子也会给他如此浓重压迫感的玩家。

黑桃，蜥蜴骨鞭。

苗飞齿的食腐僵尸和黑桃的杀手序列团队打过一次团战，那是他们最好的成绩——黑桃一挑五，一分钟内结束了比赛，苗飞齿被免死金牌保护着登出赛场的时候，人都是蒙的，他甚至还没来得及掏出双刀。

当比赛结束的时候，黑桃握着还在滴血的鞭子，踩在苗飞齿头上的时候也是用这种眼神居高临下看着他——就像是看没有意义的数据，踩死也不需要多给眼神的蝼蚁，不值得他多留意的平凡东西。

"爹！"苗飞齿回头一边狂跑一边吼，"开防御跑！别回头！往外面跑！一定要躲开鞭子！那根鞭子的伤害特别高！"

苗飞齿开了全速在疯跑，苗高僵咬牙开了防御，小白六不为所动地收鞭回来，然后又一次甩动整个上臂挥出鞭子。

鞭子在急速运动之间带着闪闪的白光，宛如闪电般的圆弧地动山摇地劈在了地道里，苗飞齿直接被鞭子砸碎摔飞的石头给埋了进去，而苗高僵则是被小白六瞄准了，虽然在最后一刻勉强打滚躲过了，但也被鞭尾砸到了脚踝。

  系统警告：玩家苗高僵生命值下降7，剩余生命值16，请玩家尽快离开危险场景！

  系统警告：玩家苗飞齿生命值下降1，剩余生命值9，请玩家尽快离开危险场景！

另一个出口的曙光照在因为被砸伤了的脚踝，走路摇摇晃晃，一瘸一拐的苗高僵的脸上，他一只手拖着生死未知昏迷过去的小苗高僵，脚踝正在渗血，每一步走动都会留下一个血脚印。小白六脸上没有丝毫同情或者怜悯，眼看着又要抽出鞭子甩过去，盯着的还是苗高僵。

白六做事情目的很明确——他用鞭子准头一般，苗飞齿移动速度很快他不容易打到，那么干脆就先针对行动相对更迟缓的苗高僵。

先弄死一个是一个，给白柳他们降低负担。

苗飞齿抽出双刀呛咳着把自己刨出来，还没站稳就看到了白六又要对准苗高僵甩鞭子，苗飞齿咬牙甩出双刀。那弯成了上弦月的刀在空中变成了两柄回旋镖，直直冲着白六而去，看起来似乎想要靠这刀打断白六的出鞭过程。

  系统提示：玩家苗飞齿使用远程攻击个人技能"锁定回旋刀"。

白六弯腰躲开回旋刀的同时，目光冷然，手上的鞭子依旧要对准苗高僵挥出去，苗飞齿厉声喊道："你回头看看！我要杀的是你背后的投资人！"

回旋刀果真越过白六往身后去了，小白六眼神一凝，毫不犹豫地转身出鞭钩住了一把回旋刀，但另一把还在往白柳那边旋转。

白柳很沉得住气，伸出猴爪准备去抓。

但"盗贼的猴爪"这个技能对上苗飞齿的攻击，判定只有百分之五十了，白柳现在只要被攻击到就会死亡，小白六不能赌这百分之五十。

白六瞬间放弃了继续追杀苗高僵，咬牙飞跑伸手去抓那把往白柳那边飞的刀。在刀尖将要旋到白柳眼前的时候，白柳伸出猴爪握住了刀尖，而刀柄被飞跑过来的小白六死死抓在手里，他的胸膛有些起伏——虽然他已经死亡了，但死亡的时间不久，在情绪波动剧烈的时候，白六仍会下意识模仿生前的动作。

比如现在他如果有心跳，那他的心跳应该就很剧烈。

苗飞齿趁着这点时间，飞快地拖着苗高僵和小苗高僵从教堂那边的出口出去了。小白六"呼吸"有点急促，他握住的苗飞齿的刀渐渐变得透明自己消失了，应该是被苗飞齿召唤了回去——这也是缴械不能没收道具的原因。

个人技能道具和玩家绑定很密切，可以随时召回，也不会轻易掉落，只能通过刘怀那样的临终转交协议转交，所以一般缴械都是砍玩家双手。

小白六回头看了一眼那个洞口，有点微妙地哼了一声："一个都没杀到，亏你还给我开了杀死苗飞齿十万，杀死苗高僵二十万的高价。"

他说完这句话就捂住嘴，皱眉呛咳着靠在了地道的墙壁上往下滑落。

小白六白得就像是瓷器一样的手的指间淌出某种很奇异的，就像是内脏腐烂之后的黑色黏稠液体，里面还夹杂着一些内脏碎块。

白柳蹲下来拍了拍小白六的肩膀："就算最后苗飞齿不偷袭我，你这具身体，或者是尸体也撑不住了。"

白柳用病号服的袖口擦拭白六嘴边不停往外流的，就像是血液的东西，但小白六已经没有血了，已经被抽干了。

白柳用一种好像在叹息又好像在夸奖的语气对蜷缩起来的小白六说："精神值归零异化强制爆发的状态对你的身体消耗太大了，你最后一次挥出鞭子的时候，我感觉你的状态就下滑得很严重了，已经很勉强了，你已经做得很好了，钱我会给你的。"

小白六用黑漆漆的眼珠子看着白柳，嘴里还在渗"血"，说话因为呛咳有点断断续续："……我虽然已经死了，但你给我的钱，我不要冥币！"

白柳："……"

你的关注点都是什么奇奇怪怪的东西。

背后一直跟着的大小木柯扶着意识模糊的刘怀过来了。

小木柯一看到小白六就挤开了白柳这个讨厌的投资人,扑通一声跪在了他面前,眼泪流得比小白六的血还快。他伸出手似乎想摸一下小白六,但在触碰到小白六冰凉身体的一瞬间,小木柯就像是被这冷冰冰的温度灼烧了一般迅速收回了手。

他的眼泪掉得更快了,哭得鼻涕都要流出来了:"呜呜,白六,你怎么样了?"

"喀喀,还好,死得不算痛苦,刘佳仪给了我一个痛快。"小白六神色淡淡地说。

听到刘佳仪的名字,意识迷蒙的刘怀勉强抬了一下头,喃喃了两句"刘佳仪",不过几秒之后眼神又涣散开,失去了焦距,头低了下去。

白六把眼神移了过去:"这是刘佳仪要救的那个哥哥吧?你们已经把人搞成这样了?以她那个报复心,她绝对会弄死你们的。"

"不是我们想把他搞成这样的,这是生命值下降和精神值暴跌之后的后遗症,现在这样都是我们一直喂精神漂白剂保持的一个状态了。"木柯解释道,他有些无奈地苦笑了一下,"我们也没有其他办法了。"

"我觉得不光是我们导致的,"白柳的目光对上了白六,不紧不慢地说,"这不就是刘佳仪想看到的吗?她的哥哥终于如她所愿地为她付出一切,而且比起她先杀死我们来讲,她应该更会想方设法吊住刘怀的命吧?"

白六定定地看向白柳,突然嗤笑一声:"这就是你当初把硬币给我的原因?为了让刘佳仪看到,你把最重要的游戏管理器给了我,让她以为你们真的彻底放弃了投资人那一方的通关方案,然后让她以为她已经得到了自己想要的,也就是刘怀为了她彻底放弃自己的性命那样爱她,从而在逃跑的时候露出马脚?"

白柳从自己的兜里摸出那枚硬币慢慢悠悠地戴上,这是刚刚在小白六追杀苗高僵之前,还给了白柳的东西。

小白六的目光从那枚挂在白柳脖子上的硬币上挪到白柳的脸上,很平静地问:"你见到我之后,有说过一句没有目的性的话吗白柳?"

"你对我很重要,这一句是。"白柳微笑着说。

122

周二,受洗日,唱颂歌的下午,教堂背面的丛林里,白柳和白六正在计划着周三的出逃。

小白六摸着白柳给他的这枚硬币,白柳半蹲着教他怎么使用硬币里的一些功能,然后突然开口:"哦,对了,你还记得我让你保护的那个小女孩刘佳仪吗?"

"她吗？"小白六眉头皱起，"我觉得很奇怪，她对这个很诡异的福利院显得非常适应，并且很快就摸清了很多规则，我觉得她完全不需要我的保护。"

"这样吗？"白柳若有所思，"这个小女孩的生命值只有50，我之前对于这点有两个猜测。"

白六看他："什么猜测？"

"第一，这女孩中毒了。这点是很有可能的，我目前得到的信息已经可以验证这点了，但这点会有一个很奇怪的地方，"白柳说，"这种猜测无法解释为什么刘怀会和她绑定，也无法解释为什么刘怀的生命值要被削弱百分之五十。"

白柳一边说一边调试硬币操作面板给小白六看："但她这种被强制削弱的情况，我后来想了想，其实有点熟悉，我之前也遇到过两次，但一般是因为玩家某种属性超出了游戏的平衡性范围，所以系统会为了调控游戏各方面的属性，而强制性地削弱玩家。"

小白六很快就明白了白柳的话的意思："你是说刘佳仪的某种属性强到系统必须削弱她的生命值？"

"不仅是削弱，还要绑定刘怀来限制她通关。"白柳一边给小白六调出商店面板一边说，"我第一次玩游戏在游戏快结束的时候被系统强制削弱，但那个时候是因为我展示的破坏游戏平衡性的技巧，已经超出常规游戏线路了。"

"但刘佳仪是一进游戏就被削弱加限制了，这可不像是一个第一次玩游戏的新人会出现的情况。"

小白六虽然一场游戏都没有玩过，但他跟上白柳思路的速度总是异常地快："你的意思是，刘佳仪很有可能是一个老玩家？"

白柳摸摸下巴："这是我的第二个猜测。从这个游戏你什么属性强就从什么地方削弱你的处理方法来看——比如在我第二场游戏中，有一个玩家的幸运值强到影响游戏性了，也被削减了幸运值——这个刘佳仪很有可能是在生命值上有什么特殊个人技能，比如恢复生命值之类的。"

小白六皱眉："但你不是说这个技能很少有人有吗？"

"是的，所以这进一步缩小了我的怀疑范围。"白柳若有所思，"根据目前我知道的情况，我觉得刘佳仪有可能是一个叫作'小女巫'的玩家，但据我所知，这个玩家不仅仅是有恢复技能，还有很强的攻击技能。"

小白六评价："听起来是一个很棘手的玩家。"

"但我想要她的灵魂。"白柳低头直视小白六，语出惊人，"我需要她这种类型的玩家。"

"比较麻烦的是她已经知道我可以靠着操纵人的灵魂来操纵玩家，不会轻易地同意和我交易，只能从其他地方入手，用刘怀来限制她，并且她现在都在对刘怀隐瞒自己的身份，这都证明刘怀对她来说很重要。"

白柳摸着自己的手指思索着："我们可以先从刘怀这个角度入手来试探她，看她到底想要什么。"

"综合各种信息，从利益最大化的角度，我做了一个计划。"白柳点了一下小白六心口的硬币，"你带着小木柯和刘佳仪跑出去，但她估计不会让你成功，你们逃跑中途多半会出各种状况。"

"但没关系，我给你做了容错方案，我会在私人医院那边弄出一场突袭，延迟你被送到医院的时间，也就是说你还可以有一次往外跑的机会。"

"然后计划进行到现在这个地方，就会出现两种走向。"白柳抬眼看向小白六，"第一种就是我在明天的突袭中死掉了。"

"如果是这一种情况，你第二天就不用管刘佳仪直接往外跑，只需要带上小木柯就行，我们放弃收购刘佳仪的灵魂，一切以通关跑出去为重要前提来执行计划。医院那边有车，你可以过去偷一辆车用'乘客的祝福'这个道具带着小木柯往外跑，这样可以避开大部分的怪物。"

小白六眼珠子动也不动地看着白柳："如果医院那边的那些投资人玩家来抓我怎么办？"

"我会让人把我的尸体扔在其他怪物病人病房里，然后我会被这些怪物吸血，用毒雾攻击，直到我的精神值彻底清零，尸体异化成和那些怪物一样的病人怪物。这样我就可以变成更有攻击力的怪物，在你们出逃的时候，我会尽量保持清醒在医院拖延要追击你的玩家来争取时间，从而保护你。"白柳平淡地说。

小白六静了两秒，然后十分不解地开口："为了救我，会被异化成怪物一辈子留在你所谓的这个游戏副本里你也不在乎吗？为什么要为了我做到这个地步？"

"因为我希望你为了我也可以做到这个地步啊，小白六。"白柳很轻地开口，前倾身体直视着小白六因为困惑有些迷茫的黑色眼睛，"如果我没有死在这场突袭里，我就希望你为了我死后变成怪物——我们就会进入另一种走向的计划里。"

"我会完全控制住刘怀，然后我需要你去找刘佳仪降低她对我的戒心，让她相信你和你的投资人，也就是我是真的很想救她，这样我会更容易地取得她的信任，从而取得她的灵魂。"白柳垂眸看向小白六，他的声音越发地轻，轻到就像是一块盖在人脸上的丝质白布，在小白六仰望着他的时候缓慢地飘下来，"你知道该怎么做吗？"

小白六直勾勾地看着白柳。

白柳说："让她亲手杀了你，然后让木柯把你的尸体扔在可以异化的地方，变成怪物来帮我。"

小白六的呼吸顿了两秒，然后面无表情地讽刺出口："我亲爱的投资人先生,你可能是异想天开了,不是每个人都像你这样,喜欢为别人无私奉献,我不会为了你做这么愚蠢的事情的。"

白柳笑眯眯地摸了摸白六的脸,被白六冷漠地别过头去躲开也不甚在意地继续说:"我很了解你白六,或许比你自己都还了解你,你的确不会为了别人做出这么蠢的事情——"

白柳的目光下滑落在白六胸前的那枚硬币上,双手撑在小白六瘦弱的肩膀上,缓慢俯身把额头抵在这枚硬币上,闭上眼睛抵着小白六的心口,语调虔诚又认真:"但是你为了自己,会做出这样的事情的。"

就像是我愿意为了你死一样,你在知道我就是你之后,你也一定愿意为了我死。

"硬币很重要,你可以好好探索。"白柳勾起嘴角,"注意系统提示时玩家名字和里面的一些小东西,你会得到一个惊喜的,比如你一直想知道的,我究竟是谁?"

握住硬币的小白六眉头缓慢拧紧。

…………

嘴角染"血"的小白六面色平静地看向白柳:"现在完全按照你的计划和预期进行了,刘佳仪虽然觉得你是个很有心机城府的坏男人,但她应该相信了你至少是真的想救她的,你放弃自身保护木柯和我甚至苗飞齿他们的行为,让刘佳仪觉得你对小孩这个群体有某种特殊的怜悯,但很可惜不是。"

"你就是一个彻头彻尾的骗子混球。"小白六不带任何情绪地评价,"她对你的第一认知是完全正确的。"

白柳耸肩,毫不在意地接受了白六对他的评价:"怎么样,你还行吗?等下能跟着我们走吗?"

小白六呛咳一声,低着头擦了擦嘴角,眉头微蹙:"我们白天是无法离开这个地道的,就算在夜晚活动的场所也很有限。

"这个地道在这些畸形小孩怪物全部回巢之后就会关闭,要等到晚上九点过后才会打开,你们最好快点离开这里,而且我不建议你们带着我一起行动。"

小白六缓慢地抬起头来,因为死亡他的瞳孔已经扩散,看着有种无动于衷的平静:"刚刚已经是我能发挥出来的最大价值了,我的内脏在这种极度消耗身体的异化状态下开始液化了,等到晚上我或许就会变成一具真的尸体,或者腐烂成这个地道里用来培育这些蘑菇的一摊烂泥。"

他说着,脸上和手上都已经出现了明显的尸斑,还在以一种肉眼可见的速度飞快蔓延——小白六正在以一种不正常的速度腐败着。

小木柯听到白六这样说,没忍住又哭了一声,而木柯也眼眶泛红地别过了眼，不忍心看狼狈的小白六。

而白柳就像是已经死去的小白六一样，和这具十四岁的、来源于自己的尸体保持着高度一致，有一种近乎无表情的平淡冷静。

听完小白六说的话之后，白柳只是思索着微微点头，说："那好吧，你跟我们走的确没用了，那你就留在这里腐烂吧。"

小木柯眼中含泪，听到这话猛地偏头看向白柳，语气和表情都非常扭曲，用一种不可思议的口吻质问白柳："你就让他留在这里腐烂？！你是畜生吗？！"

小白六被小木柯这个完全发自内心的质问逗得哼笑了一声，嘴角流下带有腥气的液体，勉力抬起渐渐变得沉重的眼皮，散散漫漫地勾唇笑着："投资人先生，作为我个人而言，我很喜欢你这副畜生的样子，这是符合我预期的成长方式，请一定保持。"

"我只是在这个游戏里像畜生。"白柳也勾起嘴角，他和小白六一起懒懒地笑起来，"在不玩游戏的时候，我都是个很遵纪守法的普通下岗职工。"

小白六瞥他一眼："让人恶心的伪装。"

白柳忽然倾身向前抱住了小白六，下颌抵在小白六的额头上，嘴唇贴在小白六凌乱的、沾满了血污和泥土的发丝上，用一种说悄悄话的姿态耳语："你的尸体会腐烂在这里。

"但就算你变成了尸体，变成了怪物，变成了一摊烂泥，你也永远不会被这个恶心的福利院、被这个恶心的游戏困住。"

小白六后仰着头，望着抱住他的白柳的眼睛，白柳脸上是那种浅淡又虚伪的笑意，漆黑得没有涟漪的眼睛里倒映着渐渐虚弱下去的小白六。

他垂下眼皮在白六的额头上落下一个仿佛在为他祷告般的吻："因为我会带走你的灵魂，小朋友。"

小白六有些恍然地闭上了眼睛。

小木柯一边出地道一边回头看地道里的小白六，眼睛哭得红得不行，开口的声音还泛着泣音："我们真的要把小白六留在那里吗？"

白柳一边往外拖拽刘怀一边随口回答小木柯："他出不来，而且地道也要关了。"

等到白柳把所有人都弄出来之后，他一回头就看到小木柯像是下一秒就要蹿到他头顶给他两爪子的猫一样，用一种充满敌意的眼神死死地盯着他："你本来可以救他的。"

"但他同意为我而死了。"白柳假笑一下，他耸肩，轻飘飘一句话就把想要打他的小木柯定在原地，"你要攻击小白六好不容易保下来的投资人吗？"

小木柯被白柳这句话一剑穿心，狠狠地瞪了白柳两眼，最终不得不哽咽地妥协。

　　现在他们所在的地方是雕像的下面，白柳看向被他们运送过来奄奄一息的刘怀，又看了一眼自己灵魂钱包里多出来的刘怀的灵魂纸币。

　　这是刚刚白柳在拿到硬币之后，刘怀在地道里和他交易的。

　　刘怀此人虽然不太清醒，但好在还记得自己和白柳约定过什么，所以白柳和刘怀的灵魂交易很顺利地就完成了。

　　白柳还能感受到，刘怀愿意把灵魂给他，不光是因为他们之前约好了，更多的是因为刘怀在知道关于刘佳仪的真相之后，这个一直求生欲很强的大学生，居然存了死志。

　　白柳低头看了眼刘怀死气沉沉毫无光泽的眼睛——这人跟着他们过来的一路上，都没有怎么说过话。

　　刘怀之前之所以那么害怕自己死在游戏里，是因为知道游戏会回收人的灵魂。那听起来的确是一件很恐怖的事情，因为不知道游戏会拿他的灵魂做什么，死后也完全无法解脱的确比死亡本身更让人畏惧。

　　所以刘怀希望把自己的灵魂卖给白柳——这是一种保护性的寄存和解脱，至少让他死得安心。

　　但刘怀就算真的想死，也不能现在死。

　　白柳看向小木柯："你知道刘佳仪在什么地方吗？"

　　小木柯："在福利院后方那栋楼一楼的手工教室里，倒数第二间。"

　　白柳搀扶好刘怀。

　　刘怀没有了双臂之后行动都有些失去了平衡，他的头倒向了白柳的肩窝，无力地半闭着眼睛，呼吸很急促。白柳侧过头拍了一下刘怀的肩膀，刘怀慢慢地抬起了头，有些迷茫地望向四周，反应不过来："……我们到福利院了吗？"

　　白柳则是淡淡地看向他："到了，清醒一点，刘怀，去见你的妹妹了，马上你就会好受一点了。"

　　"见到她我就会好受了吗？"刘怀似乎终于清醒了一点，他虚弱地摇了摇头，惨然地笑了笑，"不会的，我见到她只会越来越痛苦，我已经彻底失去保护她的能力和欲望了，我保护不了她，我不是一个称职的哥哥。"

　　"失去欲望的玩家是无法在这个游戏里生存的。"

　　木柯有点着急地看着渐渐失去生气的刘怀，因为感受过刘怀那种强烈的求生欲望，所以就算是他能从刘怀的死亡中得到一个技能，他对刘怀现在这个样子也分外不忍，忍不住出口鼓励他："你不要这么早放弃啊！我们会尽力想办法让你活下去的！而且你妹妹不是治愈类型的玩家吗！她一定可以救你的！"

刘怀低头，看向别在自己腰上的匕首，匕首正因为他欲望的消减在缓慢地变得半透明。他突兀地笑了一声，眼泪突然掉下来，声音很低地说：

"我……其实一直都很努力，很拼命地活着，这个世界上很多对于你们来说很简单、很轻而易举的事情，吃一顿炸鸡，上一所好大学，拥有一个正常的、可以畅享的未来，对于我和佳仪来说，都是需要豁出命去才能得到的事情，我们唯一可以彼此畅享的关于未来的，最光明的事情，就是对方的存在。"

"但是这个唯一的存在，现在都失去了意义，活着就变得……太累了。"刘怀的眼泪顺着鼻梁和他紧咬的牙关往下流淌，他看着白柳，哭得难看极了，"白柳，你要是佳仪的哥哥就好了，你很容易就弄懂她在想什么，明白怎样更好地保护她权衡她的怨恨和怀疑，但我不行……我太懦弱了，我永远保护不了她什么……"

刘怀声音很轻地说："你答应过我的，白柳，如果我死了，你一定会带给她光明的未来，不要让她的灵魂为黑暗所侵蚀，不要让她的灵魂被这个游戏所带走，就算死亡也不要。"

白柳看向一脸泪痕的刘怀："嗯。"

说完白柳耸了一下肩膀，更好地搀扶住了靠在他肩膀上的刘怀，目光向前，沉静平和："但那是你死之后的事情，现在，刘怀，你可是把灵魂卖给我了啊，至少先做出一点符合被我购买的灵魂的价值的事来再去死吧。"

"我买你可是花了整整一积分。"白柳淡淡地说。

刘怀的头因为疲惫又低了下去，听到白柳的话，他没忍住被逗得呛笑了一声。

刘怀的目光又从虚无变得凝实，腰上的匕首从半透明又缓慢恢复实体，他呼出一口气："好的，我一定让你这个买家的一积分花得值得。"

福利院后排楼房，一楼，倒数第二间手工教室。

小苗高僵瑟瑟发抖地在前面走着。

苗飞齿和苗高僵跟着在后面走，但脸色都极为不好看，苗高僵的脚踝还在流血，这让他行动缓慢，还留下了痕迹，但他们实在是不敢停下来，那个怪物小孩的攻击力实在是太强了。

苗飞齿喘着气，他无法想象自己在和一个只参加了两场游戏的新人的对决中被追得连停下来绑一个绷带的机会都没有，甚至差点全灭。

之前苗高僵评价白柳，觉得他比那些联赛玩家还可怕，苗飞齿还觉得苗高僵说得过了，但现在想想白柳这家伙在昏暗的地道里那张染血带着微笑的脸，苗飞齿只有一种死里逃生心有余悸的恐慌。

地道里那个追击他们的怪物小孩分明就是白柳这家伙的儿童，虽然不知道白柳用了什么技能操控了自己变成了怪物的儿童，但在自己儿童已经死亡的前提下，这家伙明明只有一条投资人的通关路径可选。

在生命值只有一丁点，还被他砍断了一只手的情况下，白柳只要自己死了就玩完了，居然还敢一个人追击他们，并且还差一丁点就成功歼灭了他们这支在联赛中都很有名气的双人队伍！

如果他能活着离开这场游戏，苗飞齿再也不想和这个疯子遇到了！

想到这里，苗飞齿看向了走在前面的小苗高僵，因为恐惧他神色变得有些不耐烦："你说小苗飞齿那个小崽子，到底在什么地方？！和那个小瞎子在一间手工教室对吗？"

小苗高僵低着头，嗫嗫嚅嚅地点头，手却越握越紧，脸上隐隐有冷汗滑落。

他知道刘佳仪有问题，那个很聪明的瞎子小女孩应该是杀了苗飞齿和小白六的人，她的能力甚至会让那些投资人忌惮。

但是他没有告诉这两个逼迫他前来的投资人刘佳仪有问题，因为这是他唯一可以钻的空子，可以逃走的机会——只要刘佳仪对上这两个投资人，他就能找机会逃走了！

他不想被这些奇怪的投资人抽血而死！

小苗高僵战战兢兢地停在了厕所对面的一间手工教室门前："昨晚苗飞齿和刘佳仪就睡在这里。"

门被苗飞齿一脚踹开，里面除了扑面而来的灰尘和血腥气，什么都没有。苗飞齿走进去转了一圈，突然停在一个全是碎布料，五彩斑斓的箱子面前——血腥气就是从这个箱子里传出来的，碎布料的正上方放着两个布娃娃，一个是四肢和头都被扯断的，看着很像是白柳的娃娃，还有一个是全身上下扎满了针头，表情狰狞恐惧正在流泪的，很像是小苗飞齿的娃娃。

有一种奇异的，背后发凉的预感让苗飞齿缓缓拂开那些柔软零碎的毛绒布料，布料下面缓缓地露出小苗飞齿被扎满了密密麻麻的针的，惊恐无比的脸。

他死了不知道多久了，皮肤已经开始浮肿，脸上也开始长出蘑菇一样的尸斑，身体被扭成一个很扭曲的形状塞进了这个布箱子里，就像是柔软的布娃娃一样，嘴里还塞满了布料。

苗飞齿僵在布箱子面前，苗高僵走上去看，也静止不动了。

隔了一会儿这两个人才脸色难看地对视了一眼，苗飞齿先咬牙切齿地开了口："谁把这个小崽子的血给抽走了？！"

苗飞齿烦躁地挥挥手："爹，你先把你儿童的血给抽了，回医院先养你的血灵芝，能先通关一个是一个。"

他们过来的时候就带了抽血的器械。因为苗高僵攻击了护士NPC，不知道医院那边有没有影响——比如不再帮助他们、给他们抽血之类的,所以苗飞齿他们下地道之前,还顺手从重症监护室里搞了点抽血的注射器、输液管之类的。

眼看自己就要被投资人抽血了,小苗高僵终于慌了。他往后退了两步想跑,没想到教室门已经被反锁了,看着苗飞齿他们拿着注射器向自己靠近,小苗高僵一步一步后退,终于在后背抵上墙的一瞬间崩溃地大吼道:"我知道是谁抽了苗飞齿的血!是刘佳仪!"

苗高僵和苗飞齿对视一眼:"刘佳仪?她抽其他儿童的血干什么?"

小苗高僵背部贴着墙,吞咽了一口口水:"她应该是想救她哥哥,她在等着她哥哥过来接她抽她的血,并且为了防止血不够,她好像还抽了苗飞齿的血,白六也是她杀的。"

脱离了医院那个容易让他精神值受影响的地方,苗高僵此刻稍微头脑清醒一点了,他听了小苗高僵的话眯眼自言自语:"为了防止血不够多抽别人的血?刘佳仪一个小孩,怎么会知道一个人的血不够?这听起来是很熟悉二级游戏规则的老玩家才会做的事情了。"

"但刘怀不是说,刘佳仪是第一次参加游戏吗?"苗飞齿不擅长思考这些弯弯绕绕的问题,有点头疼地反问了一句,"就算是现在刘怀和白柳合作了,但刘怀那个时候也不像是在说谎。"

"这倒是没错。"苗高僵沉思片刻,他的眼神落在那个造型有点奇特的丑陋布娃娃上,"而且要是这个刘佳仪是他们的人,就不会杀白六的儿童了。我对这个杀人的做法有点眼熟,但一时之间有点想不起在什么地方见过了……"

如果是联赛里的玩家,苗高僵都会反复观看对方的小电视视频,这种有点特别的娃娃攻击技能杀人方式,苗高僵只要看过就肯定不会忘,但苗高僵对联赛里的玩家并没有这样的印象,这说明这个刘佳仪就不是联赛里的。

但如果完全没有什么亮眼的地方,苗高僵也不会多花精力去看对方的小电视,也不会留下记忆,他留意过的玩家里,根本没有这眼睛瞎了的……

就这种隐隐约约的感觉,他好像见过这个娃娃,但这个娃娃似乎不是什么关键性的道具,加上他现在脑力状态很差,所以苗高僵死活想不起来。

苗高僵皱着眉还在想,但苗飞齿已经打断了苗高僵的钻牛角尖:"是老玩家就是老玩家吧,我对这种玩娃娃的小女孩玩家没印象,应该不是什么厉害玩家,现在关键的点是这小瞎子带着我儿童的血跑什么地方去了?

"我们要找到这个小瞎子把血抢回来,还要抽她的血,我们通关才有保底!"

说着,苗飞齿的目光又落回了小苗高僵的身上,他面色阴森地把手中的双刀往前送了一点,抵在这个小孩的脖子上:"说!刘佳仪躲到这个福利院的什么地方去了?!"

"我，我不知道啊！"小苗高僵崩溃地哭喊着，"她虽然看不见，但我们逃跑的路线和老师的行动规律都是她摸清的，她对这个福利院特别熟悉，比我们要熟悉得多，而且之前我们逃跑的时候抢的钥匙也在她的身上，所以什么房间教室她都可以进去，她要是想躲，整个福利院所有的房间她都能躲！"

"你们要找她，只能去联系老师，一间一间地开门去找。"

苗飞齿崩溃："这得找到什么时候！"

苗高僵的脸色也非常阴沉："没办法了，你的血又在这个瞎子身上，小木柯在他们手里，他们手中有那个怪物小孩，我们轻易抢不过他们。我们的血完全不够，只能挨个房间找了。先去找福利院的老师吧，说明我们的投资人身份，她们应该是要配合我们找这个小瞎子的。"

这对父子并不知道上午九点之后那条连接福利院和医院的通道会关闭，小白六那让人惊骇的战斗力让挨了一鞭子的苗高僵越发警惕。

苗高僵昨晚在爆炸中用掉了自己的S-爆发防御技能，体力被耗空，在今晚体力恢复之前，他的防御力已经没有办法升上一万了，对上拥有高攻击力的对手，苗高僵会更加谨慎小心。

哪怕是猜到这条通道可能会关闭，但谁知道里面的怪物白天能不能出来呢？

毕竟教堂那个地方明显是个儿童庇护区，不知道对那些死掉的畸形小孩怪物会不会有同样的庇护效果，所以苗高僵不会轻易地转头和白柳他们对上，苗飞齿也很明显对小白六那个小怪物心有余悸，不会轻易回头。

那么他们的通关路径就只有找到携带苗飞齿血液的刘佳仪这一条。

明明是各方面权衡之下都很稳妥的通关方案，但是为什么……苗高僵始终觉得哪里不对。

苗高僵觉得自己好像漏掉了什么很重要的细节，但他脑子现在实在是不够清醒了。

那种隔着一层雾蒙蒙的塑料布去窥探真相的感觉，只需要一根针刺破这层塑料布，他就能看到让他紧绷的东西。但他的脑子里长不出那根刺破一切迷障的针了，那根针被他的恐惧攥住了。

白柳他们跟在苗高僵的后面来到了这间手工教室，开门之后白柳就像苗飞齿一样进去查看了一圈。他鼻子嗅闻了一下，很快就从布料箱子里刨出了小苗飞齿已经僵硬的尸体。

小木柯忍着没有叫出声，大木柯的脸色也不太好看，只有白柳若有所思地蹲下来看小苗飞齿那张扎满针头的脸，然后抬眸看向被木柯搀扶的刘怀："从这个杀人方式看，刘怀，你的妹妹，记仇心略强啊。"

刘怀苦笑着摇了摇头。

小苗飞齿要伤害她，她就要抽干小苗飞齿的血。

也亏得小苗飞齿横插了那么一脚，不然从刘佳仪原本的打算来看，她想抽的应该是小白六的血。不过这位小女巫最终还是放了小白六一马，原本以这位小女巫赶尽杀绝的残忍作风，直接抽干小白六的血断掉白柳所有生路比较现实。

但她最后还是没有这样做。

刘佳仪让小白六带着自己的血离开了手工教室，算是给白柳留了最后一线生机。当然，也有可能是小木柯在外面死敲门，如果引来老师，刘佳仪就没有后续抽血离开教室的时间，所以她不得不放走了小白六。

人的思维都是复杂的，尤其是一个聪慧又过度早熟的小女孩，白柳从不会小觑孩子的游戏能力，他无法完全确定刘佳仪走每一步时的心理动机，他唯一能确定的就是刘怀对刘佳仪很重要。

白柳站起来环视了一圈："刘佳仪不在教室这里，木柯小朋友，你知道刘佳仪有可能藏在什么地方吗？"

小木柯沉思着缓慢地摇了摇头："她能藏的地方太多了，找她很困难。"

而且现在在找刘佳仪的还有苗高僵他们，如果在路上遇到了，对方发现他们已经失去了小白六的帮助，谁死谁活就不一定了。

综合信息分析，白柳不觉得在福利院里大剌剌地找刘佳仪是一个很好的决定，他的目光落到了虚弱的刘怀身上——

他们根本不需要去找刘佳仪，只要刘怀在他们这里，刘佳仪一定会自己找上门来。

"回教堂，那里是儿童安全区，而且苗高僵和苗飞齿应该不会想回到雕像通道出口那边，那边是怪物小孩的通道出口，对我们也相对安全。"白柳目光镇定地做了决策，"我们回去等着刘佳仪来找我们。"

暮色四合，夜色宛如不祥的黑雾，从地平线的边沿蔓延进入福利院。

已经晚上八点半了，距离苗飞齿他们从通道口出来，已经过了整整十个小时，除了因为苗高僵体力还没恢复，中午休息了一个半小时恢复体力，他们都在老师的带领下，在福利院里一间一间飞速地找刘佳仪。

但找到了现在，他们还是没有找到这个小崽子！

这个小崽子就像是会魔法，彻底消失在了福利院里面，哪里都没有她的踪迹。

123

　　每间教室、睡房、每层楼男女厕所的隔间，什么地方都找遍了，就差没掘地三尺了，一个能蹦会跳眼睛又瞎了的孩子，苗飞齿他们愣是一根头发都没见着，不知道藏什么地方去了！

　　苗飞齿靠在墙上喘气，抬手擦了一下自己额头上的汗，骂了一句："这小瞎子到底藏什么地方了？！老子的侦察道具都用光了，一点痕迹都没有，如果不是知道这小瞎子铁定跑不出这所福利院，我都要怀疑她是不是已经跑出去了！"

　　刘佳仪跑出福利院就通关了，系统会发出通关提醒，但现在苗飞齿他们没有收到任何玩家的通关提醒，这说明刘佳仪还在福利院内。

　　"只剩教堂没找了。"苗高僵也喘着气，因为没办法喝体力恢复剂，面上带出了明显的疲累，"但我们一直在去教堂的路周围晃荡，她要是过去了，我们不可能看不见。"

　　"白柳在教堂守着那边，刘佳仪杀死了白柳的儿童，"苗飞齿说，"她疯了才会去白柳那边送人头。"

　　但刘佳仪不得不去教堂，因为等周四零点一过，刘怀就会进入得病的状态，他的生命值就会开始下降，而刘怀只有两点的生命值了，如果他等不到刘佳仪及时给他治疗，他今晚必死无疑。

　　但苗家父子并不知道刘怀跟着白柳一起过来了，毕竟刘怀的双手已经被苗飞齿砍没了，白柳没理由带刘怀这种累赘。

　　在午夜到来之前，比刘怀先死的，会是生命值 0.5 的白柳。

　　所以苗高僵他们也在等，也在耗时等一个收割白柳性命的午夜到来。

　　"和你说了不要着急，不用去管白柳。"苗高僵有些疲倦地看向苗飞齿，"等周四一到，我们的生命值和抵抗力更高，耗都能耗死白柳他们。"

　　苗高僵正要对苗飞齿说教两句，但对上苗飞齿的脸的一瞬间，苗高僵的瞳孔一缩，要拍苗飞齿的肩膀的手停滞在了半空。

　　苗飞齿转头过来，他原本俊美的脸不见了，他的面孔上长着一张衰老的、病重的、没有血色的女人的脸，这个女人诡异地笑着，张开嘴巴对他说话，嘴角滴着还在沸腾冒烟冒泡的开水。

　　　　系统提示：玩家苗高僵的精神值不稳定，发生震荡式下降！请迅速恢复精神值！

苗高僵呼吸声急促起来，他抖着手低头快速喝下一口精神漂白剂，告诉自己这一切都是幻觉，是他自己精神值强制下降的后遗症导致的。

而站在旁边的苗飞齿有点奇怪地看了苗高僵一眼："爹，你怎么了？从刚刚开始就一直很奇怪，我问你话呢，你一惊一乍地干什么呢？"

苗高僵勉强镇定下来，挤出一个笑看向苗飞齿："……你刚刚问我什么？"

"哦，也没什么。"苗飞齿浑不在意地挥手，"我就是不懂刘怀和刘佳仪为了对方要死要活的，这太蠢了，我在想他们是不是有什么别的目的。"

"……他们不是兄妹吗？再怎么坏也有血缘亲情在吧。"苗高僵喃喃地说道。

"亲情？我反正做不出这么蠢的事情。"苗飞齿嗤笑一声，很不屑地说，"我要是刘佳仪，我肯定会不管刘怀死活，自己逃出去。"

苗高僵的呼吸再次急促起来，他双目有些发红，低头猛吸了一口精神漂白剂："……我们继续找刘佳仪。"

教堂，晚上八点四十七分。

靠在墙上休息的刘怀看了一眼时间，目光有些藏不住的忧虑："……佳仪不会被他们找到吧？"

"我觉得不太可能。"小木柯摇摇头，"刘佳仪对这个福利院太熟悉了，甚至比老师还熟悉，她成心想躲不会那么容易被人找到。"他抿了抿嘴，垂下发颤的眼睫毛小声嘀咕，"……这小孩可是能连着干掉白六和苗飞齿两个人一点声都不发的，你们不要太小瞧她了，真遇上了死的还不知道是谁呢。"

刘怀听到这话，脸上焦虑的神色一顿，如潮水般恍然地退去："……也是。"

大名鼎鼎的小女巫，国王公会砸重金请回来的，不至于没有一点保命的手段和道具。

白柳赞同小木柯的看法："等着吧，这福利院对刘佳仪来说应该就像是她的游乐园一样，是她熟悉的地图。她有治疗技能，苗高僵的状态又明显不对，在地道里居然被小白六这个新手抽中了一鞭，我觉得刘佳仪小心一点，不至于那么简单就被人找到。"

木柯急得不行地看向白柳："那我们就什么都不做在这里干等着吗？刘佳仪根本不知道我们在教堂，等到零点一过，你就进入得病状态了！你的生命值会被瞬间清零的！"

刘佳仪一定会治疗刘怀，木柯还有小木柯这个保命符。

其他人都还有通关的希望，只有白柳，顶着个0.5的生命值，已经什么退路都没有了。

如果刘佳仪不在周三的半夜十二点之前治疗白柳，那这个福利院就是白柳的最后一场游戏。

　　白柳的目光悠然地落在教堂里那座雕像上："不还有0.5吗？"

　　木柯一怔。

　　白柳收回自己的目光看向有些愣怔的木柯，不紧不慢地微笑："0.5难道很少吗？0.5很多了，是生和死的差距了。这0.5让我还活着，游戏还没有结束，急什么？"

　　他晃了一下自己的手腕，接着说："我还有个道具可以抗伤害，至少能活到今晚十二点，但我觉得等到九点，刘佳仪会主动打电话找来的。"

　　"但就算这样，刘佳仪也很难主动治疗你吧？"木柯拧眉。他推了一下小木柯，把有点蒙的小木柯推到白柳的面前，直视白柳很郑重地说："等下九点地下通道就会再次开放，你有小白六的电话，你可以带着小白六的血和我的儿童回医院，让小白六护送你们回去，先用他们的血养你的血灵芝，你的生命值太危险了！"

　　刘怀也稍微坐起来了一点，跟着看向白柳："这对你来说的确是一个更保险的办法。"

　　"然后把你们这群毫无攻击力的人留在这里？"白柳的目光从木柯的脸上和刘怀断掉的双臂上扫过，"苗飞齿一个回马枪就能扫掉你们两个。"

　　木柯还想说话，但白柳冷静地打断了木柯的言论："你让小木柯跟我走……我之前那个需要1.6个小孩的血只是一个理论上投资人最小死亡率的推论，是一个投资人的血灵芝至少需要1.6个小孩的血，而不是1.6个小孩的血一定就能救我。

　　"如果这个游戏的死亡率是百分之七十五呢？那小木柯需要放完全部的血给我才能救我，你也让他放吗？"

　　木柯抿着嘴低头没回答——显然木柯已经想到了这种情况，但他想赌一赌，赌小木柯和白柳都能活下来。

　　白柳看到木柯这样，略有点头疼地心想，木柯跟着他别的没学到，先学他赌这一点了。

　　被他推出来的小木柯的脸色已经全白了，双手绞在一起有些发抖地偷瞄白柳。

　　"这个游戏里刘佳仪是关键，所以系统才会想方设法地限制她，她的治愈技能可以让小孩在放血的时候吊住生命值。"白柳平静地分析，"只有她站在我们这一方的时候，我们才有可能全部活着通关。"

　　三楼，福利院院长办公室，窗旁。

　　穿着黑纱的刘佳仪面无表情地"看"着下面找她的苗飞齿和苗高僵。她背后办公室的门涌动着一种奇异的屏障波动感，隐隐约约就像是随时要消失一样。

系统提示：玩家刘佳仪使用特级道具"魔术空间"。

院长办公室这两个人上来过一次，但是没有找到，被刘佳仪的道具挡出去了。

刘佳仪从白六的口中知道院长这个NPC昨夜死掉了，所以院长办公室是一个长期不会有人踏足寻觅的空间，整个福利院不会有比这里更适合藏人的地方了。

她也的确待在这里骗过了这对父子。

"红桃给我的道具果然很好用。"刘佳仪脸上没有什么情绪地自言自语，"不愧是国王公会这种大公会仓库里的顶级货，哥哥为什么一定要跟着牧四诚不愿意加入这个公会呢？我怎么让红桃招揽你，你都不进来……偏偏要跟着牧四诚那种危险的人物。"

"你在他那里，只能当一个帮忙挡刀挡伤害的刺客，你会害死你自己的。"

"佳仪，我有朋友了！

"他叫牧四诚，是我的室友，他知道我算是不太好的成长经历，我全都告诉了他，做朋友要坦诚嘛……但是他不介意我的出身！他是个很好的人！他只是有一些情非得已的小癖好而已，我可以接受的！我们算是可以互相理解吧，哈哈，一起打游戏之类的，很开心！"

"傻哥哥，这个世界上怎么会有好人呢？我们从来没有遇见过好人。"刘佳仪垂着纤长的睫毛，恍然轻声说，"牧四诚不值得你重视他到这个地步的……他为你付出过什么吗？你为什么会因为背叛他而受伤害，而那么痛苦呢？"

明明同样的背叛，你对我做过千万遍了不是吗？

你有因为背叛我感到过痛苦吗，哥哥？

刘怀痛哭流涕的脸浮现在刘佳仪眼前，他抱着刘佳仪哭号到情绪耗尽，无意识地流着眼泪：

"我没有朋友了，佳仪，我为了保护你，做了错事！"

刘佳仪缓慢攥紧了拳头，很快她收敛了自己的情绪，触摸着手腕上的一块拆去了外壳的石英表，手指落在叠在一起的指针上："九点了。"

刘佳仪拿出手机，不经意地用食指绕着挂电话的套绳，她那种带点冷淡的声音瞬间被刷上了一层蜜，变得细嫩柔和："……哥哥，你在吗？我们今天也没能跑出去，你明天能来接我吗？"

124

电话那边传来刘怀竭力隐忍着某种情绪的声音:"……佳仪,我现在就去接你可以吗?我想见你!"

刘佳仪原本淡漠的神色肉眼可见地柔和了下来,声音也雀跃了不少:"但是要明天福利院才会组织配对,才会开门,哥哥你等我到明天好吗?明天我们就见面啦!"

"……有人告诉了我一条可以通往福利院的地道,我顺着这条地道过来了。"刘怀闭了闭眼睛,喉头滚动,控制不住地哽咽了,"……我的生命值只有1了,我可能等不到明天了,佳仪,死前我想见你一面。"

刘佳仪的呼吸停顿了两秒,神色瞬间就像是一寸寸凝固了的冰。

她死死地攥住手机,甚至没有注意到刘怀对她说的话里直接用了"生命值"这样的试探词,而是直接迅速地问道:"怎么会掉到这么低?!你现在在什么地方?!"

刘怀不是该好好在医院待着吗?!就算是放弃了猎杀她的血,和白柳达成合作要保护小孩,以刘怀的个人技能就算是对上怪物和苗飞齿都不该掉到这个程度啊!刘怀的技能打不过完全还可以跑,可以隐藏。

以刘怀的性格,最讨厌被人控制,在她的暗示下刘怀也明白了白柳是靠物品控制人的,还需要对方同意,在白柳技能的多重限制都知晓的情况下,刘怀不应该也不可能被白柳轻易控制,还被利用到只剩1点生命值啊!

昨晚到底发生了什么?!刘怀的生命值为什么会掉到只有1了?!

——一个只有1点生命值的刘怀,这简直像是一个很了解她秉性的对手故意做出来留着钓她的诱饵。

这个想法从刘佳仪的脑中一闪而过,但很快被刘怀虚弱的声音给打断了。

"我在教堂。"

今晚不去给刘怀治疗续命,刘怀必死无疑——刘佳仪迅速地想到了这点。

"好,哥哥你好好待在教堂不要动。"刘佳仪深吸了一口气,焦躁地左右走动着,强行让自己镇定下来,但是握着电话的手抖得厉害,"你等着佳仪过去好吗?佳仪马上就过去了!"

刘怀声音越发地轻:"我真的能等到你吗佳仪?"

刘佳仪眼眶发红,她咬了咬牙:"等得到的,哥哥你相信佳仪,我一定不会让你出事的,我马上到!"

刘怀那边静了很久很久,才用很轻很轻,轻到几乎听不到的声音说了一句:

"我相信你，佳仪。"

刘佳仪呼吸一顿。

等挂了电话，木柯焦急地凑上去问刘怀："怎么样，刘佳仪怀疑你了吗？她会过来吗？"

刘怀缓慢木然地摇了摇头："……她没有怀疑我。"他顿了顿又说，"她好像……慌了。"

"慌了说明她在意你，她应该会来，但也不会全无准备，教堂这个地方对她来说是安全区，定在这里她的警惕心可能会少一点。"白柳摸着下巴若有所思，"但我觉得以刘佳仪的警惕性，就算慌了，等要到地点的时候说不定还会再生变数。"

刘佳仪神色凝重地匆匆走在福利院的夜色里。

她身上那件象征着身份和毒药的黑色女巫袍已经不见了，取而代之的是很寻常的，福利院里儿童人手一件的衣服。

刘佳仪点开自己的系统面板和仓库，系统的画面直接投射在她的大脑意识层面上，可以被她直接"看"到，在清扫完一遍系统仓库和个人面板之后，她细长秀气的眉毛越拧越紧——

系统仓库：玩家刘佳仪，您的可视化功能类别的道具即将清空，您对该道具的需求量较大，属于日用品类道具，请及时补充。

系统提示：玩家刘佳仪，因您的个人技能在《爱心福利院》内较为特殊，进入游戏之后为了游戏平衡性，对您做以下限制——

……您的个人技能"解药"的CD时间从1小时延长至6小时……

……您拥有万能血……

这一长串的限制条例刘佳仪在玩游戏之后经常遇到，因为她的个人技能特殊，总是会被系统以各种方式限制发挥。

系统需要卡淘汰率来区分难度，而如果游戏里恰巧有她这个治疗技能女巫在，淘汰率就非常不好卡，所以系统会想方设法地来卡她这个女巫。

国王公会为了最大限度地发挥刘佳仪的技能，绞尽脑汁想了不少办法，包括给刘佳仪配各种控制系玩家，通过控制玩家多人分担淘汰率的处理方法来减轻对刘佳仪技能的限定。

但效果怎么样还是不好说，因为张傀没练习几次就被淘汰了。

通常来说刘佳仪看到这些限制条例，都是面不改色地掠过，因为她已经习惯了在游戏里被这么卡。

但是这次刘佳仪看这些限制条例就没有那么心平气和了。她的"目光"停在第一条和第三条上几秒，深吸一口气不再看让她火大的系统面板——她因为那个毒蘑菇中毒BUFF，在下午五点三十多分的时候刚好对自己用过一次"解药"，也就是她的治愈技能，而她的技能CD正常是一个小时一次。

但这个游戏因为生命值是核心通关数据，系统把她"解药"的CD时间延长到了六个小时一次。

这代表她下次使用的时间就要半夜十一点半多了，这就很接近周四这个得病日的凌晨了。

刘佳仪心烦意乱又忧心忡忡，行走的速度越发快了。

福利院九点过后就会开始到处游荡追逐她的畸形小孩，这些是冷的东西，刘佳仪目前没有多少可视化道具了，所以她就暂时没有用可视化道具。不过虽然看不见，但她听力非常好，而且她在这个福利院生活过一段时间，对这个地图很熟悉。

这些畸形小孩行动时的声音是很大的，刘佳仪靠着这些声音定位，偏头侧身就能很冷静地躲避过去，完全不是之前被这些畸形小孩撵得很狼狈的样子。

等到离教堂只有一百米的时候，刘佳仪躲进了一个拐角，躲避后面的畸形小孩。

刘佳仪喘息着，靠墙闭着眼睛平复心跳和呼吸，在这短暂的快要到达的休憩时间内，她的大脑又一次开始控制不住地怀疑她得到的，来自刘怀的信息的真实性——

刘怀是真的生命值只有1了吗？他是怎么找到这个连她都不知道的，福利院里的地道的？

刘佳仪有一种很浓重的，被人引诱进陷阱的感觉，这和当年红桃引诱她使用道具进入公会是一样的感觉。

她明知道不对，但陷阱里放的是她的哥哥。

这圈套的设计人很了解她，就算这是一个圈套，她也一定会跳。

但比起这是一个圈套，刘佳仪更不想看到另外一种情况，那就是刘怀并不是这个圈套的诱饵，而是这个圈套的参与者和主导者。

她不想怀疑刘怀，但她控制不住，这种从恶劣的生长环境腐蚀根植到骨血里的怀疑在很多次危急的情况下救了刘佳仪的命，她天然地适合于这个不能互相信任的恶劣游戏。

刘佳仪毋庸置疑是这个世界上最希望刘怀活下去的人，为了这个，她可以不要命地救刘怀，她可以用自己的死来换刘怀的活，但刘怀不能主动来害她。

夜晚的冷风中，刘佳仪深深地呼吸了两次，眉头紧拧着，这种严肃的表情在她稚嫩的脸上有很浓重的违和感。刘佳仪犹豫了很久，最终还是把细瘦的手指伸入了自己的衣服口袋。她拿出了一个泪滴形状的玻璃瓶子，瓶里涌动着透明液体，瓶身上有一行花体字"psyche"。

  系统提示：玩家刘佳仪是否使用道具"普绪克的眼泪"？使用之后该道具会在冥冥之中指引犹豫不决的你要怎么做选择，引导事件走向指引给你的结局。
  道具评级：超凡类道具，拥有媲美神力的命运力量。
  系统检测到玩家刘佳仪已经使用过该道具，继续使用可以加强该道具效果，是否继续使用？

  刘佳仪握住瓶子的手缓慢地收紧。她低头看着瓶里涌动着的那些宛如眼泪的液体，呼吸很急促，脑中回想起刘怀被张傀控制伤害了牧四诚之后，那张失魂落魄满脸泪痕的脸，以及红桃那个女人在把这个道具给她的时候，和她说过的话。
  红桃靠在沙发上，手脚很慵懒地舒展开，看向前来找她的刘佳仪："啊，你说你使用这个道具，这个道具指引你做的事情伤害了刘怀，你怀疑这个道具能不能达到你的目的？小女巫，这可是系统给的超凡道具，是不会出错的，还有，你听过普绪克的故事吗？"
  红桃笑眯眯地托着腮："普绪克，一个很多疑的美貌女人，她非常美丽，美丽到让美与爱的女神维纳斯嫉妒的地步，于是维纳斯因为嫉妒想要折磨普绪克，她让自己的儿子爱神丘比特去让普绪克爱上这个世界上最丑陋的野兽——很可怕的父母对吧？让自己的孩子做这种事情。
  "有这样的父母，让人不得不怀疑这个丘比特是不是也是一个坏家伙——看起来丘比特似乎对维纳斯做这样的坏事熟视无睹，甚至助纣为虐。"
  "但是丘比特好像突然转变了一样，他不愿意这样对无辜的普绪克。"红桃轻声说，"他忽然救下了普绪克，还把普绪克藏了起来，对她很好很好，就是蒙上了普绪克的眼睛，让普绪克在他面前变成了一个瞎子，看不到他是一个什么样子的人。"
  "这让普绪克无比怀疑这个爱她的人到底是一只丑陋的野兽，还是一个来拯救她的神明。她被这种怀疑日夜折磨着，一边不想去拆下蒙住自己眼睛的布，去伤害这个爱她、救她于水深火热当中的丘比特，一边又忍不住在想：万一这是一个野兽装成正常人的样子来骗我的呢？"
  红桃从座椅上走了下来，脸上带着那种浅淡优雅的微笑，伸出手指轻触刘佳仪雾蒙蒙的眼睛："终于，怀疑打败了普绪克，她摘下了蒙住她眼睛的布，看到了丘比特的脸。可惜丘比特也被普绪克的怀疑所伤害了，他飞回了天堂，普绪克日夜被痛苦内疚折磨，流下了眼泪。"

"但你知道这个故事的结局是什么吗？"红桃好像蛊惑般地低语轻笑起来，她把那个装满眼泪的泪滴形玻璃瓶子放入了刘佳仪的手心，"普绪克历经磨难把飞回天堂的丘比特带了回来，他们永远幸福快乐地生活在了一起。"

红桃垂下眼帘，从背后用雪白的双臂环绕着刘佳仪的脖颈，弯腰在刘佳仪的耳边轻声劝说："宝贝，怀疑并不是什么大错，普绪克也和丘比特在一起了，怀疑是揭开对方真面目的良药，这样你们才能毫无芥蒂地永远在一起，不是吗？

"当你的怀疑动摇的时候，你可以饮下眼泪问问通过怀疑获得幸福的普绪克，已经成神的普绪克会告诉你怎么做的。"

刘佳仪最终还是接下了红桃给她的"普绪克的眼泪"这个道具，但她使用得更谨慎了，因为使用这个道具会很明显地伤害刘怀。

虽然这种伤害的结果似乎每次都会拉近她和刘怀之间的距离——这和红桃说的话不谋而合。

但刘佳仪并不想看到刘怀痛苦的样子，刘怀那种心如死灰的样子刘佳仪见过一次，就是刘怀被迫对牧四诚动手的那一次。

刘怀从那个差一点杀死牧四诚的游戏里登出来的时候，那种虚无、好像什么东西都看不到的眼神让刘佳仪感到空茫心悸。

她非常强烈地感觉到，刘怀情感世界里刚刚萌芽的某一部分因为她的怀疑被永久地剥离了。

刘怀再也不会有朋友了，刘佳仪摧毁了他拥有朋友的可能性。

在那之后，刘佳仪就在控制自己使用这个道具的次数，也在控制自己对刘怀的怀疑——她希望自己以后再也不必使用这个道具。

但是这次，这次——刘佳仪紧紧抿着嘴唇，她的脸上出现肉眼可见的挣扎。怀疑和恐惧折磨着她，她就像是蒙上眼罩的普绪克，想要知道在教堂里等她的刘怀到底是拯救她的哥哥，还是披上了人皮要将她撕碎的野兽。

红桃带着笑意的声音似有若无地出现在她耳旁："怀疑就是你的解药，佳仪，喝下它吧。"

她握住泪滴玻璃瓶的双手颤抖着，眼泪在玻璃瓶里冰冷地熨帖着她的掌心，让她有些想要发抖。

刘佳仪没有时间踌躇太久，她深吸一口气，双手合拢包住了掌心里的那个泪滴形状的玻璃瓶子，低下头下颌抵在自己握紧的双手上，轻声说："我要使用道具。"

她瘦弱的背弓起，唇抵在大拇指上，姿势虔诚得就像是一个正在祈求得到眷顾的女孩。

系统提示：玩家刘佳仪确认使用道具"普绪克的眼泪"，道具正在载入……

刘佳仪掌心那个瓶子里的液体开始下降消失，她情不自禁地闭上了眼睛，她的眼角自动地滑落一滴眼泪，那就是普绪克的眼泪。

再睁开眼睛的时候，刘佳仪心中就有了一种奇异的预示感，她点开自己的系统仓库，在一种很强烈的直觉的推动下使用了她本来准备留到最后逃跑的时候再使用的一个可视化道具——游蛇夜视瞳。

系统提示：玩家刘佳仪使用道具"游蛇夜视瞳"，可用热成像技术观看四周生物，使用期限为12小时，使用次数为一次。

刘佳仪眼睛上出现一层就像蛇在黑暗的地方瞳孔竖起的那种，隐形眼镜一样的东西。

戴上了这个道具的刘佳仪往几十米之外，夜色里若隐若现的教堂看去。她刚准备往那边走，结果抬眼的一瞬间，就好像有一根针扎入她的眼睛一般。刘佳仪睁着冷血动物的眼睛，凝固般地停在了原地。

普绪克取下了眼罩看到的是英俊的丘比特。

刘佳仪戴上了眼镜看到的是欺骗了她的刘怀。

她能很清晰地看到几十米之外的教堂中有四个人的热成像影像——这代表着刘怀并不是一个人在教堂，除了刘怀之外起码还有三个人。这四个人的行动之间并没有明显胁迫，而是互相依靠着的，看起来应该是合作关系。

几个玩家守在一个地方等着她，而她的哥哥对这种情况只字未提。

冷冽的夜风吹在刘佳仪的脸上，她觉得自己的呼吸和表情都麻木了，原本发热的头脑也被夜风吹得冷下来。刘佳仪注意到了之前很多违和的地方。

刘佳仪缓缓地拿出了电话。她眨了眨空蒙暗灰的眼睛，忍住眼眶里那些快要外溢的液体，脸上没有任何情绪地拨打了刘怀的电话，语气是和表情完全不一样的害怕发颤的语气："喂，哥哥，我快要摸到教堂了，但是太黑了我看不到……你能一个人出来接我吗？对，一个人。"

那边静默了很久，刘佳仪看到一个人歪歪扭扭地站起来，这个人没有双臂，被人搀扶着。刘佳仪胸膛的起伏又快了起来，想往教堂那边跑的脚步几乎是咬牙切齿地忍住了，指甲都掐进了手心里。

刘怀没有了双手！

刘佳仪双目死死地盯着搀扶刘怀的那个热像——白柳，这人绝对是白柳。

"哥哥，你能出来吗？"刘佳仪心绪翻腾，站定在教堂前面低声询问着。

那边的呼吸声快了一点，然后慢了一下："我能，佳仪，你在什么地方？我到外面去找你。"

刘佳仪报了一个地点，就说有小孩在追自己，哭叫着叫刘怀快点过来，然后挂了电话。帮刘怀举着电话的是白柳，放下电话之后刘怀转头看向白柳，白柳若有所思："刘佳仪猜出来这个教堂里不对劲了，她冷静下来之后还是在怀疑你，刘怀。"

"我知道。"刘怀低下头左右看看自己双臂的断口，轻微地挪动了一下自己两端的残肢，苦笑，"也不知道我出去之后，她看到我为了她变成了这个样子，会不会稍微信任我一些。"

白柳没有回答刘怀，因为他觉得不太可能。

"我一个人出去吧。"刘怀刚想走，就被白柳拉住了。

白柳看着刘怀："我们跟着你一起出去。"

刘怀一怔，刚想反对，白柳不冷不热地阐述了原因："现在已经九点多了，很快雕像下面的出口里就会出来吹笛子的小孩怪物，这种怪物虽然不会伤害儿童，但会带走儿童。"

他的目光落在躲在座椅后面偷偷看他的小木柯身上："教堂对木柯小朋友来说也已经不再安全了，之前在地道还有其他的投资人吸引这些小孩的注意力，但现在我们的电话都可以被占线，没有电话响声吸引这些畸形小孩，那木柯小朋友很有可能就会成为它们的新目标。"

小木柯咬了咬下唇，反驳："但小白六现在也是和那些畸形小孩一样的存在了吧！小孩会从地道里爬出来，这意味着小白六也会从地道里出来！我可以和他待在一起！"

"可他已经是个小怪物了。"白柳垂下眼眸，看着扬起小脸倔强看着他的小木柯，"你作为一个正常人和一个怪物长久地待在一起，会有精神值下降被异化的风险。而且我并不了解他现在的状态怎么样，所以你最好还是……"和我们待在一起。

被异化越久，受的影响就越重，白柳不清楚十四岁的自己到底能撑多久才会彻底变成一只没有理智的怪物，所以更为保险的方式是直接带走小木柯。

小木柯是被大木柯拖出教堂的，他想留在教堂里但是白柳不允许，所以在可以用武力镇压的情况下，白柳毫不犹豫地使用了武力。

白柳、大小木柯从教堂后门那边的草丛出去，而刘怀一个人从正门出去，白柳一行人从后面绕到教堂的侧方，躲在教堂的侧门后面，这个位置可以看到从正门走出去的刘怀。

失去双臂让刘怀走路有点不太维持得住平衡，他摇摇晃晃地从正门走了出来，缓慢走进了夜幕里，有一些似有若无的小孩笑声幽幽地传过来，还有一些细碎的脚步声和在地上拖拽移动的声音，往刘怀的身边靠近。

木柯抓住还在挣扎反抗的小木柯的手，有点胆战心惊地贴近白柳耳边，极其小声地说："白柳，我记得福利院晚上是有游走的畸形小孩怪物的，刘怀不会在靠近刘佳仪之前就被那些游走的畸形小孩搞死吧？"

"不会。"白柳回答得很轻也很笃定，"刘佳仪不会让刘怀死的。"

在刘怀要被一个畸形小孩从背面靠拢的时候，木柯都有点忍不住想喊刘怀注意一下了。刘怀现在精神恍惚，看起来好像没有注意到他周围的不对劲，继续直楞楞地往前走着。

但有人比他更快地喊了刘怀。

一个带着哭腔和害怕的，小小的，微弱的女孩子的声音传了过来："……哥哥？是你吗？"

"佳仪！是我！"就算知道刘佳仪骗了他，在听到这个声音的一瞬间，刘怀还是遵循着自己多年的习惯，本能般地飞快转头过去了，他语气有些急切地应着刘佳仪，四处搜寻着刘佳仪的影子，"哥哥在这里，佳仪！"

刘佳仪贴在墙上，小心翼翼地抬起头，看向刘怀，在刘怀转头应声的一瞬间，他背后那个畸形小孩跳起来朝着刘怀的背上扑过去！

木柯看得忍不住想提醒刘怀，被白柳冷静地制止了："看着。"

在刘怀要被畸形小孩扑上去的那一秒，刘佳仪也哭喊着，跌跌撞撞地扑向刘怀，刘怀把她抱住的一瞬间，刘佳仪原本脆弱慌张的表情顷刻消失。

她的下巴抵在刘怀的肩膀上好似依恋地摩擦着，语气柔软乖顺地喊着哥哥，脸上却一丝一毫的表情都没有，她的手上不知道什么时候出现了一个黑魔药瓶子。

刘佳仪面无表情地倾斜手腕，把瓶子里的魔药往那个要扑到刘怀身上的畸形小孩怪物身上一浇。

那个小怪物大张着嘴巴，连惨叫都没有发出来就融化腐烂成了一摊黑色的液体，无声无息地融进了泥土里。

躲在后面的木柯都看呆了："……这个小孩是个A级怪物，刘佳仪这么简单就弄死了，她是S级别的面板吗……"

"不是，小女巫的属性面板，我听牧四诚说只有A，连A+都不到，不愧是新星第一。"白柳淡淡勾起嘴角,"巨大的技能潜力,难怪曾经引起各大公会哄抢。"

刘佳仪杀死那个怪物小孩之后,眼珠子动了动,白柳看到她看着他。

她歪着头紧紧搂住了刘怀的脖子,手中缓慢地摇晃那个还有液体的毒药瓶子,盯着白柳的目光里一丝情绪都没有。

那是一种威胁的注视,意思很明显——这个被我杀死的怪物就是你的下场。

"她能看到我们吗?!"木柯很惊奇,"刘怀不是说刘佳仪是真的看不到吗?平时行动都很成问题。"

"可视化道具吧,白六和我说过,但是在夜色里都能把我们藏的位置看得这么清楚,应该不是常规的恢复视力的道具。"白柳语气依旧很淡定,"那这样我就明白为什么她突然把刘怀喊出去了,她看到了教堂里不止一个人。"

木柯迅速地反应了过来,有点焦急地看向白柳:"那怎么办?!她知道了刘怀是在骗她,我们要怎么把她哄过来给你治疗?"

白柳的眼神微微眯起:"恐怕很难了。

"比起用解药救我,这位小女巫应该更想用毒药杀我。"

刘佳仪用一种抱娃娃一样,很有占有欲和掌控欲的姿势抱紧刘怀。她的目光从远处那个代表活人的红色斑块上扫过,最终落在刘怀空荡荡的肩膀上,她的手可以摸到刘怀断掉的双臂,刘怀被触碰之后发出了疼痛的嘶叫。

这声音让刘佳仪的神情稍微扭曲了一瞬。

刘佳仪把头埋进刘怀的肩膀里用力深呼吸,她竭力压抑着自己声音里控制不住快要外溢的情绪:"……哥哥,你的手臂怎么会变成这样?"

"哥哥为了救你啊。"刘怀一如既往地低声温言安慰着刘佳仪。

刘佳仪看不到刘怀空洞的表情,刘怀也看不到刘佳仪挣扎的神情,他们如此紧密地相拥着,心跳都因为彼此的靠近而变得紧张加快,然后他们同时远离对方,说出了那句揭穿这层并不存在的温情面纱的话。

"哥哥,你刚刚在教堂想埋伏我对吧?你是想抽我的血吗?"刘佳仪问。

"佳仪,你是小女巫吗?"刘怀问。

刘佳仪的瞳孔紧缩成一个点,刘怀陷入了诡异的沉默。刘佳仪的呼吸急促到就像是犯了哮喘,她就像是踩到了刺一样快速后退了好几步,用一种无法置信的眼神看着刘怀。

而刘怀半跪在地上,用一种沉寂的,悲伤的,好像是接受了一切的眼神看着刘佳仪。

"佳仪,你是什么时候开始从我的妹妹,变成一个女巫的?"

刘怀轻声说:"是我小看你了啊,佳仪。"

刘佳仪疯狂地摇着头,眼泪从她的眼角滑落下来,她接连惊恐跟跄地后退着，跪在她面前的刘怀那失望颓败的语气几乎让刘佳仪发疯。

此刻的刘怀就像是一头野兽一般让她害怕，尽管她刚刚还依偎在刘怀这头野兽的怀里取暖。

"我不是，哥哥。"刘佳仪勉强地反驳，"我不知道什么小女巫，谁告诉你的！"

"别叫我哥哥了，佳仪，我不配做你的哥哥。"刘怀摇摇晃晃地站起来，很轻很低地摇头，恍惚地笑着，"你从小就比我聪明，的确就像是大家说的，你生来就是个大学生的料。你如果不是看不见，一定会很优秀，我一直一直这样觉得。"

"你的确很厉害又很优秀，把我耍得团团转我都一点没有发现。"刘怀看着还在不停摇头的刘佳仪，用一种似乎在透过她看很久远的过去的眼神看着她，语气轻到像是在自言自语，"如果你不是我的妹妹就好了。"

"如果你是别人的妹妹，就好了。"

刘佳仪僵立在了原地，几乎被刘怀这句话说出了一阵让她站立不稳的耳鸣。

夜风冷冷地吹着刘怀的脸，刘怀觉得很冷，他的眼神和表情都有种沉入水底的冷寂绝望，但在恍惚的刘佳仪的眼中却是一团发着光、发着热的涌动的红色。

而这团红色却因为虚弱在刘佳仪的眼里渐渐变成了蓝色，这代表刘怀的体温在缓慢地下降。

这意味着刘怀可能要死了。

刘佳仪挤出一个笑，伸手想去抓刘怀的手，结果伸到一半她就敏锐地猛地转头看了过去："谁在那边！出来！"

两个若隐若现的大红影子远远地走着，拖拽着一个小孩的红影子，其中一个好像是双手上拖着什么东西，在地面上刮擦出好像刀面和水泥地摩擦的声音。

白柳的眼神跟着刘佳仪看过去，目光一凝："是苗飞齿和苗高僵。"

"他们怎么会到教堂这个地方来？！"木柯神色隐隐有些崩溃，"我们还没有把刘佳仪骗到我们这一方来！他们来了我们这边根本抵不住啊！我们的生命值都只有个位数了！"

"我原本预想着有小白六的威慑力，他们不敢轻易地到教堂来，毕竟这边有个隐藏的可以对抗他们的攻击力。"白柳目光隐晦地从侧门的边缘看着不断往这边靠近的苗飞齿和苗高僵，"今天白天他们的确没有往教堂这边来应该也是因为这个，但不知道为什么他们改变了主意。"

白柳的眼神定在往这边靠近的苗高僵的脸上，眼睛微眯地观察了一会儿："苗高僵的状态不对，他和苗飞齿隔得很远。"

越是走近，就越能发现苗高僵的状态不对。此时苗高僵的体力已经恢复了，但他在还没有看到其他人、周围只有一个苗飞齿的情况下，开着最高等级的防御技能走，双目有些涣散，颤抖着，似乎还畏惧着他旁边一直和他合作的队友，他唯一的亲生儿子——苗飞齿。

白柳对苗高僵这种状态非常熟悉，因为不久之前刘怀也经历过。

"精神值爆发下降的后遗症，会让人沉浸在潜意识的恐惧中。"白柳没什么情绪地说，"刘怀之前也被潜意识的恐惧控制过。被这种后遗症带来的潜意识恐惧控制只会有两种结果，自杀或者杀人。"

刘怀很明显是第一种，而这个苗高僵——白柳的眼神落在他捏紧的拳头上，目光微动。

看来这个苗高僵是第二种啊。

一个防御全开有疯狂伤人倾向的苗高僵……白柳想起上一轮张傀死前和他说过的话，眉头罕见地蹙紧了。

"因为精神值异常而伤人的玩家，在我们正常玩家的嘴里有一个称呼，叫作交界怪物，他们已经是怪物的预备役了，甚至因为情绪的疯癫，让他们的攻击比怪物还要更疯狂，更强大。"

苗高僵双目有点发直，眼眶一圈弥漫着一种慑人的红，瞪着眼睛往前走。苗飞齿已经察觉到了苗高僵的状态不对，但苗高僵不愿意告诉他是怎么回事，昨晚那场爆炸里苗高僵精神值下降爆发的时候苗飞齿已经被炸晕过去了，他并不知道自己的爹已经处于一种非常危险的交界怪物的状态了。

苗飞齿咬牙试图阻止苗高僵："爹，你不是说我们可以等午夜过后熬死白柳他们，再来教堂这边捡漏吗？"

"为什么这才九点一过，你就来教堂了？！要是小白六那个崽子还在怎么办？"

苗高僵看着苗飞齿那张一会儿男人一会儿女人，不停晃动的脸，眼睛越发赤红，呼吸急促："他在我们也要硬拼！飞齿，爹等不了那么久了！"

如果再不通关出去，他会忍不住攻击苗飞齿。那个精神值爆发下降的后遗症影响越来越重了，他的精神值现在忽高忽低得厉害。

这个福利院的其他地方他们都找过了，那个刘佳仪小崽子都不在，多半是在教堂这个儿童安全区这边——他需要尽快找到刘佳仪身上带着的苗飞齿的血然后通关带着苗飞齿出去，去公会的仓库里找找有没有什么缓解后遗症的道具。

苗飞齿还想说话劝阻，他觉得这样的计划很冲动，但苗高僵用一种可怕的眼神看了他一眼，额角青筋抽动。

苗飞齿头皮发麻地闭上了嘴。

——苗高僵一般都很顺着他，但在苗高僵一定要做什么的时候，哪怕是苗飞齿觉得多不合理的情况，他也只能随着苗高僵走。

看着机械地越走越近、步伐越来越快、满脸涨红的苗高僵，白柳迅速地对木柯下了命令："带着小木柯回教堂,去地道找小白六,如果他状态还可以就带他出来,如果他状态不行你们就直接回教堂躲着。"

但白柳现在都还没有接到小白六的电话,这小朋友一般很准时,这次已经九点过了,通道开了这么久小白六也没有给白柳打电话,只能说明小白六的状态……

白柳眸光微沉,他现在也没有更好的办法了。

他必须有一个核心战力破开防御全开的苗高僵——这个苗高僵他们完全扛不住,就算加上刘佳仪也扛不住,加上一个攻击力顶级的苗飞齿,他们会全灭。

木柯咬咬牙牵着小木柯的手往教堂走去,低声靠近白柳肩头说了句:"你不要莽上去,在骗到刘佳仪的治疗之前先苟,等我们找到了小白六再说。"

白柳不置可否地点点头。

结果木柯刚从侧门那边绕过去,绕到正门的时候,跟着苗飞齿和苗高僵一路过来的小苗高僵趁着苗高僵不在状态,苗飞齿又在警惕周围环境,突然惊慌失措地挣脱了苗飞齿的控制,疯狂地往教堂里跑了。

小苗高僵极限爆发的奔跑速度几乎没有给任何人反应的机会,他疯跑进教堂之后,立马喘着粗气面红耳赤地从里面把教堂的门给锁上了,把刚要摸进去的大小木柯给挡在了门外。

他做完这一切之后双手颤抖地虚脱跪在地上——那个僵尸化的投资人太可怕了。

所以看到教堂这种安全区近在咫尺的时候,小苗高僵忍不住在求生欲的驱使下跑了进来,还把教堂的门给反锁了,虽然不知道能撑多久。

木柯看着教堂被锁死的门,猛敲了两下,目眦欲裂——通道被小苗高僵锁死在教堂里了!

苗飞齿追着逃跑的小苗高僵过来了。他本来看着那扇关上的门骂了两声,就想掏出双刀暴力破门,结果走到门前,发现刘怀、大小木柯、刘佳仪全都在。

他警惕地举起双刀环视了一圈,然后有点不可思议地挑起了眉毛,低声对着旁边的苗高僵说:"爹,那个小怪物不在!"

木柯警觉地把小木柯拉到身后,以一种保护性的姿态和苗飞齿他们对峙着,眼神忍住不往白柳藏身的那个地方瞟,心跳快到让他要呼吸不畅的地步。

在这种没有核心对决战力的时候,白柳千万不要出来!他那个0.5被挠到一下人就没了!

"我们被诈了,那个小怪物可能根本就没有办法出教堂。"苗高僵看着那个被关上的教堂神色阴沉,"不过现在看来我们来得正是时候,人都到齐了,正好让我们一网打尽。"

苗高僵用一种极具侵略性的眼神从藏在木柯后面的小木柯和挡在刘怀身前

表情凝重的刘佳仪身上扫过，就像是一个正常中年憨厚老好人般笑了一下，那笑让人毛骨悚然："人都到齐了。"

"飞齿，开S段。"苗高僵脸上没有任何情绪地下命令，"速战速决，抓小孩。"

125

刘佳仪听出这是苗高僵和苗飞齿的声音，她并不是主攻型选手，还被卡了治疗技能，对上苗飞齿和苗高僵这种开了S段的联赛玩家，她一打二就是送。

平时以刘佳仪的作风她早就拿着道具闪人了。

但现在——她看了自己身后失去双臂的刘怀一眼。

时机不对，也不知道是谁和刘怀说了她是小女巫这件事，刘怀现在那副表情根本不可能和她走，只能硬上了。

刘佳仪不由得暗骂了一声，深吸一口气，挡在了刘怀前面。

"躲在我后面别出来！"刘佳仪张开一只手臂挡在了刘怀前面，厉声呵斥道。

她双手向下一抖，一瓶黑色的魔药就散发着刺鼻味道和浓烈雾气出现在了她手里，一身纯黑纱质的衣袍从她纤细雪白的脚踝上缠绕了上去，她顿时就从那个表情柔弱的刘佳仪小妹妹变成了那个传闻中小电视充电积分竞价到达百万，各大公会哄抢的小女巫。

看到刘佳仪这身装束，攻上去的苗飞齿先惊了一下，往下砍的双刀略有些迟钝："小女巫？！"

苗高僵也眯起了眼睛——当初食腐公会也不自量力地参与过这个新星第一的玩家的小电视竞价，但很快就被其他出手豪气的大公会给比下去了。

他终于想起那个布娃娃带来的熟悉感是怎么回事。苗高僵看向挂在刘佳仪黑纱外面那个若隐若现的丑陋布娃娃，那是小女巫去任何一场游戏里都会带着的东西。

刘怀也见到了这一幕。他静了静。

知道自己彻底暴露了，刘佳仪的背影一僵，但很快竭力镇定了下来，转头对刘怀吩咐道："等会儿打起来你找机会跑。"

她本来还想说一句"哥你跑你的，不用管我死活"，但刘佳仪张了张嘴，还是没有把这句自作多情的话给说出口，而是转头毫不犹豫地对着苗飞齿攻了上去。

刘佳仪藏在面纱下的神色冷静无比，她攥紧毒药瓶子的细瘦手指因为太用力而发白了。黑色面纱下毒药的迷雾蒸腾而出，扭动的漆黑烟雾就像一条张开巨口的森蚺，狰狞扭动着自上而下把刘佳仪吞了下去，然后在地面上散成一团让人呼吸发黏的黑色弥漫开，把刘佳仪藏在了里面。

系统警告：玩家刘佳仪是否使用爆发个人技能"毒药喷泉"，对范围内的所有玩家造成无差别缓释伤害？使用完此技能之后，玩家刘佳仪体力槽会耗空。出于玩家刘佳仪年龄较小的缘故，体力槽耗空后遗症会非常严重，会导致不能动弹等身体严重僵直的情况，玩家刘佳仪确定要使用该技能？

"确定。"

让人后颈发凉的毒药烟雾扩散开的一瞬间，苗飞齿和苗高僵都下意识地用手臂捂住了口鼻，四面八方都是黑色浓烈的烟雾，根本看不见藏在里面的玩家。

"小女巫，我们给你面子不想动你，"苗飞齿后牙紧咬着开口了，"但大家都在应援季，刘怀做出这么过头的事情，我们不杀他粉丝那边过不去，彼此体谅吧。"

"动他就是动我。"刘佳仪的声音从各个方向冷冷地，环绕着传来，"别废话了，有本事就带你爹上吧。"

"我最讨厌别人带着爹和我打了，你看是你爹先死，还是你先碰到我哥一根毫毛。"

烟雾内缩包裹住了里面的苗家父子和刘佳仪，站在烟雾外面的刘怀怔怔地看着这团沸腾的，不知道在绞杀什么的烟雾，他被烟雾里的不知道什么东西推动了一下，刘佳仪往他怀里放了什么东西，声音里什么情绪都没有：

"带着我给你的道具和血往医院去！别回头！"

放在刘怀心口里的是两个温热的血袋，一个旋转的魔法立方。立方旁边有一行悬浮的解释，"超凡类道具魔术空间"，似乎是害怕刘怀弄错，她还在血袋上写了名字。

一个是苗飞齿，一个是刘佳仪。

黑雾内的刘佳仪一只手捂住自己的右手手臂，上面满是扎针留下的针孔。她警惕地四处张望，脸色苍白虚弱，但神色又冷又充满戾气。

刘佳仪下午的时候蘑菇毒发作，加上她听到刘怀生命值只有1之后，强行地从自己的身体里抽出了很多血预留给刘怀，虽然用了一次治愈技能稳住了自己的血线，但是紧接着就要打这对联赛玩家，就算是刘佳仪，现在也有一种很强的、力不从心的虚脱感。

她已经习惯了刘怀的出卖和背叛，适应性良好地迅速消化了刘怀对她起疑心的这个事实，又站起来为刘怀战斗了。

并且就像是她习惯了刘怀的背叛，刘佳仪也在长久的童年生活中，习惯了遇到任何暴力性的危险，第一时间挡在刘怀的前面，保护刘怀。

大她那么多的哥哥，从小到大都是一个被她庇护的角色，似乎只要她没有

353

那么注意看管，就会自己懦弱地死掉，又好骗又蠢，似乎一点保护自己的能力都没有。

刘佳仪在刘怀的懦弱里被迫过早地成熟起来，在她知道哥哥应该保护妹妹之前，就已经完全习惯了妹妹要替哥哥承担、解决一切问题。

刘佳仪放下自己捂住伤口的手，目光凌厉地往黑雾圈的内部走去，黑雾随着她的步伐越发往内凝缩。

站在黑雾包围圈中央的苗高僵因为吸食了过量黑雾，额头上青筋暴起。他伸出拳头，忍无可忍地说："小女巫，我没想到你这么不识时务地要来送死，飞齿，上！"

苗飞齿一个横掠就在刘佳仪的黑雾里绕起了圈子。他拿着双刀在黑雾里搜寻刘佳仪的身影，刀光似有若无地在黑雾里闪烁，他狞笑着高举双刀狠狠砍了下去："找到你了，小女巫。"

刘佳仪脸色白得像一张纸。她举起装着毒药的玻璃瓶子扛下了苗飞齿这一刀，咬牙把毒药泼洒了过去。同时刘佳仪似乎察觉到了黑雾里的苗高僵要冲出黑雾了，她在地上飞跑着，压低身体在苗高僵将要踏出黑雾的前一秒用毒药拦住了他。

"全都给我留在这里！"刘佳仪咬牙切齿地吼道，"不准踏出这个地方一步去追他！"

毒药在地上腐蚀出一道更加狰狞的黑蛇烟雾，刘佳仪的胸膛剧烈起伏着，她的嘴角隐隐流下鲜血，浸润在黑纱里。

木柯上前拉着似乎有些愣怔的刘怀，吼道："愣着干什么！刘佳仪帮我们拖住了苗飞齿他们，你赶忙过来开教堂门从地道跑啊！"

白柳也过来帮忙开门了，但是里面的小苗高僵不光反锁了门，还不断地在门前堵座椅板凳，哪怕白柳已经把锁给弄开了，但是里面的门闩被死死别着。木柯急得眼眶都发红了，挣着劲去推门，但是里面的小苗高僵几乎把整个教堂都搬空了，全部堵在了门前。

"推不开！"木柯有些绝望地看向白柳，"侧门我也去看过了，也从里面被堵死了。"

他们背后的黑雾里不断传来让人头皮绷紧的、器械摩擦的声音，有几次木柯都看到了苗高僵或者是苗飞齿一只脚都踏出了黑雾，硬是被刘佳仪强行又扯了回去。

但可以看出，刘佳仪一对二，已经撑不了多长时间了，没有什么时间留给他们慢慢推门了。

"怎么办白柳？"木柯语气紧绷。

"刘佳仪除了血,还给了你这个是吗?"白柳目光落在刘怀胸前的那个旋转魔方和两袋血上,"以她对你的保护欲,会把所有后路都给你安排好的,你能给我试试看这个东西能不能开门吗?"

刘怀的目光已经有些涣散了。他沉默地点了一下头。

白柳接过魔方。

系统提示:超凡类道具魔术空间,可以操纵任何空间。

白柳举起魔方,正对这教堂的门,刚要说打开的时候,从黑雾里飞出来一把回旋弯刀就要往白柳的脖颈上割。白柳被惊慌的木柯推开,他的头发被弯刀割下几缕,白柳目光一凝回头看向他背后。

黑雾已经散去,浑身是血的刘佳仪被苗飞齿一只脚踩在头上,蜷缩的手边倒着空掉的毒药瓶子,呼吸弱得近乎没有。

苗飞齿脸上的笑扭曲又得意,正狠狠地往下砍:"我这个副本还没开过杀戒,倒要看看你们谁跑得掉!"

白柳毫不犹豫地继续用魔方开门,教堂的门缓缓打开了,苗高僵和苗飞齿脸色都是齐齐一变——白柳要走教堂溜了!

这两人抬脚就想去追白柳。

但是刚走一步,却停住了,奄奄一息的刘佳仪睁着没有光彩的灰色眼睛,毫不犹豫地死死咬在了苗飞齿的裤腿上,她满是泥土的手又向前伸了一截握住了毒药瓶子,黑雾再次从倒在她手边的魔药瓶子里蒸腾而上,包裹住了苗高僵和苗飞齿这两个人。

系统警告:玩家刘佳仪使用道具使精神值下降低于20,进入面板爆发状态!"毒药喷泉"技能时间延长!

眼看着木柯他们就要拖着刘怀成功跑路,苗飞齿终于怒了。他本来留刘佳仪一命是想着等下好取血,没想到刘佳仪敬酒不吃吃罚酒,他反手就是一刀扎进了刘佳仪的手掌里,刘佳仪吃痛地叫了一声,松开了咬住苗飞齿裤腿的嘴。

"老子现在杀了你!"苗飞齿怒喝着挥刀往下恶狠狠地扎着。

苗飞齿狰狞扭曲的脸和刘佳仪记忆里那个喜欢扇她巴掌的男人的脸渐渐重合,她缓慢地眨了一下眼睛,血珠从睫毛上滴落,掉在了脏兮兮的脸上——她永远都是这样一副不体面的,泥巴里的鱼上不得台面的样子。

出生是这样,好像死前也是这样。

刘佳仪看着那团失去双臂的光跑进了教堂——那是刘怀，刘怀走了。

她忽然有一种很恍惚的安定感——哥哥又一次从这些要打他们的坏人手里跑掉了。

虽然又是这样抛下了她，但她现在已经没什么好难过的了，因为这就是她的哥哥啊，她早就接受他了，只是害怕太早失去他，做了太多不那么对的事情。

刘佳仪的眼睛缓慢地闭上了，一滴眼泪滑落。

我好想继续做你的妹妹啊，哥哥。

　　系统提示：玩家刘佳仪神级道具"普绪克的眼泪"生效，命运被指引到了这一刻，虔诚的信仰指引着信徒想要的幸福，普绪克的眼泪会浇灭怀疑的花火。

126

走进教堂的一瞬间，刘怀突然顿住了。

木柯着急地推他："快进地道！"

刘怀转头看着那个被摁在地上的刘佳仪，忽然深吸一口气，侧身甩开绑在自己腰上的匕首。他瞬间压低身体咬住在空中掉落的一把匕首，同时让另一把匕首扎进了自己的身体里。匕首扎进皮肉里，刘怀低着头脸色惨白地闷哼一声。

木柯惊了："你干什么刘怀！"

　　系统提示：玩家刘怀受到暗影匕首攻击，精神值下降中……因玩家刘怀精神值剧烈震荡，精神值下降计算中……精神值下降至9，开启面板狂暴模式，体力剧烈消耗中……

刘怀就像是一只压低身体的飞燕，速度快得只能看到残影，他点着地面掠过，跟着苗飞齿飞跑了过去。

在苗飞齿的双刀要砍下来的那一刻，刘怀宛如从暗处窜出来的刺客，一脚踩在地上一个转身，用嘴里死死叼着的匕首硬是对上了苗飞齿对着刘佳仪斩下来的双刀。

苗飞齿愕然地看着用嘴咬着匕首抗住了他双刀的刘怀，这是他第一次看到被砍掉了双手，"缴械"了还能抗住他的刺客玩家。

刘怀的眼神有一种孤注一掷、让人心神震颤的力度和亮度。他的一只眼睛因为疼痛而半闭合，嘴角被苗飞齿大力砍下来的双刀震得裂开，伤口滴落鲜血，脸色白得像个鬼，嘴边还在流口水。

刘怀挡在了刘佳仪面前一步都没有退，胸膛剧烈地起伏着。

苗飞齿失语了一阵，感受到了刘怀这个疯子不要命硬是要对抗他的那种坚定。但苗飞齿还是咬牙抽刀，又恶狠狠地横划过去："白柳带出来的人都是疯子！爹！刘佳仪交给你！"

系统警告：玩家刘怀生命值下降至1！请迅速逃离至安全地带！

刘怀跪在地上，摇摇晃晃地又站了起来，咬着匕首直勾勾地看着苗飞齿，那眼神的意思很明显：我还要和你对打，我不会轻易倒下。

汗水从苗飞齿的下颌滴落，他抬手擦了一下，咬牙问："白柳到底给你灌了什么迷魂汤？！值得你给他做到这个地步？！"

刘怀恍然地看了一眼身上缠满黑雾，被苗飞齿甩去给苗高僵缠斗的刘佳仪。

如果这时候嘴里没有叼着匕首，刘怀或许就会告诉苗飞齿，白柳什么都没有给他灌，他们只是做了一笔交易而已。

"白柳，你真的确保刘佳仪可以安全地离开这个游戏？我指的不光是这个游戏，而是整个游戏，你确定可以带她出去？"

"我不确定，但我保证，只要我活着，我就一定会拼尽全力带刘佳仪走。"

"……我相信你的话的交易效力，欸，我有时候觉得佳仪要是不是我的妹妹就好了，她太聪明了，我……一直以来什么都做不了，是我配不上她这么聪明的妹妹，白柳，要是你是佳仪的哥哥就好了，她就不用那么辛苦地保护我了。"

"佳仪要是不是我的妹妹就好了，她很好，又聪明又懂事，她值得一个更好的出身，一个更厉害的哥哥。"

苗飞齿的双刀又一次毫不留情地落下，木柯抱着小木柯心脏快要爆炸地疯跑，刘佳仪举着魔药瓶子往这边跑，黑雾一点一点地消退掉，她狼狈不堪地被苗高僵撂倒在了地上，歇斯底里地侧头看向刘怀这边，崩溃地哭叫着："哥哥！不要！"

刘怀深吸一口气，闭上了眼睛，用渗血的牙齿咬紧了嘴里的匕首，如祈祷那般在心中轻声呼唤着白柳的名字——

白柳，求你。

我用尽我的最后一点生命值为你铺路，求你一定要做到你对我承诺过的事情。

"白柳，我这一辈子还有一件特别后悔的事情，你能帮我……给四哥带一句对不起吗？"

"你可以自己当面和他说。"

"要是我死了怎么当面和他说？"

"你可以等牧四诚死了，再和他当面说。"

"……四哥知道你背后这么咒他吗？"

"我当他的面也这么说话的。"

刘怀终于释怀地笑了起来，眼泪从他眼角滑落。

其实活着对他来说是一件很辛苦的事情，他现在终于给自己的灵魂找到了一个奇怪的寄存处。

虽然这个寄存处要收费，但也算是一个安心的归处吧。

在苗飞齿这一刀又要砍下来之前，白柳从侧边猛地一个横跳出来，冷静地挥出鞭子打开了苗飞齿的双刀，打断了苗飞齿这次的攻击。

他挡在了刘怀面前，直面恼怒的苗飞齿接连落下来的双刀，还抽空回头给刘怀说了一句："刘怀，注意苗高僵，他要变成交界怪物了，说不定会弄死刘佳仪。"

这话一落，苗飞齿和刘怀都是一怔，两人同时转过头去看那边控制住刘佳仪的苗高僵。

苗高僵的僵尸外表萦绕着一种不祥的青黑色，此刻用一只手摁住刘佳仪的脖颈，越来越用力。

而刘佳仪的魔药瓶子倒在地上，空荡荡的——那个可以瞬间腐蚀小孩怪物的毒药被刘佳仪直接泼到苗高僵的身上，竟然一点反应都没有。

系统警告：玩家苗高僵精神值震荡，不稳定状态……急剧下降——下降至0。

系统警告：被个人技能中附属的怪物异化完成，成为个人技能怪物书对应怪物——《怪物书：不死生物腐肉僵尸》。

系统警告：腐肉僵尸该怪物为三级副本游戏中的S级怪物，防御力极高，为10000+，会无差别攻击所有玩家，请所有玩家迅速逃生！

苗飞齿看麻了。他呆滞地把手中的双刀缓缓放下，看着那个大张着嘴巴、面容狰狞青紫完全不像一个人类的僵尸："爹？"

青面獠牙的僵尸抬起头，用凶戾的目光看着苗飞齿，嘴里呼出一口腐肉的浊气。

苗飞齿从尾椎骨下方蹿出一股凉气，对着他原本熟悉的苗高僵忍不住踉跄着后退了两步——防御力上万的怪物，而且他们根本没有时间去探索这个怪物的弱点，他是知道苗高僵的防御力有多可怕的，技能全开的时候他的双刀砍着玩都只能在苗高僵的手臂上留一道白印子。

而苗高僵技能全开的时候，防御也没有加到一万以上。

这东西……这怪物，他的亲生父亲衍生出来的怪物，他们根本不可能打过！

刘佳仪泪眼蒙眬地和刘怀对视了一眼。

她似乎意识到刘怀要做什么了，手指在地上抠着沙土，疯狂地挣扎着，想要阻止刘怀，嘶哑地从被苗高僵压制的喉咙里蹦出几个字：

"哥……不要过来！"

代表着刘怀的那团快要熄灭的红外影像在刘佳仪满是泪水的眼里跳跃着，就像是一团注定要熄灭的火光。

这团被她怀疑过、被她伤害过，从她出生开始就微笑着、背着她温暖她、握住她的手说要给她一个光明未来的火光，在黑夜里就像是回光返照一样在刘佳仪的眼里散发着前所未有的耀眼温暖光芒，几乎要将她的眼球灼伤。

火向着被摁在地里的，流着泪的，冰冷的女巫身上扑过来。

系统提示：玩家刘怀是否使用爆发个人技能"闪现一击"？

"是。"

刘怀咬着匕首，龇牙咧嘴地从半空中跳跃下，踩到了变得异常厚实的苗高僵的后背上。

苗高僵放开了自己快要掐死的刘佳仪，嘶吼着反身就是一拳要打在刘怀身上。

刘怀根本没有躲避。他用双臂夹住苗高僵的脖颈，上半身随着苗高僵的动作甩动着，咬着匕首面容狰狞地怒吼着，就像是一只护着自己巢穴里幼崽的受伤野兽那样恶狠狠地，拼尽全力地咬着匕首插进了苗高僵的脖颈。

系统提示：玩家刘怀使用爆发个人技能"闪现一击"……因技能核心欲望发生改变，技能效果发生改变……

系统提示：检测到玩家刘怀剧烈的杀意和保护欲，暗影匕首造成的僵直效果不变，附加伤害效果，伤害计算中……

系统提示：玩家刘怀使用"闪现一击"造成怪物腐肉僵尸一分十五秒的僵硬效果，6点伤害效果，怪物目前残余生命值10。

系统提示：因技能变换，玩家刘怀技能身份"懦弱的暗杀者"更新——更迭为"光明勇敢的刺客"。

苗高僵被这一刺入骨肉的匕首刺得后仰大吼，反手抓在刘怀的脖颈上狠狠一甩，然后僵直不动了。

而被他甩在地上摔倒翻滚了几下，已经彻底爬不起来的刘怀呛咳了一声。他的脸上带着一种很莫名的笑意，大股大股的鲜血从他的口鼻处涌出来。

系统警告：因玩家刘怀透支技能身体，身上多处受伤，失血过多，生命值下降中……1……警告！玩家刘怀生命值即将归零！

刘佳仪手脚并用地爬到刘怀的旁边，颤抖地把刘怀的头轻轻抱起来放在自己的膝盖上。她呼吸急促，竭力保持镇定地在自己系统面板上狂点着。

系统提示：玩家刘佳仪，您的个人技能"毒药与解药"处于冷却中，现在无法使用该技能恢复任何人的生命值……
系统提示：您的系统背包里没有任何可以瞬间缓解人重伤的道具或者魔药。
系统提示：您唯一的超凡级道具"普绪克的眼泪"为意识层面道具，无治愈效果……

"狗屁系统！"刘佳仪整张脸急得血液上涌，强忍着的镇定都在刘怀渐渐虚弱下去的呼吸中粉碎。

她抖着手摸刘怀的口鼻，呼哧呼哧地大口吸气稳定情绪，嘴皮子也在抖。她一边忍着哭腔一边冷静地说："哥，你再坚持一会儿，一会儿我的治疗技能就卡好了！我就能救你了！"

"……佳仪，我坚持不了了。"刘怀呛咳了一声，大口大口的血涌出来，他说这话的时候却是笑着的，眉眼弯弯，"你怎么还骂人呢……"

"我以后不骂人了，我听你的话，我再也不骂了。"代表着刘怀的那团热像在刘佳仪的怀里慢慢变成了蓝色，就像是要熄灭了一样，刘佳仪终于忍不住了，她像一个正常的八岁小女孩一样抱着刘怀的头号啕大哭起来，眼泪大滴大滴地涌出，"哥我求你！都是我的错！是我不好！求你再坚持一下！不要留我一个人！"

"别不要我！"

"……佳仪，不是你的错。"刘怀的眼珠渐渐变得像刘佳仪那样无神，"是哥哥不好……"

他努力地，艰涩地，一个字一个字慢慢地说："是我不配有你这样好的妹妹，佳仪……"

刘佳仪哭得喘不上气来。她拼命地摇着头，不知道该说什么，只是弓着身子哭着，眼泪流得到处都是。

"你知道吗，佳仪，在你出生之前，我以为自己一辈子也就这样了，一辈子都活在泥塘里。"刘怀的语气缓慢地虚弱了下去，他笑着，"但是在你出生之后，我看着你那双看不到的眼睛，你对我伸出手要我抱，我觉得我不能再这样下去了，我决心要带着你走出去。"

"因为我是一个哥哥了。"

刘佳仪想要捂住刘怀不停流血的嘴，她哽咽着："求你别说了，别说了！"

"是你给了我未来。"刘怀露出一个恍惚的、发自内心的微笑，"你是世界上最好的妹妹，佳仪。"

他的眼睑疲惫地落了下去："可是……我不是世界上最好的哥哥，是哥哥太笨了……我把你托付给白柳了，他也很聪明，他会理解你的，你以后不用那么辛苦地怀疑谁，保护谁了……"

"一直以来，辛苦你保护我了，佳仪。"

系统提示（对全体玩家）：玩家刘怀生命值归零，确认死亡，退出游戏。

刘佳仪怔怔地看着那团在她怀里彻底熄灭下去的红色，伸手去触碰刘怀的脸，眼角有一滴眼泪无意识地滑出："哥？"

系统提示：玩家刘佳仪使用道具"普绪克的眼泪"阶段性生效。

普绪克的眼泪会指引你走向她曾经走过的道路，你会彻底失去他，然后再拥有。这是来自普绪克的嫉妒，她不愿拥有怀疑之心的女人还能比她早一步幸福，但她也是仁慈的，会让你最终获得幸福。你会痛苦地幸福着，从而珍惜幸福。

红桃浅淡蛊惑的声音突然在恍惚的刘佳仪的耳边响起："丘比特飞走了，飞回了天堂而已。"

刘佳仪紧紧抱住刘怀的头，把自己的头完全低了下去，抵在刘怀没有心跳的胸口，然后撕心裂肺地，痛不欲生地哭出了声。大滴大滴的眼泪从刘佳仪完全失去神采的眼睛里滑落，滴到刘怀失去生气的面容上。

她一个字都说不出来，只能嘶哑地大张着嘴巴哭喊着："啊——

"啊啊啊啊啊！"

普绪克终于尝到了怀疑的苦果，她夜以继日地流着眼泪，却再也换不回飞走的丘比特。

怀疑像一剂毒药，腐蚀了普绪克。

系统警告：玩家刘佳仪的精神值发生震荡，剧烈下降中……

127

刘怀死了，但他控制住了苗高僵这个暴走的怪物，虽然只是一分钟而已。

看着刘怀的尸体，白柳只是恍惚了片刻，很快就冷静下来上前抓住一动不动的刘佳仪往教堂里拖。

苗飞齿也想跑，但更让他崩溃的是他儿童的血还在刘佳仪身上，但刘佳仪就在苗高僵化成的那个僵尸怪物旁边，他根本不敢上去抢血。苗飞齿咬牙切齿地踌躇了一会儿，二话不说地往教堂里跑了，去抓小苗高僵了。

那个小孩和他也有血缘关系，血也是管用的！那他还差一个小孩的血，苗飞齿看向受洗池后的大小木柯，杀得猩红的眼珠子微微转动了一下。

被白柳拖拽的刘佳仪根本没有反应，这小女孩就抱着刘怀的尸体失魂落魄地跪在原地。旁边的僵尸用突出的眼珠子死死地瞪着刘佳仪，已经开始微微地移动了，而刘佳仪就像是没看到一样，恍惚地抱着刘怀的头，喃喃自语着："对，我可以复活我哥，我可以的，只要积分足够，我就可以……"

"你复活不了刘怀，"白柳淡淡地打断了刘佳仪的自言自语，"他的灵魂在我这里。"

刘佳仪一顿，然后以一种肉眼看不到的速度跳跃起来，双手翻转卡住白柳的脖子，凶狠无比地把白柳掀翻在地。

这个新星第一的玩家再次显露出她的危险性，满脸泪痕狰狞无比地用细瘦的手指死死勒住白柳的脖子，声嘶力竭地威胁他："把刘怀的灵魂给我！不然我杀了你！"

白柳被勒得直咳嗽，但神色还是平静的，嗓音有些发哑地爬起来："……现在这样，就算你复活了他，他真的想活着吗？他是自己想为你死的，我制订的计划里本来是可以保住他的。"

回想起刘怀死前那个心满意足、托付一切的疲惫语气，刘佳仪的呼吸一窒，情不自禁地松开了自己勒住白柳的手。白柳迅速拉住她的手腕，头也不回往教堂这边拖拽着。

刘佳仪呆愣地被白柳扯着往教堂跑。她已经被技能耗尽了体力没有力气了，没跑两步就跪在了地上，白柳转身把她扛在了肩膀上。

白柳一边咳一边跑。他侧眼看了一眼刘佳仪反应不过来被自己救的样子，淡淡地说："刘怀让我无论如何都要救你离开这个游戏。

"不是这个福利院，是一整个游戏，或许等到那个时候，他就愿意被你复活了吧。"

刘佳仪眼睛一酸，但很快反驳了白柳的话："我根本不可能活下去。苗高僵异化的怪物是三级本的S怪物，防御一万多，我在国王公会开团的时候开着治疗辅助，都要十几个配合度很高的A+玩家在我控制血线的情况下才吃得下，怎么打？"

白柳语气很冷静："我有办法。"

随着白柳这句话的落下，那个被刘怀自杀式袭击僵立了一分十五秒的僵尸终于又动了起来。

它张开两片长着长长獠牙的黑色嘴唇，一跳一跳地往刘佳仪这边蹦跳了过来。

它跳得不快，但是幅度极大，几个跳跃就落到了教堂的门前。但它却没有攻击跑在它前面的白柳和刘佳仪，而是直接从这两人的头顶跳了过去，往侧门去了。

正贴在教堂侧门上，准备从后面绕过去偷袭木柯他们的苗飞齿看着往这边蹦过来的僵尸没忍住骂了一声，连忙挥刀躲开。这伤害判定极高的上旋双刀砍在僵尸的外皮上，就像是砍在了什么硬度极高的皮革上，一点痕迹都没有划出，苗飞齿开了移速想要逃跑。

结果这苗高僵化成的僵尸似乎对苗飞齿的攻击方式和逃跑习惯都极为熟悉，苗飞齿几次都没有逃出来，反而被这僵尸死死困在了教堂前。

苗飞齿额头冒汗，不停地挥舞双刀，最后被逼得没有办法直接开大使用了"怨魂双刀"这种爆发技能，但因为体力限制，苗飞齿只能使用这个技能一分钟。

怨魂从苗飞齿挥舞的双刀上飘浮而起，血腥气弥漫了教堂前的空间，苗飞齿双刀不停地推拉横划，在夜色里能看到连成一片的雪白刀光。这技能倒是可以伤害到苗高僵了，但苗飞齿的脸色也越来越白，因为苗高僵也可以伤害到他。

系统提示：腐肉僵尸咬伤玩家苗飞齿的肩膀，玩家苗飞齿生命值-2。

系统提示：玩家苗飞齿使用个人技能"怨魂双刀"暴击一次，攻击腐肉僵尸3点生命值。

系统提示：……

苗飞齿龇牙想要强行突围，但很快暴击技能一分钟就要到了，苗飞齿破罐破摔地使用了最后一次暴击，但他提起来的刀才举到一半，背上突然跳上了一个畸形小孩怪物。

这小怪物不知道是从什么地方窜出来的，从背后抱住了苗飞齿的脖颈，咿咿呀呀地说着话。苗飞齿刚想回头一刀捅死这个小怪物，却在回头看到这个小怪物的一瞬间，瞳孔一缩。

他认识这张脸，这是他在进入游戏之前绑架的、被他切掉了手指头的孩子。如果木柯在这里，他就会惊异地发现这个孩子就是在电梯那里提醒他不要上去的畸形小孩。

小怪物嘻嘻地笑着叫着，抱住苗飞齿的颈部拍着掌："手指头！手指头！叔叔喜欢我的手指头！"

它的手上没有手指头。

"手指头"这三个字让已经完全僵尸化的苗高僵攻击的动作凝滞了一下，这曾经是苗飞齿和苗高僵在这个所有投资人玩家都长得一样的游戏里互相辨认对方的暗号，它转动混浊的眼珠凑近看向苗飞齿，嘶哑地说："……飞齿……手指头……"

它似乎认出了面前的人就是苗飞齿，苗飞齿刚要松一口气以为苗高僵勉强恢复了神志，苗高僵就用手掐住了苗飞齿的脖颈。它睁着双目，死死地盯着被它单手提起来掐的苗飞齿："……你总有一天，也会切掉我的手指头。"

苗飞齿被掐得悬吊起来，两只脚在半空中挣扎着，拼命地用手中的双刀劈砍苗高僵，但苗高僵一点反应都没有，捏住他喉口的拇指下陷。苗飞齿很快就双眼涨红喘不上气，他看着苗高僵化成的僵尸无神的眼睛，终于明白了为什么苗高僵会第一个攻击他，他明白了他父亲潜意识的恐惧是什么——

苗高僵恐惧自己，所以他的技能身份是不会死的、肉身不会腐烂的僵尸。

苗高僵的手掌缩紧，苗飞齿全身抽搐一下，双刀缓缓脱手砸落在地，消失成数据光点。他瞳孔扩散，张着嘴歪着头靠在了苗高僵的手上，就像是一个正在对爸爸撒娇的孩子。

系统提示（对全体玩家）：玩家苗飞齿生命值归零，确认死亡，退出游戏。

"天！"看着那个在这个副本里随便切瓜砍菜的苗飞齿一分钟就被苗高僵给弄死了，正在推地道口的木柯不由得脸上密密地渗出汗，"地道口为什么会打不开？！"

白柳看了一眼门缝："里面被人抵住了。"

小苗高僵满头大汗地用尽全力抵在地道口，还用从教堂里搞到的木块把地道口给别上了，想尽所有办法避免外面的人进来。他紧张地吞咽唾沫——那个投资人果然变成怪物了！
　　他之前还用受洗池的缸子和一些座椅压住了雕像下面的那个怪物小孩的通道出口。但受洗池的缸刚刚被木柯推开了，他没想到里面居然还别了一层。
　　杀死了苗飞齿的苗高僵转动着头颅，眼珠子看向了木柯和白柳这边。木柯头皮发麻地挡在了白柳、小木柯和刘佳仪的前面，瞄了一眼自己的系统面板，深吸一口气看向这个 S 级怪物腐肉僵尸。

　　　　系统提示：恭喜玩家木柯获得技能身份"光明勇敢的刺客"，你拥有了技能衍生武器"光与暗之匕首"。
　　　　系统提示：玩家木柯是否使用技能衍生武器？

　　木柯吐出一口气："是。"
　　刘佳仪满脸泪痕，面无表情地看着还在挣扎的白柳："放弃吧，已经没有办法了，我们都会死……"
　　她话还没说完，木柯突然一步上前，挡在了刘佳仪面前。他双手向下一甩，手中出现了一对匕首。
　　这是一个刘佳仪特别眼熟的动作，她的呼吸一窒，要说的所有话都停住了。
　　"刘怀连自己的技能都送给别人来保你，可不是让你一心送死的，刘佳仪。"还在推门和里面的小苗高僵较劲的白柳头也不回地说道，声音因为推门有点喘，"你就是这样糟蹋你哥的心意的吗？"

　　　　系统提示：玩家木柯是否开启暴击技能"闪现一击"？因为玩家木柯未曾使用过该技能，该技能会严重消耗你的体力，会出现在使用之后身体脱力、无法逃脱等现象，是否使用？

　　回头看了一眼自己身后的白柳、发怔的刘佳仪和小木柯，木柯握紧那双匕首，一种前所未有的情绪让他的心跳加速着，让他的眼眶里盈满眼泪。他害怕地紧咬牙关，但一种更加强烈的感情和欲望让他往前走了一步。

　　"使用！"

　　木柯点在地上一跃而起，他在刘佳仪眼中的热像宛如燃烧起来的火光。

那个死去的刺客好像在此时此刻,又活了过来。

而这一次他不再懦弱,是一个勇敢的刺客。

在木柯蹿出去的一瞬间,刘佳仪突兀地转身看向白柳。她低着头看不清神情,语气非常冷漠:"让开!"

白柳挑眉让开,刘佳仪伸手贴在地道的门上,抬起头来,虽然眼眶发红,但脸上什么情绪都没有:"系统,使用道具'铰链',使用位置为地道里的苗高僵。"

系统提示:"铰链"正在布置……布置完毕,已经锁住里面的玩家苗高僵。

小苗高僵惊恐地看着不知道从什么地方钻出来的、锁住他手腕和脚腕怎么也挣脱不掉的铰链。

木柯被苗高僵甩出去在地上翻滚了好几圈。他呛咳出大口的血液,已经痛得快要爬不起来了,无论怎么努力他都没有办法刺伤苗高僵化成的僵尸,匕首在他的手里好像是钝的。

系统警告:玩家木柯的生命值下降5点,下降至1!警告!请迅速逃离危险场景!

木柯趴在地上想要爬起来,他眼前的世界好像都开始摇晃了,他看到那个被他拦了不到十秒钟的僵尸往白柳和刘佳仪的方向蹦跳着去了。

不行,不可以!刘佳仪如果进了教堂是安全区,但是白柳不是!

这个僵尸挨到白柳的一瞬间,他就会死!

有没有什么办法,有没有什么办法让这个僵尸不动!让它死掉!让它不要再伤害任何人!

木柯龇牙咧嘴地挣扎着爬起来,他的目光落在教堂外面遍体鳞伤的刘怀身上。他看着刘怀心口的那个伤口,突然怔了一下——这个伤口是刘怀为了精神值爆发自己刺的……

白柳转身抽出鞭子冷静地对上了跳过来的僵尸,但僵尸却出乎白柳意料直接跳过了他,向他背后的刘佳仪袭击而去了。

刘佳仪这个时候正在抓住铰链用力往外拽,小苗高僵还在拼命地阻止自己被拽出去。还没来得及进去,她听到了僵尸跳跃的声音,转头,僵尸黑色的指甲已经碰到了刘佳仪额头,似乎只要再往前面伸一点就能戳穿她。

看到这一幕的白柳瞳孔一缩,教堂是不允许对小孩动手的,不然会有惩罚,但这并不代表孩子不会死——刘佳仪是他们通关的唯一希望，绝对不能死！

千钧一发之际，白柳甩出鞭子卷上了刘佳仪的腰部，把她扯入了自己的怀里。

刘佳仪被白柳抱入怀里还没有反应过来的时候，苗高僵又往白柳这边跳了。这僵尸出爪的速度极快，几乎是跳到半空中的时候爪子就伸出来了，白柳甩出鞭子去挡，却被这僵尸一只手抓住，它的另一只手向着白柳怀里的刘佳仪凌厉凶悍地袭过来。

刘佳仪能闻到僵尸爪子上浓烈的血腥腥臭味道，那里面也有刘怀的血，还有死亡即将到来的信号。

她有些恍惚地闭上了眼睛，等待着和她哥哥一样的死亡结局。

……我真的在尽力活下去，哥哥，如果你见到我来找你，请你千万不要怪我。

白柳转身毫不犹豫地把刘佳仪的头压进了自己的怀里，松开鞭子转换成猴爪，面容凝重地正面对上了僵尸抓下来的爪子，把刘佳仪完完全全地保护进了怀里。僵尸咆哮着对白柳抓下来，刘佳仪愣怔地被抱在白柳带着血腥泥土气息的怀里。

白柳的胸膛很单薄，心跳很平缓，有一种让人很安心的力度和温度，让刘佳仪不由自主地微微睁大了眼睛。

她恍惚听见刘怀对她说——

"我的妹妹值得比我好一万倍的哥哥，"刘怀笑着，"你会有比我更好的哥哥的，佳仪。"

"所以不要放弃自己啊，还有更光明的未来在等着你，普绪克要历经千辛万苦把飞往天堂的丘比特带回人间才行啊。"

白柳硬撑着用猴爪和僵尸对了一下，被僵尸落下的爪子拍得跪着往后挪了很长一段距离，嘴角溢出了鲜血。僵尸狰狞地怒吼着再次向白柳袭来，白柳一只手挡住刘佳仪的脸防止被僵尸抓到，眼神专注，似乎还要用另一只手和这个僵尸撑一下。

僵尸仰头怒啸，爪子狠狠往下拍，白柳难得正经地打量着对手——若被这爪子拍中，他一定会死。

> 系统提示：玩家木柯用"光与暗之匕首"刺伤自己，精神值下降中……精神值下降至11，开启狂暴面板！
> 系统提示：玩家木柯使用暴击技能"闪现一击"！

木柯就像是一道闪电一样从很远的地方噼里啪啦地窜过来，他握住的匕首上闪着刺目的光，照亮了这个漫长得就像是不会亮起来的黑夜。木柯跪在了刘佳仪和白柳的面前，身上都是自己用匕首笨拙刺出来的伤口，第一次经历精神值下降的木柯眼珠子都是混浊涣散的。

但他的双手却很用力地握住匕首，死死挡住了僵尸落下的爪子。

他就像是一面坚实的盾牌，面容凶狠地用匕首挡在了白柳和刘佳仪之前。这个一开始说起S-级别玩家都发抖的小少爷，这一刻却丝毫不容撼动地挡在了一个S级别的怪物前面。

木柯握住匕首，他的心脏在狂跳，跳到开始刺痛，跳到他全身都开始发麻。他膝盖在抖手也在抖，觉得自己好像下一秒就要死了，或者下一秒就要承受不住跪下来了，但他没有。

木柯回过头看了一眼他背后的刘佳仪和白柳，一种前所未有的东西压住了他痛得快要流出的眼泪，撑住了他抖得快要跪下的膝盖——太痛了，木柯以前一直以为他发作的时候那种心脏痛就已经很痛了，没想到还可以这么痛。

这个一辈子金娇玉贵，害怕疼，喜欢哭的小少爷，在一种要将他心脏撑爆的剧痛里，歇斯底里，毫无姿态地仰头飙着眼泪狂吼着：

"滚开！不允许你动他们！"

闪着光芒的匕首被面目狰狞的木柯恶狠狠地刺进了僵尸坚实无比的皮肤里。

僵尸仰头发出一声怒啸，压在木柯身上的爪子越发用力。

系统提示：玩家木柯使用"闪现一击"造成腐肉僵尸一分钟僵直，腐肉僵尸生命值降低为5！

木柯被僵尸沉甸甸的爪子拍进了地里。他脸色苍白地跪在地上，跪着的地面都被僵尸这一爪子的力度震出了碎裂的纹路。

僵尸往下压的势头终于停住了，木柯缓慢地眨了一下眼睛，在确定僵尸不动之后，他傻笑了一下，低声说了一句"成功了"。

然后木柯嘴里、眼里、鼻腔里都开始流血。

木柯松开匕首，缓缓跌坐在了地上，不停呕着吐血，涣散的眼神还在看向被自己保护住的刘佳仪和白柳——那是一种白柳很熟悉的眼神。

就像是做得不错的孩子，向家长讨赏的骄傲眼神。但木柯的这眼神虚飘又微弱，似乎随时就要随着他忍不住垂落的眼皮，而消散不见了。但他还是很开心。

因为他这次终于像刘怀和牧四诚一样，完美地完成了白柳给他布置的进攻任务。

"……做得不错，木柯。"白柳对木柯说道。

木柯的嘴边全是血。因为白柳的夸奖，他发自内心地开心笑着，嘴角有点小骄傲地往上翘，眼皮却一直往下耷拉。

他努力地说着话，语气小心翼翼，声音微弱地询问："……我好像要不行了，我这次……真的尽力了，我做了我全部的努力了，喀喀，没有……打乱你的计划吧……白柳？"

"我知道，木柯。"白柳抬眼，"你做得真的很棒，这次我允许你死亡。"

木柯好似松了一口气般笑了起来，缓缓地吐出一口气，嘴边全是咳出来的血和血沫。木柯缓慢地松开了自己手里攥得很紧的匕首，匕首上的纹路不知道什么时候从 blood 变成了 heart，因为他过紧地握着，这一行字母镌刻在他掌心了。

匕首上的光芒暗淡下去，变成了数据光点消失在地面。

系统提示：玩家木柯主身份线生命值清零，确认死亡。

在确认木柯死亡之后不到一秒，白柳就没有片刻停留地把刘佳仪抱起来往地道口走去。刘佳仪被奔跑的白柳抱在肩头，一颠一颠的，她脸上是一种很奇怪的、完全无法理解的表情。

她失神地看着那团扑灭在她面前又熄灭在地里的火光，那是木柯，那个据说继承了刘怀技能的新玩家。

那是一团和她哥哥一样的武器和火光，为了她又死亡倒在了地上。

刘佳仪细瘦的手指慢慢收紧抓住白柳的肩膀，眼中慢慢盈满眼泪："为什么……"

她只是一个没有人要的小孩，上天让她诞生，只是为了在冗长灰暗的生活中反复验证她没有人要这一点。

她的存在毫无意义，只是在泥泞里死死挣扎，不知道为什么想要活下来的一条小鱼，在淹死自己妈妈的堰塘里苟延残喘，唯一能喘息的地点是刘怀递给她的手掌心。

刘佳仪不值得被救，也没有人会救她。

木柯为了保护刘佳仪毫无声息地躺在地上，他的眼睛都还没来得及闭合。白柳抱紧她往地道口飞奔着，她扶着白柳的肩头一颠一颠茫然地睁着眼睛，感觉自己好像要飞起来了一般。

时间的流逝变得很奇怪，她愣怔仰着头看着那个往她这边跳过来的、已经解除了僵硬的，跳到半空中的怪物僵尸，那张丑陋的怪物的脸就像是慢动作一般在她只能看到热成像的眼睛里变幻出真人的脸。

僵尸的脸上出现生她的那个男人狰狞暴怒、醉醺醺的面孔，他对着刘佳仪怒吼着："谁让你出生的！"

又变成刘怀的脸,满脸泪痕崩溃哭号着:"对不起佳仪,哥哥不是故意的,为了哥哥,最后一次,最后一次了好吗?"

白柳把刘佳仪的脸压入了怀里,那些狰狞扭曲的面孔在一瞬间离她远去。

瘦小的刘佳仪就像是一团没长大的猫崽般缩在他的胸口,她轻轻抓住白柳领口两边的衣角,白柳呼吸声很急促,但说话的语气却不急不缓:"如果你刚刚是在问我为什么要救你的话……

"因为我做了一笔交易,有个人他把灵魂卖给我,说只要我活着就要带你离开这里。"

"我还活着。"白柳说,"所以我救你。"

刘佳仪张着看不见的眼睛,滚烫的眼泪木然地滚落下来,沾湿了白柳的衣襟。

两个从小就没有信过神的孩子,在这一刻,跌跌撞撞地,终于走进了被庇护的安全区。

怪物从背后大张着口袭来,白柳狠狠地扯开地道口外面的铰链,把小苗高僵从地道里扯出来,在他的尖叫声中把他甩给后面追来的僵尸怪物。然后白柳的眉头皱了皱,抿成一条直线的嘴角也缓缓流出鲜血来。白柳蹙眉呛咳着跪在地上,把肩膀上的刘佳仪给放了下来。

系统警告:玩家白柳的保护性道具"犬儒护腕"还有十五分钟失效!在此过程中玩家受到的伤害会依次叠加在玩家白柳的身上!玩家白柳主身份线生命值即将清零!

刘佳仪慌乱地看着眼前又要熄灭下去的一团火光,眼泪大滴大滴地落下来:"白柳!喂!白柳!"

白柳缓缓地倒在了地上。

他松开了握住鞭子的手,嘴里涌出来的血越来越多。就像是之前的伤势全部被反噬到这一刻一般,白柳对着刘佳仪一字一顿,艰涩地说着:"跑……通道……"

"不要死!"刘佳仪就像一个惊慌失措的、正常的八岁小女孩一样摸着白柳的脸,慌张地弓着身子把脸贴在白柳的头上,感受着他逐渐微弱下去的呼吸声,无助地哭泣着,"求你不要死!你不是要救我吗?你不是答应要带我离开这个游戏吗?!不要这样随便就死掉!"

"不要骗我,不要丢下我一个人好不好……"脏兮兮的小女孩仰着头,睁着暗淡无光的灰色眼睛,跪在纯洁的雕像前,撕心裂肺地尖厉哭叫着,口鼻都渗出鲜血来,"不要再让我一个人躲下去了!"

永远暗无天日地躲藏,她好像一条见不得光的深海鱼,奇怪的血和外表,以及一双看不见光的眼睛,冷冰冰地活在水底,在背叛里生长,在怀疑里存活,靠着被诅咒的能力活在不能告诉任何人的游戏里。

谁来和她在一起,看不见的小鱼轻声说:"我能救你,也能毒你,但你如果带着爱靠近我,我会给你我最温暖的肚皮。

"只要你永远和我在一起,不要把我捞起来之后,又害怕我怪物一样的外表,懦弱地把我丢在泥塘里。"

小苗高僵尖叫哭喊着被成年之后变成怪物的自己一只手抓住,僵尸要对准小苗高僵的脖颈咬下去的一瞬间,十字架上的雕塑眼皮动了动。

系统警告:检测到有怪物在安全区袭击儿童!

系统警告:他将降下惩罚!

密密麻麻的荆棘从雕像的脚下蔓延出去,包裹住踏入教堂的腐肉僵尸,僵尸怪物被黑色的荆条包裹得密不透风。它四处袭击着,带着刺的荆条却轻而易举地扎入了它厚实如皮革的青紫色皮肤,绕着它粗壮的脖颈一圈圈缠绕着。僵尸发出一阵阵的怒吼声,想要从荆棘的包绕里突破出来。

但缠绕过来的荆棘却越来越多,一层一层地包裹住,僵尸整个被围在了荆棘做成的茧里面。

荆棘越缠越密,僵尸咆哮的声音从大变小,最终随着荆棘一圈一圈地缩小蠕动——就像是在吞咽里面被包裹的怪物一样,渐渐变得弱不可闻。

小苗高僵看着这堆茂盛的,缠绕起来有教堂那么高的,小山一样,还在动的荆棘丛吓得后退两步,发现整个教堂的地板上都是还在不断地蔓延过来的荆棘条,正无处不在地往中间这个荆棘条做成的茧中行进。

荆棘丛在小苗高僵头皮发麻的目光中缓慢地收束,静止,荆棘黑色的尖刺上滴落黑色的,带着血腥和腐臭味的液体。

系统警告:神级NPC攻击腐肉僵尸(玩家异化)中……腐肉僵尸生命值清零。

系统提示:玩家苗高僵主身份线生命值清零,确认死亡。

刘佳仪闻到了很浓烈的尸臭味道,她听到了唑唑的荆棘撤回在地面划过的声音,紧接着就是块状物沉闷的掉落声和她自己急促的呼吸声,但这些声音都比不上她眼中白柳身上渐渐黯淡下去的色块吸引她注意力。

她根本没有管死掉的苗高僵。她正在飞快地调出系统面板。

系统提示：很遗憾地告诉您，您的个人技能"解药"还有一个半小时度过冷却期，现在无法使用。

刘佳仪闭上了眼睛，吐出一口气——冷静，刘佳仪冷静，一定有什么办法可以救白柳。

她的治愈技能无法使用，但她还有可以直接救白柳的东西——她的血。她的血可以直接灌溉出可以救任何人的血灵芝，是可以治愈白柳这个投资人身上的绝症的，但她现在还需要一张可以培育出血灵芝的稻草床。

白柳等不到回医院用那个稻草床了，要从其他投资人怪物手里抢，可哪怕是她有抢的能力，白柳也没有等她抢的时间了。

刘佳仪的目光缓缓移向了她听到的荆棘条收拢的那个地方——那是一个雕像，身上缠绕了荆棘条，雕塑正睁着眼睛看刘佳仪，但体温太低了，是一团死物。

塔维尔还没来得及说话，就看到这小姑娘跌跌撞撞往自己雕像上扑过来，带着一股子狠戾劲就开始像薅羊毛一样薅他身上的荆棘丛。

刚醒来有点迷茫的塔维尔："？"

见到他苏醒的人类都会发疯，白柳是个例外，没想到这个小女孩也能保持理智地薅他荆棘条。但在看到刘佳仪脸的一瞬间，塔维尔就明白了为什么刘佳仪没事。

因为这个小女孩，眼睛看不见。

刘佳仪触碰到塔维尔的一瞬间就激发了神级 NPC，但这里是她的安全区，她根本没带怕的，一顿狂拉带扯，简直拿出了把塔维尔扒光的气势。

默默地看着刘佳仪扒他身上荆棘的塔维尔："……"

他看了一眼躺在地上不动的白柳，缓缓地用荆棘轻柔地包裹住白柳。可以轻而易举地搅碎防御值破万的怪物的荆棘条对着呼吸微弱的白柳，一个生命点的损失都没有造成，就稳稳当当地将他放到了自己身后的受洗池里。

在刘佳仪听到声音之后受惊地看着塔维尔，正准备从他的荆棘条上抢人的时候，塔维尔沉默地把自己的荆棘条放在了刘佳仪的手中。

刘佳仪一怔。

"你是要用我的荆棘条搭养血灵芝的地方吗？"塔维尔很平和地说，"我给你堆好。"

荆棘温顺地在受洗池的池底缓慢堆叠编织，编成了一张看起来还挺结实的黑色荆棘藤条床，肤色苍白得一丝血色都没有的白柳就紧闭着双眼躺在上面。

刘佳仪站在受洗池前，低头看着这个不知道为什么从游戏开始，就一直在救她的，本来她很讨厌的玩家。

"你怎么知道用我的荆棘可以养血灵芝？"塔维尔垂眸看着刘佳仪，"或者说，血灵芝是我荆棘条上的产物？"

刘佳仪低着头，她似乎还在看白柳，然后毫不犹豫地低头用刀割破了手腕，鲜血汩汩地从她的血管里流出，滴落在受洗池的水中，滴落在荆棘丛中，在所有孩子洗干净罪恶的清水中，来自她身体里禁忌的、污浊的血液在水中晕染出一朵朵花。

浸没在水中的荆棘条开始舒展枝叶，枝叶交叉的地方闪烁出萤火虫一样泛着红光的点，就像是蘑菇的孢子一样从荆棘条里升腾起来。

刘佳仪雪白细瘦的手腕上往下滴落着颜色鲜艳的血液。她垂落颤抖的睫毛，开口说话的声音里一点情绪也没有："这个副本里所有怪物都是吸血的，你也是怪物，你怎么可能不吸血？"

"从安全区的设置来看，你好像是一个保护儿童的存在。"刘佳仪说，"但你要真的对儿童这么好，那些投资人为什么会那么狂热地供奉你，执着于在你的面前洗礼我们？每一个副本都有核心邪物。这些邪恶的东西降落人间，混杂着人类恶心的欲望形成一个个游戏副本，而这个副本的核心邪物就是血灵芝，一切都是从血灵芝的出现开始的。"

"你是这个副本的怪物书里最重要的那个怪物，你的存在一定会和核心邪物有关系。"

刘佳仪抬起了灰色的眼睛，她的手上滴着血："你根本不是什么好的存在，你是一个邪恶的存在，投资人供奉你是因为血灵芝的秘方和诞生就是从你开始的对吧？是你赐予他们这些东西，所以他们才会这样狂热地供奉你。"

被绑在十字架上的塔维尔缓慢地眨了一下眼睛，无波无澜地看着仰头直视他的刘佳仪："你说的不算全对，血灵芝的确是从我开始的。"

"但我也只是个陨落的、不死不灭的邪物。"那些荆棘条在塔维尔的身上快速爬动着，他淡淡地说道，"我只是血灵芝的第一份养料。"

"我是第一个被投资人发现，血可以用来养血灵芝的儿童，在发现我不会死后，他们用荆棘把我绑在十字架上，祈祷每一个他们洗礼过的儿童都和我一样，血可以用来养血灵芝——如果这种祈祷也能让我拥有念力的话，那我的确是罪恶的。"

刘佳仪看着塔维尔，呼吸一室，眼睛里那些原本没有生命的荆条突然发红发热，就像是搏动的血管一样在雕像的表面攀爬，一跳一跳地扭动着。

荆条往雕像的每一根血管里钻动，用尖利的刺扎着塔维尔的血管壁，贪婪地吮吸雕像身体里的血液和养分。这些荆条顺着血管钻到雕像的心脏里面，在心脏里扭动缠绕，像活物一样生生不息地汲取着他身体里的养分，然后在藤条交叉处分泌出孢子一样的东西。

这些血红的藤条是吸食鲜血的菌丝，而上面的尖刺里包裹着的是还没有长出来的孢子。

塔维尔垂下眼睑："我是血灵芝母体的永远的养料，投资人医院的稻草床上每一个子菌体，都是从吸取我的血，生长在我身上的荆棘上生长出来的。

"我是血灵芝的共生体。"

驱动藤条绞死怪物之后，这些藤条，或者说越发膨胀的菌丝吸食着塔维尔身体里的血液，把他缠绕得越来越紧。带着刺的荆棘条在塔维尔的血管和心脏里蠕动着，塔维尔的脸色变得明显疲惫了下去——这也是他每次使用藤条救了白柳之后变得想睡觉的原因。

他驱动身上的菌丝去救白柳之后，这些菌丝会变本加厉地从他身上抽取血液和养分。

塔维尔缓慢地耷拉下眼皮，专注地看着躺在他身前受洗池里，还在昏迷的白柳。

他第一次见到白柳的时候，是一条从水中被人类捞上来的腐烂人鱼，被放在橱窗里作为展览品吸引游客来屠宰，最终让一整个镇子的人都变成了幽灵般的人鱼怪物。

他第二次见到白柳的时候，是一面被盗贼从收藏家家中窃取出来的鬼镜，藏着这个世间所有人类都不敢正视的恐惧，盗贼日日夜夜害怕它破碎，害怕有人来偷盗它，在它的身上放置炸弹，最终将一整节车厢的乘客葬送进火海。

他第三次见到白柳——塔维尔垂下眼帘。

他是一个符合血灵芝母体供养，不会死不会停止血液分泌只会沉睡的儿童。他特殊的血液让所有患有绝症的投资人发疯发狂，最终将医院和福利院这两个本来应该做善事的地方变成了养殖场般的人间地狱。

所以他被众神驱逐流放。

塔维尔，你是天生邪物，你只能沉睡在海底、地心、被人恐惧无法触摸的碎裂镜片中、离这里137亿光年以外的宇宙黑暗里。

人类的欲望碰到你，就会酿成无边的苦果和地狱，你享有人类的信仰，你应当为自己的邪恶衍生出的人类悲剧负责。

高高在上的人如此宣判着，他们说。

塔维尔，不存在见到你的真面目可以保持理智、不发疯的人类，因为你是如此邪恶，从外貌到灵魂都充满了蛊惑人走向深渊和极恶的气息，你可以让所有时间和空间切割出的维度中，最纯洁无辜的孩子堕落。

如果一个人类见到你可以保持理智，那他必将成为——

下一个恶魔。

睡在禁忌女巫的血液玷污过后的雪白受洗池上的下一个恶魔，从落满血色萤火虫的梦境里被唤醒。白柳的眼睛缓缓睁开。

白柳脸色苍白，脖颈上仰，手脚最细的地方都被深红色藤蔓缠绕拉紧，往上一寸一寸挪动，救赎绝症之人的植物枝叶在绝症之人的身体表面抖动着舒展开——这是一个很脆弱的，仿佛献祭品一般的姿势。

献祭品，恶魔，病死的患者面容隐蔽在藤蔓中，隐蔽在人类的欲望浇灌出来的恶之花之下，平静地看着同样被人类欲望的衍生物捆绑住的堕落面容，而苏醒的塔维尔也沉静地回望着他。

"你会因为见我而疯狂吗？"他的声音嗡鸣，在被藤蔓吞噬过的教堂中四面八方地回响着，像是有一千个人同时在审判自投罗网的教徒。

"从不。"而恶魔般的教徒笑着回答他。

从雕像里蔓延生长出来的所有藤条上的尖刺爆开，血红色的孢子如发着光的星球碎片飘浮在教堂中，发光的红色蜡烛光芒在空中悬浮四散，癫狂舞蹈。从顶端爆开的尖刺就像是一朵变成四瓣爆裂开花的、花色奇异的红色铁线莲，密不透风地将塔维尔的面颊包裹缠绕，只露出一双雕塑般没有任何情绪波动的眼睛。

空气中全是血灵芝散发着诡异血腥香气的孢子，刘佳仪在孢子绽开的一瞬间，就因为精神值下降和失血过多昏沉地倒在了受洗池边上。

她的手腕向上放在池边，有几道新刀口和一道已经有点凝固的旧刀口，向着池子里蜿蜒地、源源不断地流着鲜血。

"她的血抽干了也不够养出一株血灵芝。"面孔被藏在荆棘下的塔维尔轻声说，"血灵芝母体需要更多的血液。"

这也是那些投资人不用母体直接养血灵芝的原因——母体需要更多的血液才能养出一株成熟的血灵芝，塔维尔的血液再生速度只够维持子菌体的供应，于是他们把子菌体从塔维尔身上采摘下来，更加高效专一地单独培养。

"还需要多少？"一道细弱的声音从教堂的门口传来，小木柯一只手撑着教堂的门，攥紧垂落在身侧的那只手，死死地看着雕像问，"加上我和小白六的血，还有我刚刚从刘怀身上翻出来的苗飞齿和刘佳仪的血包，够不够养出一株救他的血灵芝？"

"或许还是不够。"塔维尔很平静地看向昏迷在地上的小苗高僵，"但是再加上这个小孩和我剩下的所有血，就够了。"

小木柯跪在池边，撸起袖子用刘佳仪掉在地上的刀在自己细瘦的手臂上狠狠割了几刀，然后把小白六的血包拿出来——这血已经有点凝固分层了，也彻底冷掉了。小木柯一看这血就眼眶发红，他撕开三个血袋包装泡到已经虚弱到动弹不得的白柳身下的受洗池里，然后把自己的另一只手臂也割伤，两只手一起泡在里面。

小苗高僵被塔维尔的藤条拖了过来，被小木柯干脆利落地割伤放血，带着点咬牙切齿的味道——要不是这狗崽子，他们也不会死那么多人！

"咯咯。"白柳咳嗽两下，侧头看着双手都泡进了水里的小木柯，忽然笑了，他不是很在意自己这种命悬一线的情况，随口调侃着小木柯，"你不是很讨厌我吗？为什么要救我？"

小木柯低着头，声音很低："……小白六想要救你，而且你救过我，所以我也要救你。"

刘佳仪一只手穿过藤蔓的缝隙浸泡在冰冷的受洗池的水里，她昏睡过去的脸靠在受洗池的边上，另一只手轻轻拉住白柳的衣角。

她脆弱的脸上全是泪痕，纤细瘦小的胳膊上是一道道触目惊心的刀口——这小姑娘割自己的时候是下了死手的，似乎也知道自己的精神值意识各方面都撑不了太久了，害怕自己昏过去，割的口子很深，防止血液凝固。

白柳转回了头，看着教堂的天花板，好像是在回答小木柯的话，又好像不是，语气很淡："真是小孩子的逻辑。"

小孩子的逻辑好像就是这么简单，又简单又好骗，你救了我，那我也要救你，你为了我付出过，那我也要为你付出。

刘佳仪是这样，小木柯是这样。

小白六也是，虽然不太想承认，但白柳不得不说，他从小到现在都没有什么长进。他现在也是这一套逻辑，这个逻辑是很纯粹的交易逻辑。

"那你是为了什么救我呢，塔维尔？"白柳轻声问，"我可不记得我和你做过可以让你为我付出一身血的交易。"

塔维尔的面容被荆棘彻底吞没，他的声音却没有："你的存在，本身就值得我付出一切。"

"白柳，"塔维尔的声音平缓，就像是在教堂里宣告某种神圣不可知的，一生一次的誓言般冷淡又庄重，"你是我的唯一信徒。"

　　塔维尔，如果存在这样的人类，那你就又一次拥有了信徒。
　　一个恶魔般的，罪恶的你的信徒。

"我会无条件应允信徒的一切请求。"塔维尔说。

失血过多的小木柯望着雕像的脸，也感到了一阵无法言说的恐惧和晕眩，晕了过去。

塔维尔身上的藤条飞速地蠕动起来，在他的身体里穿梭，用一种让人只是看一眼就皮肉发痛的速度，就像是在池子里晕染开的血液般迅速地爬满了教堂的所有地方。

圣洁的教堂顷刻就被暗红色的、跳跃着的藤条满足地变成了栖息地，上面尖刺里小花花蕊般的红色孢子，或者说子菌体就像是拥有了心跳般，有规律地怦怦怦跳跃着，就像是吞噬了什么不得了的养料般飞速生长着，瞬间就长出了一颗心脏般的蘑菇。

塔维尔的心脏也在怦怦怦地跳跃着，和它们是同样的心脏跳动频率。

怦怦怦，怦怦怦，就好像是塔维尔的心跳通过这些藤蔓被百倍放大了，在教堂里回响着。

白柳看着这些遮天盖地的藤蔓和这些跳动着的"心脏"，最终目光缓缓地落在那个已经被包裹得看不见面容的雕像上。暗红色的藤蔓一圈一圈地盘旋。

"如果我真的是你的唯一信徒，"白柳用一种散漫的口吻，玩笑似的说道，"那就请拯救我吧，塔维尔。"

跳动的千万颗"心脏"停了一下。

然后开始更加激烈、疯狂地跳动了起来。

藤蔓开始萎缩，每根藤蔓从蒂的地方开始生长出玫瑰般鲜艳的，红色的，心脏大小的血灵芝。千万颗闪烁着、跳跃的红色血灵芝从枯萎的黑色藤蔓上生长了出来，就像是到了花季的夜晚玫瑰花田，在枯萎到来之前颓靡放肆地绽放着。

神像上的藤蔓凋败、枯黑、滑落，塔维尔从雕像上俯身下来撑在受洗池两旁，这位从来冰冷的神明垂下眼帘，此刻的唇有一种近乎血液的温度，轻吻在白柳的额头上，低语：

"让我为你的新生洗礼，我唯一的信徒。"

　　系统提示：玩家白柳获得隐藏身份"罪恶荆棘之王唯一信徒"。

　　系统提示：恭喜玩家白柳获得通关道具"血灵芝"，完成主线任务成功治愈绝症，通关，可退出游戏。

　　系统警告：玩家白柳因绝症治愈，生命值恢复至3，生命值较低，是否选择游戏通关后继续逗留在游戏内？

　　系统警告：玩家白柳选择在游戏中继续逗留，在逗留期间玩家白柳的一切行为后果自负，系统不予任何警告提示。

（注：逗留期间小电视可选择自行关闭，小电视数据已进入结算，逗留期数据不计入其内，逗留期间玩家可随时选择自主退出游戏。）

128

为信徒流干最后一滴血的荆棘之王疲倦地合上了眼眸。他安睡在了重获新生，被治愈的信徒旁。

枯萎的藤蔓变成黑色的被子盖在他身上，而年轻的，获得了第一个信徒的他嘴角带着一点非常微弱不易察觉的笑意，像是一个得到了最喜欢的玩具之后正在做美梦的孩子。

这一切都像是仙女教母的魔法，因为午夜十二点的钟声刚刚敲响了。

刘佳仪是在精神漂白剂的味道里呛咳着醒来的，因为失血过多，她的脸色苍白得近乎透明，就算是刚刚醒来，这小女孩也瞬间恢复警惕拿出了毒药对准她听到声音的方向。

因为可视化道具使用时间已经到了，刘佳仪现在是看不到东西的。

"是我，白柳。"白柳被刘佳仪威胁性地用毒药比着脖子也很淡定，他张开双手表示自己很无害，"你的血还在流，所以想给你处理一下。"

刘佳仪有点愣怔地收回了自己的毒药，似乎还没有从白柳活下来的消息里回过神来。

那个时候她已经打算破罐子破摔了，只是想拼一次，但没想到真的能把白柳救下来，紧接着她摸到了自己手臂上被绷带包扎好的伤口。她微微收紧了手，握住自己手臂上还在刺痛的一排刀口。

"你的生命值应该已经很低了，你不给自己恢复一下吗？"白柳问。

刘佳仪抿紧嘴唇，没说话，她的治愈技能CD的确已经到了，而且白柳说得没错，因为不要命地放血救白柳，她的生命值已经很低了，只有5点，现在坐在地上都有种让她想要发抖的寒意从身体里透出来。

刘佳仪没有回答他，白柳也就没管刘佳仪，转头给还在昏睡的小木柯包扎伤口，刚包扎完，刘佳仪的手突然就握住了他的衣角，白柳略显诧异地回过头去。刘佳仪闭上了眼睛，她颤抖的睫毛上挂满水珠，脸上脏兮兮的全是血渍，但身上却突然散发出一种很神圣洁白的光晕，光晕从刘佳仪的身上水一样地弥漫到白柳和木柯的身上。

那光晕温暖、纯白，让人情不自禁地放松紧绷的肌肉和神经，光晕中间的小女孩怀里捧着一个细长的，白柳手掌那么长的浮凸玻璃瓶子，里面装着水银般闪闪发光的液体。

刘佳仪把这瓶液体放在了白柳的手里，嗓音沙哑："解药，你和木柯喝吧，不用给我留，把血条加满。"

在白柳刚想问她为什么要给他们喝时，刘佳仪好像觉得冷一般，蜷缩地抱住了自己的膝盖，把头埋进自己的膝盖里。

她的声音闷闷的："你和木柯的面板都没有我高，解药的治愈技能，个人面板等级越低回血效果越好，你们喝比我喝好。而且你们两个的生命值要清空了，我还有生命值，而且我也有技能，在这个游戏里我比你们耐活。"

"为什么给我们？"白柳还是问出了口。

"还你们的。"刘佳仪的头还是埋在膝盖里，她没有抬头，没头没脑地说了这么一句。

白柳却懂了。

小白六救了她，木柯救了她，他救了她，她都记得的，可能怀疑，可能疑惑，可能不敢相信。

但她的的确确全都记得。

"我以为你会很讨厌我，你在教堂外面那个时候就猜到是我利用了刘怀要捉你了吧？"白柳若有所思地询问。

刘佳仪还是没抬头，带着鼻音"嗯"了一声。

白柳垂眸看着刘佳仪枯黄头发上的发旋："那你明明知道我骗了你，在利用你，你为什么还要拼死放血救我？"

刘佳仪却反问他："那你呢？为什么要冒死救我？"

白柳言简意赅："交易。"

刘佳仪终于抬起了头，她的眼眶发红："因为你就是救了我啊。"

白柳和小声抽泣的刘佳仪，长久地，无声地互相对视着。

这个小姑娘有一双看不到世界的灰色眼睛，这样抬着头"看"人的时候有种倔强又孤独的脆弱感，像一条在泥水里偷窥岸上小鸟，却不被任何人正视的鱼，但真的拨开泥巴直视这条小鱼的时候，会发现这小女孩的眼睛原来是会说话的，她在说，"谁救了我，我全都还给你，我不欠你们"。

我要把账和这个世界上的每一个人都算清楚，看看我到底错在什么地方。

看看我这种人到底能挣扎存活到什么时候。

白柳把解药瓶子递了回去，神色和语气都很平静："我拿到血灵芝了，已经通关了，不需要恢复什么生命值，你不用还我什么，因为有人替你还了，解药你给小木柯留一点就行。"

"剩下的，我觉得你更需要。"白柳把解药瓶子伸到了刘佳仪的面前，"你的

379

生命值也很低了，安心喝吧，有什么事有我在，我答应了刘怀要带你出去的。"

刘佳仪发干开裂的嘴唇微微张开，下巴抵在自己缩成一团的膝盖上，小小一团，头抬起的弧度都带着警惕猜忌的不安。她眨了眨眼睛忍住涌上来的情绪，抿嘴伸手去接解药瓶子，但她两只手上都是伤，接过的时候手都在发颤，瓶子差点掉下去。

"你手上有伤。"白柳稳稳接住差点掉下去的瓶子，又伸到了刘佳仪嘴边，"就这样我喂你喝吧。"

刘佳仪轻轻吸气吐气，她张开嘴巴，还没来得及喝，瓶子里却滴落一滴液体。

一滴，两滴……眼泪掉在解药里，刘佳仪不知道听谁说的，眼泪好像是人类情绪发泄的毒药，掉进解药里也不知道会不会把解药变得无效。

刘佳仪叼着瓶口，眼泪肆意流淌。她喝着治愈她的解药，小声抽泣着："这样喝好丢脸……好像一只……"

"流浪狗是吧？"白柳勾起嘴角笑，"你口头禅怎么和你哥一样，流浪狗也挺好啊，你们怎么都这么不待见流浪狗？"

想到刘怀，刘佳仪哭得越发上头，眼泪鼻涕一起流，哭得身体一抽一抽的："流浪狗哪里好了啊！脏兮兮的又被人嫌弃！人人喊打！大家都讨厌流浪狗！"

白柳摸摸刘佳仪的头，似乎觉得刘佳仪因为这个点哭这么惨有点好笑。

他说："流浪汉就不会讨厌流浪狗。"

刘佳仪泪眼蒙眬地抬起了头。

"等游戏结束，把你哥哥从我这个流浪汉这里带走吧。"白柳垂下眼眸，声音很轻地说，"等游戏彻底结束之后，你和他都不用再流浪了。"

小木柯醒了之后也喝了解药，刘佳仪没喝多少，这小姑娘骨子里有股很倔的劲，一定要留给白柳，白柳顶着个3点的生命值的确也不太安全，就顺着刘佳仪喝了，现在白柳和小木柯都是满血，刘佳仪不知道多少血量，问她她也不说，就说她这个血量已经不容易死了，不用管她。

乘着夜色，白柳搬开了这个受洗池，露出了下面的地道。他拍了拍手，呼出一口气："现在这个点，畸形小孩不能从地道的教堂这个出口出去，那就会从医院那个口出去，地道里畸形小孩数量应该不多……"

"多也无所谓。"刘佳仪举着毒药瓶子站在了白柳的前面，声音还是沙哑的，"我来开路。"

白柳微微挑起了一边的眉毛："行，我去带上小苗高僵。"

小苗高僵身上还有一个和白柳的灵魂协议，大苗高僵死了之后，白柳只需要履行这个协议就能得到小苗高僵的灵魂纸币，为此白柳保住了小苗高僵的命，给他喂了点解药保住血条。

刘佳仪能猜到这一点的，她看白柳去背小苗高僵一点反应都没有。

木柯就不如她那么淡定了，眼睛都气红了，抖着手指着白柳："你怎么还救他？！都是他关了教堂的门才让其他人都死了的！"

"他不关也会死。"白柳淡淡扫了小木柯一眼，"教堂对我们这些成年人没有庇护效果，我们进来也会被弄死。"

小木柯还在憋气，但刘佳仪已经从通道口子跳了下去，小木柯吓了一跳，白柳说："跟着她进去吧。"

通道依旧又黑又闷又潮湿，偶尔会有什么东西窸窸窣窣地爬过来，但还没有靠近白柳他们，就被循声定位的刘佳仪先一步给消灭掉了。白柳跟在刘佳仪后面走，斜眼看着这小女孩——刘佳仪天生的眼盲让她在黑暗当中很有优势，靠声音找攻击对象，这小女孩甚至比怪物还快。

等到了一个地方之后，好像是听到了手指抠动泥土的声音，刘佳仪又想攻击，但小木柯突然一声尖叫："等等！"

白柳和刘佳仪都看了过去。

小木柯盯着白柳的脸，呼吸声在通道里很急促："小白六……小白六送我们上去之前，躺在了这里，你答应过要带他离开这里的。"

他们是从蘑菇丛下面把已经瘫软不动的小白六翻出来的，早上那一场对战消耗太过，这个小孩已经彻底失去了挪动的能力，并且被加速异化了，白柳摁压在他的身上，都有种凹陷下去、软泥般的质感——小白六正在飞快地腐烂着。

十四岁的白柳就像是其他变成怪物的畸形小孩一样，正在变成福利院下面暗藏的地道里的一摊烂泥。

小木柯紧张地看着白柳，白柳背上背了一个小苗高僵，再带上一个死去的小白六就有点累赘了。按照这人的无用价值论，小木柯有些害怕他又像早上一样，把小白六给扔在这里。他警惕地说："你答应了他要带他离开这里的，你不能把他丢在这里。"

白柳微微偏过头，脸上什么表情都没有地垂眸看向小木柯。

小木柯越发紧张，他背都绷紧了："我知道他只是尸体了，但还是不能把他留在这里，你答应过他的！"

白柳忽然轻声笑了一下。他用绷带把小苗高僵的四肢缠绕在自己身上，然后蹲下来看着小白六。

小白六的脸上已经有尸斑了，就像是睡得不安宁的小孩，死去的前一刻都还是拧着眉，但嘴角又有一点笑意，是一个有点奇特的表情。

"你看，你也有朋友了，小白六。"白柳的语气轻到像是不知道在对谁说话，

"不是我这种带有目的性的骗子,白六,是真真正正的,你的朋友。"

"你的运气会变好的。"

小白六并没有睁开眼睛,他的胸膛平静没有起伏,尸斑从心口的地方蔓延生长。

小木柯奇怪地看着白柳自言自语,白柳弯腰把小白六的尸体抱了起来。他被一前一后两个孩子压着,站起来的动作有点摇晃,但还是站起来了,小白六在他的怀里毫无意识地滚动着四肢,头颅从白柳肩膀的地方滚出来,又被他用一只手包住抱回去,卡在臂弯里,睡得像个婴儿。

白柳抱着自己十四岁的尸体,一步一顿地走出了福利院。

129

从医院的通道口出去,靠着刘佳仪抗怪,白柳摸到了医院外面的车,打开了道具"乘客的祝福"之后把三个小孩带上了车。

白柳在夜色里开着车。周围细长狰狞的鬼脸摇曳着向他扑来,又被"乘客的祝福"这个道具的效果给打走。他朝着一个方向一直开,开到天边的晨光微亮,游走的投资人怪物少了不少的时候,刘佳仪忽然出声:"完成逃离福利院的任务了。"

小木柯也很迷茫地捧着胸前那个游戏管理器:"这个东西,刚刚告诉我完成任务了,什么任务?"

小苗高僵缩在车后座位上,处于昏迷状态还未醒来,但白柳这里也收到了自己和苗高僵灵魂交易完成的提醒。

白柳懒懒地靠在驾驶位的椅子上:"点退出吧,有什么事情出去再说,我还有一点事情要处理。"

"点退出是什么……"咻——小木柯一脸迷茫地点下去,话还没说完,人就消失了。

刘佳仪看了一眼后座上的小苗高僵,明白白柳有事情要单独和小苗高僵聊一聊。她抿了抿嘴,也点了退出。

现在车内就剩下了躺在车后座上的小苗高僵和被白柳放在副驾驶座上的小白六。白柳一只手随意地掌着方向盘,他的手上挂着一个挂链,上面是他从苗高僵尸体上扒拉下来的游戏管理器,管理器正在他的手腕上有一下没一下地晃荡着。

"醒了吧,苗高僵小朋友,你还要装睡吗?"白柳慢悠悠地开口,"你是不是在想,为什么他们都可以消失退出游戏了,你却不行?因为你的游戏管理器在我这里。"

"你的灵魂也在我这里。"

小苗高僵一直颤抖的眼皮终于睁开了。他就像是看着一个恶魔一样，看着那个驾驶座上闲散坐着，浑身血迹的白柳。他肩膀忍不住地发颤："你要对我干什么？！"

很难把这个在白柳面前装睡都害怕的小孩子，与之前那个和白柳斗智斗勇，对所有人都狠下杀手的苗高僵联系到一起。

人类的生长轨迹真是很神奇，十年前的白柳很难想到自己会长成现在这个遵纪守法的样子。

而现在这个白柳还没开口，就已经吓得眼泪鼻涕一起流的小苗高僵，估计也很难相信他以后会变成一个在恐怖游戏里叱咤风云的老恶棍，随随便便就可以下决定，拿白柳的命来祭旗。

"我不想对你干什么，我也可以让你离开这个地方。"白柳说，"但我希望从你身上拿到一个东西。"

小苗高僵吓得直哭："什么……什么东西？我的血吗？！"

白柳勾起嘴角："不，你的公会。"

在进入游戏之前，白柳问过牧四诚，如果他想从苗高僵的手里搞到他们的公会需要怎么做。虽然牧四诚很无语，觉得白柳是在胡扯，但他还是如实地告诉了白柳怎么做。

第一，杀死苗飞齿和苗高僵这两个公会实权掌握者，通过绝对的暴力和实力来掌权。

第二，转让协议，让苗飞齿和苗高僵这两个人签转让协议。

但无论第一种还是第二种都极难，因为公会对苗高僵和苗飞齿这两个人就相当于命一样重要。

按照牧四诚的说法，就算白柳用花招控制了苗高僵和苗飞齿的灵魂，这两个人也绝对不会轻易让白柳染指公会权力的，因为这直接牵涉到他们在联赛的资源供应，以及能不能把命保住。

灵魂和命比起来，当然是命更重要。让他们亲自签协议肯定很难，而白柳现在也没有到那个绝对的暴力和实力等级直接掌权公会，就算苗高僵死了，估计也会有其他更大的公会来瓜分食腐公会。

白柳本来是准备通过拿到苗高僵的灵魂，然后操纵苗高僵的面板来签署协议，但当他试图通过操纵面板直接签署这个公会转让协议时，系统弹出了警告：

系统警告：公会管理转让权限属于高级权限，玩家白柳权限越级，玩家白柳只享有玩家苗高僵的部分灵魂债务权，无权调用更高级的灵魂债务权限，这项权限归属系统所有，请迅速退出！

一个知晓公会重要性的苗高僵肯定不会轻易签署协议，但一个不知晓公会重要性的小苗高僵就说不定了。

小苗高僵在白柳的指示下战战兢兢地调出了面板里的转让协议，在歪歪扭扭地签署之后，他有些畏惧地看了一眼笑得越发满意的白柳："这样就可以了是吗？"

白柳随意地跟着也签署了协议，点头："可以了，你退出游戏吧。"

系统提示：玩家苗高僵和玩家白柳签署《关于食腐公会转让的三十五项说明条例》。

无第三方见证者，效用的唯一保证方为游戏系统，签署后即刻生效。

系统提示：恭喜玩家白柳，成为食腐公会的新会长，协议签署后已通知全体食腐公会会员，他们的公会会长变更消息。

小苗高僵觉得自己似乎失去了什么很重要的东西，但他此刻只有一种从白柳身边逃走的劫后余生的情绪，来不及细想那么多。小苗高僵长舒一口气，点击退出了游戏。

车里只剩下了白柳一个人。他不知道为什么还没有退出游戏，把车一直往一个方向开，一直开到天色亮起，开到周围的景色荒芜下去，又茂盛起来。

白柳把车里的小白六搬了出来。他在系统里买了一把铁锹一块墓碑，在这个地方挖了一个坑，把小白六放了进去，然后把墓碑随便地撑在那个坑上，用记号笔——这还是白柳从医院拿的——在墓碑上面写下"白柳之墓"。

他在下面写墓志铭：未来的你埋葬了你，但你的未来没有被埋葬，开心点小朋友，你运气会好起来的。

白柳很不庄重地用马克笔在墓碑上画了一幅小白六的简笔画，画上的消瘦小男孩眼珠很亮，脖子上挂着一枚中间被掏空的硬币，还很调侃地在小白六的头顶画了一朵卡通蘑菇。

这是一个很不正经，很简陋的坟墓。

但白柳觉得小白六不会介意，毕竟他们应该都不喜欢在没用的东西上花费多余的金钱。

"我把你从你最讨厌的地方带出来，然后埋在这个我也不知道是什么地方的地方。"白柳站在这个墓碑前，目光从他站在墓碑前的脚踝慢慢升起，一直升到点亮他的面颊，他笑着说，"不过我还蛮喜欢这个地方的，我觉得你也会喜欢。"

"再见，十四岁的小白柳。"

和小白六一起被埋葬的还有五十五万的钱，白柳刚刚用积分兑换的，这是他欠这个小朋友的，被他均匀铺在小白六的四周——就冲这一点，白柳觉得小白六应该就不会讨厌这个坟墓。

他一向遵守交易，哪怕是和死人的交易。

白柳在日出里转身离去。他挥挥手，不知道在和什么人告别，他的背后明明只有一个墓碑而已。

微风捎着不知道从什么地方传来的儿童合唱的歌谣，隐隐约约地在白柳离去的背影里响起：

月曜日（周一）出生，
火曜日（周二）受洗，
水曜日（周三）结婚，
木曜日（周四）得病，
金曜日（周五）病重，
土曜日（周六）死去，
日曜日（周日）被埋在土里，

这就是白柳的一生。

墓碑上日光璀璨，白柳的背影在钻石般耀眼的日光里氤氲成光晕，消散不见。

系统提示：玩家白柳退出游戏。

图书在版编目（CIP）数据

惊封 2：全两册 / 壶鱼辣椒著 . -- 海口：三环出版社（海南）有限公司, 2024.9（2025.4 重印）. -- ISBN 978-7-80773-263-1

Ⅰ . I247.5

中国国家版本馆 CIP 数据核字第 20241PJ964 号

惊封 2：全两册

JING FENG 2: QUAN LIANG CE

著　　者	壶鱼辣椒		
责任编辑	符向明	特约编辑	曹　岩　王　霄
责任校对	华传通	装帧设计	纯白设计工作室
出版发行	三环出版社		
地　　址	海口市金盘开发区建设三横路 2 号		
邮　　编	570216	邮　箱	sanhuanbook@163.com
社　　长	王景霞	总编辑	张秋林
印刷装订	北京盛通印刷股份有限公司		
书　　号	ISBN 978-7-80773-263-1		
印　　张	50.5		
字　　数	934 千字		
版　　次	2024 年 9 月第 1 版		
印　　次	2025 年 4 月第 4 次印刷		
开　　本	700mm×980mm　1/16		
定　　价	110.00 元（全两册）		

版权所有，不得翻印、转载，违者必究

如有缺页、破损、倒装等印装质量问题，请寄回本社更换。

联系电话：0898-68602853　0791-86237063